Dicionário de mitologia grega e romana

Mário da Gama Kury

Dicionário de mitologia grega e romana

8ª edição

ZAHAR

Jorge Zahar Editor Ltda.
rua Marquês de S. Vicente 99 – 1º | 22451-041 Rio de Janeiro, RJ
tel (21) 2529-4750 | fax (21) 2529-4787
editora@zahar.com.br | www.zahar.com.br

Edições anteriores: 1990, 1992, 1994, 1997, 1999, 2001, 2003

Reedição de 2008 recomposta com nova paginação

Ilustração da capa e frontispício: Atena vencendo o
gigante em Cedalos (detalhe de uma ânfora grega)

Composição: Flavia Rocha Calandrini

CIP-Brasil. Catalogação-na-fonte
Sindicato Nacional dos Editores de Livros, RJ

Kury, Mário da Gama
K98d Dicionário de mitologia grega e romana / Mário da Gama Cury. – 8.ed. – Rio
8.ed. de Janeiro: Zahar, 2008.

Apêndice
ISBN 978-85-7110-128-9

1. Mitologia clássica – Dicionários. 2. Mitologia grega – Dicionários. 3. Mitologia romana – Dicionários. I. Título.

CDD: 292.1303
08-4939 CDU: 255(038)

Introdução

Em sua forma estratificada, a mitologia dos gregos e, em escala menor, a dos romanos, além de serem uma das manifestações mais fascinantes de sua civilização, têm uma importância capital para o conhecimento da pré-história, do sentimento religioso, dos princípios éticos, da mentalidade e das instituições desses povos. Com efeito, sem dúvida alguma os deuses e heróis que aparecem nos mitos espelham em geral o modo de pensar e de agir dos habitantes da Grécia e da Itália antigas.

Invertendo-se a frase bíblica, pode-se dizer que os homens criaram seus deuses e heróis à sua imagem e semelhança[(a)], acrescentando-lhes a imortalidade e a onipotência sem as quais seriam criaturas humanas e não divinas. Sendo assim, o conhecimento dos mitos[(b)] expõe a natureza de seus autores: de um lado os gregos com seu espírito preponderantemente criador, e do outro os romanos, tendentes mais à imitação que à criação, não-somente na mitologia mas também na literatura, nas artes, etc.

Um dos aspectos mais notáveis da mitologia grega é a atitude irreverente de seus criadores, reveladora da altivez dos gregos e de seu espírito igualitário, que os levaram a querer ombrear com os deuses em suas qualidades e em seus defeitos também. Os deuses e as deusas apaixonavam-se pelas criaturas mortais, lutavam contra elas ou aliavam-se a elas, e de certo modo os únicos atributos diferenciadores eram a imortalidade e a onipotência, a que já aludimos, pois para as criaturas humanas tais atributos representavam apenas uma aspiração, às vezes consubstanciada em apoteoses como a de Heraclés.

Essa promiscuidade acrescenta um encanto especial à mitologia grega, cujo conhecimento proporciona uma fruição maior da cultura desse povo privilegiado em vários de seus aspectos. Por via de imitação essa observação aplica-se, com algumas ressalvas, à mitologia romana.

De certo modo os poetas eram os "teólogos" da mitologia na Grécia, pois não havia lá uma classe sacerdotal organizada e todo-poderosa como no Egito e na Pérsia e até certo ponto em Roma, para cuidar dos assuntos religiosos, nem tampouco livros sagrados. Essa peculiaridade explica as diferentes versões de uma mesma lenda[c], e até variantes dentro da mesma versão.

Tais variações deviam-se às vezes a considerações de ordem estética. Herôdotos, por exemplo, tratando da lenda de Helena em sua *História* (Livro II, capítulo 116) menciona a existência de uma versão segundo a qual a bela grega nunca teria estado em Tróia, e portanto a guerra terrível entre os gregos e os troianos ter-se-ia travado por equívoco. Homero, embora conhecesse esta versão, percebeu graças à sua genialidade que ela não convinha tão bem à poesia épica quanto a versão por ele mesmo usada, ou seja: os gregos teriam ido à guerra para castigar os troianos pelo rapto de Helena por Páris e para libertá-la.

Obviamente os sacerdotes e principalmente os responsáveis pelos oráculos também modificaram e até criaram mitos em seu próprio interesse (veja-se no verbete *Aristódemo* um exemplo entre muitos).

Outro fator de discrepância foi sem dúvida a rivalidade entre as várias cidades e regiões da Grécia antiga, todas desejosas de aparecerem como a pátria de deuses e de heróis e como palco de suas aventuras; dessas pretensões resultaram variações nas genealogias das divindades, dos heróis e das heroínas, no local de seu nascimento e na atribuição a heróis e heroínas diferentes de feitos representativos de glória para o berço de seus autores.

Os poetas posteriores a Homero e a Hesíodos alteraram as lendas com maior desenvoltura, pois o transcurso do tempo diminuiu a santidade dos mitos (pelo menos nas criações poéticas), especialmente na época dos grandes poetas trágicos e dos poetas alexandrinos (a começar por Apolônios de Rodes). Com efeito, Sófocles e principalmente Eurípides, influenciados pelo racionalismo característico da época de Péricles, dos sofistas e de Tucídides, pensaram mais no efeito dramático (como Homero já pensara mais no efeito poético) que na fidelidade às lendas em si mesmas, alteradas no decurso dos séculos. Isso não significa, entretanto, que esses mitos tivessem deixado de ser expressões sacrossantas da religião oficial; ao contrário, em 399 a.C. Sócrates foi condenado à morte e executado por tentar, entre outras coisas, introduzir divindades novas em Atenas.

Essa tendência racionalizante contribuiu posteriormente de maneira ainda mais acentuada para interpretações fundamentalmente diferentes de muitos mitos. O mais conhecido desses novos intérpretes foi Euêmeros, autor de uma obra chamada *Escritura sagrada* (*Hierà anagraphé*). Nessa obra, publicada no final do século IV ou no início do século III a.C. e conhecida somente graças a fragmentos conservados por autores posteriores, Euêmeros procurava explicar numerosos mitos à luz da razão. Um exemplo dessa exegese chamada "euemerística", que aparece entre os muitos preservados por Diôdoros da Sicília em sua *Biblioteca histórica,* pode ser visto na parte final do verbete *Urano.* Para Euêmeros os deuses nada mais eram que homens excepcionalmente dotados, benfeitores das demais criaturas humanas; estas, levadas pelos sentimentos de admiração e de gratidão, passaram a cultuá-los depois de mortos.

Para agravar ainda mais o problema das variações em torno dos mitos e das lendas, as obras dos mitógrafos gregos e latinos conservadas até os nossos dias são todas de data relativamente tardia (por exemplo, a compilação fundamental de Apolôdoros chamada *Biblioteca,* onde os mitos aparecem por ciclos, foi escrita em sua forma atual provavelmente no século II d.C.), tendo sofrido a influência de numerosas gerações de estudiosos, eruditos e poetas, e estando consideravelmente distanciadas da tradição puramente religiosa. Esses fatores também explicam divergências das quais o compilador atual não pode fugir, e que o obrigam a sobrecarregar grande número de verbetes de variantes muitas vezes discrepantes e até incompatíveis.

Mas, apesar dessas dificuldades a mitologia grega é um assunto de tal maneira fascinante que resiste a problemas formais, sem sofrer desgastes em sua essência[(d)].

O simples manuseio deste *Dicionário,* ou de qualquer outro do mesmo gênero, evidenciará o caráter quase sempre subsidiário da mitologia romana, influenciada desde suas origens pelo convívio entre as populações nativas e os colonos gregos vindos para a Sicília e para a Magna Grécia desde épocas remotas. Os mitos romanos (e itálicos em geral) propriamente ditos são poucos; o número de suas divindades e de seus heróis é pequeno em comparação com o dos gregos, sendo que no caso de certos heróis se confundem elementos lendários e históricos. Deve-se mencionar também o caráter preponderantemente literário de certos mitos e heróis romanos, alguns criados e desenvolvidos em função do patriotismo.

Não se pode esperar originalidade numa obra como a presente; ao contrário, a confiabilidade de um dicionário de mitologia depende basicamente da fidelidade às fontes – os poetas (principalmente Homero, Hesíodos, Píndaros, os tragediógrafos, Apolônios de Rodes, Virgílio e Ovídio) e seus comentadores e anotadores, e os mitógrafos, além de menções esparsas em historiadores (principalmente Herôdotos) e outros eruditos antigos. Entre os mitógrafos consultamos principalmente Apolôdoros (*Biblioteca* e a *Epítome*); Pausânias, na *Descrição da Hélade*, é outra fonte abundante e importante.[(e)]

Quanto às obras modernas, tivemos sempre à mão o *Dictionnaire des antiquités grecques et romaines* de Daremberg e Saglio, Paris, 1875 e seguintes, onde estão mencionadas exaustivamente as fontes. Consultamos também o *Oxford Classical Dictionary*, 2ª edição, Oxford, 1970; o *Dicionário Oxford da literatura clássica grega e latina*, de Sir Paul Harvey, edição brasileira de Jorge Zahar Editor, 1987; o *Dictionnaire de la mythologie grecque et romaine*, de Pierre Grimal, Paris, 1951; e a *Mythologie de la Grèce Antique*, de Paul Decharme, 3ª edição, Paris, 1908 (sempre útil e agradável).

Não cabem neste breve prefácio divagações sobre a influência, em épocas remotas, de outros povos de origem indo-européia ou não, sobre os mitos gregos. Seria impossível dizer com um mínimo de certeza se tais influências existiram realmente, ou se essas concepções ocorreram independentemente a vários povos, todos portadores de um mesmo substrato, no mesmo estágio primitivo de desenvolvimento intelectual diante de perplexidades e fenômenos idênticos. Pareceu-nos também desnecessário acrescentar novas elucubrações às muitas já escritas desde Freud até os nossos dias a propósito das conotações psicanalíticas dos mitos gregos, do "inconsciente coletivo" revelado pelos mesmos e de outros assuntos afins. Não faltam divagações dessa natureza, acessíveis aos leitores interessados nesses exercícios de criação de novos "mitos" a partir dos antigos; nos casos óbvios, como o constante do verbete *Íficlo*, as conotações impõem-se por si mesmas.

A mitologia grega chegou à língua portuguesa por meio da mitologia romana, da qual, para o grande público, até hoje não se desvinculou. Por isso adotamos aqui quase sempre as formas tradicionais dos nomes dos deuses, deusas, heróis e heroínas. Na chamada dos verbetes, em seguida à forma tradicional aparece a forma original grega, transliterada em caracteres latinos para facilitar a composição tipográfica (o "c" soa sempre como "k"). Procuramos ser coerentes em relação a tais formas, porém são inevitáveis as discrepâncias quando se trata de milhares de menções e repetições. Para outros nomes próprios (de autores gregos, principalmente na introdução), mantivemos o critério adotado em nossos trabalhos anteriores, ou seja, a simples transliteração dos nomes em caracteres latinos (com exceções, como Homero e Platão). As palavras gregas ocorrentes no corpo dos verbetes são também transliteradas em caracteres latinos[(f)].

Mário da Gama Kury

Notas à introdução

(a) Compare-se a opinião do filósofo Xenofanes (nascido em 590 a.C.), da escola eleática: "Mas, se os bois, os cavalos e os leões tivessem mãos e pudessem desenhar com elas e fazer o que os homens fazem, os cavalos desenhariam figuras de deuses semelhantes aos cavalos, e os bois semelhantes aos bois, e fariam imagens com formas idênticas às de cada um deles." (Nº 15 da coletânea *Fragmente der Vorsokratiker* de Diels-Kranz, páginas 132-133 da 6ª edição, 1951).

(b) Usamos a expressão "mito" em seu sentido lato de "objeto de estudo da mitologia", incluindo: I, o mito propriamente dito (uma explicação, embora errônea, de fenômenos naturais ou de acontecimentos relacionados com as divindades, com os heróis e com as criaturas humanas); II, a lenda, oral ou escrita (um relato de feitos das criaturas humanas, ou dos deuses, ou dos heróis, supostamente acontecidos); III, o conto popular (narrativa inventada, transmitida oralmente ou por escrito, com o intuito inicial de entreter os ouvintes ou leitores). Nesse sentido amplo o mito seria a projeção das aspirações e reações do homem, nos primórdios de sua conscientização como criatura racional (da mesma forma que a filosofia na maturidade dessa conscientização), diante de suas limitações e perplexidades e dos problemas existenciais.

(c) Pausânias já observa em sua *Descrição da Hélade*, IX, xvi, 7: "As lendas gregas têm em sua maior parte versões diferentes umas das outras."

(d) A influência da mitologia grega na literatura ocidental é considerável, e esse aspecto por si mesmo justificaria o interesse em seu conhecimento, sem falar no valor literário e documental intrínseco de muitos de seus mitos. Vale a pena assinalar aqui que Mikhail Gorbachev, em sua já famosa *Perestroika* (p.244 da tradução em português, Editora Best Seller), alude com muita pertinência ao mito do rapto de Europa.

(e) Veja-se o verbete *Minóica* no *Dicionário Oxford da literatura clássica grega e latina* de Sir Paul Harvey (Jorge Zahar Editor, 1987, para menções a deuses e heróis gregos no segundo milênio a.C., cerca de setecentos anos antes de Homero.

(f) Veja-se o Apêndice para um exemplo de indefinição na linha divisória entre o lendário e o real nas fontes da mitologia.

Abreviações

- Os verbetes de mitologia grega são distinguidos pela letra (G.), e os de mitologia romana pela letra (L.), após a chamada do verbete.
- v. = veja-se (o verbete etc.).
- vv. = vejam-se (os verbetes etc.).

Trabalhos publicados por Mário da Gama Kury

1. *Dicionário de mitologia grega e romana*, Rio de Janeiro, Jorge Zahar, 7ª ed., 2003.
2. "O grego no 2º milênio a.C.", in *Revista Filológica*, n.7, 1957.
3. Introdução à *Oração da coroa*, de Demóstenes, na tradução de Adelino Capistrano, Rio de Janeiro, Edições de Ouro, 1965.
4. Introdução às *Vidas de Alexandre e César*, de Plútarcos, na tradução de Hélio Veiga, Rio de Janeiro, Edições de Ouro, 1965.

Traduções do grego com introdução e notas

5. Aristófanes, *As nuvens, Só para mulheres, Um deus chamado dinheiro*, Rio de Janeiro, Jorge Zahar, 3ª ed., 2003.
6. Aristófanes, *As vespas, As aves, As rãs*, Rio de Janeiro, Jorge Zahar, 3ª ed., 2004.
7. Aristófanes, *A greve do sexo e A revolução das mulheres*, Rio de Janeiro, Jorge Zahar, 6ª ed., 2006.
8. Marco Aurélio, *Meditações*, Rio de Janeiro, Edições de Ouro, 1967.
9. Aristófanes, *A paz – Menandro, O misantropo*, Rio de Janeiro, Edições de Ouro, 1968.
10. Tucídides, *História da guerra do Peloponeso*, Brasília, Editora UnB, 3ª ed., 1988.
11. Aristóteles, *Política*, Brasília, Editora UnB, 1985.
12. Aristóteles, *Ética a Nicômacos*, Brasília, Editora UnB, 1985.
13. Políbios, *História*, Brasília, Editora UnB, 2ª ed., 1988.
14. Herôdotos, *História*, Brasília, Editora UnB, 2ª ed., 1988.
15. Diôgenes Laêrtios, *Vidas e doutrinas dos filósofos ilustres*, Brasília, Editora UnB, 1988.
16. Sófocles, *A trilogia tebana – Édipo Rei, Édipo em Colono, Antígona*, Rio de Janeiro, Jorge Zahar, 13ª ed., 2008.
17. Ésquilo, *Oréstia – Agamêmnon, Coéforas, Eumênides*, Rio de Janeiro, Jorge Zahar, 7ª ed., 2006.
18. Eurípides, *Medéia, Hipólito, As Troianas*, Rio de Janeiro, Jorge Zahar, 7ª ed., 2007.
19. Ésquilo, *Os persas* – Sófocles, *Electra* – Eurípides, *Hécuba*, Rio de Janeiro, Jorge Zahar, 6ª ed., 2008.
20. Eurípides, *Ifigênia em Áulis, As fenícias, As bacantes*, Rio de Janeiro, Jorge Zahar, 5ª ed., 2005.
21. Ésquilo, *Prometeu acorrentado* – Sófocles, *Ájax* – Eurípides, *Alceste*, Rio de Janeiro, Jorge Zahar, 5ª ed., 2004.

Outras traduções

22. Jacqueline de Romilly, *Fundamentos de literatura grega*, Rio de Janeiro, Jorge Zahar, 1984.
23. Sir Paul Harvey, *Dicionário Oxford da literatura clássica grega e latina*, Rio de Janeiro, Jorge Zahar, 1987.
24. Marcel Detienne. *A escrita de Orfeu*, Rio de Janeiro, Jorge Zahar, 1991.
25. J.V. Luce, *Curso de filosofia grega*, Rio de Janeiro, Jorge Zahar, 1994.

A

Abas (G.). (1) Rei dos Argos, consangüíneo de Egito e de Danaôs (vv.) e antepassado de Perseu (v.).

(2) Filho de Melâmpus (v.), neto de Amitáon e bisneto de (1); este Abas seria o pai de Lisímaca (mãe de Ádrasto, v.); de Ídmon (herdeiro do dom profético de seu avô Melâmpus) e de Côirano (vv.).

Aborígenes (L.) Habitantes primitivos da Itália central, tidos como filhos das árvores, que desconheciam as leis e cidades e levavam uma vida errante alimentando-se de frutos silvestres. Por ocasião da chegada de Enéias (v.) ao Lácio com seus companheiros de viagem após a Guerra de Tróia, esses Aborígenes eram súditos do rei Latino; unindo-se aos troianos recém-chegados, eles constituíram o povo latino, cujo nome se deve ao seu rei. V. *Latino*.

Acacalis (G. *Akakallis*). Filha de Minos, amada por Hermes (vv.), de quem teve um filho chamado Cídon, e por Apolo (v.), pai com ela de três filhos: Garamas (também chamado Anfítemis), herói epônimo dos Garamantes (povo nômade do norte da África), Míleto e Naxos (vv.). Quando estava grávida de Míleto, Acacalis, temerosa da cólera paterna, fugiu do palácio de Minos e se ocultou num bosque, onde deu seu filho à luz. Impossibilitada de criá-lo, Acacalis abandonou-o perto de uma árvore, onde as lobas da floresta, obedecendo a uma ordem de Apolo, amamentaram-no até a chegada ao local de alguns pastores que o acharam e recolheram.

Acádemo (G. *Akádemos*). Herói ático graças a quem os Diôscuros (v.) tomaram conhecimento do local onde sua irmã Helena fora presa por Teseu (vv.) e a libertaram. Após a sua morte Acádemo foi sepultado num bosque sagrado situado nas imediações de Atenas. A escola filosófica fundada por Platão, chamada Academia, que se reunia nesse local, deve o seu nome a esse herói.

Acaimenides (G. *Akhaimenides*). Um dos companheiros de Ulisses (v.), abandonado por este quando fugiu precipitadamente da terra dos Cíclopes, temeroso dos rochedos que eles lançavam contra as naus. Acaimenides conseguiu sobreviver ocultando-se dos Cíclopes e foi salvo posteriormente por Enéias quando este parou na Sicília em sua viagem para a Itália após a Guerra de Tróia. V. *Enéias*.

Acalantis (G.). Uma das nove ninfas filhas de Píero, rei da Macedônia. Acalantis e suas irmãs desafiaram as nove Musas (v.), pretendendo cantar melhor que elas. Indignadas, as Musas transformaram-nas em pássaros. V. *Plêiades*.

Aca Larência (L. *Acca Larentia*). Uma prostituta romana que teria vivido nos primeiros tempos da cidade, e enriqueceu com a profissão graças aos conselhos de Hércules (v.). Aca Larência teve dez filhos, e além deles amamentou Rômulo e Remo (vv.); ao morrer ela legou suas extensas propriedades ao povo romano. Seu cognome era Lupa, dado freqüentemente na época às prostitutas (os prostíbulos chamavam-se também "lupanares"), e dessa circunstância parece ter surgido a lenda de que Rômulo e Remo foram amamentados por uma loba. Veja-se o verbete *Acacalis* para outra lenda a respeito de um recém-nascido abandonado, que também teria sido amamentado por lobas.

Acamas (G.) (1) Filho de Teseu e de Fedra (vv.), herói epônimo da tribo dos Acamantidas. Antes do início da Guerra de Tróia (v.), Acamas foi mandado pelos gregos àquela cidade com a missão de exigir a devolução de Helena (v.) ao seu marido. Laodice, filha do rei Príamo, apaixonou-se por ele à primeira vista, e confidenciou sua paixão a Filobia, mulher de Perseu (v.) (na época rei da cidade de Dárdano, na Troas), que se prontificou a ajudá-la. Com esse objetivo Filobia persuadiu o marido a convidar Acamas e Laodice para um banquete, pondo-os lado a lado e apresentando Laodice como se fosse uma das concubinas do rei Príamo. Acamas e Laodice uniram-se e dessa união nasceu Múnito, que foi criado no palácio de Príamo por Aitra, mãe de Teseu (v.), naquela ocasião escrava de Helena. Após a captura de Tróia, Múnito partiu com seus pais para a Ática em companhia de Aitra, agora livre. No período final da Guerra de Tróia (v.) Acamas teria estado entre os gregos introduzidos na cidade no bojo do cavalo de madeira (v. *Cavalo de Tróia*).

(2) Um troiano que sobressaiu pela bravura na guerra contra os atacantes gregos.

(3) Outro troiano, chefe de um contingente trácio, morto em combate por Ajax Telamônio (v. *Ajax* (1)).

Acarnan (G.). Um dos dois filhos de Alcmêon e de Calirroe (filha de Aqueloo, vv.). Em certa ocasião Alcmêon insultou Fegeu, rei de Psofis, na Arcádia, cujos filhos o mataram para vingar a ofensa. Ao tomar conhecimento da morte do marido, Calirroe pediu a Zeus (v.) o milagre de fazer crescerem instantaneamente seus dois filhos pequenos – Acarnan e Anfôtero –, pondo-os assim em condições de vingarem a morte do pai. Zeus ouviu a prece e eles mataram Agênor e Prônoo, os dois filhos de Fegeu, no palácio de Agapênor. Em seguida Acarnan e Anfôtero rumaram para Psofis e mataram Fegeu, o causador da morte de seu pai. Apesar de perseguidos ambos conseguiram escapar, e obedecendo a ordens de seu avô Aqueloo foram para Delfos, onde dedicaram a Apolo (v.) o colar de Harmonia (v.), origem de numerosos crimes violentos. Depois os dois irmãos percorreram o Épiro, onde arregimentaram companheiros e colonizaram a região até então habitada pelos Curetes (v.); estes daí em diante passaram a chamar-se acarnânios, e a região recebeu o nome de Acarnania em homenagem a Acarnan.

Acaso (G. *Tykhe*). Personificação de uma divindade feminina, simbolizando a imprevisibilidade dos fatos da vida, capaz de trazer às criaturas humanas tanto o mal quanto o bem. Esta concepção do Acaso, cuja significação é "o que pode acontecer", desenvolveu-se à proporção que a crença nos deuses tradicionais declinava. O Acaso aparece às vezes associado às Moiras (v.) e mais poderoso que elas. A Fortuna (v.) dos romanos é uma réplica do Acaso grego.

Ácasto (G. *Ákastos*). Filho de Pelias (rei de Iolco) e de Anaxibia, participante da expedição dos Argonautas (v.) e de caçada ao javali de Calidon (v. *Melêagro*). Após a morte de seu pai, vítima dos sortilégios de Medéia, Ácasto subiu ao trono de Iolco.

Acates (G. *Akhates*). Um troiano, amigo fiel de Enéias (v.) e seu companheiro de viagem até a Itália. Acates teria matado Protesilau (v.), o primeiro grego a desembarcar em solo troiano, no início da Guerra de Tróia (v.).

Ácis (G.) Deus do rio do mesmo nome situado nas imediações do monte Etna, na Sicília; Ácis era filho de Pan (ou do deus itálico Fauno, que é a réplica latina de Pan (vv.)) e da ninfa Simaitis. Antes de metamorfosear-se em rio Ácis tinha amado a ninfa Galatéia (v.), por quem o cíclope Polífemo (v.) também era apaixonado; este último, transtornado pelo ciúme, atacou violentamente o rival e tentou esmagá-lo sob um rochedo, mas Ácis escapou ao gigante transformando-se em rio.

Acôntio (G. *Akôntios*). Um belo rapaz pertencente a uma família abastada porém de origem humilde. Em certa ocasião ele foi a Delos para assistir às festas em honra de Apolo (v.) celebradas anualmente na ilha; lá Acôntio viu uma moça que também viera venerar o deus. Dominado pela beleza da moça, cujo nome era Cidipe, Acôntio seguiu-a até o templo de Ártemis (v.), e quando ela sentou-se o rapaz imaginou um ardil: apanhou um marmelo e escreveu no mesmo, com a ponta de um pequeno punhal, a frase "Juro pelo templo de Ártemis que me casarei com Acôntio" (v. o verbete *Hermocares* para um estratagema idêntico). Em seguida lançou a fruta em direção à moça; a ama apanhou-a e a passou a Cidipe, que leu inocentemente a frase em voz alta. Percebendo o sentido das palavras ela corou pudicamente e jogou o marmelo fora, mas embora sem querer Cidipe havia pronunciado a frase que a prendia mediante juramento a Acôntio, tendo Ártemis como testemunha. De volta à pátria o rapaz passou a definhar, consumido pelo amor à moça, que considerava sua noiva. Nesse ínterim o pai de Cidipe arranjou para sua filha um casamento de conveniência, mas no começo das festas de noivado Cidipe adoeceu subitamente e a gravidade da doença levou o pai a adiar o casamento. Isso feito a moça restabeleceu-se, porém por três vezes, sempre que se marcava o dia das núpcias, o mal voltava a manifestar-se. A notícia desses fatos chegou ao conhecimento de Acôntio, que viajou para Atenas, onde morava Cidipe, e perguntava repetidamente pela saúde de sua amada. Toda a cidade falava em seu amor pela moça, e já se pensava que o rapaz a tinha enfeitiçado. O pai de Cidipe foi a Delfos interrogar o oráculo de Apolo, e o deus declarou que a moça estava comprometida por um juramento e que a cólera de Ártemis caía sobre a mesma sempre que ela estava na iminência de cometer o perjúrio. De volta a Atenas, seu pai, embora desgostoso com a obscuridade da família de Acôntio, concordou afinal com o casamento para livrar a filha do castigo divino.

Acrísio (G. *Akrísios*). Filho de Abas, rei de Argos, e irmão gêmeo de Preto (vv.). Os gêmeos já brigavam no ventre materno, dando continuidade ao rancor recíproco de seus avós Egito e Danaôs (vv.), e à proporção que cresciam sua inimizade aumentava. Os dois entraram em guerra disputando o trono de Argos, que seu pai legara a ambos ao morrer. Após uma luta prolongada Acrísio saiu vitorioso e baniu o irmão, que partiu para a Lícia e casou-se com a filha do rei Iobates, chamada Ânteia (ou Esteneboía em outra fonte da lenda). Mais tarde os dois irmãos reconciliaramse, cabendo a Acrísio continuar como rei de Argos e a Preto (v.) reinar em Tirinto. Acrísio casou-se com Eurídice, e teve dela uma filha – Danae. Desejando um filho para ser o seu sucessor ele consultou um oráculo, e este anunciou que sua filha teria um filho por quem seria morto. Querendo evitar a consumação do oráculo, Acrísio mandou construir um aposento subterrâneo de bronze, onde confinou Danae. Apesar da vigilância constante Danae foi seduzida, segundo algumas fontes por seu tio Preto, e de acordo com outras, mais numerosas, por Zeus (v.) sob a forma de uma chuva de ouro que passou por uma fenda do teto e engravidou a moça. O fato chegou ao conhecimento de Acrísio, mas este não acreditou na paternidade divina e encerrou Danae e seu filho recém-nascido numa arca, mandando que a jogassem ao mar. O filho, que se chamou Perseu (v.), foi recolhido por Díctis (v.) numa praia de Sêrifo, onde a arca foi parar lançada pelas ondas, e depois de chegar à idade adulta praticou inúmeras proezas. Mais tarde Perseu desejou conhecer seu avô e voltou a Argos com sua mãe e com Andromeda (v.), sua mulher. Informado da vinda de Perseu, Acrísio, temeroso da consumação do oráculo, partiu para Lárissa, na Tessália. Em certa ocasião Teutamides, rei de Lárissa, celebrou jogos atléticos na cidade, e Perseu chegou lá para competir na prova de lançamento de disco. No momento em que Perseu lançou o disco, este desviou-se sob o efeito de ventos súbitos e fortíssimos, indo atingir Acrísio na cabeça e matando-o. Tomando conhecimento da consumação do oráculo, Perseu sepultou Acrísio e regressou a Argos.

Ácron (L.). Rei da cidade sabina de Cenina. Aceitando o desafio de Rômulo para um duelo diante dos dois comandantes dos exércitos em luta, Ácron foi vencido e morto por seu antagonista, que lhe tirou a armadura e a consagrou a Júpiter Ferétrio em seu templo no Capitólio. A origem da instituição romana chamada *spolia opima* estaria ligada a este combate singular.

Actáion (G.). Filho de Aristeu e de Autonoe, e neto de Apolo (vv.). Criado pelo centauro Quíron (v.), Actáion aprendeu com este a arte de caçar. Certa vez ele viu Ártemis (v.) banhando-se nua numa fonte, e a deusa o transformou por isso num veado; em seguida Ártemis açulou contra ele seus próprios cães de caça, que o devoraram.

Áctor (G.). Herói tessálio filho de Mirmídon e de Psidice. Em outras fontes da lenda ele aparece como um lapita filho de Forbas e de Hirmine, ou como filho de Hélios (o Sol) e de Hirmine e pai de Augias (vv.). Quando Peleu (v.), expulso de sua terra pelo próprio pai por haver assassinado Foco (v.), saiu à procura de alguém que se dispusesse a purificá-lo do crime, dirigiu-se a Áctor, então rei de Feras, na Tessália. Áctor concordou com a purificação e o reteve em sua companhia, deixando-lhe o trono ao morrer.

Admete (G.). Filha de Euristeu e bisneta de Perseu, e sacerdotisa de Hera (vv.) em Argos. Admete permaneceu como sacerdotisa durante cinqüenta anos, mas após a morte de seu pai teve de fugir de Argos, indo refugiar-se em Samos. Na fuga Admete levou consigo a imagem consagrada de Hera, cuja guarda lhe cabia, deixando-a num templo antiqüíssimo da deusa, edificado em Samos pelos lélegos e pelas ninfas. Desolados com o desaparecimento da imagem, os argivos incumbiram alguns piratas tirrênios de procurá-la. O templo de Hera em Samos nunca era fechado, e os piratas roubaram a imagem sem maiores dificuldades, mas quando quiseram zarpar levando-a de volta a Argos, não conseguiram fazer a nau sair do lugar; percebendo então que a deusa queria permanecer em Samos, eles desembarcaram a imagem, puseram-na na praia e lhe ofereceram um sacrifício. Notando o desaparecimento da imagem, Admete comunicou o fato aos habitantes; estes passaram a procurá-la por toda parte, e afinal a encontraram na praia após a partida dos piratas. Imaginando que a imagem viera para aquele local por si mesma, os sâmios deixaram-na onde estava depois de firmá-la no solo. Chegando ao local, Admete removeu a imagem, purificou-a e consagrou-a novamente por considerá-la profanada pelas mãos impuras dos piratas, e em seguida levou-a de volta ao templo. Para perpetuar a memória desse acontecimento insólito, os sâmios passaram a celebrar anualmente uma festa durante a qual conduziam a imagem de Hera em procissão ao longo da praia, reconsagrando-a e dedicando-lhe oferendas. Numa variante da lenda a imagem de Hera teria sido levada de Argos para Samos pelos Argonautas (v.) na nau *Argó*, e não por Admete.

Ádmeto (G. *Ádmetos*). Rei de Feras, na Tessália, filho de Feres (a quem a região devia o seu nome) e de Periclimene. Participou na juventude da caçada ao javali de Calidon (v. *Meleâgro*) e da expedição dos Argonautas (v.). Subiu ao trono em seguida à morte do pai, e nessa ocasião Apolo (v.) prestou-lhe serviços como boiadeiro. Ádmeto apaixonou-se por Alceste (v.), cujo pai (Pelias, rei de Iolco) resolveu que somente a daria em casamento a um homem a cujo carro fossem atrelados ao mesmo tempo um leão e um javali. O próprio Apolo, por gratidão em face da benevolência do rei quando lhe prestou serviços, proporcionou-lhe as duas feras, e assim Ádmeto pôde casar-se com a moça que amava. Ainda por gratidão Apolo, após embriagar as Moiras (v.), levou-as a concederem a Ádmeto a graça de não morrer no dia prefixado pelo destino, desde que alguém se dispusesse a morrer em seu lugar. Chegado o dia fatal, como ninguém se oferecesse para morrer por ele, sua mulher, movida pelo amor, prontificou-se a morrer em vez dele. Entretanto Heraclés, companheiro de Ádmeto na expedição dos Argonautas (vv.), apareceu em Feras por ocasião da morte de Alceste; posto a par do triste acontecimento e das circunstâncias relativas ao mesmo, o herói desceu aos infernos e trouxe Alceste de volta à vida. Numa variante da lenda teria sido Perséfone (v.) que a devolveu ao mundo dos vivos, admirada com a extraordinária prova de amor da rainha.

Ádonis (G., porém de origem fenícia). De acordo com a versão mais conhecida da lenda de Ádonis, Afrodite (v.), por vingança, suscitou em Esmirna, também chamada Mirra, uma paixão incontida por seu pai, o rei sírio Teias. Ajudada por Hipólita, sua ama, Esmirna conseguiu enganar Teias e se uniu a ele durante doze noites. Na última noite, entretanto, o pai percebeu que se tratava de sua filha e quis matá-la. Em face do perigo Esmirna invocou a proteção dos deuses, e estes a transformaram na árvore de onde sai a mirra. Decorridos dez meses a casca da árvore estufou até romper-se, e do tronco saiu um menino, a quem deram o nome de Ádonis. Fascinada pela beleza do recém-nascido, Afrodite apanhou-o e o entregou a Perséfone (vv.), rainha do mundo subterrâneo, pedindo-lhe para cuidar dele. Perséfone, todavia, afeiçoou-se fortemente ao belo menino, e não quis restituí-lo a Afrodite quando esta foi buscá-lo. Após um debate acirrado entre as duas deusas, no qual o árbitro foi o próprio Zeus (v.) (ou a musa Calíope por incumbência de Zeus), decidiu-se que Ádonis passaria um terço do ano com Afrodite, um terço com Perséfone e um terço onde desejasse. Mas Ádonis permanecia sempre dois terços do ano com Afrodite, em detrimento de Perséfone. Posteriormente, Ártemis, encolerizada por razões que a lenda não esclarece, instigou contra Ádonis durante uma caçada um javali que o matou.

Ádonis era uma divindade da vegetação e de seu ciclo, simbolizado por sua permanência ora junto a Perséfone, deusa das entranhas da terra, ora junto a Afrodite, deusa da fertilidade.

Adrásteia (G.). Literalmente "a inevitável", era a personificação da justiça inexorável; às vezes era invocada para evitar ou desviar a punição divina no caso de procedimento temerário.

Ádrasto (G. *Ádrastos*). Rei de Argos, cuja lenda se interliga com a expedição dos Sete Chefes contra Tebas. Após a divisão do reino de Argos por Preto entre ele mesmo e Bias e Melâmpus (vv.), filhos de Amitáon (v.), três famílias passaram a reinar ao mesmo tempo naquela região. Mas a harmonia entre as três famílias durou pouco. Durante um tumulto Anfiarau (v.), descendente de Melâmpus, matou o pai de Ádrasto – Talau (v). –, descendente de Bias. Ádrasto fugiu em seguida para Sicione, indo juntar-se ao rei Políbo (v.), seu avô do lado materno, que morreu sem deixar descendência masculina e lhe legou o trono. Ao assumir o reinado, Ádrasto reconciliou-se com Anfiarau e recuperou o trono de Argos. Nesse ínterim Polinices, um dos filhos de Édipo (vv.), fora expulso de Tebas por Eteoclés, seu irmão, enquanto Tideu (vv.), filho de Oineu, rei de Calidon, havia sido exilado por seu pai em decorrência de um assassinato. Certa noite os dois heróis chegaram juntos ao palácio de Ádrasto para pedir-lhe auxílio, e começaram a discutir. Despertado pela discussão ruidosa, Ádrasto mandou-os entrar e iniciou a purificação de Tideu da mácula resultante do assassinato. Em seguida, vendo em seus respectivos escudos as imagens de um javali e de um leão, Ádrasto lembrou-se de um antigo oráculo segundo o qual suas duas filhas se casariam com esses animais. O rei deu então a filha mais velha – Argia – em casamento a Polinices, e a mais nova – Deipile – a Tideu, prometendo aos dois que os levaria de volta às suas respectivas pátrias e os reintegraria em seus direitos. Foi essa a origem da expedição dos Sete Chefes contra Tebas.

Participaram dessa operação militar os chefes das três famílias reinantes na Argolis, descendentes de Bias, de Melâmpus e de Preto. Os Sete Chefes eram Anfiarau, Capaneu, Hipomêdon (sobrinho de Ádrasto), Partenopeu (às vezes mencionado como sendo irmão de Ádrasto), Tideu, Polinices (vv.) e o próprio Ádrasto (comandante supremo da expedição). Após um sucesso inicial, durante o assalto às muralhas de Tebas os Sete Chefes foram vencidos e aniquilados juntamente com seus exércitos, à exceção de Ádrasto, que se salvou graças à extraordinária velocidade de seu cavalo Arêion.

Dez anos mais tarde Ádrasto empreendeu uma nova expedição contra Tebas juntamente com os filhos dos chefes mortos na primeira tentativa, chamados Epígonos ("Sucessores"). Embora seu exército fosse menos numeroso os Epígonos capturaram Tebas e lhe impuseram como rei um filho de Polinices chamado Têrsandro. Ádrasto perdeu seu filho Aigialeu na batalha final, e morreu de desgosto em Mêgara.

Aédon (G.). Filha de Pandareu (v.) e mulher de Zeto (irmão de Anfíon) (v.). Com inveja da fecundidade de sua cunhada Níobe (v.), mulher de Anfíon, Aédon tentou matar o filho mais velho de Níobe (Amaleu), enquanto este dormia; entretanto, por engano matou seu próprio filho, chamado Ítilo. Desesperada, Aédon pediu clemência aos deuses, que a transformaram num rouxinol (*aedon* em grego = rouxinol).

Aerope (G.). Minos (v.), rei de Creta, tinha um filho – Catreu (v.) – que por sua vez teve três filhas (Aerope, Apemosine e Climene) e um filho (Altaimenes). Perguntando a um oráculo em que circunstâncias morreria, Catreu ouviu que seria morto por um filho de seus filhos. Ele tentou manter segredo, mas Altaimenes tomou conhecimento do oráculo e em seguida fugiu com sua irmã Apemosine. Catreu, por seu turno, entregou Aerope e Climene a Náuplio (v.), ordenando-lhe que as vendesse em terras distantes. Náuplio levou as duas moças para Argos. Lá Aerope casou-se com Plistenes, rei da região, e dessa união nasceram Agamêmnon e Menelau (vv.) (de acordo com outra versão da lenda, Aerope ter-se-ia casado não com Plistenes, e sim com Atreu, que seria o pai de Agamêmnon e de Menelau).

Afrodite (G. *Aphrodite*). Uma das divindades olímpicas, deusa do amor e da fertilidade. De acordo com uma das tradições a respeito de seu nascimento, ela seria filha de Zeus e de Dione (vv.); segundo outra versão mais antiga, os órgãos sexuais de Urano, cortados por Cronos (vv.), teriam caído ao mar e dado origem à deusa; numa terceira versão ela teria nascido da espuma do mar. Após surgir na superfície das águas marinhas Afrodite foi levada pela força dos ventos primeiro a Citera, e em seguida até a costa de Chipre, onde as Horas (v.) a receberam, vestiram e enfeitaram, conduzindo-a depois para a morada dos imortais. As lendas a respeito de Afrodite são numerosas e às vezes divergentes. A deusa ter-se-ia casado com Hefesto (v.), o deus coxo de Lemnos, embora amasse Ares (v.), o deus da guerra. Hélios (o Sol) teria surpreendido Afrodite cometendo adultério com Ares, e Hefesto envolveu os amantes numa rede mágica, chamando todos os deuses do Olimpos para vê-los. Acabrunhada, Afrodite fugiu para Chipre. Desses amores adúlteros nasceram Eros e Anteros, Deimos e Fobos (o Terror e o Medo), e Harmonia (vv.), que mais tarde se casou com Cadmo em Tebas; outras tradições acrescentam Príapo à lista de seus filhos. Em outra aventura amorosa, quando Esmirna (ou Mirra) se transformou numa árvore e deu Ádonis à luz (vv.), Afrodite recolheu o recém-nascido, fascinada por sua beleza. A seqüência desta parte da lenda consta do verbete *Ádonis*. Anquises (v.) também foi amado pela deusa no monte Ida (na Troas), e dessa união nasceram Enéias (v.) e Lirno.

Afrodite tinha um temperamento irascível e era vingativa, e seus amores às vezes eram funestos. Um dia Êris (a Discórdia; v. *Êris*) apresentou um pomo a ser oferecido à mais bela das três deusas (Afrodite, Atena e Hera). Zeus deu ordens a Hermes (vv.) para conduzi-las até o monte Ida, a fim de serem julgadas por Alexandre, mais conhecido pelo nome de Páris. As deusas ostentaram sua beleza e prometeram recompensas ao juiz: Hera ofereceu-lhe o trono do universo, Atena prometeu-lhe a invencibilidade na guerra, e Afrodite disse-lhe que lhe entregaria a bela Helena. Páris deu a vitória a Afrodite, e essa escolha foi a causa da Guerra de Tróia (v. *Helena*). Ao longo de toda a guerra a deusa protegeu os troianos, e principalmente Páris. Mais tarde protegeu também Enéias, na iminência de ser morto por Diomedes (que feriu a própria deusa). Embora a ajuda de Afrodite não tenha impedido a derrota de Tróia e a morte de Páris, ela conseguiu preservar do aniquilamento a raça troiana. Com efeito, graças à proteção da deusa Enéias pôde fugir da cidade em ruínas, levando consigo Anquises, seu velho pai, e Iulo (ou Ascânio), seu filho, além dos Penates de Tróia. Por isso Roma teve como protetora Vênus, assimilada pelos romanos a Afrodite. V. *Vênus*.

Agamedes (G.). Um arquiteto muito sagaz, que juntamente com Trofônio (v.) construiu em Hiria um edifício onde seriam guardados os tesouros do rei Hirieu. Durante a construção os dois encaixaram na parede adjacente à via pública uma pedra solta, de tal maneira que podiam removê-la facilmente para roubar durante a noite os bens de Hirieu. Este notou o desaparecimento de objetos preciosos e pediu conselhos a Dédalo (v.), outro grande arquiteto, para prender os ladrões. Dédalo preparou uma armadilha na qual Agamedes caiu. Para evitar a revelação de seu nome como cúmplice Trofônio decepou-lhe a cabeça, porém a terra abriu-se sob seus pés e o engoliu. Herôdotos (*História*, III, 121), relata uma história semelhante a respeito do faraó Rampsinito.

Agamêmnon (G.). = Agamenon. O mais poderoso dos reis gregos na época da Guerra de Tróia, ora mencionado como sendo filho de Atreu, ora de Plistenes (v. *Aerope*), ou ainda de Pêlops (vv.). Na *Ilíada*, Agamêmnon era o comandante supremo das forças gregas, em decorrência de sua qualidade de rei de Argos (às vezes também de Micenas). Ele era casado com Clitemnestra (ou Clitemestra), irmã de Helena, ambas filhas de Leda e de Tíndaro (vv.). Clitemnestra fora casada antes com Tântalo, filho de Tiestes (vv.), mas Agamêmnon matou Tântalo e um filho deste e dela. Por causa desse duplo assassinato e do casamento de Clitemnestra contra a vontade desta, Cástor e Pólux (os Dióscuros, vv.), irmãos de Clitemnestra, perseguiram Agamêmnon e o forçaram a asilar-se junto ao seu sogro Tíndaro. Afinal Cástor e Pólux reconciliaram-se com o cunhado, porém sua união com Clitemnestra, marcada por um crime, foi-lhe extremamente funesta. Agamêmnon teve com Clitemnestra três filhas – Crisôtemis, Laodice (ou Electra) e Ifigênia (ou Ifiânassa) – e um filho chamado Orestes.

O episódio mais destacado da vida de Agamêmnon foi a Guerra de Tróia (v.). Ao voltar dessa guerra, trazendo consigo Cassandra, filha de Príamo, reduzida à condição de sua concubina, Agamêmnon foi morto traiçoeiramente por Egisto (v.), que na longa ausência do rei se insinuara junto a Clitemnestra e se tornara seu amante, ajudado pela própria Clitemnestra (esta teria assassinado a infeliz Cassandra). Vv. *Clitemnestra, Electra* (3) e *Orestes,* e a tragédia *Agamêmnon* de Ésquilo.

Agamenon (G.). V. *Agamêmnon.*

Agapênor (G.). Comandante do contingente arcádio do exército grego na Guerra de Tróia. Sua participação nessa guerra resultou de um acordo entre os pretendentes à mão de Helena (v.) antes da escolha do marido desta por Tíndaro (v.); de conformidade com o acordo, todos os pretendentes se comprometeram a solidarizar-se com o escolhido no caso de ameaça ao casamento (v. *Guerra de Tróia*).

Agave (G.). Filha de Cadmo, rei de Tebas, e de Harmonia, e irmã de Autonoe, de Ino e de Semele (vv.); Agave casou-se com Equíon, e dessa união nasceu Penteu (vv.). Quando sua irmã Semele morreu vítima de um raio por ter pedido temerariamente a Zeus, seu amante, que lhe aparecesse com toda a sua imponência, Agave propalou que Semele tivera um caso amoroso com um mortal, e que Zeus a punira por sua pretensão de estar grávida do deus. Diôniso (v.), filho de Semele, vingou mais tarde sua mãe, castigando cruelmente Agave pela calúnia divulgada. Com efeito, regressando a Tebas, cujo rei na época era Penteu, Diôniso impôs a todas as mulheres da cidade que fossem à montanha chamada Citéron para celebrar seus mistérios orgiásticos. Querendo evitar a introdução dos novos ritos na cidade, Penteu tentou espionar as participantes da celebração – as Bacantes (v. *Mênades*). Descoberto nessa tentativa e confundido pelas Bacantes em delírio com um animal feroz, Penteu foi morto por Agave, sua própria mãe, num acesso de loucura provocado por Diôniso, e esquartejado como se se tratasse realmente de uma fera. Passado o acesso, Agave, transtornada, fugiu para a Ilíria, onde casou-se com Licoterses, rei da região.

Eurípides inspirou-se nesta lenda para compor a sua tragédia *As Bacantes.*

Agênor (G.). Filho de Poseidon e de Líbia (epônima da região correspondente a grande parte do norte da África atual) e irmão gêmeo de Belo. Enquanto este último reinava sobre o Egito, Agênor ocupava o trono da Síria. Casando-se com Telêfassa, ele teve com ela três filhos, chamados Cadmo, Cílix e Fênix, e uma filha – Europa (vv.). Quando Europa foi raptada por Zeus (v.) metamorfoseado em touro, Agênor mandou seus filhos à procura da irmã, advertindo-os de que não voltassem antes de terem descoberto o seu paradeiro. Os irmãos partiram para a busca infrutífera, durante a qual Cadmo fundou Tebas, Cílix deteve-se na região que por sua causa recebeu o nome de Cilícia, e Fênix deu o nome à Fenícia.

Aicmagoras (G. *Aikhmagoras*). Filho de Heraclés e de Fialó (filha de Alcimêdon) (vv.). Por ocasião do nascimento do filho, Alcimêdon obrigou Fialó a desfazer-se do recém-nascido, e abandonou-a amarrada a uma árvore na montanha. Um gaio que estava perto da criança ouviu-lhe os gritos e pôs-se a imitá-los. Heraclés escutou os gritos do gaio, repetidos pelo eco, dirigiu-se ao local e lá descobriu o filho e a amante, livrando-a das amarras e salvando-a juntamente com o filho.

Aidós (G.). A personificação do pudor e do sentimento de honra.

Aietes (G.). Filho de Hélios (o Sol) e da oceânide Perseís, e irmão da feiticeira Circe (vv.); era rei da Cólquida e tinha seu palácio em Aia. Quando Frixo, em sua fuga com a irmã Helé (vv.) montado no carneiro do tosão de ouro, dotado do dom de voar, chegou à Cólquida, Aietes recebeu-o amistosamente e lhe deu a filha Calciope em casamento. Frixo ofereceu o carneiro a Zeus (v.) num sacrifício e deu o tosão de ouro ao rei, que o pendurou num carvalho existente num bosque dedicado a Ares (v.), deus da guerra. Jáson (v.), a quem Pelias (v.) deu a incumbência de trazer-lhe o tosão de ouro, embarcou para essa viagem aventurosa na nau *Argó* com os demais Argonautas (v.). Por ocasião da chegada destes últimos a Aia depois de muitas peripécias, o rei, querendo esquivar-se ao pedido inconveniente, prometeu o tosão a Jasão se este desse provas convincentes de bravura. Jasão, auxiliado decisivamente por Medéia (v.), filha de Aietes, conseguiu vencer as perigosíssimas provas impostas pelo rei (v. *Argonautas*). Aietes não cumpriu a palavra e quis incendiar a *Argó*, e Jáson teve de apoderar-se à força do tosão, fugindo em seguida com Medéia.

Aigestes (G.). Filho do deus do rio siciliano Crimiso, que recebeu amistosamente Enéias (v.) e os troianos por ocasião de sua passagem pela Sicília. Aigestes também acolhera em tempos mais remotos um troiano que fora ter à mesma ilha antes da Guerra de Tróia, avô de Aigestes, quando o rei da cidade era Laomêdon.

Aigiália (G. *Aigiáleia*). A quarta filha de Ádrasto, casada com Diomedes (vv.), rei de Argos. Pouco tempo depois do casamento o marido a deixou para participar das guerras contra Tebas e Tróia. Durante muitos anos Aigiália foi fiel a Diomedes, mas afinal passou a traí-lo, unindo-se a vários heróis. Atribuía-se essa mudança de conduta à interferência de Afrodite (v.) que, tendo sido ferida por Diomedes no decurso de um combate junto às muralhas de Tróia, quis vingar-se dele suscitando em Aigiália paixões avassaladoras. Segundo outra fonte a infidelidade resultou de calúnias de Náuplio, pai do herói Palamedes (vv.); para vingar o filho, morto pelos próprios gregos, Náuplio passou a percorrer as cidades gregas contando às mulheres que seus maridos as traíam e trariam de Tróia concubinas que as substituiriam.

Aio Locúcio (L. *Aius Locutius*). Um deus sobre o qual pouco se sabe, cujo nome sugere a idéia reiterada de falar (*aio* e *loquor*); manifestou-se uma única vez, na época da incursão gaulesa contra Roma em 390 a.C., quando se ouviu uma voz apregoando a aproximação do inimigo, sem que nenhum romano desse importância ao fato. Após a expulsão dos gauleses e a libertação de Roma o ditador Camilo, penitenciando-se da negligência em relação à voz divina, mandou construir um santuário dedicado a Aio Locúcio na parte norte do Palarino, onde sua voz foi ouvida.

Áipito (G. *Áipytos*). (1) Um arcádio filho de Hipotoo e pai de Cípselo (v.). Um dia Áipito quis penetrar à força no templo de Poseidon (v.) em Mantinéia, mas o deus o cegou e tirou-lhe a vida.

(2) Bisneto de (1), filho de Cresfontes e de Merope (filha de Cípselo). Em meio a um tumulto seus irmãos e seu pai foram

mortos, e Áipito, ainda criança, conseguiu fugir, indo refugiar-se junto ao seu avô. Chegando à maioridade, ele voltou para a Messênia auxiliado pelos arcádios e por chefes dórios filhos de Ístmio e de Aristodeme, e vingou-se matando Polifontes, causador do tumulto, que após a morte de Cresfontes constrangeu Merope a casar-se com ele. Depois de libertar sua mãe Áipitos subiu ao trono da Messênia. Sua virtude e sapiência eram tão grandes que seus descendentes receberam o epíteto de Aipitidas, em substituição ao de Heráclidas (v.) que tinham anteriormente.

(3) Filho de Êlato ou de Arcás e rei de toda a Arcádia; criou como se fosse sua uma filha de Poseidon chamada Euadne, que teve com Apolo (v.) um filho cujo nome era Íamo (vv.).

Áisaco (G. *Áisakos*). Filho de Príamo e de Arisbe, que herdara de Mêrops, seu avô, o dom de interpretar os sonhos (vv.). Por isso, quando Hécuba, pouco antes de dar Páris à luz, sonhou que parira um tição aceso que incendiou totalmente Tróia, os habitantes da cidade foram perguntar-lhe qual era a significação do sonho. Sua resposta foi que o menino cujo nascimento se aguardava iria ser a ruína de Tróia, e sugeriu aos troianos que o matassem imediatamente após o parto (vv. *Páris* e *Hécuba*). Os troianos, entretanto, não ouviram o conselho de Áisaco, que pouco tempo depois perdeu a mulher, vítima de uma picada de cobra. Não suportando o infortúnio, Áisaco lançou-se ao mar e morreu.

Áison (G.). Filho de Creteu e de Tiró, irmão de Amitáon, de Feres e de Pelias, e pai de Jáson (o herói maior da expedição dos Argonautas) (vv.). Pelias destituiu-o do trono de Iolco, que Creteu lhe deixara, e para livrar-se de Jáson mandou-o em busca do tosão de ouro. Durante a expedição correram rumores em Iolco do extermínio dos Argonautas; nada mais tendo a temer, Pelias resolveu matar Áison, concedendo-lhe o direito de escolher a maneira de morrer; a escolha de Áison foi envenenar-se com o sangue de um touro. Em outra versão da lenda Áison reviu seu filho de volta da expedição, e foi rejuvenescido pelas artes mágicas de Medéia (v.).

Aitalides (G. *Aithalides*). Um archeiro famoso, filho de Hermes (v.) e de Eupolemia; participou da expedição dos Argonautas (v.) na qualidade de arauto. Hermes (v.) dotou Aitalides de uma memória prodigiosa, que se conservou até no Hades (v.). Com efeito, segundo a lenda ele não morreu definitivamente, e voltava a viver entre os homens durante algum tempo, regressando depois ao mundo dos mortos.

Áiter (G. *Aither*) = Éter. Personificação do céu em sua parte mais próxima da terra. Segundo Hesíodos, Áiter seria filho de Êrebo (a Escuridão) e de Nix (a Noite), e irmão de Hemera (a luz do Dia). De acordo com outra fonte ele uniu-se a Hemera, originando a Terra, o Céu e o Mar, além das personificações de certos sentimentos humanos como a Cólera, a Mentira e o Desgosto, e ainda Têmis, Oceano, Briareu, Tártaro, Giges, Atlas, Esteropés (chamado Cíclope por Hesíodos), Hiperíon, as Fúrias e Dione, e na mitologia latina Saturno, Ops e Moneta. Áiter e sua descendência estão ligados ao mito de Urano (vv.).

Áitila (G. *Áithilla*). Filha de Laomêdon (v.), uma das cativas troianas entregues aos chefes gregos após o saque de Tróia. Áitila coube na partilha aos companheiros de Protesilau. (v.). Quando as naus destes tiveram de ancorar em Palene, na Trácia, por causa de uma tempestade, Áitila persuadiu suas companheiras de cativeiro a se revoltarem, relembrando-lhes os males já sofridos e prevendo as desditas futuras ainda piores quando chegassem à Grécia. Convencidas pelos argumentos de Áitila, suas companheiras incendiaram as naus, forçando assim os gregos a permanecerem naquela região, onde fundaram a cidade de Cione.

Aitra (G. *Áithra*). Filha de Piteu, rei de Trezena, neta de Pêlops e mãe de Teseu (vv.), a quem transmitiu os direitos ao trono de Trezena. Belerofonte (v.) foi o primeiro a cortejá-la. Mais tarde, quando Egeu (v.) chegou a Trezena vindo de Delfos, depois de consultar o oráculo quanto ao que deveria fazer para ter descendentes do sexo masculino, o rei Piteu (v.), interpretando corretamente a resposta do oráculo (v. *Egeu*), conseguiu que sua filha tivesse relações sexuais com seu hóspede à revelia deste. Dessa união nasceu Teseu (v.). De acordo com outra versão da lenda Aitra teria sido deflorada por Poseidon no mesmo dia em que se unira à noite com Egeu, e assim Teseu pode ser considerado igualmente filho de um deus e de um mortal. Egeu regressou a Atenas, enquanto Aitra permanecia em Trezena criando seu filho. Mais tarde, quando já era rei de Atenas, Teseu realizou uma viagem ao inferno e confiou a Aitra a bela Helena (v.), que ele raptara. Mas Cástor e Pólux (os Diôscuros, vv.), irmãos de Helena, conseguiram libertar sua irmã e aprisionaram Aitra, levando-a com eles juntamente com Helena. Aitra seguiu com Helena para Tróia, na condição de sua escrava. Por ocasião da captura da cidade seus netos Demofon e Acamas (vv.) reconheceram-na e a libertaram. Quando Teseu morreu Aitra suicidou-se, vencida pela tristeza de perder o filho.

Ájax (G. *Aias*) (1) Filho de Telamon, rei de Salamina, um dos grandes heróis da Guerra de Tróia, da qual participou na qualidade de comandante do contingente de sua ilha, transportado em doze naus; depois de Aquiles (v.) era o guerreiro mais forte e corajoso de todo o exército grego. Este Ájax participou praticamente de todos os confrontos importantes da guerra, tendo inclusive travado um combate singular com Heitor (v.), no qual levou vantagem sobre o valente adversário.

De acordo com a lenda, quando Ájax ainda era criança, Heraclés (v.), que visitava Telamon enquanto preparava a primeira expedição de gregos contra Tróia, envolveu-o na pele de leão que sempre usava sobre os ombros, fazendo preces a Zeus (v.) para tornar aquele menino invulnerável. Zeus ouviu-lhe o pedido e assim Ájax ganhou a invulnerabilidade, à exceção da axila, do quadril e do ombro em que o herói carregava a aljava com suas flechas. Na parte final da Guerra de Tróia, em seguida à morte de Aquiles, o papel de Ájax tornou-se ainda mais relevante; diante disso ele se julgou com direito às armas do herói morto, que pela vontade de Têtis, mãe de Aquiles, deveriam ser dadas ao combatente grego mais temido pelos troianos por sua bravura. O outro pretendente às armas era Ulisses (v.), e os chefes gregos resolveram interrogar os prisioneiros troianos a esse respeito; estes, despeitados com Ájax por causa de sua contribuição decisiva para a vitória dos gregos, atribuíram o primeiro lugar em bravura a Ulisses, que por isso recebeu as armas. Amargurado com essa injustiça, Ájax enlouqueceu durante a noite superveniente ao dia do julgamento, e massacrou os rebanhos destinados a alimentar os gregos, confundindo os animais com soldados inimigos. Na manhã seguinte, percebendo num momento de lucidez a extensão do mal que fizera, Ájax matou-se com sua própria espada. V. a tragédia *Ájax* de Sófocles.

(2) O segundo Ájax, também chamado Ájax Menor para distingui-lo de seu homônimo, mais célebre, era filho de Oileu, e comandava na Guerra de Tróia o contingente lócrio. Este Ájax aparece na *Ilíada* lutando ao lado do primeiro Ájax, cuja bravura não conseguia igualar. Por ocasião da captura de Tróia, Cassandra (v.), uma das filhas do rei Príamo (v.), refugiou-se junto ao altar de Atena (v.); Ájax afastou-a cruelmente da estátua da deusa à qual estava abraçada na tentativa de salvar-se, e a violentou, atraindo assim a cólera divina. Por

ocasião do regresso dos gregos à pátria o rancor de Atena o perseguiu e causou-lhe a morte em pleno mar. O sacrilégio trouxe desgraças também aos habitantes da Lócris, que obedecendo a um oráculo passaram a enviar anualmente a Tróia, durante um milênio, duas virgens escolhidas entre as mais nobres da região mediante sorteio.

Alalcomeneu (G. *Alalkomeneus*). Fundador da cidade de Atalcomene, na Beócia, a quem se atribuía a criação da cerimônia religiosa chamada *hierogamia,* na qual se representavam as núpcias de Zeus e de Hera (vv.). Contava-se a propósito que Hera, traída por Zeus, veio narrar a infidelidade do marido a Alalcomeneu, incumbido pelo casal divino de criar sua filha Atena (v.); Alalcomeneu aconselhou-a então a mandar fazer uma estátua dela em madeira, que deveria ser transportada solenemente em procissão como se se tratasse de um cortejo nupcial. A deusa aceitou a sugestão, instituindo assim uma festa chamada "festa de Dédalo" (v.). Acreditava-se que esse ritual revigorava a união de Zeus e Hera.

Alcátoo (G. *Alkáthoos*). Filho de Pêlops, rei de Élis, e de Hipodâmia, e irmão de Atreu e Tiestes (vv.). Por ocasião da morte de seu filho, vítima de um leão, o rei Megareu (v.) prometeu sua filha em casamento a quem eliminasse a fera; Alcátoo matou-a, obtendo assim a recompensa prometida, mas para casar com Euaicme, filha de Megareu, teve de abandonar Pirgó, sua primeira mulher. Com esse novo casamento ele conquistou também o trono de Ônquesto. Mais tarde, quando os cretenses devastaram a cidade de Mêgara, Alcátoo, auxiliado por Apolo, reconstruiu as muralhas destruídas.

Alceste (G. *Álkestis*). A mais bela e piedosa das filhas de Pelias (v.), rei de Iolco, casada com Ádmeto (v.); somente ela não participou do assassinato de seu pai, quando Medéia (v.), usando sua astúcia e seus feitiços, provocou a morte de Pelias nas mãos de suas próprias filhas (v. *Jáson*). Alceste era uma esposa tão boa e amava tanto o marido, que se ofereceu para morrer em seu lugar. Após a sua morte Heraclés (v.) comovido com sua prova de amor a Ádmeto, desceu ao inferno e a trouxe de volta ao mundo dos vivos. De acordo com outra versão da lenda, foi Perséfone que, igualmente comovida, tomou a decisão de ressuscitar Alceste e levá-la novamente a Ádmeto.

Eurípides imortalizou Alceste e sua lenda num drama que tem o nome da heroína.

Alcides (G. *Alkeides*). Epíteto de Heraclés (v.), significando "descendente de Alceu", porque Anfitrião (v.), seu padrasto, era filho de Alceu.

Alcinoe (G.). Uma dama coríntia que incorreu na cólera de Atena (v.) por haver empregado uma mulher para fiar e se recusado a pagar o salário prometido. Invocando Atena, padroeira dos trabalhos manuais, a fiandeira amaldiçoou Alcinoe, que enlouqueceu por obra da deusa.

Alcínoo (G. *Alkínoos*). Rei dos feácios que acolheu Ulisses (v.) por ocasião do último desastre com sua nau, que afundou perto da ilha de Esqueria (provavelmente a atual Corfu). Alcínoo tinha cinco filhos e uma filha, chamada Nausícaa (v.), que descobriu Ulisses desmaiado na praia. O rei e sua mulher (Areté, que significa "virtude") eram respeitados e amados por seus súditos, recebendo hospitaleiramente os estrangeiros e procurando suavizar o sofrimento dos náufragos que iam ter à ilha. Ouvindo de Ulisses a longa narração de suas desventuras, Alcínoo animou-o e lhe ofereceu uma nau para voltar a Ítaca, além de darlhe muitos presentes. Os Argonautas e Medéia (vv.) também foram parar na ilha de Alcínoo quando regressavam da expedição à Cólquida em busca do tosão de ouro, e lá encontraram os emissários de Aietes (v.) à procura de Medéia (v.) para devolvê-la ao seu pai. Medéia e os emissários de Aietes escolheram Alcínoo para decidir como árbitro se ela seria ou não entregue. Sua decisão foi no sentido de entregá-la desde que ela ainda fosse virgem; se já não fosse, ficaria com Jáson. Querendo salvar Medéia, a mulher de Alcínoo providenciou apressadamente o casamento dela com Jáson livrando-a assim do castigo que receberia na Cólquida. Os emissários colquídios, temerosos de apresentar-se ao rei sem Medéia, estabeleceram-se na Esqueria, enquanto os Argonautas prosseguiam em sua viagem.

Alcione (G. *Alkyone.*) Filha de Éolo (v., (3)), o Senhor dos Ventos. Ela e seu marido Cêix (v.), filho da Estrela Matutina (*Eôsforo*), formavam um par de tal maneira feliz que se consideravam iguais a Hera e Zeus (vv.). Indignados com o casal, Hera e Zeus transformaram os dois em pássaros: o marido num mergulhão e a mulher na ave que por causa dela recebeu o nome de alcione. Como as vagas destruíam sempre o ninho do alcione, feito à beira-mar, Zeus apiedou-se e determinou aos ventos que amainassem no período compreendido pelos sete dias anteriores e posteriores ao solstício de inverno, durante o qual o alcione choca seus ovos. Nesse período, conhecido como "os dias do alcione", não ocorrem tempestades.

Alcioneu (G. *Alkyoneus*). (1) Um dos gigantes filhos de Gaia (a Terra) e de Urano (o Céu) (vv.), famoso por sua força e estatura descomunais; ele teve uma participação destacada na luta entre os gigantes e os deuses. Atena (v.), ciente de que enquanto Alcioneu combatesse na terra onde nasceu ninguém poderia vencê-lo, aconselhou Heraclés (v.) a atraí-lo para um local distante de Palene, berço do gigante, onde o herói matou-o com uma flecha depois de Alcioneu haver esmagado vinte e quatro dos companheiros de Heraclés sob um rochedo enorme. As filhas de Alcioneu – as Alcionides –, desesperadas com a morte do pai, lançaram-se ao mar e foram transformadas nas aves chamadas alciones (v. *Alcione*).

(2) Um rapaz de Delfos, muito belo e bom, escolhido em obediência a um oráculo para ser sacrificado como único meio de salvar a região onde vivia de um monstro chamado Lamia, que a assolava. Quando Alcioneu estava sendo levado para o local do sacrifício, foi visto por Euríbato, outro rapaz de família nobre, que se apaixonou por ele e quis saber o que se passava; informado a respeito do sacrifício, e não conseguindo libertar Alcioneu à força, pediu em vão para ser morto em seu lugar. Pouco tempo depois, passando pela gruta onde vivia o monstro, Euríbato penetrou na mesma, agarrou-o e lhe esfacelou a cabeça de encontro a um rochedo, evitando assim a morte do rapaz.

Alcmene (G.). Mulher de Anfitrião e mãe de Heraclés, da raça de Perseu (vv.). Extraordinariamente bela, Alcmene casou-se com Anfitrião, mas com a condição de que o casamento somente se consumasse quando o marido vingasse a morte de seus irmãos (v. *Anfitrião*). Nesse ínterim Anfitrião partiu comandando um exército para enfrentar os teleboios. Aproveitando a oportunidade, Zeus (v.), que se enamorara de Alcmene, uniu-se a ela, mas sob a aparência do próprio Anfitrião, pois a fidelidade conjugal da moça era inabalável. De acordo com uma das versões da lenda Zeus fez com que a noite de núpcias se prolongasse por três dias e três noites, dando ordens ao sol para que não aparecesse antes de decorrido esse período de tempo. De volta, Anfitrião achou a mulher indiferente apesar de sua ausência, e quando quis contar-lhe a sua vitória na batalha ela disse que já sabia de tudo. Anfitrião deitou-se com sua mulher, e ao acordar, intrigado com as palavras e a atitude de Alcmene na véspera, foi consultar o adivinho Tirésias (v.), que lhe revelou a façanha de Zeus. No devido tempo Alcmene deu à luz dois filhos gêmeos: Heraclés, filho de Zeus, e Ificlés, filho de Anfitrião. Mas o marido quis punir a mulher por causa de sua união com Zeus, e mandou que a queimassem numa fogueira, porém Zeus provocou uma chuva repentina que extingüiu o fogo. Percebendo a manifestação divina, Anfitrião perdoou Alcmene.

Quando, passados muitos anos, Anfitrião morreu, Alcmene seguiu Heraclés, que em companhia de seu irmão Ificlés e de Iolau (v.), filho de Ificlés, tomou a decisão de reconquistar Tirinto, terra de seus antepassados mortais. Entretanto Euristeu, rei de Tirinto, opôs-se aos planos do herói. Por ocasião da ascensão de Heraclés aos céus Euristeu expulsou Alcmene de Corinto juntamente com alguns de seus netos, e obteve de Cêix, rei de Traquis (v.), que tomasse a mesma atitude em relação aos descendentes de Heraclés presentes em seus domínios. Todos os expulsos foram para Atenas, onde pediram e conseguiram proteção. Os atenienses ignoraram a exigência de Euristeu de expulsar de Atenas os descendentes de Heraclés, e dessa recusa resultou uma guerra, durante a qual Euristeu foi morto. Sua cabeça foi mandada a Alcmene, que na época vivia em Tebas.

Por ocasião da morte de Alcmene, já muito idosa, Zeus mandou Hermes (v.) buscá-la para o Olimpo, a morada dos deuses, onde ela passou a receber honras divinas iguais às conferidas ao seu filho.

Segundo outra versão da lenda, Hermes, por ordens de Zeus, teria levado Alcmene para a ilha dos Bem-Aventurados (v.), onde ela se casou com Radamanto (v.).

Alcmêon (G. *Alkmáion*). Filho mais velho do adivinho Anfiarau (v.). Este, ao seguir para a guerra contra Tebas, da qual participou persuadido por sua mulher Erifile, e sabendo graças aos seus dons divinatórios que deveria morrer na luta, incumbiu seus filhos de vingarem a sua morte quando chegassem à maioridade. A vingança consistia em realizarem outra expedição contra Tebas e matarem sua própria mãe – Erifile. Então Alcmêon participou da expedição dos Epígonos, seguindo Ádrasto (v.), pois um oráculo prometera a vitória aos expedicionários se escolhessem Alcmêon para comandá-los. Alcmêon, entretanto, apesar do oráculo e da missão vingadora de que lhe incumbira seu pai, demorava a pôr-se a caminho de Tebas, mas sua mãe, que já se deixara subornar em troca do colar de Harmonia (v.) antes da primeira expedição, conseguiu persuadi-la graças ao manto de Harmonia que recebera de presente. Logo no início da guerra Alcmêon matou em combate o rei de Tebas – Laodamas, filho de Eteoclés (vv.). Diante desse golpe inicial os tebanos, desarvorados, fugiram durante a noite, seguindo o conselho de Tirésias (v.), seu adivinho; depois de saquear a cidade os expedicionários entregaram o trono a Têrsandro, filho de Polinices (vv.), e consagraram parte dos despojos a Apolo (v.). Vitorioso, Alcmêon dirigiu-se a Delfos para ouvir o oráculo a respeito do segundo encargo – o assassínio de sua própria mãe. O oráculo instou-o a cumprir o dever, pois Erifile, além de ter-se deixado subornar para a consumação da desgraça de seu marido, agira de maneira idêntica em relação aos seus filhos, persuadindo-os a realizarem a segunda expedição contra Tebas. Em face do pronunciamento do oráculo Alcmêon afinal matou sua mãe. Depois, perseguido pelas Fúrias vingadoras (v. *Orestes*), Alcmêon, desatinado, viajou primeiro para a Arcádia em busca de Oiclés (v.), seu avô, e mais tarde para a Psofis, onde estava Fegeu (v.). Este último purificou-o e lhe deu em casamento sua filha Arsinoe (ou segundo outras fontes Alfesibéia), a quem Alcmêon ofereceu o colar e o manto de Harmonia (v.). Dentro de pouco tempo as terras de Psofis começaram a perder a fertilidade, e o oráculo ordenou a Alcmêon que se submetesse a nova purificação, agora pelas mãos do deus do rio Aqueloo (v.). Depois de perambular por vários lugares, e obedecendo ao oráculo, ele chegou à foz do rio Aqueloo, onde havia uma faixa de terra de aluvião formada após a morte de sua mãe (o oráculo lhe dissera que fosse para um lugar onde a luz do sol não brilhasse quando ele matou sua mãe); lá o deus do rio purificou-o e lhe deu Calirroe, sua filha, em casamento. Calirroe impôs como condição que Alcmêon lhe desse como presentes de núpcias o colar e o manto de Harmonia. Querendo cumprir a condição imposta, Alcmêon voltou a Psofis para encontrar-se com Fegeu, e pediu a Arsinoe, sua primeira mulher, os presentes que lhe havia dado, a pretexto de consagrá-los a Apolo com o objetivo de obter de uma vez por todas o perdão pela morte de sua mãe. Fegeu consentiu que a filha restituísse os presentes, porém um servo de Alcmêon contou-lhe a verdade. Revoltado, Fegeu ordenou aos seus filhos Prônoo e Agênor (ou Têmeno e Axíon em outra fonte) que preparassem uma armadilha para Alcmêon, pois se ele mesmo tomasse essa iniciativa estaria violando as leis sagradas de hospitalidade. Os filhos de Fegeu cumpriram sem demora as ordens paternas.

Álcon (G.). Arqueiro cretense, companheiro de aventuras de Heraclés (v.). Suas flechas eram tão certeiras que atravessavam argolas postas na cabeça de uma pessoa distante; Álcon chegou ao extremo de fender no meio uma flecha atirada contra uma lâmina que servia de alvo.

Alectó (G.). V. *Fúrias.*

Alectríon (G. *Alektrýon*). Um espião posto por Ares nas proximidades do local em que estava cometendo adultério com Afrodite (vv.), para avisá-lo quando o dia clareasse (*Alektrýon* em grego = "galo"). Em certa ocasião o espião adormeceu e Hélios (o Sol) surpreendeu os dois amantes, indo imediatamente contar a Hefesto (v.) a aventura de sua mulher com Ares. Hefesto, avisado, preparou uma armadilha em que os amantes caíram.

Aletes (G.). Um dos inúmeros descendentes de Heraclés (v.); seu nome, que significa "errante", foi-lhe dado por seu pai, Hipotes, por ter nascido na época da dispersão dos descendentes do herói (v. *Heráclidas*). Chegando à maioridade, Aletes decidiu conquistar Corinto e expulsar de lá os jônios, descendentes de Sísifo (v.), então senhores da cidade. Antes de partir Aletes consultou um oráculo, que lhe acenou com a vitória desde que alguém lhe desse um torrão de solo coríntio, e que o ataque à cidade ocorresse num dia em que se usassem coroas. A primeira condição se cumpriu quando Aletes, pedindo a alguém da cidade um pedaço de pão, recebeu por menosprezo um simples torrão. Aletes cumpriu a segunda atacando a cidade no dia da celebração da festa em honra dos mortos (as Antesterias), na qual os habitantes usavam coroas. Ele conseguiu convencer a filha do rei Creonte (v., (2)) a abrir-lhe as portas da cidade naquele dia, prometendo casar-se com ela; a moça concordou e lhe entregou a cidade. Mais tarde Aletes resolveu atacar Atenas, pois um oráculo lhe predissera a vitória se deixasse o rei de Atenas vivo. Conhecendo esse oráculo, os atenienses persuadiram Codro (v.), seu rei, já muito idoso, a dar a vida por seu povo. Codro atendeu ao pedido, matando-se, e o plano de Aletes fracassou.

Alexandre (G.). V. *Páris.*

Alfeio (G. *Alpheiôs*). Deus do rio homônimo, situado no Peleponeso, filho de Oceano e de Tetis. Alfeio amava Ártemis (v.), mas seu amor não era correspondido pela deusa. Em certa ocasião Ártemis celebrava com suas ninfas uma festa na foz do rio, e ele quis aproximar-se dela apesar de sua oposição. A deusa lançou-lhe lodo nos olhos, e Alfeio não pôde reconhecê-la a partir desse momento. De acordo com outra versão Alfeio perseguiu Ártemis até a ilha Ortígia, situada no meio da baía de Siracusa. Entre as ninfas do séquito de Ártemis havia uma chamada Arêtusa, também desejada por Alfeio. Querendo acompanhá-la, ele tornou-se caçador como a ninfa, e quando ela fugiu para a ilha de Ortígia tentando livrar-se dele, foi transformada numa fonte. Alfeio, levado pelo desejo, misturou suas águas às dessa fonte.

Alfesibéia (G. *Alphesíboia*). Ninfa asiática amada por Diôniso (v.). Não conseguindo conquistá-la sob seu aspecto habitual, o deus transformou-se em tigre. Apavorada, Alfesibéia permitiu ao deus sob essa forma que a transportasse para a margem oposta do rio até então chamado Sôlax, onde Diôniso se uniu a ela. Dessa união nasceu um filho – Medo –, que deu o nome aos habitantes da região. Medo mudou o nome do rio à margem do qual Alfesibéia se uniu a Diôniso para Tigre.

Aloadas (G. *Aloádai*). Nome dado aos filhos de Poseidon com Ifimédia, filha de Tríops (vv.). Antes de unir-se a Poseidon Ifimédia já era casada com Aloeu, também filho de Poseidon mas com Canace, descendente de Deucalião (vv.); entretanto, ela apaixonou-se por Poseidon, e enquanto passeava pela praia juntava a água do mar em suas mãos e a passava em seu corpo. O deus sensibilizou-se com as demonstrações de amor de Ifimédia e teve dois filhos com ela – Oto e Efialtes (vv.) – ambos gigantes. Aos nove anos eles já tinham cerca de dezessete metros de altura e entraram em guerra contra os deuses. Para poderem alcançá-los eles puseram o monte Ossa por cima do Olimpo, e o Pelíon por cima do Ossa, pois pretendiam chegar ao céu. Alardearam também que iriam lançar montanhas no mar para secá-lo e transformá-lo em terra; finalmente Efialtes revelou sua paixão por Hera e Oto por Ártemis (vv.). Irritadas com Ares, porque esse deus causou a morte de Ádonis (vv.), encerraram-no num grande vaso de bronze depois de acorrentá-lo, deixando-o preso no mesmo durante treze meses, até ser libertado em estado de inanição por Hermes (v.). Essa ostentação de força e insolência levou os deuses a castigarem os dois irmãos. Uma versão da lenda conta que Zeus os fulminou com seus raios; outra pretende que Ártemis se transformou numa corça e passou entre os dois enquanto caçavam; na ânsia de atingi-la os dois se mataram.

Alope (G.). Filha de um perigoso malfeitor chamado Cercíon (v.). Poseidon (v.) uniu-se a ela sem que o pai soubesse e lhe deu um filho, que Alope mandou sua própria ama abandonar na floresta. Apareceu no local uma jumenta, animal consagrado a Poseidon, para amamentar o recém-nascido, até que um pastor o descobriu envolto em mantas suntuosas e o levou consigo. Outro pastor pediu o recém-nascido, que o primeiro pastor lhe deu, embora se negasse a entregar as mantas. O segundo pastor foi queixar-se a Cercíon, que mandou buscar as mantas, e ao vê-las achou que havia algo estranho naquele caso. Descobertos os fatos graças à confissão da ama, Cercíon matou Alope e mandou abandonar novamente o menino. Em seguida reapareceu a jumenta e tornou a amamentá-lo. Outro pastor recolheu o menino, que passou a chamar-se Hipotoon e deu o nome ao demo ático dos hipotoontidas. Mais tarde Teseu (v.) exterminou Cercíon, e Hipotoon veio pedir-lhe o reino de seu avô, sendo atendido pelo herói.

Alpo (G. *Alpos*). Um gigante siciliano habitante das montanhas chamadas Péloro. Alpo tinha numerosos braços e sua cabeleira era constituída de cem víboras. A montanha em que Alpo vivia era deserta, porque ele costumava atacar e devorar os caminhantes; os próprios deuses a evitavam até o aparecimento de Diôniso (v.) no local. Alpo atacou-o usando à guisa de escudo uma enorme lasca de rocha, e como lanças árvores inteiras. Diôniso atirou contra ele seu tirso, exterminando-o.

Altaia (G. *Althaia*). Filha de Têstio, mulher de Oineu rei de Calidon, e mãe de Dejanira e de Melêagro (vv.). Quando Melêagro completou sete dias de vida as Moiras (v.) vieram visitar Altaia e profetizaram que o recém-nascido morreria quando o tição aceso na lareira se consumisse. Altaia apanhou imediatamente o tição, e depois de apagá-lo guardou-o num cofre. Chegando à maioridade Melêagro, durante a caçada ao javali de Calidon, matou seus tios, irmãos de Altaia. Esta, transtornada, lançou ao fogo o tição do qual dependia a vida do filho, que morreu quando o tição se consumiu. Altaia, em seu desespero, enforcou-se. Segundo outra versão da lenda, Oineu não seria o pai dos filhos de Altaia; o pai de Melêagro seria Ares (v.), e o de Dejanira seria Diôniso (v.). Este último apaixonou-se por Altaia, e Oineu lhe emprestou a mulher. Agradecido, o deus teria dado a Oineu uma muda de vinha, ensinando-lhe o cultivo da planta e o uso de seus frutos. V. *Oineu.*

Amálteia (G. *Amáltheia*). A mulher que amamentou Zeus (v.) recém-nascido no monte Ida, em Creta, e o criou ocultamente para livrá-lo da perseguição de Cronos, seu pai (v.), ansioso por devorá-lo. Em algumas versões da lenda Amálteia era uma cabra que amamentava o deus-menino, e em outras era uma ninfa (a versão mais difundida). Amálteia teria posto Zeus numa árvore, para evitar que seu pai o descobrisse em suas buscas pelo céu, pela terra e pelo mar, e com o mesmo objetivo dispôs em volta do menino os Curetes (v.), cujos cantos e danças ruidosos abafavam-lhe o choro. A cabra que amamentava o deus-menino em uma das versões da lenda era um monstro assustador, e os Titãs (v.) a temiam tanto pelo seu aspecto que pediram a Gaia (a Terra) para ocultá-la numa caverna. Posteriormente, na época da luta entre os Titãs e Zeus, este fez uma couraça impenetrável com a pele da cabra. Essa couraça tinha o nome de Égide (*Aigis* em grego, de *Áix* = cabra). Em certa ocasião Zeus arrancou um dos chifres da cabra e o entregou a Amálteia, dizendo-lhe que esse chifre estaria sempre cheio de todos os frutos por ela desejados. O chifre passou a chamar-se Corno de Amálteia ou Corno da Abundância V. *Aqueloo.*

Amata (L.). Mãe de Lavínia e mulher de Latino (vv.). Apresentaram-se a ela numerosos pretendentes à mão da Lavínia, e Amata preferiu Turno (v.), rei dos Rútilos. Por ocasião da chegada de Enéias (v.) à Itália Latino quis dar-lhe sua filha em casamento, mas Amata esforçou-se ao máximo para evitar essas núpcias, insuflando até as mulheres laurentinas contra os troianos. Tomando conhecimento da vitória destes últimos, Amata enforcou-se.

Amazonas (G. *Amazones*). Mulheres descendentes de Ares, deus da guerra, e da ninfa Harmonia (vv.). Seus domínios situavam-se no norte da Europa, mas sua localização variava conforme as fontes: a Trácia, os contrafortes do Cáucaso ou a Cítia meridional (na margem esquerda do atual Danúbio). Elas usavam os homens apenas para trabalhos servis, e perpetuavam a raça unindo-se periodicamente a estrangeiros, deixando vivas apenas as meninas; os meninos elas matavam, mutilavam ou cegavam. As amazonas removiam um dos seios das meninas para facilitar o uso do arco e da lança pelas mesmas, e devem o seu nome a esse costume (*amázon* em grego quer dizer "sem seio"). A deusa Ártemis (v.), que tinha muitas características em comum com as amazonas, era sua protetora. Muitos heróis gregos lutaram contra as amazonas – por exemplo, Belerofonte, obedecendo a Iobates; Heraclés, incumbido por Euristeu de apoderar-se do cinto de Hipólita, rainha das amazonas (vv.). Um dos companheiros de Heraclés nessa missão foi Teseu (v.), que ao voltar para Atenas levou consigo uma amazona chamada Antíope (v.). Querendo vingar-se, as amazonas saíram numa expedição contra Atenas, acampando ao chegar numa elevação chamada mais tarde Areópago (*Areôpagos* = Colina de Ares). Travou-se uma batalha na própria cidade, e a vitória coube aos atenienses comandados por Teseu. As amazonas participaram também da Guerra de Tróia, enviando um contingente comandado por Pentesíleia, sua rainha, para lutar ao lado de Príamo (v.); Aquiles (v.), entretanto, matou-a na fase final da guerra, e seu último olhar provocou uma intensa paixão no herói. V. *Pentesíleia.*

Âmico (G. *Âmykos*). Um gigante filho de Poseidon (v.) e rei dos bébrices da Bitínia. Naturalmente violento, Âmico atacava os estrangeiros de passagem por seus domínios e os matava esmurrando-os (atribuía-se a Âmico a invenção do pugilismo). Os Argonautas (v.) passaram por sua terra e ele os desafiou para uma luta. Pólux (um dos Diôscuros, v.), aceitou o desafio, e apesar da estatura e da força descomunais de Âmico o derrotou, graças à sua agilidade. O vencedor teria o direito de matar o vencido, mas Pólux poupou Âmico sob a condição de que ele passaria a respeitar os visitantes estrangeiros.

Amimone (G. *Amymone*). Uma das cinqüenta filhas do rei Danaôs (v.), que acompanhou o pai quando ele deixou a Líbia e foi para Argos. Nessa ocasião Argos sofria as conseqüências de uma seca terrível, devida a uma rixa entre Poseidon e Hera (vv.), ambos desejosos de serem os padroeiros da região. Subindo ao trono de Argos, Danaôs mandou Amimone e suas irmãs procurarem água. Passado algum tempo, Amimone, cansada de caminhar, deitou-se e adormeceu. Encontrando-a adormecida, um sátiro tentou possuí-la à força. A moça fez uma prece a Poseidon para que a salvasse; o deus apareceu imediatamente e afastou o sátiro visando-o com seu tridente. Amimone, grata a Poseidon, deixou-se possuir por ele, e do lugar em que o tridente do deus caiu começou a jorrar uma fonte com três nascentes. Da união de Poseidon com Amimone nasceu o herói Náuplio (v.).

Amor e Psiqué (G.). V. *Psiqué.*

Âmpelo (G. *Âmpelos*). Filho de um sátiro e de uma ninfa, amado por Diôniso (v.). O deus ofereceu-lhe uma videira carregada de uvas, que subia pelos galhos de uma árvore. Âmpelo desejou provar as uvas, porém caiu de um galho quando ia colhê-las e morreu. Diôniso (v.) transformou-o numa constelação. *Âmpelos* em grego significa cepa de videira.

Amúlio (L.). Filho de Procas e irmão de Numítor (vv.), e o décimo rei de Alba. Ao morrer, Procas dividira os bens reais em duas partes: os tesouros e o reino. Numítor preferiu o reino, mas Amúlio conseguiu depor o irmão e substituí-lo como rei. Entretanto, apesar de seus esforços Amúlio não pôde impedir que Rea, filha de Numítor, desse à luz os gêmeos Rômulo e Remo. Estes, chegando à maioridade, conseguiram depor e matar o usurpador, devolvendo o trono a Numítor, seu avô.

Ana Perena (L. *Anna Perenna*). Antiga deusa romana representada como uma anciã e cultuada num bosque sagrado existente ao longo da Via Flamínia, ao norte de Roma. Por ocasião da escassez de alimentos na época do confinamento da plebe no monte Sagrado, Ana Perena passou a preparar bolos, que vendia diariamente ao povo, livrando-o da fome. Essa atitude teria sido a causa de sua deificação quando cessaram as divergências políticas e os plebeus voltaram a Roma.

Em outra versão completamente diferente da lenda, Ana Perena aparece como irmã de Dido (v.); Ana teria sido obrigada a fugir de Cartago por ocasião da invasão da cidade, logo após o suicídio de Dido, pelos nativos das regiões próximas, comandados por Iarbas (v.), e refugiou-se numa ilha adjacente à costa norte da África, chamada Melita (a atual Malta). Passado algum tempo, Pigmalião (v., (1)), rei de Tiro, veio pedir ao rei da ilha que lhe entregasse Ana; tentando escapar ela fugiu numa nau que soçobrou no litoral do Lácio por causa de uma tempestade; Ana conseguiu salvar-se e chegou às proximidades da cidade dos laurentinos, cujo rei era Enéias (v.), que na ocasião passeava à beira-mar com seu amigo Acates. Enéias reconheceu Ana e acolheu-a comovido, relembrando o destino lamentável de Dido e levando-a para seu palácio. Mas Lavínia, mulher de Enéias, não gostou de ter de conviver com uma mulher ligada no passado ao seu marido. Ana foi alertada em sonhos para acautelar-se contra as tramas de Lavínia, e resolveu abandonar o palácio. Andando sem destino, encontrou Numício, deus de um rio próximo, que a levou para seu leito. Enéias mandou seus serviçais à procura de Ana, e eles seguiram suas pegadas até a margem do rio. Apareceu-lhes então um vulto saído das águas do rio, dizendo-lhes que Ana se transformara numa ninfa e seu nome agora era Perena, ou seja "eterna". Os serviçais de Enéias saíram pelos campos celebrando alegremente a notícia, dando origem assim à festa anual comemorativa de Ana Perena.

De acordo com uma terceira versão, Marte amava Minerva (vv.), mas como a deusa o repeliu, ele escolheu Ana Perena, já idosa, para atuar como alcoviteira. Ana sabia que seria impossível desincumbir-se de sua missão, pois Minerva era irredutível, mas deu a Marte falsas esperanças de um encontro noturno com a deusa. Quando Marte chegou ao aposento onde esperava encontrar Minerva, Ana ergueu o véu que lhe cobria o rosto e o deus reconheceu a velha, que zombou dele usando palavras sarcásticas. Esse episódio burlesco seria a origem das canções obscenas cantadas por ocasião da festa de Ana Perena.

Anaxagoras (G.). Filho de Megapentes, que por sua vez era filho de Preto, rei de Argos (vv.) e foi seu sucessor no trono. Segundo algumas fontes a loucura coletiva das mulheres de Argos, curada por Melâmpus (v.), teria ocorrido sob o reinado de Anaxagoras, e não no de seu avô Preto. Em retribuição Anaxagoras, após dividir seu reino em três partes, deu uma a Melâmpus, outra a Bias (v.), irmão de Melâmpus, e ficou com a terceira para si mesmo.

Anaxarete (G.). Uma moça de Chipre, da linhagem de Teucro, o fundador da cidade de Salamis naquela ilha. Ífis, um rapaz da ilha, apaixonou-se perdidamente por ela; Anaxarete, entretanto, mostrou-se indiferente e até cruel, a tal ponto que Ífis se enforcou em frente à casa de sua amada. Sem se comover, Anaxarete quis ver da janela de sua casa a passagem do cortejo fúnebre, atraída pelo grande número de acompanhantes e por suas lamentações. Irritada com a insensibilidade da moça, Afrodite (v.) transformou-a numa estátua de pedra, em que ela aparecia debruçada na janela, como a viram os numerosos acompanhantes do enterro do suicida.

Ancília (L.). Um escudo (*ancile* em latim), segundo a tradição, teria caído do céu em Roma durante o reinado de Numa (v.). Como de acordo com um oráculo a sede do império ficaria onde o escudo estivesse, Numa ordenou a confecção de doze escudos iguais ao verdadeiro, para evitar que algum inimigo de Roma pudesse distingui-lo e roubá-lo. Os doze escudos ficaram guardados no templo de Marte (v.).

Âncuro (G. *Ágkhouros*). Filho de Midas e rei da Frígia. Durante seu reinado abriu-se nas proximidades da capital de seus domínios um abismo que punha a cidade em perigo. Em resposta a uma consulta de Âncuro um oráculo declarou que, para conjurar a ameaça, ele teria de lançar no abismo seu bem mais precioso. Âncuro jogou no local objetos de grande valor e até ouro, mas não conseguiu o efeito desejado. Afinal ele mesmo se precipitou no abismo, que se fechou imediatamente.

Ândroclo (G. *Ândroklos*). Um cidadão de Éfeso, filho de Codros e chefe dos colonos que expulsaram os lélegos e cários, habitantes mais antigos da região onde ficava situada sua cidade. A propósito da fundação de Éfeso, atribuída a Ândroclo, contava-se que um oráculo anunciara aos colonos comandados por ele que um peixe e um javali indicariam o local da cidade a ser fundada. Certa noite, durante os preparativos de um jantar, um peixe saltou da panela em que estava sendo cozido, deslocando uma brasa que ateou fogo a uma moita; um javali saiu da moita e Ândroclo o matou. Vendo nesses fatos a consumação do oráculo, Ândroclo fundou Éfeso naquele local.

Androgeu (G. *Andrôgeos*). Um dos filhos de Minos e de Pasifae (vv.). Atleta notável, Androgeu veio a Atenas participar das competições instituídas por Egeu (v.), vencendo os demais concorrentes. Egeu deu-lhe ordens para enfrentar um touro que devastava a região de Maratona, e lá Androgeu perdeu a vida. Ao receber a notícia Minos organizou uma frota e partiu para atacar Atenas, com a intenção de vingar a morte do filho. Depois de capturar Mêgara durante a viagem ele avançou contra Atenas. A guerra prolongou-se e Zeus (v.), atendendo a uma súplica de Minos, castigou os atenienses mandando contra eles a fome e a peste. Após o sacrifício inútil de grande número de virgens, os atenienses mandaram consultar um oráculo; a resposta foi que eles deveriam conceder a Minos o que este lhes pedisse. Minos impôs que Atenas enviasse anualmente a Creta, a título de tributo, sete moças e sete rapazes desarmados para serem devorados pelo Minotauro (v.) um monstro filho de Pasifae. Mais tarde Teseu (v.) livrou Atenas desse tributo cruel.

Andrômaca (G. *Andromakhe*). Uma troiana, mulher de Heitor e nora de Príamo (vv.), e filha de Eetíon (v.), rei de Tebas da Mísia. Durante uma incursão dos gregos pouco antes do fim da Guerra de Tróia (v.) sua cidade natal foi destruída e seu pai e seus sete irmãos foram massacrados por Aquiles. Andrômaca teve com Heitor um filho chamado Astiânax (vv.); em seguida à captura e aniquilamento de Tróia ela coube na partilha dos despojos a Neoptólemo, filho de Aquiles (vv.); seu filho teria sido morto na ocasião, lançado pelos gregos do alto da muralha da cidade vencida. Levada por Neoptólemo para o Épiro, seu reino, Andrômaca teve três filhos com seu senhor: Molosso, Píelo e Pêrgamo. Ao morrer assassinado em Delfos enquanto consultava o oráculo, Neoptólemo deixou-a para Heleno, irmão mais novo de Heitor, que trouxera de Tróia consigo. Quando Enéias (v.) passou pelo Épiro, Andrômaca e Heleno reinavam sobre a região. Morto Heleno, Andrômaca viajou com seu filho Pêrgamo para a Mísia, fundando lá a cidade que recebeu o nome do filho.

Entre as tragédias conservadas de Eurípides há uma – *Andrômaca* – inspirada nesta heroína.

Andrômeda (G. *Andromede*). Filha de Cefeu, rei da Etiópia, e de Cassiopéia (vv.). Sua mãe julgava-se a mais bela de todas as Nereidas (v.); estas, despeitadas, pediram a Poseidon (v.) que as vingasse, e Poseidon mandou à Etiópia um monstro destruidor. O oráculo de Amon, consultado por Cefeu, declarou que a destruição só terminaria se Andrômeda fosse oferecida como vítima para ser sacrificada. Diante da insistência dos etíopes Cefeu teve de concordar com o sacrifício da filha e mandou agrilhoá-la num rochedo. Regressando na ocasião de uma expedição contra as Górgonas (v.), Perseu (v.) viu Andrômeda presa ao rochedo e se apaixonou por ela, prometendo a Cefeu libertá-la se ele consentisse no casamento dos dois. Cefeu concordou e Perseu casou-se com Andrômeda após livrá-la dos grilhões. Mas Fineu (v.), irmão de Cefeu, a quem a sobrinha havia sido prometida em casamento, mandou matar Perseu; este, defendendo-se, mostrou aos homens incumbidos de assassiná-lo a cabeça de Mêdusa (v.), uma das Górgonas, que os petrificou. Em seguida Perseu partiu com Andrômeda, indo primeiro para Argos, e finalmente para Tirinto, onde os dois viveram durante muito tempo e tiveram numerosos filhos.

Anfiarau (G. *Amphiáraos*). Filho de Oiclés e de Hipermestra, um adivinho famoso, protegido por Zeus e Apolo (vv.), e também um guerreiro e comandante valente e respeitador dos deuses. Mas, no início de seu reinado em Argos ocorreram distúrbios, e após um deles Anfiarau expulsou seu primo Ádrasto (v.) da cidade, depois de matar-lhe o pai, Talau (v). Posteriormente os dois primos reaproximaram-se, embora Ádrasto pensasse apenas em vingar-se de Anfiarau. Ádrasto induziu Anfiarau a casar-se com Erifile (v.), sua irmã, e por iniciativa do primeiro os dois chegaram a um acordo que seria a perdição de Anfiarau: se ocorresse alguma divergência entre eles, Erifile seria o árbitro. Pouco tempo depois Ádrasto, que se comprometera com Polinices (v.) a reconduzi-lo ao trono de Tebas, pediu ao cunhado que participasse da guerra contra aquela cidade. Graças aos seus dons divinatórios, Anfiarau previu que o desenlace da guerra lhe seria funesto, e tentou demover Ádrasto de sua intenção. Polinices, todavia, subornou Erifile oferecendo-lhe o colar de Harmonia (v. *Cadmo*), e Erifile, em sua posição de árbitro, pronunciou-se a favor da guerra; fiel ao seu compromisso, Anfiarau juntou-se à expedição contra Tebas, apesar de sua relutância; antes, porém, de partir, mandou seu filhos jurarem que o vingariam no devido tempo, matando sua mãe e realizando contra Tebas uma segunda expedição, que ao contrário da primeira seria vitoriosa – a expedição dos Epígonos ("sucessores"; v. *Alcmêon*).

De passagem por Neméia na marcha em direção a Tebas os heróis sentiram sede e perguntaram a Hipsipile (ama de Ofeltes, filho do rei da região) (vv.) onde havia uma fonte; para indicar-lhes a fonte Hipsipile depôs o menino no chão, apesar de um oráculo haver declarado que não o deixassem entrar em contato com a terra antes de ele poder andar; nesse momento apareceu uma serpente e o matou. Anfiarau revelou aos companheiros que aquele presságio significava o fracasso da expedição, na qual todos os chefes morreriam; os expedicionários, entretanto, não se deixaram dissuadir e decidiram reiniciar a marcha. Antes, porém, instituíram jogos atléticos em honra de Ofeltes. Os próprios expedicionários participaram dos jogos (mais tarde chamados Jogos Nemeus), nos quais o vencedor no salto e no lançamento de disco foi Anfiarau; ele também conseguiu, graças à sua eloqüência, que os parentes de Ofeltes perdoassem Hipsipile. Finalmente os Sete Chefes chegaram a Tebas, onde os combates, nos quais Anfiarau se distinguiu, foram travados defronte das sete portas da cidade. Os atacantes foram derrotados, e Anfiarau fugiu para as margens do rio Ísmeno, onde Zeus, com seus raios, abriu à sua frente um abismo que o engoliu com seu carro, seus cavalos e seu cocheiro. Depois Zeus lhe concedeu a imortalidade. Segundo a tradição Anfiarau passou a proferir oráculos em Óropo, na Ática, já na condição de imortal.

Ésquilo inspirou-se na lenda dos Sete Chefes contra Tebas para escrever sua tragédia homônima.

Anfictíon (G. *Amphiktýon*). Um dos filhos de Deucalião e de Pirra (vv.); casou-se com uma das filhas de Crânao (v.), rei de Atenas, destronando-o depois e passando a reinar em seu lugar, mas foi deposto por Erictônio (v.) após dez anos de reinado. Anfictíon teria dado à cidade o nome de Atenas, consagrando-a a Atena (v.). Ele teria sido também o fundador da Anfictiônia, uma associação cívico-religiosa destinada a promover encontros periódicos entre representantes de todas as cidades gregas.

Anfíloco (G. *Amphílokhos*). (1) Filho de Anfiarau e irmão de Alcmêon (vv.). Participou da guerra dos Epígonos (v.), e mais tarde da Guerra de Tróia, pois fora um dos pretendentes a Helena (v. *Guerra de Tróia*).

(2) Filho de Alcmêon e de Mantó (filha do adivinho Tirésias) (vv.), e sobrinho de (1), fundador de Argos na Etólia. Esteve também na Guerra de Tróia e juntamente com o adivinho Mopso (v.) fundou a cidade de Malos, na Cilícia, da qual os dois eram reis. Anfíloco ausentou-se mais tarde de Malos, em visita à cidade de Argos, que também fundara. Quando Anfíloco voltou a Malos, Mopso recusou-se a readmiti-lo à realeza conjunta; os dois travaram um combate singular que custou a vida de ambos.

Anfíon (G. *Amphíon*). Filho de Zeus e de Antíope, e irmão gêmeo de Zeto (vv.). Ao nascer foi abandonado com seu irmão por seu tio-avô Lico numa montanha, mas os dois sobreviveram graças a um pastor que os recolheu e criou. Zeto dedicou-se ao cultivo da terra, enquanto Anfíon, que recebera uma lira como presente de Hermes (v.), preferiu a música. Nesse ínterim Lico mantinha a mãe dos gêmeos no cativeiro, a serviço de Dirce, sua mulher, invejosa da beleza de Antíope. Certa noite os grilhões que a prendiam caíram por si mesmos, e Antíope conseguiu chegar à cabana onde viviam seus filhos. Anfíon e Zeto reconheceram-na e vingaram-na matando Lico e Dirce. Em seguida os dois irmãos compartilharam o trono de Tebas, sucedendo a Lico, e amuralharam a cidade. Anfíon casou-se com Níobe, filha de Tântalo (vv.), e teria sido morto por Apolo (v.) juntamente com os filhos dela.

Anfitrião (G. *Amphitríon*). Filho de Alceu, rei de Tirinto e de Astidâmia, filha de Pêlops (vv.). Participou da guerra entre seu tio Electríon, rei de Micenas, e Pterelau (vv.) (sobrinho-neto de Electríon), pretendente ao trono de Micenas por ser descendente de Mêstor (v.), irmão de Electríon. Os filhos de Pterelau saíram com um exército de habitantes de Tafo e foram devastar o território de Micenas, de onde levaram os rebanhos de Electríon. Os filhos de Electríon e de Pterelau morreram na luta, salvando-se apenas Licímnio (v.), filho do primeiro, e Eueres, filho do segundo. Os combatentes vindos da ilha de Tafo conseguiram salvar-se, levando com eles os rebanhos, que ofereceram a Políxeno (v.), rei de Élis; este, por seu turno, entregou-os a Anfitrião. Inconformado com a morte de seus filhos, Electríon iniciou uma guerra contra Pterelau e seus súditos, os teleboios. Ao partir para a campanha Electríon confiou seu reino e Alcmene (v.), sua filha, a Anfitrião, fazendo-o jurar que respeitaria a virgem durante sua ausência. Electríon, todavia, não levou avante a guerra, e quando Anfitrião lhe devolvia os rebanhos roubados, uma vaca ficou furiosa; para contê-la Anfitrião lançou contra ela o bastão que empunhava, mas este bateu nos chifres da vaca e ricochetou, atingindo então Electríon e matando-o. Estênelo (v.), rei de todo o território de Argos, que exercia a suserania sobre o reino de Micenas, aproveitou o incidente para expulsar Anfitrião de seus domínios. Anfitrião fugiu com Alcmene para Tebas, onde o rei Creonte (v.) o purificou da morte que causara acidentalmente. Anfitrião, entretanto, impedido por seu juramento, não consumou o casamento com Alcmene, que condicionara as núpcias à vingança da morte dos irmãos; diante disso Anfitrião teve de realizar uma expedição contra Pterelau e os teleboios, e pediu a ajuda de Creonte. Este concordou, impondo como condição que Anfitrião livrasse Tebas de uma raposa monstruosa, que assolava os arredores da cidade. Satisfeita a condição, os tebanos apoiaram Anfitrião contra os teleboios. Com este reforço e contingentes da Ática, da Focis e da Argolis; Anfitrião atacou Tafo, mas viu-se diante de outra dificuldade. Com efeito, enquanto Pterelau vivesse Tafo seria inconquistável, e a vida de Pterelau duraria enquanto ele conservasse um fio de cabelo de ouro existente em sua cabeleira. Por sorte de Anfitrião, Comaitó (v., (1)), filha de Pterelau, apaixonou-se por ele e cortou o fio de cabelo fatídico de seu pai; Pterelau morreu e todo o território dos teleboios caiu nas mãos de Anfitrião, que em seguida matou Comaitó e voltou para Tebas trazendo despojos valiosos.

Na ausência de Anfitrião Zeus (v.) visitou certa noite Alcmene sob a aparência do próprio Anfitrião e uniu-se a ela, gerando Heraclés (v.). Anfitrião regressou na mesma noite e gerou Ificlés (v.). Informado pelo adivinho Tirésias do adultério inconsciente da mulher, Anfitrião inicialmente teve ímpetos de puni-la, mas conformou-se diante de manifestações do próprio Zeus. Algum tempo depois do nascimento dos gêmeos Anfitrião, querendo saber qual dos dois era seu filho e qual o de Zeus, trouxe duas serpentes para o quarto onde estavam os meninos; Ificlés teve medo mas Heraclés, com apenas dez meses de idade, estrangulou-as; estava portanto caracterizada a origem divina de Heraclés e a natureza humana de Ificlés.

Anfitrião morreu lutando juntamente com Heraclés numa batalha entre os tebanos e os mínios de Orcômeno, cidade próxima de Tebas.

Anfitrite (G. *Amphitrite*). Rainha do mar, uma das Nereidas e condutora do coro formado por elas. Poseidon (v.) apaixonou-se por Anfitrite, mas levada pelo pudor a virgem refugiou-se nas profundezas do mar. Saindo à sua procura os golfinhos a encontraram e a levaram a Poseidon, que a desposou.

Ânio (G. *Ânios*). Filho de Apolo (v.) e rei de Delos na época da Guerra de Tróia (v.). Sua mãe, que se chamava Roió (v.), descendia de Diôniso (v.) por via do pai – Estáfilo. Este, ao ver sua filha grávida, não acreditou que a gravidez se devesse a Apolo, e sim a um amante humano, e mandou encerrá-la numa arca, que lançou ao mar. A arca foi parar na costa da Eubéia; após o nascimento de seu filho, Apolo o levou juntamente com Roió para a ilha de Delas, conferindo ao menino o dom da profecia e o domínio da ilha. Ânio teve com Doripe três filhas: Elaís, Oinó e Espermó, cujos nomes se relacionam com o azeite de oliveira, com o vinho e com o trigo respectivamente. Diôniso, seu avô, concedeu-lhes o dom de fazerem sair da terra o azeite, o vinho e o trigo, e por isso quando os gregos partiram para Tróia na expedição em que a conquistariam, Ânio lhes ofereceu os serviços das filhas, ciente, graças aos seus dons proféticos, de que a guerra se prolongaria por dez anos. Os gregos recusaram a oferta na ocasião, porém mais tarde, em face da indefinição da guerra, mandaram Ulisses e Menelau (vv.) buscá-las em Delos, confiando-lhes a tarefa do abastecimento das tropas. As três irmãs vieram imediatamente, mas logo se entediaram e fugiram. Perseguidas pelos gregos elas pediram a ajuda de Diôniso, que as transformou em pombas. Por essa razão era proibido matar pombos em Delos.

Para outra versão acerca do pai de Ânio, v. *Roió*.

Anquêmolo (L. *Anchemolus*). Filho de Reto, rei dos marrúvios (povo da Itália central). Reto casara-se em segundas núpcias com Caspéria, e a certa altura descobriu que Anquêmolo era amante de sua própria madrasta; diante da descoberta Reto quis matar o filho, que fugiu e foi acolhido por Dauno. Anquêmolo lutou juntamente com Turno na guerra contra Enéias (vv.) e morreu combatendo.

Anquises (G. *Agkhises*). Filho de Capis e de Temistó, e pai de Enéias (vv.). Afrodite (v.) viu-o no monte Ida, nas proximidades de Tróia, cuidando de seu rebanho, e apaixonou-se por ele. A deusa aproximou-se de Anquises, apresentando-se como uma simples mortal, filha de Otreu, rei da Frígia (v.), e os dois uniram-se. Consumada a união, Afrodite disse a Anquises quem era ela, anunciando-lhe que lhe daria um filho. Apesar de a deusa ter-lhe recomendado segredo para evitar que Zeus (v.) fulminasse a criança, Anquises, depois de beber exageradamente durante uma festa, vangloriou-se de sua união com a deusa. Por vingança Zeus privou-o da visão, ou o tornou coxo segundo outra versão da lenda. Em outra lenda obscura Anquises aparece casado com uma mulher mortal chamada Eriópis, com a qual teria tido uma filha – Hipodâmia –, além de muitos outros filhos. Em meio ao incêndio e à carnificina durante a captura de Tróia, Enéias conseguiu salvar seu pai, que o acompanhou em suas viagens apesar de sua idade avançada. Há várias versões quanto ao local da morte de Anquises: o próprio monte Ida (lá os habitantes da região mostravam o seu túmulo), Palene (na Macedônia), a Arcádia, o Épiro, o sul da Itália e o cabo Drêpanon (na Sicília). Segundo Virgílio, Enéias instituiu jogos fúnebres em honra de Anquises, dos quais originaram-se os Jogos Troianos (*Ludus Troiae*) celebrados em Roma até a época imperial.

Antênor (G.). Um ancião troiano, conselheiro do rei Príamo (v.), ligado antes da Guerra de Tróia a alguns chefes gregos que visitara; nessa condição ele teria recebido em sua casa Ulisses e Menelau (vv.) antes do cerco da cidade, numa tentativa para solucionar pacificamente o conflito. Na *Ilíada* Antênor aparece aconselhando moderação aos troianos, e teria também sugerido a decisão da guerra mediante um combate singular entre Páris (v.) e Menelau. Por ocasião da queda de Tróia Ulisses reconheceu Glauco e Licáon (vv.), filhos de Antênor, e os salvou. Talvez por causa dessas relações amistosas Antênor aparece em versões tardias do ciclo troiano como um traidor da pátria; nessa condição ele teria colaborado com os gregos no roubo do Paládio (v.) e aberto as portas do cavalo de madeira para os soldados gregos irromperem no interior de Tróia. Finda a guerra, Antênor partiu com seus filhos para a Trácia; de lá viajou para o norte da Itália, sendo considerado o ancestre dos vênetos, habitantes da região.

Anteros (G.). Filho de Afrodite e de Ares, e irmão de Eros (vv.). Ele e seu irmão simbolizavam respectivamente a repulsão e a atração entre as criaturas, sendo Eros o amor feliz, e Anteros o infeliz. Anteros aparecia também como a divindade vingadora do amor não-correspondido.

Anteu (G. *Antaios*). Um gigante que vivia na Líbia, filho de Poseidon e de Gaia (vv.). Dotado de uma força descomunal, forçava os viajantes a lutarem contra ele, e depois de matá-los levava-lhes os despojos para o templo de seu pai. Enquanto estivesse em contato com a Terra, sua mãe (Gaia = Terra), Anteu não morreria. Ciente disso Heraclés (v.), de passagem pela Líbia à procura dos pomos de ouro das Hespérides, durante uma luta com ele levantou-o do solo com uma das mãos e com a outra o estrangulou.

Anteu (G. *Antheus*). Um rapaz de raça real, originário de Halicarnasso, que vivia como refém no palácio de Fôbio, tirano de Mileto. Cleôboia (também chamada Filaicme), mulher de Fôbio, apaixonou-se por Anteu, mas este procurou esquivar-se, alegando que a aproximação dos dois poderia ser descoberta, ou invocando as leis da hospitalidade. Diante dessa atitude, Cleôboia quis vingar-se da indiferença do rapaz. Deixando cair uma taça de ouro num poço profundo, ela pediu a Anteu que fosse buscar o objeto precioso; quando ele chegou ao fundo, a mulher jogou uma pedra em sua cabeça, matando-o. Em seguida, arrependida do crime que acabara de cometer, Cleôboia, ainda apaixonada por Anteu, pôs fim à própria vida enforcando-se.

Antícleia (G.). Filha de Autólico, mulher de Laerte e mãe de Ulisses com ele (vv.). Desesperada com a longa ausência do filho, empenhado na Guerra de Tróia, Antícleia suicidou-se. Em outra versão da lenda, Autólico (v.), pai de Antícleia, roubou em certa ocasião os bois de Sísifo (v.); este, querendo reavê-los, veio à procura de Autólico. Durante a estada de Sísifo no palácio de Autólico, Antícleia, que ainda não era casada com Laerte, uniu-se ao hóspede, e dessa união nasceu Ulisses. Por isso às vezes Ulisses é mencionado como sendo filho de Sísifo, de quem teria herdado a extraordinária astúcia.

Antígona (G. *Antigone*). (1) Filha de Édipo e de Jocasta (ou Epicasta), e irmã de Ismene, de Eteoclés e de Polinices (vv.). Desfeitas pelo adivinho Tirésias as dúvidas a propósito de suas terríveis desventuras, Édipo cegou-se e partiu de Tebas para levar uma vida errante, tendo como guia Antígona; essas viagens sem destino levaram pai e filha até Colono, na Ática, onde Édipo morreu. Antígona regressou então a Tebas, onde juntou-se à sua irmã Ismene, mas lá esperava-a nova desgraça. Seus dois irmãos, Eteoclés e Polinices, que se achavam em campos opostos na Guerra dos Sete Chefes (v.) contra Tebas, mataram-se em combate diante de uma das portas da cidade. O rei Creonte (v.), tio dos dois irmãos mortos e de Antígona e de Ismene, proporcionou funerais solenes a Eteoclés, que morrera pelejando pela pátria, mas decretou que Polinices não poderia ser sepultado, pois lutara contra a sua cidade em companhia de estrangeiros. Antígona, entretanto, rebelou-se contra o edito de Creonte, considerando o sepultamento um dever mais forte que as leis dos homens, principalmente em se tratando de parentes, e cumpriu, embora sumariamente, os ritos fúnebres de Polinices. Creonte, encolerizado com a desobediência, condenou a sobrinha a ser encerrada viva nas catacumbas de seus antepassados, onde ela se enforcou. Hêmon, noivo de Antígona e filho de Creonte, encontrando-a sem vida, matou-se junto ao cadáver, levando com seu gesto Eurídice, mulher de Creonte e sua mãe, ao desespero e ao suicídio.

Sófocles inspirou-se nesta heroína para escrever uma das tragédias mais belas de todos os tempos – a *Antígona*.

(2) Uma linda moça, irmã de Príamo (v.). Orgulhosa de seus cabelos, essa Antígona considerava-se mais bela que a própria Hera (v.). Dominada pela cólera, a deusa transformou os cabelos de Antígona em serpentes, mas os deuses, compadecidos, metamorfosearam-na numa cegonha, ave devoradora de serpentes.

Antíloco (G. *Antílokhos*). Filho de Nêstor (v.), notável por sua beleza e velocidade na corrida. Antíloco acompanhou o pai na Guerra de Tróia, e depois de Pátroclo era o preferido de Aquiles (vv.). Após a morte de Pátroclo, anunciada por ele a Aquiles e pranteada juntamente pelos dois, o próprio Antíloco foi morto quando salvava o pai, cercado por numerosos troianos.

Antinoe (G.). (1) Uma das filhas de Pelias (v.). Após provocar acidentalmente a morte de seu pai, Antinoe fugiu desvairada para a Arcádia (v. *Medéia*).

(2) Filha de Cefeu; obedecendo a um oráculo, essa Antinoe seguiu uma serpente e conduziu seus conterrâneos até o local

onde foi fundada a cidade de Mantinea, às margens do riacho Ôfis (*ôphis* em grego = serpente).

Antínoo (G. *Antínoos*). O mais importante dos pretendentes à mão de Penélope na ausência de Ulisses (vv.) durante a Guerra de Tróia (v.), notório por sua arrogância e brutalidade. À frente dos demais pretendentes na dilapidação dos bens de Ulisses, Antínoo tentou provocar a morte de Telêmaco, humilhou Eumeu quando o velho guardador dos porcos de Ulisses trouxe o seu senhor recém-chegado da guerra ao seu palácio, e instigou o mendigo Iro (vv.) contra Ulisses; foi o primeiro a ser morto pelas flechas do herói, enquanto levava uma taça de vinho aos lábios. Segundo Zenôbio em sua coleção de provérbios, seria esta a origem da expressão "é grande a distância entre a taça e os lábios". Mas veja-se o verbete *Calcas*.

Antíope (G.). Uma das filhas do deus do rio Ásopo, ou do tebano Nicteu (vv.). Sua grande beleza despertou desejos de Zeus (v.), que a possuiu disfarçado em sátiro; dessa união nasceram Anfíon e Zeto (vv.). Durante a gravidez Antíope fugiu de sua casa, temerosa da cólera paterna, e se pôs sob a proteção de Epopeu (v.), rei de Sicione. Dominado pela tristeza diante da fuga da filha, Nicteu matou-se depois de pedir a Lico (v.), seu irmão, que o vingasse. Lico atacou e capturou Sicione, matou Epopeu e levou Antíope consigo para Tebas. No trajeto entre Sicione e Tebas ela deu à luz Anfíon e Zeto. Abandonados nas montanhas por ordem de Lico, os recém-nascidos foram recolhidos por pastores. Durante algum tempo Antíope foi maltratada em Tebas por Lico e sua mulher, mas certa noite os grilhões que a prendiam soltaram-se por si mesmos, e Antíope fugiu em direção à cabana onde viviam seus filhos. A princípio eles não reconheceram a mãe, chegando a entregá-la a Dirce (v.), mulher de Lico, que viera em sua perseguição; nesse exato momento chegou à cabana o pastor que os recolhera e lhes revelou que se tratava de sua mãe. Depois de libertar Antíope, Anfíon e Zeto vingaram-se de Lico e de Dirce. Mais tarde Diôniso (v.), encolerizado com a morte de Dirce, fez com que Antíope enlouquecesse, e nesse estado ela passou a perambular pela Grécia até encontrar Foco (v.), que a curou e desposou.

Apate (G.). A personificação do Engano.

Ápis (G.). Filho de Foroneu e da ninfa Teledice, e neto de Ínaco (vv.). Sucedeu a seu pai como rei de todo o Peloponeso, que por causa dele recebeu o nome de Ápia; Ápis foi morto por Étolo (ou por Telquis e Telxíon) em decorrência de seu governo tirânico. Em outra versão da lenda ele era filho de Telquis de Sicione e pai de Telxíon (vv.).

Apolo (G. *Apôllon*). Filho de Zeus e de Letó e irmão gêmeo de Ártemis (vv.). Amada por Zeus, que a fecundou, Letó, após a perseguição implacável da ciumenta Hera (vv.) por toda a terra, deu à luz Apolo e Ártemis na ilha até então flutuante chamada Ortígia (o único lugar que a acolheu), que logo após o nascimento de Apolo se fixou no fundo do mar e passou a ser chamada de Delos ("brilhante"). Os cisnes sagrados que Apolo recebera de Zeus juntamente com uma lira, levaram-no de Delos para o extremo norte do mundo – a terra dos Hiperbóreos (v.). Após uma estada de um ano naquela região bem-aventurada, Apolo voltou à Grécia e chegou a Delfos, onde foi recebido festivamente. Lá o deus matou com suas flechas infalíveis um dragão chamado Píton, guardião de um antigo oráculo de Têmis (v.). Depois dessa façanha Apolo, querendo purificar-se da morte de Píton, realizou jogos fúnebres que foram a origem dos Jogos Píticos. Em seguida o deus apoderou-se do oráculo de Têmis e consagrou no santuário uma trípode, onde sentava-se sua sacerdotisa – a Pítia – para proferir seus oráculos; essa trípode passou a ser um dos símbolos apolíneos.

Apolo era representado como um jovem de estatura elevada e dotado de uma beleza serena, e teve numerosos amores. Na Tessália enamorou-se da ninfa Dafne, filha do deus do rio Peneio (vv.); a ninfa não correspondeu ao seu amor e fugiu para as montanhas, sempre perseguida por Apolo; no momento em que este ia afinal atingi-la, Dafne pediu proteção ao seu pai, que para salvá-la a transformou num loureiro (em grego, *daphne* = loureiro), a árvore consagrada a Apolo. Ele foi mais feliz com a ninfa Cirene, da qual teve um semideus chamado Aristeu (v.). De suas aventuras amorosas com as Musas nasceram os Coribantes (vv.), demônios pertencentes ao séquito de Diôniso (v.); Urânia (ou Calíope) lhe deu dois filhos – os músicos Lino e Orfeu (vv.). De Coronis nasceu Asclépio (vv.). Entre as simples mortais Apolo cortejou Cassandra, filha de Príamo (vv.); vendo que ela não cedia às suas investidas, o deus prometeu ensinar-lhe a arte divinatória em troca de seu amor; Cassandra recebeu as lições mas não se entregou; Apolo vingou-se fazendo com que as suas profecias não tivessem credibilidade.

Apolo era o patrono da profecia, da arte de usar o arco e a flecha, da juventude e da medicina, sendo também o deus da claridade e aparecendo às vezes como a divindade protetora dos rebanhos. No monte Parnasso, onde presidia as atividades das Musas, ele era o deus da poesia e da música (principalmente da lira). Inspirador dos adivinhos, seus oráculos, sempre obscuros e ambíguos, geralmente eram em versos; Apolo inspirava também os poetas, partilhando esta última função com as Musas (v.). porém o caráter de sua inspiração era mais sereno. Seu culto em Delfos influenciou fortemente a formação do espírito grego. Na mitologia romana o culto de Apolo apareceu cedo (seu primeiro templo foi erigido em Roma no século V a.C.), provavelmente por influência das cidades gregas fundadas no sul da Itália e na Sicília, e há notícias de contatos antigos dos romanos com o oráculo de Delfos. Inicialmente ele era tido em Roma como o deus da medicina, mas tornou-se logo conhecido como o deus da profecia e dos oráculos e como o patrono da poesia e da música, tendo portanto atributos idênticos aos do mesmo deus na Grécia. Augusto estimulou fortemente o culto apolíneo, e adotou Apolo como seu próprio patrono.

Aqueloo (G. *Akheloos*). Deus do rio homônimo, o mais extenso da Grécia. Tinha o dom de poder metamorfosear-se no animal que quisesse, e pediu a Oineu (v.), rei de Calidon (na Etólia), sua filha Dejanira em casamento; mas suas aparições sob a forma de touro ou dragão amedrontavam a moça, levando-a a hesitar em casar-se com ele. Nesse ínterim Heraclés (v.) chegou ao palácio de Oineu e pediu a filha do rei em casamento; Dejanira aceitou imediatamente, mas Heraclés teria de tomá-la de Aqueloo, que não queria perdê-la. Na luta entre os dois pretendentes Aqueloo transformou-se num touro; Heraclés arrancou-lhe um dos chifres e seu adversário deu-se por vencido, entregando Dejanira ao herói mas reclamando a devolução de seu chifre; seu pedido foi atendido e em retribuição Aqueloo deu a Heraclés um chifre da cabra Amálteia (v.), ama-de-leite de Zeus (v.); desse chifre saíam incessantemente flores e frutas.

Aqueronte (G. *Akhêron*). Um dos rios que as almas dos mortos tinham de atravessar para chegar ao inferno, transportadas de uma das margens para a outra pelo barqueiro Cáron (v.). As águas do rio eram pútridas e suas margens eram cheias de juncos e de lodo. Além do Aqueronte havia nos infernos o Côcito, o Piriflegêton e o Estige (vv.). Na poesia latina aparece também o Lete (v.), mas como uma fonte. De acordo com a lenda o Aqueronte era um dos filhos de Gaia (v., a Terra); durante o combate entre os deuses do Olimpo e os gigantes (v.), ele permitiu que estes últimos bebessem sua água para matar a sede e voltar à luta, e foi condenado por isso a permanecer eternamente nas profundezas da terra.

Aquiles (G. *Akhilleus*). Filho de Peleu (rei da Ftia, v.) e descendente de Zeus pelo lado paterno, e da deusa Têtis, filha de Oceano (vv.). A união entre Têtis, uma deusa, e Peleu, um simples mortal, não poderia ser duradoura. Por ocasião do nascimento de cada filho Têtis tentava livrá-lo da condição de mortal, herdada de Peleu, expondo-o ao fogo que o matava. Quando nasceu o sétimo filho – Aquiles –, Peleu ficou perto de Têtis; vendo-a em preparativos para fazer o mesmo com esse filho, ele conseguiu salvá-lo, embora sem um osso e ligeiramente queimado; Têtis, contrariada, abandonou o marido e continuou a viver no mar com suas irmãs, as Oceanides. Após salvar o recém-nascido, Peleu incumbiu o centauro Quíron (v.), conhecedor da arte médica, de substituir o osso e os lábios queimados de Aquiles. Quíron desenterrou então o gigante Dâmiso, que em vida fora um corredor extremamente veloz, e substituiu o osso queimado pelo do gigante, proporcionando assim a Aquiles a velocidade que lhe deu fama. Segundo outra versão da lenda, mais conhecida, por ocasião do nascimento de Aquiles sua mãe o banhou nas águas do rio Estige (v.), um dos rios dos infernos, cuja água tornava invulnerável tudo que se molhava nela. Entretanto, o calcanhar por onde Têtis o segurou não entrou em contato com a água miraculosa e continou vulnerável. Essa foi a origem da expressão "calcanhar de Aquiles", para caracterizar o ponto fraco de alguém. Ainda no monte Pelíon a mãe do centauro Quíron, chamada Fílira, e a ninfa Caricló, irmã do mesmo, cuidaram desveladamente de Aquiles. Quando ele cresceu, sempre sob as vistas do próprio centauro, dedicou-se à caça e aos cavalos, além de cultivar ao máximo as virtudes próprias dos heróis: o desprendimento, a sinceridade e a coragem indômita.

Sua fama já se difundira por outras regiões da Grécia, e durante os preparativos para a Guerra de Tróia Ulisses, Nêstor e Pátroclo (vv.) vieram convidá-lo para a expedição; o herói concordou em participar, apesar da previsão de Têtis de que, se fosse lutar, sua vida seria breve, enquanto se ficasse na ociosidade seria longa. Noutra versão da lenda, posterior a Homero, tomando conhecimento dos preparativos em toda a Grécia para a expedição contra os troianos, Peleu, alertado por um oráculo no sentido de que Aquiles morreria na guerra, resolveu evitar a ida do filho; para isso vestiu-o com roupas femininas e mandou-o para o palácio de Licomedes (v.), rei da ilha de Ciro, onde ele permaneceu durante alguns anos sob o nome de Pirra (por causa de seus cabelos ruivos). Em sua estada na ilha Aquiles, embora disfarçado em moça, amou Deidâmia, uma das filhas de Licomedes, e teve com ela um filho – Neoptólemo (mais tarde chamado Pirro). Mas Ulisses, avisado pelo adivinho Calcas (v.) de que Tróia não seria capturada sem a ajuda de Aquiles, saiu à sua procura e descobriu-lhe o esconderijo e disfarce. Fingindo-se de mercador Ulisses teve acesso aos aposentos das mulheres no palácio de Licomedes, e lhes ofereceu artigos femininos, pondo porém entre eles, como que por descuido, algumas armas atraentes. A falsa Pirra denunciou-se preferindo as armas, e Ulisses persuadiu facilmente Aquiles a seguir para Tróia com a expedição. Têtis, resignada, presenteou o filho com armas e cavalos de origem divina.

Os gregos estavam reunidos em Áulis prontos para a partida, mas Ártemis (v.) provocou uma calmaria que imobilizou as naus. A deusa, irritada com a morte pelos gregos de um cervo a ela consagrado, exigia o sacrifício de Ifigênia (v.), filha de Agamêmnon (v.); este, premido pelos outros chefes, concordou com o sacrifício, e para enganar Clitemnestra (v.) e a filha alegou que Aquiles queria casar com Ifigênia antes de partir para a guerra. O herói, alheio à trama, não pôde evitar a consumação da morte da jovem, apesar de suas tentativas junto aos soldados, que em sua ânsia de lutar quiseram até matá-lo por causa de sua oposição. Realizado o sacrifício, os ventos começaram a soprar e as naus zarparam levando os gregos para a Guerra de Tróia.

Durante os primeiros nove anos a guerra permaneceu indecisa; no décimo ano iniciou-se o período crucial, narrado na *Ilíada* de Homero, no qual Aquiles desempenhou o papel mais importante. Os gregos haviam aprisionado e entregue a Agamêmnon a troiana Criseís, filha de Crises, sacerdote de Apolo (vv.). Este, ouvindo as preces de Crises, castigou os gregos provocando uma peste que lhes devastava as hostes. Numa reunião convocada por Aquiles os chefes gregos impuseram a Agamêmnon que entregasse Criseís ao seu pai. Agamêmnon obedeceu, mas tomou de Aquiles a prisioneira que lhe fora destinada. Aquiles, dominado pelo rancor, recolheu-se ao seu acampamento com seus comandados, negando-se a continuar a participar da guerra. O herói dirigiu-se à praia e chamou sua mãe Têtis, que desceu do Olimpo ao encontro do filho. A deusa disse a Aquiles que esperasse o ataque dos troianos, pois estes, não vendo o guerreiro que tanto os atemorizava entre os comandantes gregos, chegariam até as suas naus; sentindo-se em perigo, os gregos implorariam o seu retorno à luta. Têtis, de volta ao Olimpo, procurou Zeus (v.) e o convenceu a conceder a supremacia aos troianos enquanto Aquiles estivesse ausente dos combates. A partir de então os gregos sofreram derrotas sucessivas. Aquiles mostrou-se insensível aos apelos de Agamêmnon e de outros chefes, e os combates já se travavam perto do acampamento grego. Pátroclo, o companheiro de Aquiles, vendo as naus gregas na iminência de ser incendiadas pelos troianos, pediu ao herói permissão para ir ajudar os gregos; Aquiles concordou e lhe emprestou suas armas. Pátroclo foi morto em combate, e Aquiles, inconsolável, resolveu voltar à luta para vingar a morte de seu amigo dileto, pedindo para isso novas armas à sua mãe. A simples presença do herói de volta à luta pôs em fuga os troianos, que tentavam levar consigo o cadáver de Pátroclo. Em seguida Aquiles reconciliou-se com Agamêmnon, prontificando-se a voltar a combater. Apesar de seu cavalo Xanto haver miraculosamente falado para profetizar a sua morte, Aquiles entrou imediatamente em combate, forçando os troianos a recuar. Somente Enéias (v.) quis resistir, mas afinal teve de afastar-se protegido por Poseidon (v.). Em sua marcha irresistível Aquiles avançou até as portas da cidade; diante delas o herói perseguiu Heitor (v.), que finalmente parou e resolveu combater; Aquiles o feriu mortalmente, e Heitor pouco antes de expirar predisse a morte próxima do mais valente dos gregos.

Os poemas pós-homéricos mencionam também a luta de Aquiles contra Pentesíleia (v.), rainha das amazonas, que veio socorrer os troianos com seu contingente de bravas combatentes. Aquiles matou Pentesíleia, e ao ver-lhe o rosto ficou extasiado diante de tanta beleza. Seguiu-se a esta luta a de Aquiles com Mêmnon (v.), filho de Eós (a Aurora). O último episódio da vida de Aquiles foi seu amor fatídico por Polixena, filha de Príamo (vv.). Durante o resgate do corpo de Heitor, Aquiles viu Polixena e se apaixonou por ela de tal maneira que teria prometido passar-se para o lado dos troianos se Príamo lhe desse a filha em casamento. O rei concordou, mas pediu que as núpcias fossem precedidas pela assinatura de um pacto no templo de Apolo, nas proximidades de uma das portas de Tróia. Aquiles compareceu desarmado, e Páris (v.), oculto por trás da estátua do deus, matou-o disparando uma flecha que

Apolo dirigiu certeiramente para o calcanhar do herói. Após a morte de Aquiles, Têtis levou-lhe o corpo até a ilha Branca (v. *Leuce* (2)), situada na foz do rio Istro (o atual Danúbio), onde o herói voltou à vida, porém de maneira pouco clara. Os marinheiros cujas naus se aproximavam dessa ilha ouviam durante o dia o estálido de armas entrechocando-se em combates, e durante a noite o retinir das taças e os cantos entoados em banquetes.

A fama de Aquiles deve-se em grande parte ao fato de ele ser o herói principal da *Ilíada*, que na realidade é uma "Aquileida". Seu nome aparece na escrita Linear B minóica sob a forma *Akhireu* (v. a nota (e) da introdução), o que atesta a origem remota das lendas a seu respeito.

Aracne (G. *Arakhne*). Uma moça da Lídia, famosa por sua habilidade como fiandeira, que se atreveu a desafiar Atena (v.), a deusa das habilidades manuais femininas. Sua pretensão irritou Atena, que a transformou em aranha (em grego *arakhne* = aranha), a fiandeira de sua própria teia.

Arcás (G.). Filho de Zeus e da ninfa Calistó, e pai de Pan (vv.) em algumas versões de sua lenda. Zeus amou Calistó, que morreu ou foi metamorfoseada em ursa depois de dar à luz Arcás, criado por Maia, mãe de Hermes (vv.), por incumbência de Zeus. Um dia Licáon (v.), avô materno de Arcás e rei da região chamada mais tarde Arcádia, querendo pôr à prova a onisciência de Zeus serviu-lhe os membros de Arcás preparados para serem comidos. Percebendo o crime hediondo, Zeus lançou a mesa à distância e fulminou o palácio de Licáon com seus raios, transformando o rei em lobo (*lýkos* em grego = lobo), e restituiu a vida a Arcás depois de rejuntar-lhe os membros. Sucedendo a Níctimo, filho de Licáon, Arcás foi o rei dos pêlasgos que haviam emigrado para o Peloponeso, chamados por causa dele arcádios. Ele aprendeu com Triptólemo (v.) a cultivar o trigo e preparar o pão, e transmitiu esses conhecimentos aos seus súditos.

Em certa ocasião Arcás, enquanto caçava, encontrou uma ursa, e sem saber que se tratava de sua própria mãe metamorfoseada, saiu em sua perseguição; a ursa, na ânsia de salvar-se, entrou no templo de Zeus Lício, mas Arcás atreveu-se a segui-la até o interior do recinto sagrado. Os freqüentadores do templo quiseram matá-lo, porém Zeus, para evitar a morte de ambos, transformou a ursa e o caçador em constelações vizinhas: a própria Ursa, e Árcturo, seu guardião.

Arêion (G.). O cavalo de Ádrasto na Guerra dos Sete Chefes contra Tebas (vv. *Ádrasto* e *Anfiarau*). Ádrasto, o único chefe sobrevivente, foi salvo por Arêion, que após a derrota do exército atacante retirou velozmente seu dono do campo de batalha e o conduziu são e salvo até os arredores de Colono, na Ática. De acordo com a lenda relativa à sua origem, quando Deméter procurava por toda a Grécia sua filha Perséfone (vv.), raptada por seu tio Hades, foi seguida incessantemente por Poseidon (vv.), que a desejava. Querendo escapar à perseguição, Deméter transformou-se numa égua e se misturou aos cavalos do rei Onco na Arcádia. Entretanto Poseidon, percebendo a tentativa de Deméter, tomou a forma de um cavalo e assim disfarçado uniu-se à deusa. Em decorrência dessa união Deméter deu à luz uma filha, chamada de "Senhora" porque não era permitido pronunciar o seu nome, e um cavalo – Arêion. O primeiro dono desse cavalo foi o rei Onco, o segundo foi Heraclés e o terceiro foi Ádrasto (vv.).

Ares (G.). Filho de Zeus e de Hera (vv.), e um dos doze deuses olímpicos. Na época homérica Ares já aparece como o deus da guerra, sedento de sangue e ansioso por carnificinas. Com sua estatura sobre-humana e usando couraça, lança e capacete, ele dava gritos terrificantes enquanto combatia (geralmente a pé). Seguiam-no sempre, à guisa de escudeiros, os demônios Deimos (o Temor) e Fobos (o Terror), seus filhos; às vezes faziam também parte de seu séquito Êris (a Discórdia) e Enió (vv.). Certa vez, durante uma batalha diante de Tróia, Ares, querendo ajudar Heitor, atacou Diomedes (vv.), que vira à sua frente; Atena, entretanto, invisível graças ao capacete recebido de Hades (v.), desviou a lança atirada pelo deus e deu a Diomedes a oportunidade de feri-lo. Todos os combatentes ouviram o grito estarrecedor do deus, que fugiu para o Olimpo, onde o próprio Zeus cuidou de seu ferimento. Em outra ocasião, na querela entre os deuses por causa de Tróia, Atena e Ares entraram em luta, na qual o deus foi atingido por uma pedra lançada pela deusa. Contava-se ainda que quando Heraclés enfrentou Cicno (vv.), Ares, dominado pela cólera, avançou violentamente para defender seu filho; nesse momento apareceu Atena, tentando convencê-lo a desistir, porquanto o destino já decidira a morte de Cicno nas mãos de Heraclés. Mas Ares não se deixou persuadir e atirou contra Heraclés a sua lança, que Atena desviou do alvo. Heraclés aproveitou um descuido de Ares e o feriu numa das coxas, forçando-o a retirar-se novamente para o Olimpo. Quando Aquiles (v.) matou Pentesíleia, a rainha das amazonas, diante de Tróia, Ares quis vingar a morte de sua filha, mas Zeus o deteve com seus raios, pois o destino determinara que ela teria de ser morta pelo herói.

A criação do Areópago, o tribunal situado na colina do mesmo nome em Atenas, onde se julgavam crimes de natureza religiosa, está ligada ao caráter violento de Ares. Com efeito, havia uma fonte junto à colina; em certa ocasião Ares viu Halirrôtio, filho de Poseidon com a ninfa Eurite, tentando violentar sua filha Alcipe. Num acesso de cólera Ares matou Halirrôtio, porém Poseidon o forçou a comparecer a um tribunal composto pelos deuses olímpicos no próprio local do crime, ou seja, no sopé da colina. Mas Ares não se destacava somente pela violência. Há na lenda referências a várias aventuras amorosas do deus, das quais a mais famosa foi com Afrodite (v.). Ares uniu-se também a muitas mortais, com quem teve numerosos filhos, todos caracterizadas pela violência de seu temperamento; por exemplo, Pirene lhe deu três filhos – Cicno, Diomedes (o trácio, cujas éguas alimentavam-se de carne humana) e Licáon (vv.), mortos por Heraclés.

Arêtusa (G. *Arêthousa*). Ninfa originariamente de Acaia, no Peloponeso, e depois de Siracusa, na Sicília, companheira de Ártemis (v.) e como esta deusa amante da caça e indiferente aos homens. Um dia ela estava exausta após uma caçada, e chegando às margens de um rio de águas límpidas resolveu banhar-se; enquanto nadava sem ver ninguém nas proximidades, ouviu uma voz proveniente da água do rio. A voz era de Alfeio (v.), deus do rio homônimo, que sentiu um desejo incontido de possuir a ninfa. Arêtusa fugiu perseguida pelo deus para uma das margens do rio, e depois de correr durante muito tempo, já sem forças, pediu a proteção de Ártemis. A deusa envolveu-a numa nuvem e ocultou-a num local próximo. Percebendo que Alfeio não se afastava do lugar em que ela se ocultara, Arêtusa, para salvar-se, transformou-se numa fonte. A terra abriu-se em seguida a fim de impedir a mistura das águas do rio Alfeio às da fonte em que a ninfa se transformara, ou seja, a união do deus a ela. Levada por Ártemis através de passagens subterrâneas, Arêtusa conseguiu chegar à ilha de Ortígia, em Siracusa, dedicada a Ártemis.

Árgeno (G. *Árgenos*). Ou Árgino, um rapaz de rara beleza, habitante das margens do lago Copaís, na Beócia. Por ocasião de sua passagem por Áulis a caminho de Tróia, Agamêmnon (v.), enquanto esperava ventos propícios para as naus dos gregos, viu

Árgeno banhando-se nas águas do rio Cêfiso e se apaixonou por ele. O rapaz, fugindo às investidas amorosas de Agamêmnon, nadou até perder as forças e afogou-se. Agamêmnon proporcionou-lhe funerais pomposos e ergueu no local um templo de Ártemis (v.) Argenis para perpetuar-lhe a memória.

Argirá (G. *Argyrá*). Ninfa de uma fonte na Arcádia, apaixonada por um belo rapaz chamado Selemno. Entretanto o amor de Argirá era fugaz, e quando Selemno perdeu o viço da juventude ela o abandonou e ele morreu de tristeza, sendo transformado por Afrodite (v.) num riacho. Mas, mesmo depois da transformação o sofrimento de Selemno continuou, e Afrodite lhe concedeu outra graça – a de esquecer definitivamente a sua desventura. A partir de então, segundo a lenda, quem se banhava no riacho que recebeu o nome do rapaz esquecia suas penas de amor.

Argonautas (G. *Argonáutai*). Denominação dada aos participantes da expedição empreendida por Jáson (v.) na nau *Argó*. Os Argonautas, cujo número varia entre cinqüenta e cinqüenta e cinco dependendo das fontes, foram atraídos pela proclamação de arautos mandados a todas as partes da Grécia, anunciando que Jáson estava organizando uma expedição à Cólquida em busca do Tosão de Ouro (v. *Frixo*). Os participantes principais, constantes das duas fontes (Apolônios de Rodes e Apolôdoros; veja-se a introdução), são: o próprio Jáson, comandante da expedição; Argos, construtor da nau, filho de Frixo; Tífis, o piloto na fase inicial, filho de Hagnias; Érgino, filho de Poseidon, que substituiu Tífis quando este morreu (numa das fontes o substituto teria sido Anceu); Orfeu, o famoso músico trácio, incumbido de marcar a cadencia para os remadores (os deuses lhe ordenaram que embarcasse a fim de anular com sua música o perigoso canto das Sereias (v.)); os adivinhos Ídmon e Anfiarau (numa das fontes aparece um terceiro adivinho – Mopso); os irmãos Calaís e Zetes, filhos de Bóreas; Cástor e Pólux (os Diôscuros), filhos de Zeus e de Leda, e seus primos Idas e Linceu, filhos de Afareu; Aitalidas, filho de Hermes e arauto da expedição (vv.). Os seguintes participantes desempenharam um papel secundário: Ácasto; Ádmeto; Anteu; Astério (ou Asteríon); Augias, filho de Hélios (o Sol) e seu irmão Aietes; Butes; Caineu (ou seu filho Corono); Cefeu e seu irmão Anfidamas; Eribotes; Êufemo; Êurito; Íficio; Ífito; Meleâgro; Palaimônio, filho de Hefesto (ou de Étolo); Peleu e seu irmão Telamon; Periclímeno; Poias (pai de Filoctetes, herói da Guerra de Tróia); Polífemo. (vv.). Heraclés (v.) também teria participado de um episódio da expedição – a morte de Hilas (v.) –, e até uma mulher – Atalante – aparece entre os Argonautas. Os demais são meros nomes.

A *Argó* partiu de Pagasas, na Tessália, sob presságios favoráveis. Sua primeira escala foi a ilha de Lemnos, onde na época só havia mulheres (vv. *Afrodite, Hipsipile* e *Toas* para o extermínio dos lêmnios por suas mulheres), que se uniram aos Argonautas e tiveram filhos deles. Em seguida a nau escalou sucessivamente na ilha de Samotrácia e na ilha de Cízico, onde numa primeira passagem os Argonautas foram bem recebidos, mas numa segunda foram confundidos durante a noite com piratas e tiveram de lutar contra os cizicenos, cujo rei foi morto por Jáson. De lá a *Argó* navegou para a costa da Mísia, onde Heraclés abandonou a expedição por causa da morte de seu amigo Hilas. Prosseguindo em sua viagem a nau chegou ao território dos bêbrices, cujo rei – Âmico – foi derrotado num combate singular por Pólux. No dia seguinte a *Argó* partiu, mas uma tempestade a levou de volta à costa da Trácia, num lugar onde reinava Fineu, um adivinho cego filho de Poseidon; Fineu prometeu orientar os Argonautas a respeito do prosseguimento da expedição, se estes o livrassem das Hárpias (v.), monstros metade mulher e metade pássaro, que devoravam, ou sujavam com seus excrementos, tudo que ele desejava comer. Os Argonautas conseguiram salvar Fineu das Hárpias, e o rei-adivinho cumpriu sua promessa. Voltando a viajar a *Argó*, vencendo perigos previstos por Fineu, entrou no Ponto Euxino (o atual mar Negro), chegando ao território dos mariandinos, onde morreram Ídmon, o adivinho, e o piloto Tífis (substituído por Êrgino (ou Anceu)). Os Argonautas prosseguiram na viagem, passando pela foz do rio Termodon (no território habitado pelas Amazonas), contornaram o monte Cáucaso e chegaram finalmente à Cólquida, seu destino.

Após o desembarque dos expedicionários Jáson saiu à procura do rei Aietes. Informado da incumbência que o herói recebera de Pelias, o rei impôs como condição para entregar o Tosão de Ouro a realização de uma tarefa de que até então ninguém se desincumbira: que Jáson, sem qualquer ajuda, prendesse ao jugo dois touros de cujas ventas saía fogo e cujos cascos eram de bronze, monstros oferecidos por Hefesto (v.) a Aietes; isto feito, Jáson teria de arar com os touros um pedaço de terra e nele semear os dentes do dragão oferecido por Atena (v.) a Aietes em Tebas, depois de arrancá-los do monstro (v. *Cadmo*). Enquanto Jáson, perplexo, meditava sobre a maneira de dominar os monstros, Medéia (v.), filha de Aietes, apaixonada por ele, ofereceu-se para assegurar a realização das tarefas impostas por seu pai, se o herói se comprometesse a desposá-la e levá-la para a Grécia. Medéia, conhecedora das artes mágicas, deu-lhe um bálsamo que o tornaria invulnerável e o advertiu de que dos dentes do dragão nasceriam homens armados dispostos a matá-lo; para livrar-se deles bastaria que Jáson lhes atirasse de longe uma pedra. Seguindo as instruções o herói subjugou os touros e matou o dragão; os homens que saíram dos dentes do último, acusando-se mutuamente de haverem lançado a pedra que Jáson atirou seguindo as instruções de Medéia, empenharam-se numa luta encarniçada, dando a Jáson oportunidade de exterminá-los e de lavrar a terra. Aietes, entretanto, em vez de cumprir a promessa preparou-se para incendiar a *Argó* e massacrar os seus ocupantes. Antecipando-se, porém, aos planos de Aietes, Jáson, sempre orientado por Medéia, adormeceu o dragão que guardava o Tosão de Ouro, apoderou-se do precioso troféu e fugiu na *Argó* levando Medéia consigo. Informado de que Jáson partira levando o Tosão de Ouro e sua filha, Aietes embarcou e saiu em perseguição da nau dos Argonautas. Mas Medéia, graças aos seus dons, previu essa atitude do pai, e matou e esquartejou seu irmão Ápsirto, que trouxera em sua companhia, lançando os membros dispersos ao mar a certos intervalos. Aietes demorou-se tentando reunir os membros do filho, e quando terminou a *Argó* já se distanciara. Após sepultar os restos mortais de seu filho numa praia da Cólquida, Aietes ordenou a numerosos súditos que iniciassem a perseguição à *Argó*, ameaçando-os de morte se não trouxessem Medéia de volta. Os Argonautas prosseguiram em sua viagem até a foz do rio Istro (o atual Danúbio).

Revoltado com o assassínio cruel de Ápsirto, Zeus (v.) desencadeou uma violenta tempestade; a *Argó* perdeu o rumo e, adquirindo voz, revelou a cólera de Zeus, que somente cessaria se Circe (v.) purificasse os Argonautas. A nau foi até a foz do rio Erídano (o atual Pó) e de lá até o Ródano, voltando ao Mediterrâneo e chegando à ilha de Aiaie, onde morava Circe. Esta, que era filha de Hélios (o Sol) e portanto irmã de Aietes, purificou Medéia, sua sobrinha, porém recusou hospitalidade a Jáson. Depois a nau prosseguiu em sua viagem acidentada, passando pelo mar das Sereias, das quais os Argonautas livraram-se graças aos cantos maravilhosos de Orfeu, mais belos que os delas. Continuando, a *Argó* atravessou o estreito de Cila e Caríbdis, chegando à ilha de Côrcira (a atual Corfu), pátria dos feácios, súditos do rei Alcínoo (v.). Lá estavam os colquídios mandados por Aietes em perseguição de Medéia, que pediram a Alcínoo a sua entrega. Instruído por Areté, sua mulher, o rei disse que a entregaria se ainda fosse virgem, mas se já fosse mulher de Jáson continuaria a ser sua hóspede. Medéia, ciente das palavras de Alcínoo e apoiada por Areté, consumou sua união com Jáson e salvou-se. Reiniciada a viagem, a *Argó* foi levada por uma tempestade à costa da Líbia, e depois de algumas dificuldades nos baixios chamados Sirtes, rumou em direção a Creta, onde os Argonautas tiveram de enfrentar Talo (v.), um robô gigantesco construído por Hefesto para defender a ilha. Talo era praticamente invulnerável, mas Medéia, graças aos seus dons divinatórios, descobriu-lhe o ponto fraco, dando aos Argonautas o ensejo de o matarem. Cruzando o mar de Creta, onde enfrentou novas dificuldades, a *Argó* contornou a ilha de Eubéia e chegou afinal a Iolco, após quatro meses de viagem. Jáson levou o Tosão de Ouro a Corinto, onde o consagrou a Poseidon.

Apolônios de Rodes imortalizou a lenda dos Argonautas em seu poema épico *Argonáutica*. Vv. *Medéia* e *Jáson*.

Argos (G.). (1) Filho de Zeus e de Níobe (vv.), e rei do Peloponeso e epônimo da cidade de Argos e do território da Argolis. Argos teria trazido para a Grécia a agricultura e especialmente o cultivo do trigo.

(2) Bisneto de (1), dotado de quatro olhos (dois na face e dois na parte posterior da cabeça), ou segundo outras versões da lenda de um número incontável de olhos disseminados por todo o corpo. Extremamente forte, Argos seria o autor de várias proezas. Primeiro ele matou um touro enorme que assolava a Arcádia e passou a vestir-lhe a pele; depois eliminou um sátiro predador também na Arcádia, e apoderou-se de seus rebanhos; em seguida matou Êquidna (v.), mulher-monstro filha de Tártaro e de Gaia (a Terra) (vv.), que atacava os viajantes. Mais tarde Hera (v.), confiante nos inumeráveis olhos de Argos, incumbiu-o de guardar Ió (v.), transformada por ela em novilha, da qual tinha ciúme porque Zeus (v.) a desejava. Argos amarrou Ió a uma oliveira num bosque sagrado perto de Micenas, e como metade de seus olhos estava sempre aberto enquanto a outra metade dormia, passou a vigiá-la noite e dia. Entretanto Zeus, querendo possuí-la, incumbiu Hermes de matar Argos e de soltar Ió. Hermes, graças à sua varinha mágica, fez Argos adormecer (ou segundo outra versão da lenda tirou-lhe a vida). Querendo perpetuar a memória de seu servidor fiel, Hera passou os olhos de Argos para as penas dos pavões.

(3) Um colquídio, filho de Frixo e de Calcíope, que abandonou sua terra natal para apresentar-se como pretendente ao trono de seu avô Atamas (vv.). Sua nau soçobrou e ele foi levado pelas ondas para uma ilha onde os Argonautas (v.) o descobriram, levando-o de volta à Cólquida. Para demonstrar sua gratidão ele teria proporcionado a aproximação entre Medéia e Jáson (vv.); este último levou-o consigo ao voltar para a Grécia.

(4) O construtor da nau *Argó* e participante destacado da expedição dos Argonautas (v.).

Ariadne (G.). Filha de Minos e de Pasifae (vv.). Ao ver Teseu recém-chegado a Creta para tentar matar o Minotauro (vv.), Ariadne apaixonou-se por ele; querendo ajudá-lo, deu-lhe um novelo de linha que lhe permitiu entrar no Labirinto, morada do monstro, sem se perder, desenrolando o novelo à proporção que avançava, para saber por onde iria sair. Graças a esse expediente Teseu cumpriu a sua missão, e Ariadne fugiu com ele para livrar-se da cólera paterna. Teseu deteve-se com sua nau na ilha de Naxo, onde deixou Ariadne adormecida na praia, e prosseguiu viagem para Atenas. Ao despertar, Ariadne viu a nau que levava seu amante desaparecer no horizonte, e ficou desesperada, mas sua dor foi efêmera, pois no mesmo dia Dióniso (v.) chegou à ilha com seu cortejo ruidoso. O deus apaixonou-se à primeira vista pela bela moça, casou-se com ela e levou-a consigo para o Olimpo.

Aríon (G.). Um músico de Lesbos, que viajou de Corinto para a Magna Grécia e para a Sicília a fim de ganhar dinheiro com suas canções. Depois de atingir o seu objetivo Aríon embarcou de volta a Corinto numa nau, cujos marinheiros tramaram a sua morte com a intenção de roubar-lhe o dinheiro. Apolo (v.) apareceu em sonho a Aríon como se fosse um citaredo e o alertou para o perigo que corria, prometendo-lhe ajuda. Dias depois, atacado pelos marinheiros Aríon lhes pediu para cantar pela última vez. O cantor obteve a permissão, e quando os golfinhos, animais favoritos de Apolo, ouviram-lhe a voz, subiram à superfície da água e puseram-se a fazer evoluções em volta da nau. Confiante na promessa de Apolo, Aríon lançou-se então ao mar, sendo imediatamente salvo por um golfinho, que o recebeu em seu dorso e o levou para o cabo Tênaro. Sentindo-se seguro em terra, Aríon dedicou uma oferenda a Apolo e continuou a viagem para Corinto. Chegando lá, contou a história a Províandro, tirano da cidade na época. Pouco tempo depois a nau dos criminosos chegou à cidade, e o tirano mandou perguntar aos tripulantes onde estava Aríon. Em face da resposta no sentido de que o cantor morrera durante a viagem, Aríon apareceu e os marinheiros foram condenados à morte. Para perpetuar a memória desses acontecimentos, Apolo transformou em constelação o golfinho salvador de Aríon e a lira do músico.

Aristeu (G. *Aristaios*). Filho da ninfa Cirene e de Apolo (vv.). Em certa ocasião Apolo viu Cirene caçando no monte Pelíon e a levou consigo em seu carro de ouro para a Líbia, onde ela deu à luz Aristeu. Após o nascimento do menino, Apolo entregou-o a Gaia (a Terra), sua bisavó, e às Horas (as estações do ano). No devido tempo as Musas ensinaram-lhe as artes da medicina e da adivinhação, e Apolo confiou-lhe ainda seus rebanhos de carneiros na Ftia (Tessália). Depois as ninfas ensinaram-lhe a elaboração dos laticínios e a criação das abelhas, e ele transmitiu todos esses conhecimentos aos homens. Aristeu casou-se com uma filha de Cadmos, chamada Autonoe, e dessa união nasceu Actáion (vv.).

Contava-se que em certa ocasião Aristeu saiu em perseguição de Eurídice, a mulher de Orfeu (vv.), que em sua fuga foi picada por uma serpente e morreu. Os deuses ficaram revoltados com Aristeu e o castigaram dizimando-lhe as abelhas. Desolado, Aristeu foi pedir ajuda à ninfa Cirene, sua mãe, em seu palácio de cristal situado no fundo do rio Peneio. Cirene disse-lhe que somente Proteu (v.) poderia revelar a causa de sua desdita. Quando Aristeu foi à procura de Proteu para interrogá-lo, encontrou-o adormecido entre o rebanho de focas de Poseidon (v.) e aproveitou o sono do deus marinho para amarrá-lo e forçá-lo assim a responder-lhe (Proteu costumava fugir à aproximação de curiosos). Não tendo outra alternativa ele revelou a Aristeu que o castigo divino estava ligado à morte de Eurídice, e lhe ensinou a maneira de conseguir novas abelhas. Por ocasião de uma epidemia que assolava as ilhas Cíclades no auge do calor, que coincide com o aparecimento da estrela Sírios, os habitantes da região suplicaram a Aristeu que lhes indicasse um remédio para aquela calamidade. Apolo, seu pai, mandou-o atender aos suplicantes, e ele foi para a ilha de Céos, onde construiu um altar dedicado a Zeus (v.); nesse altar ele passou a oferecer sacrifícios a Zeus e a Sírios. Sensibilizado, Zeus ordenou aos ventos etésios que soprassem para dissolver o ar malsão. A partir daquela época esses ventos passaram a soprar nos dias mais quentes do ano, aliviando o calor nas Cíclades.

Em outra versão da lenda Aristeu ajudou Diôniso (v.) a conquistar a Índia, juntando-se a ele com um contingente de arcádios sob seu comando.

Aristódemo (G. *Aristôdemos*). Um dos Heráclidas (v.), filho de Aristômaco e bisneto de Heraclés, e irmão de Têmeno e Cresfontes (vv.), os conquistadores do Peloponeso. Na época dessa conquista Aristódemo estava em Náupacto com seu irmão Têmeno, observando os preparativos para a expedição, e foi fulminado por Zeus com um raio a pedido de Apolo (v.), desejoso de puni-lo por não haver consultado o oráculo délfico.

Arquelau (G. *Arkhêlaos*). Um dos Heráclidas, filho de Têmeno (vv.). Expulso de Argos por seus irmãos, foi para a corte do rei Cisseu na Macedônia, na época sitiado por inimigos e correndo o perigo de ser morto. Cisseu prometeu a Arquelau seu reino e sua filha se ele o livrasse daquela situação crítica. Mostrando-se um digno descendente de Heraclés (v.), apenas num combate Arquelau derrotou os sitiantes e salvou Cisseu. Dando ouvidos a maus conselheiros, Cisseu esquivou-se ao cumprimento das promessas e planejou matar seu salvador. Com esse objetivo o rei ingrato mandou cavar um fosso profundo e o encheu até certa altura de carvões acesos, recobrindo-o com galhos frágeis. Um escravo do rei revelou o plano a Arquelau; este propôs um encontro entre os dois e fez com que Cisseu caísse no fosso. Em seguida Arquelau, obedecendo a uma ordem de Apolo (v.), abandonou a cidade e passou a acompanhar uma cabra, que o levou até certo lugar ainda na Macedônia. Nesse lugar Arquelau fundou uma cidade e lhe deu o nome de Aige para perpetuar a memória da cabra que o guiara até lá (em grego, Áix = cabra).

Ártemis (G.). Filha de Zeus e de Letó, e irmã gêmea de Apolo (vv.). Avessa ao amor e ao convívio dos homens, Ártemis conservou-se virgem, preferindo a caça a qualquer outra atividade. A exemplo de Apolo, manejava eximiamente o arco e as flechas, a ponto de as mortes súbitas serem atribuídas aos seus projéteis. Extremamente vingativa e impetuosa, fez inúmeras vítimas a começar pelas filhas de Níobe (v.). Segundo a lenda, enquanto Apolo matava um após o outro os filhos desta durante uma caçada, Ártemis exterminava-lhe as filhas que estavam em casa. Essa vingança terrível foi uma conseqüência do amor filial de Apolo e Ártemis, pois Níobe afrontara Letó, mãe dessas divindades. Ainda em defesa de Letó, seus dois filhos mataram um dragão que a atacara, e também exterminaram Títio (v.), um gigante que tentara violentá-la. Ártemis participou igualmente do combate entre os deuses e os gigantes, matando um destes com a ajuda de Heraclés, além de contribuir para o extermínio dos Aloadas (vv.). Outras vítimas de Ártemis foram Oríon, um caçador gigantesco, e Actáion (vv.), outro caçador. A cólera de Ártemis também aparece na lenda referente ao sacrifício de Ifigênia (v.) em Áulis. Vv. *Agamêmnon* e *Aquiles.*

Ártemis era cultuada principalmente nas regiões montanhosas e silvestres da Grécia, embora seu santuário mais célebre fosse em Éfeso, onde a deusa apresentava os atributos de uma antiqüíssima divindade asiática da fecundidade. Ártemis aparecia também às vezes como uma personificação de Selene (a Lua), errante pelas montanhas, enquanto Apolo, seu irmão gêmeo, era visto às vezes como a personificação de Hélios (o Sol). Era a protetora das amazonas, belicosas e caçadoras como ela, e também avessas ao convívio dos homens.

Ascálabo (G. *Askálabos).* Um habitante da Ática, filho de Misme. Contava-se que Deméter (v.) durante sua peregrinação à procura de Perséfone (v.), teve sede enquanto atravessava a Ática; Misme, deu-lhe água para beber. Tão grande era a sua sede que Deméter sorveu a água num único trago, e isso provocou o riso de Ascálabo. Deméter, irritada lançou sobre ele pingos da água restante, transformando-o num lagarto cheio de pintas.

Ascálafo (G. *Askálaphos*). (1) Filho do deus do rio Aquêron e de uma ninfa do Estige (vv.), ambos rios do inferno. Ascálafo viu e denunciou Perséfone (v.) quando esta comeu nos jardins do Hades (v.) um grão de romã, quebrando assim o jejum e perdendo sem querer toda a esperança de voltar ao mundo dos vivos. Encolerizada com a delação de Ascálafo em prejuízo de sua filha, Deméter (v.) transformou-o em coruja.

(2) Um dos filhos de Ares.

Ascânio (L. *Ascanius*, G. *Askânios*). Filho de Enéias e de Creusa, e neto de Príamo e Afrodite (vv., e *Anquises*). Uma tradição mais recente apresenta Ascânio, também chamado Iulo, como tendo nascido após a chegada de Enéias à Itália, sendo filho de Lavínia e neto do rei Latino (vv., e *Enéias*). De acordo com a lenda mais antiga Ascânio foi salvo por seu pai durante a destruição de Tróia, juntamente com Creusa e Anquises, e mandado para a Propontis, onde ocupou o trono até a época de voltar a Troas para reconstruir Tróia em companhia de Escamândrio, filho de Heitor (vv.). Segundo outra versão da lenda Ascânio foi para a Itália com seu pai, porém mais tarde ambos voltaram a Tróia, da qual Enéias foi rei; ao morrer, Enéias deixou o trono para Ascânio. A tradição mais constante, entretanto, mostra Ascânio vivendo definitivamente na Itália. Na *Eneida* Ascânio aparece como um adolescente, participando dos Jogos Troianos celebrados por ocasião da morte de Anquises. Foi ele quem provocou pela primeira vez a hostilidade dos italianos, ao matar durante uma caçada nas florestas do Lácio uma corça sagrada. Enéias, para quem ele era a esperança de sobrevivência dos troianos distantes da pátria, dedicava-lhe grande ternura, e Vênus (ou seja Afrodite), sua avó (vv.), tratava-o carinhosamente. Quando Enéias morreu deixando Lavínia grávida, Ascânio passou a ser o rei dos latinos, e já nessa condição entrou em guerra contra os etruscos e os derrotou às margens do Numício (ou Númico). Lavínia, receando que seu enteado matasse o filho que ela ia ter, fugiu para uma floresta e se refugiou em casa de Tirro, ou Tirreno, um pastor, dando então à luz seu filho Sílvio. Tirro instigou os latinos a apoiarem Lavínia contra Ascânio, e este, em face da hostilidade dos latinos, fundou Alba Longa, que viria a ser mais tarde Roma, no local em que Enéias sacrificara uma fêmea de javali branca com seus filhotes. O sucessor de Ascânio no trono por ocasião de sua morte foi Sílvio, o filho de Lavínia. Às vezes Ascânio é chamado de Iulo, e teria dado origem à família romana Júlia, que o considerava seu ancestre.

Asclépio (G. *Asklépios*). Filho de Apolo e de Coronis (vv.), e deus da medicina. De acordo com a versão geralmente aceita de sua lenda, Coronis, depois de unir-se a Apolo, amou um mortal – Ísquis, filho de Êlato (vv.). Uma gralha revelou esse fato ao deus, e Apolo matou a amante leviana, mas no momento em que o cadáver de Coronis ia ser queimado tirou de seu ventre o filho prestes a nascer, que recebeu o nome de Asclépio. Depois Asclépio foi entregue por Apolo ao centauro Quíron (v.), de quem aprendeu a arte da medicina; seus progressos nessa arte foram tão grandes que ele conseguiu ressuscitar muitos mortos, entre os quais estavam Capaneu, Glauco (filho de Minos), Hipólito (filho de Teseu) e Licurgo (vv.). Receoso de que esses feitos de Asclépio lhe trouxessem problemas, Zeus (v.) o fulminou com seus raios. Apolo, por vingança, matou os Cíclopes, fabricantes dos raios de Zeus. Depois de morto Asclépio foi transformado na constelação chamada Serpentário. Podalírio e Macáon, os médicos do exército grego na Guerra de Tróia, eram filhos de Asclépio (vv.). Versões posteriores de sua lenda mencionam seu casamento com Epione, de quem teve as filhas Acesó, Aigle, Higíeia, Iasó e Panáceia. A serpente era o animal consagrado a Asclépio, aparecendo geralmente enrolada num bastão.

Ásia (G.). Filha de Oceano e de Tetis (vv.). De sua união com Jápeto nasceram Atlas, Epimeteu, Menécio e Prometeu (vv.). O continente asiático lhe deve o nome.

Ásopo (G. *Asopôs*). Deus do rio homônimo, filho de Oceano e de Tetis, ou de Zeus e de Eurinome, ou ainda de Poseidon e de Peró (vv.). De seu casamento com Metope, filha do deus do rio Ládon nasceram doze (ou vinte) filhas e dois filhos – Ísmeno e Pelágon (vv.). Em algumas lendas ele aparece como pai de Antíope (v.) e de Plataia, que deu o nome à cidade de Platéia.

Aspalis (G.). Filha de Argeu, que Meliteu, filho de Zeus e da ninfa Orteís e tirano de Melitéia (na Tessália) (vv.), mandou prender para satisfazer seus caprichos amorosos. Quando apareceram os soldados incumbidos de levá-la ao tirano, Aspalis enforcou-se. Vendo-a morta, seu irmão Astigites vestiu-lhe as roupas, sob as quais ocultou um punhal, e entregou-se aos soldados como se fosse Aspalis; levado à presença do tirano, Astigites matou-o com o punhal. Os habitantes da cidade, cientes do acontecimento, apossaram-se do cadáver de Meliteu e o lançaram num rio, entregando então o trono a Astigites. O corpo de Aspalis desapareceu misteriosamente, e em seu lugar os deuses puseram uma imagem de madeira, que passou a ser venerada pelos habitantes de Melitéia.

Assáon (G.). Pai de Níobe (v.) numa das versões de sua lenda. Por ocasião da morte de Filotas, seu genro, durante uma caçada, Assáon quis possuir sua própria filha. Diante da resistência de Níobe, Assáon reuniu os vinte filhos dela a pretexto de oferecer-lhes um almoço, e os exterminou lançando-os ao fogo. Desesperada, Níobe suicidou-se, e Assáon acompanhou-a em seu gesto num acesso de loucura.

Astéria (G.). (1) Filha do titã Caio e de Febe (irmã de Letó (vv.)). Para fugir à perseguição de Zeus (v.), que a desejava, Astéria metamorfoseou-se em codorna e se lançou ao mar, transformando-se na ilha a princípio chamada Ortígia (ilha das Codornas); mais tarde, quando Letó deu à luz nessa ilha Apolo e Ártemis (vv.), o nome da ilha passou a ser Delos. Astéria teve uma filha chamada Hecate (v.).

(2) Outra Astéria, também chamada Asteropéia, filha de Dêion e de Diomede, casou-se com Foco, filho de Éaco; dessa união nasceram Panopeu e Criso (vv.).

Asteríon (ou Astério) (G.). Filho de Têctamo ou de Doro, e de uma das filhas de Creteu (vv.); era rei de Creta e casou-se com Europa depois da sedução desta por Zeus (vv.). Asteríon tornou-se pai adotivo das crianças nascidas da união de Europa com Zeus –, Minos, Radamanto e Sarpêdon (vv.).

Asteropé (G.). Uma das Plêiades (v.).

Astiânax (G. *Astyânax*). Filho de Andrômaca e de Heitor (vv.). O pai chamava-o de Escamândrio (v.), por causa do rio homônimo que atravessa Tróia, porém os troianos lhe deram o nome de Astiânax ("Senhor da Cidade") em homenagem a Heitor. Após a queda de Tróia os gregos condenaram Astiânax, ainda um menino, a ser lançado do alto da muralha da cidade.

Astréia (G. *Astraia*). Filha de Zeus e de Têmis (a personificação da justiça), que disseminou entre os homens durante a Idade de Ouro (v.) as virtudes de um modo geral e especialmente o sentimento de justiça. Mais tarde, vendo a degenerescência moral dos homens, foi para o céu, tornando-se a constelação da Virgem.

Atalante (G.). Filha de Escoineu (um dos filhos de Atamas e de Temistó), ou de Íaso, ou de Máinalo (vv.). Escoineu, que desejava apenas filhos homens, abandonou a filha recém-nascida no monte Partenion, onde uma ursa amamentou-a até aparecerem alguns caçadores que a levaram de lá e a criaram. Chegando à adolescência Atalante, fiel a Ártemis (v.), fugia ao casamento, e seu apego à virgindade era tão forte que ela matou com suas flechas os centauros Hileu e Roico (v., (2)), quando estes tentavam violentá-la. Sua distração predileta era caçar nos bosques, a exemplo de Ártemis, sua deusa preferida. Participou da caçada ao javali de Calidon (v. *Meleâgro*), e nos jogos fúnebres celebrados por ocasião da morte de Pelias (v.) foi a vencedora da corrida (ou da luta livre, segundo outra versão da lenda), na qual derrotou Peleu (v.). Apesar de sua aversão ao casamento, não lhe faltaram pretendentes; para desencorajá-los Atalante proclamava que somente se casaria com o pretendente que a vencesse numa corrida, e que se fosse a vencedora mataria o vencido. Muitos candidatos já tinham sido derrotados e mortos quando se apresentou para competir com ela um novo pretendente – Hipomenes, filho de Megareu, ou em outras fontes Melânion, filho de Anfidamas e primo de Atalante. O candidato trazia consigo três pomos de ouro que Afrodite (v.) lhe dera de presente. Iniciada a corrida, o rapaz, que conseguira levar inicialmente uma pequena vantagem, vendo Atalante prestes a alcançá-lo deixou cair à frente dela os pomos de ouro. Atalante, por curiosidade ou por ter gostado do competidor, deteve-se para apanhar um pomo, perdendo tempo bastante para ensejar a vitória do pretendente e conseqüentemente o casamento.

Atamas (G. *Athamas*). Filho de Éolo (v.) e rei da região de Coronea, ou segundo outras fontes de Tebas, na Beócia. Com Nefele, sua primeira mulher, teve uma filha – Helé –, e um filho – Frixo. Com a segunda – Inó, filha de Cadmo, teve dois filhos: Lêarco e Melicertes (vv.). Inó, com ciúmes dos filhos do primeiro casamento, imaginou um plano para eliminá-los. Seu primeiro passo foi convencer as mulheres da região a torrar os grãos de trigo destinados à semeadura; isso feito, os homens semearam o trigo mas nada germinou. O rei, preocupado, mandou consultar o oráculo de Delfos. Os mensageiros de Atamas, subornados por Inó, voltaram dizendo que o oráculo determinara o sacrifício de Frixo e de Helé, como única maneira de evitar a fome da população. Quando Frixo e Helé estavam sendo levados para o altar do sacrifício, Nefele lhes deu um carneiro com Tosão de Ouro, que recebera de Hermes (v.); montados nesse carneiro, que tinha o dom de voar, Frixo e Helé escaparam, mas apenas o primeiro conseguiu chegar à Cólquida, pois Helé caiu no mar e morreu afogada.

Segundo outra versão da lenda, usada (ou imaginada) pelos poetas trágicos – principalmente Eurípides –, Atamas descobriu a tempo o plano por intermédio dos próprios mensageiros que foram a Delfos, e mandou sacrificar Inó e seu filho Melicertes em vez de Frixo. No momento em que mãe e filho eram conduzidos ao altar do sacrifício, Diôniso (v.) apiedou-se de Inó, que o criara, e a ocultou numa nuvem, tornando-a invisível e salvando-a juntamente com Melicertes. Atamas, privado da razão por Diôniso, matou Lêarco, seu filho mais novo, pondo-o num caldeirão de água fervente. Logo após Inó suicidou-se, levando também Melicertes para a morte.

Atamas, que passou a levar uma vida errante depois de ser expulso da Beócia por causa de seu crime, quis saber do oráculo onde deveria parar; a resposta foi que ele teria de deter-se onde recebesse alimento de animais selvagens. Chegando à Tessália, deparou com alguns lobos devorando um carneiro; vendo-o, os lobos fugiram deixando o carneiro para Atamas. Considerando o oráculo consumado, Atamas fundou naquele local a cidade de Alo (ou Halo), e nela casou-se com Temistó, filha de Hipseu (vv.). Algum tempo depois Atamas esteve na iminência de ser sacrificado por seus súditos em decorrência de um sacrilégio, mas foi salvo por seu neto Citíssoro, ou de acordo com outra versão da lenda por Heraclés (vv.).

Ate (G.). O Erro personificado, divindade esvoaçante cujos pés pousam nas cabeças dos mortais sem que estes percebam. Quando Heraclés (v.) estava para nascer, Zeus (v.), enganado por Ate, jurou que o primeiro filho a sair das entranhas de Alcmene seria o mais poderoso, e assim submeteu Heraclés a Euristeu (v.). Zeus vingou-se de Ate lançando-a do céu para a terra; Ate caiu na Frígia, numa elevação que passou a chamar-se Colina do Erro, na qual Ilo construiu a cidadela de Tróia.

Em Hesíodos Ate era irmã de Êris (a Discórdia) e de Anarquia.

Atena (G. *Athená*). Quando Métis estava na iminência de ter uma filha de Zeus, ele, prevenido por Urano e Gaia (vv.) de que se Métis desse à luz uma filha esta teria depois um filho que lhe usurparia o trono celeste, engoliu a mulher grávida. No momento do parto Zeus deu ordens a Hefesto (v.) para fender-lhe a própria cabeça ao meio com um machado, e dela saiu a deusa Atena, já adulta e armada, emitindo um grito de guerra que abalou a terra e o próprio céu. O nascimento singular de Atena ocorreu às margens do lago Tritonis, na Líbia. Embora Atena tenha conservado a virgindade, a lenda lhe atribui um filho tido com Hefesto em circunstâncias também singulares. A deusa fora procurar Hefesto junto à sua forja para obter do deus-ferreiro armas novas. Hefesto, ressentido com o adultério de Afrodite (v.), sentiu-se atraído por Atena e passou a cortejá-la. Atena fugiu mas Hefesto, apesar de ser coxo, alcançou-a e abraçou-a. A deusa tentou repeli-lo, porém Hefesto, em seu entusiasmo amoroso, ejaculou e deixou cair o esperma nas coxas de Atena; enojada, ela se limpou com um punhado de lã e lançou-o no solo, de onde surgiu Erictônio (v.). A deusa tratou-o como seu filho e criou-o longe das vistas dos outros deuses, tornando-o imortal. Atena demonstrou suas aptidões marciais na guerra entre os deuses e os gigantes, onde desempenhou um papel importante matando Palas e Encélado, manejando sua lança e protegida por uma couraça de pele de cabra (a Égide). Ela também participou dos combates na Guerra de Tróia, ajudando os gregos porque o troiano Páris (v.) dera o prêmio de beleza a Afrodite e não a ela no julgamento do monte Ida. Seus protegidos principais entre os gregos eram Aquiles, Diomedes, Menelau e Ulisses (vv.). Sua interferência fez-se sentir com maior intensidade na volta de Ulisses a Ítaca; para proteger o herói a deusa tomou a aparência de vários mortais, deu-lhe uma beleza extraordinária para comover Nausícaa (v.), inspirando-a em sonhos para salvar Ulisses que fora vítima de um naufrágio, e induziu Alcínoo a dar-lhe uma nau para a continuação da viagem, pedindo os favores de Zeus para seu protegido. Atena ajudou igualmente Heraclés (v.) que lutou ao seu lado contra os gigantes que enfrentaram os deuses olímpicos, dando-lhe as armas com que o herói realizou suas principais façanhas.

Além de inspirar a bravura nos heróis Atena favorecia as manifestações de inteligência, sendo considerada no mundo grego – principalmente em Atenas, sua cidade preferida – a deusa protetora das atividades filosóficas em particular e literárias em geral, a ponto de suplantar as Musas nesse âmbito. Seu patrocínio estendia-se a ocupações menos nobres, como os trabalhos manuais femininos, principalmente os ofícios das fiandeiras e das bordadeiras. Atribuem-se a Atena invenções úteis tanto em relação à guerra (por exemplo, a invenção dos carros de combate), quanto em relação à paz, como a introdução do cultivo da oliveira na Ática. A propósito deste último benefício, conta a lenda que Poseidon (v.) disputava com Atena a condição de padroeiro da Ática, e cada uma dessas divindades queria oferecer-lhe o dom mais valioso. Poseidon golpeou o solo com seu tridente e fez surgir uma fonte de água salobra na acrópole de Atenas, enquanto Atena fazia aparecer no mesmo local uma oliveira; os demais deuses olímpicos, chamados a decidir, consideraram mais útil a oliveira, e Atena passou a ser a padroeira da Ática. Atribuía-se também a Atena a condição de protetora de outras cidades além de Atenas – por exemplo Argos, Esparta e Mêgara – em cujas cidadelas havia templos a ela dedicados.

Seu culto em Tróia era fervoroso, e girava em torno de uma imagem antiqüíssima chamada Paládio (v.). Dizia-se que Tróia seria inconquistável enquanto possuísse o Paládio. Para assegurar a vitória na guerra, Diomedes e Ulisses penetraram certa noite na cidade e roubaram a imagem, deixando Tróia desprotegida.

Os apetrechos de Atena eram a lança, o capacete e a égide; nesta última a deusa pôs a cabeça da Gôrgona (v.), presente de Perseu, que petrificava quem quer que a contemplasse. Seu animal preferido era a coruja, símbolo de Atenas. A deusa romana Minerva (v.) identificava-se com Atena.

Átis (G. *Áttis*). Um deus frígio companheiro de Cibele (v.) a "Mãe dos Deuses", cujo culto foi trazido para o mundo helênico e de lá passou para Roma. Originariamente Átis aparecia como filho de Ágdistis e de Naná, ninfa do rio Sangário. Ágdistis, um hermafrodita, amou Átis, que num assomo de loucura se castrou durante uma celebração orgiástica no culto de Cibele, cujos participantes também se mutilaram. Átis morreu em conseqüência de sua mutilação, mas conservou um alento de vida que fazia nascerem flores sobre sua sepultura.

Em outra versão da lenda Átis era um belo rapaz que morava nos bosques da Frígia; sua beleza inspirou um amor puro em Cibele. Para tê-lo sempre ao seu lado a deusa o pôs como guardião de seu templo, impondo-lhe a condição de manter-se sempre casto. Átis, porém, apaixonou-se perdidamente pela ninfa Sagarítis; revoltada, Cibele cortou a árvore à qual estava ligada a ninfa e provocou a demência de Átis, que se castrou num acesso de loucura.

Atlântida (G. *Atlantis*). Uma ilha em que viviam os atlantes, existente em épocas remotas na saída do mar Mediterrâneo, em frente às Colunas de Heraclés (o atual estreito de Gibraltar). Por ocasião da partilha do mundo entre os deuses, Atenas coube a Atena e a Hefesto (vv.), enquanto Poseidon ficou com a Atlântida. O deus apaixonou-se por uma moça de lá, chamada Cleitó, cujos pais – Euênor e Leucipe – haviam morrido. Cleitó morava numa montanha no centro da ilha, e Poseidon, querendo protegê-la, cercou o local com muralhas e fossos. O deus e Cleitó viveram por muito tempo juntos e tiveram dez filhos. O filho mais velho chamava-se Atlas e recebeu de Poseidon o poder supremo na Atlântida, cujo território o deus dividiu em dez províncias. Atlas tinha seu trono na montanha central, e de lá governava toda a ilha, rica em todos os recursos naturais. A Atlântida foi dotada por seus governantes de grandes cidades, providas de vias subterrâneas, de canais e de pontes, úteis ao comércio e à defesa da ilha. Cada uma das províncias era governada pelos reis primevos, filhos de Cleitó e de Poseidon, sendo o descendente de Atlas o rei dos reis. Anualmente os dez reis reuniam-se na província central, e lá celebravam uma cerimônia durante a qual havia uma caçada a um touro, cujo sangue bebiam em comum após o sacrifício do animal. Durante a noite subseqüente ao dia do sacrifício os reis em conjunto julgavam o desempenho de cada um deles. Nove mil anos antes da época em que viveu Platão (a fonte principal para esta lenda), os atlantes tentaram subjugar o mundo, mas os atenienses lhes impuseram uma derrota completa. Mais tarde a Atlântida teria sido tragada pelo mar em seguida a um cataclisma.

Atlas (G.). Um gigante pertencente à geração anterior à dos deuses olímpicos, filho de Jápeto e da oceanide Climene (ou de Ásia), e irmão de Epimeteu, de Menécio e de Prometeu (vv.). Em outra versão da lenda Atlas aparece como filho de Urano e portanto irmão de Cronos (vv.). Participou da luta entre os deuses e os gigantes, e recebeu de Zeus (v.) a pena de sustentar em seus ombros a abóbada celeste. Na versão mais divulgada da lenda, Atlas morava no extremo ocidente do mundo, na terra das Hesperides, e em outras versões na terra dos hiperbóreos (o extremo norte). Contava-se também que Perseu (v.) o petrificou mostrando-lhe a cabeça de Mêdusa (v.), uma das Gôrgonas (v.) morta por ele. Atlas teria sido pai de muitas filhas: as Híades e as Plêiades com Pleione, as Hespérides com Hesperis, e Dione (vv.). Para Atlas, epônimo da Atlântida, v. *Atlântida*.

Atreu (G. *Atreus*). Filho de Pêlops e Hipodâmia, e irmão mais novo de Tiestes (vv.). Casou-se com Aeropé e teve com ela dois filhos – Agamêmnon e Menelau –, às vezes mencionados como sendo filhos de Plistenes (vv.), filho de Atreu. Plistenes morreu cedo, e os dois filhos teriam sido criados por Atreu como se fossem deste último. A lenda de Atreu gira em torno do ódio entre dois irmãos, de seus crimes e de suas vinganças recíprocas. A origem desse ódio seria a seguinte. Juntamente com Hipodâmia, sua mãe, Atreu e Tiestes mataram Crísipo (v.), seu irmão por parte de pai, que Pêlops tivera com a ninfa Axioqué. Para puni-los, Pêlops expulsou-os de seu reino e amaldiçoou. Ambos refugiaram-se em Micenas, em casa de Euristeu, sobrinho de Atreu, ou, segundo a versão mais difundida, em casa de Estênelo, pai de Euristeu (vv.). Após expulsar Anfitrião (v.) de seus próprios domínios na Argolis, Estênelo entregou a cidade de Midéia e seu território a Atreu e Tiestes. Algum tempo depois Euristeu foi morto pelos Heráclidas (v.); pelo fato de ele não ter deixado filhos, um oráculo mandou os habitantes de Micenas entregarem o trono a um filho de Pêlops. Os micênios chamaram Atreu e Tiestes, e cada um deles expôs suas pretensões ao trono. Contava-se que Atreu descobrira anteriormente um cordeiro com o Tosão de Ouro em seu rebanho; Atreu prometeu então imolar a Ártemis aquele cordeiro, e o pôs em lugar seguro até chegar o momento do sacrifício. Mas Aeropé, sua mulher e amante de Tiestes, deu em segredo a este último o Tosão de Ouro. Durante a apresentação das credenciais aos micênios, Tiestes propôs que o trono fosse dado a quem mostrasse um Tosão de Ouro; Atreu, ignorando a traição de Aeropé, aceitou a proposta; Tiestes exibiu o Tosão e foi escolhido. Entretanto Zeus (v.) instruiu Atreu por meio de Hermes (v.) no sentido de combinar com Tiestes que a escolha efetiva do rei seria feita da seguinte maneira: se o sol invertesse o seu curso normal, Atreu reinaria em Micenas; se mantivesse o curso normal, o rei seria Tiestes. Aceita a proposta, o sol se pôs no Oriente e Atreu passou a reinar definitivamente sobre a cidade, graças à preferência de Zeus. Teria sido esta a origem do ódio funesto entre os dois irmãos. Atreu baniu imediatamente Tiestes de Micenas mas, tomando conhecimento das relações amorosas entre ele e Aeropé, deu a impressão de reconciliar-se com o irmão e o chamou de volta a Micenas. No dia de seu regresso Atreu matou os três filhos que Tiestes tivera com uma náiade, embora os três – Aglaôs, Calilêon e Orcômeno – se tivessem refugiado como suplicantes junto ao altar de Zeus. Em seguida, num requinte de crueldade, mandou cortar as crianças mortas em pedaços pequenos e cozinhá-los para serem servidos num banquete. Depois do jantar Atreu mostrou as cabeças das crianças a Tiestes e lhe revelou de quem eram as carnes que comera, e o expulsou novamente da cidade. Tiestes retirou-se para Sicione, onde, após ouvir um oráculo, uniu-se a Pelópeia (v.), sua própria filha, sem que esta percebesse; dessa relação incestuosa nasceu um filho chamado Egisto (v.). Passado algum tempo a mesma Pelópeia casou-se com Atreu, seu tio. Sem saber quem era o verdadeiro pai de Egisto, Atreu criou-o, e quando ele chegou à idade adulta deu-lhe ordens para ir matar Tiestes. Egisto, entretanto, descobriu antes de cometer o crime que Tiestes era seu pai, e voltou a Micenas para matar Atreu. Consumado o assassínio, Egisto entregou o trono a Tiestes.

Átropos (G.). V. *Moiras.*

Aucno (L. *Aucnus*) ou Ocno (*Ocnus*). Um herói etrusco filho de Fauno ou do deus do rio Tibre, e de Mantó, a filha de Tiresias ou de Heraclés (vv.). Não querendo competir com Aulestes, seu irmão, fundador de Perúgia, Aucno deixou a cidade onde nascera e foi fundar além dos Apeninos a cidade de Felsina (a atual Bolonha).

Augé (G.). Filha de Aleu, rei de Tegea (na Arcádia) e de Nêaira, filha de Pereu. Informado por meio de um oráculo de que um filho de Augé mataria seus tios (os Aleuadas) e os substituiria no trono, Aleu consagrou sua filha a Atena e ameaçou-a de morte se ela viesse a casar-se. Algum tempo depois Heraclés (v.) deteve-se em Tegea quando se dirigia a Élis para lutar contra Augias (v.); Aleu acolheu-o amistosamente e lhe ofereceu um banquete, após o qual o herói, embriagado, violentou Augé sem saber que ela era filha do rei. Numa das versões da lenda Augé foi posta por Aleu numa arca e abandonada no mar depois de dar à luz o filho; chamado Télefo (v.), que teve por causa da violência de Heraclés. Augé foi salva por Náuplio (v.), e Télefo ficou em Tegea e foi abandonado numa montanha, onde uma corça o amamentou; mais tarde, após ouvir o oráculo de Delfos, ele viajou para a Mísia à procura de Teutras, rei da região, e reencontrou sua mãe. Segundo outra versão da lenda, Aleu, tomando conhecimento da gravidez de sua filha, resolveu mandar matá-la, incumbindo Náuplio de lançá-la ao mar. Em vez de cumprir as determinações do rei, Náuplio vendeu Augé a mercadores de escravos em trânsito para a Mísia. Lá os mercadores a venderam a Teutras, que por não ter filhos resolveu casar-se com Augé e adotou Télefo.

Augias (G. *Augeias*). Filho de Hélios (o Sol) e de Hirmine, e rei de Élis, no Peloponeso. Em outras versões da lenda ele aparece como filho de Poseidon, ou de Forbas, ou de Eleio (o herói epônimo de Élis) (vv.). Incumbido por Hélios de cuidar de seus enormes rebanhos, Augias deixou acumular-se uma quantidade tão grande de esterco nos estábulos que um dos doze trabalhos praticamente irrealizáveis atribuídos por Euristeu a Heraclés (vv.) foi limpá-los. Quando Heraclés procurou Augias oferecendo-se para executar em um dia o trabalho, ele não acreditou que isso fosse possível, e como o herói pediu em pagamento apenas a décima parte do rebanho, aceitou a proposta do herói. Heraclés iniciou o trabalho demolindo um trecho do muro construído em volta dos estábulos, e em seguida canalizou as águas dos rios Peneio e Alfeio, cujos cursos eram paralelos, para passarem por dentro dos estábulos; em pouco tempo a torrente formada pelas águas arrastou todo o esterco. Augias, irritado com o sucesso de Heraclés, não quis pagar-lhe o salário combinado, alegando que o herói viera por ordem de Euristeu ou fora ajudado por Iolau (v.) Fileu, filho de Augias, testemunhou que o pai se comprometera com Heraclés, e Augias expulsou o herói e Fileu de Élis. Heraclés reuniu então numerosos voluntários arcádios e voltou à sua frente para atacar Augias, que incumbiu seus sobrinhos, filhos de Áctor (v.), de enfrentar os atacantes. Após um insucesso inicial o herói matou Augias, seus filhos e seus sobrinhos (chamados Molionidas (v.)), e capturou Élis, entregando-a a Fileu.

Em outra versão da lenda Augias morreu muito idoso, ainda reinando e cercado da reverência de seus súditos.

Aura (G.). Filha de Peribéia, uma frígia, e do titã Lêlanto, era uma das companheiras de Ártemis em suas caçadas. Diôniso (vv.) apaixonou-se por ela, e passou a persegui-la, mas Aura, cujo nome em grego significa "brisa", não se deixou alcançar; atendendo a um pedido de Diôniso, Ártemis fê-la enlouquecer e entregar-se a ele. De sua união com Diôniso nasceram dois filhos gêmeos, mas num acesso de loucura ela os matou e se lançou ao rio Sangário, sendo transformada por Zeus (v.) numa fonte.

Aurora (G.). V. *Eós*.

Áuson (G.). Filho de Ulisses com Circe ou Calipsó (vv.). Herói epônimo dos ausônios, habitantes mais antigos da Itália (cujo nome primitivo era Ausônia), foi o primeiro rei dessa região.

Autolêon (G.). Um habitante de Crôton, que durante um combate entre seus compatriotas e os lócrios quis irromper nas linhas inimigas pelo lugar que os lócrios sempre deixaram vago em homenagem a Ájax (v., (2)); um fantasma feriu-o em uma das coxas, impedindo-o de avançar, e nada curava o ferimento. Autolêon dirigiu-se a um oráculo, onde lhe foi dito que deveria ir até a ilha Branca (v. *Leuce* (2)), na foz do Istro (o atual Danúbio, v. *Aquiles*), e oferecer sacrifícios expiatórios a Ájax lócrio e aos outros heróis da Guerra de Tróia. Lá Autolêon encontrou Helena (v.), que lhe pediu para dizer ao poeta Stesícoros, privado da visão por tê-la caluniado em um de seus poemas, que ele voltaria a enxergar se compusesse um poema de retratação (palinódia). Isso feito, Stesícoros recuperou a visão. Outra versão da lenda atribui essas peripécias a Leônimo.

Autólico (G. *Autôlykos*). Filho de Hermes, segundo algumas fontes com Quione, e segundo outras com Estilbe, e irmão gêmeo de Filâmon (vv.). Autólico herdou de Hermes o dom de roubar imperceptivelmente, e o pôs em prática muitas vezes. Entre suas façanhas desse tipo mencionam-se: o roubo de um capacete de couro de Amintas, oferecido por ele a Ulisses (seu neto por via de sua filha Antícleia) (vv.); o roubo dos rebanhos de Êurito, na Eubéia; e a tentativa frustrada de roubar os rebanhos de Sísifo (vv.). Autólico ensinou a arte de lutar a Heraclés (v.) e participou da expedição dos Argonautas, embora seja mencionado às vezes como avô de Jáson (sua filha Polimede teria casado com Áison) (vv.). Quando Sísifo veio à sua casa, tentando reaver seu rebanho roubado, Autólico conseguiu uni-lo à sua filha Antícleia sem que seu hóspede soubesse de quem se tratava, pouco antes de casá-la com Laertes (v.), o pai de Ulisses.

Automêdon (G.). Chefe de um contingente de gregos da ilha de Ciro na Guerra de Tróia, transportado em dez naus; era o auriga do carro de combate de Aquiles (v.) e seu companheiro de luta, tendo participado destacadamente da guerra. Após a morte de Aquiles, Automêdon passou a servir a Neoptólemo (ou Pirro) (vv.), filho do herói, e estava entre os combatentes que capturaram Tróia.

Auxesia (G.). Moça cretense que estava em Trezena com sua companheira Damia por ocasião de um tumulto, durante o qual ambas foram mortas a pedradas pela turba. Como reparação pela morte das duas moças foi instituído um culto em sua honra. Auxesia e Damia eram identificadas às vezes com Deméter e Perséfone (vv.), ou mais provavelmente seus nomes eram epítetos dessas deusas.

Aves Estinfálias (G.). V. *Heraclés.*

B

Baco (L. *Bacchus*), v. *Diôniso.*

Baco (G. *Bakkhos*), v. *Diôniso.*

Balio (G. *Balios*). (1) Um dos cavalos imortais de Aquiles (v.), nascido da união de Zéfiro (v.) com a Hárpia Podarge, presente de núpcias de Poseidon a Peleu e Têtis (vv.). Por ocasião da morte de Aquiles o cavalo voltou à posse de Poseidon, juntamente com Xanto (vv.), o outro cavalo imortal do herói.

(2) Um dos cães de Actáion (v.).

Basíleia (G.). (1) Filha mais velha de Urano e de Títaia, e irmã de Rea e dos Titãs (vv.), criados por ela. Basíleia, notável por sua sapiência, casou-se com seu irmão Hiperíon (v.), um titã; dessa união nasceram Selene (a Lua) e Hélios (o Sol). Os outros titãs, despeitados, mataram-lhe o marido e afogaram Hélios no rio Erídano (v.). Desesperada com a morte do irmão, Selene matou-se lançando-se do alto de sua morada, sendo ambos transformados em astros. Basíleia, tomando conhecimento do destino de seus filhos por meio de um sonho, enlouqueceu e, apoderando-se de um tamborim e de címbalos deixados pela filha, saiu vagando pelos campos ao som desses instrumentos, desaparecendo durante uma tempestade. Basíleia, passou a ser cultuada sob o nome de Grande Mãe, confundindo-se assim com Cibele (v.). V. *Urano.*

(2) A Realeza personificada e divinizada.

Bato (G. *Battos*). Um ancião a respeito de quem se conserva a seguinte lenda. Apolo, apaixonado por Himeneu (vv.), descuidou-se de seus rebanhos, dando ensejo a que Hermes (v.) lhe roubasse alguns bois e os levasse consigo até o monte Mênalo, no Peloponeso. Chegando ao monte, Hermes encontrou Bato, habitante do local, e receoso de que ele revelasse o roubo prometeu-lhe uma novilha em troca de seu silêncio. Bato concordou, porém Hermes, depois de deixar os bois em lugar seguro, mudou de aparência e voltou até onde ficara o ancião, fingindo estar à procura dos bois. Aproximando-se dele, perguntou-lhe se vira um rebanho passar por lá e lhe ofereceu uma recompensa se o ajudasse a achar os bois. Quebrando o compromisso anterior, Bato disse que vira o rebanho; num acesso de cólera, Hermes o metamorfoseou num rochedo.

Báton (G.). Auriga do carro de Anfiarau, e como este descendente de Melâmpus (vv.). Báton morreu diante de Tebas juntamente com Anfiarau quando a terra se abriu e engoliu o carro de ambos, no momento em que Anfiarau ia ser morto por um inimigo. Báton passou a receber honras divinas depois de morto.

Baubó (G.). Mulher de Disaules, habitante de Elêusis, na Ática. Quando Deméter percorria a terra à procura de sua filha Perséfone (v.), parou em Elêusis em companhia de Íaco (vv.) ainda criança. Baubó e Disaules receberam amistosamente a deusa e Íaco, e Baubó, percebendo o abatimento de Deméter, ofereceu-lhe uma sopa; ela, entretanto, absorvida em sua dor, não quis aceitá-la. Baubó, desejando distrair a deusa de sua tristeza, levantou a roupa e mostrou-lhe as nádegas. Divertido com a cena, o pequeno Íaco começou a bater palmas, e a deusa pôs-se a rir – coisa que não acontecia desde o desaparecimento da filha –, aceitando afinal a sopa.

Baucis (G.). Mulher humilde da Frígia, casada com Filêmon, um camponês pobre como a sua companheira. Um dia Zeus e Hermes (vv.), disfarçados em viajantes, percorriam a localidade onde os dois moravam, e enquanto os outros habitantes da região recusavam-se a acolhê-los, Baucis e Filêmon os receberam hospitaleiramente. Revoltados com a maioria dos moradores do local, os deuses provocaram um dilúvio, do qual somente se salvaram o casal e sua morada, transformada em seguida num templo. A única pretensão de Filêmon e Baucis, quando os deuses lhes perguntaram o que desejavam, foi a de chegarem juntos ao fim da vida. Ouvindo-os, Zeus e Hermes os metamorfosearam em duas árvores que se elevavam lado a lado defronte do templo em que se transformara a choupana.

Belerofonte (G. *Bellerophon* ou *Bellerophontes*). Filho divino de Poseidon e humano de Glauco (filho de Sísifo) (vv.). Sua mãe, que em algumas versões da lenda se chamava Eurimede, e noutras Eurinome, era filha de Niso (v.), rei de Mêgara. Belerofonte pertencia à família real de Corinto, e suas aventuras começaram quando ele matou involuntariamente um homem que em algumas fontes era seu irmão e se chamava Delíades, e noutras era Pirén, ou Alcimenes ou ainda Bêlero, tirano de Corinto (neste último caso o nome Belerofon significaria "matador de Bêlero"). Por causa dessa morte Belerofonte teve de abandonar Corinto e foi para Trezena à procura de Preto (v.), rei da cidade, que concordou em purificá-lo. A mulher de Preto, chamada Esteneboia ou Ânteia, apaixonou-se por Belerofonte e quis unir-se a ele; diante da recusa de Belerofonte, Esteneboia caluniou-o dizendo ao marido que o forasteiro tentara seduzi-la. Acreditando na mulher, Preto mandou Belerofonte procurar seu sogro, Iobates (v.), rei da Lícia, a quem mandou uma carta, pelo próprio Belerofonte, pedindo a Iobates que matasse o suposto sedutor da mulher. Iobates, que já hospedara anteriormente Belerofonte, não quis transgredir as leis da hospitalidade matando-o, e em vez de tirar-lhe a vida diretamente impôs-lhe várias missões perigosíssimas, das quais achava impossível que Belerofonte saísse com vida: matar a Quimera (v.), um monstro que pela frente era um leão, pelas costas era um dragão e tinha a cabeça de cabra, de cujas ventas saíam chamas; atacar os sôlimos, um povo ferocíssimo; e finalmente combater contra as amazonas (v.). Vendo Belerofonte sair vitorioso de todas essas aventuras aparentemente mortais, Iobates selecionou numerosos lícios conhecidos por sua invencibilidade, e lhes deu ordens para eliminarem o herói numa emboscada. Belerofonte, entretanto, matou todos os atacantes. Perplexo em face da bravura sobrenatural de Belerofonte, Iobates convenceu-se de sua origem divina, e convidou-o a permanecer em seu palácio. Belerofonte aceitou e casou-se com Filonoe (ou Antícleia segundo outras fontes), filha do rei, herdando o trono por ocasião da morte de Iobates. Vejam-se os verbetes *Esteneboia* para a vingança de Belerofonte, e *Hipólito* para outra lenda sobre um tema semelhante.

Com o passar do tempo Belerofonte deixou-se dominar pelo orgulho e teve a pretensão de elevar-se até a morada dos deuses montado em seu cavalo alado, mas Zeus (v.) o matou precipitando-o das alturas à terra. Os coríntios e os lícios cultuavam Belerofonte como herói. De seu casamento com a filha de Iobates nasceram dois filhos – Ísandro e Hipôloco –, e uma filha – Laodâmeia, que se uniu a Zeus e deu à luz Sarpedon (vv.), este último um herói da Guerra de Tróia.

Belo (G. *Belos*). (1) Um dos dois filhos gêmeos de Poseidon e de Líbia (o outro era Agênor) (vv.). Este último foi para a Síria, enquanto Belo permaneceu no Egito, cujo trono veio a ocupar, casando-se com Anquinoe, filha do deus do rio Nilo. O casal teve dois filhos gêmeos – Egito e Danaôs; outras fontes acrescentam a estes Cefeu e Fineu (vv.).

(2) Um antepassado de Dido (v.), rainha de Cartago.

Belona (L. *Bellona*). Deusa romana da guerra, de atributos indefinidos, identificada mais tarde com a deusa grega Enió (v.).

Bêndis (G.). Deusa trácia da lua, identificada em Atenas com Ártemis (v.). O culto dessa deusa popularizou-se na Ática no século V a.C., e seu centro principal era um templo situado no Pireu; celebrava-se sua festa com uma corrida noturna à luz de tochas.

Bia (G.). A personificação da Violência (em grego Bia = violência), tida como filha do gigante Palas e de Estige (vv.), e irmã de *Nike* (a Vitória), de Zelo (a Emulação), e de Cratos (o Poder). Bia, que juntamente com seus irmãos aparecia sempre no séquito de Zeus (v.), foi uma das divindades incumbidas por este último de acorrentar Prometeu (v.) no monte Cáucaso.

Biânor (L.). Filho do rio Tibre e da ninfa Mantó, fundador da cidade de Mântua, à qual deu esse nome em homenagem à sua mãe.

Bias (G.). Filho de Amitáon e de Idomene (filha de Feres). O adivinho Melâmpus (v.) era seu irmão e participou de suas aventuras. Bias pretendia casar-se com Peró, filha de Neleu (vv.), mas o pai da moça condicionou o casamento ao roubo dos rebanhos de Fílaco pelo pretendente. O gado estava sob a guarda de um cão feroz, e Melâmpus somente conseguiu roubá-lo em conluio com seu irmão. Consumado o roubo Neleu deu a filha em casamento a Melâmpus, que a cedeu a Bias. Logo após Melâmpus curou de sua loucura as filhas de Preto (v.), e este entregou um terço de seu reino a Bias, que teve com Peró os filhos Talau (pai de Ádrasto), Laôdoco, Perialces e Áreio, e a filha Alfesíboia. Mais tarde Bias foi para Argos, que fazia parte do reino de Preto, e lá se casou com uma filha deste último chamada Lisipe (vv.); dessa união nasceu uma filha, chamada Anaxibia, que veio a ser a esposa de Pelias (v.).

Biblis (G. *Byblís*). Filha de Míleto (v.) e de Cianéia (filha de Meandro), ou de Tragásia (filha de Celainó, v.), ou de Idotéia (filha do rei Êurito, v.). Biblis apaixonou-se por Cauno, seu irmão, que horrorizado com os sentimentos da irmã fugiu de Míleto, sua pátria, e foi para a Cária, onde fundou uma cidade à qual deu o seu nome. Transtornada, Biblis enlouqueceu e passou a levar uma vida errante, chorando incessantemente. No momento em que ela ia atirar-se do alto de um rochedo para pôr termo ao seu sofrimento, as ninfas locais apiedaram-se da moça e a transformaram numa fonte inesgotável como suas lágrimas. Uma versão diferente da lenda atribui a Cauno um amor desatinado por sua irmã. Cauno teria fugido de Míleto, enquanto Biblis enforcava-se.

Bizas (G. *Byzas*). Filho de Poseidon (v.) e de Cerôessa. Esta última, filha de Zeus e de Ió (vv.), nasceu nas imediações do local onde viria a existir mais tarde a cidade chamada Bizâncio, fundada por Bizas com esse nome para perpetuar-lhe a memória. Quando Hemo, tirano da Trácia, atacou Bizâncio, Bizas derrotou-o em combate singular e perseguiu as tropas inimigas até o interior da Trácia. Enquanto ele estava empenhado nessa perseguição sua cidade foi sitiada e atacada por Odrises, rei da Cítia, porém a mulher de Bizas, chamada Filália, e as outras mulheres da cidade, salvaram-na duas vezes: a primeira lançando no acampamento inimigo grande número de serpentes, obrigando os atacantes a retirarem-se, e a segunda frustrando uma incursão de Estrômbio, irmão de Bizas.

Boa Deusa (L. *Bona Dea*). Divindade romana associada ao culto de Fauno (v.). Numa das versões da lenda a deusa aparece como filha de Fauno. Seu pai apaixonou-se por ela, e diante da resistência da filha às suas investidas amorosas, embriagou-a com vinho, mas nem assim conseguiu possuí-la. Fauno surrou-a com ramos de murta, e mais tarde, transformando-se em serpente, satisfez o seu desejo. Numa versão posterior a Boa Deusa é a mulher de Fauno, muito prendada e pudica, não tendo olhos senão para o marido e não saindo sequer de seus aposentos. Um dia ela encontrou uma jarra de vinho, e não resistindo à tentação bebeu-o e embriagou-se. Seu marido deu-lhe uma surra tão violenta com ramos de murta que a matou, mas movido pelo remorso passou a cultuá-la como uma divindade. Havia em Roma um santuário da Boa Deusa, onde somente eram admitidas mulheres para celebrar-lhe os mistérios. Hércules (v.), impedido certa vez de participar desses mistérios exclusivos das mulheres, vingou-se, instituindo junto ao seu Grande Altar, próximo ao santuário da deusa, uma cerimônia interdita às mulheres.

Boreadas (G. *Boreádai*). Os filhos de Bóreas (v.) como deus do vento norte, de um modo geral, e em particular Calaís e Zetes, filhos gêmeos de Bóreas com Orítia (vv.), por ele raptada às margens do rio Ílisso, na Ática. À semelhança do pai esses gêmeos, nascidos na Trácia, eram alados e se caracterizavam pela velocidade, sendo considerados gênios dos ventos (Calaís significa "o que sopra suavemente", e Zetes "o que sopra violentamente"). Os dois desempenharam um papel importante na expedição dos Argonautas (v.), afugentando as Hárpias que perseguiam o rei Fineu. Em uma das versões da lenda, Calaís e Zetes teriam punido Fineu (v., (1)) por haver tirado a visão dos filhos que tivera com sua irmã Cleópatra. Durante os jogos fúnebres celebrados por ocasião da morte de Pelias (v.) eles venceram a corrida; pouco tempo depois foram mortos por Heraclés (v.) na ilha de Teno, vingando-se de ambos por terem sugerido aos Argonautas que o abandonassem na Mísia, onde o herói atrasou-se enquanto tentava descobrir o paradeiro de Hilo (v.).

Bóreas (G.). Deus do vento norte, filho de Eós (a Aurora) e de Astreu, e irmão de Zéfiro e de Noto (vv.), e descendente dos titãs. Numa das versões de sua lenda Bóreas raptou Orítia, filha de Erecteu (rei de Atenas), enquanto a virgem divertia-se às margens do rio Ílisso com suas companheiras; lá ela deu à luz Calaís e Zetes (v. o verbete *Boreadas* acima). Em outra versão o rapto de Orítia ocorreu durante uma procissão que se dirigia para o templo de Atena Poliás na Acrópole. Metamorfoseado em cavalo, Bóreas teria engendrado nas éguas de Erictônio (v.) doze potros tão velozes que não afetavam as espigas com seus cascos quando corriam sobre os trigais, e não agitavam as águas quando corriam sobre o mar.

Bormo (G. *Bormos*). Um rapaz belíssimo, filho de Titiás (ou Títio). Certo dia ele ia buscar água para os ceifadores numa fonte profunda e foi raptado pelas ninfas. Celebrava-se anualmente o seu desaparecimento, na época da colheita, com cantos tristes acompanhados por flautas plangentes.

Branco (G. *Bragkhos*). Filho de Esmicro, um herói de Delfos que emigrara para Míleto e lá se casara. Antes do nascimento de Branco sua mãe teve uma visão na qual o sol entrou pela sua boca, passou através de seu tronco e saiu por seu ventre. Os adivinhos consultados por ela consideraram a visão um bom presságio. Em certa ocasião Branco, que se tornara um rapaz belíssimo, pastoreava um rebanho na montanha, quando Apolo apareceu e uniu-se a ele. Inspirado pelo deus, que lhe concedeu o dom divinatório, Branco construiu um templo e o dedicou a Apolo Didimeu, fundando um oráculo em Didime, nas proximidades de Míleto. Ainda nos tempos históricos a fama desse oráculo era quase tão grande quanto a do oráculo de Delfos. Os servidores do oráculo de Didime chamavam-se Branquidas, ou seja, "descendentes de Branco".

Briareu (G. *Briáreos*). Um dos gigantes Hecatônqueires (v.). V. também *Egêon.*

Briseís (G.). Também chamada Hipodâmia, filha de Brises, sacerdote de Apolo na cidade de Lirnesso por ocasião de sua captura e destruição por Aquiles (v.). Este último matou Mines, marido de Briseís, e levou-a consigo para Tróia. Ajudada por Pátroclo (v.), ela tornou-se a escrava favorita e muito amada do herói. Quando Agamêmnon (v.) foi compelido pelos chefes gregos a restituir Criseís (v.) ao seu pai, o comandante dos gregos impôs como compensação que lhe fosse entregue Briseís. Aquiles, encolerizado com a imposição e amargurado com a perda de sua escrava predileta, recusou-se a continuar combatendo. A atitude de Aquiles levou os gregos a uma situação insustentável diante dos troianos, e o herói somente voltou a ajudá-los depois de Agamêmnon prometer-lhe que lhe restituiria Briseís.

Brises (G.). V. *Briseís.*

Britômartis (G.). Deusa cretense filha de Zeus (v.) e de Carme e companheira de Ártemis (v.); seu nome significa "Doce Virgem". Em uma das versões da lenda Minos (v.) enamorou-se dela, e tentando satisfazer seus anseios amorosos passou nove meses perseguindo-a através da ilha. Em certa ocasião, percebendo que ia ser alcançada Britômartis lançou-se ao mar do alto de uma escarpa. Salva por pescadores da região, que a recolheram em suas redes, ela recebeu o epíteto de Dictina ("a moça da rede"). Noutra versão da lenda Britômartis caiu acidentalmente numa rede de caçadores. Salva por Ártemis, ela passou a ser cultuada como uma deusa e chamada de Dictina.

Búcolo (G. *Boúkolos*). Um habitante de Tânagra, na Beócia, filho de Colono e irmão de Lêon, de Ôquemo e de Ocna. Esta última apaixonou-se por um rapaz chamado Êunosto, mas vendo-se repelida pelo rapaz, disse aos seus irmãos que ele tentara violentá-la; Lêon e Ôquemo espancaram Êunosto até matá-lo. Vencida pelo remorso, Ocna confessou sua mentira, e diante disso seus irmãos abandonaram a cidade para fugir à vingança do pai de Êunosto. Após a fuga de seus irmãos Ocna suicidou-se.

Búfago (G. *Boúphagos*). Herói arcádio, filho de Jápeto e de Tôrnax. Ele e sua mulher, chamada Promne, cuidaram de Íficlo (v.), ferido na luta contra Augias (v. *Heraclés*), e o sepultaram piedosamente após a sua morte. Mais tarde Búfago perseguiu Ártemis (v.) com propósitos amorosos, e foi morto pela deusa no monte Foloé, na Arcádia.

Búsiris (G. *Boúsiris*). Filho de Poseidon (v.) e de Lisiânassa. Famoso por sua crueldade, foi posto no trono do Egito pelo deus egípcio Ôsiris ao partir para a sua viagem por todo o mundo. Contava-se que durante o seu reinado, após vários anos de más colheitas no Egito o adivinho Frásio, vindo da ilha de Chipre, chegou à corte de

Búsiris. Consultado a propósito da falta de alimentos, sugeriu ao rei que sacrificasse anualmente um estrangeiro, pois somente assim voltaria a existir abundância no país. Búsiris aceitou a sugestão, e a primeira vítima foi o próprio Frásio. Por ocasião da passagem de Heraclés (v.) pelo Egito mais tarde, Búsiris o capturou, amarrou e coroou com flores, mandando-o para o altar a fim de ser sacrificado. Heraclés desfez-se das amarras, matou Búsiris e todas as pessoas presentes, inclusive Ifidamas (também chamado Anfidamas), filho do rei cruel.

Butes (G. *Boutes*). (1) Filho de Bóreas e irmão de Licurgo (vv.) por parte do pai. Butes tentou matar Licurgo, mas seus planos nesse sentido foram descobertos e ele teve de fugir para Naxo, onde passou a viver de banditismo e pirataria. Durante uma expedição contra a Ftiotis, na Tessália, com o objetivo de raptar mulheres, Butes encontrou um grupo de devotas de Diôniso (v.); a maioria delas conseguiu fugir, mas Coronis (v., (3)), mãe de criação do deus, foi raptada pelo bandido. Ouvindo as preces de Coronis, Diôniso enlouqueceu o raptor, que se lançou num poço e morreu.

(2) Filho de Pandíon, rei de Atenas, e de Zeuxipe (vv.); este Butes tinha duas irmãs – Filomela e Procne – e um irmão – Erecteu (vv.). Morto Pandíon, o trono coube a Erecteu, enquanto Butes passou a ser sacerdote de Atena e de Poseidon (vv.). Butes casou-se com Ctônia, filha de Erecteu. A família sacerdotal dos Eteobutadas, de Atenas, pretendia descender deste Butes.

Búziges (G. *Boúzyges*). Inventor lendário do jugo, com o objetivo de aproveitar os bois no cultivo da terra, e um dos primeiros legisladores da Grécia. É-lhe atribuída a proibição de matar bois ou touros, tendo em vista sua utilidade na agricultura.

C

Cáanto (G. *Káanthos*). Filho de Oceano e da ninfa Meliá. Um dia Apolo (v.) raptou essa ninfa e a levou para as margens do rio Ísmeno, perto de Tebas. O pai de Cáanto incumbiu-o de ir procurá-la e ele a encontrou em companhia do deus, mas não conseguiu convencê-la a segui-lo de volta. Transtornado, ele incendiou o templo de Apolo, provocando a ira do deus, que o matou com uma de suas flechas.

Cábarno (G. *Kábarnos*). Um habitante de Paros que, quando Deméter andava em busca de sua filha Perséfone (vv.), lhe revelou que o raptor de Perséfone fora Hades (v.). Para recompensar Cábarno, Deméter confiou-lhe a perpetuação de seu culto, extensiva aos seus descendentes, chamados *Kábarnoi.*

Cabiró (G. *Kabeiró*). Filha de Proteu (v.) e de Anquinoe. Amada por Hefesto (v.), deus da ilha de Lemnos, onde morava, Cabiró teve com seu amante divino três ninfas, chamadas Cabirides, e os Cábiros (v.).

Cábiros (G. *Kábeiroi*). Divindades ligadas aos Mistérios, cultuadas principalmente na Samotrácia, mas conhecidas também em Mênfis (no Egito). Os dados referentes a eles são contraditórios; na versão mais divulgada, Hefesto (v.) seria seu pai ou ancestre divino; em outras versões um filho de Hefesto, chamado Cádmilo, seria o pai de três Cábiros, que por seu turno seriam os pais das ninfas Cabirides; ou os Cábiros seriam filhos de Hefesto e de Cabiró (v.), filha de Proteu (v.). Em algumas versões da lenda eles eram três, o mesmo número de suas irmãs – as Cabirides – em outras versões eram sete, e seu pai teria sido o fenício Sidic (um deles seria Asclépio (v.)), em outras ainda, haveria ao todo quatro entre Cábiros e Cabirides: Axíero, Axiôquersa, Axiôquerso e Cádmilo, identificados com Deméter, com Perséfone, com Hades e com Hermes respectivamente. Por causa de suas ligações com os Mistérios os nomes dos Cábiros não podiam ser mencionados, sendo eles chamados simplesmente de Grandes Deuses. Eles teriam estado presentes ao nascimento de Zeus (v.) em Pérgamo, sendo assim identificados com os demônios do cortejo de Rea (v.); seriam servidores dessa deusa, confundindo-se freqüentemente com os Coribantes e Curetes (vv.). A partir do final da época clássica, eles aparecem como divindades protetoras da navegação, à semelhança dos Diôscuros (v.).

Caca (L.). Antiga deusa romana, tida como irmã do malfeitor Caco (v.). Denunciando a Hércules (v.) o esconderijo onde Caco deixara os bois roubados ao herói, ela assegurou a sua recuperação. Como recompensa Hércules instituiu o seu culto, do qual fazia parte um fogo permanentemente aceso, à semelhança do consagrado à deusa Vesta (v.).

Caco (L. *Cacus*). Um herói local romano, filho de Vulcano, ligado à lenda de Hércules (vv.). Por ocasião de seu regresso da expedição à parte ocidental do Mediterrâneo, trazendo os bois tomados de Geríon (v. *Heraclés*), Hércules deixou-os pastando no local onde viria a ser instalado o *Forum Boarium* romano, enquanto ele próprio repousava às margens do rio Tibre. Caco roubou algumas reses e as ocultou em sua morada numa caverna do Aventino. Para despistar, Caco puxou os bois pela cauda, obrigando-os a marchar para trás, de tal maneira que as pegadas davam a impressão de que os bois estariam saindo da caverna, e não entrando nela. Despertando, Hércules contou as reses e notou o roubo. O herói saiu em busca de seus bois e afinal os descobriu, segundo uma das versões da lenda porque Caca; irmã de Caco, havia revelado o esconderijo, e segundo outra porque os animais no interior da caverna responderam aos mugidos dos de fora. Hércules e Caco entraram em luta, e embora este último tivesse três cabeças e soprasse fogo pelas três bocas, dentro de pouco tempo Hércules o abateu com seu bordão. Em outra versão da lenda o ladrão dos bois de Hércules chamava-se Gárano ou Recárano, em vez de Caco. V. *Recárano.*

Cadmo (G. *Kadmos*). Filho de Agênor e de Telêfassa (ou de Argiope), e irmão de Cílix, de Fênix e de Europa (vv.). Em seguida ao rapto de Europa por Zeus (v.), Agênor ordenou aos seus filhos que fossem à sua procura, dizendo-lhes que não voltassem sem a irmã. Sua mãe quis acompanhá-los, e os quatro partiram de Tiro, onde reinava Agênor. Tempos depois, percebendo a inutilidade de seus esforços, Cadmo e Telêfassa foram para a Trácia, onde os habitantes os receberam hospitaleiramente, enquanto Cílix e Fênix instalaram-se respectivamente na Cilícia e na Fenícia.

Após a morte de sua mãe, Cadmo viajou para Delfos a fim de consultar o oráculo, que o instruiu no sentido de desistir de encontrar Europa e de fundar uma cidade no local em que se detivesse uma vaca que ele deveria seguir. Obedecendo às instruções do oráculo, Cadmo iniciou a caminhada. Durante a travessia da Focis ele viu no rebanho de Pelágon, filho de Anfídamas, uma vaca em cujos flancos havia uma marca em forma de lua cheia. Cadmo começou a segui-la através da Beócia, e ela afinal parou e deitou-se no lugar onde viria a existir Tebas. Considerando o oráculo consumado, Cadmo quis sacrificar a vaca a Atena (v.), e mandou alguns homens em busca de água na fonte de Ares, situada nas imediações. A fonte, entretanto, estava sob a guarda de um dragão, que matou a maior parte dos homens mas em seguida foi morto por Cadmo. Nesse instante apareceu Atena, que lhe disse para semear os dentes do monstro. Cadmo obedeceu e surgiram do solo homens completamente armados, que se chamaram *Spartoi* ("homens semeados"). A atitude desses homens era ameaçadora, e Cadmo começou a atirar pedras em sua direção; sem saber a quem atribuir a agressão, os *Spartoi* passaram a acusar-se reciprocamente, e se engajaram numa luta feroz da qual se salvaram somente cinco deles: Equíon (que veio a casar-se com Agave, filha de Cadmo), Ctônio, Hiperênor, Pêloro e Udaio (vv.). Para purificar-se da morte do dragão, Cadmo teve de servir a Ares (v.), pai do monstro, como escravo.

Terminada a expiação, Atena entregou a Cadmo o trono de Tebas, e Zeus lhe deu em casamento a deusa Harmonia, filha de Afrodite e de Ares (vv.). As núpcias de Cadmo e Harmonia foram festejadas pelas Musas (v.) e pelos próprios deuses, que desceram do céu e vieram para a cidadela de Tebas, chamada Cadméia, trazendo presentes, entre os quais se destacavam um manto belíssimo, obra das Graças (v. *Cárites*), e um colar de ouro feito por Hefesto (v.); o colar e o manto aparecem destacadamente por ocasião da Guerra dos Sete Chefes contra Tebas (vv. *Alcmêon, Anfiarau* e *Erífile*). Cadmo e Harmonia tiveram quatro filhas – Autonoe, Inó (ou Leucotéia), Agave e Semele –, e um filho chamado Polidoro (vv.). Já idosos, Cadmo e Harmonia retiraram-se de Tebas por razões não mencionadas na lenda, cabendo o trono a Penteu, filho de Agave e de Equíon (ou a Polidoro em outra versão da lenda) (vv.). O casal reapareceu na Ilíria, no território dos enqueleus. Esse povo estava sendo atacado pelos ilírios, e segundo um oráculo somente seria vitorioso se tivesse à sua frente Cadmo e Harmonia. Conseguindo a sua ajuda, os enqueleus triunfaram e entregaram o trono a Cadmo. Ele e Harmonia transformaram-se mais tarde em serpentes e foram para o Elísion (v.), deixando um filho chamado Ilírio.

Cáfauro (G. *Káphauros*). Um líbio, filho de Anfítemis e de uma ninfa do lago Tritonis, e neto de Acacalis e de Apolo (vv.). Durante a expedição dos Argonautas (v.) um deles tentou roubar alguns carneiros do rebanho pastoreado por Cáfauro perto do lago Tritonis, para satisfazer a fome de seus companheiros, mas Cáfauro o matou; pouco tempo depois os Argonautas tiraram-lhe a vida.

Cafeira (G. *Kapheira*). Uma das filhas de Oceano, incumbida por Rea de criar Poseidon com a ajuda dos télquines (vv).

Cafene (G. *Kaphene*). Uma moça da cidade cária de Críasso. Na mesma região um grupo de gregos vindos da ilha de Melos, comandados por Ninfeu, fundou uma colônia que cresceu e se tornou poderosa dentro de pouco tempo. Preocupados com a ameaça que esses vizinhos representavam, os habitantes de Críasso tomaram a decisão de eliminá-los, e a pretexto de oferecer-lhes uma festa convidaram todos com a intenção de matá-los. Cafene, entretanto, apaixonou-se por Ninfeu e lhe revelou o plano. Quando os cários apareceram para convidá-los os gregos aceitaram o convite, mas alegaram que de acordo com os seus costumes as mulheres também deveriam estar presentes à festa. No dia marcado os homens compareceram desarmados, porém cada uma de suas mulheres levou uma espada escondida sob a roupa. Em meio ao banquete os cários avançaram contra os gregos, mas estes, já de posse de suas espadas, mataram todos os atacantes. Em seguida arrasaram a cidade e construíram outra no mesmo local, dando-lhe o nome de Nova Críasso. Cafene casou-se com Ninfeu e passou a ser distinguida com grandes homenagens.

Caieta (L.). A atual Gaeta, situada na costa sul do Lácio. Seus fundadores deram-lhe esse nome para perpetuar a memória de Caieta, a ama de Enéias (v.) (em outras versões ama de Ascânio, ou de Creusa (vv.), mulher de Enéias), que teria sido sepultada no local ou evitara lá o incêndio das naus de Enéias. Uma tradição divergente associava o nome de Gaeta a Aietes (v.), pai de Medéia (v.), que teria vindo parar naquela região à procura de sua filha.

Caineu (G. *Kaineus*). A princípio uma mulher, chamada Cainis e filha do lapita Êlato. Amada por Poseidon (v.), Cainis pediu ao deus para transformá-la num homem invencível. Poseidon atendeu ao pedido, e após a transformação Caineu participou da luta entre os centauros e os lapitas. Não conseguindo matá-lo, os centauros o recobriram de troncos de pinheiros, sepultando-o vivo. Depois disso Caineu voltou a ser mulher, ou segundo uma variante da lenda transformou-se num pássaro de asas cor de fogo, chamado flamingo. De acordo com uma tradição diferente Caineu, arrogante por causa de sua transformação em homem, enterrou sua lança na praça de sua cidade e passou a exigir de seus concidadãos que venerassem a sua arma como se ela fosse uma divindade. Zeus (v.), querendo puni-lo, incitou os centauros a matá-lo. Caineu, que às vezes é incluído entre os Argonautas, foi o pai de Corono, rei dos lapitas, no tempo de Heraclés (vv.).

Cáistro (G. *Káystros*). Deus de um rio na Lídia, filho de Aquiles e de Pentesíleia, a rainha das amazonas, e pai de Éfeso, fundador da cidade homônima. De sua união com Decertó nasceu Semíramis (vv.).

Calcas (G. *Kalkhas*). Famoso adivinho micênio ou megárico, agraciado com o dom da profecia por Apolo, de quem descendia por via de Têstor, seu pai (vv.). Em sua condição de adivinho por excelência da expedição grega contra Tróia, Calcas esteve presente com suas profecias ao longo de toda a guerra. Foi ele quem vaticinou, quando Aquiles (v.) ainda era criança, que Tróia não seria capturada sem a presença do herói entre os gregos, e que a cidade somente cairia no décimo ano da guerra. Ele também revelou em Áulis que a cólera de Ártemis (v.), causa da calmaria que retinha as naus gregas, somente seria aplacada mediante o sacrifício de Ifigênia (v., e *Agamêmnon*). Após a morte de Aquiles e o suicídio de Ájax (v., (1)) filho de Telamon, Calcas disse aos gregos que para Tróia ser conquistada eles teriam de obter o arco de Heraclés, ensejando assim a viagem de Ulisses em busca de Filoctetes (vv.). Em seguida à morte de Páris, e quando Heleno (vv.) retirou-se para as florestas do monte Ida, o adivinho sugeriu aos gregos que o procurassem, pois somente ele poderia revelar-lhes a única maneira de capturar Tróia. Foi ainda Calcas que, percebendo a inutilidade dos ataques ostensivos, sugeriu aos gregos a construção de um cavalo enorme de madeira para levá-los afinal ao interior da cidade (o próprio adivinho estava entre os guerreiros introduzidos em Tróia graças a este estratagema).

Por ocasião da volta dos chefes vitoriosos à pátria, Calcas predisse as dificuldades que eles iriam enfrentar por causa da cólera de Atena, causada pela injustiça feita a Ájax filho de Telamon (vv.), e não quis partir com eles, preferindo seguir com o adivinho Anfiloco e com os heróis Leonteu, Podalirio e Polipoites (vv.). Sua nau foi parar em Colofon, na costa da Ásia Menor.

Lá, confirmando a predição de um oráculo segundo o qual ele morreria quando outro adivinho o sobrepujasse, Calcas perdeu a vida nas circunstâncias seguintes. Encontrando o adivinho Mopso em frente a uma figueira, Calcas perguntou-lhe quantos figos havia na árvore, e Mopso acertou. Em seguida Mopso indagou quantos filhotes teria uma porca que encontraram, e quando a porca pariria; Calcas não acertou e morreu de desgosto. Segundo outra versão desse duelo dos adivinhos, o rei da Lícia, na iminência de engajar-se numa guerra, perguntou aos dois se seria bem-sucedido; Mopso disse que ele seria vencido, e Calcas lhe predisse a vitória; o rei foi derrotado e Calcas, despeitado, suicidou-se. Numa terceira versão a respeito de sua morte, contava-se que Calcas plantara uma parreira num bosque consagrado a Apolo (v.) nas proximidades de Mirina, cidade situada na Eólida; um adivinho local profetizou que ele não beberia o vinho das uvas daquela parreira. A parreira cresceu, deu uvas, e Calcas convidou os moradores da vizinhança e o adivinho autor da profecia para beberem com ele o vinho feito dessas uvas. Quando Calcas já ia levando a taça aos lábios, o adivinho local repetiu que ele não beberia o vinho; Calcas riu tanto que morreu antes de bebê-lo. Seria esta a origem da expressão "é grande a distância entre a taça e os lábios" (mas v. *Antínoo*).

Calcíope (G. *Khalkiope*). (1) Filha de Eurípilo, rei da ilha de Cós, amada por Heraclés. Dessa união nasceu Téssalo (vv.).

(2) Filha de Aietes, rei da Colquis, e mulher de Frixo, com quem teve os filhos Argos, Citíssoro, Frontis e Melas (vv.).

(3) Filha de Rexênor, ou de Calcódon (1); foi a segunda mulher de Egeu (vv.), rei de Atenas. Não conseguindo ter filhos com ela, Egeu consultou o oráculo de Delfos, e de passagem por Trezena uniu-se a Aitra, gerando Teseu (vv.).

Calco (G. *Kalkhos*). Rei dos dáunios (povo antiqüíssimo do sul da Itália) que amava a feiticeira Circe quando Ulisses (vv.) encontrou-se com ela em sua ilha. Apaixonada por Ulisses, Circe não correspondeu ao amor de Calco; diante da insistência deste a feiticeira convidou-o para um banquete, durante o qual transformou-o num porco, e depois prendeu-o em seus estábulos. Notando a ausência de seu rei, os dáunios reuniram-se e vieram buscá-lo. Circe devolveu a Calco a forma humana e o entregou aos seus súditos, impondo, porém, que ele nunca mais aparecesse em sua ilha.

Calcodon (G. *Khalkódon*). (1) Um herói da Eubéia, filho de Abas (1) e pai do herói Elefênor (vv.), participante da Guerra de Tróia (v.); foi morto por Anfitrião (v.) durante uma expedição dos tebanos contra os habitantes da Eubéia para se livrarem de um tributo que os últimos lhes impuseram. Calcodon teve uma filha chamada Calcíope (v. (3)).

(2) Um dos companheiros de Heraclés (v.) na expedição contra Élis.

(3) Um dos pretendentes à mão de Hipodâmia, morto por Enomau (vv.).

(4) Um dos guerreiros de Cós que lutaram contra Heraclés quando este atacou Eurípilo (vv.). Calcodon feriu Heraclés e só não o matou porque Zeus (v.) retirou miraculosamente do campo de batalha o herói ferido.

Cálcon (G. *Khálkon*). Um habitante de Cipárisso, no monte Parnasso. Durante a Guerra de Tróia Nêstor (vv.) foi aconselhado por um oráculo a pô-lo como escudeiro de seu filho Antíloco. Cálcon amava Pentesíleia, rainha das amazonas, e no combate entre ela e Aquiles (vv.) quis ajudá-la, mas Aquiles matou-o. Para castigá-lo por sua traição os gregos crucificaram-no.

Calídice (G. *Kallidike*). Rainha de Tesprótia, que se casou com Ulisses (v.) quando este teve de deixar Ítaca algum tempo depois de seu regresso de Tróia, confirmando a profecia do adivinho Tirésias (v.). Desse casamento nasceu Polipoites (v., (3)), que se tornou rei dos tesprótios após a morte de sua mãe e o retorno de Ulisses a Ítaca.

Cálidno (G. *Kálydnos*). Filho de Urano (v.) às vezes considerado o primeiro rei de Tebas, antes mesmo de Ôgigo (v., (1)). Uma tradição discrepante atribuía a Cálidno a construção da muralha da cidade, obra geralmente atribuída a Anfíon e Zeto (v. *Anfíon*).

Calidon (G. *Kalydon*). (1) Filho de Étolo (v.) e de Pronoe, e herói epônimo do território do mesmo nome, na Etólia, ao norte do golfo de Corinto. Casou-se com Eólia, filha de Amitáon, tornando-se pai de duas filhas – Epicasta e Protogênia.

(2) Filho de Têstio (v.). Este último regressando de Sicione após uma longa ausência, encontrou Calidon deitado ao lado de sua mãe; suspeitando de uma união incestuosa, Têstio matou-os. Percebendo tarde demais o seu erro, ele se precipitou num rio até então chamado Áxeno, que passou a chamar-se Têstio e mais tarde Aqueloo (v.). Segundo outra versão da lenda Calidon era filho de Astinome e de Ares (v.); um dia ele viu Ártemis (v.) banhando-se, e por isso transformou-se num rochedo na montanha chamada Calidon, nas proximidades do rio Aqueloo.

Calíope (G. *Kalliope*). Uma das Musas (v.). Suas funções, como as de suas irmãs, não eram bem definidas a princípio, porém mais tarde ela era considerada a inspiradora da poesia lírica. Em algumas alusões Calíope aparece como a mãe das Sereias, de Reso e de Lino (vv.), e figura em outra lenda como árbitro na disputa entre Afrodite e Perséfone a respeito de Ádonis (vv.).

Calipso (G. *Kalypsó*). (1) Uma ninfa, segundo uma das versões da lenda filha de

Atlas e de Pleione (v. *Plêiades*), e de acordo com outra versão filha de Hélios (o Sol) e de Perseís, sendo portanto irmã de Circe e de Aietes (vv.); vivia na ilha de Ogígia, na parte ocidental do Mediterrâneo. Calipso acolheu Ulisses (v.) quando sua nau soçobrou, apaixonou-se por ele e o reteve durante dez anos em sua ilha, chegando a oferecer-lhe a imortalidade desde que continuasse a viver com ela. Ulisses, entretanto, ansiava por voltar a Ítaca e não cedeu às propostas da ninfa. Atendendo a um pedido de Atena, a deusa protetora de Ulisses, Zeus mandou Hermes (vv.) ao encontro de Calipso para dizer-lhe que deixasse o herói partir. Embora relutante, Calipso teve de restituir a liberdade ao seu amado, proporcionando-lhe meios para prosseguir na viagem até Ítaca – inclusive madeira para fazer uma balsa –, além de ensinar-lhe a orientar-se pelos astros a fim de chegar ao seu destino. Algumas lendas tardias mencionam um filho de Calipso e de Ulisses, chamado Latino (tido geralmente como filho de Circe e do herói), enquanto outras atribuem dois filhos ao casal – Nausítoo e Nausínoo –, e uma última menciona outro filho – Áuson –, herói epônimo da Ausônia (v. *Áuson*).

(2) Uma das filhas de Tetis e de Oceano (vv.).

Calirroe (G. *Kallirhoe*). (1) Filha de Tetis e de Oceano, e mulher de Crisáor (filho de Poseidon e de Gorgó) (v. *Górgona*), com o qual gerou os monstros Geríon e Êquidna (vv.). Além desses filhos Calirroe teve Minias com o próprio Poseidon, Quione com Nilo, e Cotis com Manes, o primeiro rei da Lídia (vv.).

(2) Filha do deus do rio Aqueloo, e mulher de Alcmêon, com o qual teve dois filhos – Anfôtero e Acarnan (vv.). Depois do assassínio de Alcmêon pelos filhos de Fegeu ela se uniu a Zeus (vv.) e pediu-lhe que fizesse seus dois filhos crescerem imediatamente e os tornasse tão fortes quanto o pai. Zeus satisfez-lhe a súplica e assim ela pôde vingar-se (v. *Acarnan*). Sua desventura originou-se do desejo de obter o manto e o colar de Harmonia (v. *Cadmo*), aos quais estava ligada uma maldição.

(3) Uma bela moça de Calidon que não correspondeu ao amor de Côreso, sacerdote de Diôniso (v.). Côreso revelou sua amargura e a causa da mesma a Diôniso, que fez eclodir na região uma epidemia de loucura. O oráculo de Dodone, interrogado pelos habitantes, declarou que o castigo do deus somente cessaria se fosse sacrificada uma virgem no altar a cargo de Côreso. Este já ia golpeá-la, mas, sob os efeitos de seu amor, sentiu faltar-lhe a coragem e matou-se. Comovida, Calirroe suicidou-se perto de uma fonte que recebeu o seu nome (*Kallirhoe* em grego = "Córrego Belo").

(4) Filha do rei Lico, da Líbia. De volta da Guerra de Tróia a nau de Diomedes foi lançada por uma tempestade na costa dos domínios de Lico (vv.). O rei mandou aprisioná-lo e sacrificá-lo a Ares, mas Calirroe o soltou, movida por uma paixão repentina pelo herói. Abandonada em seguida por Diomedes, Calirroe suicidou-se.

(5) Uma ninfa de Troas, amada por Páris quando ele cuidava de seus rebanhos no monte Ida. Páris deixou-a mais tarde para juntar-se a Helena, causando profundo sofrimento a Calirroe ao abandoná-la. V. *Páris*.

(6) Filha do deus do rio Escamandro e mulher de Tros, com o qual teve quatro filhos – Cleópatra, Assáraco, Ganimedes e Ilo (vv.).

Calisto (G. *Kallistó*). Uma ninfa dos bosques arcádios, ou, de acordo com uma variante da lenda, filha do rei Licáon ou de Nicteu (vv.). Calisto jurou que se conservaria virgem e vivia caçando nas montanhas como uma das companheiras de Ártemis. Zeus (vv.) apaixonou-se por ela e a possuiu, disfarçado em Ártemis para não ser repelido pela virgem, gerando Arcás. Passado algum tempo Ártemis e sua companheira resolveram banhar-se juntas numa fonte, e a nudez de Calisto revelou-lhe a gravidez. Encolerizada com a companheira por causa do perjúrio, Ártemis transformou-a numa ursa e depois matou-a com suas flechas para puni-la. Zeus transformou Calisto na constelação da Grande Ursa. V. *Arcás* para outras variantes da lenda.

Cambles (G.). Rei da Lídia que, levado por sua fome insaciável, devorou a própria mulher. Movido pelo remorso, Cambles suicidou-se em seguida.

Camenas (L. *Camenae*). Originariamente as ninfas das fontes em Roma, assimiladas ainda em época recuada às Musas gregas. Seu santuário situava-se num bosque sagrado então existente junto à porta Capena.

Camila (L. *Camilla*). Filha de Métabo (v.) (rei dos volscos), nascida em Priverno. Métabo, expulso de sua cidade por inimigos após a morte de sua mulher, também chamada Camila, fugiu com sua filha recém-nascida, perseguido de perto por homens armados. Quando lhe parecia que iria escapar, deparou-se com o Amaseno, um ribeirão do Lácio. Na ânsia de salvar a filha, ocorreu-lhe a idéia de amarrar a criancinha à sua lança e arremessá-la, à margem oposta do ribeirão. Métabo dirigiu uma prece a Diana (v.) e prometeu consagrar-lhe Camila se a deusa a salvasse. Diana ouviu-lhe a prece, e logo a criancinha, amarrada à lança, estava a salvo do outro lado do ribeirão, enquanto o pai o atravessava a nado. Os dois levaram durante muito tempo uma vida solitária nos bosques onde Camila, já moça, dedicava-se à caça e a exercícios marciais, longe das cidades, que não a atraíam. Durante a guerra contra Enéias (v.), apesar de suas numerosas façanhas foi morta pelo herói Árruns.

Campe (G.). Um monstro do sexo feminino, incumbido por Cronos de vigiar os Cíclopes e os Hecatônqueires (vv.) que ele aprisionou no inferno. Ouvindo de um oráculo que venceria a guerra contra Cronos e os titãs se fosse ajudado pelos Cíclopes, Zeus (v.) matou Campe e os libertou.

Campos Elísios (G.). V. *Elísion.*

Canace (G.). Filha de Éolo (v.) e de Enarete. Canace teve um filho de seu irmão Macareu; quando sua ama tentava sair do palácio de Éolo com o recém-nascido para abandoná-lo, escondido entre objetos de culto como se se tratasse de preparativos para um sacrifício, a criança chorou e Éolo a descobriu. Éolo lançou o neto aos cães para ser devorado e mandou entregar uma espada à filha, ordenando-lhe que se suicidasse.

Canente (L. *Canens*). Uma ninfa do Lácio que personificava o canto, filha de Jano e de Venília, casada com Pico (vv.), rei dos laurentes (habitantes do sul de Óstia). Os dois amavam-se intensamente, mas certo dia, durante uma caçada, a feiticeira Circe (v.) viu Pico e se apaixonou por ele. Querendo afastá-lo de seu séquito, Circe o metamorfoseou num javali, esperando devolver-lhe depois a sua forma primitiva. Distante de sua mulher, Pico ficou desesperado, e ouvindo de Circe a confissão de seu amor por ele repeliu-a. Encolerizada, a feiticeira o transformou num pássaro. Canente, desvairada, procurou o marido durante seis dias e seis noites, mas não o encontrou e foi cair exausta às margens do rio Tibre. Lá ela cantou pela última vez e se desfez no ar.

Cânopo ou **Cânobo** (G. *Kânopos* ou *Kânobos*). Herói grego da cidade egípcia do mesmo nome, situado num dos braços da foz do Nilo. Ele era piloto da nau em que Menelau (v.), após a queda de Tróia, veio para o Egito com Helena (v.). Cânopo sobressaía por sua rara beleza, e Teonoe, filha de Proteu (v.) (rei do Egito), apaixonou-se por ele, porém não foi correspondida. Num dia em que Cânopo desceu à terra foi mordido por uma serpente e morreu. Menelau e Helena o sepultaram, e no local nasceu das lágrimas de Helena uma planta chamada *helênion*. De acordo com outra versão da lenda Cânopo foi piloto da nau em que Ôsiris deu a volta ao mundo, e também da nau *Argó* (v. *Argonautas*); ele e a *Argó* teriam sido transformados em constelações.

Cáon (G. *Kháon*). Herói epônimo da Caônia, uma região do Épiro; era irmão ou amigo de Heleno (v.), e seguiu com este para o território onde reinava Neoptólemo (v.). Após a morte deste último, Heleno o sucedeu no trono, e quando Cáon foi morto durante uma caçada, Heleno deu o nome de Caônia a uma parte de seus domínios para perpetuar-lhe a memória. Em outra versão da lenda Cáon aparece oferecendo-se aos seus concidadãos para ser a vítima de um sacrifício aos deuses durante uma epidemia devastadora.

Caos (G. *Khaos*). Personificação da desordem anterior à criação do mundo. Dele nasceram o Êrebo, Nix (a Noite), Hemera (o Dia) e Áiter (o Éter) (vv.). Em outras menções ele aparece como filho de Cronos (o Tempo) e irmão de Áiter.

Capaneu (G. *Kapaneus*). Filho de Hipônoo, um dos Sete Chefes argivos participantes da expedição contra Tebas (vv. e *Ádrasto* e *Anfiarau*). Notável por sua estatura elevada e violência, avançou impetuosamente contra a cidade pretendendo incendiá-la, alardeando que não temia nem os deuses. Zeus (v.), entretanto, fulminou-o com seus raios, matando-o quando começou a escalar a muralha de Tebas. Durante seu funeral sua mulher, chamada Euadne (v., (2)), lançou-se à pira onde o corpo do marido estava sendo incinerado. Seu filho, chamado Estênelo (v., (3)), foi um dos heróis da guerra contra Tróia.

Cápis (G. *Kápys*). Antepassado de Enéias e filho de Assáraco, e pai com Temistó de Ilo e Anquises (vv.). Em versões posteriores da lenda menciona-se um companheiro de Enéias com esse nome, como sendo o fundador da cidade de Cápua na Campânia. Cápis teria fundado a cidade de Cafias na Arcádia.

Carcabo (G. *Korkabos*). Filho de Triopas, um tirano cruel, rei dos percebas, povo do norte da Grécia. Carcabo, querendo livrar sua pátria da tirania, matou seu pai; após o crime ele retirou-se espontaneamente para a Troas, onde Tros, rei dessa região, concedeu-lhe asilo e purificou-o do parricídio. Pândaro (v.), um de seus descendentes, combateu junto aos troianos na Guerra de Tróia (v.).

Carcino (G. *Karkinos*). Um caranguejo (em grego *karkinos* = caranguejo) que vivia nos pântanos de Lerna. Quando Heraclés (v.) lutava contra a Hidra de Lerna, Carcinos mordeu-lhe o calcanhar, e o herói, enfurecido, esmagou-o. Querendo recompensá-lo por haver maltratado Heraclés, Hera (v.) o levou para o céu e transformou-o numa constelação – o signo de Câncer.

Caria (G. *Korya*). Uma hamadríade (v. *Hamadríades*), produto do amor incestuoso de Ôxilo, filho de Oreio, por sua irmã Hamadrias. Em outra versão da lenda Caria era uma moça da Lacônia que se transformou em nogueira (em grego *Karya* = nogueira) não se sabe por quê.

Caríbdis (G. *Kharýbdis*). Um monstro feminino que vivia num rochedo nas proximidades do estreito de Messene (atualmente Messina) entre a Itália continental e a Sicília. Caríbdis era filha de Gaia (a Terra) e de Poseidon (vv.), e nada saciava a sua voracidade. Quando Heraclés (v.) passou por sua morada de volta do Ocidente com os rebanhos de Geríon (v.), Caríbdis roubou-lhe os bois e os devorou. Querendo puni-la, Zeus fulminou-a com seus raios e a lançou no mar, transformando-a num monstro que sorvia enormes quantidades de água três vezes por dia, juntamente com tudo que estivesse flutuando nas imediações inclusive as naus e seus ocupantes. Em sua primeira passagem pelo estreito Ulisses (v.) conseguiu esquivar-se do monstro, porém quando sua nau soçobrou após o sacrifício dos bois do Sol foi arrastado pela corrente provocada por Caríbdis agarrado aos destroços da nau. O herói, entretanto, teve a idéia de pendurar-se num dos galhos de uma enorme figueira existente em frente à gruta onde se escondia o monstro. Mais tarde, quando Caríbdis vomitou o mastro da nau, Ulisses agarrou-se a ele e prosseguiu em sua viagem. Do outro lado do estreito, defronte da caverna de Caríbdis, havia outro monstro – Cila (v.) – à espreita dos náufragos que escapavam do primeiro.

Caricló (G. *Kharicló*). (1) Filha de Apolo (ou de Oceano), mulher de Quíron, que ajudou o centauro a criar Aquiles e Jáson (vv.).

(2) Uma ninfa, mãe do adivinho Tirésias (v.). Certo dia, quando Caricló se banhava na fonte (no monte Helicon) juntamente com Atena, de quem era a amiga preferida, Tirésias, que caçava nas proximidades, veio até a fonte e viu Atena despida. A deusa cegou-o e, acusada por Caricló de crueldade em relação ao seu filho, respondeu-lhe que quem visse um deus nu sem a sua permissão, tinha de ser punido com a cegueira; entretanto, a título de compensação, deu a Tirésias um bastão que lhe permitia ir sozinho aonde quisesse como se enxergasse, e deu aos seus ouvidos a capacidade de entenderem a linguagem dos pássaros; graças a esse dom Tirésias passou a ter poderes proféticos.

Carila (G. *Kharila*). Uma menina órfã de Delfos, que num período de fome na cidade, provocado por uma seca, foi ao rei pedir um pouco de trigo; o rei, ao invés de lhe dar a esmola, repeliu-a a pontapés, e Carila, acabrunhada, matou-se. A seca recrudesceu, e o oráculo proclamou que a situação só melhoraria quando se expiasse a morte de Carila. A partir de então, de nove em nove anos realizava-se em Delfos uma cerimônia expiatória durante a qual havia uma distribuição de trigo e se enterrava num nicho escavado na montanha uma boneca chamada Carila.

Cárites (G. *Khárites*). As Graças, divindades da beleza, que adornavam a natureza e alegravam os deuses e os homens. Moravam no Olimpo com as Musas, e passavam o tempo cantando e dançando em coros com elas e participando do séquito de Apolo (v.) em sua condição de deus da música. Além disso, influenciavam todas as manifestações da inteligência e as obras de arte. As Cárites foram as tecelãs do manto de Harmonia (v. *Cadmo*). Apareciam igualmente no séquito de Atena, deusa dos trabalhos manuais femininos e da atividade intelectual, e às vezes eram vistas com Afrodite, com Dîoniso e com Eros (vv.). As Cárites eram três – Aglaia, Eufrosine e Talia (ou Táleia) –, e eram filhas de Zeus com Eurinome, filha de Oceano, ou com a própria Hera (vv.).

Carmânor (G.). Um sacerdote da ilha de Creta, pai de Crisôtemis e de Êubulo; segundo a tradição cretense ele acolheu e purificou Apolo e Ártemis quando o primeiro matou Píton (vv.). Carmânor cedeu também a sua casa para os encontros amorosos de Apolo e Acacalis (v.).

Carme (G.). Uma cretense que se uniu a Zeus e teve com ele Britômartis (vv.). Em uma versão de sua lenda ela era filha de Êubulo e portanto neta de Carmânor (v.). Noutra versão seu pai era Fênix, filho de Agênor, e sua mãe era Cassiôpeia (vv.).

Carmenta (ou Carmêntis) (L.). Mãe de Evandro (v.) com o qual saiu da Arcádia e veio para a região onde mais tarde foi fundada Roma. O nome Carmenta foi-lhe dado em Roma porque ela possuía o dom da profecia (em latim *carmen* = "canto mágico"). Na Arcádia seu nome era Nicostrate, ou Têlfusa, ou Têmis, ou Tímandra, e ela era uma ninfa cujo pai era o deus do rio Ládon. Quando Hércules (v.) passou por Palanteu (localidade fundada por Evandro na região onde viria a existir mais tarde Roma), Carmenta profetizou o destino do herói (v. *Caco*). Numa variante da lenda Carmenta aparece como mulher de Evandro, e não como sua mãe.

Carna (L.). Uma ninfa dos bosques situados na região em que mais tarde viria a existir Roma, às margens do Tibre, onde ainda na época de Augusto os Pontífices ofereciam sacrifícios. Seu nome originário era Crane, e ela fizera um voto de castidade. Carna costumava caçar nos bosques, e quando algum homem, atraído por seus encantos, a importunava, ela o convidava a segui-la nos bosques, porém chegando lá desaparecia e ninguém conseguia encontrá-la. Um dia o deus bifronte Jano (v.) viu a ninfa e apaixonou-se por ela. Jano aproximou-se e Carna quis enganá-lo, como costumava fazer com os outros pretendentes ao seu amor; Jano, entretanto, descobriu o seu esconderijo e a violentou. Para consolá-la o deus lhe deu o poder de proteger as portas das casas contra todas as tentativas de entrada furtiva.

Carnabon (G.). Rei dos getas, povo vizinho dos citas ocidentais, no norte da Europa. Quando Triptólemo, mandado por Deméter (vv.), percorria o mundo num carro puxado por dragões para ensinar aos homens o cultivo do trigo, passou pelos domínios de Carnabon. A princípio este o recebeu amistosamente, mas em seguida o atacou e matou um dos dragões de seu carro. No momento em que o rei ia matar o próprio Triptólemo, Deméter apareceu e levou Carnabon para o firmamento, onde é visto preparando-se para matar o dragão.

Carno (G. *Kárnos*). Um adivinho e sacerdote de Apolo, oriundo da Acarnânia, que apareceu diante dos Heráclidas (vv.) quando estes se reuniram em Náupacto para atacar o Peloponeso. Hipotes, um dos Heráclidas, matou-o supondo que ele era um espião. Manifestou-se em seguida uma pestilência entre os soldados dos Heráclidas, e um oráculo advertiu-os de que a calamidade fora mandada por Apolo a fim de vingar a morte de seu sacerdote. Para expiar o crime os Heráclidas baniram Hipotes e instituíram o culto de Apolo Carneio.

Cáron (G. *Kháron*). Divindade infernal cuja função era transportar as almas dos mortos em sua barca na travessia do rio Aqueronte (v.). Os mortos pagavam o serviço de Cáron dando-lhe um óbolo, e para isso punha-se uma moeda na boca dos cadáveres antes de sepultá-los. Por ocasião da viagem de Heraclés (v.) ao inferno, Cáron recusou-se a atravessá-lo porque o herói ainda estava vivo, mas Heraclés apoderou-se do remo e espancou o barqueiro, obrigando-o a obedecer-lhe. Para os etruscos Cáron seria um demônio incumbido de pôr termo à vida dos moribundos e depois transportá-los para o inferno.

Cárops (G. *Khárops*). Um habitante da Trácia que revelou a Dioniso a animosidade de Licurgo (vv.) contra o deus. Dioniso castigou Licurgo e para recompensar Cárops fê-lo rei da Trácia e o iniciou em seus mistérios. Cárops era pai de Ôiagro e avô de Orfeu (vv.), e lhes revelou o culto dionisíaco.

Cassandra (G.). Filha de Príamo e de Hécuba, e irmã de Heleno (vv.) com quem compartilhava o dom da profecia. Esse dom, segundo uma das versões da lenda, teria sido comunicado a Cassandra e a Heleno por meio das serpentes de um templo de Apolo (v.) em Tróia, que lhes lamberam os ouvidos. De acordo com outra versão, Cassandra teria recebido o dom do próprio Apolo que, atraído por sua beleza, prometeu ensinar-lhe a prever o futuro se ela se entregasse a ele. Aceita a proposta, Apolo cumpriu a promessa, mas na hora de entregar-se ao deus Cassandra fugiu. Apolo não pôde tirar-lhe o dom da profecia, porém tornou-o inócuo, porque ninguém acreditaria na profetisa. Quando Páris (v.) chegou a Tróia pela primeira vez, Cassandra previu que o rapaz, cuja identidade até então era desconhecida, seria a perdição da cidade. No momento em que os troianos se preparavam para sacrificá-lo, Cassandra descobriu, graças aos seus dons divinatórios, que ele era filho de Príamo (e portanto seu irmão), salvando-lhe assim a vida.

Depois, por ocasião da chegada de Páris a Tróia em companhia de Helena (v.), Cassandra predisse que o rapto de Helena seria a ruína de Tróia. Entretanto, ninguém lhe deu crédito. No estágio final da guerra Cassandra, com a ajuda de Laocoonte (v.), tentou por todos os meios possíveis evitar que os troianos introduzissem em sua cidade o cavalo de madeira deixado pelos gregos que fingiram reembarcar em suas naus para voltarem à pátria; Apolo, todavia, fez surgirem do chão serpentes enormes que devoraram Laocoonte e seus filhos, e os troianos saíram para ir buscar o cavalo fatídico. Durante o saque a Tróia Cassandra encerrou-se no templo de Atena, mas Ájax (V., (2)) filho de Oileu a perseguiu e, vendo-a abraçada à imagem da deusa, arrancou-a de lá com tanta força que abalou a imagem. Os gregos, temerosos com o sacrilégio, quiseram matar Ájax, porém ele se salvou refugiando-se junto ao altar da deusa que acabara de profanar. Na partilha das presas de guerra Cassandra coube a Agamêmnon (v.), que se apaixonou por ela e passou a tê-la como sua concubina, levando-a consigo em seu retorno à Grécia. Ao chegar a Micenas, Agamêmnon foi morto por Egisto ajudado por Clitemnestra (v.), que levada pelo ciúme matou Cassandra.

No poema *Alexandra* de Licofron, Cassandra aparece com o nome de Alexandra.

Cassiopéia (G.). Filha de Árabo (um filho de Hermes (v.) que deu o seu nome à Arábia), mulher de Fênix, ou de Êpafo, ou de Cefeu, e mãe de Andrômeda. Cassiopéia orgulhava-se muito de sua beleza, e queria rivalizar com as ninfas e até com Hera (v.). Essas divindades pediram a Poseidon (v.) que castigasse a presunção de Cassiopéia, e o deus mandou um monstro marinho devastar a sua terra. Um oráculo revelou que o monstro somente se retiraria se Andrômeda, filha de Cassiopéia, lhe fosse entregue, mas na hora do sacrifício apareceu Perseu (vv.) e salvou a quase-vítima. Cassiopéia foi transformada em constelação.

Castália (G.). Uma moça de Delfos que, perseguida por Apolo (v.), se lançou numa fonte situada nas proximidades do santuário do deus. Essa fonte foi consagrada a Apolo e recebeu o nome da moça. De acordo com uma versão divergente da lenda, Castália era filha do deus do rio Aqueloo (v.) e mulher do rei de Delfos, com quem teve um filho chamado Castálio, sucessor de seu pai no trono.

Cástor (G.). Um dos *Diôscuros* (v.). O outro Diôscuro era Pólux.

Catilo (L. *Catillus*). Herói de uma lenda ligada à fundação da cidade de Tíbur (a atual Tivoli). Originário da Grécia, Catilo teria vindo para a Itália com Evandro, ou era filho do herói argivo Anfiarau (vv.) e depois da morte do pai saiu de sua terra chefiando um grupo de jovens que emigraram para a Itália. Lá Catilo casou-se e teve três filhos – Catilo Júnior, Coras e Tiburto –, que fundaram Tíbur.

Catreu (G. *Katreus*). Um dos filhos de Minos e de Pasifae (vv.) e sucessor do pai como rei de Creta. De acordo com um oráculo ele seria morto por um de seus quatro filhos: três moças – Aerope, Apemosine e Climene –, e um rapaz chamado Altaimenes. Catreu tentou ocultar o teor do oráculo aos filhos, porém o prognóstico chegou ao conhecimento de Altaimenes e de Apemosine, que fugiram de Creta a fim de evitar a sua consumação; foram para Rodes e lá fundaram a cidade chamada Cretenia, para lembrar sua pátria. Catreu, por seu turno, entregou suas filhas restantes – Aerope e Climene – a Náuplio (v.) para serem vendidas em outras terras como escravas. O tempo passou e Catreu, sentindo o peso da idade, quis entregar o trono ao seu filho e partiu para Rodes à sua procura. Desembarcando com seus acompanhantes num local ermo, Catreu foi abordado por alguns boiadeiros, desconfiados de que os recém-chegados fossem piratas. Catreu reagiu e se identificou, mas suas palavras não puderam ser ouvidas por causa do ladrar dos cães, e os pastores passaram a apedrejá-lo; nesse ínterim apareceu Altaimenes e acabou de matá-lo com sua lança. Tomando conhecimento de que tirara a vida de seu próprio pai, Altaimenes implorou aos deuses que abrissem a terra sob seus pés; sua prece foi ouvida e ele desapareceu.

Cáucon (G.). (1) Filho de Licáon (v.), (rei da Arcádia), descendente de Pélasgo, que deu aos habitantes da região ocidental do Peloponeso o nome de cáucones. Cáucon, seus irmãos e seu pai foram fulminados por Zeus (v.) com seus raios por não venerarem os deuses.

(2) Filho de Cêlaino, introdutor dos mistérios de Deméter (v.) na Messênia.

Cáulon (G.). Filho da amazona Clite, ama de Pentesíleia (v.), rainha das amazonas na época da Guerra de Tróia; emigrou com sua mãe para a Itália, onde fundou a cidade de Caulônia nas proximidades de Locris Epizefíria.

Cauno (G. *Kaunos*). Irmão gêmeo de Biblis e filho de Míleto, fundador da cidade a que deu o nome, e de Idotéia (vv.). Para fugir ao amor proibido de sua irmã Biblis, ou por tê-la possuído, Cauno foi para a Cária, onde fundou a cidade que tem o seu nome. Segundo outra versão da lenda ele ter-se-ia casado com a ninfa Pronoe, e dessa união nasceu Egíalo, fundador da cidade de Cauno em vez de seu pai.

Cavalo de Tróia (G.). Um estratagema dos gregos, após a morte de Aquiles (v.), para conseguirem capturar Tróia após dez anos de guerra sem uma decisão. Epeio, um artífice extremamente hábil, construiu um enorme cavalo de madeira, dentro do qual se ocultaram numerosos guerreiros gregos selecionados por sua bravura e astúcia, inclusive Ulisses (v.). Em seguida o exército grego simulou uma retirada, deixando no acampamento apenas Sínon (v.). Este apresentou-se aos troianos como um desertor, revelando-lhes que o cavalo era uma oferenda a Atena (v.), e se fosse introduzido na cidade torná-la-ia inexpugnável para sempre. Apesar das advertências de Laocoonte, um sacerdote de Apolo morto depois com seus filhos por serpentes, e de Cassandra (vv.), quanto ao perigo que o cavalo representava, os troianos o introduziram em sua cidade. Os gregos saíram do cavalo durante a noite e afinal capturaram Tróia. Esse incidente teria dado origem à expressão "presente de grego".

Cêcrops (G.). O primeiro dos reis lendários de Atenas de acordo com a tradição geralmente aceita, nascido do próprio solo da Ática, antes chamada Acte e que por causa dele tomou o nome de Cecrôpeia. Casou-se com Áglauro, filha de Acteu (vv.), apresentado por uma tradição divergente como o primeiro rei da Ática. Dessa união nasceram um filho chamado Erisícton (v., (2)) e três filhas, que aparecem na lenda de Erictônio (v., e também *Áglauro*). Cêcrops era uma criatura híbrida, tendo a forma de homem da cintura para cima e de serpente da cintura para baixo. Durante seu reinado Atena e Poseidon (vv.) disputaram a primazia sobre Atenas: o deus golpeou o solo da Ática com seu tridente fazendo surgir na acrópole uma fonte de água salobra, e Atena plantou uma oliveira nas proximidades. De acordo com uma das versões da lenda Zeus (v.) designou Cêcrops e Crânao para serem os árbitros, e segundo outra versão os árbitros teriam sido os deuses olímpicos; eles deram a preferência a Atena, pois a oliveira era mais útil que a fonte. Cêcrops era um rei amante da paz e teria ensinado os homens a construir cidades, a escrever, e a sepultar os mortos. As lendas referentes a Atenas mencionam outro Cêcrops, filho de Erecteu (v.) entre os reis da cidade.

Céculo (L. *Caeculus*). Um herói, filho de Vulcano (v.), que fundou a cidade de Preneste (a atual Palestrina), nas colinas do Lácio. A respeito de sua origem contava-se que viviam na região dois pastores irmãos, chamados Depídios, em companhia de uma irmã; um dia ela estava sentada junto à lareira quando saltou do fogo uma fagulha e veio cair sobre seu ventre, engravidando-a. No devido tempo nasceu-lhe um filho, que ela abandonou perto do templo de Júpiter (v.). Duas moças que vieram apanhar água numa fonte próxima descobriram o recém-nascido junto a um fogo aceso e o entregaram aos Depídios, que resolveram criá-lo e lhe deram o nome de Céculo porque o menino estava com os olhos congestionados (*caeculus* em latim = "ceguinho"). Até a adolescência Céculo viveu entre os pastores da região, mas ao chegar à idade adulta fundou com alguns companheiros um povoado onde viria a existir a cidade de Preneste. Diante dos convidados para a fundação do povoado Céculo pediu a Vulcano que fizesse um prodígio para convencer os presentes a permanecerem no local. Repentinamente apareceram chamas que envolveram os convidados, mas se extinguiram quando Céculo ordenou. O acontecimento miraculoso tornou o povoado famoso, e muita gente veio de outros lugares para morar sob a proteção do deus com seu filho.

Os membros da *gens Caecilia* pretendiam descender de Céculo.

Cefalíon (G. *Kephalíon*). Um pastor líbio filho de Anfítemis e de uma ninfa do lago Tritonis. Quando os Argonautas (v.) passaram pela terra de Cefalíon, este matou dois deles, que tentaram roubar os bois de seu rebanho.

Céfalo (G. *Kêphalos*). De acordo com uma versão de sua lenda, Céfalo era filho de Dêion (filho de Éolo, descendente de Deucalião). Sua mãe era Diomede, filha de Xuto e de Creusa (vv.). Em outra versão da lenda ele era ateniense, filho de Herse (uma das filhas de Cêcrops) e de Hermes (vv.). Numa terceira versão Céfalo era filho de Pandíon (v.) rei de Atenas.

Em sua primeira aventura amorosa Céfalo foi raptado por Éos (a Aurora), que se apaixonara por ele. Dessa união nasceu Faêton (v.), na Síria, mas pouco tempo depois Céfalo abandonou Éos e regressou à Ática, onde casou-se com Procris, filha de Erecteu (vv.), rei de Atenas, e ganhou um cão que ela obtivera de Minas; esse cão, que Céfalo emprestou a Anfitrião (v.) para possibilitar a captura da raposa de Têumessa, recebera de Zeus (v.) o dom de alcançar qualquer animal que perseguisse.

Era grande o amor entre Céfalo e Procris, mas um dia o marido passou a suspeitar da fidelidade da mulher; para pô-la à prova Céfalo disfarçou-se e entrou em seu quarto numa ocasião em que ela o supunha ausente, prometendo-lhe presentes tentadores se Procris satisfizesse seus desejos amorosos. Depois de oferecer alguma resistência a mulher cedeu à tentação, e Céfalo revelou-lhe sua identidade. Acabrunhada e ressentida, Procris fugiu para uma montanha próxima, enquanto Céfalo a perseguia, dominado pelo remorso. Seguiu-se a reconciliação e o casal voltou a viver feliz, até que Procris passou a ter ciúme do marido com as ninfas da montanha, pois Céfalo saía freqüentemente para caçar. Procris interrogou um dos acompanhantes do marido, e ficou sabendo que depois da caçada Céfalo chamava uma certa Aura, pedindo-lhe para vir aliviar os seus ardores. Procris resolveu então surpreender o marido em suas supostas aventuras amorosas. Em certa ocasião ela o seguiu numa caçada sem ser percebida; Céfalo, ouvindo ruídos numa moita, arremessou na direção da mesma uma lança que jamais errava o alvo, ferindo mortalmente a mulher, que se ocultara naquele lugar. Antes de morrer Procris percebeu o seu erro, pois a "aura" que o marido invocava era apenas a brisa para suavizar o calor.

Condenado pelo Areópago por assassinato, Céfalo deixou a Ática e foi para o exílio, juntando-se a Anfitrião (v.) na expedição deste contra os táfios. Após a vitória dos expedicionários a ilha de Tafo passou a chamar-se Cefalênia por causa de Céfalo. Lá ele casou-se com Lisipe e dessa união nasceram quatro filhas.

Numa das versões da lenda Céfalo foi consultar o oráculo de Delfos para saber como poderia ter filhos homens. A resposta do oráculo foi que ele deveria copular com a primeira fêmea que encontrasse em seu caminho. Céfalo encontrou uma ursa, e obedecendo ao oráculo uniu-se a ela; a ursa transformou-se imediatamente numa moça de rara beleza, que no devido tempo teve um filho chamado Acrísio.

Cefeu (G. *Kepheus*). (1) Rei de Tegéia, na Arcádia, filho de Ateu (ou de Licurgo) e um dos Argonautas (vv.); desempenhou também um papel saliente nas aventuras de Heraclés (v.) e na caçada ao javali de Calidon (v. *Meleâgro*). Quando Heraclés se preparava para empreender a expedição à Lacedemônia contra os filhos de Hipocoon, esforçou-se por obter o apoio de Cefeu e de seus vinte filhos. Cefeu, entretanto, receava que seus inimigos de Argos aproveitassem a sua ausência para atacar Tegéia. Cefeu tentou dissuadir Heraclés oferecendo-lhe uma mecha dos cabelos de Gorgó (v. *Gôrgonas*), que recebera de Atena (v.) como presente. Heraclés replicou que se seus inimigos atacassem a cidade, bastaria que Esteropé (v.), filha de Cefeu, levantasse a mecha nas mãos e a agitasse três vezes por cima da muralha; se ela não olhasse para trás o inimigo fugiria. Cefeu deixou-se persuadir e seguiu para a guerra com Heraclés e Ificlés (v.), irmão de Heraclés. Embora este último tenha saído vitorioso, Ificlés, Cefeu e seus vinte filhos morreram em combate.

(2) Marido de Cassiopéia, pai de Andrômeda e filho de Belo (vv.); era rei dos cefenos, habitantes das margens do Eufrates (ou da Etiópia, segundo outra versão da lenda). Não tendo filhos homens, ao morrer este Cefeu deixou o trono para seu neto Perses, filho de Perseu com Andrômeda (vv.).

Céix (G. *Kéyx*). (1) Rei de Traquis e sobrinho de Anfitrião (portanto parente de Heraclés, de quem era amigo) (vv.). Quando Heraclés matou acidentalmente Êunomo (v.), refugiou-se em sua casa, e após a morte do herói seus filhos, fugindo à perseguição de Euristeu (v.), vieram morar em Traquis com Céix, mas Euristeu mandou expulsá-los de lá. Temistonoe, filha de Céix, casou-se com Cicno (v.), morto mais tarde por Heraclés. Céix teve dois filhos: Hípaso, companheiro de Heraclés na expedição contra a Ecália, onde morreu, e Hilas, também companheiro de Heraclés e um dos Argonautas (vv.).

(2) Filho de Eôsforo e marido de Alcione (v.), transformado em pássaro.

Celainó (G.). (1) Filha de Atlas e de Pleione, uma das Plêiades (vv.). De sua união com Poseidon nasceram Lico, Eurípilo e Tritão (vv.).

(2) Uma das filhas de Danaôs (v.).
(3) Uma das Hárpias (v.).

Celeu (G. *Keleôs*). (1) Filho de Elêusis, primeiro rei da região homônima situada na Ática, nascido da terra. Durante o seu reinado Deméter deu à luz Perséfone, que veio a ser raptada por Hades (vv.). Depois de percorrer o mundo à procura da filha, Deméter veio parar em Elêusis, onde Celeu e sua mulher Metanira a receberam hospitaleiramente. Deméter chegou à cidade durante a tarde, na hora de as mulheres irem buscar água na fonte, disfarçada numa mulher idosa. As filhas de Celeu, que estavam na fonte, levaram-na para casa, e lá seu pai convidou a recém-chegada para prestar-lhe serviços; o convite foi aceito por Deméter, que passou a cuidar do filho mais novo do rei, chamado Demofon (v., (1)). A deusa expunha o menino ao fogo à noite para torná-lo imortal, e diante da estranheza dos pais revelou-lhes sua natureza divina. Antes de voltar para o Olimpo Deméter ensinou a Celeu os ritos de seu culto e cooperou com ele na construção de seu templo. Vv. *Deméter* e *Triptólemo.*

Em algumas versões divergentes da lenda Celeu aparece como um camponês de Elêusis, e não como seu rei.

(2) Um cretense que tentou em companhia de Laia, Cérbero e Ególio, seus amigos, roubar mel da gruta sagrada situada no monte Ida, em Creta, onde Rea tinha dado Zeus à luz (vv.). Ninguém podia entrar nessa caverna (nem os próprios deuses), e anualmente, no aniversário de nascimento do deus, via-se uma luz misteriosa brilhar na mesma. Zeus quis fulminar os ladrões com seus raios, mas o Destino e Têmis o dissuadiram alegando que não era lícito macular um lugar sagrado com mortes. Então Zeus os transformou em pássaros, considerados de bom augúrio porque tinham seus ninhos na caverna sagrada.

Celêutor (G.). Um dos filhos do calidônio Ágrio, que realizaram uma expedição contra seu tio Oineu (vv.). Vitoriosos, eles se apossaram de seu reino, em cujo trono puseram o pai. Celêutor foi morto por Diomedes (v.), neto de Ágrio.

Cêlmis (G.). Uma divindade secundária que aparecia entre as protetoras de Zeus (v.) enquanto menino; mais tarde Cêlmis ofendeu Rea (v.) e foi transformada por Zeus num bloco de diamante.

Celto (G. *Keltos*). Um dos numerosos filhos de Heraclés (v.), que o teve com Celtine, filha do rei da Britânia; era o herói epônimo dos celtas. A respeito de sua origem contava-se que Heraclés, quando voltava da expedição contra Geríon (v.) trazendo os rebanhos de que se apossara, teve de atravessar a Britânia, onde a filha do rei escondeu os bois e se recusava a entregá-los a não ser que o herói se unisse a ela. Heraclés, ansioso por recuperar seus bois e achando a filha do rei muito atraente, cedeu prazerosamente. Dessa união nasceu Celto.

Centauros (G. *Kêntauroi*). Seres monstruosos, homens da cintura para cima e cavalos da cintura para baixo, com quatro pernas de cavalo. Comportavam-se geralmente como selvagens, alimentando-se de carne crua, e viviam nas florestas e nas montanhas. Os centauros foram o fruto dos amores de Ixíon (v.) com a nuvem feita por Zeus com a aparência de Hera (vv.) para ver se Ixíon ousaria consumar sua união sacrílega com a deusa.

Dois centauros, entretanto, eram diferentes dos demais quanto à origem e ao caráter: Quíron e Folo (vv.). O primeiro nasceu da união de Cronos com Fílira (vv.), e Folo era filho de Sileno (v.) e de uma ninfa dos freixos. Folo e Quíron não tinham o caráter selvagem dos outros centauros, sendo acolhedores, benévolos, amigos dos homens e avessos à violência.

Os centauros aparecem em muitas lendas referentes a Heraclés (v.). Numa delas, durante a caçada do javali de Erímanto o herói foi bem recebido por Folo e Quíron, mas teve de enfrentar os demais centauros. Na luta em que saiu afinal vitorioso, Heraclés feriu com suas flechas, sem querer, o centauro Quíron; nada curava o ferimento, que lhe causava dores insuportáveis, a ponto de Quíron desejar perder a imortalidade para poder morrer e livrar-se de seu sofrimento atroz. Finalmente Quíron trocou sua imortalidade pela condição de mortal de Prometeu (v.) e morreu.

Houve uma luta famosa entre os centauros e os lapitas (v.), um povo tessálio comandado por Pirítoo e por seu amigo Teseu (vv.). Pirítoo convidou os centauros, seus parentes, para a festa de suas núpcias com Hipodâmia; os centauros, que não estavam habituados a beber vinho, embriagaram-se a tal ponto que um deles – Êurito ou Euritíon – tentou violentar Hipodâmia. Seguiu-se uma luta feroz, com grandes baixas de ambos os lados, e finalmente os lapitas vencedores expulsaram os centauros da Tessália. Outras lendas envolvendo os centauros e Heraclés relatam a tentativa de rapto de Mnesímaca, noiva do herói, por Euritíon, e a tentativa de Nesso de violentar Dejanira (vv.), mulher de Heraclés. Em outra lenda os centauros Híleu e Roico quiseram violentar a virgem Atalante (vv.).

Centímanos (G.). V. *Hecatônqueires.*

Cêrambo (G. *Kêrambos*). Um pastor tessálio. Na época do dilúvio do qual Deucalião (v.) sobreviveu, Cêrambo refugiou-se numa montanha próxima à sua casa, e as ninfas lhe deram asas, com as quais ele se salvou. Depois Cêrambo transformou-se num escaravelho (em grego *kêrambyx*).

Cêramo (G. *Kêramos*). Um herói ático, filho de Diôniso e de Ariadne (vv.), epônimo do subúrbio de Atenas chamado Cerâmico. Era considerado o inventor da arte dos oleiros, que tiraram dele o seu nome (em grego *kerameus* = oleiro).

Cérbero (G. *Kêrberos*). Um monstro, filho de Équidna e de Tífon (vv.), irmão de Ortro (o cão de Geríon) (vv.), da Hidra de Lerna e do Leão de Neméia (vv.). Era o guardião da porta do Hades (v.), impedindo a entrada dos vivos no império dos mortos e a saída das almas destes de lá. Cérbero aparecia geralmente com três cabeças de cão, uma serpente no lugar da cauda e grande quantidade de cabeças de serpentes no dorso (em uma versão divergente da lenda Cérbero teria cinqüenta e até cem cabeças de cão), apavorando as almas que chegavam. Um dos doze trabalhos de Heraclés (v.) foi a descida ao inferno com a missão de trazer Cérbero de lá para o mundo dos vivos por ordem de Euristeu (v.). A condição imposta por Hades para entregar Cérbero a Heraclés foi que este o domasse sem recorrer às suas armas. Heraclés lutou contra ele e o venceu apenas com seus braços fortíssimos, e o levou a Euristeu que, horrorizado com a aparência do monstro, mandou o herói devolvê-lo ao inferno. Em outra lenda Orfeu (v.) também dominou Cérbero com o encanto de sua música quando foi buscar Eurídice no inferno.

Cércafo (G. *Kêrkaphos*). Um dos sete filhos de Hélios (o Sol) e de Rode, chamados Heliadas. Casou-se com Cidipe, filha de seu irmão Ôquimo (vv.), que o antecedera no trono da ilha de Rodes; dessa união nasceram Câmiro, Iáliso e Lindo, epônimos das cidades que fundaram nas três partes em que dividiram a ilha.

Cercíon (G. *Kerkýon*). Um malfeitor de Elêusis, filho de Poseidon (ou Hefesto) e de uma filha de Anfictíon, ou de Branco e da ninfa Augió (vv.). Cercíon escondia-se à margem da estrada de Elêusis a Mêgara e detinha os viajantes, forçando-os a lutar com ele e matando-os. Um dia Teseu (v.) passou por aquela estrada, e engajando-se em luta com Cercíon elevou-o no ar graças à sua força descomunal e lançou-o violentamente ao solo, matando-o.

Cêrcopes (G.). Dois irmãos malfeitores chamados Euribates e Frinondas (ou Silo e Tríbalo), filhos de Teia, uma das filhas de Oceano (v.). De estatura elevada e muito fortes, eles assaltavam os viajantes e os matavam. Certa vez os Cêrcopes encontraram Heraclés (v.) adormecido perto de uma estrada e tentaram assaltá-lo. Despertando, o herói não teve dificuldades em dominá-los; em seguida atou cada um deles pelos pés nas extremidades de uma vara, atravessou-a sobre os ombros e saiu carregando os assaltantes frustrados com as cabeças para baixo. Nessa posição os Cêrcopes notaram que Heraclés tinha as nádegas negras, e se lembraram de que sua mãe um dia os prevenira contra um herói chamado *Melâmpigo* ("Nádegas Negras"). Embora perplexos com a situação os dois começaram a gracejar e divertiram tanto Heraclés que ele concordou em soltá-los. Apesar do perigo por que passaram os Cêrcopes voltaram à sua vida de banditismo, mas Zeus (v.), considerando-os irrecuperáveis, transformou-os em macacos e os pôs nas ilhas chamadas Ísquia e Proscidas, em frente à baía de Nápoles. Seus descendentes radicaram-se lá e deram o nome às ilhas, que passaram a ser conhecidas como Ilhas dos Macacos (*Pithekoúsai*).

Ceres (L.). Divindade romana antiqüíssima equivalente à deusa grega Deméter (v.), com a qual veio a identificar-se. Etimologicamente Ceres é uma divindade da agricultura (seu nome significa "pão" no dialeto sabino), cultuada pelos latinos desde épocas remotas, mas assimilada de longa data a Deméter. A propósito dessa assimilação dizia-se que quando os etruscos sob o comando de Porsena lutavam contra a incipiente república romana, a fome punha Roma em perigo. Os Livros Sibilinos foram consultados e com base neles introduziu-se na cidade nos primeiros anos do século V a.C. o culto de Deméter, juntamente com o de Diôniso (v.).

Cérix (G. *Kéryx*). Filho do eleusínio Êumolpo (ou segundo uma variante da lenda de Hermes) e Áglauro (vv.). Por ocasião da morte de Êumolpo, Cérix tornou-se responsável pelo culto de Deméter. Os arautos (*kérykes*) participantes do ritual da deusa consideravam-no seu ancestre.

Cerôessa (G.). Filha de Zeus e de Ió (vv.); nasceu no território onde viria a existir a cidade de Bizâncio, no local chamado Chifre Dourado, que seu nome lembra (em grego *keras* = chifre). Criada por uma ninfa, Cerôessa foi amada por Poseidon (v.), e dessa união nasceu um filho chamado Bizas (v.), fundador e primeiro rei de Bizâncio.

Cetes (G.). Rei do Egito, dotado do poder de transformar-se em qualquer ser ou coisa que desejasse. Segundo Diôdoros Sículo, Cetes seria o nome egípcio de Proteu (v.).

Cetó (G.). Filha de Ponto (o Mar) e de Gaia (a Terra), e irmã de Nereu e de Taumas (vv.). De seu casamento com o próprio irmão Forco (ou Forcis), nasceram as Graias, as Górgonas, o dragão guardião dos pomos das Hespérides e as próprias Hespérides (vv.).

Cianê (G. *Kyané*). (1) Filha de Líparo, rei dos ausônios (antepassados remotos dos italianos). Expulso da Ausônia, Líparo passou a viver nas ilhas Liparas, que lhe devem o nome. Por ocasião da chegada de Éolo ao seu reino, Líparo deu-lhe Cianê em casamento e cedeu-lhe parte de seus poderes. V. *Éolo* (2).

(2) Uma ninfa de Siracusa, depois transformada em fonte, que tentou impedir o rapto de Perséfone por Hades (vv.). Este, levado pelo rancor, transformou a fonte num pântano cujas águas eram profundamente azuis (*kyanôs* em grego = azul).

(3) Uma moça siracusana, deflorada por seu pai em estado de embriaguez, sem que ela soubesse no momento de quem

se tratava. Mas Cianê, que tirara um anel do ofensor na hora da violência, ficou sabendo na manhã seguinte que ele era o seu próprio pai. Cianê e seu pai suicidaram-se.

Ciânipo (G. *Kyanippos*). (1) Filho de Egialeu e neto de Ádrasto (vv.), rei de uma das três partes de Argos quando a região foi dividida. Participou da Guerra de Tróia e estava entre os gregos introduzidos na cidade no bojo do cavalo de madeira (v. *Cavalo de Tróia*).

(2) Um tessálio, filho de Fárax, casado com Leucone, filha de um nobre de sua terra. A atividade predileta de Ciânipo era a caça, à qual mesmo depois de casado com a bela Leucone continuou a dedicar-se assiduamente. Ele saía de casa pela manhã e voltava na hora do crepúsculo tão cansado que ia diretamente para o leito e adormecia no mesmo instante, para desgosto de sua mulher. Em certa ocasião ela seguiu o marido sem ser notada, desejosa de saber se o entusiasmo de Ciânipo era realmente pela caça. Leucone conseguiu esconder-se numa moita, mas foi descoberta pelos cães do marido, que a estraçalharam. Verificando que a morta era sua própria mulher, Ciânipo ficou desesperado e mandou preparar uma pira fúnebre, onde lançou o cadáver de Leucone e os cães que a mataram; em seguida Ciânipo suicidou-se. Compare-se no verbete *Céfalo* a parte final da lenda relativa a Procris.

Cibele (G. *Kybele*). A "Deusa-Mãe" da Ásia Menor, cujo santuário principal localizava-se em Pessinus, na Frígia; era venerada também desde épocas remotas na Lídia, onde se chamava Cibebe (G. *Kybebe*). Cibele era a rainha de seu povo, cuja felicidade procurava promover; aparecia geralmente como uma divindade ligada à fertilidade da terra, mas proporcionava também a saúde, dava oráculos e protegia os combatentes na guerra; era ainda a deusa das montanhas sob o nome de Dindimene, e presidia a vida da natureza selvagem, além de ser responsável pelo êxtase profético e pela insensibilidade à dor, características de seu culto e de seus devotos. Data do século V a.C. a introdução do culto de Cibele na Grécia, onde essa deusa se confundia a princípio com Deméter e depois com Rea (vv.).

Em Roma o Senado mandou vir de Pessinus em 205-204 a.C. a pedra negra que simbolizava a deusa, posta solenemente num templo construído em sua honra e servida por sacerdotes orientais eunucos; eram-lhe dedicados jogos públicos (*Megalesia*) e procissões, e seu culto, principalmente em suas manifestaçõees orgiásticas, perdurou até a fase final do império.

Cíclopes (G. *Kýklopes*). Monstros gigantescos com um olho único no meio da testa, sobre os quais as tradições divergem. Em Homero eles aparecem como seres selvagens, antropófagos, sem governo e sem leis, habitantes de uma região remota dedicados a atividades pastoris. Ulisses (v.), em seu retorno da Guerra de Tróia, chegou à terra dos cíclopes e penetrou na caverna de um deles; Polífemo, o senhor da caverna, aprisionou Ulisses e seus companheiros e devorou dois deles; os restantes conseguiram escapar ao mesmo destino embriagando o cíclope e fugindo depois de cegar seu único olho com um tição. Polífemo pediu a Poseidon (v.), seu irmão, que castigasse Ulisses, e o deus criou as maiores dificuldades ao herói em sua viagem de volta a Ítaca.

Na poesia pastoral grega Polífemo aparece muito mais humano, e até amoroso, vivendo bucolicamente na Sicília e cortejando a ninfa Galatéia.

Também contrastando com Homero, Hesíodos apresenta os cíclopes como artífices exímios, principalmente ferreiros; o poeta menciona três deles – Arges ("Brilhante"), Brontes ("Tonitruante") e Esteropés ("Relampejante"), fabricantes dos raios de Zeus. São criaturas divinas, filhos de Gaia (a Terra) e Urano (o Céu), ora apresentados como auxiliares de Hefesto (vv.), ora como construtores das muralhas de várias cidades muito antigas (Tirinto, por exemplo); essas muralhas chamavam-se ciclópicas e se compunham de blocos de pedra tão grandes que somente uma força sobre-humana poderia movê-los.

Cicno (G. *Kýknos*). (1) Filho de Poseidon (v.) e de Calice; lutou ao lado dos troianos na Guerra de Tróia, e era praticamente invulnerável à semelhança de Aquiles (v.), que para vencê-lo teve de atingi-lo nos olhos com o botão do punho de sua espada e fazê-lo recuar a golpes de escudo até que ele tropeçou de costas numa pedra e caiu; Aquiles já ia matá-lo quando Poseidon, seu pai, transformou-o num cisne (em grego *kýknos* = cisne).

(2) Outro filho de Poseidon (v.), rei de Colonas, não muito distante de Tróia, em frente à ilha chamada na época Leucofris e mais tarde Tênedo. Escamandrodice, sua mãe, abandonou-o à beira-mar por ocasião de seu nascimento, mas apareceu um cisne e o criou; ao atingir a idade adulta casou-se com Prôcleia, filha de Laomêdon (v.), de quem teve um filho – Tenes – e uma filha – Hemitéia. Morta sua primeira mulher, Cicno casou-se com Filonome, filha de Trágaso. Filonome apaixonou-se por seu enteado Tenes, e como este não correspondesse ao seu amor ela o acusou de querer possuí-la; Cicno acreditou na calúnia e mandou lançar ao mar numa arca seu próprio filho e Hemitéia. Os dois irmãos foram levados pelas correntes marinhas até a ilha de Leucofris, que por causa de Tenes passou a chamar-se Tênedo.

Quando Filonome acusou Cicno valeu-se do falso testemunho de um flautista chamado Êumolpo; passado algum tempo Cicno descobriu que fora enganado pela mulher com a ajuda do flautista, e mandou matar Êumolpo e enterrar Filonome viva. Querendo obter o perdão do filho, Cicno viajou para Tênedo, mas Tenes não quis recebê-lo e cortou com sua espada as amarras da nau em que o pai chegara. Contava-se que após esses acontecimentos foram banidos de Tênedo todos os flautistas.

(3) Filho de Ares e de Pelôpeia (uma das filhas de Pelias) (vv.). Este Cicno era um malfeitor e assassino que matava os viajantes para roubar-lhes os bens, a pretexto de oferecer sacrifícios ao seu pai. O malfeitor atacava de preferência os peregrinos a caminho de Delfos, e esse procedimento irritou Apolo, que incumbiu Heraclés (vv.) de eliminar Cicno. Os dois entraram em luta e dentro de pouco tempo o herói matou o malfeitor; Ares (v.) apareceu para vingar o filho, mas Atena desviou o curso de sua lança, enquanto Heraclés o atingia na coxa, forçando-o a fugir para o Olimpo.

(4) Filho de Apolo e de Tíria, filha de Anfínomo (vv.), habitante da Etólia. Este Cicno era belíssimo, porém presunçoso e arrogante, afastando de si todos os seus amigos e admiradores. O único dos pretendentes ao seu amor que conseguiu despertar-lhe o interesse foi Fílio, a quem Cicno impôs provas dificílimas, vencidas por Fílio com a ajuda de Heraclés. Fílio, entretanto, desgostoso com as duras provas a que foi submetido, desistiu do amor de Cicno; este, humilhado, afogou-se num lago juntamente com Tíria, sua mãe. Apolo (v.) apiedou-se do filho e da mãe e os transformou em cisnes.

(5) Rei da Ligúria, amigo de Faêton que chorou a sua morte quando Zeus (v.) o fulminou com os seus raios e o transformou num cisne. Apolo (v.) dera a Cicno uma voz melodiosa, e por isso dizia-se que os cisnes cantam quando pressentem a morte.

Cícones (G.). Um povo da Trácia, aliado a Príamo na Guerra de Tróia, na qual lutou sob o comando de Mentes. Depois da guerra Ulisses (v.) desembarcou no território dos cícones, capturando e saqueando Ísmaro, uma de suas cidades. Nessa ocasião o herói grego prendeu um sacerdote de Apolo, chamado Manes (vv.), que para recuperar a liberdade lhe ofereceu presentes valiosos, inclusive doze ânforas de um vinho delicioso, usado por Ulisses para embriagar o cíclope Polífemo (v.). Os companheiros de Ulisses, contrariando as recomendações do herói, prolongaram sua estada em Ísmaro na ânsia de obter mais despojos; nesse ínterim os cícones do interior avançaram sobre a cidade para recuperá-la, matando alguns tripulantes das naus de Ulisses, que teve apenas o tempo suficiente para reembarcar com os sobreviventes a fim de reiniciar sua viagem de volta a Tróia. Os cícones, cujo herói epônimo era Cícon, filho de Apolo e de Rodope, teriam sido os iniciadores de Orfeu (vv.) nos mistérios de Apolo; após a iniciação as mulheres dos cícones teriam esquartejado Orfeu.

Cicreu (G. *Kykhreus*). Filho de Poseidon e de Salamis, filha de Ásopo (vv.). Os habitantes da ilha de Salamina, na Ática, deram-lhe o trono da cidade quando ele matou uma serpente monstruosa que estava devastando a região. De acordo com outra versão da lenda o próprio Cicreu criou a serpente e por isso foi expulso com ela de Salamina por Euríloco (v.). A serpente reapareceu em Elêusis, também na Ática, e foi consagrada ao culto de Deméter. Contava-se que durante a batalha naval travada ao largo de Salamina entre os gregos e os persas em tempos históricos, apareceu uma serpente entre as naus; segundo o oráculo de Delfos ela era uma reencarnação de Cicreu, que viera predizer a vitória dos gregos e ajudá-los a derrotar os atacantes.

Cila (G. *Skylla*). (1) Monstro marinho feminino habitante de uma gruta situada no estreito de Messene (atualmente Messina), no sul da Itália. Cila, que devorava todas as criaturas ao seu alcance, ora aparecia como filha da deusa Crataeis, ora de Tríeno, ora do deus marinho Forcis com Hecate, ora de Forbas e de Hecate, ou de Tífon e de Êquidna, ou finalmente de Lamia (vv.).

Antes de transformar-se em monstro Cila era uma bela moça, por quem Glauco (v., (4)) se apaixonou depois de desprezar Circe (v.). Despeitada, a feiticeira pôs algumas ervas mágicas na fonte onde Cila costumava banhar-se, transformando-a num monstro cujo corpo das virilhas para baixo compunha-se de seis cães horríveis, enquanto a parte superior do corpo permanecia como era.

Em outra versão da lenda Poseidon (v.) apaixonou-se pela bela moça, e Anfitrite (v.), que também queria conquistar o deus, conseguiu que Circe a metamorfoseasse como na primeira versão.

Numa terceira versão Cila, apaixonada por Glauco, desprezou Poseidon, que a transformou em monstro.

Contava-se que por ocasião da passagem da nau de Ulisses (v.) pelo estreito onde ela se emboscava, os cães que constituíam a parte inferior do corpo de Cila atacaram o herói e seus companheiros, matando seis destes. Em outra ocasião, quando Heraclés (v.) passava pelo sul da Itália de volta dos domínios de Geríon, os cães do corpo de Cila devoraram alguns dos bois dos rebanhos que ele trazia, e o herói matou-a numa luta difícil. Forcis, entretanto, conseguiu ressuscitar a filha graças aos seus poderes mágicos.

(2) Filha de Niso, rei de Mêgara. Esta Cila apaixonou-se por Minos (v.) quando este veio atacar a sua terra natal para vingar a morte de Androgeu (v.). A invencibilidade de Niso dependia de um fio de cabelo de ouro (ou de púrpura) existente em sua cabeça. Levada pela paixão, Cila cortou o cabelo miraculoso de seu pai depois de obter de Minos a promessa de que se casaria com ela para recompensá-la pela ajuda. Minos pôde então vencer e matar Niso e conquistou Mêgara, mas revoltado com a traição de Cila, amarrou-a à proa de sua nau na viagem de volta e matou-a. Os deuses, penalizados com a desdita de Cila, transformaram-na num pássaro.

Cila (G. *Killa*). Irmã de Príamo, rei de Tróia, e filha de Laomêdon e de Estrimó (vv.). Na época em que Hécuba estava grávida de Páris, Cila teve com Timoites (vv.) um filho chamado Mínipo. Na mesma ocasião o adivinho Áisaco (v.), interpretando um sonho de Hécuba, predisse o nascimento de um menino que viria a ser a ruína de Tróia. Na realidade tratava-se de Páris, mas Príamo entendeu erradamente e mandou matar sua irmã Cila e Mínipo. Em uma variante da lenda Cila aparecia como irmã de Hécuba, e o pai de seu filho Mínipo também era Príamo.

Cilabras (G. *Kylabras*). Um pastor lício, de quem Lácio (v.) comprou com peixes salgados terras onde construiu a cidade de Faselis. Os habitantes de Faselis erigiram um santuário dedicado a Cilabras e lhe consagravam peixes salgados como oferendas.

Cilaceu (G. *Skylakeus*). Um lício companheiro de Glauco (v., (2)) na Guerra de Tróia (v.), ferido em combate por Ájax (v., (2)). Cilaceu foi o único lício a voltar para a pátria depois da guerra, e quando, respondendo às perguntas das mulheres lícias sobre a sorte de seus maridos, teve que dizer-lhes que todos haviam perecido em combate, foi apedrejado até a morte por elas junto ao santuário de Belerofonte (v.). Posteriormente os lícios, obedecendo a ordens de Apolo (v.), passaram a tributar-lhe honras divinas.

Cílaro (G. *Kýllaros*). Um jovem centauro belíssimo, amado pela centaura Hilonome, morto por ocasião do tumulto subseqüente ao casamento de Pirítoo (v.). Hilonome não quis sobreviver a Cílaro e suicidou-se.

Cilas (G. *Killas*). O auriga do carro de Pêlops (v.), e rei da região da Troas onde estava situada a cidade de Cila, à qual deu o nome. Cilas morreu afogado durante uma viagem da Lícia ao Peloponeso, onde Pêlops ia competir com Enomau (v.) numa corrida de carros.

Cilene (G. *Kyllene*). Ninfa arcádia que ora aparece como mãe, ora como mulher de Licáon (v.). Numa das versões da lenda ela era mulher de Pêlasgo (v.), epônimo do povo homônimo. O monte Cilene, onde se dizia que Hermes (v.) nascera, deve-lhe o nome. O deus teria sido criado por ela.

Cílix (G.). Um dos filhos de Agênor, rei de Sídon e irmão de Europa, de Cadmoe de Fênix (vv.). Cílix partiu com seus irmãos à procura da irmã por ocasião do rapto da mesma por Zeus (v.), e se deteve na região que passou a chamar-se Cilícia para perpetuar-lhe a memória. Cílix chamou Sarpedon para uma expedição contra seus vizinhos, os lícios, e após a vitória deu uma parte da Lícia ao seu companheiro de luta.

Cimérios (G. *Kimmérioi*). Povo lendário habitante de uma região onde nunca se via o sol. Nessa região Ulisses (v.) foi ao encontro dos mortos, entre os quais estava o adivinho Tirésias (v.). Dizia-se geralmente que a Ciméria estava situada na planície ao norte do mar Negro, mas há menções também à sua localização nos confins do Ocidente. Pensava-se que os cimérios viviam nas vizinhanças do mundo dos mortos, e ora eram considerados os antepassados dos habitantes da Cítia ocidental (a atual Rússia ocidental), ora dos celtas, e ainda dos habitantes da região de Cumas, na Itália meridional, onde se acreditava que existia uma porta do inferno. Dizia-se também que eles viviam em câmaras subterrâneas interligadas por galerias, de onde somente saíam à noite.

Ciniras (G. *Kinyras*). Um dos mais antigos reis de Chipre, segundo a tradição, que também o apresenta como oriundo de Biblo, no norte da Síria. Seus pais seriam Apolo e Pafo ou Eurimêdon e uma ninfa da cidade de Pafo (vv.). Numa terceira versão da lenda Céfalo, raptado por Eós (a Aurora), teve com ela na Síria Faêton; um filho de Faêton, chamado Astínoo, gerou

Sândaco, que por seu turno gerou Ciniras com Farnace, filha do rei dos hírios. Ciniras emigrou para Chipre com um grupo de colonos e fundou na ilha a cidade de Pafo, depois de casar-se com Metarme, filha de Pigmalião (v.), o primeiro rei de Chipre. Ciniras teve com Metarme dois filhos – Ádonis e Oxíporo –, e três filhas – Braesia, Laogore e Oresdice; as filhas, castigadas por Afrodite (v.), prostituíram-se e passaram a entregar-se aos estrangeiros que chegavam à ilha. De acordo com outra versão da lenda Ciniras ter-se-ia exilado em Chipre em decorrência de sua união incestuosa involuntária com a filha Esmirna, da qual resultou o nascimento de Ádonis (vv.) e a transformação de Esmirna na árvore da mirra.

Ciniras introduziu em Chipre o culto de Afrodite, o mais importante da ilha (dizia-se que Ciniras foi amado pela deusa e instaurou a prostituição sagrada), além de ter o dom da profecia e ser músico. Atribuem-se-lhe também a idéia de minerar o cobre (a maior riqueza da ilha desde os tempos mais remotos) e a produção do bronze e a arte de trabalhá-lo. Ele participou da Guerra de Tróia (v.) mediante o envio de um contingente; finda a luta, Teucro (v.), banido de Salamina, na Ática, foi recebido amistosamente em Chipre por Ciniras, que lhe ofereceu uma parte da ilha onde Teucro fundou uma cidade com o nome de sua terra natal, e lhe deu sua filha Euné em casamento.

Cinortas (G. *Cynortas*). Um herói da Lacônia, filho de Amiclas e neto de Lacedáimon, irmão de Jacinto (vv.), fundador da cidade de Amiclas. Após a morte de Amiclas, Árgalo, seu filho mais velho, subiu ao trono de Esparta, mas morreu sem deixar filhos homens e Cinortas foi o seu sucessor.

Cíntia e Cíntio (G. *Kýnthia* e *Kýnthios*). Epítetos de Ártemis e de Apolo (vv.) respectivamente, derivados do monte Cinto, situado nas proximidades de Delos.

Cipárissa (G. *Kypárissa*). Filha de um rei dos celtas chamado Bóreas, oriundo da Trácia. Cipárissa morreu ainda adolescente, e Bóreas, que chorava incessantemente o desaparecimento precoce da filha, mandou erigir um mausoléu à sua memória e sobre o mesmo plantou uma árvore até então sem nome, que por isso passou a chamar-se *kypárissos* (= cipreste em grego). Essa é a razão de o cipreste ser associado aos mortos.

Cipárisso (G. *Kypárissos*). (1) Um rapaz oriundo da ilha de Céos, filho de Télefo (v.). Por causa de sua beleza extraordinária foi amado por Apolo, ou por Zéfiro (vv.). Cipárisso tinha sempre em sua companhia um cervo domesticado; um dia, enquanto o cervo dormia, Cipárisso matou-o sem querer com sua lança. Amargurado, Cipárisso pediu aos deuses a graça de chorar eternamente, e eles o transformaram num cipreste, árvore simbólica da tristeza.

(2) Um filho de Minias (v.) e irmão de Orcômeno, oriundo da Beócia; deu o seu nome à cidade de Cipárisso, no monte Parnasso.

Cipo (L. *Cipus*). Um chefe militar romano de épocas remotas. Voltando a Roma vitorioso de uma guerra, Cipo, olhando-se nas águas de um riacho próximo à cidade, viu dois chifres em sua testa. Intrigado, ele sacrificou um animal e mandou um arúspice examinar-lhe as vísceras. Após o exame o arúspice prognosticou que Cipo seria rei se entrasse imediatamente em Roma. Perplexo e movido por seu fervor republicano, Cipo convocou o povo e propôs o seu próprio exílio. Em sinal de reconhecimento o Senado ofereceu-lhe toda a terra que ele fosse capaz de arar num único dia, e mandou esculpir por cima de uma das portas da cidade uma cabeça de homem com chifres simbolizando Cipo, para perpetuar a memória do acontecimento.

Cípselo (G. *Kýpselos*). (1) Filho de Áipito, rei da Arcádia. Por ocasião da segunda invasão dos Heráclidas (v.), Cípselo era o rei dos arcádios como sucessor de seu pai, e conseguiu harmonizar-se com os invasores dando sua filha Merope em casamento a Cresfontes (vv.), um de seus chefes, mantendo-se assim no trono. Mais tarde Cípselo criou o filho de Cresfontes e de Merope, chamado Áipito como seu avô, dando-lhe ensejo de vingar a morte do pai (v. *Áipito* (1) e (2)). Cípselo morava na cidade de Basilis, no território dos parrésios, fundada por ele, onde mandou edificar um templo de Deméter (v.) Eleusinia.

(2) Um coríntio filho de Eetíon e pai de Províandro. Para salvar o filho da perseguição dos Baquidas, que governavam Corinto havia cinco gerações, sua mãe escondeu-o numa arca belíssima por ocasião de seu nascimento. Graças a esse expediente Cípselo sobreviveu e depôs o Baquida reinante na época, sucedendo-o no trono. Cípselo, cujo nome deriva de *Kýpsela* = arca, mandou a arca em que se salvara para o santuário de Olímpia como oferenda votiva.

Cíquiro (G. *Kíkhyros*). Um dia Cíquiro, filho do rei da Caônia, seguia durante uma caçada uma pantera que se refugiara no bosque existente em volta do túmulo de Épiro (v.). Por coincidência nessa ocasião Antipe, moça de família nobre, estava com seu amado no mesmo bosque, fugindo à vigilância dos pais. Ouvindo o estardalhaço feito pelos caçadores, os jovens amantes esconderam-se na parte mais densa do bosque; Cíquiro, notando o movimento da folhagem e pensando que se tratasse da pantera, arremessou sua lança e feriu mortalmente Antipe. Quando descobriu o crime que praticara sem querer, Cíquiro ficou transtornado e enlouqueceu; em seguida tornou a montar em seu cavalo e se precipitou com o mesmo contra um rochedo, pondo fim à vida. Os caônios amuralharam o local onde ocorreu a dupla tragédia, e deram o nome de Cíquiro à cidade fundada lá.

Circe (G.). Uma feiticeira filha de Hélios (o Sol) e de Perseís (filha de Oceano ou de Hecate), e irmã de Aietes, o rei da Cólquida possuidor do Tosão de Ouro, e de Pasifae, mulher de Minos (vv.). Circe morava na ilha de Aiaie (provavelmente a atual península de Monte Circeu, perto de Terracina, na Itália). Quando Ulisses (v.) passou pela costa italiana em suas viagens erráticas de volta da Guerra de Tróia, ancorou suas naus na ilha de Circe, onde a feiticeira transformou vários de seus companheiros em porcos, cães e leões. Ulisses, protegido por Hermes (v.), escapou aos sortilégios de Circe; esta, apaixonada pelo herói, deteve-o em sua ilha durante um mês idílico (algumas fontes mencionam um ano), e devolveu aos seus companheiros a figura humana. Dos amores de Circe e Ulisses nasceu Telégono (v.), que nas lendas italianas fundou a cidade de Túsculo. Depois a feiticeira ensinou ao herói o caminho de volta e o deixou partir com os companheiros.

Atribuem-se ainda a Circe aventuras amorosas com Pico, rei dos latinos (v. *Canente*), com Júpiter (v.), de quem a feiticeira teve o deus Fauno (v.), e com o deus marinho Glauco (v.), com ciúme do qual ela transformou Cila (v.) num monstro. Na viagem de retorno dos Argonautas (v.) a *Argó* chegou à ilha de Aiaie, onde Circe acolheu Medéia, sua sobrinha, e purificou-a do crime contra Ápsirto, mas não quis saber de Jáson (vv.).

Cirene (G. *Kyrene*). Uma ninfa tessália, filha de Hipseu, rei dos lapitas, e da náiade Creusa (vv.). Cirene vivia no monte Pindo, protegendo das feras o rebanho de seu pai. Em certa ocasião, vendo-a dominar sozinha e desarmada um enorme leão, Apolo (v.) enamorou-se dela e a levou em seu carro de ouro para a Líbia. Lá o deus uniu-se a Cirene e lhe deu como presente parte da região, que tomou o nome de sua amada. Desses amores nasceu Aristeu (v.).

Em outra versão da lenda, Cirene ao chegar à Líbia trazida por Apolo, recebeu parte do reino de Eurípilo, filho de Poseidon (v.), por haver livrado a região de um leão que a devastara. Lá a amada de Apolo fundou uma cidade que recebeu o seu nome, e teve dois filhos – Ântuco e Aristeu.

Ciro (G. *Skiros*). (1) Um adivinho de Dodona, que durante a guerra entre Atenas e Elêusis, na época de Erecteu (v.), veio lutar ao lado dos eleusínios. Ciro morreu em combate e foi sepultado junto à estrada sagrada de Elêusis, dando o seu nome ao local e a um córrego que o atravessava.

(2) Um salamínio que proporcionou a Teseu (v.) os tripulantes, entre os quais destacava-se o píloto Nausítoo (v., (2)), para a nau que levou o herói a Creta na viagem em que ele matou o Minotauro (v.).

Círon (G. *Skíron*). Um coríntio filho de Pêlops ou de Poseidon (vv.), que foi viver no território de Mêgara, num local chamado Rochas Cirônias, na estrada ao longo da costa. Ele obrigava os viajantes a lavarlhe os pés e em seguida os lançava ao mar para serem despedaçados por uma tartaruga monstruosa, até ser morto por Teseu (v.) em sua viagem de Trezena para Atenas.

Em outra versão divergente da lenda Círon era casado com Caricló, filha de Cicreu, neto de Salamis e de Poseidon (vv.). Da união de Círon com Caricló nasceu uma filha chamada Endeís, que teve com Éaco dois filhos – Peleu e Telamon (vv.). Nessa versão Teseu matou Círon, que seria seu primo-irmão, durante uma expedição para capturar Elêusis depois de subir ao trono de Atenas.

Numa terceira versão Círon aparecia como filho do rei Pilas (v.), de Mêgara, e casou-se com uma das filhas de Pandíon (v.), rei de Atenas, durante o exílio deste último após a sua expulsão de Atenas pelos filhos de Metíon. Cirón desentendeu-se com Niso, um de seus cunhados, que passou a ocupar o trono após a morte de Pandíon. Círon e Niso submeteram suas divergências ao arbitramento de Éaco (v.), que atribuiu a Círon o comando do exército, e a Niso o trono da cidade.

Citéron (G. *Kithairon*). Um rei de Platéia, que deu o seu nome à montanha situada nas proximidades da cidade; Citéron foi sucedido no trono pelo deus do rio Âsopo. Há uma lenda segundo a qual durante o reinado de Citéron Hera já não queria unir-se a Zeus (vv.) e fugiu para a Eubéia. Acabrunhado, Zeus foi para Platéia, onde se hospedou no palácio de Citéron; este, que era muito astucioso, sugeriu a Zeus que fizesse uma estátua de mulher, envolvendo-a depois num manto e pondo-a num carro de bois. Vendo esses arranjos Hera quis saber o que se estava passando, e lhe disseram que, segundo suas próprias palavras, Zeus estava levando consigo Platéia, filha de Âsopo, para casar-se com ela. Hera, voltando a ter ciúmes, aproximou-se imediatamente do carro, ergueu o manto e viu apenas uma estátua de madeira. Diante disso a deusa riu muito e se reconciliou com Zeus. Esse episódio vivido pelo par divino era celebrado anualmente em Platéia, numa festa em que se simulavam as núpcias de Zeus e de Hera (v. *Alalcomene*).

Em outra versão da lenda de Citéron ele era um belo rapaz, por quem se apaixonou Tisifone, uma das Fúrias (v.). Diante da feiúra de Tisifone Citéron não correspondeu ao seu amor; despeitada, ela transformou um fio de seus cabelos numa serpente, que matou o rapaz com sua picada. A partir de então o monte onde ele vivia, antes chamado Asteríon, tomou o nome de Citéron.

Numa terceira versão da lenda de Citéron, ele e Helicon eram irmãos; Citéron era violento e intratável, enquanto Helicon se caracterizava pela suavidade e afabilidade. A violência do primeiro levou-o a matar o pai e o irmão, e o próprio Citéron morreu de uma queda devida à sua impetuosidade. Havia na região onde moravam os dois irmãos dois montes vizinhos que passaram a ter os seus nomes: o Citéron para perpetuar a memória do herói brutal, onde moravam as Fúrias; o Helicon para lembrar o herói suave e afável, onde moravam as Musas.

Cites (G. *Skythes*). Um dos filhos de Heraclés e de Êquidna (vv.), e herói epônimo dos citas, habitantes do extenso território situado entre os montes Cárpatos e o atual rio Don. Quando Heraclés voltou da Cítia, deu a Êquidna um de seus arcos e seu talabarte, no qual estava pendurada uma taça de ouro, para serem entregues a um de seus filhos quando estes chegassem à idade adulta. Heraclés determinou ainda que o poder sobre toda a Cítia deveria caber ao seu filho que fosse capaz de vergar o arco à sua maneira, enquanto os outros dois deveriam ser banidos. O único a realizar a façanha foi Cites, que recebeu o poder das mãos de sua mãe.

Em outra fonte o pai de Cites seria o próprio Zeus (v.), e não Heraclés.

Citíssoro (G. *Kytíssoros*). Filho de Frixo e de uma filha do rei Aietes (ora chamada Calíope, ora Iôfassa), nascido após o regresso de Frixo da Cólquida, e neto de Atamas (vv.). Ao atingir a maioridade Citíssoro viajou para a terra natal de seu avô Atamas a fim de receber sua herança, e chegou ao destino (a cidade de Alo, na Tessália) na hora em que seus súditos estavam prestes a sacrificá-lo a Zeus (v.). Citíssoro salvou Atamas e o repôs no trono, atraindo assim a cólera de Zeus sobre si mesmo e sobre seus descendentes. Por isso, em cada geração o seu descendente mais velho não tinha permissão para penetrar no Pritaneu da cidade, sob pena de ser sacrificado.

Cízico (G. *Kýzikos*). Um herói do lado asiático da Propontis, mas grego de origem. Era filho de Eneu e de Enete, filha de Êusoro, rei da Trácia. Acamas, filho de Êusoro (vv.), comandava as tropas trácias que lutavam ao lado dos troianos contra os gregos na Guerra de Tróia. Cízico era rei dos doliones, povo descendente de Poseidon (v.). Por ocasião da passagem dos Argonautas (v.) pelo território dos doliones Cízico estava recém-casado com Clite, filha do adivinho Mêrops (v.). Cízico recebeu-os amistosamente e festejou-lhes a chegada oferecendo-lhes provisões para a continuação da viagem. Poucas horas depois da partida dos Argonautas uma tempestade trouxe a nau *Argó* de volta ao lugar de onde havia partido. Já era noite e os doliones, pensando que estivessem sofrendo um ataque de piratas, entraram em combate com os Argonautas. Cízico, que viera comandar os seus súditos, foi morto por Jáson (v.). Na manhã seguinte os dois lados perceberam o trágico engano; durante três dias os Argonautas choraram ao lado do cadáver do rei, e somente reiniciaram a viagem após a realização de funerais pomposos. Clite, desesperada, suicidou-se, e a cidade onde reinava Cízico recebeu o nome do herói.

Cleomedes (G.). Famoso atleta de Antipálaia, uma das ilhas Cíclades. Cleomedes venceu uma competição de pugilismo nos Jogos Olímpicos, mas não foi declarado vencedor pelos juízes, que o acusaram de deslealdade e de causar por negligência a morte do adversário na luta. Cleomedes enlouqueceu, e de regresso à Pátria derrubou a coluna que sustentava o teto de uma escola matando numerosas crianças. Para escapar à perseguição dos habitantes ele se refugiou como suplicante no templo de Atena (v.). Durante algum tempo os perseguidores ficaram parados na porta do templo, receosos de profaná-lo; quando finalmente resolveram entrar, não encontraram Cleomedes por mais que o procurassem. O oráculo, interrogado, proclamou Cleomedes o último herói (o incidente ocorreu na 72ª Olimpíada (entre 482 e 479 a.C.)), e determinou que lhe fosse prestado o culto devido aos heróis.

Cleópatra (G. *Kleopatra*). (1) Filha de Bóreas e de Orítia (vv.), irmã de Zetes, de

Calaís e de Quione (vv. e *Boreadas*). Fineu, seu marido, aprisionou-a e cegou-lhe os filhos Plêxipo e Pandíon (vv.), casando-se depois em segundas núpcias com Idaia, filha de Dárdano (vv.). Mais tarde os Argonautas (v.) libertaram Cleópatra e mataram Fineu.

(2) Filha de Idas e mulher de Meleagro (vv.). Não resistindo à morte do marido, Cleópatra suicidou-se.

Cleôstrato (G.). Um rapaz habitante de Tespias. Havia em sua pátria um dragão ao qual tinha de ser sacrificado anualmente um jovem habitante da cidade. Em certo ano Cleôstrato foi escolhido para ser devorado pelo dragão; um amigo dele, chamado Menêstrato, ofereceu-lhe uma couraça onde cravou inúmeros dentes pontiagudos de ferro. Cleôstrato, protegido pela couraça, deixou-se engolir pelo dragão, que morreu em seguida para alívio da cidade.

Cleótera (G. *Kleothera*). Filha de Pandareu e de Harmotoe, e irmã de Aédon e de Merope (vv.). Seus pais morreram moços, e Hera, Afrodite e Atena (vv.) criaram as três irmãs. Chegando à idade núbil, Aédon casou-se com Zeto (v. *Anfíon)*, mas Cleótera e Merope foram levadas pelas Fúrias (v.) para serem suas serviçais.

Clesônimo (G.). Filho de Anfidamas de Opus, amigo de Pátroclo (v.). Quando ambos eram meninos brincavam juntos, e Pátroclo matou casualmente Clesônimo. Por causa do assassínio involuntário Pátroclo teve de sair de Opus, e seu pai o mandou para a Ftia, deixando-o aos cuidados de Peleu (v.). Este o criou juntamente com seu filho Aquiles (v.), e os dois heróis ligaram-se assim por uma amizade que só a morte desfez.

Clete (G.). Uma amazona, ama de Pentesíleia (v.), rainha das amazonas. Quando Pentesíleia foi morta na fase final da Guerra de Tróia (v.), Clete, que a acompanhara na guerra, embarcou de volta à pátria, porém uma tempestade levou sua nau para o sul da Itália. Lá a amazona fundou uma cidade com o seu nome. Posteriormente sua cidade entrou em guerra com os crotoniatas, que mataram a amazona e anexaram Clete a Crôton.

Climene (G. *Klymene*). (1) Filha de Oceano e de Tetis (vv.), da geração divina mais antiga – a dos Titãs (v.) –; casada com Jápeto, teve com ele quatro filhos: Atlas, Epimeteu, Menécio e Prometeu (vv.). Em outra versão de sua lenda Climene era casada com Prometeu e se tornou mãe de Hélen, o ancestre dos helenos, e de Deucalião (vv.). Numa terceira versão ela casou-se com Hélios (o Sol) e teve dele um filho – Faêton – e várias filhas, chamadas Helíades (vv.).

(2) Filha de Nereu e de Dóris (vv.).

(3) Uma das filhas de Minias, rei de Orcômeno. Casou-se com Fílaco, filho de Dêion, e dessa união nasceram Íficlo e Alcimede (vv.). Em outra versão da lenda esta Climene casou-se primeiro com Prócris, e quando este morreu tornou-se mulher de Cêfalo (vv.). Outros mitólogos dizem que ela se casou com Íaso, filho de Licurgo, de quem teve uma filha chamada Atalante (vv.).

(4) Uma das filhas de Catreu, rei de Creta. De seu casamento com Náuplio nasceram Oias, Nausimêdon e Palamedes (vv.).

Clímeno (G. *Klýmenos*). (1) Um arcádio filho de Escoineu (ou de Teleu, rei da Arcádia) que se apaixonou por sua filha Harpalice, e ajudado pela ama da mesma conseguiu possuí-la. Mais tarde deu-a em casamento a Alástor (vv.), porém ainda apaixonado pela filha Clímeno trouxe-a de volta ao seu palácio. Para vingar-se do pai Harpalice matou os filhos que tivera com ele (ou seus irmãos, segundo outra fonte), cortou-os em pedaços e os cozeu, levando-os ao pai e induzindo-o a comê-los. Percebendo a certa altura a natureza do prato que lhe foi servido, Clímeno matou Harpalice e suicidou-se.

(2) Habitante de Cidônia, cidade da ilha de Creta, e descendente de Heraclés (v.). Após o dilúvio do qual sobreviveu Deucalião, este Clímeno veio para Olímpia, onde ergueu um altar aos Curetes (v.) e a Heraclés, e fundou os Jogos Olímpicos. Clímeno reinou sobre a região até ser destituído do trono por Endimião (v.); este acrescentou aos Jogos Olímpicos a corrida a pé e propôs aos seus filhos que o primeiro vencedor da prova receberia como prêmio o direito de sucedê-lo no trono.

(3) Um herói da Beócia, filho de Prêsbon, pai de Érgino e sucessor de Orcômeno (vv.) no trono da cidade do mesmo nome quando esse rei morreu sem deixar filhos homens. Os tebanos o mataram a pedradas num bosque consagrado a Poseidon (v.), e para vingar a morte do pai Êrgino impôs aos tebanos um tributo anual de cem bois, do qual somente se livraram graças a Heraclés (v.). Além de Êrgino, Clímeno teve quatro filhos – Árron, Azeu, Pileu e Estrátio – e uma filha chamada Eurídice, que se casou com Nêstor (v.).

Clínis (G. *Clêinis*). Um babilônio rico e piedoso, amado por Apolo e Ártemis (vv.). Era casado com Harpé, de quem teve três filhos – Hárpaso, Lício e Ortígio – e uma filha chamada Artemique. Clínis ia freqüentemente com Apolo à região onde moravam os Hiperbóreos (v.), onde observou que se sacrificavam asnos ao deus. De volta à Babilônia Clínis quis fazer o mesmo, porém Apolo o ameaçou com a morte se o fizesse, ordenando-lhe que continuasse a imolar carneiros, cabras e bois, de conformidade com a tradição. Clínis obedeceu, porém dois de seus filhos – Hárpaso e Lício – insistiram e levaram um asno para o altar do sacrifício. Nesse instante Apolo fez o animal ficar furioso e lançar-se contra os dois rapazes, estraçalhando-os. O mesmo aconteceu com seu pai e os outros membros da família, que tentaram socorrer Hárpaso e Lício. Depois Apolo apiedou-se de todos e os transformou em pássaros.

Clio (G. *Kleió*). Uma das Musas (v.).

Clisístera (G. *Kleisisthera*). Filha de Idomeneu (v.) e de Meda. Antes de partir para lutar na Guerra de Tróia (v.), Idomeneu acertou o noivado de seu filho adotivo Leuco (filho de Talo) com Clisístera; Leuco, entretanto, na ausência de Idomeneu matou Clisístera e Meda, sua mãe.

Clitemnestra (G. *Klytaimnestra* ou *Klytaimestra*). Filha de Tíndaro e de Leda, e irmã de Tímandra e de Filonoe (filhas "humanas" de Leda) e de Helena e dos Diôscuros (seus filhos "divinos") (vv.), tidos de sua união com Zeus (v.). Clitemnestra desposou primeiro Tântalo, filho de Tiestes (vv.), porém Agamêmnon (v.), perseguido pelos Dióscuros, casou-se contra a vontade com ela, que teve desse casamento Ifigênia (ou Ifiânassa), Electra, Crisôtemis e Orestes (vv.).

Após o sacrifício de Ifigênia em Áulis para propiciar os ventos, por ocasião da partida das naus gregas para Tróia, Clitemnestra passou a odiar Agamêmnon e ansiava por vingar-se dele. Durante a ausência do marido ela cedeu às investidas amorosas de Egisto (v.), que se tornou seu amante, e juntando suas razões de ódio a Agamêmnon às de Egisto passou a tramar com o amante o assassínio do comandante dos gregos quando ele voltasse de Tróia. Na versão épica da lenda (a mais antiga), Clitemnestra não participou do crime, praticado exclusivamente por Egisto. Os poetas trágicos, entretanto, apresentavam-na como cúmplice do amante, ou até como a assassina do marido.

Na versão trágica, além de Agamêmnon Clitemnestra também matou (ou ajudou a matar) Cassandra (v.), no dia da chegada de ambos a Micenas após a Guerra de Tróia. O ódio de Clitemnestra estendeu-se aos filhos tidos com Agamêmnon, principalmente Orestes e Electra. Sete anos após o crime de sua mãe; Orestes assassinou-a e matou Egisto, com a ajuda de Electra.

Clítia (G. *Klytia*). Uma moça amada por Hélios (o Sol), desprezada depois por seu amante divino, agora apaixonado por Leucotoe (v.). Clítia, movida pelo despeito, revelou ao pai de Leucotoe a aventura amorosa de sua rival. Diante disso Hélios passou a odiá-la, e Clítia definhou até morrer, transformando-se no heliotrópio, cuja flor está sempre olhando para o astro.

Clito (G. *Kleitos*). Neto de Melâmpus, pai de Côirano e avô de Políido (vv.). Maravilhada com a beleza de Clito, Eós (a Aurora) raptou-o e o levou para o convívio dos imortais.

Clítor (G. *Klêitor*). Filho de Azan, neto de Arcás, o primeiro rei da Arcádia.

Cloé (G. *Chloé*). Epíteto de Deméter (v.) em Atenas.

Clóris (G. *Chloris*). Uma ninfa filha de Anfíon, casada com Neleu (v.), rei de Pilos, de quem teve um filho e doze filhas, dos quais somente o filho – Nêstor – sobreviveu à fúria assassina de Heraclés. (vv.). Seus atributos confundem-se com os de Flora (v.), com a qual parece assimilar-se na mitologia romana.

Clotó (G. *Clothó*). Uma das Moiras (v.).

Cnageu (G. *Cnageus*). Um lacônio que combateu em companhia dos Diôscuros (v.) na batalha de Áfidna. Aprisionado pelos atenienses, Cnageu foi vendido como escravo e passou a prestar serviços num templo de Ártemis (v.). Algum tempo depois Cnageu fugiu levando uma jovem sacerdotisa e a estátua da deusa, instituindo na Lacônia o culto de Ártemis Cnagia.

Cócalo (G. *Kókalos*). Rei da antiqüíssima cidade de Câmico, na Sicília, mais tarde chamada Acragás (a atual Agrigento), onde Dédalo (v.) refugiou-se quando fugiu de Creta após ser aprisionado por Minos (v.). O próprio Minos veio a Câmico em perseguição a Dédalo, mas Cócalo não o denunciou imediatamente. Minos, na ânsia de descobri-lo, imaginou um ardil capaz de levá-lo a Dédalo, famoso por sua engenhosidade: por onde passava ele mostrava uma concha de búzio, e prometia recompensar generosamente quem conseguisse passar um fio de linha pelas espirais da concha. Ninguém foi capaz de executar a proeza, e Cócalo, conhecendo a fama de Dédalo como construtor do Labirinto de Creta (v. *Dédalo*), levou-lhe a concha e a linha. Dédalo amarrou uma formiga na linha e pôs o inseto naquela miniatura de labirinto, realizando a façanha. Cócalo levou a concha com a linha enfiada a Minos, e este deduziu imediatamente que Dédalo estava por perto. Minos conseguiu convencer Cócalo a revelar-lhe a verdade, e o induziu a prometer entregar-lhe o fugitivo. Mas, querendo salvá-lo, Cócalo pediu às filhas que dessem a Minos água fervente para seu banho (ou substituíssem a água por piche em ebulição). Em conseqüência desse banho Minos morreu.

Cócito (G. *Kokytôs*). Um afluente do rio Aqueronte (v.). Nas lendas gregas é um dos rios do inferno (seu nome significa "Rio dos Gemidos"); suas águas eram extremamente frias e corriam paralelamente ao Estige, à semelhança do Piriflegêton (vv.) – este último o "Rio Flamejante" –, formando com eles o lençol de água a ser atravessado pelos mortos na barca de Cáron (v.) para chegarem ao reino dos defuntos.

Codro (G. *Kodros*). Filho de Mêlanto e descendente de Neleu, e portanto da raça de Poseidon (vv.). Por causa da invasão do Peloponeso pelos Heráclidas (vv.), Mêlanto foi obrigado a abandonar Pilos, sua pátria, indo com seu filho Codro para Atenas. Chegando lá, Mêlanto, que ajudara o rei Timetes, último descendente de Teseu (v.), na luta contra Xanto, rei da Beócia, recebeu de Timetes o trono da cidade. Por ocasião de sua morte Codro sucedeu-o no trono de Atenas. Durante o seu reinado os peloponésios atacaram Atenas, e o oráculo de Delfos lhes declarou que venceriam a guerra se poupassem o rei da cidade. Codro, tomando conhecimento do oráculo por intermédio de Cleômantis, uma habitante de Delfos, resolveu sacrificar a vida para salvar a pátria; para isso disfarçou-se em mendigo e saiu para os arredores de Atenas a pretexto de ir buscar lenha. Dentro de pouco tempo o rei encontrou dois soldados inimigos e começou a discutir com eles, matando afinal um dos soldados e sendo morto pelo outro. Os atenienses pediram aos peloponésios o cadáver de seu rei para sepultá-lo; só então os atacantes perceberam que já não lhes seria possível vencer os atenienses, e regressaram desalentados à sua terra. Mêdon, o filho mais velho de Codro, sucedeu-o no trono, enquanto seu filho mais novo, Neleu (v., (2)), foi para Míleto como exilado.

Coio (G. *Koios*). Um dos titãs (v.), filho de Urano (o Céu) e de Gaia (a Terra), e irmão de Cronos e de Oceano, de Jápetos e de Hiperíon, e das titanides Tetis, Rea, Têmis, Mnemosine, Febe, Dione e Tia. De sua união com a própria irmã Febe, nasceram Letó, mãe de Ártemis e de Apolo, e Astéria (vv.).

Côirano (G. *Kôiranos*). (1) Um milésio que viu um pescador com um golfinho que acabara de pescar, e com pena do animal comprou-o e o devolveu ao mar. Mais tarde, durante um naufrágio, todos os ocupantes de uma nau morreram, à exceção de Côirano, salvo pelos golfinhos. Por ocasião de sua morte, quando o cortejo fúnebre passava pelas proximidades do porto de Míleto, foi visto no mar um grupo de golfinhos seguindo os funerais.

(2) Neto de Melâmpus (vv. *Clito* e *Poliído*).

(3) O auriga do carro de Meríon, morto por Heitor (vv.) durante a Guerra de Tróia (v.).

Côlaino (G. *Kôlainos*). O primeiro rei da Ática, descendente de Hermes (v.) segundo a tradição. Expulso de Atenas por Anfictíon (v.), seu cunhado, instalou-se no demo de Mirrine, onde morreu após construir um santuário de Ártemis (v.) Côlainis.

Comaitó (G. *Comaithó*). (1) Sacerdotisa de Ártemis (v.) em Patras. Amada por um rapaz chamado Melânipo, Comaitó correspondeu aos seus sentimentos, mas como os pais se opunham ao casamento os dois amantes passaram a encontrar-se no recinto do templo onde Comaitó era sacerdotisa. Ártemis, a deusa casta, irritou-se com a profanação e provocou uma pestilência na região. Consultado, o oráculo de Delfos revelou o motivo da ira divina, e declarou que a única maneira de demover a deusa seria sacrificar o casal. Comaitó e Melânipo foram mortos, e a partir de então imolavam-se a Ártemis anualmente o rapaz e a moça mais belos da região. O sacrifício somente cessou com a vinda de Eurípilo (v.) para livrar a cidade desse tributo cruel.

(2) Filha de Pterelau (v.), rei dos teleboios que estavam sendo atacados por Anfitrião (v.) e seus aliados. Pterelau não poderia ser vencido enquanto tivesse em sua cabeça um fio de cabelo de ouro, que Poseidon (v.) fizera crescer em sua cabeleira. Comaitó, apaixonada por Anfitrião (ou por Cêfalo (v.), um de seus aliados), cortou o cabelo de ouro de Pterelau, ensejando assim a vitória dos atacantes. Anfitrião, entretanto, não correspondeu ao amor da moça e mandou matá-la.

Comatas (G.) Um pastor de Túrios, no golfo de Taras (atualmente Táranto), no sul da Itália, devoto das Musas (v.), às quais costumava sacrificar cabras do rebanho de seu senhor. Este castigou Comatas encerrando-o numa arca de cedro, dizendo-lhe sarcasticamente que suas queridas Musas certamente viriam salvá-lo. Três meses depois a arca foi aberta e o pastor saiu dela como se nada tivesse acontecido, pois as deusas de sua devoção mandaram abelhas alimentá-lo com seu mel.

Cometes (G.). Filho de Estênelo incumbido por Diomedes (vv.), ao partir para a Guerra de Tróia, de cuidar de sua casa. Cometes, entretanto, servindo de instrumento à cólera de Afrodite (v.), ferida por Diomedes num combate em frente a Tróia, traiu a confiança do herói conquistando sua mulher Egiale. De volta da guerra Diomedes teve de deixar sua pátria por causa das maquinações de Cometes e de Egiale.

Condileátis (G. *Kondyleátis*). Epíteto de Ártemis na Arcádia. Contava-se a propósito que existia em épocas remotas nas proximidades da cidade de Cafias uma imagem de Afrodite Condileátis venerada num bosque consagrado à deusa. Em certa ocasião alguns meninos que brincavam num bosque acharam uma corda e a puseram no pescoço da imagem como se quisessem estrangulá-la. Nesse momento passavam pelo local vários habitantes da cidade, e viram as crianças no ato de pôr a corda no pescoço da deusa. Transtornadas, essas pessoas mataram os meninos a pedradas. Pouco tempo depois manifestou-se entre as mulheres de Cafias uma doença desconhecida, em conseqüência da qual as mulheres só tinham filhos natimortos. Os habitantes da cidade mandaram consultar o oráculo de Delfos e sua resposta foi que Ártemis, revoltada com a morte dos meninos, impunha que lhes fossem tributadas honras de heróis.

Consentes (L.). *Di Consentes* era a designação romana correspondente aos Doze Deuses (v.) dos atenienses. Esses deuses eram Apolo, Ceres, Diana, Juno, Júpiter, Marte, Mercúrio, Minerva, Netuno, Vênus, Vesta e Vulcano.

Conso (L. *Consus*). Deus romano antiqüíssimo, com atributos pouco definidos, cujo altar, situado no meio do *Circus Maximus*, passava todo o ano coberto de terra; esta só era removida nos dias da festa do deus, por ocasião das *Consualia* e de corridas de cavalos. Nesses dias as bestas de carga (asnos, cavalos e mulos) não perfaziam as suas tarefas e recebiam coroas de flores, e realizavam-se corridas de cavalos e mulos. O rapto das Sabinas, na época de Rômulo, ocorreu na primeira festa de Conso.

Copreu (G. *Kopreus*). Habitante de Élis famoso por sua violência, filho de Pêlops (v.). Obrigado a exilar-se de sua pátria por haver assassinado Ífito (v.), Copreu foi viver em Micenas, no palácio de Euristeu (v.), de quem passou a ser o arauto; nessa condição transmitiu a Heraclés (v.) as ordens de Euristeu, que com receio do herói não se atreveu a ir à sua presença. Euristeu mandou também Copreu aos atenienses como seu arauto para persuadi-los a expulsar os Heráclidas (v.) de Atenas. Sua insolência nessa missão foi tão grande que os atenienses o mataram, apesar de os costumes da época impedirem qualquer ofensa física aos arautos. Para expiar esse crime os efebos atenienses usaram durante muito tempo em algumas festas locais uma túnica escura. Copreu teve um filho, chamado Perifetes, que participou da Guerra de Tróia (v.) ao lado dos gregos e foi morto por Heitor (v.).

Cora (G.). Nome dado em algumas fontes a Perséfone, filha de Deméter. Cora, ou Core, significa "moça".

Côrcira ou **Cêrcira** (G. *Kôrkyra*, ou *Kêrkyra*). Uma das filhas do deus do rio Ásopo com a arcádia Metope. Côrcira foi raptada por Poseidon (v.), com quem se uniu na ilha que tomou o seu nome (a atual Corfu). Dessa união nasceu Fêax, epônimo dos feácios.

Coribantes (G. *Korybantes*). Acompanhantes da deusa Cibele (v.), que a seguiam dançando e cantando freneticamente, e também os sacerdotes eunucos dessa deusa. Às vezes eram associados aos Curetes (v.) na lenda do nascimento de Zeus (v.). Eles seriam filhos de Apolo e da Musa Talia (v., e *Musas*).

Côrinto (G. *Kôrinthos*). Herói epônimo da cidade de Corinto, considerado pelos coríntios um dos filhos de Zeus (v.), mas de fato filho de Maraton (v.), e neto de Epopeu, rei de Sicione; Côrinto fugiu para a Ática com seu pai, e por ocasião da morte de Epopeu ambos voltaram a Corinto. Após a morte de Maraton Côrinto subiu ao trono de Corinto, porém morreu sem deixar filhos homens. De acordo com uma tradição divergente Côrinto foi assassinado por seus súditos, e Sísifo (v.) vingou a sua morte, passando a reinar em Corinto.

Côrito (G. *Kôrythos*). (1) Filho de Zeus e de Electra (filha de Atlas), e pai de Iasíon e Dárdano (vv.). Côrito era rei dos tirrênios, antepassados dos etruscos da Itália, e fundou na Etrúria a cidade de Cortone (ou Côrton). Seus filhos emigraram de Cortone, um deles para a Samotrácia e o outro para Troas.

(2) Rei de Tegéia, na Arcádia, que encontrou e criou Télefo, abandonado por Auge (vv.), sua mãe, no monte Partenion.

(3) Filho de Páris e de Oinone (vv.), esta última uma ninfa do monte Ida. Ao tomar conhecimento da infidelidade de Páris quando este preferiu Helena (v.), Oinone mandou seu filho oferecer-se aos gregos para conduzi-los à Troas. De acordo com outra versão da lenda, Côrito era mais belo que seu pai e foi amado por Helena; Páris matou-o por isso.

Côroibo (G. *Kôroibos*). (1) Um rapaz de Argos, cuja bravura livrou a sua pátria de um flagelo que a assolava nas seguintes circunstâncias. Durante o reinado de Crôtopo em Argos, Apolo uniu-se a Psamate, filha do rei, e dessa união nasceu um filho chamado Lino (vv.). Receosa do pai, Psamate abandonou o filho recém-nascido, mas Crôtopo descobriu o que se passava, matou a filha e expôs o menino para ser devorado pelos cães. Apolo, indignado com esse procedimento brutal, mandou um monstro (Poiné, que significa "castigo") devorar todas as crianças de Argos. Nessa ocasião Côroibo matou Poiné. Logo depois uma nova desgraça atingiu os argivos. Côroibo, pressentindo que se tratava ainda do rancor divino, partiu para Delfos, prometendo a Apolo a expiação que o deus quisesse pela morte de Poiné. A resposta do oráculo foi que ele não deveria regressar a Argos; em vez disso teria de apanhar uma trípode consagrada no templo de Delfos e ir-se embora levando-a em seus ombros. No lugar em que a trípode caísse de seus ombros ele deveria parar e fundar uma cidade. A trípode caiu no local onde viria a existir a cidade de Mêgara; ainda nos tempos históricos podia-se ver o túmulo de Côroibo na ágora da cidade.

(2) Um frígio, filho de Mígdon (v., (1)) que se ofereceu a Príamo (v.) para ajudá-lo na Guerra de Tróia (v.) se ele lhe desse sua filha Cassandra (v.) em casamento. Príamo aceitou, e Côroibo foi morto por ocasião da captura de Tróia pelos gregos.

Coronides (G.). Duas irmãs chamadas Metione e Menipe, filhas de Oríon (v.). Durante uma pestilência que dizimava os habitantes de Orcômeno, na Beócia, essas moças foram sacrificadas para apaziguar os deuses. A terra engoliu-as, mas Hades e Perséfone (vv.) apiedaram-se das vítimas e transformaram-nas em cometas.

Coronis (G.). (1) Filha de Flegias (v.), rei dos lapitas. Apolo amou-a, e dessa união nasceu Asclépio (vv.). Coronis deixou Apolo e casou-se com Ísquis, filho de Êlato (vv.), temendo que o deus viesse a abandoná-la na velhice.

(2) Filha de Coroneu, transformada em gralha por Atena, sua protetora, para livrá-la da perseguição de Poseidon (vv.), apaixonado por ela.

(3) Uma das ninfas que criaram Diôniso. Butes (v., (1)) raptou-a, porém Diôniso fê-lo enlouquecer e o levou a suicidar-se lançando-se num poço.

Corono (G. *Kôronos*). Filho de Caineu e rei dos lapitas na época de Heraclés (vv.). O rei Egímio (v.) chamou o herói para ajudá-lo contra Corono e os lapitas, e Heraclés matou Corono.

Cotito (G. *Kotitto*). Deusa trácia cujo culto, associado ao de Cibele (v.), difundiu-se pela Grécia e pela Itália; esse culto consistia em cortejos orgiásticos.

Coto (G. *Kottos*). Um dos gigantes Hecatônqueires (v.).

Cragaleu (G. *Kragaleus*). Um pastor, filho de Dríops (v.), conhecido por sua sapiência e seu espírito de justiça. Um dia, enquanto ele cuidava de seus rebanhos, Apolo, Ártemis e Heraclés (vv.) procuraram-no para atuar como árbitro numa disputa entre essas três divindades, que desejavam saber qual delas seria a padroeira de uma cidade da Ambracia. Cragaleu manifestou-se a favor de Heraclés, mas Apolo, encolerizado, transformou-o num rochedo. Os habitantes da cidade passaram a oferecer-lhe um sacrifício em seguida às festas celebradas em honra de Heraclés.

Crânao (G. *Kranaôs*). Um dos primeiros reis da Ática, tido como filho da própria terra e sucessor de Cêcrops (v.). Erisícton (v.), filho de Cêcrops, morreu ainda jovem e não deixou descendentes, e como Cêcrops ainda estava vivo, passou a reinar; pouco tempo depois Cêcrops morreu e Crânao, o ateniense mais poderoso da época, subiu ao trono. Na época de seu reinado Atenas se chamava Cranae, e seus habitantes eram conhecidos como cranaanos. Casando-se com Pediás, filha do lacedemônio Mines, Crânao teve três filhas Átis, Cranae e Cranaicme. Por ocasião da morte da primeira a região passou a chamar-se Ática em sua homenagem. Anfictíon, um dos filhos de Deucalião (vv.), casou-se com uma das filhas de Crânao e pouco tempo depois destronou o sogro, substituindo-o como rei.

Crânon (G.). Filho de Pêlasgo (v.) e rei da cidade de Êfira, na Tessália. Durante seu reinado tentou unir-se a Hipodâmia (v.) em Pisa, na Élis, mas foi morto; os habitantes de Êfira mudaram nessa época o nome da cidade para Crânon a fim de perpetuar-lhe a memória.

Crântor (G.). Um habitante da Dolopia, dado como refém a Peleu por Amíntor (vv.), rei da região, derrotado numa guerra. Crântor impôs-se à confiança de Peleu, e estava ao seu lado, como escudeiro, no combate entre os centauros e as lapitas (vv.); morreu esmagado por uma árvore lançada pelas lapitas contra Peleu, que vingou sua morte.

Creonte (G. *Krêon*). (1) Um tebano filho de Meneceu; tornou-se rei de Tebas quando Laio foi morto inadvertidamente por Édipo (vv.), seu próprio filho. Nessa ocasião a cidade estava à mercê de um monstro, a Esfinge (v.), que devorava os tebanos incapazes de decifrarem os enigmas por ela propostos. Como a Esfinge já fizera várias vítimas, Creonte ofereceu o trono da cidade como recompensa a quem decifrasse os enigmas enunciados pelo monstro. Édipo apresentou-se e deu as respostas certas, e a Esfinge, transtornada, matou-se precipitando-se do alto da cidadela. O primeiro enigma era: "Quem é dotado de voz, marcha primeiro com quatro pés, depois com dois e finalmente com três?" Édipo adivinhou que eram as criaturas humanas, que na primeira infância engatinham, depois andam com suas pernas e na velhice recorrem a um bastão além das próprias pernas. O segundo enigma era: "Existem duas irmãs; a primeira engendra a segunda, que por seu turno engendra a primeira. Quem são elas?" Édipo acertou respondendo: "A claridade do dia e a escuridão da noite." Cumprindo a promessa, Creonte entregou o trono a Édipo, o salvador de Tebas, e ainda lhe deu em casamento Jocasta, viúva de Laio, o rei anterior, sem saber que se tratava da mãe do novo rei.

Tempos depois os tebanos estavam sendo dizimados pela peste, e Creonte foi a Delfos interrogar o oráculo. Em seguida descobriu-se o incesto de Édipo e Creonte voltou a ocupar o trono, enquanto Édipo partia para o exílio.

Durante a expedição malograda dos Sete Chefes contra Tebas (v. *Ádrasto*), Creonte, obedecendo ao adivinho Tirésias (v.), ofereceu o próprio filho Megareu para ser sacrificado a Ares (v.), a fim de salvar Tebas. Vencidos os atacantes, Creonte proibiu o sepultamento de Polinices (v.), que empunhara armas contra a sua pátria. Entretanto Antígona (v.), irmã de Polinices, desobedeceu à proibição e cumpriu o ritual espargindo um pouco de terra sobre o cadáver do irmão. Isso bastou para que Creonte a condenasse à morte, mandando encerrá-la no mausoléu subterrâneo de seus antepassados; lá, sepultada viva, Antígona suicidou-se, levando com seu gesto o noivo (Hêmon, filho de Creonte) a pôr fim à vida junto ao cadáver da noiva. Finalmente Eurídice, mulher de Creonte, matou-se, desesperada com a notícia do suicídio do filho.

Ainda durante o seu reinado Creonte purificou Anfitrião (v.) pelo assassínio involuntário de Electríon, quando este se refugiou em Tebas, e o incumbiu de matar a raposa de Têumessa.

Creonte reinava em Tebas também na época em que Heraclés (v.), em sua juventude, livrou a cidade do tributo anual de cem bois Imposto por Êrgino (v., (1)). Para recompensá-lo Creonte deu em casamento a Heraclés sua filha mais velha, chamada Mêgara, e casou sua filha mais nova com Ificlés (v.), irmão gêmeo de Heraclés. Vv. também *Antígona* e *Eteoclés*.

(2) Filho de Licaito e rei de Corinto, incumbido por Alcmêon (v.) de criar o filho e a filha que tivera com Mantó, filha do adivinho Tirésias (v.). Este Creonte aparece principalmente na lenda de Jáson e Medéia (vv.) que, expulsos de Iolco, foram refugiar-se em Corinto. Jáson e Medéia viveram em paz durante muitos anos na corte de Creonte, que os acolheu, mas a idéia de Creonte de casar sua filha Glauce (ou Creusa em outra versão da lenda) com Jáson, pôs fim a essa tranqüilidade. Jáson aceitou a idéia e repudiou Medéia, que, humilhada e revoltada, resolveu vingar-se. Usando suas artes de feiticeira ela confeccionou um vestido mágico e o enviou de presente à noiva pelos seus filhos; Creusa aceitou o vestido, e quando o experimentava foi coberta por chamas que a consumiram. Creonte, querendo socorrer a filha, também morreu queimado.

V. *Medéia*, onde em outra versão da lenda a feiticeira incendiou o palácio de Creonte, reduzindo a cinzas a noiva e seu pai.

Creontiades (G.). Um dos filhos de Heraclés (v.) com Mêgara (v. acima Creonte (1)), morto juntamente com seus irmãos pelo pai num acesso de loucura.

Crés (G.). Filho de Zeus e de uma ninfa do monte Ida, herói epônimo dos cretenses. Em outra versão da lenda Crés aparece como filho de Gaia (a Terra). Foi rei dos eteocretenses (ou seja, "cretenses verdadeiros"), primeiros habitantes da ilha, e abrigou Zeus (v.) ainda menino no monte Ida para protegê-lo da fúria assassina de Cronos (v.). Crés teria dado leis aos cretenses antes de Minos, e era o pai de Talo (vv.), o homem de bronze que protegia Creta contra o desembarque de quaisquer estrangeiros.

Cresfontes (G. *Kresphontes*). Um Heráclida (v.), filho de Aristômaco e irmão de Têmenos e Aristôdemo (vv.), com os quais conquistou o Peloponeso à frente dos dórios (segundo uma tradição divergente, Cresfontes teria realizado a expedição com Têmenos e os filhos de Aristôdemo, pois este último morrera antes). Efetuada a conquista, os três irmãos dividiram o território em três partes e combinaram sua distribuição entre eles mediante sorteio. Usando a astúcia, Cresfontes obteve para si mesmo a Messenia, cujo território – o mais rico – subdividiu em cinco regiões, entregando cada uma delas a um vice-rei local, concedendo à população nativa direitos iguais aos dos dórios, e escolhendo para sua capital a cidade de Esteníclaro. Os outros dórios desaprovaram as medidas tomadas por Cresfontes, e este revogou a igualdade de direitos, além de reservar Esteníclaro exclusivamente para os dórios. Os senhores de grandes extensões de terras não ficaram satisfeitos com o recuo de Cresfontes e se rebelaram, matando-o e eliminando também dois de seus filhos (o filho sobrevivente chamava-se Áipito (v.)). A mulher de Cresfontes era Merope, filha de Cípselo (vv.).

Creteu (G. *Kretheus*). Filho de Éolo e Enarete (vv.). De seu casamento com Tiró, filha de Salmoneu, nasceram Áison, Amitáon e Feres (vv.). Além desses filhos Creteu adotou Neleu e Pelias, que Tiró tivera com Poseidon (vv.) antes do casamento. Creteu fundou Iolco, a cidade de Pelias e de Jáson (v.).

Creusa (G.). (1) Filha de Erecteu e de Praxitéia (vv.). Por causa de sua tenra idade escapou de ser sacrificada juntamente com seus irmãos mais velhos, que se ofereceram como vítimas expiatórias para salvar sua pátria por ocasião da guerra contra Êumolpo (v.). Chegando à mocidade, Creusa foi seduzida por Apolo (v.) numa gruta da Acrópole em Atenas, sua cidade natal, e dessa união nasceu Íon (v.). Creusa abandonou num cesto o filho recém-nascido, no mesmo lugar em que fora possuída por Apolo. Posteriormente Hermes (v.) levou Íon para Delfos, onde ele se tornou servidor do templo de seu pai. Creusa casou-se com Xuto; como não conseguia ter filhos dirigiu-se a Delfos para consultar o oráculo, e lá reencontrou Íon.

(2) Filha de Príamo e de Hécuba, e mulher de Enéias (vv.). De acordo com uma das versões de sua lenda esta Creusa teria sido capturada pelos gregos após a queda de Tróia. Em outra versão ela conseguiu escapar da cidade, levada por Afrodite ou Cibele (vv.), enquanto Enéias deixava Tróia em companhia de seu pai Anquises e de seu filho Ascânio. Mais tarde Enéias voltou à cidade para procurá-la, porém viu apenas um fantasma de Creusa, que lhe predisse suas viagens e a fundação de uma pátria nova em outras terras.

(3) Filha de Creonte, rei de Corinto, também chamada Glauce (v. *Creonte* (2)).

Crímiso (G. *Krimisôs*). Deus do rio siciliano também chamado Crímiso. Metamorfoseado em urso (ou em cão), uniu-se à troiana Egesta ou Segesta, de quem teve um filho – Aceste –, fundador da cidade de Segesta.

Crínis (G.). Fundador do templo de Apolo Esminteu (v. *Apolo*) em Crise, na Mísia, nas seguintes circunstâncias. Certa vez Crínis incorreu na cólera do deus, que provocou uma praga de ratos para devastar seus campos e rebanhos. No auge da devastação Apolo apareceu na região, sendo recebido hospitaleiramente por Ordés, o pastor-chefe. Essa acolhida aplacou o deus, que para livrar a região da calamidade exterminou os ratos. Em seguida mandou Ordés dizer a Crínis para fundar um santuário dedicado a Apolo Esminteu (= Apolo "dos ratos").

Crisantis (G. *Krysanthis*). Mulher da Argolis que numa das versões da lenda de Deméter revelou à deusa, durante sua passagem por Argos à procura de Perséfone (vv.), as circunstâncias relativas ao rapto de sua filha. Nessa versão o rapto ocorrera nas proximidades da cidade de Lerna, no Peloponeso, e não na Sicília.

Crisáor (G. *Khrysáor*). Filho de Poseidon (v.) e de Mêdusa (v. *Górgonas*), e irmão de Pégaso (v.), o cavalo alado. Os dois irmãos surgiram do pescoço de Mêdusa, morta por Perseu (v.). Crisáor nasceu brandindo uma espada de ouro (*Khrysáor* = "espada de ouro"). Unindo-se a Calirroe, filha de Oceano, ela engendrou Geríon, o gigante de três corpos inimigo de Heraclés, e Êquidna (vv.).

Criseís (G. *Khryseís*). Filha de Crises (v.), sacerdote de Apolo (v.) na cidade de Crise, na Troas. Seu nome verdadeiro era Astinome, e Criseís significa "filha de Crise". Foi capturada pelos gregos durante uma expedição dos mesmos contra Tebas da Mísia, e entregue a Agamêmnon (v.) na partilha dos despojos de guerra. Crises veio pedir a Agamêmnon a restituição de sua filha, mas o comandante dos gregos negou-se a devolvê-la; o pai, desesperado, pediu a Apolo que punisse os gregos provocando uma pestilência que os forçasse a concordar. O deus ouviu a súplica de seu sacerdote, e os gregos, querendo livrar-se do flagelo divino, compeliram Agamêmnon a entregar Criseís ao seu pai; Agamêmnon, entretanto, exigiu que em compensação lhe dessem Briseís (v.), a cativa preferida de Aquiles (v.). Foi essa a origem da cólera do herói, assunto principal da *Ilíada*.

Numa versão divergente da lenda Crises trouxe sua filha de volta a Agamêmnon por causa do bom tratamento que este deu a Criseís, que teria tido uma filha – Ifigênia – e um filho – Crises, assim chamado em homenagem ao avô materno – com o comandante dos gregos.

Crises (G. *Kryses*). (1) Sacerdote de Apolo (v.) e pai de Criseís (v. acima).

(2) Neto de (1), filho de Agamêmnon com Criseís, mencionado na lenda de Orestes (vv.). Quando foi devolvida ao seu pai por Agamêmnon Criseís estava grávida, mas afirmava que o comandante dos gregos a respeitara e que o filho que ia ter fora engendrado por Apolo (v.). Depois da queda de Tróia, Orestes e Ifigênia (vv.), querendo livrar-se da vingança de Toas (v.), rei de Táuris, foram à procura de Crises, o sacerdote de Apolo, para pedir-lhe asilo. Crises quis entregá-los a Toas, mas Criseís revelou-lhe que o pai de seu filho era Agamêmnon, e prevaleceram então os laços de família. O sacerdote de Apolo acolheu Ifigênia e Orestes que, auxiliados por seu irmão (o filho de Criseís), mataram Toas.

Crísipo (G. *Khrýsippos*). Filho de Pêlops (v.) e da ninfa Axioqué. Laio (v.), expulso de Tebas por Anfíon e Zetes (vv.), refugiou-se na corte de Pêlops, e apesar da acolhida generosa deste raptou-lhe o filho Crísipo, por quem se apaixonara. Pêlops lançou então imprecações terríveis contra Laio, dando origem assim à maldição que trouxe tantas desgraças aos Labdácidas (v. *Lábdaco*). Crísipo, acabrunhado, suicidou-se. Em outra versão da lenda Crísipo foi morto por Atreu e Tiestes (vv.), e seus irmãos por parte de pai, instigados por sua madrasta Hipodâmia (v.), temerosa de ver os filhos despojados de seus direitos por um intruso.

Crisopêleia (G. *Khrysopêleia*). Uma ninfa Hamadríade (v.), que vivia num carvalho da Arcádia. Durante uma caçada nessa região Arcás (v.) viu esse carvalho na iminência de ser arrastado por uma torrente.

A ninfa implorou-lhe que salvasse a sua árvore, e Arcás ergueu obstáculos para desviar a torrente, assegurando a integridade do carvalho. Para demonstrar sua gratidão a ninfa uniu-se a Arcás; dessa união nasceram dois filhos – Afidas e Êlato –, ancestres da raça arcádia.

Criso (G. *Khrysos*). Fundador da cidade de Crisa, na vertente sul do monte Parnasso. Criso era irmão gêmeo de Panopeu, e segundo a tradição os dois irmãos já brigavam no ventre materno. V. *Panopeu.*

Crisôtemis (G. *Khrysôthemis*). (1) Filha do cretense Carmânor (v.), tido como o inventor dos concursos musicais. Crisôtemis foi a primeira vencedora desses concursos e era a mãe do músico e poeta Filâmon (v.).

(2) Filha de Agamêmnon e de Clitemnestra (vv.).

Criteís (G. *Kritheís*). Ninfa da Ásia Menor, filha de Apeles de Cumas. Seu pai, ao morrer, confiou-a a um tio chamado Mácon. Já moça, Criteís burlou a vigilância do tio e se uniu a um habitante de Esmirna chamado Fêmio. Certo dia, quando lavava roupas no rio Meles, nos arredores de Esmirna, Criteís teve um menino que viria a ser o poeta Homero, a quem se dava o epíteto de Melesigenes, que significa "nascido no rio Meles". Em outra versão da lenda Criteís ter-se-ia unido ao deus do rio Meles; dessa união nasceu Homero. Numa terceira versão Criteís era uma moça de Ios, amada por um dos gênios do séquito das Musas (v.). Piratas da região raptaram-na e a levaram para Esmirna, onde ela se casou com Mácon, rei da Lídia. No devido tempo Criteís deu à luz Homero às margens do rio Meles, morrendo logo após o parto.

Crôcon (G.). Antigo rei da região de Elêusis, cujo palácio estava situado na fronteira do território de Atenas com o de Elêusis. Era filho de Triptôlemo (v.) e irmão de Coiro, e casou-se com Saisara, filha de Celeu (v.). Crôcon e Coiro foram os ancestrais dos clãs sacerdotais dos Croconidas e dos Coironidas, ligados ao culto de Deméter (v.), cabendo a precedência aos Croconidas. Uma das filhas de Crôcon, chamada Megânira, casou-se com Arcás (v.).

Croco (G. *Krokos*). Um rapaz que em conseqüência de seu amor mal-sucedido pela ninfa Esmílace, foi transformado na planta chamada açafrão (*krokos* em grego = açafrão). Esmílace, por seu turno, passou a ser a planta chamada salsaparrilha (*Smílax* = salsaparrilha).

Cronos (G.). Filho de Urano (o Céu) e de Gaia (a Terra) (vv.). Pertencia à raça dos titãs (v.), a primeira geração divina, anterior a Zeus (v.) e aos demais deuses olímpicos. Cronos foi o único titã a ajudar sua mãe a vingar-se do pai (v. *Urano*), cortando-lhe os testículos; em seguida destronou-o e tornou a confinar no Tártaro seus irmãos germanos, os gigantes Hecatônqueires (v.), aprisionados anteriormente por Urano e libertados por Cronos a pedido de Gaia (v.). Já na condição de rei dos deuses e senhor do mundo, Cronos casou-se com Rea (v.), sua irmã. Em sua onisciência ele sabia que seria destronado por um de seus filhos, e numa tentativa de evitar que isso acontecesse devorou seguidamente, logo após o nascimento, Deméter, Hera, Héstia, Plutão (Hades) e Poseidon (vv.). Indignada com a fúria infanticida de Cronos, Rea, sentindo aproximar-se a hora de dar Zeus (v.) à luz, foi pari-lo secretamente em Dicte, na ilha de Creta. Para enganar Cronos, Rea envolveu uma pedra em fraldas, como se tratasse de um recém-nascido, e a entregou ao marido, que a devorou. Chegando à idade adulta Zeus, auxiliado por Métis, filha de Oceano (v.), ou pela própria Gaia, preparou e deu a Cronos uma beberagem que o obrigou a vomitar todos os filhos que engolira. Zeus e seus irmãos recém-salvos entraram em guerra contra Cronos, aliados aos titãs, seus irmãos. No décimo ano da guerra um oráculo de Gaia revelou a Zeus que a vitória seria sua se contasse com a ajuda dos gigantes Hecatônqueires (v.), naquela ocasião confinados no Tártaro por Cronos. Graças ao seu auxílio Zeus saiu vitorioso na guerra e aprisionou Cronos e os titãs no mesmo lugar onde estiveram os Hecatônqueires, que passaram a ser os guardiães dos vencidos.

Além dos filhos que teve com Rea, Cronos, sob a forma de um cavalo, engendrou em Fílira o centauro Quíron (vv.); em outras lendas a paternidade de Hefesto e de Afrodite (vv.) é atribuída a Cronos em vez de Zeus e Urano respectivamente.

Na tradição órfica a reconciliação de Cronos, longe de seus grilhões e vivendo na Ilha dos Bem-Aventurados, com seu filho Zeus, assinala o início da chamada Idade de Ouro (v.). Nessa idade Cronos aparece em seu trono, ora em Olímpia, ora na Itália (onde foi desde épocas remotas identificado com Saturno (v.)), ou então na Sicília, ou na África. Na Idade de Bronze (ou na Idade de Ferro segundo outra versão da lenda), quando os homens revelaram a sua maldade irremediável, Cronos voltou ao Céu.

Com o nome alterado para *Khronos* (em vez de *Kronos*), essa divindade aparece em certas alusões como a personificação do Tempo.

Croto (G. *Krotos*). Filho de Pan e de Eufeme (vv.), esta última ama-de-leite das Musas (v.). Croto passou a conviver com as Musas no Helicon, e para externar sua admiração pelas irmãs de leite inventou os aplausos (*krotos* em grego é o ruído produzido por quem bate palmas). As Musas pediram a Zeus (v.) e conseguiram que Croto passasse a ser uma constelação.

Crôton (G.). Herói epônimo da cidade grega homônima no sul da Itália, a cuja fundação está ligado. Quando Heraclés (v.) regressava de sua expedição em busca dos bois de Geríon (v.), foi recebido hospitaleiramente por Crôton no local onde viria a existir a cidade com o seu nome, porém Lacínio (v.), um vizinho de Crôton, tentou roubar os bois do herói. Para recuperá-los Heraclés teve de exterminar Lacínio, num combate em que matou também, involuntariamente, o próprio Crôton. Querendo expiar a morte de seu anfitrião Heraclés construiu um mausoléu condigno, prevendo que mais tarde viria a existir no local uma cidade famosa com o nome do morto. Crôton aparece às vezes como irmão de Alcínoo (v.), rei dos feácios.

Crôtopo (G.). Filho de Agênor (rei de Argos), e pai de Estênelo e de Psamate (vv.); esta última foi amada por Apolo (v.) e teve dele um filho chamado Lino (v.), que abandonou por ocasião do nascimento. Lino foi encontrado e criado por pastores, e sua mãe conhecia-lhe o paradeiro. Tempos depois os cães desses pastores devoraram Lino; Psamate, ao tomar conhecimento da morte do filho, ficou de tal maneira desolada que não pôde ocultar ao pai os fatos. Crôtopo não acreditou que o pai de Lino fosse Apolo e mandou matar a filha. O deus, indignado com a morte do filho e da amante, castigou os argivos provocando uma escassez catastrófica de alimentos. Os argivos interrogaram um oráculo, e a resposta deste foi que, para livrar-se da fome, eles teriam de instituir um culto a Lino e a Psamate e de exilar Crôtopo.

Cupido (L.). O deus-menino do amor, filho de Vênus (v.), uma repetição romana de Eros (v.). Na *Eneida* Vênus manda-o disfarçar-se em Ascânio, o filho de Enéias, e inspirar em Dido (vv.) o amor pelo herói.

Cúrcio (L. *Curtius*). Em Roma, na fase inicial da República, a terra cedeu diante do Forum formando uma cavidade profunda. Houve tentativas da população para aterrar a cratera, mas sem resultado. Os romanos consultaram os adivinhos, cuja resposta foi que eles, para conseguir regularizar o terreno, teriam de sacrificar aquilo que considerassem mais valioso. Um jovem romano chamado Cúrcio achou que nada era mais precioso para Roma que seus soldados e sua juventude, e resolveu sacrificar-se para salvar os habitantes. Montado a cavalo e com todas as suas armas, Cúrcio ofereceu-se aos deuses infernais e à vista de todo o povo lançou-se no precipício, que se fechou atrás dele; no local restou apenas uma laguna, que passou a chamar-se *Lacus Curtius*, em cujas margens cresceram uma parreira, uma oliveira e uma figueira.

Durante o Império os romanos costumavam lançar moedas na laguna como oferenda a Cúrcio.

Numa segunda versão da lenda, Cúrcio, perseguido quando tentava avaliar sozinho o poderio dos sabinos antes de uma batalha, entrou com seu cavalo na laguna que se formara na cratera e conseguiu chegar são e salvo ao outro lado. Daí a denominação *Lacus Curtius*.

Curetes (G. *Kouretes*). (1) Gênios que cuidavam de Zeus (v.) durante sua infância na ilha de Creta, filhos de Combe e de Soco. Nasceram na Eubéia e eram sete: Ácmon, Damneu, Ideu, Melisseu, Minias, Ocítoo e Primneu (esse número às vezes é dois, às vezes é nove). Expulsos por seu pai da Eubéia juntamente com sua mãe, os Curetes passaram a levar uma vida errante no mundo grego, aparecendo em Creta e depois na Frígia, onde cuidavam de Dîoniso (v.). Da Frígia foram para a Ática, cujo rei na época, chamado Cêcrops (v.), ajudou-os a se vingarem de Soco e a voltarem à sua pátria. Numa variante da lenda sua mãe em vez de Combe chamava-se Calcis, porque teria instituído o uso das armas de bronze (em grego *khalkôs* = bronze), ou porque os Curetes dançavam entrechocando seus escudos e lanças também de bronze. Outras versões da lenda dos Curetes os apresentam como filhos da Terra, ou filhos de Zeus e de Hera (v.), ou ainda de Apolo e da ninfa Danaís (vv.). A lenda mais famosa relativa aos Curetes mostra-os protegendo Zeus em sua infância. Por ocasião do nascimento de Zeus numa caverna do monte Ida (em Creta), Rea (v.), sua mãe, entregou-o à ninfa Amálteia (v.) para evitar que Cronos (v.) o engolisse (v. *Cronos*). A fim de impedir que Cronos ouvisse os gritos do recém-nascido e o localizasse, Amálteia pediu aos Curetes que executassem continuamente suas danças ruidosas em volta dele; os Curetes concordaram e Zeus sobreviveu.

Em outra lenda os Curetes, graças ao seu dom profético, deram a Minos (v.) meios de ressuscitar seu filho Glauco. Finalmente, a pedido de Heraclés (v.) eles fizeram desaparecer Êpafo, filho de Ió (vv.) e de Zeus; este último, transtornado pela cólera, matou os Curetes com seus raios.

(2) Um povo de Etólia em épocas remotas. Mais tarde Étolo (v.) veio do Peloponeso e os expulsou de sua terra. V. *Melêagro*.

D

Dáctilos (G. *Dáktyloi*). Gênios do monte Ida, cretenses ou frígios, cujo nome significa "dedos", participantes do cortejo de Rea ou de Cibele (vv.). Dotados de poderes mágicos, os Dáctilos, cujo número geralmente é cinco, aparecem como os propagadores dos Mistérios ou mesmo seus criadores. Identificados às vezes com os Curetes (v.), os Dáctilos também teriam cuidado de Zeus-menino, e para diverti-lo teriam organizado os primeiros Jogos Olímpicos. Eles teriam também ensinado música a Páris (v.) no monte Ida (na Troas).

Dafne (G. *Daphne*). Uma ninfa amada por Apolo, filha do deus do rio Ládon e de Gaia (a Terra), ou do rio Peneio (vv.) (na Tessália). Fugindo à perseguição de Apolo, Dafne, ao sentir que ia ser alcançada pelo deus, pediu ao seu pai que a metamorfoseasse; Ládon transformou-a num loureiro, a árvore preferida por Apolo (*Daphne* em grego = loureiro).

Sua distração preferida, de acordo com outra versão da lenda, era a caça, e ela vivia percorrendo as montanhas, longe das cidades, como uma das participantes do séquito de Ártemis (v.). Lêucipo, filho de Enomau (v.), rei de Élis, apaixonou-se por ela, e percebendo sua repulsa pelos homens vestiu roupas femininas, misturando-se às companheiras de Dafne para poder aproximar-se dela. Dafne simpatizou com Lêucipo em seu disfarce e procurava estar sempre em sua companhia. Apolo, percebendo que a ninfa estava a ponto de entregar-se a Lêucipo, despertou em Dafne e em suas companheiras a vontade de banhar-se numa fonte. Como Lêucipo não quisesse despir-se, suas companheiras o obrigaram a tirar a roupa e foi descoberto o embuste; as moças o atacaram com suas lanças de caça, mas os deuses o salvaram tornando-o invisível. Apolo apareceu nesse instante e quis alcançar Dafne, porém a ninfa conseguiu fugir e Zeus (v.), ouvindo suas preces, transformou-a num loureiro.

Dáfnis (G. *Dáphnis*). Um pastor siciliano lendário, filho de Hermes (v.) e de uma ninfa. Seu nome se deve à circunstância de ele ter nascido num bosque de loureiros (v. *Dafne*) consagrado às ninfas, que o criaram e lhe ensinaram a arte do pastoreio, enquanto Pan (v.) o instruía em música. Por causa de sua beleza extraordinária Dáfnis era amado pelas ninfas, por mulheres mortais e até pelos deuses. Enquanto seus bois pastavam ele se distraía tocando a siringe e cantando canções bucólicas de sua autoria.

Uma ninfa chamada Nomia apaixonou-se por ele; Dáfnis correspondeu ao seu amor, e enquanto unia-se a ela prometeu-lhe amor eterno, mantendo-se fiel até um dia em que a filha de um rei da Sicília o embriagou e copulou com ele. Desvairada de ciúmes, Nomia cegou-o. Depois de perder a visão Dáfnis passou a cantar apenas canções lamentosas, e dominado por uma profunda tristeza pôs fim à vida lançando-se do alto de um rochedo (em outras versões da lenda ele foi levado para o céu por Hermes, seu pai, ou se transformou num rochedo). Uma fonte com o seu nome perpetuou-lhe a memória, e ofereciam-se anualmente sacrifícios em sua homenagem.

Numa última versão da lenda Dáfnis amava uma ninfa chamada Pimpléia (ou Talia), que lhe foi roubada por piratas. Dáfnis saiu à sua procura e depois de muito viajar encontrou-a na Frígia como escrava do rei Litierses (v.). Quando este quis matá-lo, como fazia com todos os estrangeiros que passavam pelo seu reino, Heraclés (v.) apareceu e o salvou, abatendo o rei e dando os seus domínios a Dáfnis e a Pimpléia.

Dâmaito (G. *Dâmaithos*). Rei da Cária, na Ásia Menor, a cujo território chegou o médico Podalírio (v.) em conseqüência de um naufrágio por ocasião de sua volta da Guerra de Tróia. Um pastor acolheu Podalírio e o levou ao rei, cuja filha ele salvou de uma doença grave. Para demonstrar sua gratidão Dâmaito lhe deu em casamento essa filha, chamada Sirna, e o presenteou com parte de seu território.

Damasén (G.). Um gigante nascido de Gaia (a Terra) e criado por Êris (v.), a Discórdia personificada. Ao nascer Damasén já tinha barba, e recebeu suas armas de Ilítia (v.) logo após o parto. Seu tamanho e sua força eram descomunais, e a pedido da ninfa Moria ele eliminou um dragão que havia matado Tilo, irmão da ninfa.

Damastes (G.). V. *Procustes*.

Dâmiso (G. *Dâmysos*). O mais veloz de todos os gigantes, que ao morrer foi enterrado em Palene. Quando Quíron recebeu de Têtis o encargo de criar Aquiles (v.), desenterrou o esqueleto de Dâmiso e tirou um dos ossos de seu tornozelo para pô-lo no lugar do osso que o herói perdera ao nascer por ter sido exposto ao fogo; Aquiles devia a essa troca sua velocidade extraordinária.

Danae (G.). Filha de Acrísio, rei de Argos, e de Eurídice (vv.). Um oráculo revelara a Acrísio que o filho de Danae o mataria, e por isso, quando esse filho (Perseu, (v.)) nasceu ela foi encerrada com ele numa arca lançada em seguida ao mar; graças à proteção de Zeus (v.), seu pai, os dois foram levados pelas correntes marinhas para a ilha de Sêrifo, onde Díctis, irmão do tirano Polidectes (vv.), recolheu-os sãos e salvos. Passado algum tempo o tirano apaixonou-se por Danae, e para livrar-se da presença incômoda de Perseu, contrário a esse amor, incumbiu-o de trazer-lhe a cabeça de Mêdusa (v. *Górgonas*). Aproveitando a ausência de Perseu, Polidectes tentou violentar Danae. De regresso, Perseu encontrou Danae e Díctis refugiados junto a um altar para se livrarem da perseguição do tirano, que Perseu petrificou mostrando-lhe a cabeça de Mêdusa. Em seguida o herói deu a Díctis o trono de Sêrifo e deixou a ilha juntamente com Danae, que de volta a Argos passou a viver com Eurídice, sua mãe, enquanto Perseu saía à procura de Acrísio. Em outra versão da lenda Díctis teria levado Danae a Polidectes, que se casou com ela e perfilhou Perseu.

Danaides (G.). As cinqüenta filhas do rei Danaôs (v.), que acompanharam o pai quando ele fugiu do Egito para evitar que os cinqüenta filhos de seu irmão Egito raptassem suas filhas. Danaôs foi recebido hospitaleiramente em Argos, mas seus cinqüenta sobrinhos vieram procurá-lo pedindo-lhe que esquecesse a sua violência e comunicando-lhe que desejavam casar-se com suas primas. Embora constrangido Danaôs concordou com a realização dos cinqüenta casamentos, mas enquanto suas filhas preparavam-se para as bodas deu um punhal a cada uma delas e fê-las prometer que matariam os respectivos maridos durante a noite de núpcias. Todas cumpriram a promessa, menos Hipermestra, que poupou Linceu (v., (1)) por causa de seu comportamento respeitoso. As demais filhas degolaram os maridos, cujos corpos sepultaram em Argos com as honras fúnebres devidas, e cujas cabeças mandaram enterrar em Lerna. Hermes e Arena (vv.), obedecendo a ordens de Zeus (v.), purificaram as Danaides de seu crime.

Depois de abençoar o casamento de Hipermestra e Linceu, Danaôs passou a procurar maridos para suas filhas, mas ninguém queria casar-se com elas; Danaôs decidiu então organizar jogos atléticos nos quais suas filhas seriam os prêmios aos vencedores. Assim as Danaides casaram com rapazes de Argos, e dessas uniões originou-se a raça dos dânaos, que sobrepujou a dos pêlasgos, até então predominante na região. Em uma das versões da lenda, mais tarde todas elas foram mortas juntamente com seu pai por Linceu, para vingar a morte de seus irmãos; no inferno as Danaides receberam o castigo de tentar eternamente encher de água vasos furados.

A tragédia *As Suplicantes,* de Ésquilo, baseia-se nessa lenda.

Danaôs (G.). Um dos dois filhos (o outro era Egito. v.) de Belo (v.) e de Anquinoe, descendentes de Poseidon e da ninfa Líbia (vv.). Danaôs foi pai de cinqüenta filhas – as Danaides (v. o verbete anterior). Belo dera-lhe o reino da Líbia, mas Danaôs, prevenido por um oráculo ou receoso de seus cinqüenta sobrinhos, filhos de Egito, fugiu de sua pátria numa nau que mandara construir obedecendo a um conselho de Atena (v.). Depois de passar por Rodes, onde se dizia que suas filhas haviam construído um templo de Atena Líndia na cidade de Lindos, a nau foi parar em Argos, cujo rei era Gelânor.

Numa das versões da lenda Gelânor entregou voluntariamente o trono a Danaôs, e noutra este o conquistou após uma longa disputa oratória diante dos argivos, seguida por um prodígio. Enquanto Gelânor e Danaôs empenhavam-se no debate final, surgiu um lobo vindo da floresta e avançou contra um rebanho bovino que passava pelas imediações da cidade; o lobo saltou sobre um touro e o matou. Os argivos ficaram perplexos com a semelhança entre o comportamento do lobo e o de Danaôs, e vendo naquele acontecimento uma manifestação da vontade divina, deram o trono a Danaôs; em seguida o novo rei mandou construir um santuário dedicado a Apolo Lício (ou seja, Apolo dos Lobos; *lykos* em grego = lobo). Vv. *Amimone, Danaides* e *Ínaco.*

Dárdano (G. *Dárdanos*). Filho de Zeus e de Electra, uma das filhas de Atlas, e irmão de Iasíon (vv.). Após a morte de Iasíon num dilúvio, Dárdano fez uma balsa e nela atravessou de Samotrácia, onde nasceu, para a margem asiática fronteira à sua cidade natal. O rei da região onde ele desembarcou era Teucro, filho de Escamandro e da ninfa Idaia (vv.). Teucro recebeu-o amistosamente e o presenteou com parte de seu reino, além de dar-lhe a filha Batíeia em casamento. Dárdano construiu na parte que lhe coube uma cidade com o seu nome, e após a morte de Teucro toda a região passou a chamar-se Dardânia. De sua união com Batíeia nasceram dois filhos – Ilo e Erictônio (outra versão da lenda acrescenta Zácinto) – e uma filha chamada Idaia (vv.) como sua avó materna. Dárdano reinou também sobre a Troas e construiu a cidade de Tróia. De acordo com a tradição ele teria iniciado os troianos nos mistérios dos Cábiros (v.), divindades da Samotrácia, e seria ele próprio um deles, além de introduzir o culto de Cibele (v.) na Frígia. Em outra versão de sua lenda Dárdano teria trazido o Paládio (v.) da Arcádia para Tróia.

Conhece-se também uma lenda italiana segundo a qual Dárdano seria originário da região onde viria a existir a cidade etrusca de Crôton na Itália central, por ele fundada após a sua vitória sobre os habitantes autóctones, chamados Aborígenes (v.). Mais tarde ele teria emigrado para a Frígia, estabelecendo os laços entre os troianos e os italianos em decorrência dos quais Enéias (v.) teria vindo para a Itália após a captura de Tróia pelos gregos.

Dares (G.) Um frígio que por sugestão de Apolo (v.) Timbreu, o deus padroeiro de Tróia, era o conselheiro de Heitor (v.). Dares tentou inutilmente impedir Heitor de lutar contra Pátroclo, pois as Moiras (vv.) haviam determinado que se Heitor matasse Pátroclo seria morto por Aquiles (v.). Após a morte de Heitor Dares fugiu para o acampamento dos gregos, mas foi morto por Ulisses (v.).

Dauno (G. *Daunos*). Um dos três filhos de Licáon (v., (1)). Com seus irmãos Iápix e Peucetíon, Licáon invadiu o sul da Itália à frente de um exército de ilírios, expulsou de lá os ausônios, habitantes mais antigos da região. Em seguida dividiu a Ausônia em três reinos, dando-lhes os nomes de Dáunia, Messápia e Peucetia. O conjunto dos três reinos chamava-se Iapígia. Dauno recebeu amistosamente Diomedes (v., (2)) quando este, expulso de sua terra, chegou à Itália. Noutra versão, mais recente, da lenda de Dauno, ele e Diomedes ter-se-iam desentendido e este último matou o seu anfitrião. Dauno seria o pai de Turno (v.).

Dêcelo (G. *Dêkelos*). Herói epônimo da cidade de Decêleia. Quando os Diôscuros (v.) estavam à procura de sua irmã Helena (v.), Dêcelo ter-lhes-ia indicado o local onde Teseu (v.) a mantinha presa. Em outra versão da lenda o informante dos Diôscuros teria sido Acádemo (v.).

Dedalíon (G. *Daidalíon*). Filho de Eósforo (a Estrela Matutina) e pai de Quione, uma moça muito convencida de sua beleza. Um dia Apolo e Hermes (vv.) passaram pela região onde morava Quione e se apaixonaram por ela; da união da moça com os deuses nasceram dois filhos: Filêmon e Autólico (vv.). Levada por sua vaidade, Quione passou a considerar-se mais bela que Ártemis (v.), e esta matou-a com suas flechas. Comovido com o desespero do pai em face da morte da filha, Apolo transformou-o num gavião, simbolizando o caráter violento de Dedalíon.

Dédalo (G. *Dáidalos*). Filho de Eupálamo (ou Metíon, ou Paláimon) e de Alcipe (uma ateniense da família real oriunda de Cêcrops (v.)), hábil em todas as artes e inventor de numerosos artefatos engenhosos. Atribuíam-se-lhe na antigüidade obras de arte e até estátuas dotadas de movimento. Dédalo praticava as suas artes em Atenas, ajudado por Talo, seu sobrinho e discípulo. A habilidade demonstrada por Talo era tão grande que Dédalo ficou despeitado, e quando Talo, observando a mandíbula de uma serpente, fez pela primeira vez uma serra, Dédalo lançou-o do alto da acrópole.

Descoberto o crime, Dédalo foi condenado e exilou-se na ilha de Creta, no palácio do rei Minos (v.), que o nomeou seu arquiteto e escultor. Atendendo à mulher de Minos, chamada Pasifae (v.), que se apaixonara por um touro, Dédalo construiu para ela uma vaca oca de madeira, dando-lhe esperanças de ser possuída pelo touro graças a esse artifício. Para Minos ele edificou o Labirinto, um palácio dotado de corredores complicados onde as pessoas se perdiam, no qual Minos enclausurou o Minotauro (v.). Mais tarde Ariadne, filha do rei, querendo proteger Teseu (v.), que viera a Creta com a intenção de matar o Minotauro, pediu-lhe ajuda, e Dédalo sugeriu-lhe que desse ao herói um novelo de linha, que ele iria desenrolando durante o percurso ao longo dos corredores. Seguindo-lhe os conselhos, Teseu foi bem-sucedido em sua aventura. Quando Minos tomou conhecimento da façanha e do ardil, mandou prender Dédalo por cumplicidade com Teseu no próprio Labirinto juntamente com seu filho Ícaro (v.), que ele tivera com Naucrate, uma escrava do palácio real. Dédalo, entretanto, fez asas para si mesmo e para seu filho, fixando-as com cera em seus ombros, e os dois fugiram voando. Dédalo conseguiu chegar a Cumas, no sul da Itália, onde foi acolhido pelo rei Côcalo (v.), que o ocultou em Câmico. Minos foi até lá em sua perseguição, mas as filhas de Côcalo o mataram.

Deidâmia (G. *Deidâmeia*). Mãe de Neoptólemo com Aquiles (vv.).

Deífobo (G. *Deíphobos*). Filho de Príamo e de Hécuba, o irmão predileto de Heitor (vv.). Durante o combate entre este último e Aquiles, Atena (vv.) apareceu a Heitor como se fosse Deífobo para enganá-lo, exortando-o a resistir e causando assim a sua morte. Quando Filoctetes matou Páris (vv.), Deífobo casou-se com Helena. Por ocasião da captura de Tróia, Menelau e Ulisses (vv.) invadiram-lhe a casa e o primeiro matou-o. Entre as almas que Enéias (v.) viu no inferno estava a de Deífobo.

Deifontes (G. *Deiphontes*). Um Heráclida (v. *Heráclidas*), filho de Antímaco, casado com Hirnetó, filha de Têmeno (outro Heráclida). Por ocasião da conquista do Peloponeso pelos Heráclidas, coube a Têmeno (v.) a cidade de Argos, para onde levou Deifontes. A predileção de Têmeno por Deifontes era tão forte que os filhos do primeiro se sentiram ameaçados de serem deserdados. Para conjurar essa ameaça os filhos de Têmeno, à exceção de Agreu, o mais novo, tomaram decisão de matar o próprio pai. Passando à ação eles atacaram Têmeno enquanto este se banhava num rio e o feriram mortalmente, mas em face da aproximação da guarda do rei tiveram de fugir. Antes de morrer Têmeno deixou o trono para Deifontes e denunciou os filhos como seus assassinos. Seu castigo foi o exílio, onde passaram a tramar o retorno a Argos e a tomada do poder, e dentro de pouco tempo voltaram à sua terra, cujo trono conquistaram graças ao apoio obtido no exílio. Deifontes, em companhia de sua mulher e de Agreu, foi para Epídauro, cujo rei, Pitireu, entregou-lhe espontaneamente o trono. Enquanto Deifontes estava em Epídauro seus cunhados Cerines e Falces atraíram sua mulher Hirnetó para fora da muralha e a levaram em sua companhia; Deifontes saiu em perseguição dos cunhados e matou Cerines; Falces, entretanto, conseguiu fugir após matar Hirnetó.

Deípilo (G. *Deýpilos*). Filho de Polimêstor (rei da Trácia), casado com Ilione, filha mais velha de Príamo (v.), rei de Tróia; Ilione fora incumbida pelo pai de cuidar de Polidoro, seu filho ainda criança. Ilione trocou secretamente Polidoro por seu próprio filho, de maneira a que, se um dos dois morresse, o sobrevivente tivesse direito ao trono. Após a queda de Tróia Agamêmnon (v.), no intuito de extinguir a raça de Príamo, prometeu sua filha Electra em casamento a Polimêstor se este lhe entregasse Polidoro. Polimêstor aceitou a proposta, e matou seu próprio filho, Deípilo, pensando que se tratasse de Polidoro. Mais tarde este último foi consultar o oráculo de Delfos, sem nada saber a respeito de seu nascimento, e o oráculo lhe disse que seu pai e seu irmão haviam morrido e sua pátria estava reduzida a cinzas. Perplexo, Polidoro, que não compreendia como a resposta do oráculo pudesse aplicar-se à sua família, interrogou Ilione, que lhe revelou a verdade. Instada então por Polidoro, Ilione matou Polimêstor (vv. *Polimêstor* e *Hécuba*).

Dejanira (G. *Deiâneira*). Filha de Oineu, rei de Calidon, e de Altaia, e irmã de Meleâgro (vv.). Quando Heraclés (v.) desceu ao inferno em busca de Cérbero (v.), recebeu da alma de Meleâgro um apelo para casar-se com Dejanira, sua irmã, que depois de sua morte ficara desamparada. De volta do inferno Heraclés, querendo atender ao pedido de Melêagro, teve de lutar contra o deus do rio Aqueloo, pois este pedira Dejanira em casamento (v. *Aqueloo*). Após suas núpcias com Dejanira, Heraclés deteve-se em Calidon durante algum tempo, e lá teve dela um filho chamado Hilo (v.). Mais tarde o casal deixou Calidon, e no caminho o centauro Nesso (v.) tentou violentar Dejanira à margem de um rio, mas Heraclés feriu-o mortalmente; antes de morrer, porém, o centauro ofereceu a Dejanira, como se se tratasse de um filtro de amor, um líquido preparado com o sangue de seus ferimentos. Chegando a Traquis, Heraclés e Dejanira foram recebidos amistosamente por Cêix (v.). Posteriormente Heraclés apaixonou-se por Iole (v.), e Dejanira, com ciúme e desejosa de reavivar o amor do herói por ela, mandou a Heraclés um manto que impregnara com o líquido recebido de Nesso moribundo. Mal o manto entrou em contacto com a pele de Heraclés seu corpo começou a ser consumido por chamas que surgiram misteriosamente do manto e causaram a morte do herói no alto do monte Oita. Percebendo tarde demais que fora enganada por Nesso, Dejanira suicidou-se.

Em outra versão da lenda Dejanira aparece como filha de Diôniso (v.), que se teria hospedado no palácio de Oineu.

Sófocles inspirou-se na lenda de Dejanira para escrever sua tragédia *As Traquínias.*

Delfine (G. *Delphine*). (1) Um dragão, mulher da cintura para cima e serpente da cintura para baixo, incumbido de vigiar os tendões ou os nervos de Zeus (v.), postos numa gruta na Cilícia. Hermes e Pan (vv.), entretanto, conseguiram burlar a vigilância do dragão e devolvê-los a Zeus, restituindo-lhe a integridade física. V. *Tífon.*

(2) Outro dragão que vigiava em Delfos a fonte junto à qual estava guardado o antigo oráculo conquistado por Apolo (v.). Ao menos na forma final da lenda Delfine distinguia-se do dragão ou serpente Píton (v.), vencido por Apolo.

Delfos (G. *Delphos*). Herói epônimo da cidade homônima célebre por abrigar o santuário e o oráculo de Apolo (v.). Delfos era o rei da região na época de sua conquista pelo deus. Numa das versões da lenda seu pai era Poseidon (v.), que amou Melanto (v., (1)) disfarçado em golfinho (*delphis* em grego). Em outra versão Delfos seria filho de Apolo e de Celainó (ou Melainis), ou então de Tiía, ou de Mêlaina, filhas respectivamente de Híamo, de Castálio e do rio Céfiso. A cidade de Delfos devia seu nome mais antigo (Pitó) a um filho de Delfos chamado Pites e rei da cidade, ou a um de seus filhos chamado Pitis (v. *Píton*).

Deméter (G.). Filha de Cronos e de Rea (vv.), pertencente portanto à segunda geração divina, dos deuses olímpicos. Divindade por excelência da terra cultivada, Deméter é especialmente a deusa do trigo. Tanto em sua lenda quanto em seu culto Deméter aparece estreitamente ligada a Perséfone (v.), sua filha com Zeus (v.), sendo as duas geralmente juntas sob a denominação, usada com freqüência, de "as deusas" (sozinha Deméter era chamada de "deusa-mãe"). No momento em que a terra se abriu a fim de permitir que Hades (v.) levasse Perséfone para os seus domínios, esta gritou e Deméter ouviu e correu angustiada com a intenção de socorrê-la, mas já não a encontrou. Desde esse momento a deusa passou a percorrer o mundo à procura da filha, sem se deter sequer para comer, beber ou repousar. Afinal Hélios (o Sol) onividente revelou-lhe os acontecimentos (em outra versão da lenda essa revelação teria sido feita pelos habitantes de Hermione, na Argolis). Desesperada, Deméter resolveu abster-se de fazer germinarem os grãos semeados na terra até que sua filha reaparecesse.

De passagem por Elêusis ela se disfarçou numa velha e pela primeira vez descansou, sentando-se numa pedra que a partir de então passou a chamar-se de Pedra Triste. Deméter dirigiu-se à morada de Celeu (v.), rei da região, onde uma serviçal chamada Iambé (v.) conseguiu fazê-la rir com seus gracejos. A deusa, incógnita, passou a trabalhar em casa de Celeu como ama, sendo incumbida de criar um dos filhos dele chamado Demofon (ou Triptólemo segundo outra versão da lenda). Deméter tentou dar ao menino a imortalidade, mas não conseguiu por causa da intervenção de Metanira, mulher de Celeu (v. *Demofon,* (2)). Nessa ocasião Deméter revelou sua identidade e incumbiu Triptólemo (v.) de ensinar os povos do mundo a cultivar o trigo. A essa altura a abstenção de Deméter em relação à sua função de fazer a terra produzir cereais tornou os campos estéreis, pondo em perigo a sobrevivência das criaturas humanas. Zeus, preocupado com a situação, ordenou a Hades que entregasse Perséfone a Deméter. Essa ordem, todavia, não pôde ser cumprida integralmente porque Perséfone havia quebrado o jejum no inferno, comendo alguns grãos de romã, prendendo-se assim ao reino de Hades. Para solucionar o impasse Zeus determinou que Perséfone vivesse uma parte do ano com sua mãe e a outra parte no inferno com Hades. Graças a essa decisão Perséfone saía das profundezas da terra na primavera e subia ao céu quando se abriam no solo as primeiras sementeiras, retornando ao inferno no outono, quando começavam as colheitas. Seu afastamento de Deméter coincidia com o inverno, durante o qual a terra nada produzia.

Demodice (G.). Mulher de Creteu (irmão de Atamas), e sogra de Frixo (vv.) numa das versões da lenda do herói. Demodice amava Frixo, porém vendo que ele não se interessava por ela, acusou-o diante do marido de ter tentado possuí-la. Creteu incumbiu seu irmão Atamas (v.) de matar Frixo, porém Nefele, mãe deste último, salvou-o mandando-lhe um carneiro alado que o levou para longe pelos ares.

Demôdoco (G. *Demôdokos*). (1) Um menestrel privado da visão pelas Musas (v.), que em compensação lhe deram o dom de comover os homens com seus cantos. Demôdoco fez-se ouvir no jantar oferecido a Ulisses (v.) por Alcínoo (v.), rei dos feácios, enquanto o herói narrava as suas aventuras no retorno da Guerra de Tróia.

(2) Outro menestrel, deixado por Agamêmnon como conselheiro de Clitemnestra, sua mulher (vv.), quando partiu para a Guerra de Tróia.

Demofon (G. *Demophon*). (1) Filho de Teseu e de Fedra (ou de Ariadne (vv.), e irmão de Acamas (v., (1)). Participou da Guerra de Tróia com seu irmão, para livrar do cativeiro sua avó, Aitra (v.), escrava de Helena (v.) naquela cidade. Enquanto Teseu esteve no inferno para trazer Perséfone (v.) e entregá-la a Pirítoo, Cástor e Pólux (os Diôscuros, v.) depuseram do trono de Atenas Acamas e Demofon, substituindo-os por Menesteu (v.). Acamas e Demofon foram para Ciro, onde Teseu, seu pai, foi encontrá-los. De lá os três viajaram para Tróia em companhia de Elefênor. Há menções à sua participação na guerra, e eles são citados entre os heróis que entraram na cidade no bojo do cavalo de madeira.

Finda a guerra, durante o retorno à Grécia Demofon envolveu-se num caso de amor com Fílis, filha de Síton (rei de Anfípolis). Fílis casou-se com ele e seu pai deu-lhe como dote o trono da cidade.

Demofon, entretanto, ansiava por voltar a Atenas, e afinal conseguiu convencer a mulher a deixá-lo partir, depois de prometer que regressaria. Fílis acompanhou-o durante algum tempo, e na hora da despedida entregou-lhe uma pequena caixa onde pusera objetos consagrados ao culto de Rea (v,), a Grande Mãe, dizendo-lhe que só o abrisse se perdesse a esperança de voltar a vê-la. Demofon partiu, mas interrompeu a viagem na ilha de Chipre. Como Demofon não voltasse no prazo combinado, Fílis amaldiçoou-o e suicidou-se. Nesse ínterim ele abriu o cofre e ficou horrorizado ao ver o seu conteúdo. Sem saber o que fazer, Demofon montou em seu cavalo, que saiu numa corrida vertiginosa e o lançou ao solo; na queda Demofon caiu sobre sua própria espada e morreu. Esse episódio é atribuído em outra fonte da lenda a Acamas. Foi Demofon quem trouxe para Atenas o Paládio (v.).

(2) Filho de Celeu, rei de Elêusis, e de Metanira, e irmão mais novo de Triptólemo (vv.). Enquanto procurava sua filha Perséfone (v.), Deméter esteve a serviço de Metanira e recebeu a incumbência de criar Demofon. Querendo conceder a imortalidade ao menino, a deusa o expunha ao fogo durante a noite. Notando que o menino crescia extraordinariamente, sua mãe (ou Praxitéia (v.), sua ama-de-leite) passou a observar Deméter sem ser notada, e a viu em suas práticas mágicas noturnas com Demofon. Surpreendida, Deméter revelou então sua condição divina.

Numa versão da lenda o menino teria morrido queimado, porém noutra, mais conhecida, ele sobreviveu mas como mortal, apenas glorificado pela circunstância de ter sido criado por uma deusa durante algum tempo. Outras fontes atribuem essas peripécias a Triptólemo (v.), e não a Demofon (vv. *Celeu* e *Elêusis*).

Dendritis (G.). Nome dado a Helena (v.) em Rodes. De acordo com uma lenda difundida na ilha, após a morte de Menelau (v.) Helena foi para Rodes em companhia de Nicôstrato e de Megapentes, filhos espúrios de Menelau. Lá ela passou a viver em companhia de Polixó (v.), viúva de Tlepôlemo (v.), que viera de Argos para Rodes com seu marido por ocasião de sua fuga da Argolis. Enquanto seu filho era menor Polixó exerceu a regência na ilha, e quando Helena chegou ela recebeu-a amistosamente, embora pretendesse vingar a morte do marido, abatido por ocasião do cerco de Tróia. Para realizar os seus desígnios, um dia Polixó, durante o banho de Helena, ordenou às suas serviçais que a atacassem disfarçadas em Fúrias (v.) e a enforcassem numa árvore (árvore em grego é *dêndron*; daí o epíteto dado a Helena). Sob a árvore em que Helena foi enforcada crescia uma planta chamada *helênion*, capaz de curar picadas de serpentes.

Dêrcino (G. *Dêrkinos*). Um habitante da Ligúria, que juntamente com seu irmão Alebíon (v.) tentou roubar os rebanhos que Heraclés tomara de Geríon (vv.).

Deucalião (G. *Deukalíon*). (1) Filho de Prometeu e de Climene (ou Celainó (vv.)), casado com Pirra, filha de Epimeteu e de Pandora (a primeira mulher) (vv.). Durante a Idade de Bronze Zeus (v.), vendo a raça humana irremediavelmente degenerada e cheia de defeitos, resolveu extinguila e provocou um dilúvio no mundo para afogar a humanidade; somente seriam poupados Deucalião e Pirra, em recompensa por sua bondade. Prometeu aconselhou os dois a construírem uma arca e se abrigarem nela, e o casal seguiu o conselho. Depois de flutuar durante nove dias e nove noites ao sabor das águas do dilúvio, a arca parou no topo de uma montanha da Tessália, onde o casal desembarcou. Quando as águas baixaram apareceu Hermes (v.), o mensageiro de Zeus, e disse que Zeus lhes satisfaria um pedido, qualquer que fosse ele. Deucalião manifestou o desejo de ter companheiros, e Zeus determinou que ambos jogassem por cima dos ombros os ossos de sua mãe. Pirra achou que a ordem de Zeus era uma crueldade, mas Deucalião entendeu que a referência era a pedras, os ossos da terra, mãe de todos, e lançou por cima dos ombros algumas pedras, das quais nasceram homens. Pirra fez o mesmo, e de suas pedras nasceram mulheres. Deucalião e Pirra tiveram os seguintes filhos: Hélen, Melântia, Protogênia e Anfictíon.

(2) Filho de Minos e de Pasifae, e irmão de Catreu e Glauco (vv.). Este Deucalião participou da caçada em Calidon juntamente com Teseu (v.), de quem era amigo.

Dexámeno (G. *Dexámenos*). Rei da cidade de Ôleno, na Acaia, que acolheu Heraclés (v.) quando o herói foi expulso de Élis por Augias (v.). Dexámeno ofereceu ao seu hóspede a mão de sua filha Mnesímaca, mas Heraclés partiu antes do casamento. Por ocasião de seu regresso ele encontrou a moça noiva do centauro Eurítion (v., (1)), que impôs o compromisso a Dexámeno, mas Heraclés matou o centauro e casou-se com Mnesímaca.

Dexicrêon (G.). Habitante de Samos dono de uma nau mercante. Estando em certa ocasião na ilha de Chipre, Dexicrêon foi aconselhado por Afrodite (v.) a encher sua embarcação apenas com água potável e zarpar o mais depressa possível. Dexicrêon ouviu o conselho da deusa, e depois de navegar algum tempo teve de parar por causa de uma calmaria; nessa ocasião ele passou a vender água às embarcações desprevenidas, fazendo um ótimo negócio. Finda a viagem ele erigiu uma estátua a Afrodite para demonstrar a sua gratidão.

Diana (L.). Deusa romana assimilada a Ártemis (v.) por influência das colônias gregas do sul da Itália, a exemplo do que aconteceu com várias outras divindades locais. Aparentemente a Diana Nemorense (*Diana Nemorensis*) correspondia à Ártemis de Táuris, trazida para a Itália por Orestes (v.), circunstância que explica a brutalidade de seus ritos. O sacerdote de Diana Nemorense, chamado *Rex Nemorensis* (= Rei dos Bosques), estava sujeito a ser morto por quem desejasse substituí-lo, desde que o pretendente preenchesse certos requisitos (comparem-se os sacrifícios humanos a Ártemis de Tauris no verbete *Ártemis*). Em uma das lendas referentes a Ártemis ela reteve em sua companhia Hipólito (v.), filho de Teseu, após sua ressurreição por obra de Asclépio (vv.); Ártemis levou-o secretamente para seu santuário em Arícia, na Itália, pondo-o a seu serviço sob o nome de Vírbio, que significava "nascido duas vezes". A proibição da entrada de cavalos no santuário de Diana Nemorense talvez esteja ligada à circunstância de Hipólito, na lenda grega, ter sido morto por seus próprios cavalos.

Dias (G.). Filho de Pêlops e de Hipodâmia, e irmão de Atreu e de Tiestes (vv.) numa das versões da complexa lenda dos Atridas. Uma filha dele, chamada Cleole, casou-se com Atreu; dessa união nasceu Plistenes, que por sua vez teve dois filhos – Agamêmnon e Menelau – e uma filha – Anaxíbia (vv.). Numa variante dessa mesma versão Cleole, a filha de Dias, seria a mulher de Plistenes, filho de Atreu, e mãe de Anaxíbia, de Agamêmnon e de Menelau.

Dicte (G.). Nome sob o qual aparece às vezes a deusa cretense Britômartis (v.). À semelhança desta, Dicte foi perseguida por Minos, apaixonado por ela, lançou-se ao mar e foi salva numa rede de pescadores.

Dietina (G. *Diktynna*). V. *Britômartis*.

Díctis (G. *Díktys*). Irmão de Polidectes (v.), o tirano de Sêrifo. Díctis recolheu em sua rede, numa praia de Sêrifo, a arca lançada ao mar por Polidectes com Danae e Perseu (vv.), seu filho recém-nascido. Após a morte de Polidectes, Díctis ter-se-ia tornado rei de Sêrifo.

Dido (L.). Filha de Muto, rei de Tiro, e irmã de Pigmalião. Ao morrer, Muto deixou o seu reino para os dois filhos, porém o povo deu o trono a Pigmalião, apesar de sua tenra idade. Dido, que na língua tíria se chamava Elissa, casou-se com seu tio Sicarbas (Siquem em Virgílio), sacerdote de Heraclés (v.), cuja importância em Tiro era superada apenas pela do rei.

Informada de que seu irmão pretendia matar Sicarbas para apoderar-se de seus bens, Dido decidiu fugir levando consigo em suas naus os imensos tesouros do marido. Acompanharam-na em sua fuga muitos nobres tírios revoltados com a atitude de Pigmalião. De passagem por Chipre os companheiros de viagem de Dido raptaram oitenta virgens consagradas a Afrodite (v.). Prosseguindo, os fugitivos chegaram em suas naus à costa da África, nas proximidades da atual Túnis, onde foram recebidos amistosamente pelos nativos. Dido pediu-lhes terras para instalar-se com seus acompanhantes, e os nativos autorizaram-na a ocupar toda a terra que pudesse ser cercada por um couro de boi. Dido cortou o couro em tiras finíssimas, e emendando-as pelas pontas demarcou com elas um território considerável. Cumprindo a promessa, os nativos lhe deram todas as terras delimitadas pela longuíssima tira de couro. Logo após a demarcação os habitantes de Útica, importante cidade vizinha, vieram oferecer presentes aos estrangeiros, e os instaram a fundar uma cidade no local. Com a chegada de novos colonos vindos de Tiro após a notícia da fundação de Cartago, a cidade prosperou, e Jarbas, rei da região circunvizinha, quis casar-se com Dido, ameaçando-a de guerra se ela não o aceitasse como marido. Horrorizada com a idéia desse casamento, mas percebendo que não lhe seria possível evitá-lo, Dido, depois de procrastinar a decisão por algum tempo, suicidou-se subindo a uma pira que mandara preparar.

Paralelamente a essa versão da lenda de Dido, mencionada pelo historiador grego Tímaios, Virgílio construiu o episódio romântico incluído na *Eneida*. Levadas por uma tempestade, as naus em que viajavam Enéias (v.) e seus companheiros em sua fuga de Tróia foram lançadas à costa da África; lá, os náufragos foram acolhidos pelos habitantes de Cartago, a cidade fundada e governada por Dido. Durante um banquete que lhe foi oferecido pela rainha, Enéias narrou a Guerra de Tróia e sua captura pelos gregos, e a fuga da cidade destruída até a chegada a Cartago. Os reparos das naus retiveram Enéias e seus companheiros durante algum tempo, e nesse ínterim Dido apaixonou-se pelo herói. No curso de uma caçada a rainha e Enéias entraram numa gruta para abrigar-se de uma tempestade, e lá os dois se uniram cedendo aos desejos inspirados por Vênus e Juno (vv.). O rei Jarbas, informado das ligações amorosas entre os dois, e despeitado ao ver-se preterido por um estrangeiro, pediu a Júpiter (v.) que afastasse Enéias de lá. Júpiter, ciente de que o destino de Enéias era fundar Roma longe dali, mandou Mercúrio (v.) ordenar ao herói que desse fim a essas ligações e partisse com suas naus. Enéias obedeceu e embarcou prontamente com seus companheiros, sem sequer despedir-se da rainha. Não suportando o abandono, Dido matou-se lançando-se numa pira.

Dimoites (G.). Dimoites era casado com a filha de seu irmão Trezén, chamada Euópis. Além de Euópis Trezén tinha um filho, e ela era apaixonada pelo irmão. Percebendo esse amor incestuoso e descobrindo que os dois já eram amantes, Dimoites revelou esses fatos a Trezén. Euópis, acabrunhada com essa descoberta, enforcou-se depois de amaldiçoar veementemente o marido, causador de sua desgraça. Não muito tempo depois Dimoites encontrou numa praia próxima o cadáver de uma bela mulher recém-lançada pelo mar, e levado por um desejo incontido uniu-se ao cadáver; este, entretanto, começou a decompor-se, e Dimoites mandou fazer um grande mausoléu onde o pôs. Ainda assim a sua paixão não diminuiu e ele matou-se sobre o mausoléu.

Dindimene (G. *Dindymene*). Epíteto da deusa Cibele (v.), derivado do monte homônimo na Frígia, onde havia um de seus santuários.

Diomedes (G.). (1) Herói etólio filho de Tideu e de Deipile (vv.); participou destacadamente da Guerra de Tróia ao lado dos gregos, e também da guerra dos Epígonos contra Tebas (v. *Ádrasto*). Para vingar-se dos filhos de Ágrio, que haviam destituído do trono seu avô Oineu, rei de Calidon, Diomedes veio disfarçado de Argos, sua pátria adotiva, para Calidon, e juntamente com Alcméon (v.) matou todos eles menos Tersites e Ônquesto (vv.), que se refugiaram no Peloponeso.

Considerando que Oineu já estava muito idoso para reocupar o trono, Diomedes entregou o poder a Andráimon, genro do rei deposto. Mais tarde Oineu foi morto numa emboscada no Peloponeso, para onde fora, pelos dois filhos restantes de Ágrio; Diomedes proporcionou-lhe funerais condignos e sepultou-o no local onde viria a existir posteriormente a cidade de Oinoe, cujo nome perpetuava a memória do ancião. Em seguida o herói casou-se com sua própria tia, Egiale, filha de Ádrasto.

Na Guerra de Tróia (v.), da qual participou por ter sido um dos pretendentes à mão de Helena (v.), Diomedes aparece quase sempre ao lado de Ulisses (v.) nas missões mais delicadas confiadas a este último – por exemplo, convencer Agamêmnon a sacrificar sua filha Ifigênia em Áulis, e persuadir Aquiles (vv.) a voltar a combater –; numa missão especialmente perigosa Diomedes foi com Ulisses ao acampamento dos troianos, onde os dois mataram o espião Dolo e Reso (vv.), comandante das tropas trácias recém-chegado para juntar-se aos troianos no estágio final da guerra. Diomedes era um combatente extraordinariamente corajoso, e não respeitava sequer os deuses, pois feriu Afrodite (v.); além disso, destacava-se por sua ponderação nas reuniões dos chefes gregos.

Apesar do rancor de Afrodite o retorno de Diomedes à Grécia foi mais tranqüilo que o de seus companheiros, porém suas atribulações recomeçaram após a chegada a Argos. Sua mulher Egiale, insuflada por Afrodite, foi-lhe infiel durante sua ausência, e por ocasião da volta do marido quase o matou em uma cilada. Diomedes refugiou-se na Itália, onde foi acolhido pelo rei Dauno (v.). Mais tarde houve divergências entre Dauno e Diomedes, que teria sido morto pelo rei.

(2) Rei da Trácia, filho de Ares e de Pirene (vv.), que lançava os estrangeiros em trânsito por seu território às suas éguas antropófagas para serem devorados. Euristeu mandou Heraclés (vv.) pôr termo a essa selvageria e trazer as éguas para Micenas. Quando Heraclés já se havia apoderado das éguas, cujos nomes eram Deinôs, Lâmpon, Podargo e Xanto, foi atacado pelos súditos deste Diomedes, e enquanto lutava com eles os animais mataram seu companheiro Ábdero, filho de Hermes (v.). Heraclés afinal derrotou os atacantes, matou o rei e fundou na costa da Trácia uma cidade à qual deu o nome de Ábdera para perpetuar a memória de seu companheiro querido. Depois Heraclés levou as éguas a Euristeu, que as dedicou a Hera (em outra versão da lenda elas teriam sido devoradas pelas feras do monte Olimpo).

Díomo (G. *Díomos*). Habitante da Ática, herói epônimo do demo homônimo. Côlito, seu pai, hospedou Heraclés (v.) por ocasião de sua passagem pela Ática, e o herói apaixonou-se por Díomo. Depois da deificação de Heraclés, Díomo sacrificou em sua honra um animal escolhido nos rebanhos do pai. Por ocasião do sacrifício surgiu um cão e levou as partes consagradas da vítima até um local onde Díomo instalou um santuário de Heraclés Cinôsarges (*Kynôsarges* = cão alvo).

Díon (G.). Um rei da Lacônia, casado com Anfitéia, filha de Prônax, da qual teve três filhas – Caria, Licó e Orfé. Quando Apolo (v.) passou pela Lacônia, Anfitéia o acolheu fidalgamente; o deus retribuiu as gentilezas prometendo às suas filhas o dom da profecia se elas respeitassem os deuses e não fossem indiscretas em relação às coisas que não deviam saber. Mais tarde Diôniso (v.) hospedou-se também no palácio de Díon, amando Caria e sendo correspondido em seu amor por ela. Depois, quando regressava de sua viagem ao redor do mundo, Diôniso procurou novamente o palácio de Díon, desejoso de reencontrar-se com a moça que amara. As irmãs dela foram indiscretas, tentando saber o que o deus estava fazendo. Apesar das advertências de Apolo e de Diôniso elas insistiram, e os deuses as puniram transformando-as em rochedos. Caria, entretanto, transformou-se numa nogueira (*karya* em grego = nogueira) que dava frutos abundantes, e passou a ser cultuada sob o nome de Ártemis (v.) Cariátis.

Dione (G.). Uma das deusas da primeira geração divina, filha de Urano e de Gaia (vv.) Em outra versão da lenda Dione aparecia como uma das Oceanides (v.), filha de Oceano e de Tetis (vv.). Dione é também um epíteto de Afrodite (v.).

Diôniso (G. *Diônysos*). Filho de Zeus e de Semele (filha de Cadmo e de Harmonia (vv.)). Quando Zeus (v.) uniu-se a Semele esta pediu-lhe para aparecer-lhe com todos os seus poderes. Querendo ser-lhe agradável, Zeus concordou, mas Semele, não suportando o fulgor dos raios empunhados pelo amante, morreu fulminada. Zeus tirou imediatamente o nascituro, ainda no sexto mês de gestação das entranhas de sua mãe e o enxertou em uma de suas próprias coxas, de onde ele saiu no devido tempo. O recém-nascido foi entregue a Hermes, que o levou a Atamas (vv.), rei de Orcômeno, e à sua mulher Inó para ser criado pelo casal. O deus recomendou que vestissem o menino com roupas femininas para preservá-lo da ciumenta Hera, ansiosa por eliminar o fruto dos amores extraconjugais de seu marido. Hera, entretanto, não se deixou enganar e enlouqueceu Inó e Atamas. Diante disso Zeus levou Diôniso para uma região distante, chamada Nisa (em algum lugar da Ásia ou na Etiópia), e o deixou aos cuidados das ninfas locais.

Chegando à idade adulta Diôniso descobriu a videira e a utilidade de seus frutos, mas a persistente Hera fê-lo enlouquecer. Em sua demência o deus percorreu o Egito e a Síria, e subindo pela costa da Ásia Menor chegou à Frígia, onde Cibele (v.) o acolheu, purificou-o e o iniciou em seu culto. Curado de sua demência, Diôniso rumou para a Trácia, cujo rei, Licurgo, maltratou-o e quis prendê-lo; Diôniso, entretanto, livrou-se e foi refugiar-se junto à nereide Têtis (v.), que o escondeu no mar. Licurgo conseguiu capturar as Bacantes do cortejo do deus, mas elas foram salvas miraculosamente e o rei enlouqueceu (v. *Mênades*). Nesse estado ele cortou uma de suas pernas e uma das pernas de seu filho, pensando que se tratasse de videiras, consagradas ao deus. Voltando à lucidez Licurgo percebeu que as terras de seu reino tinham ficado estéreis. Seus súditos mandaram interrogar um oráculo, e a resposta foi que o rancor de Diôniso somente cessaria se o rei fosse morto. Os habitantes da região o esquartejaram amarrando-lhes os pés e as mãos em quatro cavalos.

Da Trácia Diôniso retornou à Ásia e tomou o rumo da Índia, que conquistou à frente de um exército de seus adoradores, entre os quais estavam as Bacantes, os Silenos e os Sátiros. De volta à Grécia o deus passou pela Beócia, pátria de sua mãe. Em Tebas, onde Penteu sucedera a Cadmo (vv.) no trono, Diôniso introduziu as Bacanais, festas celebradas principalmente pelas mulheres com gritos frenéticos. Penteu tentou proibir esses ritos estranhos, mas foi punido juntamente com sua mãe Agave (v.), irmã de Semele, que o esquartejou com suas próprias mãos no alto do monte Citéron, impelida pelo delírio contagioso das devotas do deus.

Por onde Diôniso passava repetiam-se essas cenas de desvario místico. Em Argos o deus enlouqueceu as filhas do rei Preto (v.) e as demais mulheres da região, que em sua alucinação coletiva chegavam a devorar os próprios filhos de tenra idade. Da Beócia Diôniso quis ir a Naxo, embarcando numa nau de piratas tirrênios, que tomaram a direção da Ásia Menor com a intenção de vender seu passageiro como escravo. Percebendo essa intenção o deus transformou os remos da nau em serpentes, encheu a nau de hera e fez soarem incontáveis flautas invisíveis. Em seguida cercou a nau com guirlandas de videira, fazendo-a parar, aterrorizando a tal ponto os piratas que eles se lançaram ao mar, transformando-se em golfinhos. A partir de então o poder de Diôniso passou a ser reconhecido universalmente e o deus subiu ao céu, deixando o seu culto disseminado por toda a terra. Do céu Diôniso voltou à terra para raptar Ariadne (v.) em Naxo.

Diôniso, também chamado Baco, era considerado o deus das videiras, do vinho e do delírio místico. O culto dionisíaco penetrou também na Itália e disseminou-se de tal modo que no século III a.C. o Senado romano, preocupado com sua licenciosidade, proibiu a celebração das Bacanais. Apesar dessa reação a influência dionisíaca sobreviveu até a época imperial, favorecida pela crescente dissolução moral. Diôniso aparece na escrita minóica Linear B (aproximadamente 1400-1200 a.C.), fato que atesta a antiguidade da lenda. V. também *Zagreu.*

Diôscuros (G. *Diôskouroi*). Literalmente "filhos de Zeus" são Cástor e Pólux. No mesmo dia em que Zeus (v.) se uniu a Leda (v.) disfarçado em cisne, ela, que era casada com Tíndaro (v.), rei da Lacedemônia, também entregou-se ao marido, e dos quadrigêmeos que nasceram Helena (v.) e Pólux eram tidos como filhos de Zeus, enquanto o pai de Cástor e de Clitemnestra (v.) era o marido mortal de Leda. Essa circunstância explica o epíteto "Tindáridas", dado às vezes aos Diôscuros. Cástor e Pólux nasceram no monte Taígeto, em Esparta, e são os heróis dóricos mais representativos da raça, aparecendo em lutas contra o herói ático Teseu (v.) e mantendo viva a rivalidade atávica entre Esparta e Atenas. Por ocasião da descida de Teseu e Pirítoo (v.) ao inferno em busca de Perséfone (v.), os Diôscuros realizaram uma expedição contra a Ática, tentando libertar sua irmã Helena que Teseu raptara e aprisionara em Decêleia, na fortaleza de Áfidna. Ainda aproveitando a ausência de Teseu eles aprisionaram e levaram para Esparta a mãe do herói ateniense, chamada Aitra (v.), e expulsaram do trono de Atenas os filhos de Teseu, pondo em seu lugar Menesteu.

Os Diôscuros estiveram presentes em alguns dos principais eventos da antigüidade mítica, desempenhando um papel importante na expedição dos Argonautas (v.) (especialmente na luta contra Âmico, rei dos bêbrices), e na caçada em Calidon (v. *Melêagro*), e também ajudaram Jáson e Peleu (vv.) a devastar Iolco. Numa das versões de sua lenda os Diôscuros raptaram Febe e Hiláeira (as Leucipides), filha de Lêucipo (v.) (irmão de Tíndaro), das quais tiveram muitos filhos. Com seus primos Idas e Linceu, filhos de Afareu (vv.) – outro irmão de Tíndaro –, eles invadiram a Arcádia para roubar gado. Quando voltavam com o resultado da pilhagem surgiu um desentendimento entre os quatro primos quanto à partilha do rebanho; os Diôscuros prepararam uma emboscada contra Idas e Linceu; na luta entre eles Idas matou Cástor, e Pólux, embora ferido, matou Linceu. Zeus matou Idas com seus raios e quis levar Pólux consigo para o céu; Pólux recusou-se a aceitar a imortalidade oferecida por Zeus se Cástor ficasse no inferno, pois não desejava separar-se do irmão gêmeo. Diante disso Zeus permitiu que ambos se juntassem no céu em dias alternados, enquanto Cástor ficaria no inferno sozinho no dia em que não estivesse com o irmão. Em outra versão da lenda Cástor e Pólux foram convidados para a festa de casamento de Idas e Linceu com Febe e Hiláeira, e raptaram as noivas; na luta subseqüente ao rapto Cástor e Linceu foram mortos.

Nas lendas romanas os dois participaram da batalha travada no século V a.C. nas proximidades do lago Régilo ajudando os romanos contra os latinos, e foram a Roma anunciar a vitória levando seus cavalos para saciarem a sede na fonte de Juturna, em pleno Forum. Junto a essa fonte havia um templo dedicado aos dois (dizia-se em Roma que a ninfa epônima da fonte era irmã dos Diôscuros).

Na antigüidade os fogos de Santelmo, considerados um bom augúrio para os navegantes, chamavam-se "Diôscuros".

Dirce (G.). Mulher de Lico (rei de Tebas), que escravizara Antíope, mãe de Anfíon e de Zeto (vv.). Para castigar Dirce pelo tratamento cruel dado à sua mãe, Anfíon amarrou-a viva a um touro, que a arrastou por um terreno rochoso, estraçalhando-a.

Discórdia (G.). V. *Êris*.

Dis Pater (L.). O "Pai das Riquezas", um deus do inferno dos romanos, que embora seja de origem campestre foi identificado com Plutão (*Hades*, (v.)), porque todas as riquezas provêm da terra.

Dius Fidius (L.). O deus da boa-fé, provavelmente uma antiga personificação italiana para significar que os compromissos e as boas relações entre os homens são sagrados. *Dius Fidius*, identificado com Hércules (v.) talvez porque os juramentos *medius fidius* e *mehercle* eram equivalentes, tinha um templo no Quirinal construído no século V a.C.

Dôlio (G. *Dôlios*). O velho hortelão de Ulisses (v.), que cuidava da casa do herói ausente na Guerra de Tróia, e por ocasião de seu retorno ajudou-o a exterminar os pretendentes à mão de Penélope (v.).

Dôlon (G.). Um troiano filho do arauto Eumedes. Durante a Guerra de Tróia Heitor (v.), querendo saber as intenções dos gregos, sugeriu o envio de um espião ao seu acampamento, prometendo como prêmio a quem aceitasse a missão o carro de Aquiles (v.) com sua parelha de cavalos divinos. Dôlon ofereceu-se e cobriu-se com uma pele de lobo, saindo durante a noite em direção ao acampamento dos gregos. Por coincidência encontrou no caminho Diomedes e Ulisses (vv.), que iam numa missão semelhante ao acampamento dos troianos; os dois heróis gregos obrigaram-no a revelar detalhes pertinentes às forças inimigas, e em seguida Diomedes o matou.

Doridas (G.). Filho de Propodas e rei de Corinto juntamente com seu irmão Jacintidas. Durante o reinado dos dois irmãos os dórios comandados por Aletes vieram estabelecer-se em seu território.

Dóris (G.). Filha de Oceano e de Tetis, mulher de Nereu e mãe das Nereides (vv.).

Doro (G. *Doros*). Herói epônimo dos dórios, um dos principais povos da Grécia. Numa das versões de sua lenda ele era filho de Hélen e de Orseís, e neto de Deucalião e Pirra (vv.). Seu irmão Éolo (v.) foi o herói epônimo dos eólios, outro ramo importante da raça grega. Depois de viver na Ftiotis (parte da Tessália), Doro partiu com seus descendentes para o território onde se elevavam os montes Olimpo e Ossa; de lá foi para os arredores do monte Pindo, mais para o interior, prosseguindo em direção ao monte Oita, fixando-se finalmente no Peloponeso. Em outra versão da lenda Doro era filho de Apolo (v.) e de Ftia, e irmão de Polipoites e de Laôdoco. Étolo, filho de Endimião (vv.), teria eliminado os três irmãos, apoderando-se da Etólia, ao norte do golfo de Corinto, onde eles reinavam.

Doze Deuses, Os (G. e L.). Para os mitólogos gregos os doze deuses e deusas principais, moradores no Olimpo, eram: Zeus, Poseidon, Apolo, Ares, Hermes, Hefesto, Hera, Atena, Afrodite, Ártemis, Hestia e Deméter. Seus equivalentes romanos eram: Júpiter, Netuno, Apolo, Marte, Mercúrio, Vulcano, Juno, Minerva, Vênus, Diana, Vesta e Ceres (v. *Consentes*).

Drances (L). O mais eloqüente dos chefes italianos, que censura asperamente seu compatriota Turno (v.) na *Eneida.*

Dríades (G. *Dryades*), ou Hamadríades (G. *Hamadryades*). Ninfas que nasciam com as árvores, protegendo-as e participando de seu destino. Segundo algumas fontes elas morriam com suas respectivas árvores, mas em outras eram criaturas meio mortais e meio imortais, podendo viver até cerca de dez mil anos. Em certas lendas observam-se menções a castigos impostos a quem cortava árvores apesar dos apelos de suas ninfas. Vejam-se nos verbetes Crisopêleia e Roico súplicas de dríades a heróis para que salvassem suas árvores.

Drias (G. *Dryas*). Filho de Ares e irmão de Tereu (vv.). Imaginando, graças a pressságios, que seu filho Ítis (v.) estava fadado a ser morto por um parente, Tereu supôs que Drias pretendia eliminar seu sobrinho para herdar o trono; movido por essa suspeita, Tereu matou Drias. Passado algum tempo, entretanto, evidenciou-se a inocência de Drias, pois Ítis foi morto por Procne (v.).

Dríope (G. *Dryope*). (1) Filha única do rei Dríops (v. o verbete seguinte), guardiã dos rebanhos de seu pai nas vizinhanças do monte Oita. As Dríades (v.) convidavam-na para participar de seus coros, e um dia Apolo (v.) a viu brincando com suas companheiras, passando a desejá-la. Para poder unir-se a ela o deus disfarçou-se em tartaruga, e logo depois em serpente, fecundando-a. Assustada, Dríope nada disse aos seus pais quando voltou para casa, mas pouco tempo depois casou-se com Andráimon, filho de Ôxilo. No devido tempo ela deu à luz um filho chamado Ânfisso, que quando chegou à idade adulta fundou uma cidade no sopé do Oita com o mesmo nome do monte.

Em certa ocasião Dríope saiu de casa para oferecer um sacrifício às suas antigas companheiras, as Dríades, nas proximidades de um templo dedicado a Apolo por seu filho. As Dríades, que ainda gostavam muito dela, levaram-na em sua companhia; no lugar onde Dríope desapareceu cresceu um álamo e surgiu uma fonte.

Em outra versão da lenda, um dia quando Ânfisso ainda era pequeno, Dríope subiu a montanha com ele, pensando em oferecer um sacrifício às ninfas perto de um lago de águas límpidas; vendo uma árvore de flores cintilantes, ela colheu algumas para dar ao menino, sem saber que aquela árvore era a ninfa Lótis metamorfoseada. Lótis, indignada, transformou Dríope em uma árvore igual à dela, enquanto algumas moças que revelaram a metamorfose de Dríope transformaram-se em pinheiros.

(2) (L.). Uma ninfa amada por Fauno (v.), mencionada na *Eneida.*

Dríops (G. *Drýops*). Herói epônimo dos dríopes, tidos como um dos povos gregos mais antigos. Numa das versões da lenda Dríops era filho do deus do rio Esperqueio e de Polidora (filha de Danaôs), e noutra versão era filho de Apolo e de Dia (filha de Licáon) (vv.). Os dríopes habitavam originariamente a região do monte Parnasso, de onde os dórios expulsaram-nos obrigando-os a se dispersarem.

Na versão mais antiga da lenda, sua filha Dríope (v., (1)) teve com Apolo um filho chamado Ânfisso. Em outra versão ele era pai de uma moça que foi amada por Hermes e veio a ser a mãe de Pan (vv.).

E

Éaco (G. *Aiakôs*). Filho de Zeus e da ninfa Egina (filha do rio Ásopo) (vv.); Éaco, que tinha a fama de ser o mais piedoso de todos os gregos, nasceu na ilha de Oinone, que mais tarde passou a chamar-se Egina por causa do nome de sua mãe. Nessa época a ilha era deserta, e Éaco, querendo ter companheiros e um povo do qual fosse rei, pediu a Zeus (v.), seu pai, para transformar em criaturas humanas as formigas, muito abundantes na ilha. Zeus ouviu-lhe a prece, e Éaco deu a esse povo o nome de Mirmidões (*mýrmex* em grego significa "formiga"). Éaco casou-se com uma filha de Círon chamada Endeís, que lhe deu dois filhos – Telamon e Peleu. Mais tarde Éaco uniu-se à filha de Nereu, chamada Psamatê, e teve com ela um filho – Foco (vv.). Esse filho destacou-se nos jogos atléticos, provocando a inveja de seus dois irmãos – Telamon e Peleu – nascidos no casamento anterior de Éaco, que o mataram. Descoberto mais tarde o crime, Éaco expulsou seus filhos de Egina. A atitude severa em relação aos próprios filhos firmou-lhe a reputação de homem extremamente justo, a ponto de ser escolhido para dirigir preces a Zeus em nome de todos os gregos quando os campos da região passavam por um período de esterilidade. Essa reputação ter-lhe-ia também valido o privilégio de julgar no inferno as almas dos mortos; juntamente com Radamanto e Minos (vv.).

Eco (G. *Ekhó*). Uma ninfa dos bosques e das fontes. O deus Pan (v.) amava-a, mas Eco era apaixonada por um sátiro que não correspondia ao seu amor; para vingar-se Pan fez com que alguns pastores a matassem. Em outra versão da lenda de Eco ela amava Narciso (v.), um belo rapaz indiferente a ela. Eco morreu de amor, porém sua voz sobreviveu para repetir sempre a última sílaba das palavras. Esse destino seria um castigo porque quando Hera estava à procura de Zeus (vv.), que se entretinha com as ninfas, Eco não parava de falar para despistar a deusa ciumenta.

Édipo (G. *Oidípous*). Filho de Laio (descendente de Cadmo) e de Jocasta, ou Epicasta, filha de Meneceu, ou ainda de Eurigânia, ou Euriânassa, ou Astimêdusa (vv.). Um oráculo anterior ao nascimento de Édipo anunciara que o filho de Jocasta mataria seu pai. Tentando evitar a consumação da profecia, Laio abandonou Édipo logo após o nascimento, mandando atá-lo pelos tornozelos com uma correia; dessa crueldade resultou o defeito que deu origem ao seu nome (em grego *Oidípous* = "Pé Inchado"). Numa das versões da lenda Édipo, atado dessa maneira, foi posto num cesto e lançado ao mar; em outra versão ele teria sido abandonado no monte Citéron, perto de Tebas. Na versão mais conhecida o recém-nascido foi entregue a um servo de Laio para abandoná-lo, porém o servo confiou essa triste missão a pastores do Citéron. Em vez de abandoná-lo os pastores o levaram a Políbo (v.), rei de Corinto, cuja mulher não conseguia ter filhos apesar do intenso desejo do marido. A infância de Édipo transcorreu em Corinto no palácio de Pólibo e de Peribéia (ou de Merope (vv.)), dos quais ele pensava ser filho. Na versão dos poetas trágicos Édipo teria abandonado Corinto porque um habitante da cidade, querendo insultá-lo, disse que ele foi uma criança enjeitada, adotada pelo rei, e não era seu filho. Diante dessa afirmação desalentadora Édipo resolveu ir consultar o oráculo de Delfos para saber de quem era filho.

Depois de ouvir do oráculo que mataria seu pai e se casaria com sua mãe, Édipo, pensando que era filho de Pólibo, decidiu não voltar a Corinto e exilar-se em Tebas. A caminho dessa cidade ele encontrou Laio, sem saber de quem se tratava, numa encruzilhada onde a estrada estreitava entre rochedos. O rei mandou seu arauto afastar Édipo do caminho para dar passagem ao seu carro, e Édipo, insultado, matou o arauto e o próprio Laio. Quando chegou a Tebas ele encontrou a cidade alarmada com um monstro chamado Esfinge (v.). O monstro, com a cabeça de mulher e o corpo de leoa, propunha enigmas aos tebanos e os devorava porque eles não os decifravam. Creonte (v.) rei de Tebas na ocasião, vendo que muitos tebanos já haviam morrido, prometeu o trono da cidade como recompensa a quem decifrasse os enigmas. Édipo ofereceu-se e os decifrou (para os enigmas e sua solução, v. o verbete *Creonte* (1)). O monstro, transtornado, precipitou-se do alto da cidadela e morreu (em outra versão da lenda o próprio Édipo teria empurrado a Esfinge). Morto o monstro, Creonte entregou o trono a Édipo e lhe deu em casamento Jocasta, sua irmã e viúva de Laio, e, embora ninguém soubesse ainda, mãe de Édipo.

Numa das versões da lenda Jocasta descobriu que Édipo era seu filho por causa das marcas em seus tornozelos; em outra, mais conhecida, a descoberta ocorreu nas circunstâncias seguintes. Tebas estava sendo assolada por uma pestilência, e Édipo mandou Creonte a Delfos para indagar do oráculo a causa da calamidade. A resposta foi que a peste não cessaria enquanto não se vingasse a morte de Laio. Édipo mandou chamar o adivinho Tirésias (v.) e perguntou-lhe quem era o assassino. Tirésias, ciente de tudo graças ao seu poder divinatório, tentou tergiversar, e Édipo chegou a imaginar que os culpados fossem Creonte e o adivinho. Seguiu-se uma altercação entre Édipo e Creonte e apareceu Jocasta, que falou desdenhosamente dos poderes de Tirésias numa tentativa de reconciliar seu irmão e o marido. Para reforçar seus argumentos ela mencionou o antigo oráculo segundo o qual Laio seria morto por seu próprio filho; entretanto esse filho fora abandonado num lugar ermo e afinal Laio morreu assassinado numa encruzilhada por um assaltante.

Ouvindo falar em encruzilhada Édipo perguntou como eram Laio e o carro que o conduzia, e onde ocorrera o crime. Em face das respostas veio à mente de Édipo a dúvida terrível de que ele poderia ser o assassino. Édipo mandou buscar no campo um antigo servidor de Laio que o acompanhava na ocasião e presenciara o crime, juntamente com o pastor a quem Laio entregou Édipo recém-nascido para ser abandonado na montanha. Nesse momento de dúvidas apareceu um arauto vindo de Corinto para comunicar a morte de Pólibo e pedir a Édipo que voltasse para ocupar o trono vago. Num instante fugaz de alívio Édipo e Jocasta consideraram desmentida a previsão do oráculo, pois Pólibo morrera de morte natural. Mas ocorreu a Édipo que persistia a parte da previsão segundo a qual ele iria casar-se com sua própria mãe (a mulher de Pólibo, pensava ele). Querendo tranqüilizá-lo, o arauto vindo de Corinto lhe disse que ele fora enjeitado quando era criança e que Pólibo apenas o adotara. Édipo sentiu-se perdido diante da evidência, e Jocasta já não tinha dúvida alguma de que Laio fora morto pelo próprio filho e de que ela consumara o incesto unindo-se a Édipo. Enquanto este cegava-se perfurando seus olhos com a haste de um broche tirado do manto de Jocasta, ela entrou transtornada no palácio e matou-se.

Numa das versões da lenda Édipo continuou a reinar e morreu alguns anos mais tarde numa guerra contra os mínios, vizinhos de Tebas, comandados por Ergino (v., (1)). Noutra versão, adotada pelos poetas trágicos, Édipo foi expulso da cidade e passou a viver como um andarilho sem rumo, guiado apenas por sua filha Antígona (v.), pois amaldiçoara seus filhos Eteoclés e Polinices (vv.) por se terem recusado a apoiá-lo. Depois de percorrer várias regiões da Grécia Édipo chegou a Colono, um povoado da Ática. Creonte, tendo em mente um oráculo segundo o qual a terra onde Édipo fosse sepultado seria abençoada pelos deuses, tentou convencê-lo a deixar-se levar para Tebas; Édipo, grato a Teseu (v.), rei de Atenas, que o acolhera bondosamente, não concordou e determinou que seu cadáver permaneceria na Ática, morrendo pouco tempo depois em Colono. A lenda de Édipo inspirou Sófocles em suas tragédias *Édipo Rei, Édipo em Colono* e *Antígona*, e Eurípides nas *Fenícias*.

Eetíon (G.). Rei de Tebe, na Mísia, e pai de Andrômaca, morto juntamente com seus filhos por Aquiles (vv.) durante uma incursão dos gregos contra a sua cidade. Sua bravura foi tão grande que Aquiles o sepultou com suas armas e lhe proporcionou um funeral condigno, depois do qual as ninfas fizeram crescer um olmo sobre o túmulo de Eetíon. Sua mulher foi resgatada pelos mísios mas morreu dentro de pouco tempo, vítima das flechas de Ártemis (v.).

Efialtes (G. *Ephialtes*). (1) Um dos gigantes adversários dos deuses no combate entre estes e aqueles, morto por Apolo e Heraclés (vv.) com flechadas nos olhos. Efialtes era irmão de Oto (v.)

(2) Um dos gigantes Aloadas (v.).

Egêon (G. *Aigáion*). Um dos gigantes Hecatônqueires (v.), chamado pelos deuses de Briareu, aliado com seus irmãos aos deuses olímpicos na luta destes contra as Titãs (v.). Após a vitória dos deuses e o confinamento definitivo dos Titãs no Tártaro (v.) a fama de Egêon aumentou e os deuses vitoriosos demonstraram sua gratidão de várias maneiras. Durante uma tentativa de Hera, de Atena e de Poseidon de agrilhoarem Zeus, Tetis (vv.) chamou Egêon para ajudar o rei dos deuses; sua simples presença e o receio de sua força descomunal levaram as três divindades a desistirem de seu intento.

Egeu (G. *Aigeus*). Rei de Atenas e pai de Teseu (v.). Apesar de ter-se casado duas vezes, Egeu não conseguira até certa altura da vida tornar-se pai; atribuindo essa desdita à cólera de Afrodite Urânia (v. *Afrodite*), ele introduziu o culto dessa divindade em Atenas. Após uma consulta ao oráculo de Delfos, cuja resposta ("Não desamarres, homem excelente, a boca do odre de vinho antes de chegar ao ponto culminante de Atenas") não entendeu, Egeu partiu de volta a Atenas. Durante a viagem de regresso ele se deteve em Trezena, encontrando-se com o rei do lugar – Piteu, filho de Pélops e pai de Aitra (vv.). Decifrando o oráculo, Piteu embriagou Egeu e conseguiu que ele se unisse durante a noite com Aitra, que na mesma noite foi possuída também por Poseidon (vv.). Ao partir, Egeu recomendou a Aitra que, se tivesse um filho, o criasse sem lhe revelar o nome do pai, porém deixou embaixo de um rochedo suas sandálias e sua espada; quando o filho tivesse força bastante para remover o rochedo, acrescentou Egeu, saberia como descobrir seu pai. Esse filho nasceu e recebeu o nome de Teseu (v.). Mais tarde Egeu matou culposamente Androgeu, filho de Minos (vv.), e este invadiu a Ática para vingar-se, impondo aos atenienses que enviassem anualmente a Creta sete rapazes e sete moças (outras fontes aludem a cinqüenta rapazes e cinqüenta moças); esse pesado tributo provocou a expedição de Teseu contra o Minotauro (v.). Por ocasião da partida da expedição Teseu combinou com seu pai que, se voltasse são e salvo, içaria velas brancas em sua nau; se não regressasse, seriam içadas velas negras. Entretanto, transtornado por causa da maldição de Ariadne (v.), que abandonara em Naxos, Teseu esqueceu de içar as velas brancas; Egeu, que estava atento à espera da nau, vendo as velas negras imaginou que seu filho tivesse morrido, e por isso lançou-se ao mar que em seguida recebeu o seu nome (o atual mar Egeu).

Egéria (L). Uma ninfa romana, em sua origem provavelmente uma divindade das fontes associadas ao culto de Diana dos Bosques em Nêmi (v. Diana). Egéria era venerada também em Roma, perto da colina Célia, e aparece na lenda como conselheira do rei Numa (v.), com a qual se encontrava à noite como sua amiga (ou como sua mulher em outra versão da lenda). Egéria inspirou a Numa preceitos religiosos e lhe ensinou preces e maneiras de enconjurar influências malignas. Por ocasião da morte de Numa, a ninfa desesperada, chorou tanto que se transformou numa fonte.

Egímio (G. *Aigimiôs*) Filho de Doro (v.), ancestre dos dórios e primeiro legislador de seu povo quando este ainda vivia primitivamente no vale do rio Peneio (na Tessália). Por ocasião da tentativa de expulsão dos dórios pelos lapitas comandados por Côrono, Egímio apelou para Heraclés (v.), e com sua ajuda a vitória coube aos dórios. Querendo demonstrar sua gratidão, Egímio adotou como seu filho Hilo, um dos filhos de Heraclés, dando-lhe terras equivalentes às destinadas aos seus próprios filhos Dimas e Pânfilo. Estes e Hilo são os epônimos das três tribos dóricas chamadas Dinames, Panfílios e Hileus.

Egina (G. *Áigina*). Filha do deus do rio Ásopo (v.), amada e raptada por Zeus (v.). Seu pai percorreu toda a Grécia à procura do raptor, e somente pôde identificá-lo graças a uma delação de Sísifo (v.), desejoso de ter uma fonte na acrópole de Tebas, cidade que acabara de fundar. Ásopo recompensou-o fazendo surgir do solo essa fonte, chamada Pirene, porém mais tarde Sísifo recebeu no inferno o castigo por sua traição. Zeus lançou seus raios sobre o Ásopo, repondo-o em seu leito, e segundo a lenda desde essa época são achados carvões no leito do rio. Zeus transportou Egina para a ilha até então chamada Oinone e teve um filho com ela – Éaco (v.). A partir de então a ilha recebeu o nome de Egina.

Egisto (G. *Áigisthos*). Filho de Tiestes e da própria filha deste, chamada Pelópia (vv.). Tiestes foi banido de Micenas por seu irmão Atreu (v.), e vivia em Sicione, longe da pátria; imaginando incansavelmente um meio de vingar-se do irmão, que lhe matou os filhos, ouviu de um oráculo que teria um vingador num filho que sua própria filha Pelópia lhe daria. Aproveitando a ida desta a um sacrifício noturno, Tiestes a violentou sem ser reconhecido, graças à escuridão da noite, e desapareceu em seguida; Pelópia, entretanto, apoderou-se de sua espada durante o estupro. Pouco tempo depois Atreu casou-se com Pelópia, sem saber quem era ela. Ao tomar conhecimento mais tarde de que Pelópia abandonara logo após o nascimento o filho que tivera de seu próprio pai, Atreu mandou procurar o menino, achando-o em companhia de pastores que o tinham recolhido e o alimentavam com leite de cabra (o nome "Egisto" vem de "cabra" = *áix* em grego). Atreu levou-o consigo e o criou como se fosse seu próprio filho. Chegado à maioridade, Egisto foi incumbido por Atreu de ir a Delfos em busca de Tiestes, ordenando-lhe que o prendesse, pois pretendia matá-lo. Cumprindo as ordens, Egisto trouxe Tiestes à presença de Atreu, recebendo deste instruções para eliminá-lo. Egisto, todavia, estava armado com uma espada que recebera de sua mãe, que se apoderara dela na noite do estupro. Vendo a espada com que Egisto ia feri-lo, Tiestes perguntou-lhe de quem a obtivera. O jovem respondeu que a recebera de sua mãe. Tiestes mandou então que trouxessem Pelópia à sua presença e revelou o segredo do nascimento de Egisto. Apoderando-se da espada, Pelópia cravou-a em seu próprio peito. Egisto, tirando a arma ensangüentada do corpo de Pelópia, saiu à procura de Atreu, que realizava um sacrifício na praia, exultante com a morte do irmão (pois já o supunha morto), e cravou-a nele. A partir de então Egisto e Tiestes passaram a ocupar conjuntamente o trono de Micenas.

Durante a ausência de Agamêmnon e de Menelau (vv.), filhos de Atreu, empenhados na Guerra de Tróia, Egisto permaneceu no Peloponeso, e conseguiu depois de muita insistência seduzir Clitemnestra, mulher de Agamêmnon. Ao chegar de volta da guerra Agamêmnon foi recebido com demonstrações simuladas de cordialidade, mas pouco tempo depois Egisto o matou (ou instou Clitemnestra a matá-lo; v. *Agamêmnon*). Em seguida Egisto ocupou o trono de Micenas, no qual permaneceu por sete anos, sendo finalmente morto por Orestes (v.), filho de Agamêmnon, auxiliado por sua irmã Electra (v.).

Egito (G. *Áigyptos*). Herói epônimo do Egito, descendente direto de Poseidon e do rio Nilo, e irmão de Danaôs (vv.). Egito tinha cinqüenta filhos e seu irmão Danaôs tinha cinqüenta filhas (*Danaides*). Os dois irmãos desentenderam-se e Danaôs fugiu para a Argolis com suas filhas. Os filhos de Egito saíram em sua perseguição e pediram a Danaôs suas filhas em casamento; o pai consentiu, porém deu ordens às suas filhas para matarem os maridos na noite de núpcias.

Êlato (G. *Êlatos*). (1) Filho mais velho de Arcás (v.), o herói epônimo da Arcádia. Na partilha desse território seu pai lhe deu a região contígua ao monte Cilene, de onde ele chegou à Focis; Êlato ajudou os facídios em sua guerra contra os flegieus e fundou a cidade de Eláteia.

(2) Um herói de Lárissa, na Tessália, ligado a Caineu (v.).

Electra (G.). (1) Filha de Oceano e de Tetis (vv.). De seu casamento com Taumas, filho de Ponto (o Mar) e de Gaia (a Terra) (vv.), nasceram Íris, a mensageira dos deuses, e Aeló ("Tormenta") e Ocipites ("Vôo Veloz") – as Hárpias (vv.). Electra estava em companhia de Perséfone quando esta última foi raptada por Hades (vv.).

(2) Uma das sete Plêiades, as filhas de Atlas e de Pleione (vv.), habitantes da ilha de Samotrácia. Amada por Zeus ela concebeu Dárdano (vv.), que emigrou da Samotrácia para Troas, onde fundou a dinastia dos reis troianos. Iasíon, um de seus outros dois filhos, estava ligado às lendas de Deméter e de Cibele (vv.), e Ematíon, o outro, foi rei da Samotrácia. Além desses filhos ela teve também com Zeus uma filha chamada Harmonia, que se casou com Cadmo (vv.) (em outras versões de sua lenda Harmonia aparece como filha de Afrodite e de Ares (vv.)). Numa das versões esta Electra era a mulher de Côrito, um rei etrusco, e seus dois filhos Dárdano e Iasíon teriam nascido na Itália. Na lenda referente ao Paládio (v.), quando Zeus perseguia Electra para violentá-la ela se refugiu perto da estátua sagrada, mas Zeus lançou o Paládio do céu para a terra. A estátua foi cair na Troas e passou a ser venerada num templo em Tróia. Em outra versão da lenda a própria Electra teria trazido essa estátua para seu filho a fim de proteger sua cidade. Finalmente Electra foi transformada numa estrela em conjunto com suas irmãs, e todas passaram a constituir a constelação das Plêiades (v.).

(3) Filha de Agamêmnon e de Clitemnestra (vv.). Quando Agamêmnon foi morto por Egisto (v.) e por Clitemnestra, esta úl-

tima salvou-a intercedendo junto a Egisto, mas a partir de então passou a ser tratada como escrava. Em uma das versões da lenda Electra teria tirado Orestes (v.) das mãos dos assassinos, confiando-o secretamente a um idoso servo de Agamêmnon, que o levou para fora de Micenas.

A fim de evitar que Electra tivesse um filho capaz de vingar a morte de Agamêmnon, Egisto deu-a em casamento a um camponês que trabalhava longe da cidade, mas o marido respeitou-lhe a virgindade. Em outras versões da lenda, entretanto, Electra, que antes fora noiva sucessivamente de Cástor e de Polimêstor (vv.), permaneceu enclausurada no palácio real de Micenas. Esse cativeiro prolongou-se até o retorno de Orestes muitos anos depois, acompanhado por Pílades, seu amigo inseparável. Electra e Orestes encontraram-se junto ao túmulo do pai, e ali mesmo resolveram vingar-se assassinando Clitemnestra e Egisto. A participação de Electra no assassinato foi relevante, e ela animou Orestes, o matador de sua mãe e do assassino de seu pai e usurpador do trono, quando as Fúrias (v.) passaram a persegui-la. Após a absolvição de Orestes pelo Areópago, ele e Pílades partiram para Táuris (v. *Orestes*) em busca da estátua de Ártemis Táurica (v. *Ártemis*); pouco tempo depois circulou em Micenas a notícia da morte dos dois, e de que Orestes teria sido morto por sua própria irmã Ifigênia. Sem perder tempo Aletes, filho de Egisto, apossou-se do trono. Electra partiu para Delfos, onde por coincidência encontrou Ifigênia; supondo-a culpada pela morte de Orestes, Electra quis castigá-la, e quando estava prestes a cegá-la viu Orestes, que regressara de Táuris com Ifigênia. Chegando inesperadamente a Micenas, Electra e Orestes mataram Aletes. Orestes casou-se mais tarde com Hermione, filha de Helena (vv.), e deu Electra em casamento a Pílades.

Sófocles e Eurípides inspiraram-se na lenda de Electra para escrever suas tragédias que têm o nome desta heroína.

Elefênor (G. *Elephênor*). Filho de Calcodon e neto e sucessor de Abas (vv.) no trono da Eubéia. Um dia, vendo seu avô ser maltratado por um servo, Elefênor quis espancar o agressor mas seu bastão atingiu acidentalmente Abas e o matou; esse homicídio involuntário forçou-o a deixar Eubéia para exilar-se.

Tendo sido um dos pretendentes à mão de Helena, Elefênor participou da Guerra de Tróia (v.), levando seu contingente de abantes (um povo de Eubéia) em trinta naus. Não podendo pisar o solo da Eubéia por haver matado seu avô, para reunir seus comandados Elefênor teve de ficar num rochedo a certa distância da praia. Durante a Guerra de Tróia acompanhavam-no Acamas e Demofon, ambos filhos de Teseu (vv.). Na *Ilíada* Elefênor foi morto diante de Tróia por Agênor (v.), e seus companheiros, finda a guerra, instalaram-se no Épiro, na costa do mar Adriático, onde fundaram a cidade de Apolônia. Em outras versões da lenda ele esteve presente à captura e destruição da cidade e depois navegou para a ilha de Otrono, perto da Sicília, de onde foi expulso por uma serpente. De Otrono ele viajou para a região de Abantia (ou Amantia), no Épiro.

Elêusis (G.). Herói epônimo da cidade homônima, também chamado Eleusino. Era filho de Hermes e de Dáeira, e casando-se com Cotone teve com ela Triptólemo (vv.). Quando Deméter, recorrendo às suas artes mágicas, ia conceder a imortalidade a Triptólemo expondo-o ao fogo, Elêusis, que assistia à cena sem ser visto, não se conteve e deu um grito. Num acesso de cólera Deméter matou-o.

Êlimo (G. *Êlymos*). Filho bastardo de Anquises e companheiro de Egestes (vv.), com quem fundou diversas cidades na Sicília. Os troianos que emigraram com ele após a destruição de sua cidade deram o seu nome à colônia por ele instalada na mesma ilha, ponto de irradiação do povo elímio.

Élis (G.). Filho de Euripile e de Poseidon, e neto de Endimião por parte de mãe (vv.). Por ocasião da morte de seu avô, Élis sucedeu-o no trono da região homônima e fundou a cidade também chamada Élis para perpetuar o seu nome.

Elísion (G. *Elýsion*). Lugar também conhecido como Ilhas dos Bem-aventurados (*Makaron Nésoi*), onde as criaturas humanas queridas pelos deuses desfrutavam depois de mortas uma existência completamente feliz. Sua localização era vaga, em alguma parte do extremo ocidente, nas águas de Oceano; nas lendas mais recentes o Elísion ficava no mundo subterrâneo e era governado por Radamanto ou por Cronos (vv.).

Elissa (L.). V. *Dido.*

Elpênor (G.). Um dos companheiros de Ulisses (v.), metamorfoseado em porco pela feiticeira Circe (v.), que depois lhe devolveu a forma humana. No momento em que deveria partir da ilha de Circe com seus companheiros de volta à terra natal, Elpênor ainda dormia no terraço do palácio da feiticeira sob os efeitos do vinho bebido na véspera. Os companheiros foram chamá-lo e ele, ainda entorpecido, caiu do terraço e morreu. Quando Ulisses desceu ao inferno encontrou sua alma lá. Elpênor suplicou-lhe que lhe fossem proporcionadas cerimônias fúnebres condignas. De volta ao mundo dos vivos Ulisses satisfez-lhe a vontade, e havia no Lácio até a época histórica um monumento fúnebre de Elpênor.

Êmpusa (G. *Êmpousa*). Um fantasma do séquito de Hecate (v.), habitante do inferno, que aparecia principalmente às mulheres e às crianças durante a noite para assustá-las, apresentando-se sob várias formas. Dizia-se que um de seus pés era de bronze e também que ele se alimentava de carne humana, mostrando-se como se fosse uma bela moça para atrair suas vítimas.

Enarôforo (G. *Enarôphoros*). Um dos filhos de Hipocoon (v.), Enarôforo apaixonou-se por Helena ainda adolescente, e Tíndaro (vv.), para livrar a filha de sua perseguição, teve de confiá-la a Teseu (v.).

Encélado (G. *Ênkélodos*). V. *Gigantes.*

Endimião (G. *Endymíon*). Um pastor filho de Aêtlio (filho de Zeus (vv.)) e de Calice. Dotado de extraordinária beleza, Endimião despertou uma violenta paixão em Selene (a Lua), que se entregou a ele. Instado por Selene, Zeus deu a Endimião o direito de ser atendido em um pedido. O desejo foi dormir um sono eterno, e ele adormeceu conservando-se permanentemente jovem e belo.

Em outra versão da lenda Selene apaixonou-se por Endimião quando ele já estava adormecido para sempre, e descia do céu todas as noites para unir-se a ele. Endimião seria o pai de Étolo (v.), herói epônimo da Etólia.

Enéias (G. *Aineias, L. Aeneas*). Herói troiano filho de Anquises e de Afrodite (vv.). Enéias descendia de Dárdano e portanto do próprio Zeus (vv.), e passou a primeira infância no monte Ida. Aos cinco anos seu pai trouxe-o para Tróia, confiando sua educação ao cunhado Alcatoo, marido de Hipodâmia (vv.), sua irmã. Ao atingir a idade adulta Enéias era o mais valente dos guerreiros troianos depois de Heitor (v.). Embora ele não pertencesse à dinastia reinante, Afrodite, depois de unir-se a Anquises, revelou sua identidade e profetizou que ele iria ter um filho que reinaria sobre os troianos, e deste nasceriam outros filhos, e assim eternamente.

Ainda nos primórdios da Guerra de Tróia (v.) Enéias teve de enfrentar Aquiles (v.) durante uma incursão do herói grego ao monte Ida com a intenção de apoderar-se de seus rebanhos; o herói troiano tentou resistir, mas não conseguiu e teve de retirar-se para Lirnesso. Por ocasião da captura dessa cidade por Aquiles, Enéias salvou-se graças à intervenção do próprio Zeus. Mais tarde, durante um combate junto às muralhas de Tróia, Enéias foi ferido por Diomedes (v.); Afrodite tentou ajudá-lo mas também foi atingida pelas armas do impetuoso grego; nessa ocasião foi Apolo (v.) quem salvou Enéias, ocultando-o numa nuvem que surgiu repentinamente no campo de batalha. Em seguida Enéias voltou ao combate e matou alguns soldados gregos. Enéias aparece em outros episódios da Guerra de Tróia, num dos quais Aquiles o teria matado se Poseidon (v.) não interviesse cobrindo novamente o herói troiano com uma nuvem. Nessa ocasião Poseidon repetiu a profecia de Afrodite, reiterando que Enéias seria rei dos troianos e transmitiria o trono aos seus filhos e aos filhos de seus filhos. Após a morte de Heitor (v.), Enéias passou a ocupar o seu lugar como o primeiro dos guerreiros troianos.

Antes do fim da guerra, presenciando o episódio em que perderam a vida Laocoonte (v.) e seus filhos, Enéias pressentiu a derrota e destruição de sua cidade, e aconselhado por Afrodite e por Anquises retirou-se para o monte Ida, acompanhado por Anquises, Ascânio (seu filho ainda criança) e Creusa, sua mulher (vv.). Pouco tempo depois Enéias deixou o monte Ida e partiu para a Hespéria, ou seja, a região do Mediterrâneo ocidental, acompanhado pelo pai, pela mulher e pelo filho. Em sua longa viagem ele passou pela Trácia, pela Macedônia, por Samotrácia e pelas ilhas de Citera, de Creta e de Delfos, prosseguindo para a Lacônia e para a Arcádia; de lá ele foi para a Leucás e para Zácinto, subindo pelo litoral do Épiro e detendo-se em Butrôton, onde estavam Andrômaca e Heleno (vv.). Finalmente Enéias e seus companheiros chegaram ao sul da Itália, onde foram hostilizados nas colônias gregas então existentes na região. Diante dessas dificuldades eles prosseguiram e contornaram a Sicília para evitar os perigos de Cáribdis e de Cila (vv.), e se detiveram em Drêpanon, onde Anquises morreu e foi sepultado. No reinício da viagem as naus de Enéias foram lançadas à costa cartaginesa por uma tempestade. Mas Zeus não queria que Enéias ficasse na região onde existia a cidade que viria a ser a maior inimiga de Roma, e depois de uma aventura amorosa com Dido (v.) ele voltou ao mar com suas naus e foi parar em Cumas; lá o herói visitou a Sibila (v.) e desceu ao inferno. Em seguida Enéias e seus companheiros deixaram Cumas e navegaram em direção ao noroeste da Itália; os troianos tiveram o cuidado de evitar a ilha da feiticeira Circe (v.), chegando afinal à foz do rio Tibre, onde foram compelidos a lutar com os rútulos. Enquanto a maioria de seus companheiros ficava acampada na costa, Enéias subiu o Tibre e foi até a cidade de Palanteu, no território onde viria a existir Roma (o Palatino); lá ele propôs uma aliança a Evandro (v.), o idoso rei da região, embora arcádio de origem. Evandro, que havia muito tempo fora hóspede de Anquises, acolheu amistosamente Enéias, concordou com a aliança e pôs à sua disposição um contingente comandado por seu filho Palas. A conselho de Evandro, Enéias partiu para Agila, na Etrúria, onde recrutou os súditos de Mezêncio (v.) contrários a esse rei. Enquanto Enéias efetuava essa viagem ao interior, os soldados de Turno (v.), rei dos rútulos, atacaram o acampamento dos companheiros de viagem do herói troiano e tentaram incendiar suas naus. No momento em que a batalha parecia perdida para os troianos Enéias apareceu com os reforços obtidos de seus aliados; esse acontecimento fez reverter a situação, e a sorte da batalha foi decidida num combate singular em que Enéias matou Turno. Enéias ainda teve de lutar contra vários povos da região, e depois desapareceu misteriosamente. Seu filho Ascânio, que em outras fontes é chamado de Julo, fundou Alba Longa, núcleo da futura Roma, que somente veio a ser fundada por Rômulo, descendente do herói, embora uma tradição incerta registre que a fundação da cidade se devia ao próprio Enéias.

Eniálio (G. *Enyálios*). Epíteto de Ares (v.) significando "Belicoso". Esse epíteto parece ser muito antigo, pois já aparece na escrita minóica Linear B (v. a nota (e) da introdução) e era corrente na época homérica.

Enió (G. *Enyó*). Deusa da guerra, às vezes mencionada como irmã de Ares (v.) e mais freqüentemente como sua filha. Em Roma Enió identificou-se com a deusa local chamada Belona (v.).

Enipeu (G. *Enipeus*). Deus do rio homônimo da Tessália, por quem se apaixonou Tiró, filha de Salmoneu (v.) e de Alcidice. Poseidon (v.), também apaixonado pela moça, uniu-se a ela sob a aparência de Enipeu, e desse amor nasceram os gêmeos Neleu e Pelias (vv.).

Enomau (G. *Oinômaos*). Rei de Pisa, em Élis, filho de Ares (ou do herói Hipêroco) e de Harpina (ou Euritoe), filha do deus do rio Ásopo, ou da plêiade Esteropé (vv.). De sua união com esta última, ou com Euareté, filha de Acrísio (v.), nasceu uma filha chamada Hipodâmia (v.).

Os pretendentes à mão de Hipodâmia eram numerosos, mas Enomau recusava-se obstinadamente a dá-la em casamento, por nutrir uma paixão doentia pela própria filha, ou porque um oráculo previra que ele seria morto por seu genro. Para descartar-se dos pretendentes, Enomau decidiu que os candidatos à mão de Hipodâmia deveriam disputar uma corrida de carros com ele. Antes de subir ao seu carro Enomau sacrificava um carneiro a Zeus (v.), deixando o pretendente sair na frente em direção ao altar de Poseidon em Corinto, ponto final da corrida. Concluído o sacrifício Enomau partia e sempre ultrapassava seu concorrente, pois seus cavalos – presentes de Ares – eram de origem divina. Após a vitória ele matava seu competidor, cortava-lhe a cabeça e a pendurava por cima da porta de seu palácio. Enomau já vencera e matara doze pretendentes (ou treze em uma das fontes) quando Pélops (filho de Tântalo) (vv.), apareceu para competir. Hipodâmia, apaixonada por Pélops, ajudou-o a subornar Mírtilo (v.), auriga de seu pai. Mírtilo enfraqueceu o eixo do carro de Enomau, que se partiu durante a corrida. Enomau morreu em conseqüência do acidente provocado pela traição de Mírtilo, ou foi morto por Pélops.

Entória (L.). Na Idade de Ouro, época em que Saturno (vv.) vivia na Itália, um camponês chamado Icário acolheu em sua casa o deus, que se uniu à sua filha Entória e teve com ela quatro filhos: Fausto, Félix, Hino e Jano. Antes de partir de volta ao céu Saturno ensinou a Icário o cultivo da videira e o preparo do vinho e lhe disse para transmitir esses conhecimentos aos seus vizinhos. Isso feito, Icário convidou os vizinhos a virem à sua casa e lhes ofereceu vinho; depois de bebê-lo eles adormeceram profundamente, e quando despertaram, pensando que Icário os tinha envenenado mataram-no a pedradas. A tristeza de seus netos foi tão grande que eles se enforcaram. Em seguida manifestou-se em Roma uma terrível epidemia, e o oráculo de Delfos, consultado pelos romanos, disse-lhes que a calamidade era conseqüência da indignação de Saturno em face da morte de seus quatro filhos. Querendo aplacar a cólera divina, Lutácio Cátulo, o cônsul romano da época de Mário, construiu um templo de Saturno no sopé da colina Capitolina, com um altar onde havia as imagens dos quatro filhos do deus com Entória, dando ainda a um dos meses do ano o nome de "janeiro" em homenagem a Jano, o filho primogênito. Saturno transformou os membros da família de Icário numa constelação.

Eólia (G. *Aioliá*). (1) Ilha em que morava Éolo (v.) o deus dos ventos, identificada mais tarde como a ilha de Estrongile (a atual Stromboli) ou Lipara, ambas do grupo das ilhas Eólias.

(2) Heroína filha de Amitáon e mulher de Calidon (v.).

Éolo (G. *Áiolos*). (1) Filho de Helén e da ninfa Orseís, irmão de Doro e de Xuto (vv.) e ancestre dos eólios. Éolo era rei da Magnésia, na Tessália, onde casou-se com Ainarete, filha de Deímaco, de quem teve sete filhos e cinco filhas. Em algumas lendas este Éolo é identificado com o Senhor dos Ventos (v. (3) abaixo).

(2) Filho de Melanipe (ou de Arné) e de Poseidon (vv.), e neto de (1). Melanipe (ou Arné) teve com Poseidon os gêmeos Éolo e Boioto. Por ocasião de seu nascimento, Éolo, filho de Helén (v. (1) acima) cegou Melanipe e a encarcerou numa masmorra, dando ordens para abandonarem os seus filhos nas montanhas. Apareceu misteriosamente no local uma vaca para amamentá-los, e mais tarde os pastores, presenciando o milagre, levaram com eles Éolo e Boioto e os criaram. Nesse ínterim Teanó, mulher de Metáponto (rei da região da Itália com o mesmo nome), não conseguia dar filhos ao marido. Diante da ameaça do rei de abandoná-la por causa de sua esterilidade, Teanó pediu aos pastores que lhe dessem os meninos, e fazendo-os passarem por seus filhos apresentou-os a Metáponto. Entretanto Teanó teve posteriormente dois filhos, e quis livrar-se dos dois meninos que trouxera para casa, preferidos pelo marido por causa de sua beleza. Certa vez Metáponto saiu para oferecer um sacrifício a Ártemis (v.) e Teanó revelou aos seus filhos legítimos as circunstâncias que cercavam o nascimento de Éolo e Boioto, pedindo-lhes que os matassem durante uma caçada. Os quatro rapazes entraram em luta na montanha, e graças à proteção de Poseidon Éolo e Boioto mataram os filhos de Teanó e de Metáponto, indo depois asilar-se junto aos pastores que os tinham recolhido havia muito tempo. Poseidon revelou-lhes afinal o nome de seu pai, e lhes disse que Melanipe, sua mãe, continuava prisioneira. Os rapazes conseguiram libertá-la e Poseidon restituiu-lhe a visão. Em seguida eles a conduziram à cidade, onde revelaram a Metáponto o crime de Teanó. O rei casou-se com Melanipe e os dois jovens tomaram a decisão de viajar; Boioto fundou a Beócia, e Éolo a Eólida.

(3) Filho de Poseidon e o Senhor dos Ventos mencionado na *Odisséia*. Quando Ulisses (v.), durante sua viagem de volta a Ítaca, passou pela ilha de Eólia, Éolo recebeu-o cordialmente, retendo-o consigo durante um mês. Na hora da partida de Ulisses ele entregou ao herói um odre onde prendera todos os ventos, à exceção de um que levaria sua nau diretamente a Ítaca. Entretanto, enquanto Ulisses dormia seus companheiros abriram o odre, onde esperavam encontrar vinho, e os ventos soltaram-se provocando uma tempestade que lançou a nau à costa da Eólia. Percebendo que o herói estava sendo perseguido pela cólera divina Éolo nada mais fez para ajudar Ulisses.

Eós (G.) ou Héos. A Aurora, filha de Hiperíon e de Téia e irmã de Hélios (o Sol) e de Selene (a Lua), pertencendo portanto à primeira geração divina, a dos Titãs (vv.). Em outra versão da lenda Eós era filha do gigante Palas (v.). Unindo-se a Astreu, filho de Crio e de Euríbia, da mesma raça, Eós concebeu os ventos – Bóreas, Noto e Zéfiro –, além de Heósforo (a Estrela Matutina) (vv.) e os astros.

Antes de casar-se com Astreu Eós unira-se a Ares (v.), despertando a cólera de Afrodite (v.), que a puniu tornando-a insaciável em matéria de amor. Entre os seus inúmeros amantes citam-se o gigante Oríon (filho de Poseidon), que ela levou para Delos, e Céfalo, filho de Dêion e de Diomede (ou de Hermes e Herse) (vv.). Eós transportou Céfalo para a Síria, onde teve dele um filho chamado Faêton (v.), mencionado também como filho de Hélios (o Sol). Além desses dois ela amou Titono, filho de Ilo e de Placia (ou Leucipe), originário de Tróia, e o levou para a Etiópia, considerada nas lendas mais antigas a morada do Sol. Com Titono Eós teve dois filhos – Ematíon e Mêmnon (v.) –; este último, que foi morto por Aquiles (v.) na Guerra de Tróia, parece ter sido o seu filho dileto. Contava-se que Zeus (v.), a pedido de Eós, concedeu a imortalidade a Titono, mas ela esqueceu de pedir a juventude eterna para esse amante; conseqüentemente Titono não parava de envelhecer, levando uma vida horrível no palácio de Eós. Segundo outra versão da lenda ele perdeu completamente a aparência humana, transformando-se numa cigarra ressequida.

Eósforo (G. *Éosphoros*). V. *Heósforo.*

Êpafo (G. *Êpaphos*). Filho de Zeus e de Ió (vv.), nascido às margens do rio Nilo, onde Ió, transformada em novilha por Zeus (ansioso por livrá-la do ciúme de Hera (v.)), conseguiu finalmente deter-se para ter o filho. Mas Hera, movida por seu rancor inextinguível, conseguiu descobrir o recém-nascido, e incumbiu os Curetes (v.) de ocultá-lo da mãe. Os Curetes saíram-se tão bem de sua missão que Ió não pôde encontrar o filho. Zeus, exasperado, matou os Curetes e Ió voltou a procurar Êpafo. Logo ela soube que seu filho estava sendo criado pela mulher do rei de Biblos, na Síria. Chegando a Biblos Ió recuperou-o e o levou para o Egito, onde acabou de criá-lo. Atingindo a maioridade Êpafo tornou-se rei dos egípcios, sucedendo ao seu pai adotivo Telêgono (v.) no trono e casando-se com Mênfis, filha do deus do rio Nilo (em outra versão da lenda a mulher de Êpafo chamava-se Cassiopéia). Dessa união nasceu Líbia, que deu o nome à região contígua ao Egito (o norte da África, chamado Líbia na antigüidade). Além de Líbia, Êpafo e Mênfis tiveram mais duas filhas – Lisiânassa e Tebe.

Epeigeu (G. *Epeigeus*). Filho de Agaclés, rei de Budêion, na Tessália. Epeigeu teve de fugir de sua terra depois de matar um primo seu. Na época da Guerra de Tróia (v.) ele estava exilado no reino de Peleu (v.), e acompanhou Aquiles na expedição dos gregos, sendo morto por Heitor (vv.).

Epeio (G. *Epeiôs*). (1) Filho de Panopeu (v.). Participou da expedição dos gregos contra Tróia com um contingente transportado em trinta naus, porém distinguiu-se mais como atleta nos jogos fúnebres em honra de Pátroclo (v.) que como guerreiro. Sua proeza maior foi a construção do cavalo de madeira usado na captura de Tróia (v. *Cavalo de Tróia*). Finda a guerra, Epeio separou-se de Nêstor, seu mentor; na viagem de retorno à pátria sua nau veio parar no sul da Itália, onde fundou a cidade de Metaponto (ou a cidade vizinha de Lagária) e dedicou a Atena (v.) as ferramentas de que se serviu para construir o cavalo de Tróia.

Numa versão divergente da lenda a nau de Epeio foi levada por uma tempestade até a costa italiana; as cativas troianas trazidas por ele incendiaram a nau e Epeio, sem esperanças de poder voltar à pátria, fundou com seus companheiros a cidade de Pisa, na Itália central, assim chamada para perpetuar a memória da cidade homônima situada em Élis.

Além de construir o cavalo de Tróia, Epeio teria esculpido uma estátua miraculosa de Hermes (v.), venerada em Ainos, na Trácia. Essa estátua, feita de madeira, foi esculpida durante o cerco de Tróia e levada pelas águas do rio Escamandro quando este último tentou deter o avanço de Aquiles (v.) sobre a cidade. Passado algum tempo ela reapareceu nas águas fronteiras à cidade de Ainos, onde os pescadores a recolheram em suas redes. Eles tentaram destruir a estátua para transformá-la em lenha, mas não conseguiram; os pescadores puseram então a estátua inteira no fogo, mas ela permaneceu intacta. Lançada ao mar por eles, a estátua voltou às suas redes; percebendo afinal que se tratava de uma imagem miraculosa, os pescadores construíram um santuário, onde a consagraram.

(2) Filho de Endimião, rei de Élis, e irmão de Páion e de Étolo (vv.). Sucedeu ao seu pai no trono de Élis, e muitos elidenses em certa época passaram a chamar-se epeianos por causa dele.

Epídio (L. *Epidius*). Habitante da Nucéria, na Itália, que desapareceu nas águas do rio Sarno. Mais tarde Epídio reapareceu com chifres de touro na testa, transformado numa divindade fluvial.

Epígonos (G. *Epígonoi*). Denominação épica dos descendentes diretos dos Sete Chefes participantes da expedição contra Tebas. Dez anos depois do fracasso da expedição comandada por Ádrasto (v.), os filhos dos heróis mortos nos combates renhidos diante das portas de Tebas resolveram vingar seus pais. O oráculo, consultado, acenou-lhes com a vitória se fossem comandados por Alcmêon, filho de Anfiarau (vv.). A princípio Alcmêon recusou-se, mas instado por sua mãe Erifile (v.), corrompida pelos presentes oferecidos por Tersandro, filho de Polinices (vv.), aceitou finalmente o comando. Os Epígonos eram: Alcmêon e Anfíloco, filhos de Anfiarau; Diomedes, filho de Tideu; Aigialeu, filho de Ádrasto; Prômaco, filho de Partenopeu; Estênelo, filho de Capaneu; Têrsandro, filho de Polinices; e Euríalo, filho de Mecisteu (vv.). Os tebanos, comandados por Laodamas, filho de Eteoclés (v.), levaram a pior num combate em que seu chefe inicialmente matou Aigialeu mas acabou sendo morto por Alcmêon; de volta ao interior da muralha, seguindo o conselho do adivinho Tirésias (v.) os habitantes tomaram a decisão de fugir durante a noite. Na manhã seguinte os Epígonos entraram na cidade e a saquearam, oferecendo parte dos despojos a Apolo (v.) em seu templo de Delfos.

Epimelides (G.). Ninfas protetoras dos carneiros. De acordo com sua lenda, certa vez alguns pastores messápios viram essas ninfas dançando nas proximidades de seu santuário; não percebendo que se tratava de divindades, eles zombaram das ninfas dizendo que poderiam dançar melhor que elas. As ninfas, ofendidas, prontificaram-se a competir com os pastores e obtiveram facilmente a vitória. Querendo puni-los, transformaram-nos em árvores no mesmo lugar em que foram desafiadas. Os moradores da região contavam que se ouviam durante a noite os gemidos dos pastores metamorfoseados, provenientes dos troncos das árvores.

Epimeteu (G. *Epimetheus*). Descendente dos Titãs (v.), um dos quatro filhos de Jápeto com Climene (ou Ásia), irmão de Atlas, de Meneceu e de Prometeu (vv.). Seu nome significa "o que pensa depois", contrastando com o de Prometeu, que significa "o que pensa antes". Quando Prometeu, em seu empenho de tornar menos penosa a existência humana, conseguiu enganar Zeus (v.) e roubar-lhe o fogo, proibiu o irmão de aceitar qualquer presente do deus. Epimeteu, entretanto, não resistiu à tentação quando recebeu Pandora (v.) como presente de Zeus por intermédio de Hermes (v.). Essa fraqueza de Epimeteu, ao tornar-se instrumento da vingança divina, foi a causa da infelicidade das criaturas humanas (v. *Pandora*). Da união de Epimeteu com Pandora nasceu Pirra, mulher de Deucalião (vv.).

Epione (G.). Mulher de Asclépio, com quem teve as filhas Panacéia, Iasó, Higíeia, Acesó e Aigle (vv.). Em Epídauro, centro principal do culto de Asclépio, havia uma estátua de Epione ao lado da imagem do deus. Na lenda corrente da ilha de Cós, Epione era filha de Asclépio, e não sua mulher.

Épiro (G. *Épeiros*). Filha de Equíon (v., (1)), companheira de Cadmo e de Harmonia (vv.) em sua fuga para o interior da Beócia quando o casal deixou Tebas levando as cinzas de Penteu (v.). Por ocasião de sua morte na Caônia seu cadáver foi enterrado num bosque sagrado (v. *Cíquiros*). A região de Épiro, na Grécia, deve-lhe o nome.

Epopeu (G. *Epopeus*). (1) Herói de Sicione, filho de Aloeu e neto de Poseidon e de Canacé (vv.). Inicialmente ele ocupava o trono de Sicione, herdado de Córax (v. *Laomêdon*); mais tarde, por ocasião da morte de Buno, que subiu ao trono de Corinto quando Aietes (v.) partiu para a Cólquida, Epopeu foi seu sucessor, passando a reinar sobre as duas cidades. Quando Antíope (v.) fugiu da casa de seu pai antes de dar à luz Anfíon e Zeto (vv.), filhos dela com Zeus (v.), Epopeu acolheu-a em Sicione. Lico (v.), tio de Antíope, atacou por isso Sicione e matou Epopeu durante a captura da cidade.

(2) Rei de Lesbos, apaixonado por sua filha Nictimene (v.).

Êquemo (G. *Êkhemos*). Filho de Aéropo e marido de Tímandra, filha de Tíndaro e de Leda (vv.). Herdando de Licurgo (v.) o trono da Arcádia, embora tivesse nascido em Tegéia, Êquemo teve de defender o Peloponeso na primeira expedição dos Heráclidas (v.) à região. Para decidir a guerra Êquemo e Hilo (v.), o comandante dos Heráclidas, empenharam-se num combate singular; na luta entre os dois, travada nas proximidades de Mêgara, Hilo foi morto, e em face da perda de seu comandante os Heráclidas retiraram-se. Por causa dessa vitória os tegeatas conquistaram o direito de comandar perpetuamente uma das alas do exército formado pelos povos do Peloponeso.

Êquetlo (G. *Êkhetlos*). Um herói ático, visto apenas na batalha de Maratona, onde os gregos derrotaram os persas. Vestido como um camponês, Êquetlo apareceu inopinadamente no campo de batalha e massacrou numerosos combatentes persas, desaparecendo após a vitória. Um oráculo mandou cultuá-lo como herói e determinou a construção de um santuário em sua honra.

Êqueto (G. *Êkhetos*). Rei lendário do Épiro famoso por sua crueldade. Sua filha Metope uniu-se a um amante; para punir o casal, Êqueto castrou o amante e cegou a filha perfurando-lhe os olhos com agulhas de bronze. Não satisfeito, encarcerou Metope numa torre e a condenou a moer grãos de cevada feitos de bronze, prometendo-lhe que quando conseguisse reduzir todos os grãos a farinha voltaria a enxergar. Era tão conhecida a sua crueldade que na *Odisséia* Antínoo ameaçou o mendigo Iro (vv.) de mandá-lo ao rei Êqueto, terror dos mortais, que lhe deceparia o nariz e as orelhas e as daria aos cães para comê-las.

Êquidna (G. *Êkhidna*). = Víbora. Um monstro em forma de mulher, mas com serpentes em vez de pernas, filha de Forcis e de Cetó (vv.) (filhos de Ponto (o Mar) e de Gaia (a Terra)), ou de Tártaro e de Gaia, ou então de Estige, ou ainda de Crisáor (vv.). Êquidna vivia numa caverna da Cilícia, na terra dos Árimos, ou segundo outra versão da lenda no Peloponeso, onde devorava os viajantes até que Aigo a matou. Teve com Tífon os filhos também monstruosos Ortro (o cão de Geríon), Cérbero (o cão guardião da porta do inferno), a Hidra de Lerna, e Quimera (morta por Belerofonte (vv.)). Com seu filho Ortro ela concebeu a Esfinge e o leão de Neméia (vv.). Aparecem também como seus filhos o dragão da Cólquida que guardava o Tosão de Ouro (v. *Argonautas*), e o dragão guardião dos pomos de ouro das Hespérides (v.), além da águia que devorou o fígado de Prometeu (v.).

Os habitantes da região do Ponto Euxino (o atual mar Negro) conheciam uma versão diferente da lenda, na qual Heraclés (v.), chegando à Cítia, deixou seus cavalos pastando enquanto dormia, e quando acordou eles haviam desaparecido; saindo à sua procura, o herói encontrou a Êquidna, que morava numa árvore e lhe prometeu devolver os cavalos se ele se unisse a ela. Heraclés concordou, e dessa união nasceram Agátirso, Gelono (herói epônimo da cidade de Gelonos), e Cites, herói epônimo dos citas.

Equíon (G. *Ekhíon*). (1) Um dos sobreviventes dos homens nascidos dos dentes de dragão semeados por Cadmo (v., e *Spartoi*), por ocasião da fundação de Tebas. Casou-se com uma filha de Cadmo chamada Agave, e teve com ela Penteu, que veio a ser rei de Tebas (vv.) e hostilizou os adeptos do culto de Diôniso (v.).

(2) Um dos Argonautas (v.), irmão gêmeo de Êurito e filho de Hermes e de Antiâneira (vv.).

(3) O primeiro herói grego a sair do Cavalo de Tróia (v.), morto ao pisar em solo troiano.

Erato (G.). (1) Uma das nove Musas (v.), inspiradora principalmente da poesia lírica.

(2) Uma dríade (v.) arcádia, mãe de Azan com Arcás (v.). Era uma profetisa inspirada pelo deus Pan (v.).

Érebo (G. *Érebos*). Personificação das trevas do inferno, filho de Caos e irmão de Nix (a noite) (vv.).

Erecteu (G. *Erekhtheus*). Rei lendário de Atenas, confundido às vezes com Erictônio, filho de Pandíon e de Zeuxipe e irmão de Butes, de Filomena e de Procne (vv.). Por ocasião da morte de Pandíon, Erecteu sucedeu-o no trono e Butes tornou-se sacerdote de Atena e de Poseidon (vv.), as divindades tutelares da cidade. Erecteu casou-se com Praxitéia, filha de Frásimo e de Diogênia, e dessa união nasceram os filhos Cêcrops, Metíon e Pândoro (aos quais outras fontes acrescentam Álcon, Eupálamo, Orneu e Téspio (vv.)), e as filhas Creusa, Ctônia, Merope, Orítia, Pandora e Protogênia (vv.).

Durante a guerra entre os eleusínios apoiados pelo trácio Êumolpo, filho de Poseidon (vv.), e os atenienses, Erecteu quis saber do oráculo de Delfos como poderia obter a vitória; diante da resposta oracular no sentido de que teria de sacrificar uma de suas filhas, Erecteu imolou Ctônia (ou Protogênia segundo outra versão da lenda); os irmãos da vítima, querendo também colaborar para a salvação da pátria, suicidaram-se na mesma ocasião. Os atenienses venceram os eleusínios e mataram Êumolpo, porém Poseidon, contrariado com a morte do filho, obteve de Zeus que eliminasse Erecteu com seus raios.

Ergino (G. *Êrginos*). (1) Rei dos mínios de Orcômeno, na Beócia, filho de Clímeno e de Buzigue. Quando o tebano Perieres, auriga do carro de Meneceu, matou Clímeno durante uma festa de Poseidon (vv.) em Ônquesto, Ergino organizou uma expedição contra Tebas; muitos tebanos morreram na luta e o rei da cidade teve de fazer um acordo que o obrigava a mandar-lhe durante vinte anos um tributo de cem bois. Na época em que Heraclés (v.) regressou a Tebas após a caçada ao leão do Citéron, encontrou os servos mandados por Ergino para recolher o tributo anual, cortou-lhes as orelhas e o nariz, pendurou-os em seus pescoços e disse-lhes para levarem aquele tributo a Ergino. Este, impelido pela cólera, atacou novamente Tebas. Creonte, rei da cidade na ocasião, dispunha-se a render-se, porém Heraclés reuniu os jovens de Tebas, enfrentou Ergino, matou-o e obteve a vitória. Como prêmio pelo feito Creonte deu-lhe em casamento sua filha mais velha, chamada Mêgara (vv.).

(2) Filho de Poseidon, participante da expedição dos Argonautas (vv.). Por ocasião da morte de Tífis, piloto da *Argó* (a nau dos Argonautas), este Ergino substituiu-o.

Erictônio (G. *Erikhthônios*). Um dos mais antigos reis de Atenas, filho de Hefesto e de Atena (vv.). A deusa fora à oficina de Hefesto encomendar armas novas; vendo-a, o deus sentiu um forte desejo amoroso por Atena, que tentou fugir mas foi atacada por Hefesto. Ela defendeu-se, mas durante a luta Hefesto ejaculou e seu esperma caiu nas coxas da deusa. Enojada, Atenas limpou as coxas com um pouco de lã, que depois deixou cair no solo. Da terra fecundada dessa maneira singular saiu um menino, que Atena apanhou e chamou de Erictônio, nome cuja primeira parte significa "lã" e cuja segunda parte lembra o solo. Sem que os demais deuses percebessem Atena pôs o recém-nascido num cesto e o entregou a uma das filhas de Cêcrops (v.). As outras filhas do rei não resistiram à curiosidade, e abrindo o cesto viram o menino protegido por duas serpentes. As moças, assustadas com o que viram, enlouqueceram e suicidaram-se precipitando-se do alto da acrópole de Atenas. Erictônio foi criado por Atena em seu templo situado na acrópole, e mais tarde recebeu de Cêcrops o trono da cidade, ou segundo outra versão da lenda depôs Anfictíon (v.), que reinava na ocasião em Atenas, e usurpou o trono. Da náiade Praxitéia (v., (1)), com quem se casou, ele teve um filho chamado Pandíon (v.), que o sucedeu no trono.

Erídano (G. *Erídanos*). Rio lendário, situado em local impreciso na Europa Ocidental (provavelmente o atual Pó, na Itália central), filho de Oceano e de Tetis (vv.), a cujas ninfas Heraclés (v.) perguntou qual era o melhor caminho para chegar ao jardim das Hespérides (v.). Na expedição dos Argonautas (v.) a *Argó* navegou pelo Erídano e chegou ao mar Adriático.

Erifile (G. *Eriphyle*). Filha de Talau, rei de Argos, e irmã de Ádrasto (vv.). Em decorrência da reconciliação de Ádrasto com Anfiarau (v.) seu primo, Erifile casou-se com Anfiarau. Dessa união nasceram dois filhos – Alcmêon e Anfíloco – e duas filhas – Deinônassa e Eurídice (vv.).

Erifile aparece nas lendas ligadas às duas expedições contra Tebas. Convidado por Ádrasto a juntar-se à primeira expedição (a dos Sete Chefes), Anfiarau negou-se, pois sendo adivinho sabia que morreria durante a mesma. Entretanto, quando casou-se com Erifile Anfiarau comprometeu-se a submeter à decisão final de sua mulher qualquer divergência entre ele e Ádrasto. Não resistindo à tentação da oferta do colar de Harmonia por Polinices (vv.) (este último seria o maior beneficiário do eventual sucesso da expedição), Erifile deixou-se corromper e decidiu que Ádrasto deveria ir. Na hora de partir Ádrasto fez seus filhos jurarem que vingariam a sua morte.

Por ocasião da segunda expedição (a dos Epígonos (v.)), Erifile, subornada dessa vez por Têrsandro (v.), filho de Polinices, que lhe prometera o manto de Harmonia, levou Alcmêon a assumir o comando. Alcmêon, voltando vitorioso da expedição, matou Erifile, sua mãe, e consagrou a Apolo (v.) no templo de Delfos o colar e o manto.

Erígona (G. *Erigone*). (1) Filha de Icário, um ateniense que recebeu amistosamente Diôniso (vv.) quando o deus apareceu para dar aos homens a videira e o vinho. Diôniso apaixonou-se por Erígona e desse amor nasceu o herói Estáfilo. O deus presenteou Icário com um odre de vinho, sugerindo-lhe que o partilhasse com seus vizinhos. Isso feito os pastores a quem Icário ofereceu o vinho embriagaram-se e, pensando que tinham sido envenenados por ele, mataram-no e ocultaram-lhe o cadáver. O cão de Icário chamado Maira (v., (2)), levou Erígona ao local onde estava o cadáver insepulto. Transtornada, Erígona enforcou-se na árvore junto à qual jazia Icário. Querendo vingar-se, Diôniso fez com que as moças de Atenas passassem a suicidar-se por enforcamento. Consultado, o oráculo de Delfos respondeu que se tratava de um castigo do deus por causa da morte de Icário e de Erígona. Os atenienses decidiram então punir os pastores assassinos, e instituíram em homenagem a Erígona uma festa durante a qual as moças ficavam suspensas nas árvores. Mais tarde as moças foram substituídas por discos nos quais se desenhavam rostos humanos.

(2) Filha de Egisto e de Clitemnestra em uma versão divergente da lenda de Orestes (vv.). Este último quis matá-la quando assassinou Egisto e Clitemnestra, mas Ártemis (v.) levou-a para Atenas, onde ela passou a ser sacerdotisa da deusa. Esta Erígona teria conduzido Orestes ao Areópago para ser julgado por seu duplo crime, e após a absolvição do irmão suicidou-se.

Érilo (L. *Erylus*). Herói lendário de Preneste, filho da deusa Ferônia (v.), dotado de três corpos e três vidas. Quando Evandro (v.) veio para o Lácio, defrontou-se com Érilo e o derrotou num combate singular.

Erímanto (G. *Erýmanthos*). Filho de Apolo, privado da visão por Afrodite por tê-la visto despida quando a deusa acabava de unir-se a Ádonis (vv.). Apolo (v.) transformou-se em javali e matou Ádonis.

Erínias (G. *Erinyes*). V. *Fúrias*.

Erinona (G.) Uma virgem da ilha de Chipre, estimada por Atena e Ártemis (vv.) em decorrência de sua pureza e sapiência. Afrodite (v.), entretanto, inspirou em Zeus (v.) um amor ardente pela virgem, mas Hera (v.), sempre ciumenta de Zeus, fez com que Ádonis (v.) a possuísse. Zeus, revoltado com o procedimento de Ádonis, matou-o com seus raios; depois, aquiescendo a um pedido de Afrodite, deu permissão a Hermes (v.) para trazer de volta ao mundo dos vivos o fantasma de Ádonis. Ártemis transformou Erinona num pavão, porém mais tarde restituiu-lhe a forma humana e fê-la casar-se com Ádonis ressuscitado.

Êris (G.). A Discórdia personificada, uma das potestades primordiais da mesma geração de Nix (a Noite) (v.), e segundo Hesíodos, mãe de outras personificações do mesmo gênero: Algos (a Dor), Horcos (o Juramento), Lete (o Esquecimento) e Ponos (a Fadiga). O mesmo poeta distingue duas Discórdias: uma delas, filha de Nix e nefasta, e a outra benéfica, correspondente à rivalidade no bom sentido, posta por Zeus (v.) no mundo para ser útil aos mortais; ela estimula a emulação entre os artífices, levando cada um a querer suplantar o outro. Em outras fontes Êris era irmã e companheira de Ares (v.), e teria provocado a Guerra de Tróia lançando diante de Afrodite, Atena e Hera (vv.) o "pomo da discórdia". V. *Páris*.

Erisícton (G. *Erysíkhthon*). (1) Herói tessálio, filho ou irmão do rei Triopas (v.). Violento e ímpio, ele decidiu em certa ocasião abater as árvores de um bosque consagrado a Deméter (v.), apesar das advertências divinas. Querendo puni-lo pelo sacrilégio, a deusa fê-lo sentir desde então uma fome insaciável, que o levou a dissipar todos os seus bens. Sua filha, chamada Mnestra, dotada por Poseidon (v.), seu amante, do poder de metamorfosear-se, querendo obter recursos para saciar a fome do pai passou a transformar-se em escrava, e depois de vendida transformava-se novamente, e assim sucessivamente. Mais tarde Erisícton, já louco, devorou-se a si mesmo.

(2) Um herói lendário de Atenas, filho de Cêcrops e de Áglauro (vv.), que foi a Delos buscar uma antiga imagem de Ilítia (v.), mas morreu durante a viagem de volta à sua cidade.

Êrito (G. *Êrytos*), ou Êurito, irmão gêmeo de Equíon (2), um dos Argonautas, filho de Hermes (vv.) e de Antiânira.

Êrix (G. *Êryx*). Herói epônimo da montanha siciliana em cujo topo havia um famoso templo de Afrodite (v.); era filho do

Argonauta Butes (v.) e de Afrodite, que salvou Butes quando ele estava prestes a deixar-se levar pelo canto das Sereias (v.). Em outra versão de sua lenda Butes era filho de Afrodite e de Poseidon (v.), e em vez de ser um dos Argonautas (v.) era um rei nativo da Sicília. Atribuía-se a Êrix a ereção do templo de Afrodite Ericina. Conta-se que quando Heraclés (v.) voltava do Ocidente trazendo os rebanhos roubados de Geríon (v.), Êrix desafiou-o para uma luta desde que o herói, se fosse vencido, lhe entregasse os rebanhos. Heraclés derrotou-o na luta e o matou, mas deixou o trono do lugar para os nativos, profetizando que no futuro seus descendentes viriam ocupar a região. A profecia consumou-se com a vinda do lacedemônio Dórion, já nos tempos históricos, para estabelecer uma colônia no mesmo local.

Eros (G.). Nas teogonias mais antigas Eros, o Amor, aparece como uma divindade contemporânea de Gaia (a Terra), oriundo do Caos inicial e cultuado sob a forma de uma simples pedra (ou então nascido do Ovo primordial engendrado por Nix (a Noite)), do qual surgiram Urano (o Céu) e Gaia (a Terra). Tanto numa versão como noutra Eros é uma força preponderante na ordem do universo, responsável pela perenidade das espécies e pela harmonia do próprio Cosmos.

Mas, além dessas concepções mais elevadas, desenvolvidas até por Platão no *Banquete* (o Amor espiritual e o Amor sensual), atribuíam-se a Eros genealogias mais prosaicas: ele seria filho de Íris, ou de Ilítia, ou de Ártemis Ctônia com Hermes, ou ainda de Afrodite e de Hermes (vv.) – a versão mais difundida. Eros contrapunha-se a Anteros (v.), nascido de Ares (v.) e de Afrodite.

Mencionava-se outro Eros, filho de Hermes e de Ártemis – o Eros alado ou não dos escultores e dos poetas. Seu poder era irresistível, e a ele se dobravam não-somente os mortais, mas também os heróis e os próprios deuses, todos sujeitos às suas flechas certeiras. Uma das lendas mais conhecidas em que aparece Eros é a relativa a Psiqué (v.). O Cupido (v.) dos romanos é uma réplica de Eros.

Erro (G.). V. *Ate.*

Escamândrio (G. *Skamândrios*). (1) Nome dado por Heitor (v.) ao seu filho, conhecido como Astiânax (v.).

(2) Um troiano, filho de Estrófio, morto em combate por Menelau (vv.) durante a Guerra de Tróia (v.).

Escamandro (G. *Skâmandros*). Rio situado na planície de Tróia, também conhecido como Xanto ("vermelho") por causa da cor de suas águas, ou porque elas tingiam de vermelho os carneiros que se banhavam nele. Contava-se a propósito do Escamandro que Heraclés (v.), de passagem pela Troas, teve sede e pediu a Zeus (v.), seu pai, que lhe mostrasse uma fonte onde pudesse beber; Zeus fez aparecer uma nascente de pequena vazão e Heraclés, achando-a insuficiente para saciar a sua sede, cavou a terra e chegou a um extenso lençol d'água, dando origem ao Escamandro. De acordo com a tradição Afrodite, antes do julgamento de Páris (vv.), molhou seus cabelos nas águas do Escamandro para fazê-los parecerem dourados.

Em uma das versões da lenda o Escamandro, que seria um deus filho de Zeus, revoltado com a poluição de suas águas por tanto sangue e tantos cadáveres em decorrência das façanhas de Aquiles durante a Guerra de Tróia (v.), transbordou repentinamente para deter a ação do herói e ameaçou afogá-lo; nesse momento apareceu Hefesto (v.) e forçou o rio a voltar ao seu leito e abster-se de intervir na luta entre os gregos e os troianos.

Unindo-se a Idaia, uma ninfa da região, o Escamandro teve com ela um filho chamado Teucro (vv.), que como primeiro rei da Troas deu origem à família real troiana.

Escoineu (G. *Skhoineus*). Pai de Atalante e de Clímeno (vv.), fundador de uma cidade na Beócia, sua terra natal, e de outra na Arcádia, para onde emigrou.

Esculápio (L. *Aesculapius*). A versão latina de Asclépio (v.). Seu primeiro templo foi construído no início do século III a.C. em Roma, por ocasião de uma terrível pestilência que assolou a cidade.

Esfero (G. *Sphairos*). Nome dado a Cilas, auriga do carro de Pêlops (v.), após a sua morte e divinização como herói. Esfero é o epônimo da ilha de Esfera.

Esfinge (G. *Sphigx*, ou *Phix* em Hesíodos). Um monstro com cabeça de mulher e corpo de leoa e com asas de ave de rapina, ligado especialmente à lenda de Édipo (v.). Era filha de Êquidna e de Ortro (o cão de Geríon), ou de Tífon (vv.), e irmão do leão de Neméia (em outra versão de sua lenda ela seria filha de Laio (v.), rei de Tebas, ou do tebano Ucalêgon (v., (2)). Para punir o amor criminoso de Laio por Crísipo, filho de Pêlops, Hera (vv.) mandou a Esfinge contra Tebas. Ela parou numa montanha próxima à cidade, e passou a assolar a região devorando as pessoas que passavam pelo local e não conseguiam decifrar os enigmas que lhes propunha. Édipo conseguiu responder acertadamente e a Esfinge, desarvorada, matou-se lançando-se do alto de um rochedo. V. *Creonte* para os enigmas da Esfinge.

Esmárago (G. *Smáragos*). Um dos quatro demônios malfazejos (os outros eram Ásbeto, Omôdamo e Sabactes) que se divertiam provocando o estilhaçamento dos vasos nos fornos dos oleiros. Para evitar esse dissabor, os oleiros lhes dirigiam preces antes de levar os vasos ao forno.

Esmérdio (G. *Smérdios*). Filho de Lêucipo (v.), terceiro rei da dinastia oriunda de Cária que passou a dominar a ilha de Naxo após a retirada dos trácios, os primeiros colonizadores da ilha. Foi nessa ilha e durante o reinado de Lêucipo que Teseu (v.), de volta de Creta, abandonou Ariadne por determinação de Diôniso (v.).

Esminteu (G. *Smintheus*). Um dos companheiros de Equelau (filho de Pêntilo, v.), o primeiro colono a chegar à ilha de Lesbos. Quando um oráculo deu-lhe ordens para sacrificar sua filha lançando-a ao mar, o amante da moça, chamado Ênalo, matou-se para segui-la em seu destino trágico. Os deuses, comovidos com essa demonstração de amor, salvaram os dois amantes.

Esmirna (G. *Smyrna*). (1) Uma amazona (v. *Amazonas*) à qual se atribuía a fundação da cidade homônima, de Êfeso e de outras na Ásia Menor.

(2) Mãe de Ádonis, conhecida também como Mirra, filha de Téias (rei da Síria, filho de Balos e da ninfa Orítia) ou do rei Ciniras (vv.). Afrodite inspirou em Esmirna uma paixão irresistível por seu pai, e ela, valendo-se de um ardil de que participou sua ama Hipólita, uniu-se a Téias durante onze noites sem que ele soubesse de quem se tratava. Na décima-segunda noite o pai percebeu o ardil da filha e saiu em sua perseguição disposto a matá-la. Esmirna implorou a proteção dos deuses, que a transformaram na árvore da mirra. Passados dez meses a casca da árvore começou a estufar-se, e partiu-se para deixar sair de seu tronco um menino que recebeu o nome de Ádonis (v.).

Esparta (G. *Sparta*). Filha do deus do rio Eurotas e de Cleta, e mulher de Lacedêmon (vv.). Esparta era a epônima da cidade homônima e mãe de Amiclas e de Eurídice (vv.). Em outra fonte aparecem também como seus filhos Hímero e Asine.

Esperqueio (G. *Sperkheiôs*). Deus do rio homônimo, filho de Oceano e de Tetis (vv.); Peleu consagrou-lhe a cabeleira de

Aquiles (v.) antes da partida do herói para Tróia a fim de obter a graça, que lhe foi negada, de ter o seu filho de volta da guerra são e salvo.

Esquêdio (G. *Skhêdios*). Um dos pretendentes à mão de Helena (v.), que por isso participou da guerra contra Tróia (v. *Guerra de Tróia*) no comando de um contingente da Focis juntamente com seu irmão Epístrofo. Esquêdio, que era filho de Ífito e de Hipólita (vv.), foi morto por Heitor (v.). Finda a guerra, a nau com o contingente focídio que ele comandara foi lançada por uma tempestade à costa da Itália, e lá os sobreviventes fundaram a cidade de Têmesa. As cinzas de Esquêdio, entretanto, foram levadas para Antícira, na Focis.

Estáfilo (G. *Stáphylos*). (1) Filho de Dióniso e de Ariadne, depois dela ser abandonada por Teseu (vv.) em Naxo. Estáfilo casou-se com Crisôtemis, e dessa união nasceram três filhas – Molpadia, Párteno e Roio (numa das fontes aparecia uma quarta filha chamada Hemitéia). Estáfilo, que figurava entre os Argonautas (v.), às vezes era mencionado também como sendo filho de Teseu com Ariadne.

(2) Um dos pastores dos rebanhos de Oineu (v.), rei da Etólia. Sempre que este Estáfilo (cujo nome significa "uva") levava suas cabras para pastarem, uma delas voltava mais tarde que as outras e parecia excitada. O pastor passou a segui-la e a viu comendo umas frutinhas até então desconhecidas (as uvas). Ele relatou o fato ao rei, que, movido pela curiosidade, mandou espremer as frutinhas, produzindo pela primeira vez o vinho. O novo líquido recebeu o nome de *oinos* ("vinho" em grego) em homenagem ao rei, e a frutinha chamou-se *stáphilos.*

Noutra fonte Estáfilo aparece como filho de Sileno (v.), e teria instituído o hábito de misturar o vinho com água.

Estenêboia (G. *Sthenêboia*). Filha de Iobates, ou de Anfiânax (ambos reis da Lídia), ou de Anfidas (vv.), rei da Arcádia. Estenêboia, também chamada Antéia, casou-se com Preto quando ele emigrou para a Ásia Menor depois de ser expulso de sua pátria por Acrísio (vv.). Dessa união, consumada em Tirinto, nasceram muitas filhas – as Pretides (v.) – e um filho chamado Megapentes (v.). Quando Belerofonte (v.) chegou a Tirinto e foi purificado por Preto de um crime de morte, Estenêboia apaixonou-se por ele, mas o belo forasteiro a repeliu. Despeitada, Estenêboia disse a Preto que seu hóspede tentara violentá-la. Preto, que se afeiçoara a Belerofonte e não queria cometer o sacrilégio de matar o hóspede que purificara, mandou-o para a Lícia com uma carta dirigida a Iobates, seu sogro, pedindo-lhe para exterminar o portador da mensagem. Belerofonte conseguiu sobreviver à trama e regressou a Tirinto para vingar-se da calúnia levantada contra ele. Preto, entretanto, fez com que Estenêboia fugisse montada em Pégaso (v.), o cavalo alado de Belerofonte. Durante a fuga Pégaso desmontou-a e ela caiu ao mar, morrendo afogada.

Em outra fonte Estenêboia suicidou-se quando soube do regresso de Belerofonte.

Estenelas (G. *Sthenelas*). Filho de Crôtopo (v.) e seu sucessor no trono de Argos. Estenelas, por seu turno, foi sucedido por Gelânor, a quem Danaôs (vv.), ao chegar à Grécia vindo do Egito, reclamou o trono.

Estênelo (G. *Sthênelos*) (1) Filho de Áctor e companheiro de Heraclés (vv.) na expedição contra as amazonas (v.). De volta dessa campanha Estênelo foi ferido e morreu durante a travessia da Paflagônia, sendo sepultado na costa desse território. Por ocasião da passagem dos Argonautas (v.) pela região, Perséfone (v.) deu-lhe permissão para voltar à terra a fim de vê-los. Os Argonautas honraram-no com um sacrifício, considerando-o um herói.

(2) Filho de Androgeu, neto de Minos e irmão de Alceu (vv.). Quando, na expedi-

ção contra as amazonas, Heraclés (v.) passou pela ilha de Paro e dois companheiros dele foram mortos por quatro filhos de Minos, o herói substituiu-os por este Estênelo e por Alceu, seu irmão. De volta da expedição Heraclés conquistou a ilha de Taso, expulsou de lá os trácios e entregou-a aos dois irmãos.

(3) Filho de Capaneu e de Euadne (vv.), um dos Epígonos (v.) conquistadores de Tebas. Este Estênelo recebeu de Ífis (v.), seu avô ou tio, a terça parte do reino de Argos, cujo domínio completo seu filho Cilarabes obteve posteriormente. Estênelo estava entre os pretendentes à mão de Helena (v.), e por isso participou da Guerra de Tróia (v.), no comando de um contingente transportado em vinte e cinco naus. Nos combates ele se distinguiu ao lado de Diomedes (v.), de quem era amigo desde a conquista de Tebas. Finda a Guerra de Tróia, Estênelo acompanhou Diomedes numa expedição à Etólia para repor o rei Oineu (v.) no trono.

(4) Filho de Perseu e de Andrômeda, casado com Nicipe (filha de Pêlops) (vv.), ou Artíbia (ou Antíbia), filha de Anfidamas. Este Estênelo foi rei da cidade de Micenas, fundada por Perseu, e teve muitos filhos, entre os quais se destacaram Alcinoe (ou Alcione), Euristeu, Ífis (ou Ífito) e Mêdusa (vv.).

Estêntor (G. *Stêntor*). Um grego participante da Guerra de Tróia (v.), cuja voz era tão forte quanto a de cinqüenta homens juntos, famoso por causa dessa característica. Fontes tardias aludem a uma competição de altura de voz entre Estêntor e Hermes (v.), o arauto dos deuses. O vencedor foi Hermes, que em seguida matou o seu rival para castigá-lo por sua pretensão.

Esteropé (G. *Steropé*). (1) Filha de Ácasto (v.), rei de Iolco. Astidâmia (v.), mulher do rei, apaixonou-se em certa ocasião por Peleu (v.), que viera à corte de Ácasto para ser purificado de um crime, e mandou propor-lhe um encontro. Vendo que Peleu não correspondia ao seu desejo, Astidâmia mandou dizer à mulher de Peleu que ele estava prestes a casar-se com Esteropé. Ao tomar conhecimento da notícia a mulher de Peleu suicidou-se.

(2) Filha de Atlas e de Pleione, e uma das Plêiades (vv.). Esta Esteropé casou-se com Ares ou com Hipêroco, e teve um filho chamado Enomau (v.). Noutra fonte Enomau teria sido marido de Esteropé, e não seu filho.

(3) Uma moça da Etólia, filha de Portáon e de Eurite, que se casou com o deus do rio Aqueloo e teve dele as Sereias (vv.).

(4) Filha de Cefeu (v.), rei de Tegéia, que participou de uma aliança entre seu pai e Heraclés (v.).

Estige (G. *Styx*). Rio feminino do inferno, filha primogênita de Oceano e de Tetis, ou de Nix (a Noite) e de Érebo (as Trevas) (vv.). Estige era uma das companheiras de Perséfone (v.), ou, numa das fontes da lenda, sua mãe (em vez de Deméter (v.)). Unindo-se a Palas ela deu à luz Bia (a Força), Cratos (o Poder), *Nike* (a Vitória) e Zelo (a Emulação) (vv.). Na luta entre Zeus e os gigantes (vv.) Estige combateu ao lado do primeiro juntamente com seus filhos, e contribuiu para a sua vitória. Querendo recompensá-la, Zeus fez dela o penhor dos juramentos solenes proferidos pelos deuses, sua prerrogativa principal. A água do Estige como rio infernal tinha propriedades miraculosas, e foi nela que Têtis mergulhou Aquiles (vv.) para dar-lhe invulnerabilidade.

A propósito das águas do Estige, dizia-se que quando um deus queria comprometer-se mediante juramento, Zeus dava ordens a Íris (v.) para ir buscar no inferno um pouco delas para serem testemunhas do compromisso; o perjúrio trazia castigos terríveis ao deus transgressor, que ficava privado durante um ano de respirar e de alimentar-se de ambrosia. Além disso, por mais nove anos ele não podia conviver com os outros deuses, nem participar de suas festas e deliberações.

Chamava-se também Estige uma fonte situada na Arcádia, nas imediações do povoado de Nônacris. Essa fonte surgia de um rochedo escarpado e pouco adiante desaparecia sob a terra. Dizia-se que a sua água matava os homens e os animais, enfraquecia o ferro e outros metais e partia os recipientes de argila mergulhados nela, mas não prejudicava os cascos dos cavalos.

Numa das versões da lenda Estige uniu-se a Peiras (de quem nada se sabe além dessa união), e teve com ele uma filha – Êquidna (v.). Ela teria tido também um filho chamado Ascálabo ou Ascálafo (v. *Ascálabo*).

Estilbe (G. *Stilbe*). (1) Filha do deus do rio Peneio, na Tessália, e da ninfa Creusa (vv.). Possuída por Apolo (v.), Estilbe deu à luz dois filhos – Centauro e Lapites, epônimos dos centauros e dos lapitas (vv.). Estilbe teria tido um terceiro filho, chamado Enéias, pai do herói Cízico (v.).

(2) Filha de Eósforo, mencionada às vezes como mãe de Autólico (v.).

Estínfalo (G. *Stýmphalos*). Um dos cinco filhos de Élato e de Laodice, filha de Ciniras (vv.), e herói epônimo da cidade homônima, situada às margens do lago também chamado Estínfalo, no Peloponeso. Ele teve numerosos filhos, entre os quais se destacaram Agamedes, Agelau e Gôrtis, e uma filha – Partênope – (vv.), com quem Heraclés (v.) teve um filho chamado Eueres. Estínfalo defendeu valentemente a Arcádia contra as investidas de Pêlops (v.), mas percebendo a certa altura da luta que não seria vitorioso pelas armas, simulou uma reconciliação com Pêlops e o matou durante um banquete. Estínfalo ter-se-ia casado com Ôrnis, de quem teve as filhas chamadas Estinfalides, mortas por Heraclés depois de haverem acolhido os Molionidas (v.).

Estriges (L. *Striges*). Demônios femininos alados, com garras semelhantes às das aves de rapina, que se alimentavam do sangue e das entranhas das crianças de acordo com as crenças populares dos romanos.

Estrimó (G. *Strymó*). Filha do deus do rio Escamandro; casando-se com Laomêdon ela deu à luz Podarces (vv.), que ao assumir o trono da Troas tomou o nome de Príamo (v.).

Estrímon (G. *Strýmon*). Deus do rio homônimo situado na Trácia, pai de Reso com uma das Musas (vv.) cujo nome varia conforme as fontes. Além de Reso aparecem como seus filhos Brangas e Ôlinto, e como suas filhas Euadne (vv.) e Tereíne. Estrímon era filho de Ares (v.) e rei da Trácia, e quando soube da morte de Reso no acampamento dos troianos durante a Guerra de Tróia (v.), precipitou-se desesperado no rio até então chamado Palestino, que a partir de então passou a ter o seu nome.

Estrófio (G. *Strôphios*). (1) Filho de Criso e de Antifátia, casado com Anaxíbia, irmã de Agamêmnon (vv.). Quando este último partiu para a Guerra de Tróia (v.) incumbiu Estrófio de criar seu filho Orestes (v.); a convivência de Orestes com Pílades (v.), filho de Estrófio, criou entre os dois uma amizade que se tornou proverbial.

(2) Filho de Pílades e de Electra (vv.), e portanto neto de (1).

Eteméia (G. *Ethemea*). Uma ninfa que abandonou o cortejo de Ártemis (v.), a deusa virgem, para casar-se com Mêrops, rei de Cós. Querendo castigá-la, Ártemis alvejou-a com suas flechas, mas Perséfone (v.) salvou-a levando-a viva para o inferno. Desesperado com a perda de sua mulher, Mêrops tentou suicidar-se, mas Hera (v.) apiedou-se dele e transformou-o numa águia. Ainda assim sua tristeza continuou, e Hera metamorfoseou-o afinal numa constelação, para fazê-lo perder a sensibilidade à dor.

Eteoclés (G.). Filho de Édipo e de Jocasta (ou Eurigâmia), e irmão de Polinices (vv.). Édipo, expulso de Tebas por seus dois filhos depois da revelação de seus terríveis infortúnios, amaldiçoou-os e lhes profetizou que se tornariam inimigos irreconciliáveis, e que se matariam um ao outro (v. *Polinices* para variantes da lenda). Querendo inviabilizar a consumação da profecia, os dois irmãos resolveram alternar-se anualmente no trono de Tebas. O primeiro a reinar foi Eteoclés, e nesse ínterim Polinices afastou-se da cidade. Decorrido o primeiro período anual, Polinices voltou para ocupar o trono, mas Eteoclés recusou-se a honrar o compromisso. Revoltado, Polinices viajou ao encontro de Ádrasto (v.), rei de Argos, e com sua ajuda organizou uma expedição contra sua própria cidade. Antes de pôr-se em marcha com os aliados, Polinices insistiu ainda com Eteoclés, por intermédio de Tideu (v.), para que lhe entregasse o trono como fora pactuado, porém Eteoclés manteve a recusa. Diante disso o exército argivo comandado por Ádrasto iniciou o ataque a Tebas. Os dois irmãos empenharam-se num violento combate singular, no qual ambos perderam a vida.

Após a vitória dos tebanos Eteoclés recebeu as honras fúnebres devidas aos heróis, enquanto Creonte (v.), seu sucessor no trono, proibiu o sepultamento de Polinices, que deveria ser devorado pelos abutres e cães (v. *Antígona*).

Etias (G.). Filha de Enéias (v.), que deu o nome à cidade homônima situada na Lacônia, em frente à ilha de Citera.

Etna (G. *Aitna*). Uma ninfa siciliana cujo nome foi dado ao vulcão situado nas proximidades da cidade de Catana (o atual Etna); Etna era filha de Urano ou de Aigáion, e de Gaia (vv.). Por ocasião da disputa entre Hefesto e Deméter (vv.) (ou seja, o fogo e a agricultura) pelo domínio da Sicília, Etna serviu de árbitro entre as duas divindades. Ela era também considerada a mãe dos Pálicos (v.), cujo pai seria Hefesto.

Étolo (G. *Áitolos*). Rei de Élis, no Peloponeso, filho de Endimião (v.) e de uma ninfa, que além de Étolo tivera com Endimião Paion, Epeio, Euricide, Naxo e Piso. Indeciso quanto ao filho que o sucederia, Endimião resolveu realizar uma competição em Olímpia, cujo vencedor seria o futuro rei. A vitória coube a Epeio. Étolo permaneceu no Peloponeso e sucedeu a Epeio como rei de Élis após a morte deste último. Tempos depois Étolo assassinou Ápis (v.), rei de todo o Peloponeso, e os filhos da vítima o obrigaram a partir para o exílio; chegando à foz do rio Aqueloo, foi recebido amistosamente por Doro, Laôdoco e Polipoites, filhos de Apolo e de Ftia (vv.), mas os matou e tornou-se rei da região depois de expulsar de lá os Curetes (v.). Essa região passou a chamar-se Etólia para lembrar o seu nome. Com sua mulher Pronoe Étolo teve dois filhos – Plêuron e Calidon.

Euadne (G.). (1) Filha de Poseidon (v.) e de Pitane (v., (1)). Amada por Apolo (v.), ela teve do deus um filho chamado Íamo (v.), do qual se originou a casta sacerdotal dos Iamidas de Olímpia.

(2) Filha de Ífis, casada com Capaneu (vv.). Por ocasião da morte do marido esta Euadne suicidou-se lançando-se na pira em que Capaneu foi incinerado.

Euandro (G. *Êuandros*). (1) Filho de Sarpedon (v.), originário da Lícia, enumerado entre os combatentes lícios aliados aos troianos em sua guerra contra os gregos.

(2) Filho de Príamo, que lutou na Guerra de Tróia (vv.).

Eubuleu (G. *Eubuleus*). (1) Um guardador de porcos que estava com seu rebanho no local de onde Hades levou Perséfone (vv.) para o inferno. Na ocasião do rapto a terra se abriu e engoliu alguns porcos; esse episódio deu origem ao ritual durante o qual imolavam-se alguns leitões a Eubuleu num recanto subterrâneo durante as festas das Tesmoforias. Eubuleu, que significa "Benevolente" em grego, é um dos epítetos de Hades, e também o nome dado a uma divindade nascida da união de Zeus (v.) com Perséfone, invocada em Atenas juntamente com Diôniso (v.) e Tritopatreu.

(2) Irmão de Triptólemo (v.) e filho de Trôquilo, sacerdote de Deméter em Elêusis, que fugiu de Argos para refugiar-se na Ática.

Eudoro (G. *Êudoros*). Filho de Hermes e de Plimela, filha de Filas (vv.). Criado por seu avô materno, participou da Guerra de Tróia (v.) ao lado dos gregos no comando dos mirmidões. Na época do afastamento de Aquiles (v.) da guerra, o herói mandou Eudoro acompanhar Pátroclo durante os combates.

Êueno (G. *Êuenos*). Filho de Ares (v.) e de Demonice, e rei da Etólia. Tinha uma filha chamada Marpessa e mandava matar os pretendentes à sua mão, pondo-lhes os crânios como adornos no templo de Poseidon (v.). Quando Marpessa foi raptada por Idas e possuída por Apolo (vv.), Êueno quis matar o raptor; Idas, entretanto, fugiu num carro alado que recebera de Poseidon. Êueno, alucinado, matou seus cavalos que não correram o bastante para permitir-lhe alcançar Idas, e afogou-se no rio até então chamado Licormo, conhecido a partir desse incidente como Êueno.

Êufemo (G. *Êuphemos*). Filho de Poseidon, dotado por seu pai do dom de marchar sobre as águas, e de Europa, filha de Títio (vv.). Na passagem pelas ilhas Simplégades durante a expedição dos Argonautas (v.), em que aparece destacadamente, Êufemo soltou uma pomba da qual dependeria o destino da nau *Argó* e dos próprios Argonautas. No episódio do lago Tritonis, na mesma expedição, Êufemo recebeu o torrão mágico significando que seu descendente Bato (v.) viria para a Cirenaica; foi ele também que jogou no mar o torrão sagrado, origem da ilha de Tera. Êufemo era casado com Laonome, irmã de Heraclés (v.), e teve com a lêmnia Malaque um filho chamado Leucofanes, avô de Bato (v. *Argonautas* para os episódios mencionados).

Êuforbo (G. *Êuphorbos*). Filho de Pântoo, o primeiro troiano a ferir Pátroclo (vv.) no combate durante a Guerra de Tróia em que este último perdeu a vida; mais tarde foi morto por Menelau (v.), que consagrou o escudo de sua vítima no templo de Hera (v.) em Argos. O filósofo Pitágoras pretendia ter sido esse herói em outra encarnação.

Euforíon (G. *Euphoríon*). Filho de Helena e de Aquiles (vv.), que depois da morte teria vivido com o herói nas ilhas dos Bem-Aventurados (v. *Elísion*). Euforíon era uma criatura sobrenatural, dotada de asas, e despertou uma forte paixão (não-correspondida) em Zeus (v.); para livrar-se de sua perseguição, Euforíon teve de fugir, mas Zeus o perseguiu até a ilha de Melos, onde o matou com um de seus raios. As ninfas locais o sepultaram, e Zeus transformou-as em rãs para castigá-las.

Eufrates (G. *Euphrates*). Pai de um filho chamado Axurto; um dia Eufrates viu esse filho adormecido ao lado de sua mãe, e pensando que se tratasse de um estranho matou-o. Percebendo o engano, ele precipitou-se no rio até então chamado Medos, que desse momento em diante recebeu o nome de Eufrates.

Euipe (G. *Euippe*). Depois de matar os pretendentes à sua mulher Penélope, Ulisses (vv.) partiu para o Épiro a fim de consultar o oráculo. Lá, abusando da hospitalidade do rei Tirimas, ele seduziu-lhe a filha chamada Euipe, que teve do herói um filho – Euríalo. Quando este último chegou à idade adulta Euipe mandou-o para Ítaca a fim de conhecer o pai. Por ocasião de sua chegada a Ítaca Ulisses estava ausente; Penélope, que soubera da aventura de seu marido no Épiro, na volta de Ulisses convenceu-o a matar Euríalo, pretextando que o rapaz viera a Ítaca para matá-lo. Acreditando em sua mulher, Ulisses matou o próprio filho.

Eulimene (G.). Filha de Cídon, rei de Creta. Seu pai a prometera em casamento a um nobre cretense chamado Áptero, mas ela amava ardentemente Lícasto, que correspondia ao seu amor. Em face de uma revolta de alguns súditos contra Cídon, o rei consultou o oráculo para saber como iria agir. Ouvindo do oráculo que deveria sacrificar uma virgem, Cídon mandou escolher mediante sorteio uma das virgens cretenses, e a indicada foi Eulimene, sua própria filha. Querendo livrar sua amante da morte, Lícasto revelou a Cídon suas ligações amorosas com Eulimene, porém a população insistiu no sacrifício e a moça foi morta. Cídon mandou examinar o corpo da filha e confirmou a gravidez. Temeroso de uma vingança de Lícasto, o rei atraiu-o a uma cilada e o matou.

Eumeu (G. *Eumaios*). O guardador de porcos de Ulisses (v.), sempre fiel ao seu senhor ausente na Guerra de Tróia, zeloso por seus bens em Ítaca tanto quanto permitia a voracidade dos pretendentes à mão de Penélope (v.). Eumeu era filho de Ctésio, rei de uma das ilhas Cíclades; foi criado por uma escrava fenícia e entregue mais tarde por ela a mercadores de escravos, que o venderam a Laerte (v.), pai de Ulisses. Aconselhado por Atena, Ulisses, de volta a Ítaca, dirigiu-se primeiro a Eumeu, que o introduziu no palácio disfarçado em mendigo e o ajudou a chegar até onde estavam os pretendentes e a exterminá-los.

Êumelo (G. *Êumelos*). (1) Filho de Ádmeto e de Alceste (vv.), que combateu na guerra contra Tróia valendo-se de cavalos tratados por Apolo (v.) durante seu cativeiro nos domínios de Ádmeto. Graças a esses cavalos Êumelo foi o vencedor dos jogos fúnebres celebrados no acampamento grego por ocasião da morte de Pátroclo (v.).

(2) Um herói da ilha de Cós, metamorfoseado em corvo como castigo por sua impiedade.

(3) Um coríntio pai de Botres (v.), transformado em pássaro por Apolo (v.).

Eumênides (G.). V. *Fúrias*.

Êumolpo (G. *Êumolpos*) Filho de Poseidon e de Quione (filha de Bóreas e de Orítia (vv.)). Com receio de Bóreas, Quione lançou ao mar seu filho recém-nascido, mas Poseidon (v.) salvou-o e o levou para a Etiópia, onde o deixou aos cuidados de uma filha que tivera com Anfitrite (v.), chamada Bentesicime, que o criou. Quando Êumolpo chegou à idade adulta o marido de Bentesicime deu-lhe uma de suas filhas para esposa, porém Êumolpo tentou violentar uma de suas cunhadas e foi expulso da região. Levando consigo seu filho Ísmaro ele foi à procura de Tegírio, rei da Trácia, que deu uma de suas filhas em casamento a Ísmaro. Êumolpo, entretanto, participou de uma conspiração contra o rei, e sendo descoberto fugiu para Elêusis, onde conquistou a estima dos habitantes da cidade. Após a morte de Ísmaro, Tegírio chamou Êumolpo de volta à Trácia e lhe entregou o trono.

Nessa ocasião os atenienses comandados por Erecteu (v.) entraram em guerra contra os eleusínios; atendendo a um apelo destes últimos, Êumolpo veio socorrê-los com um exército de trácios, mas os atenienses o mataram depois de derrotar seus comandados. Querendo vingá-lo, Poseidon, seu pai, conseguiu de Zeus que fulminasse Erecteu com seus raios.

Algumas versões da lenda, adotadas pelos poetas trágicos, atribuem a Êumolpo durante sua estada em Elêusis a introdução dos Mistérios naquela cidade, e segundo elas a casta sacerdotal dos Eumôlpidas descenderia dele. Seu filho Cérix seria o ancestre dos Cérices – os Arautos

– incumbidos de dirigir as iniciações nos mistérios em Elêusis. Noutras versões ele aparece ora como pai, ora como filho de Museu (v.), a quem se atribuía também a introdução dos mistérios eleusínios; numa versão divergente Êumolpo aparece ligado a Mistérios completamente diferentes, e é apresentado como filho de Deiope e neto de Triptólemo.

Euneu (G. *Êuneos*). Filho de Jáson e de Hipsipile (vv.), esta última rainha da ilha de Lemnos na época em que as mulheres lêmnias mataram todos os homens da ilha e, unindo-se aos Argonautas (v.), tiveram filhos deles. Embora não tenha combatido na Guerra de Tróia, Euneu foi útil aos gregos, fornecendo-lhes vinho. Ele resgatou um filho de Príamo (v.) chamado Licáon (v., (2)), que servia a Pátroclo (v.), e quando Hipsipile foi vendida como escrava a Licurgo (vv.), rei de Neméia, livrou-a do cativeiro e levou-a de volta a Lemnos.

Eunomia (G.). A Ordem (ou "boa legislação") personificada, filha de Zeus e de Têmis (vv.).

Êunomo (G. *Êunomos*). Um menino morto involuntariamente por Herácles (v.) quando o herói, recém-casado com Dejanira (v.), vivia no palácio de seu sogro Oineu (v.), rei de Calidon. Êunomo, também chamado Cíato, era filho de Arquiteles, amigo do rei, e criado na corte. Um dia ele derramava água nas mãos de Heraclés para lavá-las quando o herói lhe deu uma palmada, mas com tanta força que o matou. Arquiteles perdoou o homicídio involuntário, porém o herói abandonou a cidade, indo com sua mulher e seu filho para a Traquis.

Êunosto (G. *Êunostos*). Um herói da cidade de Tânagra, na Beócia, filho de Elieu e de Esquiás, criado pela ninfa Êunosta. Amado por Ocna, filha de Colono, Êunosto não correspondia ao seu amor; Ocna, despeitada, disse aos seus irmãos que ele tentara violentá-la, e eles o mataram. Movida pelo remorso, Ocna confessou depois que caluniara Êunosto; os irmãos, ameaçados pelo pai da vítima, fugiram de Tânagra e Ocna suicidou-se.

Euquênor (G. *Eukhênor*). Filho do adivinho coríntio Poliído (v.). Embora soubesse, graças aos dons divinatórios do pai, que poderia escolher entre uma morte tranqüila se ficasse em sua cidade, e uma morte violenta se se juntasse aos gregos para combater em Tróia, ele escolheu a luta glorificante e tombou atingido pelas flechas de Páris (v.).

Euríalo (L. *Euryalus*). O mais belo dos companheiros de Enéias (v.) na viagem a Tróia para a Itália. Sua amizade com Niso (v.) ficou famosa graças a Virgílio na *Eneida.*

Euríalo (G. *Eurýalos*). (1) Um habitante de Argos, filho de Mecisteu (v.), integrante das expedições dos Argonautas e dos Epígonos (vv.). Euríalo participou também da Guerra de Tróia lutando ao lado de Diomedes (vv.) contra os troianos.

(2) Filho de Ulisses com Euipe, filha de Tirimas, rei do Épiro. Este Euríalo foi morto inadvertidamente por Ulisses, influenciado por Penélope (v., e *Euipe*).

Eurícleia (G. *Eurýkleia*). (1) Mãe de Édipo numa versão em que não ocorre o incesto. Ela teria sido a primeira mulher de Laio (vv.), e foi Jocasta (também chamada Epicasta), sua segunda mulher, que se casou com Édipo após a morte de Laio.

(2) A ama de Ulisses (v.).

Eurídice (G. *Eurydike*). (1) Uma dríade, mulher de Orfeu (v.). Certa vez ela passeava com suas companheiras, as Náiades, num prado na Trácia, quando foi picada por uma serpente e morreu. Orfeu não cessava de lamentar-lhe a morte, e se atreveu até a descer ao inferno para tentar trazê-la de volta ao mundo dos vivos. Graças aos seus cantos melodiosos ele obteve das divindades infernais permissão para levá-la consigo, mas teve de prometer que não tentaria olhá-la até chegar à Trácia, sua terra. Eurídice o seguia a certa distância e os dois já estavam prestes a deixar o inferno quando Orfeu, não podendo conter-se, virou-se para trás a fim de vê-la. Eurídice foi levada de volta às profundezas infernais, e Orfeu regressou desesperado e sozinho à terra.

(2) Filha de Laomêdon e de Esparta (vv.); de sua união com Acrísio nasceu Danae (vv.)

(3) Mulher de Licurgo (v.), rei de Neméia, e mãe de Arquêmoro (v. *Anfiarau*).

(4) Mulher de Creonte (v.), rei de Tebas, que se matou ao receber a notícia do suicídio de seu filho Hêmon (v. *Antígona*).

Eurigânia (G. *Eurygâneia*), ou Eurigane. Mulher de Édipo (v.) nas versões mais antigas da lenda, nas quais não há menção ao incesto com Jocasta. Édipo teria tido seus filhos Antigona, Eteoclés, Ismene e Polinices (vv.) com Eurigânia, e não com Jocasta, que teria sido sua segunda mulher.

Eurîloco (G. *Eurýlokhos*). Companheiro e auxiliar imediato de Ulisses (v.) na *Odisséia,* casado com uma irmã do herói chamada Climene. Na ilha de Circe (v.) ele recebeu a incumbência de fazer o reconhecimento do local, e vendo no palácio da feiticeira seus companheiros transformados em porcos veio relatar o fato a Ulisses. Em outro episódio da volta de Ulisses a Ítaca, Eurîloco sugeriu-lhe o desembarque na ilha onde pastavam os rebanhos de Hélios (o Sol); quando seus companheiros mataram e comeram as novilhas do deus, foi Eurîloco quem recebeu a maldição pelo sacrilégio, do qual resultou a sua morte e a dos companheiros.

Eurímaco (G. *Eurýmakhos*). Um dos pretendentes mais arrogantes à mão de Penélope (v.), autor dos insultos e da agressão a Ulisses (v.) quando o herói entrou no palácio disfarçado em mendigo. Ouvindo o adivinho Teoclímeno predizer aos pretendentes o seu destino, Eurímaco ridicularizou-o e pôs em dúvida seus dons divinatórios. Durante a prova de força a que foram submetidos os pretendentes, Eurímaco não conseguiu vergar o arco do herói e sentiu-se humilhado. Na cena final do episódio, após a morte de Antínoo (v.), ele quis reconciliar-se com Ulisses; repelido por este, desembainhou a espada para atacá-lo mas foi morto por uma flecha.

Eurimêdon (G. *Eurymêdon*). (1) Um gigante violento, rei de um povo constituído de gigantes semelhantes a ele nos confins da terra. Ainda criança Eurimêdon violentou Hera, incorrendo na cólera de Zeus (vv.); o fruto dessa união teria sido Prometeu (v.).

(2) Filho de Minos, rei de Creta, e da ninfa Paria. De passagem para o reino das Amazonas, Heraclés (vv.) deteve-se na ilha de Paros, e querendo vingar a morte de dois companheiros seus por Eurimêdon e outro filho de Minos matou os dois irmãos. Em seguida Heraclés sitiou a cidade, e os habitantes para aplacar-lhe a cólera pediram-lhe que escolhesse entre a população dois príncipes a fim de substituírem os mortos. Heraclés deu preferência a dois netos de Minos, chamados Alceu e Estênelo.

(3) Auriga do carro de Agamêmnon, morto por Egisto (vv.) em Micenas por ocasião do assassinato de seu senhor.

Êurimo (G. *Êurymos*). Um herói de Ôleno (na Etólia), que na presença de Cástor caluniou Pólux (v. *Diôscuros*). Cástor esmurrou Êurimo até matá-lo. Em outra versão da lenda Cástor levou a calúnia ao conhecimento do irmão, que matou Êurimo de maneira idêntica.

Eurinome (G. *Eurynome*). Deusa da raça dos Titãs, filha de Oceano e de Tetis (vv.).

Juntamente com Ofíon (v.) ela reinava nas encostas do monte Ôlimpo. Com o advento de Cronos, ele e Rea (vv.) expulsaram o casal de seus tronos e o substituíram, obrigando os dois a se refugiarem no mar. Lá Eurinome, Ofíon e Tetis receberam Hefesto (v.) quando ele foi expulso do céu. Mais tarde Zeus (v.) uniu-se a Eurinome, e dessa união nasceram Aglaia, Eufrosine e Talia – as Graças (v. *Cárites*) – e o deus do rio Ásopo. Havia nos arredores de Figália um templo antiqüíssimo de Eurinome, situado num bosque de ciprestes, com uma imagem da deusa onde ela aparecia como mulher da cintura para cima e como peixe da cintura para baixo.

Eurípilo (G. *Eurýpylos*). (1) Um comandante tessálio, filho de Euêmon, integrante da expedição grega contra Tróia. Depois de matar vários troianos em combate foi ferido por Páris, mas Pátroclo (vv.) salvou-o.

(2) Filho de Télefo (v.), participante da Guerra de Tróia ao lado dos troianos. Curado de um ferimento, Télefo prometeu não combater contra os gregos, nem deixar que seus descendentes combatessem, mas Astioque, sua mãe e irmã de Príamo (v.), seduzida por um presente, mandou-o para a guerra, onde Neoptólemo (v.) matou-o em frente a uma das portas de Tróia. Eurípilo era pai de Grino (v.).

(3) Um herói de Patras, no golfo de Corinto, confundido às vezes com (1). De acordo com a lenda deste Eurípilo, na antigüidade remota os habitantes de Patras tinham de imolar anualmente a Ártemis (v.) a moça e o rapaz mais belos da cidade até que um comandante estrangeiro presenciasse o sacrifício, cuja finalidade era expiar um sacrilégio cometido por Melânipo (v.) e pela sacerdotisa Comaitó (v., (2)) no templo da deusa. Eurípilo, por seu turno, havia recebido na partilha dos despojos de guerra em Tróia uma arca misteriosa, e enlouqueceu ao abri-la. O oráculo, consultado, revelara que ele recuperaria a razão quando presenciasse um sacrifício insólito em sua viagem de volta, acrescentando que o herói deveria fixar-se no lugar onde presenciasse esse sacrifício. Chegando a Patras, Eurípilo presenciou o sacrifício anual oferecido a Ártemis e percebeu que o oráculo se consumara; os habitantes, vendo Eurípilo, um comandante estrangeiro, em sua cidade, compreenderam que a cólera da deusa fora aplacada. Sempre obediente ao oráculo, Eurípilo fixou-se em Patras, onde se podia ver o seu túmulo ainda nos tempos históricos.

(4) Rei de Cirene, na Líbia. Este Eurípilo, que era filho de Poseidon (v.), deu a Êufemo (v.) um torrão como presente de boas-vindas quando os Argonautas (v.) passaram pelo lago Tritonis, e o torrão seria a encarnação do próprio deus Tritão segundo uma das versões da lenda. Em outra versão ele era irmão de Tríton e filho de Celainó, filha de Atlas (vv.). Eurípilo casou-se com Estérope, filha de Hélios (o Sol), e dessa união nasceram Lêucipo e Licáon. Durante seu reinado Apolo veio com a ninfa Cirene (vv.) para a região do mesmo nome.

(5) Rei da ilha de Cós, filho de Poseidon (v.) e de Astipálaia. Quando Heraclés (v.) passou por Cós de volta de Tróia e parou na ilha, este Eurípilo e seus filhos tentaram impedir o desembarque, mas Heraclés entrou na cidade protegido pelas trevas noturnas e os matou.

Eurisaces (G *Eurysakes*). Filho de Ájax Telamônio (v. *Ájax* (1)) e de Tecmessa (v.), sua cativa, filha do rei frígio Teleutas. Antes de suicidar-se Ájax entregou o filho ao seu irmão Teucro (v.). Após a captura de Tróia, Eurisaces partiu para Salamina, na Ática, pátria de seu pai. Em vez de levá-lo em sua nau, Teucro fê-lo viajar em outra; Telamon (v.), rei de Salamina, desaprovou esse procedimento e baniu Teucro, entregando o trono a Eurisaces. Teucro quis voltar quando soube da morte de Telamon, mas Eurisaces o repeliu, e de acordo com seu irmão Fileu entregou Salamina aos atenienses, que deram a ambos o direito de cidadania em Atenas. A família de Eurisaces passou a viver em Atenas, e entre seus descendentes históricos mais ilustres contavam-se Alcibíades, Címon, Milcíades e o historiador Tucídides. Numa variante da lenda Fileu seria filho de Eurisaces, e teria sido ele que entregou Salamina aos atenienses.

Euristeu (G. *Eurystheus*). Filho de Nicipe e neto de Perseu (v.), e rei de Tirinto, de Micenas e de Midéia, na Argolis, graças a uma predição de Zeus aproveitada ardilosamente por Hera (vv.). Na hora do nascimento de Heraclés (v.), Zeus proclamou que o descendente de Perseu prestes a nascer ocuparia o trono de Micenas. Ciumenta como sempre, Hera obteve de Ilítia (v.), a deusa protetora das parturientes, que atrasasse o nascimento de Heraclés e acelerasse o de Euristeu, que ainda estava no sétimo mês de gestação; assim, nascendo primeiro Euristeu colheu um benefício que pela proclamação de Zeus deveria caber a Heraclés (v. *Alcmene*).

Quando Heraclés, de volta da expedição contra os mínios de Orcômeno (v. *Érgino*), enlouqueceu por causa da perseguição implacável de Hera e nesse estado matou seus próprios filhos, foi consultar um oráculo e ouviu dele que fosse para Tirinto e passasse a servir a Euristeu. Heraclés obedeceu e o rei ordenou-lhe a realização dos trabalhos que o glorificariam e o elevariam à condição divina. Euristeu, entretanto, proibiu Heraclés de transpor as portas da cidade, receoso de que ele tentasse destroná-lo, e não o admitiu à sua presença, mandando-lhe ordens por meio de um arauto. O sentimento de inferioridade de Euristeu em relação a Heraclés era tanto que, quando o herói voltava de cada um de seus trabalhos, tinha de deixar o produto de suas proezas fora das muralhas da cidade. Além disso Euristeu mandou fazer um jarro de bronze capaz de acomodá-lo em seu interior, para servir-lhe de refúgio no caso de um ataque de Heraclés.

Os doze trabalhos impostos por Euristeu a Heraclés foram: capturar o cervo de Oinoe, o cão Cérbero e o javali de Erímanto; matar a Hidra de Lerna e o leão de Neméia; lavar os estábulos do rei Augias; capturar o touro de Creta e as éguas de Diomedes; afugentar as aves do lago Estínfalo; apoderar-se do cinto de Hipólita, rainha das Amazonas; roubar o rebanho de Geríon e os pomos de ouro do jardim da Hespérides. Depois de Heraclés executar esses trabalhos, Euristeu mandou oferecer um sacrifício aos deuses; Heraclés, convidado pelo rei, exasperou-se porque os filhos deste lhe ofereciam uma porção menor que as dos demais participantes, e num acesso de cólera matou três deles. Depois Heraclés quis entrar em Tirinto, mas Euristeu, sempre rancoroso, frustrou-lhe os planos. Após a morte do herói esse rancor voltou-se contra seus descendentes, e Euristeu tentou tomá-los de Cêix, amigo e parente de Heraclés. Fugindo à perseguição eles partiram para Atenas em busca de amparo; Euristeu marchou então contra os protetores atenienses dos descendentes do herói à frente de um exército, mas morreu em combate. Alcmene (v.), a quem sua cabeça foi entregue, arrancou-lhe os olhos para vingar o filho que tanto sofreu em suas mãos.

Euritíon (G. *Eurytíon*). (1) Um centauro que tentou raptar a noiva de Pirítoo, provocando com essa violência a guerra entre os lapitas e os centauros.

(2) Outro centauro, morto por Heraclés porque quis obrigar Mnesímaca, filha de Dexámeno, rei de Ôleno, a unir-se a ele.

(3) Um herói da Ftia, que participou da caçada de Calidon (v. *Meleâgro*). Era filho de Ástor, em cuja corte Peleu asilou-se depois de matar Foco (vv.). Depois de purificá-lo Euritíon deu-lhe em casamento sua filha Antígona e a terça parte de seu reino. Mais tarde, durante a caçada de Calidon, Peleu matou involuntariamente Euritíon, e por causa desse novo homicídio foi refugiar-se na corte de Ácasto (v.).

(4) O pastor dos bois de Geríon (v., e *Heraclés*).

Êurito (G. *Êurytos*). (1) Um dos gigantes que lutaram contra os deuses, morto por Diôniso (v.) com um golpe de seu tirso.

(2) Rei de Ecália, cidade de localização incerta (na Tessália, na Eubéia ou na Messênia). Era filho de Melaneu e de Estratonice, mas servia-se tão bem do arco e das flechas que seus súditos o consideravam filho de Apolo (v.). Êurito casou-se com Antíoque, de quem teve quatro filhos – Clítio, Dêion, Ífito e Toxeu – e uma filha chamada Iole. Dizia-se que ele foi o mestre de Heraclés (v.) no manejo do arco e das flechas, e que seu arco, herdado por seu filho Ífito, foi oferecido por este a Ulisses (v.); com esse arco Ulisses matou os pretendentes à mão de Penélope.

Êurito anunciou aos gregos que ofereceria sua filha em casamento ao arqueiro que conseguisse vencê-lo. Heraclés apresentou-se e sobrepujou Êurito, mas os filhos deste, à exceção de Ífito, não quiseram honrar o compromisso paterno, pois receavam que Heraclés viesse a matar os filhos que tivesse com sua irmã, como fizera anteriormente quando enlouqueceu. Êurito acusou Heraclés de ter roubado os rebanhos de que Autólico se apossara, mas Ífito, conhecendo a verdade, ofereceu-se ao herói para ajudá-lo a procurá-los; Heraclés perdeu novamente a razão, e num acesso de loucura lançou Ífito do alto da muralha de Tirinto (em outra versão da lenda Heraclés roubou realmente os rebanhos, e quando Ífito exigiu sua parte o herói matou-o).

Em expiação a esse homicídio Heraclés foi vendido por Hermes (v.) como escravo a Onfale (v.). Findo o período de cativeiro Heraclés atacou Ecália à frente de uma expedição punitiva, capturou a cidade, matou Êurito e seus filhos e levou como cativa Iole, a filha única do rei.

(3) Um dos Argonautas, filho de Hermes e irmão de Equíon.

Euro (G. *Euros*). O vento sudoeste, filho de Eós (a Aurora) e de Astreu (ou de Tífon) (vv.).

Europa (G. *Europe*). (1) Filha de Agênor e de Telêfassa (vv.). Um dia Zeus viu Europa brincando com suas companheiras numa praia em Tiro ou Sídon, onde Agênor era rei; o deus apaixonou-se por ela, e transformando-se num touro imaculadamente branco veio deitar-se junto à moça. Vencendo o temor inicial ela montou em seu dorso; o touro entrou imediatamente no mar levando-a consigo, e apesar dos gritos de Europa, agarrada aos seus chifres, afastou-se velozmente da costa e a transportou para a ilha de Creta (vv. *Agênor* e *Cadmo* para a busca de Europa por seus irmãos).

Em Creta Zeus uniu-se a ela junto a uma fonte sob uns plátanos que, para perpetuar a memória desse amor, a partir de então conservaram perenemente as suas folhas. Europa teve de Zeus três filhos – Minos, Radamanto e Sarpêdon (outras fontes mencionam mais dois filhos: Carno, amado por Apolo (v.) e Dôdon).

O deus ofereceu-lhe três presentes: um autômato de bronze, que impedia a entrada de estrangeiros em Creta (vv. *Talo* e *Argonautas*), um cão do qual nenhuma presa se livrava, e um venábulo que sempre atingia o alvo. Mais tarde Zeus arranjou o casamento de Europa com Asteríon, filho de Têctamo e rei de Creta, que por não ter filhos adotou os filhos de Zeus com ela. Depois de morta Europa recebeu honras divinas; o touro em que Zeus se transformou passou a ser uma constelação e foi posto entre os signos do Zodíaco.

(2) Filha de Títio, amada por Poseidon (v.) com quem teve um filho chamado Êufemo (v.).

(3) Uma das Oceanides, filha de Oceano e de Tetis (vv.).

(4) Mãe de Níobe e mulher de Foroneu (vv.).

(5) Filha do deus do rio Nilo, uma das mulheres de Danaôs (v.).

Euterpe (G.). V. *Musas.*

Êutimo (G. *Êuthymos*). Um herói da Locris, no sul da Itália; graças a ele a cidade de Temesa livrou-se de um tributo desumano oferecido a Alibas (um demônio em que se transformou Polites, um dos companheiros de Ulisses (v.), após a sua morte trágica durante a estada de Ulisses em Temesa). Naquela ocasião Polites embriagou-se e violentou uma moça da região, sendo por isso morto pelos habitantes. A partir de então a alma de Polites, encarnada em Alibas, passou a perseguir incessantemente os temésios, exigindo a ereção de um santuário e um tributo anual consistente na moça mais bela da região para ser-lhe sacrificada. Um dia apareceu na cidade Êutimo da Locris, um pugilista famoso, que derrotou o demônio numa luta e o forçou a deixar Temesa, pondo fim ao tributo. Êutimo casou-se com a moça que ia ser sacrificada, chegou à extrema velhice e em vez de morrer desapareceu inexplicavelmente.

Evandro (L. *Evandrus* ou *Evander*, G. *Êuandros*). Fundador de Palanteu, cidade antiqüíssima no local onde ficava o Palatino, absorvida mais tarde por Roma após a fundação desta por Rômulo (v.). Evandro, um arcádio oriundo de Palântion, segundo certas tradições era filho de Hermes (v.) e da ninfa Têlpusa, filha de Ládon, dotada de poderes proféticos. Sob o nome de Carmenta (v.) Têlpusa era cultuada em Roma, embora alguns autores lhe atribuam o nome de Têmis, ou Nicôstrata, ou Tibúrtis, sendo esse último relacionado com o rio Tibre. Em outras fontes Evandro seria filho de Êuemo de Tegea e de Tímandra, filha de Tíndaro e de Leda (vv.).

Numa das versões de sua lenda Evandro teria deixado espontaneamente a Arcádia, e noutra ter-se-ia exilado por haver assassinado seu pai quando defendia a sua mãe, ou teria matado sua própria mãe. Evandro desembarcou na margem esquerda do Tibre e instalou-se na colina Palatina; lá ele foi bem recebido por Fauno (v.), rei dos Aborígenes (v.), porém teve de lutar contra o gigante Érilo (v.), rei de Preneste; seu reinado caracterizou-se pela bondade e trouxe a civilização para os bárbaros que habitavam a região. Evandro ensinou-lhes as artes da música e da escrita, e lhes transmitiu conhecimentos úteis de ordem prática; além disso introduziu no lácio alguns cultos arcádios, como os de Deméter (Ceres), de Poseidon (Netuno) e principalmente de Pan (vv.), em cuja honra instituiu a festa chamada Lupercália. Quando Heraclés (Hércules) (vv.) passou por Palanteu Evandro recebeu-o benevolamente e o purificou da morte de Caco (v.), reconhecendo a origem divina do herói e instituindo em sua honra o culto da *Ara Maxima* – o Grande Altar – entre as colinas Palatina e Aventina.

Segundo a tradição Evandro teria chegado ao Lácio sessenta anos antes da Guerra de Tróia; ele estaria portanto muito idoso quando Enéias (v.) veio ao seu encontro para pedir-lhe ajuda na luta contra os rútulos. Evandro relembrou que fora hóspede de Anquises (v.) muitos anos antes, para justificar a acolhida cordial dispensada a Enéias, e pôs à sua disposição um contingente comandado por seu filho Palas, lamentando não poder participar pessoalmente dos combates por causa de sua idade avançada. Além de Palas, morto no início da luta, Evandro tinha duas filhas – Rome e Dine (ou Dauna). O altar dedicado a Evandro no sopé do Aventino assemelhava-se ao de sua mãe Carmenta, situado no sopé do Capitólio.

F

Faêton (G. *Phaêthon*). Filho de Hélios (o Sol) e de Climene (vv.), uma Oceanide, ou segundo outra versão menos conhecida de sua lenda filho de Eós (a Aurora) e de Céfalo (vv.). Foi criado por sua mãe, sem saber quem era seu pai, e somente quando ele atingiu a adolescência Climene revelou-lhe que era filho do Sol. Querendo certificar-se de sua filiação o rapaz pediu permissão ao Sol para guiar o seu carro; embora hesitante o Sol concordou, e Faêton partiu seguindo o caminho percorrido invariavelmente por seu pai na abóbada celeste. Dentro de pouco tempo, percebendo que já estava a grande altura e vendo de perto os animais do Zodíaco, ele se intimidou e obrigou os cavalos a baixarem com o carro, abandonando a rota prefixada. O carro aproximou-se excessivamente da terra, e percebendo que estava na iminência de incendiá-la Faêton fê-lo subir para muito mais alto; os astros foram queixar-se a Zeus, que para evitar uma catástrofe universal o fulminou com seus raios e o precipitou no rio Erídano (v.). As Heliades, suas irmãs, recolheram-lhe o corpo e o sepultaram condignamente, derramando tantas lágrimas que se metamorfosearam em álamos.

Faia (G. *Phaia*). Nome de uma porca monstruosa morta por Teseu (v.) em Cromíon, criada por uma velha do mesmo nome. Faia descendia de Êquidna e de Tífon (vv.).

Falaico (G. *Phálaikos*). Tirano de Ambracia. Querendo livrar a cidade da violência de Falaico, Ártemis (v.) levou-o para caçar e lhe cedeu um filhote de leão que ele mesmo aprisionara. Pouco tempo depois apareceu a leoa e estraçalhou o tirano. Os habitantes de Ambracia erigiram uma estátua à deusa para perpetuar a sua gratidão, e passaram a venerá-la com maior devoção.

Falange (G. *Phálagx*). Um ateniense irmão de Aracne (v.) Falange e Aracne estavam sendo instruídos por Atena (v.), ele nas artes da guerra e ela na arte de fiar, mas tiveram relações incestuosas e a deusa transformou-os em animais.

Fálanto (G. *Phálanthos*). O fundador lendário da cidade de Taras (a atual Táranto) no sul da Itália. Na guerra da Messênia foram reduzidos à servidão os lacedemônios que não participaram das operações militares, e todos os meninos nascidos nessa época não adquiriram direitos políticos, recebendo a designação de Partênios ("Virgens"). Inconformados, eles escolheram Fálanto para seu chefe e passaram a preparar contra os lacedemônios um levante cuja eclosão deveria ocorrer durante as festas denominadas Jacíntias. O sinal seria dado por Fálanto, ao pôr um barrete na cabeça. Os lacedemônios, entretanto, descobriram a conspiração, e o arauto impediu Fálanto de pôr o barrete. Diante do fracasso de seu plano os Partênios fugiram para o sul da Itália conduzidos por Fálanto, e lá fundaram a cidade de Taras obedecendo ao oráculo de Delfos. Segundo a tradição o oráculo declarou também a Fálanto que a cidade a ser fundada prosperaria se chovesse com o céu límpido. O oráculo consumou-se quando se soube que a mulher de Fálanto, chamada Aitra (*Aithra* em grego – "céu límpido"), chorou ao tomar conhecimento de um fracasso inicial do marido e de seus companheiros.

Falces (G.). Um dos Heráclidas, filho de Têmeno (vv.) e pai de Regnidas. Após capturar a cidade de Sicione numa incursão noturna, ele partilhou o trono com Lacestades, então o rei de Sicione e também um Heráclida. Falces participou com seus irmãos do assassínio do próprio pai.

Fálero (G. *Pháleros*). Um ateniense, herói epônimo do porto ático de Fáleron. Participou da expedição dos Argonautas e combateu na guerra contra os Centauros (vv.), juntamente com Pirítoo e Teseu (v.). Quando era menino foi atacado por uma serpente, mas seu pai, chamado Álcon (v.), conseguiu salvá-lo da morte atingindo o animal com uma de suas flechas sem ferir o filho.

Fama (L.). (1) A personificação da "voz geral", mencionada e provavelmente criada por Virgílio e (com maiores detalhes) por Ovídio. De acordo com o primeiro, Fama nasceu da Terra em seguida a Coio e Encélado (vv.). Dotada de inúmeros olhos, ela se movimentava voando velozmente. Segundo Ovídio essa divindade residia nos confins da terra, do mar e do céu, num palácio de bronze ressoando incessantemente, com mil aberturas por onde entravam todas as vozes, por mais baixas que fossem. Esse palácio, cujas portas permaneciam abertas, amplificava as palavras que chegavam até lá. Estavam sempre em volta de Fama a Alegria infundada, a Credulidade, o Engano, os Rumores infundados, a Sedição e o Terror, e de sua morada ela vigiava o mundo inteiro.

(2) (G. *Pheme*). A "reputação" no mau sentido, mencionada como uma deusa por Hesíodos. Essa Fama se eleva rapidamente, mas custa a pousar, e não se desfaz completamente quando é repetida por muitas pessoas.

Fames (L.). A personificação da Fome, tradução do grego *Limos*, mencionada por Hesíodos como uma das filhas da Discórdia (v. *Êris*). Virgílio mostra-a na entrada do inferno, juntamente com a Pobreza. Em Ovídio ela aparece como habitante de uma região desolada na Cítia, onde devorava avidamente a vegetação escassa.

Fáon (G. *Pháon*). Um barqueiro da ilha de Lesbos, pobre, idoso e destituído de qualquer atrativo físico. Um dia ele transportou em seu barco Afrodite (v.), disfarçada numa mulher idosa, e não lhe pediu pagamento por seu serviço. Para recompensá-lo a deusa lhe deu um frasco de ungüento. Fáon passou a usá-lo e se tornou um homem extremamente belo, a ponto de todas as mulheres da ilha se apaixonarem por ele. Entre elas estava a poetisa Safo, que se teria lançado ao mar do alto de um penhasco por não ser correspondida em seu amor a Fáon.

Faro (G. *Pharos*). Piloto da nau em que Helena e Menelau (vv.) regressaram a Esparta após a Guerra de Tróia. Quando a nau chegou a uma ilha situada na foz do Nilo, no Egito, Faro foi picado por uma serpente e morreu. A partir de então a ilha passou a chamar-se Faros.

Fásis (G. *Phásis*). Deus do rio homônimo na Cólquida, filho de Hélios (o Sol) e da Oceanide Ocirroe (v., (1)). Um dia ele surpreendeu sua mãe cometendo adultério e matou-a; perseguido pelas Fúrias (v.), Fásis lançou-se ao rio até então chamado Arcturo, que a partir de então tomou o seu nome.

Fatum (L.). O deus do destino, cujo nome provinha da raiz do verbo *fari* ("falar"), significando a palavra de um deus, e portanto uma decisão divina irreversível. Com o decurso do tempo, sob a influência das lendas gregas *Fatum* passou a significar as divindades ligadas ao destino, como as Moiras, as Parcas e as próprias Sibilas (vv.). Havia em Roma três estátuas de Sibilas chamadas *Fata* (plural de *Fatum*), e do nome *Fata,* usado como feminino singular, originaram-se as Fadas das crenças populares romanas. Havia também uma divindade chamada *Fatus,* demônio simbólico do destino de cada criatura humana, confundido com o *Genius* (v.), cujo equivalente feminino era *Fata.*

Fauna (L.). Irmã e mulher do antigo deus Fauno (v.), invocada como mensageira da boa sorte. Na qualidade de protetora das mulheres ela se assimilou à *Bona Dea* (v.), e aparece na lenda de Hércules (v.). Fauna era mulher de Fauno já em sua condição de rei dos latinos (v. *Fauno*), e amada por Hércules teve um filho chamado Latino (v.), que viria a ser o rei epônimo do Lácio. Em outra versão da lenda, Fauna era uma virgem hiperbórea (v. *Hiperbóreos*) que se uniu a Hércules; dessa união nasceu Latino. Após a partida de Hércules Fauna casou-se com Fauno.

Fauno (L. *Faunus*). Deus romano provavelmente muito antigo, cultuado no Palatino, apresentado como uma divindade benfazeja, protetora dos rebanhos e dos pastores, e por isso assimilado ao deus grego Pan (v.). Com o decurso do tempo Fauno perdeu em parte a sua condição divina e passou a ser considerado um dos reis mais antigos do Lácio, anterior à vinda de Enéias (v.) e de seus companheiros troianos, e portanto anterior à fundação de Roma por Rômulo (v.). Em uma das versões da lenda ele aparece como filho do próprio Júpiter e de Circe (vv.). Fauno sucedeu ao rei Pico (v.) no trono do Lácio, e foi sucedido por Latino (v.), seu filho ou filho de Hércules (v.).

Mas, paralelamente a essa condição humana sobreviveu durante muito tempo a qualidade divina de Fauno; na época clássica essa qualidade se manifestou nos Faunos, demônios dos campos e das florestas, e semelhantes aos sátiros das lendas gregas. A exemplo de seu modelo grego eles eram meio-homens e meio-bodes, aparecendo com chifres e cascos caprinos. Originariamente fazia parte do culto de Fauno a procissão das Lupercálias, durante a qual os jovens mostravam-se vestidos apenas com uma pele de cabra, e açoitavam as mulheres ao longo do trajeto da procissão com correias de couro cru. Atribuía-se a essa flagelação a virtude de tornar as mulheres fecundas. Vv. *Bona Dea* e *Fauna.*

Faustino (L. *Faustinus*). Um dos companheiros de Evandro (v.) quando este veio para a Itália, e irmão de Fáustulo (v.), também companheiro de Evandro. Faustino era pastor dos rebanhos de Numítor (v.) no Aventino, onde Fáustulo guardava os de Amúlio (v.), e ambos viviam na época da chegada a Alba dos troianos que se instalaram em Lavínio. Numa das versões da lenda de Rômulo (v.), quando Sílvia; filha de Numítor, rei de Alba, deu à luz os gêmeos Rômulo e Remo (v.), Numítor substituiu-os por outros gêmeos, e foram estes os recém-nascidos expostos por Amúlio. Nessa ocasião Numítor entregou seus netos salvos na troca ao pastor Fáustulo, e Faustino insistiu com seu irmão para cuidar de sua educação. Há menções a um terceiro irmão de Faustino, que também participou da educação das duas crianças, e se engajou juntamente com Fáustulo na luta travada algum tempo depois entre Rômulo e Remo, durante a qual Faustino e Fáustulo morreram.

Fáustulo (L. *Faustulus*). Um pastor que recolheu os gêmeos Rômulo e Remo (vv.) às margens do rio Tibre, no sopé do Palatino, e os entregou a Aca Larência (v.), sua mulher, para criá-los. Fáustulo era o pastor-chefe dos rebanhos do rei Amúlio, e quando este ordenou o abandono dos recém-nascidos, por um feliz acaso ele cruzou com os servidores incumbidos de levar os gêmeos. Fáustulo aguardou que os servidores fossem embora; quando os pastores já tinham achado e recolhido os gêmeos abandonados ele conseguiu convencê-los a lhe entregarem os meninos, alegando que sua mulher acabara de perder um filho e gostaria de ter outros para amamentar.

Em outra versão da lenda o próprio Fáustulo descobriu os meninos, que tentavam mamar em uma loba (v. *Aca Larência*). De acordo com uma variante da tradição, Numítor, irmão de Amúlio (vv.) destronado por este último em Alba, salvara os dois filhos de Sílvia e os entregara a Fáustulo. Chegando à idade adulta Rômulo e Remo entraram um dia em luta, e Fáustulo foi morto quando tentava separá-los. Na época clássica ainda se via no Palatino a cabana de Fáustulo, preservada como relíquia dos tempos lendários.

Feácios (G. *Pháiakes*). Um povo mítico que acolheu Ulisses (v.) quando este, na volta de Tróia para Ítaca, foi parar numa praia do território feácio após um naufrágio. Eram marinheiros hábeis, descendentes de Féax (v.), herói epônimo de sua raça, que os levou inicialmente ao território de Hipéria, onde viveram até serem expulsos pelos Cíclopes (v.); de lá os feácios foram para a ilha de Esqueria, que mais tarde passou a chamar-se Côrcira (a atual Corfu), e se tornaram navegantes e mercadores ativos.

Alcínoo (v.), rei dos feácios na época da passagem de Ulisses (v.) por sua ilha, recebeu amistosamente o herói, descoberto por sua filha Nausícaa (v.) exausto numa praia; o rei ofereceu-lhe festas e presentes, e até uma nau na qual Ulisses completou a última etapa de sua longa e acidentada viagem de volta à pátria. Entretanto Poseidon (v.), cuja cólera seguia implacavelmente o herói, vingou-se dos feácios transformando num rochedo a nau que transportou Ulisses e cercando a cidade dos feácios de montanhas. Veja-se também *Areté*.

Em seu regresso à Grécia os Argonautas (v.) também foram parar na ilha dos feácios, e lá realizou-se o casamento de Jáson com Medéia (vv.) para salvá-la de perseguição do pai.

Féax (G. *Pháiax*). (1) Herói epônimo dos feácios, filho de Poseidon e da ninfa Côrcira, filha de Ásopo (vv.), criada pelo deus seu pai. Féax, que era rei de Côrcira (a atual ilha de Corfu), teve de seu casamento dois filhos: Alcínoo, seu sucessor no trono, e Locro (vv.), que emigrou para a Itália e deu o seu nome aos lócrios daquela região, chamados epizefírios. Em algumas fontes atribui-se-lhe também a paternidade de Crôton, herói epônimo da cidade homônima situada no sul da Itália (v. *Crôton*).

(2) Originário de Salamina, era o piloto da nau de Teseu (v.) em sua viagem da Ática até a ilha de Creta.

Febe (G. *Phoibe*).(1) Uma das Titanides (v.), filha de Urano (o Céu) e de Gaia (a Terra) (vv.); Febe, cujo nome significa "Brilhante", casou-se com Coio, e teve dele duas filhas – Letó e Asteria (vv.). Atribuía-se-lhe a fundação do oráculo de Delfos e seu oferecimento como presente a Apolo (v.) (filho de Letó e portanto seu neto) no dia do aniversário do deus.

(2) Uma das Leucipides (v.); era a mulher de Pólux (v. *Diôscuros*).

(3) Uma das filhas de Hélios (o Sol). V. *Heliades*.

Febo (G. *Phoibos*). Um dos epítetos de Apolo (v.), significando "Brilhante", usado às vezes como o próprio nome do deus (especialmente na mitologia romana e na poesia latina).

Febris (L.). A personificação da febre palustre que assolava os habitantes das partes baixas de Roma, pantanosas e insalubres. Era um simples *numen*, cujos malefícios os romanos procuravam conjurar num altar muito antigo situado no Palatino, além de outros no Esquilino e no vale do Quirinal.

Fébruo (L. *Februus*). O deus epônimo do mês de fevereiro, assimilado afinal a *Dis Pater* (v., o equivalente latino de Plutão (v.)), deus do mundo infernal. No mês de fevereiro ocorria a purificação de Roma numa celebração em que se dedicavam sacrifícios e oferendas aos mortos para apaziguá-los. Essa celebração chamava-se *Februalia*, ou seja, Purificações.

Fedra (G. *Phaidra*). Filha de Minos e de Pasifae, irmã de Ariadne e de Deucalião (vv.); este último deu-a em casamento a Teseu (v.), então rei de Atenas, embora ele já fosse casado com uma amazona chamada Antíope, ou Hipólita, ou Melanipe (vv.). De sua união com Teseu nasceram os filhos Acamas e Demofon (vv.). Fedra apaixonou-se por Hipólito, filho de Teseu com sua primeira mulher. Hipólito (v.), entretanto, desdenhava as mulheres e não correspondeu ao amor de sua madrasta. Fedra, receosa de que o rapaz revelasse a Teseu sua paixão por ele, caluniou-o junto ao marido acusando-o de tentar violentá-la. Teseu acreditou na infâmia e pediu a Poseidon (v.) para provocar a morte de Hipólito, que pouco tempo depois perdeu a vida arrastado pelos cavalos de seu próprio carro. Não resistindo ao remorso, Fedra enforcou-se num momento de desespero.

Em outra versão da lenda Fedra matou-se antes de revelar o seu amor pelo enteado.

Eurípides usou a lenda de Fedra e Hipólito na tragédia que tem o nome deste último.

Fegeu (G. *Phegeus*). Fundador e rei da cidade de Fegéia, na Arcádia, em cuja corte Alcmêon (v.) refugiou-se depois de matar sua própria mãe.

Fêidipo (G. *Phêidippos*). Filho de Téssalo (v., (2)) e neto de Heraclés (v.). Participou da expedição dos gregos contra Tróia por ter sido um dos pretendentes à mão de Helena (v., e *Guerra de Tróia*), comandando um contingente transportado em trinta naus. Fêidipo aparece entre os combatentes escolhidos que entraram em Tróia no bojo do cavalo de madeira. Finda a guerra ele se instalou na ilha de Andro com os soldados que trouxera da ilha de Cós.

Femonoe (G. *Phemonoe*). Filha de Apolo (v.), a primeira pítia do deus no oráculo de Delfos. Atribuíam-se-lhe a invenção do verso hexâmetro para enunciar profecias e a máxima famosa "Conhece-te a ti mesmo", inscrita no templo de Delfos.

Fênix (G. *Phôinix*). (1) Filho de Agênor e de Telêfassa (ou Argiope) e irmão de Europa, de Cadmo, de Cílix e de Taso (vv.). Agênor mandou-o com seus irmãos em busca de Europa, raptada por Zeus (v.). Não a encontrando e cansado daquela vida errante, Fênix parou no local onde viria a existir a cidade de Sídon, no território ao qual deu o nome – a Fenícia. Em outras versões da lenda seu pai era Ôgigo (v.), ou ele seria pai, e não irmão de Europa, desempenhando assim o papel de Agênor na versão mais difundida.

(2) Filho de Amíntor, rei de Elêon, na Beócia, e companheiro de Aquiles (v.) na Guerra de Tróia. Sua mãe seria Hipodâmia, ou Cleobule, ou Alcimede. A pedido de sua mãe, movida pelo ciúme, este Fênix seduziu a concubina de seu pai chamada Clítia ou Ftia. Tomando conhecimento desse fato, Amíntor furou os olhos do filho.

Noutra versão da lenda Ftia, a concubina de Amíntor, quis seduzir Fênix; falhando em sua tentativa ela o acusou perante Amíntor, que cegou o filho. Fênix refugiou-se na corte de Peleu, onde Quíron (vv.), a pedido do primeiro, restituiu-lhe a visão. Peleu confiou-lhe seu filho Aquiles (v.) e lhe entregou o trono dos dôlopes.

Fênix seguiu para a Guerra de Tróia com Aquiles, servindo-lhe de conselheiro. Quando os emissários de Agamêmnon (v.) estiveram na tenda de Aquiles para tentar demovê-lo de sua decisão de abandonar a guerra, Fênix esforçou-se inutilmente por persuadir o herói. A partir de então ele também permaneceu na tenda com Aquiles até este receber a notícia da morte de Pátroclo (v.). Após a morte de Aquiles, Fênix acompanhou Ulisses (v.) na missão a Neoptólemo (v.). Finda a guerra, Fênix partiu de regresso à Grécia com Neoptólemo, porém morreu durante a longa viagem por terra. Neoptólemo proporcionou-lhe as honras fúnebres.

Feraia (G. *Pheraia*). Um dos epítetos de Hecate (v.), e também o nome de uma filha de Éolo com a qual Zeus (vv.) tivera uma filha – Hecate. Esta última deusa foi abandonada ao nascer numa encruzilhada, mas um pastor de Feras a descobriu e levou-a consigo para criá-la.

Ferêboia (G. *Pherêboia*). Uma moça enviada com Teseu (v.) no grupo de sete moças e sete rapazes atenienses mandados anualmente por Atenas como tributo ao Minotauro (v.). Ferêboia foi amada por Teseu.

Féreclo (G. *Phêreklos*). Um troiano filho de Harmonia, famoso por ter sido o condutor da nau de Páris (v.) quando este viajou para a Grécia a fim de raptar Helena (v.).

Ferentina (L.). Uma ninfa do Lácio, divindade tutelar de uma fonte e de um bosque. Em seu santuário realizavam-se reuniões dos representantes dos povos latinos.

Feres (G. *Pheres*). (1) Filho de Creteu e de Tiró, fundador e herói epônimo da cidade tessália de Feras. Ádmeto, marido de Alceste (vv.), Idomene, mulher de Amitáon. Licurgo (vv.) (este último rei de Neméia), e Periópis, mencionada em uma fonte como mãe de Pátroclo eram seus filhos. Apesar de ser um ancião, Feres não quis morrer em lugar de seu filho Ádmeto.

(2) Filho de Medéia e de Jáson (vv.), morto com seu irmão Mérmero por sua mãe.

Ferônia (L.). Deusa dos bosques e das fontes, cultuada principalmente na Itália central. Seu templo, situado em Terracina, era o local onde se realizava a manumissão dos escravos, circunstância que explica sua identificação, às vezes, com *Libertas* (a personificação da Liberdade). Era a mãe do prenestino Érilo (v.), dotado de três vidas, morto por Evandro (v.).

Festo (G. *Phaistos*). Um dos filhos de Heraclés, sucessor de Janisco (vv.) no trono de Sicione. Mais tarde, obedecendo a um oráculo, foi para Creta, onde fundou uma cidade com o seu nome. Festo teve um filho chamado Rôpalo (v.), cuja mãe não é mencionada.

Fides (L.). A personificação, em Roma, da palavra empenhada, descrita como uma mulher de cabelos brancos, mais velha que o próprio Júpiter (v.). *Fides* simbolizava a importância fundamental da fidelidade à palavra dada. Rome, neta de Enéias (v.), consagrou-lhe um templo no Palatino. Nos sacrifícios oferecidos a *Fides* o oficiante envolvia a mão direita num pano branco.

Fílaco (G. *Phílakos*). (1) Herói tessálio descendente de Éolo, filho de Dêion (ou Dioneu) e de Diomede, filha de Xuto e descendente de Deucalião (vv.). Casou-se com Climene, filha de Minias, e dessa união nasceram Íficlo (v.) e Alcimede (mãe de Jáson (v.)). Fílaco teria sido o fundador da cidade de Filacas, situada no monte Otris.

(2) Um herói de Delfos, que surgiu armado sob a forma de um gigante, juntamente com outro herói gigantesco chamado Autônoo, por ocasião do ataque dos persas ao templo de Apolo e os obrigou a fugir em meio a fenômenos prodigiosos.

Filâmon (G. *Philâmon*). Poeta e adivinho lendário, filho de Apolo e de Filonis, ou de Heósforo e de Cleôboia, ou ainda de Crisôtemis, ou ainda de Quione (vv.). Contava-se que num mesmo dia Quione (ou Filonis) foi possuída por Apolo e por Hermes (vv.) e teve dois gêmeos: Filâmon de Apolo, e Autólico de Hermes. Filâmon era muito belo e foi amado pela ninfa Argiope, mas quando esta ficou grávida ele não quis acolhê-la em sua casa. Argiope fugiu para a Calcídice, e lá deu à luz um filho que se chamou Tamires (v.). Filâmon teria sido o inventor dos coros de moças e o organizador dos mistérios de Deméter em Lerna. Por ocasião do ataque dos flegieus a Delfos, Filâmon veio socorrer a cidade à frente de um contingente argivo, porém foi morto em combate.

Fílandro (G. *Phílandros*). Um dos filhos de Apolo e de Acacalis (vv.) (o outro filho era Filacides). Os habitantes de Êliro, na ilha de Creta, mandaram para Delfos uma escultura representando uma cabra que amamentava Fílandro e Filacides.

Filas (G. *Phylas*). (1) Rei de Êfira, na Tesprotia. Heraclés (v.) atacou-o comandando um contingente de habitantes de Calidon e matou-o após conquistar a sua cidade. Filas tinha uma filha chamada Astíoque; Heraclés levou-a como sua concubina e teve com ela Tlepólemo (v.).

(2) Rei dos dríopes, autor do ataque ao santuário de Delfos à frente de seus súditos. Heraclés (v.) enfrentou-o e o matou, expulsando os dríopes de seu território e entregando-o aos málios. O herói apoderou-se da filha deste Filas, e teve com ela um filho chamado Antíoco.

(3) Filho de Filas (2), casado com Leipefile, filha de Iolau (v.); dessa união nasceram um filho – Hipotes – e uma filha chamada Teró; amada por Apolo (v.), Teró deu à luz um filho chamado Cáiron, epônimo da cidade de Cairôneia.

(4) Pai de Polimela, possuída por Hermes (v.). Dessa união nasceu o herói Eudoro, que acompanhou Aquiles (vv.) na expedição dos gregos contra Tróia.

Filêmon (G. *Philêmon*). V. *Baucis*.

Fileu (G. *Phyleus*). Um dos filhos de Augias, o rei de Élis, inimigo de Heraclés (v.). Opôs-se ao seu pai na contenda entre ele e Heraclés a propósito do salário pedido por este último pela limpeza dos estábulos reais; expulso de Élis por seu pai, Fileu foi morar em Dulíquion, onde casou-se com Tímandra (ou Climene), com quem teve um filho chamado Meges (v., e *Tímandra*). Depois de vencer Augias, Heraclés entregou o trono da cidade a Fileu, mas este passou-o aos seus irmãos e regressou a Dulíquion, aparecendo entre os participantes da caçada de Calidon. Além de Meges, Fileu teve uma filha chamada Euridâmeia, que se casou com Poliído (v.).

Fílio (G. *Phýlios*). Herói etólio que aparece na lenda de Cicno (v., (4)). Fílio não resistiu à beleza de Cicno, um rapaz encantador que vivia nos bosques perto de Calidon, e se apaixonou por ele. Cicno tinha o coração insensível, e maltratava seus pretendentes. Todos desistiram de obter o seu amor, menos Fílio, que resolveu submeter-se às provas impostas pelo rapaz inconquistável. A primeira prova consistia em matar um leão sem recorrer a armas de ferro; depois ele teria de capturar vivos os abutres antropófagos, e finalmente teria de domar um touro e levá-lo com suas próprias mãos ao altar de Zeus (v.). Fílio saiu-se bem, sozinho, das duas primeiras provas, mas na última teve de valer-se de Heraclés (v.). O herói aconselhou-o a não se submeter aos caprichos do belo rapaz por quem se apaixonara, e Fílio não entregou o touro a Cicno. Este, desvairado, lançou-se num pântano onde se transformou em cisne (*Kyknos* em grego = cisne).

Fílira (G. *Phílyra*). Mãe do centauro Quíron (v.). Cronos (v.), que se apaixonara por ela, receoso do ciúme de Rea (v.), sua mulher, transformou-se num cavalo para possuir Fílira, e por isso Quíron, que nasceu dessa união, era homem da cintura para cima e cavalo da cintura para baixo.

Em outra versão da lenda Fílira, querendo por pudor evitar o ardor amoroso de Cronos, transformou-se numa égua para livrar-se do deus; este, entretanto, metamorfoseou-se em cavalo e violentou-a. Quíron nasceu no monte Pelíon, na Tessália, onde passou a viver com sua mãe numa gruta. Fílira o ajudou mais tarde a cuidar dos meninos cuja educação lhe fora confiada, entre os quais sobressaíram Aquiles e Teseu (vv.).

Fílis (G. *Phyllis*). Filha de Fileu, ou de Cíaso, ou de Licurgo ou ainda de Telo (vv.), rei do território situado na foz do rio Estrímon, na Trácia. Acamas (ou Demofon), filho de Teseu (vv.), de volta da Guerra de Tróia foi parar com suas naus na costa daquele território, cujo rei era o pai de Fílis. Ela se apaixonou pelo recém-chegado; Acamas prometeu casar-se com Fílis, mas alegou que antes teria de ir a Atenas para pôr sua vida em ordem. Fílis concordou com a viagem e deu ao noivo uma caixinha, que segundo ela continha objetos destinados ao culto de Rea (v.); a caixinha somente deveria ser aberta se ele perdesse a esperança de voltar para juntar-se a ela. Fílis desceu muitas vezes da cidade até o porto na esperança de ver Acamas (ou Demofon) chegar, mas ele não voltou, apesar de ter-se esgotado o prazo previsto para o regresso. Diante da perspectiva de nunca mais rever o seu amado, Fílis suicidou-se. No mesmo dia o noivo, que estava em Creta, onde se havia casado com outra mulher, abriu a caixinha; dela saiu um espectro que assustou o cavalo de Acamas (ou Demofon); o animal saiu galopando desabaladamente, e Acamas (ou Demofon) caiu do cavalo sobre sua espada e morreu.

Em outra versão da lenda Fílis transformou-se numa amendoeira sem folhas. Seu noivo chegou a Trácia após a morte da moça e abraçou a amendoeira, que se cobriu de folhas. Depois dessa mudança na árvore as folhas, até então chamadas de *pétala*, receberam o nome de *phylla* em homenagem a Fílis.

Filoctetes (G. *Philoktetes*). Filho de Poias e de Demônassa (ou Metone), possuidor do arco e das flechas de Heraclés, recebidos do próprio herói, agradecido pelo fato de Filoctetes haver acendido o fogo na pira que o consumiu no monte Oita (v. *Heraclés*). Entretanto Heraclés impôs a condição de ser mantido em segredo o local de sua morte, e Filoctetes prometeu que nada diria. Mais tarde, todavia, em face das perguntas Filoctetes subiu ao Oita e bateu com o pé no lugar onde fora acesa a pira, e sem falar descumpriu a promessa. Por isso ele foi castigado mais tarde com ferida no pé que tocou o solo.

Filoctetes estava entre os pretendentes a Helena, e conseqüentemente participou da expedição contra Tróia (v. *Guerra de Tróia*), para onde foi levando sete naus e cinqüenta arqueiros oriundos, como ele, da Magnésia, na Tessália. Durante a escala de suas naus em Tênedos uma serpente picou-lhe um dos pés durante a realização de um sacrifício. No local da picada apareceu uma ferida insuportavelmente fétida, como castigo pela quebra da promessa a Heraclés, e Ulisses (v.) convenceu os demais chefes gregos a abandoná-lo na ilha de Lemnos, então deserta. Lá Filoctetes viveu sozinho durante dez anos, alimentando-se de aves que abatia com as flechas de Heraclés.

Decorrido esse período, os gregos, que ainda não tinham conseguido capturar Tróia, ouviram do adivinho Heleno (v.) que Tróia não cairia em suas mãos enquanto não usassem as flechas de Heraclés, que já haviam contribuído anteriormente para a ocupação da cidade (v. *Heraclés*) pelo herói. Agamêmnon (v.) incumbiu Ulisses de ir a Lemnos procurar Filoctetes e persuadi-lo a vir ajudar os gregos diante de Tróia. Numa das versões da lenda Ulisses conseguiu convencê-lo prometendo-lhe a cura da ferida, e noutra versão furtou-lhe as flechas, sem as quais Filoctetes não poderia sobreviver na ilha, e assim conseguiu levá-lo consigo. Graças aos cuidados de Macáon ou Podalírio, os dois médicos da expedição, a ferida cicatrizou; Filoctetes passou a participar dos combates, e teria sido o autor da morte de Páris (v.).

Após a queda de Tróia, Filoctetes voltou à sua pátria sem maiores aventuras, de acordo com a versão mais antiga da lenda. Numa versão posterior o herói teria sido o fundador de várias cidades na região de Crôton, no sul da Itália, entre as quais mencionavam-se Petélia e Mácala, onde ele consagrou a Apolo (v.) as flechas de Heraclés. Filoctetes teria morrido em combate quando quis ajudar os ródios que chegaram à mesma região sob o comando de Tlepólemo e foram atacados pelos nativos.

Sófocles escreveu sua tragédia *Filoctetes* baseando-se na lenda deste herói.

Filôitio (G. *Philôitios*). O vaqueiro incumbido juntamente com Eumeu e Melântio (vv.) de cuidar dos rebanhos de Ulisses (v.) durante a ausência deste último na Guerra de Tróia (v.). Ao contrário de Melântio, ele e Eumeu mantiveram-se leais ao chefe ausente, desejando ardentemente seu regresso. Por ocasião da chegada de Ulisses de volta a Ítaca, Filôitio recebeu-o bondosamente apesar de seu disfarce em mendigo. Em seguida, depois de reconhecê-lo, ajudou-o a eliminar os pretendentes à mão de Penélope (v.), matando dois deles, e foi incumbido por Ulisses de castigar o desleal Melântio.

Filolau (G. *Philôlaos*). Um dos quatro filhos de Minos (v.) com a ninfa Paria. Quando Heraclés (v.) passou pela ilha de Paros em sua expedição ao território das amazonas, Filolau atacou os companheiros do herói.

Filomela (G. *Philomela*). Uma das filhas de Pandíon (v.), rei de Atenas. Durante uma guerra contra Lábdaco (v.), rei de Tebas, Pandíon pediu auxílio ao trácio Tereu, filho de Ares (vv.); graças a Tereu a vitória coube a Pandíon, que deu ao herói sua outra filha, chamada Procne (v.), em casamento.

No devido tempo Procne teve um filho chamado Ítis (v.), e nesse ínterim Tereu apaixonou-se por Filomela. Não podendo conter o desejo por sua cunhada, Tereu violentou-a e para impedi-la de denunciá-lo cortou-lhe a língua. Filomela, entretanto, descobriu um meio de incriminá-lo, bordando o ato de violência num estofo que mostrou à irmã. Querendo vingar-se de Tereu, Procne matou seu filho Ítis, cortou-o em pedaços e os serviu ao marido sem ele saber o que estava comendo; em seguida as duas irmãs fugiram de Atenas, porém Tereu logo após a partida de ambas descobriu o crime hediondo e saiu em sua perseguição, alcançando-as em Daulis, na Focis. Sentindo-se perdidas as irmãs suplicaram aos deuses que as salvassem; suas preces foram ouvidas e elas se transformaram em pássaros – Filomela em andorinha e Procne em rouxinol. Ao mesmo tempo os deuses metamorfosearam Tereu em poupa.

Filomelides (G. *Philomeleides*). Rei de Lesbos que obrigava os viajantes de passagem por sua ilha a lutar contra ele e matava os vencidos. Esse procedimento bárbaro durou até o dia em que as naus de Ulisses (v.) escalaram em Lesbos de volta da Guerra de Tróia, e o herói matou Filomelides. Em uma variante da lenda Filomelides foi morto por Ulisses e Diomedes juntos.

Filotes (G. *Philotes*). A personificação da ternura; Hesíodos apresenta-a como filha de Nix (a Noite) e irmã de Geras (a Velhice), de Apate (o Engano) e de Êris (a Discórdia).

Filotis (L. *Philotis*). Após a irrupção dos gauleses em Roma os latinos, aproveitando a consternação reinante na cidade, resolveram atacá-la sob o comando de Lívio Postúmio. Antes de iniciar o ataque o exército latino acampado em frente à cidade mandou emissários para exigirem dos romanos a entrega de suas filhas e viúvas, a pretexto de estreitar os antigos laços de sangue entre os dois povos. Os romanos não se dispunham a atender à exigência, e em meio aos debates uma escrava chamada Filotis (ou Trítola) sugeriu-lhes que a enviassem aos latinos juntamente com outras escravas, como se fossem romanas de condição livre. A um sinal de Filotis, que acenderia uma lâmpada, os romanos atacariam o acampamento inimigo e matariam os latinos adormecidos. Os romanos concordaram.

Mais tarde, já no acampamento dos latinos, Filotis pendurou uma lâmpada numa árvore, de maneira a não ser vista pelos inimigos. Os romanos, vendo o sinal combinado, saíram velozmente da cidade e massacraram os latinos. Para comemorar esse acontecimento celebravam-se as *Capratinae Nonae* (Nonas da Figueira), durante as quais o povo saía tumultuosamente da cidade e ofereciam-se banquetes às mulheres em choupanas construídas com galhos de figueiras. Nessas festas as servas desfrutavam de toda a liberdade, relembrando a sua participação na luta contra os latinos.

Fineu (G. *Phineus*). (1) Um rei da Trácia, dotado de poderes divinatórios, que se privou da visão para ter uma vida mais longa. Quando ele ficou cego, Hélios (o Sol), indignado, mandou contra ele as Hárpias (v.), monstros alados que lhe tiravam ou estragavam o alimento antes de ele ingeri-lo. Em outra versão da lenda esse castigo foi-lhe aplicado porque, usando seus dons divinatórios, ele revelava aos homens os desígnios divinos.

Antes de partir em sua expedição à Cólquida os Argonautas (v.) foram perguntar-lhe qual a rota que deveriam seguir; Fineu prometeu dar-lhes a informação se eles o livrassem das Hárpias. Calaís e Zetes, filhos de Bóreas (vv.), atacaram os monstros e os puseram em fuga, e os Argonautas obtiveram a informação desejada.

Em outra versão da lenda Fineu teve uma primeira mulher, chamada Cleópatra, filha de Bóreas, que lhe deu dois filhos – Pandíon e Plêxipo (vv.) –, porém abandonou Cleópatra e casou-se com Idaia, filha de Dárdano (vv.). Com ciúme de seus enteados Idaia caluniou-os junto a Fineu, dizendo-lhe que eles haviam tentado violentá-la; acreditando na calúnia Fineu cegou seus dois filhos. Quando os Argonautas passaram pela corte de Fineu, os Boreadas, participantes da expedição e irmãos de Cleópatra, vingaram-se dele cegando-o.

(2) Irmão de Cefeu e tio de Andrômeda (vv., e também *Perseu*). Fineu queria casar-se com sua sobrinha, e quando Perseu a conquistou ele passou a conspirar contra o herói. No combate entre os adeptos de Perseu e os de Fineu, travado no palácio de Cefeu, Fineu transformou-se em pedra ao ver a cabeça de Mêdusa (v. *Gôrgonas*).

(3) Filho de Licáon (v.), rei da Arcádia, fulminado por Zeus (v.) com seus pais e seus irmãos.

Fítalo (G. *Phýtalos*). Um herói ático que recebeu bondosamente Deméter (v.) quando ela passou pela Ática à procura de sua filha. Para recompensá-lo a deusa lhe ensinou o cultivo da figueira, e durante muito tempo seus descendentes tiveram o privilégio da produção de figos. Esses descendentes, chamados Fitálidas, receberam Teseu (v.) por ocasião de seu regresso de Corinto e o purificaram no altar familiar da morte de Sínis (v.) e de outros bandidos. Por causa de sua dedicação a Teseu os Fitálidas gozavam de certos privilégios em Atenas durante as festas celebradas em honra do herói.

Flegêton (G. *Phlegêthon*). Um dos rios infernais; ele e o Cócito, unindo-se, formavam o Aqueronte (vv.); no local onde os dois rios se encontravam havia uma cascata. Às vezes o Flegêton era chamado de Piriflegêton (= Flegêton de Fogo).

Flegias (G. *Phlegyas*). Herói epônimo dos flegieus, filho de Ares (v.) e de Dotis, ou de Ares e de Crise, filha de Halmos. Flegias teria sido o sucessor de Eteoclés (v.) no trono de Orcômeno, onde fundou uma nova cidade chamada Flegia juntamente com os mais belicosos de todos os gregos. Morrendo sem deixar filhos, foi sucedido no trono por seu sobrinho Crises, filho de Poseidon (v.) e de Crisogênia, também filha de Halmos. Durante uma incursão de pirataria de Flegias ao Peloponeso, Apolo (v.), seduziu sua filha Coronis, e dessa união nasceu Asclépio (v.). Para vingar-se de Apolo, que matou sua filha por ter-lhe sido infiel, Flegias teria tentado incendiar o templo do deus em Delfos. Flegias foi morto na Eubéia por Lico e Nicteu (vv.), que em seguida ao homicídio se refugiaram em Tebas.

Flias (G. *Phlias*). Filho de Diôniso (v.) e de Araitíria, filha de Minias (v.). Participou da expedição dos Argonautas (v.) e era tido como herói epônimo da cidade de Fliús, no Peloponeso.

Flôgio (G. *Phlôgios*). Filho do tessálio Dêimaco e irmão de Deilêon e Autólico (vv.). Participou com seus irmãos da expedição de Heraclés (v.) contra as amazonas, mas os três separaram-se do herói nas proximidades de Sinope. Eles permaneceram naquela região até a passagem dos Argonautas (v.), que os levaram de volta à pátria.

Flora (L). Uma das divindades mais antigas da Itália central, que presidia a floração primaveril, desde a dos cereais até a das árvores frutíferas de todas as espécies e principalmente da videira, e o desabrochar das flores puramente ornamentais. Era uma das doze divindades para as quais o sabino Tito Tácio mandou erigir um altar e tinha um templo antiqüíssimo no Quiripal. Celebravam-se em sua honra os *Ludi Florales*, ou *Floralia*, além de uma festa das rosas que consistia numa corrida de rapazes e moças com flores nas mãos, para significar que o viço da juventude passa depressa. Ovídio identificou Flora com a deusa grega Clóris (v.).

Em outras fontes inspiradas na teoria racionalista de Euêmeros (v. a Introdução), Flora, à semelhança de Aca Larência (v.), seria apenas uma meretriz famosa, enriquecida com sua profissão, e que teria dedicado sua fortuna ao povo romano, com a condição de lhe celebrarem uma festa anual.

Contava-se também que num dia de primavera Flora passeava pelos campos; vendo-a Zéfiro, o deus dos ventos, apaixonou-se por ela e a raptou. Os dois casaram-se, e Flora recebeu de Zéfiro o direito de reinar sobre as flores dos campos cultivados e dos jardins.

Em outra lenda referida (ou inventada) por Ovídio, Juno, despeitada porque Júpiter (vv.) tirara sua filha Minerva (v.) de sua própria cabeça, resolveu ter um filho sem recorrer ao marido; para isso ela dirigiu-se a Flora, que lhe deu uma flor capaz de fecundar a mulher pelo simples contacto; assim Juno teve o seu filho Marte (v.), cujo nome lembra o mês de março, início da primavera.

Fobos (G. *Phobos*). A personificação do medo, companheiro de Ares (v.) seu pai, no campo de batalha. Fobos tinha um irmão chamado Deimos (o Espanto).

Foco (G. *Phocos*). (1) Filho de Éaco e de Psamate, e irmão por parte de pai de Peleu e de Telamon (vv.), filhos de Éaco com Endeís. Seu nome devia-se à circunstância de sua mãe, filha de Nereu e irmã de Têtis (vv.), ter-se metamorfoseado em foca para fugir às investidas amorosas de Éaco; esse expediente, entretanto, não impediu Éaco de possuí-la e dar-lhe o filho que viria a chamar-se Foco. Ao chegar à idade adulta Foco deixou Salamina, pátria de seu pai, e foi para a Grécia central. Lá ele conquistou um território ao qual deu o nome de Focis, e casou-se com Asteria, filha de Dêion e de Diomede. De sua união com Asteria nasceram dois filhos gêmeos – Panopeu e Crises (vv.). Mais tarde Foco viajou para Egina onde Peleu e Telamon, seus irmãos, o mataram por despeito ou insuflados por Endeís (v.), outra mulher de Éaco. Para vingar a sua morte Psamate mandou um lobo insaciável dizimar os rebanhos de Peleu na Tessália, onde este último se instalou quando foi banido por seu pai. A pedido de sua irmã Têtis, Psamate transformou o lobo numa pedra.

(2) Um habitante de Glisas, na Beócia, pai de Calirroe (v.). Trinta pretendentes queriam casar-se com Calirroe, porém o pai da moça adiava sucessivamente a data da escolha do genro. Instado pelos pretendentes, ele afinal declarou que, de acordo com um conselho do oráculo de Delfos, o genro seria escolhido num combate. Diante disso os pretendentes mataram este Foco e Calirroe fugiu; em face da perseguição dos pretendentes, alguns camponeses a esconderam num trigal. Durante a festa nacional da Beócia, Calirroe dirigiu-se como suplicante ao altar de Atena Itônia (v. *Atena*) e acusou os pretendentes de terem assassinado seu pai. Os culpados fugiram para Orcômeno, e de lá foram para Hipotas, mas afinal foram alcançados e cercados pelos beócios e tiveram de render-se; os assassinos foram mortos. Na véspera desses acontecimentos os pretendentes tinham ouvido a voz de Foco, vinda da montanha, profetizando a sua punição.

(3) Herói epônimo da Focis, um coríntio filho de Ôrnito e descendente de Sísifo, da raça de Poseidon (vv.). Este Foco abandonou sua terra natal e veio instalar-se na região em volta do monte Parnasso; a partir de então essa região passou a chamar-se Focis. Quando Antíope, vítima da perseguição implacável de Dîoniso por ter castigado Dirce (vv.), errava sem rumo através da Grécia, Foco encontrou-a, acolheu-a e casou-se com ela.

Folo (G. *Pholos*). Um centauro da região de Foloe, filho de Sileno (v.) e de uma ninfa dos carvalhos. Durante a caçada ao javali de Erímanto, Heraclés (v.) encontrou-se com Folo, que o recebeu hospitaleiramente oferecendo-lhe carne assada enquanto comia carne crua. Heraclés pediu vinho e Folo alegou que lá havia apenas um odre, pertencente a todos os centauros (v.). O herói disse-lhe que não havia motivos para temores, mas quando o odre foi aberto os outros centauros, atraídos pelo odor do vinho, correram para a gruta onde morava Folo, armados de tochas, árvores e até rochedos. Heraclés teve de lutar contra eles, matando alguns deles. Enquanto os centauros enterravam seus companheiros mortos pelo herói, Folo arrancou uma flecha do corpo de um deles e perguntou como a flecha, tão pequena, podia causar a morte. Nesse ínterim uma flecha o atingiu e o feriu mortalmente. Heraclés proporcionou-lhe funerais condignos.

Fons ou ***Fontus*** (L.). Um deus relacionado com as fontes, filho de Jano (v.). Em Roma havia um templo e um altar consagrados a ele, e celebrava-se em sua honra uma festa chamada *Fontinalia*.

Forbas (G. *Phorbas*). (1) Um herói tessálio da raça dos lapitas, ora tido como filho de Lapites e de Orsinome, ora como filho de Triopas, por sua vez filho de Lapites. Inicialmente morava na planície de Dotíon, na Tessália, e de lá emigrou para Cnido ou para Rodes juntamente com seu irmão Periergo. Numa versão diferente da lenda, Forbas emigrou da Tessália para Ôleno, na Élis, cujo rei, chamado Alêctor, temendo o poderio de Pêlops (v.), conseguiu obter o seu apoio. Como recompensa, Alêctor dividiu seu reino com ele. Forbas teve dois filhos – Áctor e Augias (vv.), que por ocasião da morte do pai partilharam entre eles a Élis.

(2) Filho de Argos, casado com Eubéia, de quem teve um filho – Triopas – e uma filha chamada Messene (vv.), às vezes mencionada como sua neta.

(3) Um flegieu, habitante de Panopeu, na Focis, que atacava os viajantes em trânsito para Delfos, obrigando-os a lutar contra ele e matando-os. Apolo (v.), disfarçado num menino, desafiou-o e o venceu.

(4) Um herói que ensinou Teseu (v.) a conduzir carros.

Forcis (G. *Phôrkys*). Um deus marinho da geração divina mais antiga, filho de Gaia (a Terra) e de Ponto (o Mar), e irmão de Nereu, de Taumas, de Euríbia e de Cetó (vv.). Casou-se com sua própria irmã Cetó, e dessa união nasceram entre outras filhas, as Graias (v.), chamadas Forcides. Em algumas fontes ele também é o pai de Cila, de Équidna, das Hespérides, e avô das Eumênides (vv.). Forcis morava em Agrímnion, no litoral da Acaia, ou na ilha de Cefalênia, ou ainda em Ítaca. Numa versão tardia de sua lenda Forcis aparece como um rei antiqüíssimo de Sardó (a atual Sardenha) e de Cirnos (a atual Córsega) que, vencido num combate naval por Atlas (v.), pereceu afogado. Após a sua morte ele se transformou num deus marinho.

Formíon (G. *Phormíon*). Um espartano que adquiriu a casa onde havia morado Tíndaro, pai humano dos Diôscuros (vv.). Um dia os Diôscuros, já deificados, apareceram diante de Formíon disfarçados em viajantes; dizendo que vinham de Cirene, pediram-lhe para deixá-los ocupar um determinado aposento da casa, sem revelar que haviam passado nela a sua infância. Formíon, entretanto, ofereceu-lhes toda a casa, menos o aposento pedido, ocupado por sua filha. Na mesma noite a moça desapareceu com suas criadas, e os Diôscuros não foram achados na casa no dia seguinte. No aposento da filha Formíon encontrou uma imagem dos Diôscuros e uma mesinha onde havia *sílphion*, uma planta aromática produzida especialmente em Cirene.

Fôrnax (L.). Deusa do forno em que se cozem os pães. Celebravam-se em sua honra as festas chamadas *Fornacalia*.

Foroneu (G. *Phoroneus*). Filho do deus do rio Ínaco e da ninfa Melia (vv.), o primeiro homem a aparecer sobre a terra de acordo com as lendas do Peloponeso; era irmão de Aigialeu e de Fegeu (vv.). Foi o árbitro na disputa entre Poseidon e Hera (vv.), quando cada uma dessas divindades queria ter a primazia no Peloponeso; a decisão de Foroneu foi a favor de Hera. Em outra versão de sua lenda Foroneu aparece como o primeiro homem a ensinar seus semelhantes a se agruparem em cidades, e a revelar-lhes o uso do fogo. Também se lhe atribuía a introdução do culto de Hera argiva. O nome de sua mulher varia conforme as fontes: Cerdó, Peitó ou Teledice. Aparecem como seus filhos Car, o primeiro rei de Mêgara, e Níobe (a argiva; v. *Níobe* (1)); além destes algumas fontes mencionam Agênor, Íaso, Lirco e Pélasgo (vv.).

Fors (L.). V. *Fortuna* a seguir.

Fortuna ou ***Fors*** (L.). "A deusa que traz", uma divindade italiana representada portando uma cornucópia e um timão para simbolizar que ela dirigia a vida humana. Em Preneste, sede de seu culto mais antigo e de um santuário oracular, ela era venerada como *Primigeneia*, ou seja, Primogênita, e tida como filha de Júpiter (v.). Na acepção de "acaso", essa divindade chamava-se *Fors* e era do gênero masculino, formando par com *Fortuna*. De acordo com a lenda o rei Sérvio Túlio, extremamente favorecido pela sorte, apesar de ser mortal foi amado por essa deusa, que costumava entrar em seu palácio por uma janela. Havia em seu templo romano uma estátua de Sérvio Túlio.

Fósforo (G. *Phósphoros*). Nome dado às vezes à Estrela Matutina, geralmente chamada Heósforo (v.). O Lúcifer latino é uma simples tradução de Fósforo ("aquele que traz a luz").

Frásio (G. *Phrásios*). Um adivinho oriundo da ilha de Chipre, que foi para o Egito na época em que a fome assolava o país, e vaticinou ao rei Búsiris (v.) que a fome só acabaria se se sacrificasse anualmente um estrangeiro. Búsiris aceitou o vaticínio, e por ordem sua a primeira vítima foi o próprio Frásio.

Frígio (G. *Phrýgios*). Rei de Míleto, sucessor de Fôbio, que lhe entregou o trono após a morte de Cleôboia, sua mulher. Um dia Pieria, filha de Fites de Miús, veio a Míleto participar da festa de Ártemis (v.), e Frígio apaixonou-se pela moça; casando-se com ela o rei pôs termo a uma guerra entre os milésios e os miúntios.

Frixo (G. *Phrixos*). Um dos filhos de Atamas e de Nefele (vv.). Aconselhado por Inó (v.), sua segunda mulher, Atamas quis sacrificar seus dois filhos – Frixo e Helé – a Zeus Lafístio (vv.), mas um carneiro com o Tosão de Ouro e alado, mandado por Zeus, salvou-os do sacrifício. Em outra versão da lenda o carneiro maravilhoso teria sido dado a Frixo e Helé por Nefele, sua mãe, que o recebera de Hermes (v., e também *Demodice*).

Montados no carneiro alado Frixo e Helé partiram de Orcômeno em direção ao Oriente. Durante o vôo Helé caiu no mar e morreu afogada; Frixo, entretanto, chegou são e salvo à Cólquida, onde pediu a proteção do rei Aietes, que além de acolhê-lo amavelmente lhe deu em casamento sua filha Calcíope (vv.). Para demonstrar sua gratidão, Frixo sacrificou o carneiro a Zeus e ofereceu o Tosão de Ouro ao rei, que o pendurou numa das árvores de um bosque dedicado a Ares (v.) depois de consagrá-lo ao deus. Esse Tosão foi conquistado pelas Argonautas (v.) na expedição chefiada por Iáson (v.). De seu casamento com Calcíope, Frixo teve numerosos filhos, entre os quais destacaram-se Argos, Citíssoro, Frontis e Melas.

Frixo passou o resto de sua vida no palácio de Aietes e morreu muito velho, mas seus filhos viajaram para Orcômeno, onde recuperaram o trono que deveria ter cabido ao pai. Numa versão mais recente da lenda Aietes matou Frixo depois de ter ouvido de um oráculo que seria morto por um descendente de Éolo (v.). De acordo com essa versão, Frixo e Helé, salvos do sacrifício planejado por Atamas, enlouqueceram por obra de Diôniso (v.) por terem tentado punir Inó (v.).

Fronime (G. *Phronime*). Mãe de Bato, o fundador de Cirene, e filha de Etearco, rei da cidade de Axo na ilha de Creta. Etearco casou-se com outra mulher, e a madrasta de Fronime denunciou-a ao seu pai, acusando-a falsamente de levar uma vida licenciosa. O rei acreditou na calúnia, e induziu um de seus hóspedes – um mercador de Tera chamado Temíson – a jurar que atenderia a um pedido seu. Feito o juramento, Etearco pediu-lhe que levasse Fronime consigo e a lançasse ao mar quando a nau chegasse a águas profundas. Obrigado pelo juramento, Temíson partiu com Fronime, porém não se dispôs a matá-la, limitando-se a lançá-la ao mar e recolhê-la sã e salva em seguida. Chegando a Tera no curso de sua viagem, o mercador desembarcou-a e a deu em casamento a Polímnesto, pertencente a uma família poderosa da ilha; dessa união nasceu Bato (v., (2)).

Ftio (G. *Phthios*). Herói epônimo da Ftia, na Tessália. Em uma das versões da lenda ele é filho de Licáon, e noutra aparece como filho de Poseidon e da ninfa tessália

Lárissa, e portanto irmão de Acaio e de Pélasgo (vv.); ou então é filho de Acaio e casou-se com Crisipe, filha de Iro, com quem teve um filho chamado Hélen (v.), fundador da cidade de Helás, na Tessália.

Ftonos (G. *Phthonos*). A personificação da inveja.

Fúrias (G. *Erinyes*, L. *Furiae*), também conhecidas entre os gregos pelos nomes propiciatórios de Eumênides (as "Benevolentes") e de *Semnai* (as "Sagradas"). Nasceram das gotas do sangue perdido por Urano (v.) após a sua mutilação (v. também *Cronos*); aparecem como mulheres aladas, às vezes cercadas de serpentes e trazendo nas mãos açoites e tochas. As Fúrias incluem-se entre as divindades gregas mais antigas, e à semelhança das Moiras (v.) sobrepõem-se à autoridade dos deuses das gerações subseqüentes; o próprio Zeus (v.) curvava-se diante delas. Originariamente seu número era indefinido e elas só apareciam coletivamente; mais tarde esse número fixou-se em três e seus nomes eram Alectó, Megera e Tisifone. As Fúrias protegiam a ordem do mundo, tanto a natural como a social, evitando ou castigando os desvios e crimes (principalmente entre consangüíneos) capazes de pô-la em perigo, e a arrogância (Híbris, v.), que leva as criaturas humanas a esquecerem suas limitações de simples mortais. Elas tornavam propositalmente obscuros os oráculos e as manifestações dos adivinhos em suas previsões do futuro, pois se não houvesse incerteza para os homens eles se comparariam aos deuses.

Na missão de punir os crimes de morte as Fúrias levavam os culpados à loucura mediante provações insuportáveis. Foram as causadoras das desgraças da família de Agamêmnon (v.) em decorrência do sacrifício de Ifigênia em Aulis, instigando Clitemnestra (vv.) a matar seu marido, castigando-a pela mão de Orestes (v.) e perseguindo este último pelo assassínio de sua mãe. É também importante o papel das Fúrias na maldição que se abateu sobre Édipo (v.).

Mais tarde, nas concepções romanas principalmente, a influência das Fúrias estende-se ao mundo dos mortos, aparecendo como divindades punitivas também no inferno entre as almas dos defuntos. Sob outros aspectos os romanos assimilavam suas Fúrias às Erínias gregas, adotando inclusive os seus mitos.

Furrina **ou** ***Furina*** (L.). Divindade obscura em sua origem, ninfa de uma fonte e de um bosque sagrados situados às margens do Tibre. Na época republicana Furrina passou a ser considerada uma das Fúrias (v. o final do verbete *Fúrias* acima).

G

Gaia ou **Gé** (G.). A personificação da Terra como elemento gerador das raças divinas. Nascida imediatamente após o Caos primordial, ela originou sozinha Urano (o Céu), que a cobre, as montanhas e Ponto (o Mar). Depois, unindo-se a Urano Gaia gerou inicialmente os deuses propriamente ditos: os Titãs, Oceano, Hiperíon, Crio, Coio, Jápeto e Cronos (o deus mais jovem dessa geração) e as Titanides, Téia, Tetis, Têmis, Rea, Febe e Mnemosine (vv.). Em seguida nasceram dessa união os Cíclopes, chamados Arges, Brontés e Esteropés (vv.), divindades dos relâmpagos, dos trovões e dos raios. Finalmente nasceram do casal divino os Hecatônqueires (v.), gigantes violentos dotados de cem braços: Briareu, Coto e Gies (vv.).

Essas divindades odiavam Urano, que as mantinha presas no Tártaro (nas profundezas da Terra), longe da luz. Gaia, querendo livrar seus filhos desse confinamento, induziu-os a se vingarem por ela de Urano. O único a concordar foi o mais novo – Cronos –, que, revoltado contra o pai, aceitou a incumbência. Gaia deu-lhe uma foice afiada, e quando à noite Urano aproximou-se dela Cronos cortou-lhe os testículos. O sangue saído do ferimento caiu sobre Gaia e a fecundou, dando origem às Fúrias, ou Erínias (v. *Fúrias*), aos Gigantes propriamente ditos (v.) e às ninfas das árvores, principalmente as dos carvalhos. Em seguida à mutilação de Urano, Gaia uniu-se a Ponto, um de seus filhos, concebendo cinco divindades marinhas: Cetó, Euríbia, Forcis, Nereu e Taumas.

Cronos tornou-se o rei do mundo, e logo passou a agir como um tirano tão brutal quanto seu pai, confinando também seus irmãos nas profundezas do Tártaro. Diante desse procedimento Gaia resolveu reagir uma vez mais. Rea, irmã e mulher de Cronos, grávida de Zeus (v.) depois de o marido ter devorado sucessivamente todos os filhos que tivera dela, foi perguntar a Gaia e Urano como poderia salvar o filho que trazia em suas entranhas. Gaia e Urano revelaram-lhe os desígnios do destino e lhe ensinaram a maneira de enganar Cronos: Gaia deveria esconder Zeus logo após o nascimento numa caverna profunda, e dar a Cronos para ser devorada em vez do filho uma pedra envolta em fraldas. Isso feito Zeus nasceu e salvou-se.

Mais tarde, ao entrar em luta aberta contra Cronos para sucedê-lo como senhor do mundo, Zeus foi informado por Gaia de que somente obteria a vitória se tivesse como aliados os Titãs. Zeus foi procurá-los no Tártaro e eles lhe deram suas armas – os raios, os relâmpagos e os trovões. Com essas armas Zeus dentro de pouco tempo derrotou e destronou Cronos. Mas Gaia, descontente com Zeus por maltratar os Hecatônqueires, seus filhos, uniu-se a Tártaro, a personificação das trevas infernais, e teve com ele dois filhos monstruosos: Êquidna e Tífon (vv.); este último, dotado de força descomunal, declarou aos deuses uma guerra prolongada.

Num segundo estágio das crenças gregas, Gaia perdeu sua condição primitiva de geradora de monstros e passou a ser a personificação da fecundidade da terra como Deméter (v.), aparecendo como mãe de Triptólemo (v.). Gaia, conhecedora dos segredos do destino, que revelou a Rea (v. acima), era também considerada inspiradora de oráculos anteriores aos de Apolo (v.) e mais verazes que eles.

Galatéia (G.). (1) Filha de Nereu (v.) e de uma deusa marinha. Polífemo (v.), um Cíclope monstruoso, apaixonou-se pela bela "moça branca como o leite" (esta é a significação de Galatéia), mas ela não correspondeu ao seu amor porque desejava o belo Ácis (v.), filho de Pan (v.) (ou de Fauno, seu equivalente na adaptação latina da lenda grega de origem siciliana) com uma ninfa local. Um dia Galatéia estava com seu amante à beira-mar, quando apareceu Polífemo; Ácis tentou fugir mas foi esmagado por uma enorme pedra lançada pelo Cíclope. Galatéia, inconsolável, transformou o amante morto num rio de águas límpidas, dando-lhe o nome de Ácis.

Em outra versão da lenda Galatéia aceitou a corte de Polífemo e o casal teve três filhos – Celto, Galas e Ilírio –, heróis epônimos dos celtas, dos gálatas e dos ilírios.

(2) Uma cretense filha de Eurítio e mulher de Lampro, homem muito pobre apesar de pertencer a uma família distinta, habitante de Festa. Vendo Galatéia grávida, Lampro disse-lhe que só queria um filho homem, e se nascesse uma filha ela deveria enjeitá-la. Um dia, na ausência de Lampro, que cuidava de seu rebanho na montanha, Galatéia teve uma filha, mas faltou-lhe coragem para abandoná-la. Por sugestão de um adivinho ela vestiu a recém-nascida como se fosse um menino e passou a chamá-la de Lêucipo. À proporção que crescia a menina ia ficando cada vez mais bela, e já não era possível ocultar seu sexo ao marido. Receosa, Galatéia dirigiu-se ao santuário de Letó (v.), fazendo preces à deusa para transformar a menina em menino. Letó ouviu-lhe as súplicas e a filha transformou-se em filho.

Galatés (G.). Um dos inúmeros filhos de Heraclés (v.). Contava-se que quando o herói voltava do Ocidente com os bois tomados de Geríon (v.), passou pela Gália e fundou uma cidade chamada Alésia. O rei da região, que até então procurava inutilmente um noivo digno de sua filha, deu-a em casamento a Heraclés. Dessa união nasceu Galatés, que graças à sua bravura veio a reinar sobre toda a Gália, e deu o seu nome à Galatia, terra dos gálatas.

Galeotes (G.). Ancestre de uma estirpe de adivinhos sicilianos, filho de Apolo e de Temistó (vv.) (filha de Zábio, rei dos hiperbóreos (v.)). Galeotes, juntamente com Têlmisso, outro hiperbóreo, foi consultar o oráculo de Dodone e ouviu dele que deveria marchar para o Oeste, enquanto Têlmisso teria de dirigir-se para o Leste, até encontrarem uma águia que levasse nas garras as carnes da vítima de um sacrifício. Quando isso acontecesse cada um deles deveria construir um altar onde estivesse. Galeotes foi parar na Sicília e Têlmisso na Cária.

Galeso (L. *Galaesus*). Um súdito do rei Latino na época do desembarque de Enéias (vv.) e de seus companheiros troianos no Lácio. Nessa ocasião a morte de uma corsa domesticada ameaçava deflagrar uma guerra entre os troianos recém-chegados e os latinos; Galeso tentou apaziguar os dois lados, mas não conseguiu e foi morto.

Galintias (G. *Galinthias*). Filha do tebano Preto (v.). Alcmene (v.), sua amiga, estava prestes a dar Heraclés (v.) à luz, mas as Moiras e Ilítia (vv.), divindades que velavam pelos partos, retardavam o nascimento por ordem de Hera (v.) mantendo-se sentadas e cruzando as mãos. Galintias, com pena de Alcmene e temendo que as dores a levassem à loucura, dirigiu-se às Moiras e a Ilítia e lhes disse que, mesmo sem a sua ajuda, Alcmene acabara de ter um filho. Indignadas, pensando que seus privilégios tinham sido derrogados, as deusas levantaram-se e descruzaram as mãos, permitindo assim a consumação do parto. Alcmene teve o filho no mesmo instante, porém as deusas castigaram Galintias transformando-a em doninha. Além disso, por causa da mentira que as enganou, as Moiras e Ilítia puniram-na condenando-a a ter filhos pela boca. Chegando à idade adulta Heraclés lembrou-se do ardil de Galintias, graças ao qual ele veio ao mundo, e lhe dedicou um santuário nas vizinhanças de sua casa. Durante as festas do herói os tebanos levavam oferendas a Galintias em seu santuário, perpetuando-lhe a memória. O mesmo ardil é atribuído em outra fonte a Historis (v.).

Ganges (G.). Filho de Indos e da ninfa Calauria (vv.). Um dia Ganges embriagou-se e nesse estado uniu-se à própria mãe, sem que ela soubesse de quem se tratava. Passada a embriaguez, percebendo a ação hedionda que praticara Ganges lançou-se ao rio até então chamado Clíaro, na Índia, cujo nome a partir de então passou a ser o seu.

Ganimedes (G. *Ganymedes*). Um adolescente oriundo da raça real troiana, descendente de Dárdano. Na versão mais conhecida de sua lenda era o filho mais novo de Tros e de Calirroe, e irmão de Assáraco, de Ilo e de Cleópatra (vv.), enquanto em outra versão seria filho de Laomêdon (v.). Dotado de uma beleza extraordinária, Ganimedes apascentava os rebanhos de seu pai nas montanhas próximas a Tróia; um dia foi raptado e levado para o Olimpo por Zeus (v.), que se apaixonou por ele e o escolheu para ser o seu escanção em substituição a Hebe (v.), a deusa da juventude. Para o rapto Zeus recorreu a uma águia, depois transformada em constelação, ou ele mesmo se metamorfoseou em águia, sua ave predileta. Para consolar o pai de Ganimedes Zeus ofereceu-lhe cavalos de raça divina e uma videira de ouro, obra de Hefesto (v.).

Gauanes (G.). Um descendente de Têmeno (v.), rei de Argos, que juntamente com seus irmãos Aéropo e Perdicas emigrou para a Ilíria e depois para a Macedônia, onde todos passaram a servir ao rei de Lêbaia como pastores. Como o pão que a rainha cozia para Perdicas levava o dobro do tempo para ficar pronto comparado com o dos outros, o rei, preocupado, despediu os três irmãos dizendo-lhes que em vez do salário prometido lhes daria o pedaço de sol que entrava pela chaminé da cozinha. Com a maior naturalidade Perdicas empunhou seu cutelo e traçou um círculo em volta da mancha do sol no chão do aposento; traçado o círculo, ele fez por três vezes um gesto como se estivesse recolhendo os raios de sol e os levasse para o bolso formado pela túnica. Em seguida os três irmãos retiraram-se. O rei mandou alguns de seus cavalarianos com instruções para matá-los, mas um riacho encheu-se miraculosamente logo após a passagem dos irmãos, impedindo os enviados do rei de alcançá-los. Gauanes e seus irmãos permaneceram na Macedônia, de cujos reis Perdicas veio a ser o ancestre.

Gelânor (G.). Filho de Estenelau e o último rei de Argos da linhagem de Foroneu (vv.), substituído no trono por Danaôs (v.) quando este veio do Egito com suas cinqüenta filhas (v. *Danaides*). Em outra versão da lenda Gelânor entregou voluntariamente o trono a Danaôs. Para as circunstâncias relacionadas com a substituição de Gelânor no trono, v. *Danaôs.*

Geló (G.). A alma penada de uma moça da ilha de Lesbos, morta na flor da idade, que voltava ao mundo dos vivos para levar consigo crianças da ilha.

Gênios (L. *Genii*). Os espíritos agregados a cada homem, responsáveis por seu poder gerador, atuantes no leito conjugal (*lectus genialis*). Essa concepção ampliou-se para significar a plenitude varonil. Cada família cultuava no dia do aniversário de seu chefe o *genius* doméstico, cujo símbolo era a serpente caseira. Todo lugar tinha seu *genius loci*, e há referências também a um *genius urbis Romae*, a um *genius populi romani* e mais tarde a um *genius* do imperador, fundamento do culto imperial. Nas mulheres o espírito correspondente ao *genius* nos homens chamava-se Juno.

Gerana (G.). Uma mulher da raça dos pigmeus (v.), cultuada por seu povo com honras divinas, embora fosse negligente em relação aos deuses. Querendo puni-la, Hera (v.) transformou-a no pássaro chamado grou. Gerana tinha um filho chamado Mopso, e depois de transformada em pássaro tentava visitá-lo em sua casa. Hera, entretanto, levou o seu rancor tão longe que provocou uma guerra entre os grous e os pigmeus, e estes impediram Gerana de aproximar-se de sua antiga casa.

Geríon (G.). Um monstro de corpo triplo da cintura para cima e de três cabeças, filho de Crisáor (filho de Gorgó e de Poseidon) e de Calirroe (filha de Oceano) (vv.). Morava na ilha de Erítia, além do oceano imenso, nos confins do Ocidente enevoado. Lá Geríon possuía grandes rebanhos bovinos, que o boiadeiro Euritíon, ajudado pelo cão Ortro (vv.) levava para pastarem nas proximidades do local onde ficavam os rebanhos de Hades confiados a Menoites (vv.). Por imposição de Euristeu, Heraclés (vv.) veio até Erítia para apoderar-se do gado de Geríon. Depois de matar Euritíon e Ortro o herói teve de lutar contra o próprio Geríon, tirando-lhe a vida com uma de suas flechas (ou segundo outra versão da lenda com o seu bordão). Realizada a façanha, Heraclés partiu de Erítia levando consigo os rebanhos, com os quais chegou à Grécia após uma longa e acidentada viagem (vv. *Euristeu, Heraclés* e *Geríon*).

Gias (G. *Gyas*). (1) Um dos companheiros de Enéias (v.) na viagem do herói desde Tróia até a Itália, participante dos jogos fúnebres realizados após a morte de Anquises (v.).

(2) Um latino gigantesco, que seguiu Heraclés na expedição contra Geríon (vv.). De volta ao Lácio este Gias e seu irmão Cisseu, outro gigante, opuseram-se a Enéias (v.), que os matou em combate.

Gies ou **Giges** (G. *Gyes*, ou *Gyges*). Um dos gigantes Hecatônqueires (v.), nascidos da união de Gaia (a Terra) com Urano (o Céu) (vv.). Participou da luta contra os deuses olímpicos e foi confinado no Tártaro (v.) sob a guarda de seu próprio irmão Briareu (v.).

Gigantes (G. *Gígantes*). Filhos de Gaia (a Terra) (v.), seres monstruosos na aparência, na força e na estatura, homens da cintura para cima e serpentes da cintura para baixo, nascidos do sangue derramado por Urano (v.) quando foi castrado por seu filho Cronos (v.). Apolôdoros (v. a Introdução) menciona os seguintes Gigantes: Alcioneu, Porfírion, Clítio, Efialtes, Êurito, Encélado, Mimas, Palas, Polibotes, Gratíon, Hipólito, Ágrio, Toas, Tífon e Êquidna (estes dois últimos filhos de Gaia com Tártaro) (vv.). Do sangue de Urano nasceram também as Fúrias (Erínias) e as ninfas dos freixos (Meliades). Antes de sua mutilação Urano teve com Gaia os Cíclopes e os gigantes Hecatônqueires (vv.). Comandados por Tífon os Gigantes, confiando em sua força descomunal, entraram em guerra contra os deuses do Olimpo para vingar-se de Zeus (v.), que havia confinado os Titãs nas profundezas do Tártaro (vv.). O destino determinou que para vencer os gigantes os deuses teriam de recorrer a um mortal – Heraclés (v.) –, que por sua ajuda decisiva recebeu de Zeus a imortalidade. Nessa guerra, chamada Gigantomaquia, a vitória coube aos deuses. Para matar Alcioneu Heraclés teve de forçá-lo a sair de Palene, depois de saber por intermédio de Atena (v.) que enquanto ele estivesse em contacto com o chão de sua terra natal seria imortal. Porfírion atacou Hera (v.), mas Zeus inspirou-lhe um desejo irresistível por ela e esse gigante foi morto pelo próprio Zeus e por Heraclés quando tentava despir a deusa. Efialtes morreu atingido por uma flecha de Apolo (v.) e outra de Heraclés. Diôniso (v.) matou Êurito com um golpe de seu tirso, Clítio foi morto por Hecate (v.) com uma tocha, e Hefesto (v.) matou Mimas com ferros em brasa. Arena abateu Encélado quando ele tentava fugir e o lançou na Sicília, e esfolou Palas para usar-lhe a pele como couraça na continuação da luta. Polibotes foi perseguido por Poseidon (v.), que o matou esmagando-o com parte da ilha de Cós. Hermes (v.) matou Hipólito valendo-se da invisibilidade que lhe dava o capacete de Hades (v.), e Ártemis (v.) eliminou Gratíon, enquanto as Moiras matavam Ágrio e Toas com suas clavas; os demais gigantes tombaram alvejados pelos raios do próprio Zeus e pelas setas de Heraclés.

Gigantomaquia (G. *Gigantomakhia*). V. *Gigantes* acima.

Glauce (G.). Filha de Creonte, rei de Tebas. Disputou com Medéia o amor de Jáson (vv.), e também é chamada de Creusa (v.).

Gláucia (G.) Filha do rio Escamandro, na Frígia, que se apaixonou por Deímaco, filho de Elêon, um dos companheiros de Heraclés (v.) em sua expedição contra Tróia. Os dois se amaram e Gláucia ficou grávida, mas Deímaco morreu antes do nascimento de seu filho, que recebeu da mãe o nome de Escamandro em homenagem ao avô. De volta à Grécia Heraclés levou consigo Gláucia e seu filho e lá os deixou aos cuidados de Elêon, avô paterno do menino. Chegando à idade adulta Escamandro casou-se com Acídusa, com quem teve três filhas, cultuadas mais tarde sob o nome de Três Virgens.

Em homenagem ao casal um riacho próximo a Tânagra, na Beócia, recebeu o nome de Escamandro; uma fonte próxima ao mesmo passou a chamar-se Acídusa e outro riacho ficou conhecido como Gláucia.

Glauco (G. *Glaukos*). (1) Filho de troiano Antênor e de Teanó, expulso de casa pelo pai por ter-se acumpliciado com Páris no rapto de Helena (vv.). Lutou em defesa da cidade e foi salvo da morte por Menelau e por Ulisses (vv.) porque era filho de Antênor, de quem os dois chefes gregos haviam sido hóspedes antes da guerra.

(2) Outro combatente troiano, filho de Hipôloco, comandante do contingente lício juntamente com Sarpedon (v.), seu primo, e famoso por sua coragem e destreza. Este Glauco viu-se frente a frente com Diomedes durante um combate diante da cidade; os dois lembraram-se de que Hipôloco, pai de Glauco, era neto de Belerofonte (v.), e no passado, Oineu, avô de Diomedes, hospedara Belerofonte em seu palácio; naquela ocasião houvera trocas de presentes para selar os laços de hospitalidade, tendo Belerofonte recebido um talabarte de púrpura, e Oineu uma taça de ouro. Para reiterar essa troca Diomedes deu a Glauco as armas de bronze que usava, e Glauco presenteou-o com suas armas de ouro; em seguida a essas demonstrações de fidalguia em plena guerra os dois voltaram à luta. Depois de vários atos de bravura Glauco foi morto por Ájax (v., (1)), filho de Telamon, mas Apolo (v.) mandou os ventos transportarem seu cadáver para a Lícia. Os reis da Lícia faziam a sua dinastia remontar a este Glauco.

(3) Filho de Sísifo e seu sucessor no trono de Êfira, cidade fundada por seu pai e mais tarde chamada Corinto. Nos jogos fúnebres em honra de Pelias (v.) este Glauco foi vencido por Iolau, filho de Ificlés (vv.), e devorado pelas éguas de seu carro, furiosas por terem bebido a água de uma fonte mágica, levadas por Glauco; de acordo com uma variante da lenda esse

evento funesto teria sido causado por Afrodite (v.) para castigar Glauco, que para tornar as éguas mais velozes não as expunha aos garanhões.

Noutra lenda Glauco em certa ocasião saciou a sede numa fonte cujas águas tornavam os homens imortais. Diante da incredulidade geral quanto à sua transformação, Glauco lançou-se ao mar e passou a ser um deus marinho de mau agouro, pois todo navegante que o via morria dentro de pouco tempo.

(4) Um pescador de Antêdon, na Beócia, filho de Antêdon, fundador da cidade, e de Halcione (ou, em outra versão, filho de Poseidon e de uma Náiade) (vv.). Provando um dia, casualmente, uma erva que dava imortalidade a quem a comia, este Glauco tornou-se um deus marinho; as divindades marinhas livraram-no dos resquícios da condição de mortal e ele tomou a forma de um peixe do pescoço para baixo, além de receber o dom da profecia. Há menções a este Glauco como sendo o pai da Sibila de Cumas, à qual teria transmitido o dom profético. Em outra versão de sua lenda ele foi o construtor da nau *Argó* e combateu ao lado dos Argonautas (v.).

Glauco enamorou-se de Cila (v.), mas ela não correspondeu ao seu amor e por isso ele a transformou num monstro. Em outra aventura amorosa frustrada Glauco quis conquistar Ariadne (v.) quando Teseu a abandonou, porém tudo que conseguiu foi ser recebido no cortejo de Diôniso (v.) no dia em que o deus veio buscá-la em Naxo para ser sua mulher.

(5) Filho de Minos e de Pasifae (vv.). Ainda criança este Glauco caiu num grande jarro cheio de mel quando perseguia um rato e morreu; Minos procurou-o por toda parte, e afinal Apolo (v.) revelou-lhe onde ele estava. Graças aos Curetes (v.) Minos ficou sabendo que um homem capaz de definir a cor de certa vaca de seus rebanhos poderia ressuscitar seu filho; essa vaca no início do dia era branca, depois passava a ser vermelha e no fim do dia estava negra; Minos chamou os homens mais sagazes de Creta e lhes pediu para dizerem qual era a cor da estranha vaca. Um deles, chamado Poliído, filho de Côirano, respondeu que a vaca era da cor da amora, que de início é branca, em seguida passa a ser vermelha, e quando está bem madura torna-se negra. Acreditando no acerto da resposta de Poliído, Minos deixou-o num recinto fechado com o cadáver e ordenou-lhe que devolvesse a vida a Glauco. Poliído estava desalentado quando viu uma serpente entrar no recinto e encaminhar-se para o cadáver; Poliído matou-a e pouco depois apareceu outra serpente, que vendo a primeira morta saiu e voltou pouco tempo depois trazendo na boca uma erva com a qual tocou a serpente morta, fazendo-a reviver. Poliído tirou a erva da boca da serpente e a esfregou em Glauco, que ressuscitou no mesmo instante. Poliído quis ir-se embora, mas Minos deu-lhe ordens para ficar e transmitir seus conhecimentos a Glauco. Poliído teve de obedecer, porém ao partir cuspiu na boca de Glauco, impossibilitando-o de usar o que aprendera.

Gordiás (G.). Rei lendário da Frígia, amado por Cibele (v.), de quem teve um filho chamado Midas (v.). Foi o fundador da cidade de Górdion, em cuja cidadela havia um carro com o timão preso por um nó de tal maneira intricado que ninguém conseguia desatá-lo (o chamado "nó górdio"). Um oráculo prometeu o império sobre a Ásia a quem o desfizesse, e Alexandre o Grande, ao passar por Górdion, cortou-o com sua espada.

Gorgé (G.). Filha de Oineu, rei de Calidon, irmã de Melêagro e mãe de Tideu (vv.) com seu próprio pai. Unindo-se a Andráimon ela se tornou mãe de Toas (v., (4)). Gorgé e Dejanira (v.) livraram-se de ser metamorfoseadas em galinhas d'Angola juntamente com suas irmãs, chamadas como ela de Meleagrides.

Gorgofone (G. *Gorgophone*). A "Matadora da Gôrgona" (v.), filha de Perseu e de Andrômeda, e mulher de Perieres, de quem teve dois filhos – Afareu e Lêucipo (vv.). Seus outros dois filhos – Icário e Tíndaro (vv.) – ora são mencionados como sendo também filhos de Perieres, ora como de Ôibalo, com quem Gorgofone se teria casado após a morte do primeiro marido. Gorgofone teria sido a primeira viúva grega a casar-se em segundas núpcias, prática até então proibida.

Gorgôfono (G. *Gorgophonos*). (1) "Matador da Gôrgona", um neto de Perseu (v.).

(2) Rei de Epídauro. Expulso de seu reino, ouviu de um oráculo que deveria fundar uma cidade no local onde encontrasse uma bainha de espada (*mykes* em grego). Achando no Peloponeso a bainha da espada de Perseu (v.), que o herói deixara cair depois de matar Mêdusa (v. *Gôrgonas* a seguir), Gorgôfono fundou no local a cidade de Micenas.

Gôrgonas (G. *Gorgones*, plural de *Gorgó*). Três irmãs monstruosas – Euríale ("Caminhante a Passos Largos"), Estenó ("Poderosa") e Mêdusa ("Rainha") –, filhas de Forcis e de Cetó (vv.); eram irmãs das Graias (v.), e portanto divindades pré-olímpicas. Euríale e Estenó eram imortais, e Mêdusa, chamada simplesmente de Gorgó e a mais famosa das três, era mortal. Sua morada situava-se nos confins do Ocidente, perto do reino de Hades (v.) e da terra das Hespérides (v.). Sua aparência era terrificante: o rosto emoldurado por serpentes, presas semelhantes às de um javali entre os dentes, asas de ouro e mãos de bronze. Seu olhar era tão penetrante que petrificava quem fosse visto de frente por elas. Apesar de sua figura espantosa uma delas – Mêdusa – foi amada por Poseidon (v.). Nessa ocasião Perseu (v.), obedecendo a ordens de Polidectes (v.), tirano de Sêrifo, ou aconselhado por Atena (v.), partiu para o Ocidente com a missão de matar Mêdusa. Vencendo muitas dificuldades o herói afinal conseguiu achar o esconderijo das Gôrgonas, e valendo-se das sandálias aladas que recebera de Hermes (v.) conseguiu decapitar Mêdusa. Para evitar o olhar petrificante do monstro, Perseu usou seu escudo como espelho, e ainda teve o cuidado de matar Mêdusa enquanto ela dormia. Do pescoço sem cabeça de Gôrgona saíram Pégaso, o cavalo alado, e Crisáor (vv.), pai de Geríon (v.), engendrados por Poseidon quando a fecundou.

Parte do sangue de Mêdusa recolhido por Perseu após a decapitação era um veneno mortal, e parte tinha a virtude de ressuscitar os mortos (v. *Asclépio*), enquanto uma simples mecha de seus cabelos era capaz de levar à derrota todo um exército.

Mesmo depois da morte de Mêdusa seu olhar, embora vindo da cabeça decepada, continuou a paralisar as criaturas sobre as quais incidia, e por isso Atena pôs-lhe a cabeça em seu escudo ou, segundo outra versão da lenda, em sua égide.

Contava-se que ela teria sido uma bela moça a princípio, orgulhosa de sua formosura, principalmente de seus cabelos, a ponto de querer rivalizar com Atena, que a metamorfoseou no monstro hediondo com serpentes em vez de cabelos.

Numa variante dessa versão tardia o ódio de Atena por Mêdusa devia-se ao fato de Poseidon havê-la possuído no interior de um templo da deusa, que puniu o sacrilégio metamorfoseando-a. A crença no poder do olhar de Mêdusa levou à colocação de um alto-relevo representando sua cabeça nas muralhas das cidades, como recurso capaz de protegê-las (o Gorgonêion).

Graças (L. *Gratiae*). V. *Cárites*.

Graias (G. *Gráiai*). = "Velhas", três mulheres (em outras versões da lenda, duas) que já nasceram idosas, filhas das divindades marinhas Forcis e Cetó e portanto irmãs das Gôrgonas (v.). Seus nomes eram Dinó, Enió e Pefredó; as três tinham em comum um único olho e um único dente, que passavam de umas para as outras, e viviam nos confins do Ocidente, na região chamada "da noite eterna". Quando Perseu (v.) iniciou sua viagem com o objetivo de matar Mêdusa, encontrou primeiro em seu caminho as Graias, cuja função era impedir o acesso às Gôrgonas. Por causa do único olho que servia às três alternadamente, uma ficava de guarda e as outras dormiam. Perseu conseguiu roubar-lhes o olho único e o lançou no lago Tritonis, e por isso as três adormeceram ao mesmo tempo, deixando a passagem livre para o herói.

Numa variante da lenda as Graias dispunham de um oráculo, e sabiam que quem quisesse matar Mêdusa teria de obter primeiro de certas ninfas umas sandálias aladas, uma bolsa chamada *kíbisis* e o capacete de Hades (v.), que tornava invisível quem o usava. Aconselhado por Atena e por Hermes (vv.), Perseu roubou o olho e o dente das três Graias, amedrontando-as com sua espada e obrigando-as a lhe revelarem o segredo de Mêdusa. As ninfas, que Perseu encontrou graças às informações das Graias, deram ao herói os objetos necessários ao cumprimento de sua missão.

Grande Mãe (G.). V. *Cibele.*

Grânico (G. *Grânikos*). Fundador de Adramito, uma cidade frígia situada nas imediações de Tróia. Por ocasião da passagem de Heraclés (v.) pela Frígia, Grânico deu-lhe sua filha Tebe em casamento, e o herói fundou em homenagem à sua mulher uma cidade à qual deu o seu nome (Tebe, na Mísia).

Grifos (G. *Grypes*). Seres fabulosos com o bico e as asas de águia e o corpo de leão. Eram consagrados a Apolo (v.), cujos tesouros protegiam contra as investidas dos Arímaspos, habitantes do deserto da Cítia, no território dos Hiperbóreos (v.). Segundo alguns autores os Grifos viviam na Etiópia; outros põem-nos na Índia, como guardas do ouro existente no deserto indiano contra os aventureiros que, desejosos de extraí-lo, punham em perigo os ninhos onde ficavam seus filhotes. Os grifos também serviam a Diôniso, protegendo a enorme taça do deus, sempre cheia de vinho.

Grino (G. *Grynos*). Filho de Eurípilo e neto de Télefo (v. *Eurípilo,* (2)). Após a morte de seu pai por obra de Neoptólemo (v.) na Guerra de Tróia (v.), os vizinhos de Grino tentaram expulsá-la do trono da Mísia. Graças à ajuda de Pêrgamo, filho de Neoptólemo e de Andrômaca (vv.), Grino derrotou os inimigos e fundou as cidades de Pêrgamon e de Grínion para perpetuar a memória desses acontecimentos.

Guerra de Tróia (G.). Diante do grande número de pretendentes à mão de Helena, Tíndaro, seu pai, aceitando uma sugestão do astuto Ulisses (vv.), fê-los jurar que acatariam a escolha de Helena, e obteve deles o compromisso de socorrerem o escolhido se ele fosse ofendido. Quando Páris (v.) raptou Helena, Menelau (v.) – o pretendente escolhido, já casado com ela – foi pedir o auxílio de Agamêmnon (v.), seu irmão e o mais poderoso dos chefes gregos. Com base no juramento Agamêmnon convocou os outros chefes, que também tinham sido pretendentes, formando-se assim um exército para realizar uma expedição punitiva contra Tróia, comandada pelo próprio Agamêmnon. Desconhecendo a rota para Tróia, numa primeira tentativa os gregos foram parar na costa da Mísia; depois de alguns desembarques isolados seguidos de combates, uma tempestade dispersou-lhes a frota e eles voltaram para as suas respectivas cidades.

Decorridos oito anos dessa tentativa frustrada os gregos reuniram-se novamente em Áulis, dispostos a navegar para Tróia, mas uma calmaria prolongada impossibilitava a partida das naus. Os chefes recorreram a Calcas, um dos adivinhos da expedição, e ouviram dele que a causa da calmaria era a cólera de Ártemis (v.) pelo fato de Agamêmnon haver matado uma corça consagrada à deusa e vangloriar-se de seu feito (ou porque Agamêmnon não sacrificou à deusa, como prometera, o melhor produto do ano em que nascera Ifigênia – a própria Ifigênia –, ou ainda porque ele não lhe sacrificara um cordeiro de ouro). Por essas razões Ártemis exigia agora o sacrifício de Ifigênia. Movido pela vaidade, e cedendo à pressão de Menelau e dos outros chefes, Agamêmnon concordou, embora incorrendo no rancor de Clitemnestra (v.), sua mulher. Realizado o sacrifício a expedição afinal partiu. Durante a viagem Agamêmnon abandonou na ilha de Lemno Filoctetes (v.), que gemia incessantemente por causa de sua ferida, de onde saía um mau cheiro insuportável.

Os primeiros nove anos da guerra contra Tróia decorreram sem a ocorrência de acontecimentos decisivos. No início do décimo ano Agamêmnon e Aquiles (v.) realizaram surtidas com o objetivo de saquear cidades vizinhas, pois os víveres rareavam no acampamento grego. Na partilha dos despojos coube a Aquiles uma virgem chamada Briseís, e Agamêmnon ficou com Criseís, filha de Crises, sacerdote de Apolo (v.). O sacerdote pediu sua filha de volta mediante resgate, porém Agamêmnon não lhe deu ouvidos; para puni-lo Apolo provocou uma pestilência entre os componentes do exército grego.

Neste ponto começa a narração da *Ilíada*. Os soldados reunidos em assembléia impuseram a Agamêmnon a restituição de Criseís ao seu pai, mas Agamêmnon pediu em compensação que Aquiles lhe entregasse Briseís. Aquiles recusou-se a atender à exigência e retirou-se para a sua tenda. Agamêmnon ordenou aos arautos Taltíbio e Euribates que lhe trouxessem Briseís, e Aquiles ficou sem sua escrava favorita. Dominado pela cólera o herói confinou-se em sua tenda, recusando-se daí em diante a combater. A luta recomeçou nessas circunstâncias desfavoráveis aos gregos; o próprio Agamêmnon interveio bravamente nos combates, mas um ferimento obrigou-o a retirar-se do campo de batalha. Os troianos avançaram até o acampamento grego. A situação ficou desesperada para os gregos, cujas naus os troianos já ameaçavam destruir. Aquiles manteve-se inabalável diante dos apelos dos outros chefes, inclusive do próprio Agamêmnon por meio de emissários ao herói rancoroso. Pátroclo (v.), o companheiro predileto de Aquiles, pediu-lhe então que lhe emprestasse as suas armas, e foi morto em combate. Amargurado com a morte do companheiro, Aquiles voltou a combater e matou Heitor (v.). Seguiram-se os eventos constantes de poemas épicos posteriores à *Ilíada:* a morte de Aquiles, a disputa pela posse de suas armas, a viagem de Ulisses a Lemnos para trazer de volta Filoctetes (v.), a morte de Páris, a introdução do cavalo de madeira (v. *Cavalo de Tróia*) na cidade com guerreiros em seu bojo, e finalmente a captura e destruição de Tróia.

Guneu (G. *Gouneus*). Filho de Ócito, chefe do contingente de enianos e de perrebos da Tessália na Guerra de Tróia (v.); participou da guerra por ter sido um dos pretendentes à mão de Helena (v.). Na viagem de regresso à pátria sua nau soçobrou no litoral da Líbia e ele instalou-se com seus companheiros às margens do rio Cínips.

H

Hades (G. *Haides* ou *Aídes*). O deus e rei dos mortos, filho de Cronos e de Rea, e irmão de Zeus, de Hera, de Poseidon, de Hestia e de Deméter (vv.). Na partilha do universo após a vitória dos deuses sobre os Titãs coube a Hades o domínio do mundo subterrâneo (o inferno ou Tártaro) (vv.), enquanto Zeus recebia o Céu e Poseidon o Mar. À semelhança de seus irmãos Hades tinha sido engolido por Cronos logo após seu nascimento, sendo expelido depois. Na luta contra os Titãs ele usou um capacete feito pelos Cíclopes (v.), que tornava invisível quem o tinha. Serviram-se depois desse capacete outras divindades – Atena, por exemplo –, e até um herói – Perseu (vv.). Hades era casado com Perséfone (v.), sua sobrinha, que reinava com o marido inflexivelmente sobre os mortos. Para casar-se com Perséfone Hades raptou-a nos prados da Sicília enquanto ela, ainda adolescente, colhia flores juntamente com suas companheiras. Zeus ordenou-lhe que a restituísse a Deméter, desesperada com o desaparecimento da filha. Hades, entretanto, sabendo que quem recebesse qualquer alimento no reino dos mortos jamais poderia sair de lá, fê-la comer um grão de romã. Para satisfazer Deméter e Hades, Zeus decidiu que Perséfone passaria metade do ano (ou um terço segundo uma das versões da lenda) no mundo dos mortos com seu marido, e o resto do ano com sua mãe no Olimpo.

Contava-se a propósito da inflexibilidade de Hades que ele quis impedir a entrada de Heraclés (v.) no inferno quando o herói ia realizar um de seus trabalhos; Heraclés, entretanto, feriu-o com uma de suas flechas, obrigando-o a subir ao Olimpo à procura de Paian (v.), que o curou com seus bálsamos.

Hades (= "invisível" em grego) não era invocado pelo seu nome, cuja menção excitar-lhe-ia a cólera, e sim por meio de eufemismos, sendo o mais comum Plutão (= "rico" em grego), talvez numa alusão à fecundidade inexaurível da terra.

O nome Hades também se aplicava ao reino do deus. Na poesia épica o Hades nessa acepção ficava nos confins do Ocidente, além do rio Oceano, que circundava o mundo. Mais tarde ele se localizava nas profundezas da terra, com acesso por meio de vários abismos naturais. O reino dos mortos era separado do mundo dos vivos pelos rios Aqueronte, Cócito, Piriflegêton (ou Flegêton) e Estige, aos quais se acrescentava na poesia latina o Lete (vv.).

Hagnó (G.). Uma ninfa que juntamente com suas companheiras Neda e Tisoa criou Zeus (v.) na versão arcádia de sua lenda. Era a ninfa de uma fonte de águas perenes chamada Lícaio. Durante uma seca terrível que destruía as colheitas da Arcádia, o sacerdote de Zeus Lício ofereceu um sacrifício ao deus, implorando-lhe que fizesse chover, e mergulhou um ramo de carvalho na fonte. A água da fonte agitou-se e logo apareceu uma extensa nuvem, da qual caiu uma chuva torrencial sobre a terra ressequida.

Haleso (L. *Halesus*). Herói itálico, fundador da cidade homônima dos faliscos de Falério, situada na Etrúria. Segundo uma das versões de sua lenda ele teria sido companheiro de Agamêmnon (v.), ou seu filho espúrio, e teria vindo para a Itália após a Guerra de Tróia (v.). Em outra versão Haleso aparece como filho de Netuno (v.) e antepassado de Mórrio, rei dos veios. Sua condição de argivo e descendente de Agamêmnon levou-o a apoiar o rei Turno contra Enéias (vv.) por ocasião do desembarque do herói e de seus companheiros troianos na Itália. Haleso foi morto em combate por Palas (v.), companheiro de Enéias.

Halia (G.) (1) Heroína da ilha de Rodes, irmã dos Télquines (v.). Amada por Poseidon ela teve do deus seis filhos, além de uma filha chamada Rodos, epônima da ilha em que nasceu. Afrodite (v.) causou a loucura de seus seis filhos, e nesse estado eles tentaram violentar a própria mãe, mas Poseidon fez a terra engoli-los com um golpe de seu tridente. Desesperada, Halia lançou-se ao mar. Os ródios passaram a cultuá-la como uma divindade marinha (o nome Halia deriva de *hals* = "mar" e "sal" em grego) chamada Leucotéia.

(2) Uma nereida mencionada por Homero.

Haliácmon (G.). (1) Um habitante de Tirinto, que num acesso de loucura se lançou ao rio até então chamado Carmânor; a partir de então o rio passou a chamar-se Haliácmon, até receber o novo nome de Ínaco (v.).

(2) Um rio da Macedônia, cujo deus era filho de Oceano e de Tetis (v.).

Halíai (G.). "Mulheres do Mar", nome dado a algumas mulheres vindas da costa do mar Egeu com Diôniso para lutar contra Perseu (vv.) e os argivos. Morreram em combate e ainda na época histórica mostrava-se o seu túmulo em Argos.

Haliarto (G. *Haliartos*). Filho de Têrsandro, neto de Sísifo e irmão de Corono (vv.). Atamas (v.), seu tio-avô, rei de Orcômeno, que perdeu todos os seus filhos, legou o trono a Haliarto e a Corono. Mais tarde, quando Prêsbon, um dos filhos de Frixo (vv.), regressou da Cólquida para reivindicar o trono de Atamas, seu avô, os dois irmãos lhe entregaram, indo fundar as cidades de Haliarto e Coronéia, também na Beócia.

Halirrôtio (G. *Halirrhôthios*). Filho de Poseidon (v.) e da ninfa Eurite, que tentou violentar nas proximidades da fonte de Asclépio (v.), em Atenas, uma filha de Ares (v.) e de Áglauro chamada Alcipe. Ares matou-o e Poseidon levou o assassino de seu filho a um tribunal constituído por deuses, reunido na colina ateniense que a partir de então passou a chamar-se Areópago (*Areópagos* = Colina de Ares). Em outra versão da lenda Halirrôtio, revoltado ao ver a Ática dedicada a Atena (v.), e não a Poseidon, seu pai, tentou cortar a oliveira dada pela deusa à Ática. Nessa tentativa o machado escapou inexplicavelmente das mãos de Halirrôtio e decapitou-o.

Halmo (G. *Halmos*). Filho de Sísifo e irmão de Glauco, de Ornitíon e de Têrsandro (vv.). Eteoclés (v.), rei de Orcômeno, deu-lhe parte de seu território, onde ele fundou um povoado chamado Hálmones. Halmos teve duas filhas – Crisogone e Crise; a primeira uniu-se a Poseidon (v.) e teve um filho chamado Crises, e a segunda teve Flegias com Ares (vv.).

Hals (G.). Uma feiticeira cujo nome significa "mar" ou "sal", servidora e companheira de Circe (v.), também feiticeira. Segundo uma lenda tardia ela era de origem etrusca e deu o seu nome a uma cidade chamada *Halos Pirgos* – "Torre de *Hals*" – situada na Etrúria. Durante a segunda viagem de Ulisses (v.) à ilha de Circe, mencionada em lendas posteriores à *Odisséia*,

Hals transformou o herói em cavalo graças aos seus poderes mágicos e o manteve em sua casa até vê-lo morrer de velhice.

Hamadríades (G. *Hamadryades*). Ou Dríades (v.). Ninfas nascidas com as árvores que protegiam, partilhando o seu destino, alegrando-se quando a chuva as molhava e entristecendo-se quando suas folhas caíam. As Hamadríades situavam-se entre os seres mortais e os imortais, pois tinham uma existência longuíssima – dez vidas de palmeiras, árvores extremamente longevas. Vejam-se os verbetes *Crisopêleia* e *Roico* a propósito de Hamadríades que imploravam a ajuda de um herói para proteger suas árvores, e o verbete *Erisícton* para o castigo de pessoas que, ignorando as preces da Hamadríade, cortaram sua árvore.

Harmonia (G.). Na versão tebana de sua lenda Harmonia era filha de Ares e de Afrodite (vv.), e casou-se com Cadmo por interveniência de Zeus (vv.) na cidadela de Tebas. Os deuses compareceram às bodas e trouxeram presentes para a noiva, destacando-se um manto tecido pelas Cárites e oferecido por Atena (ou por Afrodite) e um colar trazido por Hefesto (vv.). Numa variante da lenda o manto e o colar teriam sido dados a Harmonia pelo próprio Cadmo, que os obteve de Europa, presenteada por Zeus (v.) quando se uniu a ela (v. *Europa*). Noutra variante o manto teria sido feito por Atena e por Hefesto e depois banhado por estas divindades num líquido mágico para envenenar os descendentes de Harmonia, porque ela foi o fruto do adultério de Ares e de Afrodite (vv.). Estes presentes aparecem mais tarde destacadamente na lenda dos Sete Chefes contra Tebas (vv. *Alcmêon, Anfiarau* e *Erifile*), e finalmente foram consagrados no templo de Apolo (v.) em Delfos, de onde desapareceram na época de Filipe da Macedônia.

Na versão da lenda conhecida na Samotrácia, Harmonia era filha de Zeus e de Electra, uma das filhas de Atlas (v.). Quando Cadmo passou pela ilha à procura de sua irmã Europa, raptada por Zeus, encontrou Harmonia e lá se casou com ela, com a mesma participação divina mencionada na lenda tebana. Numa variante da lenda Cadmo teria raptado Harmonia com a conivência de Atena. Cadmo e Harmonia, que tiveram muitos filhos, deixaram Tebas já velhos e foram para a Ilíria, onde se transformaram em serpentes.

Harmonides (G.). O construtor da nau em que Páris (v.) veio de Tróia para a Lacedemônia a fim de raptar Helena (v.).

Harpalice (G. *Harpalyke*). (1) Filha de Harpálico, rei da Trácia. A mulher de Harpálico morreu pouco tempo depois do nascimento da filha, e o rei criou-a com o leite de vacas e éguas, ensinando-lhe a arte de combater, pois como não tinha filhos pensava em fazê-la sua sucessora no trono. Harpalice adaptou-se perfeitamente a esse tipo de vida e mostrou-se uma guerreira excepcional. Entre os povos vizinhos do reino de Harpálico destacavam-se os getas, um povo bárbaro das planícies próximas ao Istro (o atual Danúbio), originários dos companheiros de Neoptólemo (v.) quando este regressou da Guerra de Tróia.

Durante um ataque desse povo belicoso o rei foi cercado por inimigos e teria sido morto se sua filha não aparecesse para salvá-lo gravemente ferido. Posteriormente Harpálico foi deposto em conseqüência de uma revolta provocada por sua brutalidade, e refugiou-se num bosque acompanhado pela filha. Harpalice proporcionava o sustento do pai caçando ou pilhando os rebanhos das proximidades; sua ação tornou-se tão perniciosa que os pastores prepararam uma armadilha, como se se tratasse de uma fera, e a capturaram numa rede de caça, matando-a em seguida. A morte de Harpalice provocou disputas sangrentas entre os pastores. Quando ela morreu trazia consigo um belo cabrito, capturado numa de suas incursões de rapina. Na briga pelo cabrito os pastores lutaram com tanta violência uns contra os outros que muitos deles morreram na refrega. Os sobreviventes prestaram honras fúnebres a Harpalice e passaram a cultuá-la junto ao seu túmulo.

(2) Filha de Clímeno, que se uniu ao seu próprio pai. Em decorrência desse amor incestuoso esta Harpalice transformou-se numa ave noturna, ou foi morta por Clímeno, ou suicidou-se.

(3) Uma moça apaixonada por Ificlés (v.); não sendo correspondida em seu amor, esta Harpalice matou-se. As moças de sua terra cantaram durante muito tempo canções intituladas "lamentos de Harpalice".

Harpálico (G. *Harpálikos*). (1) Pai de Harpalice (1).

(2) Um dos filhos de Licáon (v.).

(3) Um dos companheiros de Enéias, morto por Camila (vv.) na luta do herói contra Turno (v.) e os rútulos.

(4) Instrutor de Heraclés (v.) em ginástica e esgrima.

Harpalíon (G.). (1) Filho do rei paflagônio Pilaimenes; combateu ao lado dos troianos e foi morto por Meríon em frente a Tróia.

(2) Um combatente grego na guerra contra Tróia, originário da Beócia e filho de Arízelo e de Anfinome. Foi morto por Enéias (v.).

Hárpias (G. *Hárpyiai*). Gênios alados, filhos de Taumas e da oceanide Electra (vv.), pertencentes à primeira geração divina. Geralmente são duas: Aeló (ou Nicotoe) e Ocipite; às vezes menciona-se uma terceira – Celainó. Seus nomes significam respectivamente "Tormenta", "Ladra Rápida" e "Tenebrosa", e "Hárpias" equivale a "Arrebatadoras", porque arrebatavam crianças e almas. Aparecem como mulheres aladas, ou então como aves com cabeça de mulher, e com as garras pontiagudas. Moravam nas ilhas Estrofades, no mar Egeu, porém mais tarde os poetas punham-nas na entrada do inferno entre os outros monstros.

Contava-se a propósito delas que depois de ter sido amaldiçoado por Hélios (o Sol) o rei trácio Fineu (v., (1)) nada podia ter, nem comer, porque tudo que estivesse à sua frente era arrebatado pelas Hárpias ou conspurcado por seus excrementos. Quando os Argonautas (v.) passaram pelo seu reino, Fineu implorou-lhes que o livrassem daqueles monstros. O destino determinara que as Hárpias só morreriam se fossem alcançadas pelos Boreadas (v.), e que estes, por seu turno, morreriam se não as atingissem. Ouvindo a súplica do rei, Calaís e Zetes, filhos de Bóreas, saíram em sua perseguição, mas elas alçaram vôo; os Boreadas insistiram e uma delas caiu num riacho do Peloponeso, que passou a chamar-se Harpis; a outra chegou às ilhas até então chamadas Equinades e daí em diante denominadas Estrofades ("Ilhas do Retorno"). Íris (ou em outra versão da lenda Hermes) (vv.) deteve Calaís e Zetes, impedindo-os de matar as Hárpias por serem servidoras de Zeus (v.). Salvas, elas prometeram deixar Fineu em paz e passaram a viver numa caverna em Creta.

Em outra lenda as Hárpias arrebataram as filhas do cretense Pandareu (v.), aproveitando-se da ausência de Afrodite (v.), sua protetora, e as entregaram às Fúrias (v.) para serem suas escravas no inferno. Da união das Hárpias com Zéfiro (v.), um dos deuses dos ventos, nasceram Xanto e Bálio, os cavalos divinos de Aquiles (v.), e Flôgeo e Hárpago, cavalos também divinos dos Diôscuros (v.), todos velozes como o vento.

Hárpina (G. *Hárpinna*). Uma das filhas do deus do rio Ásopo (a outra era Egina). Possuída por Ares (v.) em Pisa, na Élis, concebeu dele o herói Enomau (v.), que fundou uma cidade com o nome de Hárpina.

Hebe (G.). A personificação da juventude, filha de Zeus e de Hera (vv.), e irmã de Ares e de Itítia (vv.). Ela preparava o banho de Ares e ajudava Hera a aprontar o seu carro, e dançava com as Musas quando Apolo (vv.) tocava a sua lira. Antes do rapto de Ganimedes (v.) Hebe servia o néctar aos deuses no Olimpo. Por ocasião da reconciliação de Heraclés (v.) com Hera e de sua apoteose os deuses celebraram as núpcias do herói com Hebe.

Hecale (G.) Uma mulher idosa que acolheu Teseu (v.) em sua cabana num povoado ático durante uma noite, quando o herói ia combater o touro de Maratona. Por ocasião da partida de Teseu no dia seguinte, Hecale ofereceu um sacrifício a Zeus (v.) para assegurar o regresso do herói. Depois de matar o touro Teseu voltou à cabana de Hecale, mas a encontrou morta. O herói instituiu em honra da pobre velha um santuário de Zeus Hecalésio e uma festa para cultuá-la.

Hecamede (G.). Uma moça de Tênedo, filha de Arsínoo, que Aquiles (v.) levou consigo entre outras cativas depois de conquistar a ilha a caminho de Tróia. Mais tarde Hecamede passou a servir a Nêstor (v.).

Hecate (G.). Uma deusa às vezes identificada com Ártemis (v.), filha de Perses e de Astéria (irmã de Letó) e descendente da geração dos Titãs (v.). A princípio Hecate era uma divindade de atributos indefinidos, benfazeja em muitas circunstâncias e atividades da vida, como a guerra e a agricultura. Mais tarde veio a ser associada ao mundo dos mortos e às trevas da noite, transformando-se na rainha dos fantasmas e da magia, freqüentadora das encruzilhadas em companhia dos cães infernais. Hecate era a protetora das feiticeiras (por exemplo Medéia, v.). Em suas imagens ela aparecia com três corpos ou três cabeças olhando em três direções, como se estivesse numa encruzilhada. Supunha-se que sua imagem afastava todos os males.

Hecátero (G. *Hekáteros*). Uma divindade que, unida a uma filha de Foroneu (talvez Níobe, vv.), teria engendrado os Curetes, as ninfas das montanhas e os sátiros (vv.).

Hecatônqueires (G. *Hekatônkheires*). Três gigantes com cem braços e cinqüenta cabeças – Briareu (ou Egêon), Coto e Gies –, filhos de Urano (o Céu) e de Gaia (a Terra) (vv.). Da mesma geração dos demais gigantes (v.), os Hecatônqueires ajudaram os deuses olímpicos, principalmente Zeus (v.), na luta contra os Titãs (v.). Hecatônqueires significa "Centímanos".

Hécuba (G. *Hecabe*). A segunda mulher de Príamo (v.), filha de Dimas, rei da Frígia, descendente do deus do rio Sangário ou de Cisseu, rei da Trácia. Algumas fontes atribuem a Hécuba cinqüenta filhos tidos de Príamo, e outras falam em dezenove, mas Apolôdoros (v. a Introdução) enumera apenas quatorze: Ântifo, Cassandra, Creusa, Deífobo, Heitor (o mais velho), Helena, Hipônoos, Laodice, Pâmon, Páris, Polídoro, Polites, Polixena e Troilo.

Pouco antes do nascimento de Páris Hécuba sonhou que via sair de suas entranhas uma tocha, que causava a destruição total de Tróia e das florestas do monte Ida por um incêndio. Consultados, os adivinhos disseram que o nascituro seria a ruína de Tróia. Apesar dessa advertência, em vez de matar o filho por ocasião do parto Hécuba mandou que o abandonassem num lugar ermo. O recém-nascido foi salvo e depois voltou à cidade para que o destino da mesma fosse cumprido (v. *Páris*). Quase todos os filhos de Hécuba já haviam morrido quando Tróia caiu afinal nas mãos dos gregos. Um deles, Polídoro, segundo uma versão da lenda fora entregue por Príamo a Polimêstor, rei do Quersoneso, numa tentativa para salvá-lo dos vencedores. Juntamente com o filho Príamo entregou a Polimêstor inúmeros objetos preciosos para assegurar-lhe a sobrevivência; entretanto, quando soube da queda de Tróia, Polimêstor, querendo apoderar-se desses bens, matou Polídoro e lançou-lhe o cadáver ao mar (numa variante da lenda Polimêstor matou inadvertidamente seu próprio filho Deípilo em vez de Polídoro; vv. *Deípilo* e *Polimêstor*). As ondas levaram o cadáver até a costa da Troas no momento em que Hécuba, agora escrava de Ulisses (v.), ia embarcar numa das naus de seu senhor. A ex-rainha reconheceu o corpo de seu filho, e para vingar-se mandou chamar Polimêstor a pretexto de revelar-lhe o lugar onde teriam sido deixados os tesouros dos troianos. Quando Polimêstor, movido pela cobiça, veio pressurosamente ao encontro de Hécuba, ela arrancou-lhe os olhos enquanto suas antigas escravas matavam os dois filhos do rei traidor da confiança de Príamo. Querendo puni-la pelo crime, os gregos resolveram lapidá-la, mas sob as pedras encontrou-se uma cadela de cujos olhos saía fogo, em vez do cadáver de Hécuba.

Em outra versão da lenda Hécuba foi transformada em cadela quando os acompanhantes de Polimêstor a perseguiam após a morte de seu rei. Numa terceira versão ela teria sido transformada em cadela quando estava no Quersoneso Trácio com seu filho Heleno (v.).

Eurípides escreveu sobre a lenda de Hécuba uma tragédia que tem o nome da heroína.

Hefesto (G. *Héphaistos*). O deus do fogo, filho de Zeus e de Hera (vv.), que o teria gerado sozinha despeitada porque Zeus engendrou Atena (v.) sem unir-se a ela ou a qualquer outra mulher. Logo depois de ter dado Hefesto à luz, Hera entregou-o a Cedalíon, um habitante da ilha de Naxo, para aprender com ele a trabalhar os metais.

Hefesto era coxo por causa de uma querela entre seus pais. Durante um desentendimento entre Hera e Zeus por causa de Heraclés (v.), Hefesto apoiou Hera; irritado, Zeus segurou-o por um dos pés e o lançou do alto do Olimpo. A queda de Hefesto durou um dia inteiro, e à noite ele caiu na ilha de Lemno quase morto. Um dos moradores da ilha cuidou dele e o reanimou, mas o deus ficou irremediavelmente coxo. Em outra versão do mito Hefesto já nasceu coxo e Hera, acabrunhada, lançou-o do alto do Olimpo para que os outros deuses não o vissem. O recém-nascido caiu em pleno mar e foi salvo por Têtis e Eurinome (vv.), que o criaram até o nono ano de vida numa caverna submarina.

Para vingar-se de sua mãe Hefesto fez em seguida um trono de ouro provido de grilhões destinados a prender para sempre quem se sentasse nele. O deus mandou o trono de presente à sua mãe, que se sentou açodadamente nele e ficou presa. Somente o próprio Hefesto sabia como soltá-la, e os demais deuses tiveram de mandar chamá-lo. Diôniso (v.) foi incumbido de ir procurá-lo, e para convencê-lo teve de embriagá-lo. Hefesto chegou ao Olimpo montado num asno e soltou sua mãe.

Ele era o senhor do fogo em todas as suas manifestações, e era o deus dos metais e da metalurgia; por ocasião da luta entre os deuses e os gigantes (v.) ele matou Clítio, um dos gigantes, com ferro incandescente. Os vulcões eram suas oficinas, onde ele trabalhava ajudado pelos Cíclopes (v.). Entre suas obras citavam-se as armas e o famoso escudo de Aquiles (v.), que Hefesto fabricou a pedido de Têtis, a mãe do herói, e o colar de Harmonia (v.). Apesar de seu defeito físico Hefesto era casado com a bela Afrodite (v.), sua mulher pela vontade de Zeus. A deusa do amor traiu-o e tornou-se amante de Ares (v.); vendo-os juntos, Hélios (o Sol) denunciou-os a Hefesto. Sem que nenhum dos deuses percebessem ele preparou uma rede invisível e a pôs sobre o leito da mulher. Quando os amantes se deitaram no mesmo a rede caiu sobre eles e os prendeu, e Hefesto chamou todos os deuses para testemunharem o adultério. Afrodite fugiu envergonhada, enquanto os outros deuses riam sem parar. Entre os numerosos filhos atribuídos a ele destacam-se Árdalo, um escultor lendário, Paláimon, um dos Argonautas (v.), Perifetes, um bandido morto por Teseu, e Erictônio, nascido do esperma de Hefesto derramado nas coxas de Atena (vv.) num arroubo amoroso do deus com a deusa virgem. Segundo a lenda Hefesto colaborou no nascimento de Atena, fendendo a cabeça de Zeus, de onde ela saiu. Participou também da criação de Pandora (v.), cujo corpo moldou com barro, e prendeu Prometeu (v.) nas rochas do Cáucaso com cravos que fabricou.

Hegeleu (G. *Hegêleos*). Filho de Tírseno e neto de Heraclés e de Onfale (vv.) por parte de seu pai. Hegeleu inventou a trombeta de guerra, que os Heráclidas (v.) e os dórios em geral adotaram, e erigiu um templo a Atena (v.) Trombeta (*Sálpigx* em grego).

Heilebia (G.). Filha do rei Cauno, da Cária, e mulher de Lirco, filho de Foroneu e um dos pretendentes à mão de Ió (vv.); nessa condição ele recebeu ordens de Ínaco, pai de Ió, para ir procurar a moça, raptada por Zeus (v.). Tentando cumprir a missão Lirco percorreu o mundo, mas não encontrou Ió, e receoso de voltar a Argos sem ela instalou-se em Cauno e se casou com Heilebia. O casal não conseguia ter filhos, e Lirco foi consultar um oráculo para saber a razão de sua esterilidade. Na viagem ele foi induzido a trair a mulher, e o sogro quis expulsá-lo de seu reino. Heilebia, entretanto, apoiou o marido, que saiu vitorioso na luta contra Cauno.

Heitor (G. *Hêktor*). Herói troiano filho de Príamo e de Hécuba (vv.), casado com Andrômaca, filha do rei de Tebe na Mísia. Seu único filho chamava-se Astiânax (v.), embora para os pais o seu nome fosse Escamândrio. Na qualidade de comandante das forças troianas na guerra contra os gregos, Heitor era o rei de fato de sua cidade, em contraste com o papel passivo de seu pai, o rei nominal. Seu povo via nele uma criatura quase divina, e os próprios inimigos consideravam-no o principal defensor da cidade, que enquanto ele vivia resistiu e esteve a ponto de vencer os atacantes.

Até o início do décimo ano da guerra Heitor evitou encontrar-se frontalmente com Aquiles (v.), e até esquivou-se de um confronto tentado pelo principal herói grego, refugiando-se no interior das muralhas. Quando Aquiles retirou-se das hostes inimigas (v. *Guerra de Tróia*), Heitor fez um verdadeiro massacre entre os gregos, mas diante de um contra-ataque voltou a refugiar-se na cidade. Em seguida, após uma despedida emocionante da mulher e do filho, retornou ao campo de batalha juntamente com seu irmão Páris (v.) e desafiou os heróis gregos para um combate singular com qualquer deles. O único a aceitar foi Ájax (v., (1)), e os dois se enfrentaram até o anoitecer sem uma decisão. Os adversários afinal trocaram cavalheirescamente as suas armas e se retiraram. A luta prosseguia favoravelmente aos troianos, e Heitor levou seus comandados quase às naus dos gregos, sobressaindo como sempre entre todos os companheiros. Os próprios deuses tiveram de intervir para evitar a derrota dos gregos. A situação tornou-se quase insustentável e Pátroclo (v.), apesar de estar com as armas de Aquiles, foi morto por Heitor, que lhe tirou as armas apesar dos esforços desesperados dos gregos. Transtornado com a morte de seu companheiro predileto, Aquiles voltou ao campo de batalha. O herói matou Polidoro, irmão de Heitor, e passou a perseguir o próprio Heitor. Apesar da ajuda de Apolo (v.), Heitor viu-se frente a frente com Aquiles, e não atendeu aos apelos de seu pai e de sua mãe para regressar à cidade, onde já se tinham abrigado os demais troianos. Quando Aquiles aproximou-se mais Heitor fugiu, dando três voltas em redor da muralha com o herói grego em seu encalço. Atena (v.), aparecendo disfarçada em Deífobo, irmão predileto do herói troiano, convenceu Heitor a enfrentar Aquiles, prometendo-lhe ajuda. Quando Heitor resolveu combater Atena desapareceu. No alto do Olimpo Zeus pesou na balança do destino a sorte dos dois heróis, e o lado de Heitor baixou em direção ao inferno. Apolo deixou então de protegê-lo e Aquiles feriu mortalmente o comandante dos troianos; em seus últimos momentos Heitor pediu ao seu adversário que entregasse seu cadáver a Príamo, mas Aquiles não lhe deu ouvidos. Heitor expirou predizendo a morte próxima de Aquiles, que amarrou o cadáver do herói vencido ao seu carro e o arrastou em volta da muralha, para que todos os troianos vissem Heitor morto. A ira de Aquiles somente cedeu quando Zeus mandou Íris (v.) ordenar ao herói que entregasse a Príamo o cadáver de Heitor que jazia abandonado aos cães e abutres. O próprio Príamo apareceu oferecendo um elevado resgate pelo cadáver do filho, e afinal conseguiu levá-lo para os funerais condignos na cidade pela qual sacrificou a vida.

Helé (G. *Helle*). Filha de Atamas e de Nefele (vv.); Helé era irmã de Frixo (v.) e os dois fugiram montados num carneiro alado para se livrarem de ser mortos por Inó, sua madrasta, que os odiava. No meio do percurso Helé caiu no mar na região do estreito chamado em seguida Helésponto (mar de Helé, o atual mar de Mármara) por sua causa. Frixo prosseguiu sozinho na viagem e chegou à corte do rei Aietes (v.) na Cólquida. Numa variante da lenda ela foi salva por Poseidon (v.) quando caiu no mar; de sua união com o deus nasceram Álmops, Êdono e Paion.

Hêleio (G. *Hêleios*). O filho mais novo de Perseu e de Andrômeda (vv.), nascido em Micenas. Juntou-se a Anfitrião na expedição contra a ilha de Tafo, e após a vitória partilhou com Céfalo (vv.) o trono da ilha. Hêleio era considerado o fundador da cidade de Helos, na Lacônia.

Hélen (G. *Hêllen*). Herói epônimo dos helenos (ou seja os gregos), filho de Deucalião (ou, em outra versão da lenda, de Prometeu) e de Fina (vv.). Casou-se com Orseís, da qual teve três filhos – Éolo, Doro e Xuto (vv.), ancestres das principais raças gregas: os eólios, os dórios e os iônios respectivamente. Hélen foi rei da Ftia, região situada entre os rios Peneio e Ásopo, onde Deucalião e Pirra se instalaram após o dilúvio. Éolo sucedeu-o no trono, e os outros filhos de Hélen exilaram-se e depois de errar por muitos lugares fixaram-se respectivamente no Peloponeso (Doro) e na Acaia (Xuto).

Helena (G. *Helene*). Filha de Zeus e de Leda (vv.) e irmã de Clitemnestra e de Cástor e Pólux (os Diôscuros) (vv.). Ainda adolescente Helena foi raptada por Teseu e por Pirítoo (vv.), seu amigo, cabendo ao primeiro num sorteio entre os dois. Mais tarde, enquanto Teseu e Pirítoo tinham ido ao inferno numa tentativa para raptar Perséfone (v.), os habitantes de Deceléia, na Ática, revelaram aos Diôscuros que Teseu deixara Helena em Áfidna, aos cuidados de Aitra (v.), mãe do herói. Os Diôscuros invadiram o esconderijo e levaram Helena de volta à Lacedemônia. Vendo sua filha de volta, Tíndaro, seu pai humano, manifestou a intenção de casá-la; apresentaram-se como pretendentes à sua mão os príncipes mais poderosos da Grécia – à exceção de Aquiles –, em número de vinte a quarenta e nove conforme as fontes. Perplexo com o número de pretendentes, e receoso de provocar o descontentamento dos preteridos, Tíndaro (v.), seguindo o conselho do astucioso Ulisses (v.), resolveu comprometer todos os pretendentes mediante juramento a acatarem a escolha de Helena e a socorrerem o preferido na hipótese de alguém tentar tirar-lhe a mulher. A escolha de Helena recaiu sobre Menelau (v.), e todos os pretendentes acataram-na. Dentro de pouco tempo Helena teve de Menelau uma filha chamada Hermione. Nessa época Helena era a mulher mais bela do mundo, e Afrodite prometera a Páris (vv.)

que ela seria dele se ele lhe desse o prêmio da beleza num concurso entre Afrodite, Atena e Hera (vv.).

Obtido o prêmio, Afrodite aconselhou Páris a viajar para Amiclas, onde os filhos de Tíndaro (os Tindáridas) o acolheram. De lá ele foi para a Lacedemônia, sendo recebido cordialmente por Menelau; pouco tempo depois este último teve de viajar para Creta a fim de assistir aos funerais de Catreu (v.), e Helena foi incumbida pelo marido de fazer as honras da casa a Páris. Logo após o encontro dos dois ocorreu o rapto, pois a ostentação de riqueza e a beleza do hóspede conquistaram Helena (de acordo com uma variante da lenda o próprio Tíndaro entregou a filha a Páris, ou Afrodite deu a Páris a aparência de Menelau). Ao partir Helena levou consigo os tesouros do marido e suas escravas, deixando em Esparta somente Hermione, sua filha.

Há várias versões a propósito da viagem de Páris e de Helena para Tróia. Na versão épica da lenda os dois chegaram sem incidentes ao destino. Em outra versão a nau de Páris foi levada até Sídon, na Fenícia, por uma tempestade provocada por Hera, e somente depois de numerosos incidentes, entre os quais uma batalha sangrenta, conseguiu chegar a Tróia.

Numa terceira versão Páris prolongou propositalmente a viagem, passando pela ilha de Chipre e pela Fenícia, para evitar a perseguição de Menelau.

Numa quarta versão Hera, inconformada porque Páris atribuíra o prêmio da beleza a Afrodite, afastou dele a verdadeira Helena, que Hermes (v.) levou para o Egito e deixou sob a guarda do rei Proteu (v.); nessa versão Páris teria levado consigo para Tróia um simulacro preparado por Hera, em vez de Helena. Numa variante dessa versão, conservada por Herôdotos, a caminho de Tróia Páris e Helena detiveram-se no Egito, onde de início o rei Proteu hospedou-os amistosamente. Entretanto, ao tomar conhecimento do rapto ele reteve Helena como sua prisioneira até a vinda de Menelau para levá-la e, valendo-se de seus poderes mágicos, fez um simulacro perfeito de Helena, que Páris levou consigo na continuação da viagem como se fosse sua verdadeira mulher. Os gregos e os troianos teriam então lutado durante dez anos por causa desse simulacro (segundo Herôdotos, Homero não seguiu essa versão por ser menos conveniente, do ponto de vista poético, que a constante de suas epopéias).

Em Homero Helena esteve em Tróia durante os dez anos da guerra, vivendo com Páris como sua esposa. Príamo e Heitor, sabendo que tudo fora obra da vontade dos deuses, tratavam-na cordialmente; o povo troiano, entretanto, detestava-a por considerá-la a causadora da guerra. No íntimo ela era favorável aos gregos, e do alto da muralha apontou e descreveu para os troianos com palavras elogiosas os principais chefes gregos que comandavam o cerco à cidade. Seu favorecimento aos gregos apareceu com maior nitidez na noite da queda de Tróia.

Consumada a derrota dos troianos, Menelau, depois de matar Deífobo (v.), com quem Helena se casou após a morte de Páris, avançou contra a sua mulher com a espada desembainhada como se estivesse disposto a matá-la, mas ela o enfrentou seminua, e a espada caiu das mãos do marido antes indignado. Quando os gregos quiseram lapidá-la ela também se valeu de sua formosura, e as pedras ameaçadoras não foram lançadas contra a bela Helena.

Sua viagem de regresso a Esparta em companhia de Menelau foi acidentada, com uma passagem aventurosa pelo Egito, e durou oito anos. De volta ao palácio do marido Helena comportou-se durante o resto de sua vida como uma esposa exemplar.

Em outra versão da lenda, entretanto, antes de chegar a Esparta Helena e Menelau detiveram-se em Argos, chegando lá por coincidência no dia do assassinato de Clitemnestra e de Egisto por Orestes (vv.). Os recém-chegados ainda ignoravam os acontecimentos, e quando Orestes viu Helena cercada de escravas e ostentando o luxo oriental a que se acostumara em Tróia, quis matá-la por ver nela a causadora de todos os males sobrevindos à sua família. Nesse momento Apolo (v.), mandado por Zeus, levou-a consigo e deu-lhe a imortalidade. Essa lenda da divinização de Helena é de certo modo corroborada pela menção, em várias fontes, de numerosos santuários e altares dela, principalmente em Esparta, onde também se cultuava Menelau. A divinização deste último seria resultado de preces de Helena, desejosa de reparar todos os males causados ao marido. Mas, nem todas as versões da lenda mostram um final feliz para Helena. Numa delas, após a morte de Menelau os dois filhos dele, chamados Megapentes e Nicôstrato, baniram-na para puni-la por sua conduta passada. Helena foi para a ilha de Rodes juntar-se a Polixó (v., (1)),sua amiga na juventude, cujo marido morrera em Tróia combatendo ao lado dos gregos. Polixó recebeu-a aparentando satisfação, mas para vingar-se submeteu-a a torturas que a levaram ao suicídio. Segundo outra versão nesse sentido Helena teria sido imolada por Ifigênia (v.) em Táuris. Em outra, Têtis (v.), inconformada com a morte de seu filho Aquiles na Guerra de Tróia, matou-a em sua viagem de volta.

Em sua tragédia *Helena* Eurípides dá um tratamento discrepante à lenda desta heroína.

Heleno (G. *Hêlenos*). Filho de Príamo e de Hécuba, irmão gêmeo de Cassandra (vv.) e à semelhança desta dotado de poderes proféticos. Amado por Apolo (v.), recebeu do deus um arco de marfim, do qual saiu a flecha que feriu Aquiles (v.) numa das mãos. Heleno predisse a Páris (v.), seu irmão, as conseqüências funestas da viagem que ele iria empreender à Grécia e do conseqüente rapto de Helena (v.). Após a morte de Heitor (v.), a cujo lado combateu bravamente, Heleno passou a comandar os troianos.

Quando Páris morreu e Príamo fez de Deífobo (v.) o novo marido de Helena, Heleno sentiu-se preterido injustamente e se retirou da guerra, indo para o monte Ida, nas proximidades da cidade. Calcas, o adivinho dos gregos, sabia que somente Heleno poderia dizer como capturar Tróia. Ulisses (v.), enviado em missão ao monte Ida, conseguiu persuadi-lo a revelar o segredo: Tróia somente seria capturada se Neoptólemo, filho de Aquiles, passasse a combater ao lado dos gregos, se estes tivessem no campo de batalha os ossos de Pêlops, e se os gregos roubassem dos troianos o Paládio (v.), a estátua miraculosa caída do céu em Tróia; a essas três condições outras versões da lenda acrescentam que segundo o oráculo de Heleno, Filoctetes (v.) deveria voltar a combater ao lado dos gregos, trazendo consigo o arco e as flechas de Heraclés (v.). Além disso os gregos teriam de introduzir secretamente em Tróia guerreiros selecionados ocultos no bojo de um cavalo de madeira. Por este serviço, por haver-se oposto antes da guerra à viagem de Páris para raptar Helena, e ainda por ter impedido, os troianos de abandonarem o cadáver de Aquiles aos abutres, Heleno foi poupado pelos gregos após a captura de Tróia.

Numa das versões de sua lenda, após a destruição da cidade ele seguiu para o Quersoneso com Hécuba e Cassandra, que os gregos lhe entregaram, e lá se instalou. Noutra versão ele coube juntamente com Andrômaca a Neoptólemo (v.) na partilha dos despojos de guerra, e evitou a morte de seu novo senhor no naufrágio em frente ao cabo Cafareu (onde quase toda a frota grega soçobrou), aconselhando-o a voltar para a Grécia por terra. Depois do assassínio de Neoptólemo por Orestes (v.) em Delfos, Heleno casou-se com Andrômaca, viúva da vítima, e substituiu Neoptólemo no trono de Épiro; ao morrer, deixou-o para Molosso, filho de Neoptólemo.

Helíadas (G. *Heliádai*). Os sete filhos de Hélios (o Sol) e da ninfa Rodos, epônima da ilha de Rodes, chamados Actis, Cândalo, Cêrcafo, Macareu (ou Mácar), Ôquimo, Tenages e Triopas. Todos eram astrólogos excelentes, porém Tenages superava os demais irmãos. Actis, Cândalo, Macareu e Triopas, com inveja da competência de Tenages, assassinaram-no e fugiram. Cêrcafo e Ôquimo permaneceram em Rodes. Ôquimo, por ser o mais velho, subiu ao trono e casou-se com a ninfa Hegetória, de quem teve uma filha chamada Cidipe; mais tarde esta casou-se com seu tio Cêrcafo, que sucedeu ao seu irmão no trono de Rodes. Desta última união nasceram os filhos Câmiro, Iáliso e Lindo, que depois partilharam a ilha entre eles e fundaram três cidades que receberam os seus nomes.

Helíades (G.). Filhas de Hélios (o Sol) e da oceanide Climene, e irmãs de Faêton (v.). Seus nomes eram Aiteria, Dioxipe (ou Lampetia), Febe, Hélia e Merope. Quando Faêton, fulminado pelos raios de Zeus (v.), caiu no rio Erídano (v.), as Helíades choraram-lhe a morte à beira do rio e se metamorfosearam em álamos; suas lágrimas transformaram-se em âmbar.

Em outra versão da lenda a metamorfose teria sido uma punição, porque as Helíades entregaram ao seu irmão o carro e os corcéis de Hélios sem a permissão deste, provocando conseqüências catastróficas em todo o mundo (v. *Faêton*).

Helicáon (G.). Um dos filhos do troiano Antênor, e marido de Laodice, filha de Príamo (vv.). Ulisses (v.) salvou Helicáon e seus irmãos por ocasião da captura de Tróia, e eles foram com Antenor e Polidamas (v.) para o norte da Itália. No templo de Apolo em Delfos mostrava-se ainda na época histórica a espada de Helicáon, consagrada ao deus.

Hélice (G.). (1) Uma das duas ninfas que amamentaram Zeus (v.). Para salvá-las da perseguição de Cronos (v.), indignado com elas por terem criado o deus-menino, Zeus transformou-as nas constelações da Grande Ursa e da Pequena Ursa.

(2) Filha de Selino, casada com Íon (v.), de quem teve uma filha chamada Bura.

Hélios (G.). O Sol, divindade pertencente à geração dos Titãs (v.), anterior aos deuses olímpicos. Descendente de Urano e de Gaia (vv.), Hélios era filho do titã Hiperíon e da titanide Téia, e irmão de Eós (a Aurora) e de Selene (a Lua). Do casamento de Hélios com Perseís, filha de Oceano e de Tetis (vv.), nasceram a feiticeira Circe, Aietes (rei da Cólquida), Pasifae (mulher de Minas) e Perses, que destronou seu irmão Aietes e foi morto por Medéia (v.), sua sobrinha. Além de Perseís Hélios teve outras mulheres: a ninfa Rodos, que lhe deu sete filhos (os Helíadas, v.); Climene, sua cunhada (irmã de Perseís), de quem teve cinco filhas (as Helíades, v.); e Leucotoe, filha de Ôrcamo e de Erinome. Vv. *Clítia* e *Faêton.*

Hélios tinha em volta da cabeça raios de luz em vez de cabelos, e percorria o céu num carro de fogo puxado por cavalos velocíssimos chamados Aêton, Éoo, Flêgon e Piroís, cujos nomes se relacionam com a luz e as chamas. A cada manhã, em seguida à passagem do carro de Eós (a Aurora), Hélios iniciava sua viagem pelo meio do céu partindo do território dos indianos. Depois de percorrer o céu durante todo o dia ele chegava na hora do crepúsculo ao rio Oceano, onde seus corcéis exaustos banhavam-se para recuperar as forças. Hélios repousava num palácio de ouro para recomeçar na manhã seguinte a sua eterna viagem diurna, cuja regularidade foi interrompida apenas pela aventura desastrosa de Faêton (v.). Durante a noite o percurso de Hélios sob a terra (ou sob o Oceano, rio que circunda o mundo) era feito numa embarcação em forma de uma enorme bacia, no sentido do Ocidente para o Oriente.

Hélios era tido como o olho que vigiava o mundo e tudo via, mas seus poderes limitavam-se à função de iluminar a terra. Contava-se que quando Ulisses (v.) e seus companheiros mataram parte dos bois do rebanho de Hélios na ilha de Trinácia (a atual Sicília), o deus da luz teve de pedir a Zeus (v.) para vingá-lo; o máximo que Hélios pôde fazer foi a ameaça de ficar parado por baixo da terra se Zeus não castigasse os culpados. Segundo a mesma lenda esses bois tinham os chifres dourados e eram imaculadamente brancos.

Hemera (G.). A personificação da claridade do dia (*hemera* em grego = "dia"), filha de Nix (a Noite) e de Érebo e irmã de Áiter e de Urano (vv.).

Hemícines (G. *Hemíkynes*). "Semicães", um povo lendário habitante da costa do Ponto Euxino (o atual mar Negro), perto do território dos massagetes e dos Hiperbóreos (v.). Os hemícines tinham o corpo de homens, a cabeça de cães, e ladravam em vez de falar.

Hemitéia (G. *Hemithea*). (1) Filha do rei Cicno, da Troas, e irmã de Tenes, o herói epônimo da ilha de Tênedo. Hemitéia e Teno emigraram da Troas para a ilha de Tênedo, onde se instalaram. Quando as forças gregas a caminho de Tróia desembarcaram na ilha, Aquiles (v.) tentou violentar Hemitéia, mas ela fugiu e foi salva da perseguição do herói impetuoso pela terra, que se abriu à sua frente. (Vv. *Cicno* e *Tenes*).

(2) Uma heroína de Cástabo, no Quersoneso Trácio, filha de Estáfilo (v.) e de Crisôtemis. V. *Párteno* (1).

Hemo (G. *Haimos* ou *Hemos*). (1) Filho de Bóreas e de Orítia, e irmão de Calaís e Zetes (vv.), os Boreadas. Casou-se com Rodope, filha do deus do rio Estrímon, e partilhou com ela o trono da Trácia. Hemo e Rodope, excessivamente orgulhosos com o exercício do poder, obrigaram seus súditos a cultuá-los como se fossem deuses, adotando os nomes de Zeus e de Hera (vv.) respectivamente. Como castigo por esse sacrilégio ambos foram transformados em montes que receberam seus nomes. Seu filho Hebro foi o epônimo do rio homônimo situado na Trácia.

(2) Tirano da Trácia (talvez o mesmo de (1)), que atacou Bizâncio na época de sua fundação. Bizas (v.), rei de Bizâncio, matou-o num combate singular no monte Hemo.

(3) Um dos companheiros de Télefo, originário da Mísia, e tido como filho de Ares (vv.).

Hêmon (G. *Háimon*). (1) Filho de Creonte, rei de Tebas (v.). Hêmon era noivo de Antígona, filha de Édipo (vv.), e quando sua noiva matou-se em conseqüência da condenação imposta por Creonte cometeu o suicídio junto ao cadáver da mesma; Hêmon e Antígona teriam tido um filho chamado Máion. Noutra versão de sua lenda ele teria sido devorado pela Esfinge (v.); em decorrência desse evento Creonte teria prometido o trono de Tebas a quem livrasse a cidade desse monstro, e assim Édipo veio a ser o rei dos tebanos.

(2) Herói epônimo da Hemônia, antigo nome da Tessália. Este Hêmon era filho de Pélasgo e pai de Téssalo (vv.), sendo que este último deu o nome à região. Em outra versão da lenda ele teria sido o fundador da cidade arcádia de Hemônia.

(3) Filho de Polídoro e neto de Cadmo (vv.). Este Hêmon matou por descuido um de seus companheiros durante uma caçada, sendo obrigado a deixar Tebas e asilar-se em Atenas. Seus descendentes emigraram para Acragás (a atual Agrigento) depois de passar pela ilha de Rodes, e foram os antepassados do tirano acragantino Têron.

Heósforo (G. *Heósphoros*). O "Portador da Aurora", nome também da Estrela Matutina (o Lúcifer (v.) dos latinos), filho da Aurora (Eós, v.) e de Astreu, e pai de Telauges e de Filonis.

Hera (G.). A deusa mais importante do panteão grego, era filha de Cronos e de Rea, e irmã e mulher de Zeus (vv.), de cuja majestade e poder participava ativamente. Como os demais filhos de Cronos à exceção de Zeus, Hera foi engolida pelo pai ao nascer, sendo depois vomitada graças aos ardis de Métis (v.) e à força de Zeus.

Hera estava entre as divindades que entraram em guerra contra os gigantes. Durante os combates ela foi atacada por Porfírion, e quando este tentava arrancar-lhe a roupa num arroubo de paixão inspirado por Zeus para salvá-la, o próprio Zeus pôde atingir o gigante com um de seus raios e Heraclés (v.) acabou de matá-lo com uma de suas flechas. Mais tarde Hera sofreu outro ataque, desta vez da parte de Ixíon (v.) que desejava desatinadamente possuí-la; Zeus deu a uma nuvem a forma de Hera para enganar Ixíon, salvando-a de seu furor amoroso.

Hera foi a terceira consorte legítima de Zeus, que antes de casar-se com ela já tinha desposado Métis e Têmis (vv.). Mas, segundo uma versão da lenda Zeus e Hera já se tinham unido havia muito tempo, na época em que Cronos, pai de ambos, ainda era o rei do universo, e antes da guerra contra os Titãs. Dessa união anterior ao casamento nasceram Ares, Ilítia, Hebe e Hefesto (vv.). Em sua condição de esposa de Zeus, Hera aparecia como protetora das mulheres casadas legitimamente.

As relações de Hera com Zeus caracterizavam-se por um ciúme constante e feroz da deusa em face da infidelidade incorrigível do marido, e pela perseguição implacável às suas rivais mortais e aos filhos delas com Zeus, principalmente Diôniso e Heraclés (vv.). Seu espírito vingativo, entretanto, nem sempre se manifestava por causa de ciúmes; a vaidade ferida pela preferência dada a Afrodite por Páris (vv.) no julgamento da beleza divina, do qual além de Hera e de Afrodite também participou Atena (v.), levou-a a perseguir impiedosamente os troianos até a destruição total de sua cidade, odiada também por Atena em conseqüência desse julgamento. Por outro lado, na Guerra de Tróia Hera foi a protetora mais constante de Aquiles (v.), pois ela tinha sido criada por Têtis, mãe do herói (v.). Hera aparecia com esse caráter ciumento, vingativo e rancoroso em várias lendas. Na de Ió (v.), por exemplo, ela perseguiu-a obstinadamente e insuflou os Curetes (v.) para darem fim a Épafo (v.), filho de Zeus com essa rival. Hera foi também a causadora do desaparecimento trágico de Semele (v.), e além disso fez Atamas e Inó (vv.) enlouquecerem, como castigo por haverem recolhido e criado Diôniso, filho de Semele com Zeus. Ela tentou impedir o parto de Letó na época do nascimento de Ártemis e Apolo (vv.), e persuadiu Ártemis a matar Calistó (v.), seduzida por Zeus.

Seu rancor mais violento e duradouro manifestou-se contra Heraclés, a quem Hera impôs a realização dos Doze Trabalhos (v. *Heraclés*). Hera perseguiu incessantemente o herói filho de Zeus e de Alcmene (v.) desde o nascimento até a sua apoteose; em seguida a esta ouve a reconciliação solene entre ela e Heraclés, agora um deus.

Em uma das versões de sua lenda Hera aparecia discutindo com Zeus a propósito dos prazeres do amor. Ela afirmava que os homens o sentiam com intensidade maior que a das mulheres, enquanto Zeus sustentava que nas mulheres esses prazeres eram mais fortes. Diante do impasse o casal divino resolveu consultar o adivinho Tirésias (v.), que fora sucessivamente mulher e homem e conhecia portanto as sensações de ambos os sexos. Respondendo, Tirésias deu ganho de causa a Zeus, pois segundo o adivinho o prazer das mulheres era muitas vezes mais intenso que o dos homens. Indignada com Tirésias, Hera demonstrou mais uma vez o seu espírito vingativo privando-o da visão.

Heraclés (G.). Filho de Zeus e de Alcmene (vv.). É o herói por excelência da mitologia grega, identificado pelos latinos com o seu Hércules (v.). Inicialmente seu nome era Alcides (v.), um patronímico derivado de Alceu (nome de seu avô), ou em outras versões da lenda simplesmente Alceu, nome derivado de *Alké* = força física. Depois de matar os filhos que tivera com Mêgara (v.), o herói foi perguntar ao oráculo de Delfos como deveria expiar o crime; o oráculo manifestou-se a respeito da expiação, e em seguida lhe disse para passar a usar o nome de Heraclés ("Glória de Hera"), numa alusão à fama que lhe adviria da realização dos Trabalhos que a deusa lhe imporia.

As circunstâncias do nascimento de Heraclés, que pertencia à raça dos Perseidas (descendentes de Perseu, v.), foram as seguintes. Anfitrião (v.), marido de Alcmene e pai mortal do herói, teve de ausentar-se de Tebas no comando de uma expedição contra os teleboios. Zeus, que desejava unir-se a Alcmene, aproveitou essa ausência, tomou a aparência de Anfitrião e durante uma noite miraculosamente prolongada possuiu Alcmene, deixando-a grávida de Heraclés. Ao voltar no dia seguinte Anfitrião uniu-se à sua mulher e engendrou Ificlés (v.), irmão gêmeo de Heraclés. Pouco tempo depois Hera (v.) ouviu Zeus vangloriar-se de que o filho por ele engendrado, da raça dos Perseidas, reinaria sobre Argos. Enciumada, Hera deu ordens à sua filha Ilítia (v.), deusa protetora das parturientes, para retardar o nascimento de Heraclés e apressar o de Euristeu, seu primo, filho de Estênelo (vv., e *Alcmene*). Em face da intervenção de Ilítia, Euristeu nasceu aos sete meses, enquanto Heraclés veio ao mundo aos dez meses (v. *Galintias*). De acordo com uma das versões da lenda, a imortalidade de Heraclés dependia de seu aleitamento por Hera, sua arquiinimiga desde antes de seu nascimento. Hermes (v.), então, pôs Heraclés no colo da deusa enquanto ela dormia e ele começou a sugar-lhe o seio. Quando Hera acordou afastou de si o recém-nascido, mas este já conseguira mamar. O leite que ainda saiu do seio de Hera correu pelo céu e formou a Via Láctea. Em outra versão da lenda Alcmene, receando o ciúme de Hera, enjeitou Heraclés recém-nascido nas proximidades de Argos, num lugar desde então conhecido como Prado de Heraclés. Hera e Atena (v.) passaram por lá, e esta última, impressionada com a robustez e beleza do recém-nascido, apanhou-o e pediu a Hera que o amamentasse. Hera concordou, mas Heraclés sugou-lhe o seio com tanta avidez que magoou a deusa; Hera lançou-o à distância, porém Atena o restituiu a Alcmene para criá-lo sem receios. Quando Heraclés estava com oito meses (ou dez), a rancorosa Hera tentou tirar-lhe a vida. Certa noite Alcmene deixara no berço seus dois filhos gêmeos e adormecera. À meia-noite Hera soltou no quarto onde eles estavam duas serpentes enormes, e cada uma delas atacou um dos recém-nascidos. Ificlés começou a gritar, e Heraclés segurou corajosamente as serpentes, uma em cada mão, e as estrangulou. Quando Anfitrião apareceu para socorrer os filhos e viu as serpentes mortas ainda nas mãos de Heraclés, sentiu que seu filho era um deus. Seu primeiro mestre foi o músico Lino (v., (2)), morto pelo discípulo por ser muito exigente, com uma pancada com a lira durante um acesso de cólera. Anfitrião querendo evitar novos desatinos do filho, mandou-o para o campo, onde ele deveria cuidar de seus rebanhos. Lá Heraclés continuou o seu aprendizado com um cita chamado Têutaro, e com Êurito (vv.), que lhe ensinaram a arte de manejar o arco e as flechas. Chegando à adolescência o herói já ostentava uma estatura descomunal – cerca de 2m50 –; aos dezoito anos ele matou o leão do Citéron, uma fera enorme que devastava os rebanhos de Anfitrião e de Téspio (v.), rei de um território contíguo a Tebas. Para a caçada Heraclés instalou-se no palácio do rei Téspio, e depois de cinqüenta dias de tentativas feriu mortalmente o leão. Nesse ínterim Téspio, que tinha cinqüenta filhas de sua mulher Megamede, e queria que elas (as Tespiades) lhe dessem netos filhos de Heraclés, punha a cada noite no leito do herói uma delas. Heraclés possuiu todas as filhas de Téspio pensando que se deitava sempre com a mesma, e teve com elas cinqüenta filhas. Regressando da caçada ao leão de Citéron, Heraclés encontrou-se nas proximidades de Tebas com os arautos de Érgino (v., (1)), rei de Orcômeno, cuja missão era recolher o tributo anual pago pelos tebanos aos orcomênios. O herói atacou-os e cortou-lhes as orelhas e os narizes; depois de enfiá-los em cordéis pendurou-os nos pescoços dos arautos, e mandou-os levarem aquele tributo ao rei. Indignado, Êrginos marchou contra Tebas à frente dos orcomênios, mas foi derrotado por Heraclés, que impôs aos vencidos um tributo duas vezes maior que o exigido dos tebanos. As armas usadas por Heraclés nesse combate foram um presente de Atena ao herói. Creonte, rei de Tebas, querendo demonstrar sua gratidão a Heraclés, deu-lhe em casamento sua filha Mêgara (v.), e ofereceu sua filha mais moça a Ificlés. Do casamento de Heraclés com Mêgara nasceram muitos filhos, e do casamento de Ificlés com a irmã de Mêgara nasceram dois.

A essa altura da vida de Heraclés, Hera, sempre rancorosa, quis pô-lo a serviço de Euristeu. Para atingir o seu objetivo a deusa provocou um acesso de loucura no herói, durante o qual ele matou os filhos que tivera de Mêgara e os dois de Ificlés com sua irmã; Heraclés tentou também matar Anfitrião, seu pai, e só não consumou o parricídio porque Atena o fez adormecer no momento em que estava prestes a desferir o golpe mortal. Para purificar-se dessa carnificina Heraclés teve de sujeitar-se a servir a Euristeu, que lhe impôs os doze trabalhos famosos (v. a seguir). Recuperando-se do acesso de loucura Heraclés abandonou Mêgara, dando-a em segundas núpcias ao seu sobrinho Iolau (v.).

Os Doze Trabalhos de Heraclés.

Os doze trabalhos são façanhas realizadas por Heraclés a serviço de seu primo Euristeu. O herói submeteu-se a esse período de servidão para expiar os assassínios cometidos durante o acesso de loucura provocado por Hera. Em seguida à mortandade Heraclés foi a Delfos consultar o oráculo de Apolo, e o deus lhe ordenou por meio da Pítia que passasse a servir a Euristeu durante doze anos. Apolo prometeu-lhe a imortalidade após essa provação (em outra versão da lenda a promessa teria sido feita por Atena). Na época alexandrina os mitógrafos elaboraram uma lista desses trabalhos. Deve-se notar que Apolôdoros (v. a Introdução) enumera apenas dez trabalhos, excluindo de sua lista os episódios do cão Cérbero e dos Pomos de Ouro das Hespérides.

1. O *Leão de Neméia* era um monstro invulnerável filho de Ortro (filho de Tífon) e de Êquidna, e irmão da Esfinge (vv.); trazido para a região que devastava por Hera (ou por Selene (a Lua)), lá ele devorava os habitantes e seus rebanhos. Depois de tentar inutilmente atingi-lo com suas flechas, Heraclés forçou-o com o bordão a entrar em sua caverna. Em seguida o herói segurou-o pelo pescoço com seus braços e o estrangulou. Após a morte do leão Heraclés o esfolou e passou a recobrir-se com sua pele, enquanto sua cabeça lhe servia de capacete. Contava-se que quando quis esfolar o leão o herói descobriu que somente as próprias garras da fera podiam cortar-lhe a pele, resistente até ao ferro de sua espada afiadíssima.

Durante a caçada Heraclés encontrou-se com Molorco, um camponês que vivia nos arredores de Neméia, cujo filho fora devorado pelo leão. Molorco hospedou-o bondosamente por ocasião de sua chegada à região, e quis homenagear seu hóspede sacrificando um carneiro, o único bem que possuía. Heraclés dissuadiu-o dessa idéia, pedindo-lhe que esperasse trinta dias para matar o animal; se passados os trinta dias ele não voltasse, Molorco poderia considerá-lo morto e sacrificar o carneiro em sua intenção, mas se antes de findar o prazo ele regressasse trazendo o leão, o sacrifício seria a Zeus Salvador. No trigésimo dia o herói não tinha reaparecido; imaginando que ele morrera, Molorco já iniciava os preparativos para sacrificar o carneiro em honra de Heraclés; pouco antes da consumação do sacrifício surgiu o herói, já recoberto com a pele do leão. Molorco imolou então o carneiro a Zeus Salvador, e no exato lugar do sacrifício Heraclés instituiu os Jogos Nemeus em honra de Zeus. Heraclés levou a pele do leão para Micenas, e Euristeu, com receio do herói que fora capaz de matar aquela fera monstruosa, não permitiu a sua entrada na cidade, dando-lhe ordens para deixar os despojos obtidos naquele e nos trabalhos futuros diante das portas fechadas a ele. Para perpetuar a memória da façanha de Heraclés, Zeus transformou o leão de Neméia numa constelação.

2. *A Hidra de Lerna.* Filha de Êquidna (à semelhança do leão de Neméia) e de Tífon (v.), imaginada por Hera para pôr à prova a coragem de Heraclés. Era uma criatura monstruosa, em forma de serpente com muitas cabeças, às vezes humanas, cujo número variava de cinco até cem, dependendo das fontes. Seu hálito era mortal para quem se aproximasse dela. Para combater a Hidra, que também destruía os rebanhos e as colheitas da região, Heraclés usou flechas flamejantes, ou, segundo uma variante da lenda, cortou suas cabeças com uma espada curta ajudado por seu sobrinho Iolau. Mas as cabeças renasciam à proporção que eram decepadas, e para evitar seu renascimento o herói pediu a Iolau que incendiasse uma floresta vizinha, de onde o sobrinho lhe trazia tições para cauterizar o lugar do corte, impedindo assim a renovação. A cabeça principal era praticamente imortal, mas Heraclés decepou-a e enterrou-a, pondo por cima dela um rochedo enorme. Depois de eliminar a Hidra dessa maneira Heraclés molhou as pontas de suas flechas no sangue venenoso do monstro. Para ajudar a Hidra Hera mandou contra o herói um caranguejo gigantesco, que mordeu o pé de Heraclés, mas este o esmagou. V. *Carcinos.* Euristeu não levou em conta a realização deste trabalho porque o herói recebeu a ajuda de Iolau.

3. *A corça de Cerínia.* Uma corça velocíssima, do tamanho de um touro, que vivia em Oinoe, consagrada a Ártemis (v.). Euristeu determinou a Heraclés que a capturasse e trouxesse viva. O herói perseguiu-a inutilmente durante um ano, mas afinal conseguiu encurralá-la no monte Artemísion. A corça tentou atravessar ainda o rio Ládon, na Arcádia, e aproveitando essa oportunidade Heraclés feriu-a levemente com uma flecha; o herói pôde então segurá-la e carregou-a nos ombros. Enquanto ele a levava assim através de Arcádia apareceram Ártemis e Apolo (vv.), que o acusaram de haver tentado matar um animal consagrado. Heraclés pôs a culpa em Euristeu e as divindades deram-lhe permissão para continuar a levar a corça consigo.

4. *O javali de Erímanto.* O quarto trabalho imposto por Euristeu a Heraclés foi trazer-lhe vivo um javali monstruoso que devastava a região adjacente ao monte Erímantos. Com seus gritos tonitruantes o herói obrigou a fera a sair de seu covil e forçou-a a ir para a neve que recobria o solo; o monstro perdeu as forças, dando a Heraclés o ensejo de capturá-lo. Em seguida ele o levou em seus ombros até Micenas. Ao ver aquele espetáculo Euristeu ficou de tal maneira apavorado que se ocultou num grande vaso de bronze feito para servir-lhe de abrigo em caso de perigo.

Contava-se que durante essa caçada Heraclés encontrou-se com o centauro Folo (v.), que o recebeu hospitaleiramente, oferecendo-lhe carne assada enquanto comia carne crua. Heraclés pediu vinho e Folo alegou que lá havia apenas um odre, pertencente a todos os centauros. O herói disse-lhe que não havia motivos para temores, mas quando o odre foi aberto os outros centauros, atraídos pelo odor do vinho, correram para a gruta onde morava Folo, armados de tochas, de árvores e até de rochedos. Heraclés teve de lutar contra eles, matando alguns com suas flechas envenenadas. Enquanto enterrava seus companheiros mortos pelo herói, Folo arrancou uma flecha do cadáver de um deles, e perguntou como a flecha, tão pequena, podia causar a morte. Nesse ínterim uma flecha caiu em um de seus pés e o feriu mortalmente. Heraclés proporcionou-lhe funerais condignos.

5. *Os estábulos do rei Augias.* Augias, rei de Élis no Peloponeso, herdara de seus pais rebanhos imensos, mas não mandava remover o esterco acumulado em seus estábulos. Por causa dessa negligência suas terras não recebiam o estrume que as fertilizaria, e tornaram-se estéreis. Querendo humilhar Heraclés, Euristeu impôs-lhe a tarefa de limpar esses estábulos. Antes de realizar o trabalho o herói pediu a Augias, como recompensa, uma parte de seu reino (ou a décima parte de seus rebanhos) se fizesse a limpeza em um dia. Heraclés conseguiu desincumbir-se da tarefa aparentemente impossível desviando o curso dos rios Alfeio e Peneio, de maneira a fazê-los passar por dentro dos estábulos.

Noutra versão da lenda Augias ter-se-ia recusado a dar-lhe a recompensa prometida, e teria expulsado o herói de seu reino. Mais tarde Heraclés entrou em guerra contra ele (v. *Augias*). Euristeu não considerou esse trabalho realizado de acordo com suas ordens, pois o herói obtivera uma recompensa de Augias e portanto não estivera a seu serviço.

6. *As aves do lago Estínfalo.* Viviam nas imediações do lago Estínfalo umas aves monstruosas que se alimentavam de carne humana e alvejavam suas vítimas com suas penas de aço pontiagudas como se fossem flechas. A fim de desalojá-las das florestas impenetráveis onde se refugiavam, Heraclés agitou as castanholas de bronze ganhas de Atena, cujo ruído ensurdecedor as assustou; quando elas apareceram o herói matou-as com suas flechas, cumprindo as ordens de Euristeu.

7. *O touro de Creta.* Num dia em que Minos prometera sacrificar a Poseidon (vv.) qualquer criatura que surgisse das águas, um touro prodigioso saiu do mar. Impressionado com a beleza daquele touro, Minos misturou-o aos seus próprios rebanhos e sacrificou outro a Poseidon. Indignado, o deus fez o animal ficar furioso. Recebendo ordens de Euristeu para trazer-lhe esse touro vivo, Heraclés viajou para Creta, onde pediu a colaboração de Minos; este recusou-lhe auxílio, mas deu-lhe permissão para agir sozinho. Heraclés envolveu o animal numa rede de caça e o capturou. De volta à Grécia com o touro o herói entregou-o a Euristeu, que desejou dedicá-lo a Hera. A deusa, entretanto, não quis aceitar um presente trazido por Heraclés e soltou o touro, que depois de percorrer a Argolis atravessou o istmo de Corinto e chegou à Ática, onde foi morto por Teseu (v.).

8. *As éguas de Diomedes.* Diomedes (v.), filho de Ares e rei dos bistões (o povo mais selvagem da Trácia), possuía quatro éguas, que se chamavam Deino, Lâmpon, Podargo e Xanto; eram animais indomáveis, que tinham de ser presos com correntes de ferro às suas manjedouras de bronze, e atacavam e devoravam os náufragos lançados à costa pelas tempestades. Cumprindo ordens de Euristeu para ir buscá-las, Heraclés desembarcou na região onde elas viviam, subjugou-as e levou-as para a praia, onde teve de enfrentar os bistões, vindos do interior. Na luta o herói matou o rei desse povo e o lançou às suas próprias éguas, que o devoraram.

9. *O cinto de Hipólita.* Por determinação de Euristeu Heraclés viajou para o território das amazonas (v.), a fim de obter o cinto de sua rainha Hipólita; esse cinto havia pertencido a Ares (v.), e tinha sido dado pelo deus a Hipólita para ser símbolo da soberania da rainha sobre suas sú-

ditas, as amazonas. Heraclés partiu numa nau com alguns companheiros, e depois de várias aventuras chegou a Temiscira, nos domínios das amazonas; lá encontrou Hipólita, que se prontificou a entregar-lhe o cinto. A rancorosa Hera, entretanto, disfarçou-se em amazona e provocou uma desavença entre os companheiros de Heraclés e as amazonas, e durante a luta subseqüente o herói matou Hipólita.

Em outra versão da lenda a luta ocorreu durante o desembarque de Heraclés e de seus companheiros. Melanipe, uma das amazonas, foi aprisionada durante a refrega, e para libertá-la Hipólita foi obrigada a entregar o cinto ao herói.

10. *Os bois de Geríon.* Geríon (v.), um gigante filho de Crisáor, possuía na ilha de Erítia, nos confins do Ocidente, rebanhos bovinos imensos, guardados pelo pastor Eurítion com a ajuda de Ortro, o cão monstruoso filho de Tífon e de Êquidna (v.). Ao receber de Euristeu ordens para ir buscar esses rebanhos em paragens situadas além do Oceano (v.), Heraclés pediu a Hélios (v.) (o Sol) a bacia de ouro em que este último navegava durante a noite do Ocidente para o Oriente a fim de reiniciar sua jornada diuturna pelo céu. Hélios relutou mas teve de entregar sua embarcação ao herói, cumprindo uma promessa que lhe fizera quando Heraclés, durante sua passagem pela Líbia, incomodado com o calor insuportável, ameaçou-o de alvejá-lo com suas flechas; para fugir a esse perigo Hélios prometeu emprestar-lhe sua bacia para a travessia do Oceano a caminho de Erítia. Enquanto percorria a Líbia Heraclés livrou a região de numerosos monstros, e para comemorar sua chegada a Tartesso (na costa mediterrânea da Ibéria (a atual Espanha)) erigiu duas colunas – as Colunas de Heraclés, ou de Hércules –, uma no atual rochedo de Gibraltar e outra no de Ceuta, nos dois lados do estreito que separa a África da Europa. Ao chegar a Erítia o herói foi visto quando descia do monte Abas e teve de enfrentar o cão Ortro, que o detectou e avançou contra ele; quando Heraclés empunhou o bordão, Eurítion veio socorrer o cão, mas ambos foram mortos a bordoadas pelo herói.

Após essa façanha Heraclés partiu levando os rebanhos que viera buscar. Avisado por Menoites, guardião dos bois de Hades (v.), cujas pastagens ficavam próximas, Geríon veio correndo para deter Heraclés, e o enfrentou às margens do rio Ântemo, onde o herói o abateu com suas flechas. Heraclés embarcou o gado na bacia de Hélios e atravessou para Tartesso, na outra margem do Oceano. Iniciando a viagem de volta, Heraclés rumou primeiro para o norte, seguindo pela costa da Ibéria, e depois continuou em direção ao leste – a Gália, a Itália e a Sicília – caminho da Grécia. Na antigüidade havia nesse roteiro santuários dedicados ao herói. No trajeto Heraclés teve de repelir ataques de numerosos bandidos, que tentavam despojá-lo dos rebanhos conquistados. Primeiro foi na Ligúria, onde ele matou tantos nativos que lhe faltaram flechas; sem munição, o herói apelou para Zeus, que provocou uma chuva de pedras; usando-as como projéteis, Heraclés eliminou os demais atacantes. Ainda na Ligúria dois bandidos – Alebíon e Dercino, filhos de Poseidon (v.) – tentaram roubar-lhe os bois, mas Heraclés matou-os.

Prosseguindo em seu caminho de volta, o herói chegou a Région (na atual Calábria), onde um dos touros do rebanho desgarrou-se e atravessou a nado o estreito de Messina, que separa a Itália da Sicília. O touro chegou à planície de Êrix, no território dos élimos, cujo rei, Êrix (v.), que deu o nome à região, tentou apoderar-se do animal, mas foi morto por Heraclés. Chegando afinal ao lado grego do mar Jônio, os bois sofreram um ataque de moscardos mandados por Hera e ficaram furiosos, dispersando-se nas proximidades das montanhas da Trácia. Heraclés conseguiu reagrupar uma parte dos rebanhos e levou os animais restantes a Euristeu, que mandou sacrificá-los a Hera.

11. *Cérbero, o cão do inferno.* Depois Euristeu mandou Heraclés ao inferno para trazer-lhe Cérbero (v.). Antes de partir o herói fez-se iniciar nos mistérios de Elêusis, para saber como poderia descer com segurança ao mundo dos mortos. Numa das versões da lenda ele teria feito a viagem a partir de um local chamado "Boca do Inferno", situado nas proximidades de Herácleia do Ponto. Em outra versão o herói teria ido pelo caminho do cabo Tênaro, na Lacônia. Ao vê-lo em seu reino os mortos se apavoraram e fugiram, à exceção de Mêdusa e Meleagro (vv.). Heraclés chegou a desembainhar a espada contra Mêdusa, mas desistiu de atacá-la quando Hermes (v.), seu guia na viagem, lembrou-lhe que se tratava de um simples fantasma. Meleagro comoveu-o a tal ponto contando-lhe o fim de sua vida que ele chorou, e perguntou-lhe se ainda existia alguma de suas irmãs; em face da resposta no sentido de que Dejanira (v.) continuava viva, Heraclés, atendendo a um pedido de Meleagro, prometeu casar-se com ela.

Continuando a caminhar pelo inferno ele encontrou Teseu e Pirítoo (vv.), que embora estivessem vivos foram acorrentados por Hades porque pretendiam raptar Perséfone (vv.). Com o consentimento desta última Heraclés libertou Teseu, enquanto Pirítoo foi condenado a permanecer no inferno como castigo por sua ousadia. Depois Heraclés libertou Ascálafo (v.), aprisionado sob um rochedo enorme.

Heraclés soube que os mortos, se pudessem beber sangue, recuperariam parcialmente a vida. Querendo ajudá-los, o herói resolveu matar alguns bois retirados do rebanho de Hades. Diante da oposição de Menoites, pastor desses rebanhos, Heraclés apertou-o em seus braços e quebrou-lhe várias costelas, e se não fosse a intervenção de Perséfone tê-lo-ia matado. Após essas façanhas preliminares Heraclés chegou à presença de Hades e pediu permissão para levar Cérbero consigo. Hades aquiesceu, impondo-lhe porém a condição de dominar o terrível animal sem se valer de suas armas, usando simplesmente sua couraça e a pele do leão de Neméia. O herói atacou o cão, segurou-o pelo pescoço com as duas mãos, e apesar de picado pelo ferrão existente na extremidade da cauda do monstro dominou-o completamente. Heraclés voltou então ao mundo dos vivos trazendo Cérbero. Vendo o cão, Euristeu apavorou-se e escondeu-se novamente no vaso de bronze que lhe servia de abrigo em situações de extremo perigo. Sem saber o que fazer com Cérbero, Heraclés levou-o de volta a Hades, seu dono.

12. *Os pomos de ouro das Hespérides.* Finalmente Euristeu impôs a Heraclés que lhe trouxesse os pomos de ouro do jardim das Hespérides, situado no nordeste da Líbia ou no sopé do monte Atlas, ou ainda no território dos Hiperbóreos (v.). Esses pomos tinham sido dados por Gaia (a Terra) a Hera como presente por ocasião de seu casamento com Zeus. Maravilhada com a beleza dos pomos, Hera mandou plantá-los em seu jardim junto ao monte Atlas (na Líbia); as filhas de Atlas, entretanto, vinham roubar os pomos, e Hera resolveu pôr como guardião junto à árvore que os produzia um dragão de cem cabeças, filho de Êquidna e de Tífon, chamado Ládon (v.). Além do dragão a deusa incumbiu de proteger a árvore três ninfas do Poente – as Hespérides –, chamadas Aigle, Eríteia e Hesperarêtusa (respectivamente "Brilhante", "Vermelha" e "Arêtusa do Poente"), filhas de Nix (a Noite) e de Érebo.

Querendo saber como se chegava ao jardim das Hespérides, Heraclés viajou em direção ao norte, atravessando a Macedônia. No caminho ele deparou com Cicno (v., (3)), filho de Ares, junto ao rio Equêdoro, e o matou. Em seguida chegou às margens do Erídano (v.), na Ilíria, onde viviam em uma caverna as ninfas do rio, filhas de Zeus e de Têmis (v.). Interrogando-as, o herói ficou sabendo que somente Nereu (v.), o deus marinho, poderia dar-lhe a informação desejada. Levado pelas ninfas ao esconderijo de Nereu, Heraclés encontrou-o adormecido, agarrou-o firmemente e apesar de suas metamorfoses somente o soltou quando ouviu dele a informação desejada. De posse dessa indicação Heraclés chegou ao jardim das Hespérides, matou o dragão Ládon (ou fê-lo cair num sono profundo) e se apossou dos pomos de ouro. Desesperadas por causa da perda dos frutos sob sua guarda, as Hespérides transformaram-se em árvores, a cuja sombra repousaram mais tarde os Argonautas (v.) quando passaram por lá durante sua expedição à Cólquida. O dragão passou a ser a constelação da Serpente.

Noutra versão da lenda, seguindo um itinerário incoerente Heraclés foi das margens do rio Erídano para a Líbia, onde lutou contra o gigante Anteu (v.); depois percorreu o Egito, onde escapou por pouco de ser sacrificado por Búsiris (v.), do Egito encaminhou-se para a Ásia, e na Arábia matou Ematíon, filho de Titono (vv.); saindo de lá percorreu a Líbia até o chamado Mar Exterior (o oceano Atlântico), embarcando em seguida na bacia de Hélios (o Sol), chegando ao sopé do Cáucaso, no lado oposto do mundo. Galgando o Cáucaso o herói libertou Prometeu (v.), cujo fígado sempre renovado uma águia devorava incessantemente. Querendo testemunhar sua gratidão, Prometeu deu-lhe instruções para não colher pessoalmente os frutos prodigiosos, deixando esse encargo a Atlas (v.). Prosseguindo, Heraclés chegou finalmente ao território dos Hiperbóreos, onde foi ao encontro de Atlas, que sustentava o céu sobre seus ombros. O herói ofereceu-se para substituí-lo enquanto o gigante fosse colher três pomos de ouro no jardim das Hespérides, situado nas proximidades. Atlas concordou, mas ao voltar com os pomos disse a Heraclés que ele mesmo iria entregá-los a Euristeu: nesse ínterim o herói continuaria suportando o peso do céu. Heraclés fingiu aceitar a proposta, pedindo entretanto a Atlas que o substituísse por um momento, enquanto punha uma almofada nos ombros. Atlas aquiesceu ingenuamente, e Heraclés, livre do peso, apoderou-se dos pomos deixados por Atlas no chão e fugiu.

Em ambas as versões da lenda, de posse dos pomos Heraclés empreendeu a viagem de volta para entregá-los a Euristeu. Este, sem saber o que fazer com eles, devolveu-os ao herói, que por sua vez os deu a Atena, sua protetora. A deusa, ciente de que os pomos somente podiam crescer no jardim das Hespérides, levou-os de volta às suas guardiãs.

Para outras aventuras de Heraclés, vv. *Alceste*, *Alcioneu*, (2), *Aristeu*, *Argonautas*, *Augias*, *Búsiris*, *Cêrcopes*, *Dexameno*, *Hilas*, *Licáon*, *Litierses*, *Onfale* e *Sileu*.

Expedições de Heraclés.

1. *Contra Tróia.* Laomêdon, na época em que era rei da Troas, prometera a Apolo e a Poseidon (vv.) certa quantia pela construção por essas divindades de muralhas em volta de Tróia, mas não cumpriu a promessa. Querendo punir o rei relapso, Apolo desencadeou uma pestilência contra a cidade, e Poseidon mandou contra ela um monstro marinho que devorava os habitantes. De acordo com um oráculo essas calamidades somente cessariam se Hesione (v.), filha do rei, fosse entregue ao monstro. No dia da entrega da moça ao monstro para ser morta, Heraclés deteve-se em Tróia durante sua viagem de regresso do território das amazonas (v. acima o nono trabalho de Heraclés). Ao tomar conhecimento do sacrifício iminente de Hesione o herói ofereceu-se a Laomêdon para salvá-la, se o rei lhe desse as éguas que Zeus lhe oferecera para compensá-lo pela perda de Ganimedes (v.). Laomêdon aceitou a proposta e Heraclés matou o monstro. O rei, entretanto, recusou-se novamente a cumprir a promessa, e Heraclés prosseguiu em sua viagem de volta à Grécia, ameaçando retornar mais tarde para capturar a cidade.

Terminados os Doze Trabalhos e a servidão a Onfale (v.), Heraclés formou um exército e zarpou para Tróia em dezoito naus. Chegando ao porto da cidade o herói confiou suas naus a Oiclés (v.) e atacou a cidadela à frente de seu exército. Laomêdon empreendeu uma incursão contra as naus e matou Oiclés, mas as tropas de Heraclés vieram defendê-las e Laomêdon teve de retirar-se. Tróia foi cercada e Telamon, fiel companheiro de Heraclés, conseguiu transpor a muralha e penetrou em Tróia, antecipando-se a Heraclés. O herói, contrariado por não ter sido o primeiro, dispunha-se a matar Telamon, mas este começou a juntar pedras. Perplexo, Heraclés perguntou-lhe o que estava fazendo, e a resposta de Telamon foi que pretendia erigir um altar em honra de Heraclés vencedor. O herói comoveu-se e agradeceu. Pouco tempo depois a cidade foi capturada e Heraclés matou com suas flechas Laomêdon e seus filhos, à exceção de Podarces, que com o nome de Príamo (v.) viria a ser rei de Tróia; o herói entregou Hesione a Telamon para ser sua mulher, e concedeu à moça o direito de escolher para seu escravo quem ela quisesse. Hesione escolheu Podarces, seu irmão. Heraclés ponderou que Podarces teria de passar primeiro pela escravidão e depois seria resgatado por ela; Hesione então tirou seu próprio véu e o ofereceu como resgate de Podarces, cujo nome passou daí em diante a ser Príamo por causa do resgate (em grego *príamai* = comprar). Durante a viagem de regresso do herói dessa expedição, Hera provocou uma tempestade que desviou as suas naus para a costa da ilha de Cós. Imaginando que se tratasse de um ataque de piratas, os habitantes da ilha atacaram os tripulantes das naus a pedradas, mas apesar dessa reação Heraclés e seus companheiros desembarcaram e capturaram a cidade protegidos pela escuridão da noite. No combate foi morto Eurípilo, rei de Cós, filho de Poseidon e de Astipálaia, e o próprio Heraclés teria sido gravemente ferido. Depois Heraclés possuiu Calciope, filha de Eurípilo, que teve dele um filho chamado Téssalo.

Em outra versão do desembarque em Cós todas as naus de Heraclés teriam sido destroçadas pela tempestade, menos a do próprio herói. Ao desembarcar de sua nau ele deparou com Antágoras, filho do rei Eurípilo, cuidando de seu rebanho. Premido pela fome, Heraclés pediu-lhe um carneiro, mas Antágoras desafiou-o para um combate singular; se o herói vencesse teria o carneiro. Os habitantes da cidade, chegando ao local durante a luta e pensando que Antágoras estava sendo atacado, avançaram em massa para ajudá-lo. Seguiu-se uma luta violenta, na qual Heraclés levou desvantagem por causa do grande número de atacantes; sem outra alternativa o herói fugiu e ocultou-se na cabana de uma mulher, onde teve de vestir roupas femininas para não ser capturado. Da ilha de Cós Heraclés navegou para Flegras, onde interveio na luta entre os deuses e os *gigantes* (v. *Alcioneu* (1)).

2. *A guerra contra Augias.* Depois de Heraclés haver realizado a proeza de limpar os estábulos de Augias (v., o quinto trabalho de Heraclés acima), este não quis recompensá-lo como prometera e o expulsou de Élis, seu reino. Na ocasião Heraclés teve de conformar-se, pois estava só, mas pensando em vingar-se preparou um exército de arcádios e marchou contra Élis. As tropas de Augias, comandadas por seus sobrinhos Ctêato e Êurito (v. *Molionidas*), infligiram uma derrota completa ao exército de Heraclés, matando Ificlés, seu irmão gêmeo (o herói não participou da luta por estar enfermo). Tempos depois, por ocasião da realização dos terceiros Jogos Ístmicos, Heraclés matou numa emboscada em Cleonas Ctêato e Êurito, enviados aos jogos pelos elidenses. Numa segunda expedição realizada em seguida, Heraclés à frente de seu exército capturou Élis, matou o rei Augias e pôs no trono como sucessor deste último, Fileu, filho do rei, que testemunhara anteriormente a seu favor (v. *Augias*). Após a vitória Heraclés instituiu os Jogos Olímpicos em Olímpia (cidade situada em Êlis).

3. *Expedição contra Pilos.* Neleu era rei de Pilos, e tinha onze filhos, entre os quais destacavam-se Periclímeno, o primogênito, e Nêstor, o mais novo (participante mais tarde da guerra contra Tróia). Depois de matar seu filho Íficlo (v.), Heraclés viajou para Pilos, onde pediu a Neleu que o purificasse do crime. Neleu negou-se a atendê-lo e Periclímeno expulsou-o do reino, embora Nêstor tivesse aconselhado o pai a purificá-lo. Ressentido com Neleu, Heraclés tomou a decisão de vingar-se. Após a vitória contra Augias (v. 2 acima) o herói marchou contra Neleu à frente de um exército. O combate mais importante da guerra foi entre Heraclés e Periclímeno. Valendo-se do dom de transformar-se em qualquer animal, que recebera de Poseidon, seu avô paterno, Periclímeno tomou a forma de uma abelha e pousou no jugo dos cavalos de Heraclés para atacá-lo. Atena, protetora do herói, disse-lhe que o inimigo estava bem perto dele sob a forma de uma abelha. Heraclés a viu e matou-a com uma de suas flechas (ou esmagou-a com os dedos). Participaram desse combate Hera e Ares (feridos pelo herói), e Apolo e Poseidon (vv.). Pilos rendeu-se logo após a morte de Periclímeno, e Heraclés matou Neleu e seus filhos, à exceção de Nêstor, que estava ausente da cidade. Em outra versão da lenda Nêstor foi poupado por ter intercedido junto ao seu pai em favor do herói quando este veio pedir para ser purificado. Heraclés ter-lhe-ia entregado o reino, pedindo-lhe para cuidar da região até a vinda dos Heráclidas (v.).

4. *A guerra contra Esparta.* Depois de expulsarem Tíndaro e Icário (vv.), herdeiros legítimos do trono, Hipocôon e seus vinte filhos passaram a reinar em Esparta. Em face dessa usurpação Heraclés resolveu empreender uma expedição contra Esparta no intuito de repor as vítimas no trono. Depois de pedir ajuda a Cefeu e aos seus vinte filhos, o herói reuniu um exército na Arcádia e partiu para a guerra. Cefeu e seus filhos, que tinham hesitado em juntar-se a Heraclés, morreram durante a batalha decisiva, mas Heraclés matou Hipocôon e seus filhos e repôs Tíndaro no trono. Para comemorar a vitória Heraclés construiu em Esparta um templo dedicado a Atena, sua protetora, e outro a Hera, porque não o perseguiu durante a guerra.

5. *As guerras resultantes da Aliança com Egímio.* A primeira dessas três guerras foi contra os lapitas comandados por Corono, filho de Caineu (vv.). Egímio (v.), o ancestre mítico dos dórios, estava sendo ameaçado pelos lapitas, e para proteger-se propôs uma aliança a Heraclés, oferecendo-lhe um terço de seu reino se fossem vitoriosos juntos. Heraclés venceu facilmente os lapitas, mas abriu mão da recompensa, pedindo a Egímio para dá-la no devido tempo aos Heráclidas.

Em seguida a essa vitória Heraclés reabriu uma antiga rixa com os dríopes, habitantes do monte Parnasso. A origem dessa rixa foi a seguinte. Por ocasião da expulsão do herói e de Dejanira de Calidon, o casal deixou a região levando Hilo, seu filho primogênito. Durante a travessia do território dos dríopes Hilo sentiu fome; vendo Teiodamas, o rei, arando a terra com uma parelha de bois, Heraclés pediu-lhe algo para dar de comer ao filho, mas Teiodamas não atendeu ao herói. Indignado, Heraclés matou um dos bois, cortou-o em pedaços e os comeu com Hilo e Dejanira. Teiodamas correu à cidade e voltou com um grupo de seus súditos. Depois de uma luta encarniçada em que Dejanira teve de combater e foi ferida, Heraclés dominou os atacantes e matou o rei. Então, após a vitória sobre os lapitas, dos quais os dríopes eram aliados, Heraclés enfrentou-os, matou Leagoras, seu rei, e se apoderou de seus domínios. Os dríopes dispersaram-se em três grupos; um deles foi para a Eubéia, onde fundou a cidade de Caristo; outro partiu para Chipre; o terceiro refugiou-se no território onde reinava Euristeu que, levado pelo ódio a Heraclés, acolheu amistosamente seus componentes, dando-lhes terras onde fundaram as cidades de Asine, Eione e Hermione.

A terceira expedição decorrente da aliança com Egímio resultou da conquista por Heraclés da cidade de Ormínion, situada nos contrafortes do monte Pélion. Isso aconteceu porque Amíntor, rei dessa cidade, quis impedir o herói de passar por seu território; em face dessa oposição Heraclés matou o rei e apoderou-se de Ormínion.

Em outra versão da lenda Heraclés, embora já fosse casado com Dejanira, pediu a Amíntor a mão de sua filha Astidâmia; diante da recusa do rei, Heraclés capturou a cidade e levou consigo Astidâmia, com quem teve um filho chamado Ctésipo.

O ocaso de Heraclés, sua morte e apoteose. O casamento de Heraclés com Dejanira, resultante de um compromisso assumido pelo herói com Meleâgro durante sua viagem ao inferno (v. acima o décimo-primeiro trabalho de Heraclés), assinalou o início de seu ocaso, trouxe-lhe a morte e levou-o à apoteose final. Mas, para conquistar Dejanira ele teve de travar uma luta difícil com o deus do rio Aqueloo (v.). Vencida a luta, Heraclés permaneceu com sua mulher em Calidon, no palácio de seu sogro Oineu, até matar involuntariamente Êunomo (v.), filho de Arquíteles, parente de Oineu e pajem deste último. Apesar do perdão de Arquíteles, Heraclés resolveu deixar Calidon e partiu para o exílio com a mulher e o filho Hilo. Durante a viagem ele teve de enfrentar pela terceira vez o centauro Nesso (v.), que vivia às margens do rio Êueno, onde transportava os viajantes de um lado para o outro do rio. Nesso atravessou primeiro Heraclés, e depois voltou para transportar Dejanira, porém durante a viagem tentou violentá-la. A mulher pediu socorro ao herói, que feriu mortalmente o centauro com uma de suas flechas quando ele desembarcou. Antes de expirar, Nesso, querendo vingar-se do herói, disse em segredo a Dejanira que se algum dia Heraclés deixasse de amá-la ela poderia reconquistá-lo valendo-se de um filtro de amor feito com o sangue saído de seu ferimento. Acreditando em suas palavras, Dejanira recolheu o sangue de Nesso e guardou-o, sem saber que se tratava de um veneno terrível.

Prosseguindo em sua viagem para o exílio Heraclés encontrou-se com Teiodamas e teve de combater contra os dríopes, mas afinal o herói, Dejanira e Hilo conseguiram chegar aos domínios de Cêix (v.), que os recebeu amistosamente e os hospedou. Para demonstrar sua gratidão, Heraclés efetuou várias expedições por causa de Cêix.

Nesse ínterim o herói matou Ífito (v.), filho de Êurito, e em decorrência desse infortúnio foi novamente acometido pela loucura. Querendo saber do oráculo como poderia purificar-se do crime, Heraclés dirigiu-se a Delfos, onde a Pítia (v.) negou-se a responder-lhe. Transtornado, ele quis saquear o santuário, chegando a apoderar-se da trípode profética com a intenção de instalar um oráculo seu. A intervenção de Apolo a favor de sua sacerdotisa levou Heraclés a entrar em luta contra o deus, obrigando Zeus a lançar um de seus raios a fim de separar os contendores. O herói acalmou-se e a Pítia finalmente proferiu o oráculo: para purificar-se Heraclés teria de vender-se como escravo e servir nessa condição durante três anos.

O herói sujeitou-se a mais essa provação e foi comprado por Onfale, rainha da Lídia. A importância paga pela rainha foi oferecida a Êurito como reparação pela morte do filho, mas Êurito recusou esse dinheiro.

As façanhas de Heraclés durante os três anos que passou como escravo de Onfale foram a captura dos Cêrcopes e os combates contra Litierses e Sileu (vv.). Nos momentos de lazer o herói e a rainha amavam-se, e Heraclés submeteu-se de tal maneira a ela que abandonou seus hábitos austeros e passou a vestir-se à maneira das mulheres lídias, enquanto Onfale usava seu bordão e sua pele de leão. Nesse mesmo período Heraclés pediu em casamento Iole, filha de Êurito (v., (1)), rei de Ecália, antes de juntar-se a Onfale. Diante da recusa do rei, o herói atacou e capturou Ecália e fez de Iole sua concubina.

Após a vitória sobre Êurito, Heraclés resolveu erigir um altar a Zeus a fim de comemorar o seu feito, e mandou seu companheiro Licas a Traquis para pedir a Dejanira uma túnica que iria vestir durante a cerimônia. Licas revelou então a Dejanira que o marido estava desinteressado dela por causa de Iole, e ela resolveu recorrer ao falso filtro de amor que o centauro Nesso lhe dera pouco antes de morrer; movida pelo ciúme e pensando em reacender o amor do marido por ela, Dejanira impregnou uma túnica no sangue de Nesso e entregou-a a Licas. Ignorando a maquinação de sua mulher, Heraclés vestiu a túnica e passou a oferecer o sacrifício propiciatório a Zeus. Em contacto com o seu corpo o veneno mortal contido no sangue do centauro passou da túnica para a pele do herói e o contaminou. Desatinado com as dores provocadas pelo veneno, Heraclés lançou Licas no mar e tentou desfazer-se da túnica fatal, mas o tecido aderira ao seu corpo e quando era puxado arrancava-lhe a carne. Nesse estado deplorável ele foi levado para Traquis. Vendo a desgraça que provocou sem querer, Dejanira suicidou-se. Heraclés, alucinado pela dor, pediu que o levassem para o topo do monte Oita, próximo a Traquis, preparou uma enorme pira e subiu à mesma, ordenando aos servos que lhe ateassem fogo; como nenhum deles obedecesse, Filoctetes (v.), presente na ocasião, cumpriu a ordem do herói. Para recompensá-lo Heraclés entregou-lhe seu arco e suas flechas.

Enquanto o fogo da pira crepitava ouviu-se uma trovoada ensurdecedora e Heraclés subiu ao céu numa nuvem. Noutra versão de sua morte, desvairado com as dores provocadas pelo veneno do sangue de Nesso que impregnara a túnica e o envolvera em chamas devoradoras, lançou-se a um riacho existente nas proximidades de Traquis, numa tentativa para extingui-las, porém morreu afogado. As águas desse riacho, situado entre a Tessállia e a Focis, desde então tornaram-se quentes, e deram origem a uma fonte termal ainda hoje existente no local, conhecido na antigüidade como Termópilas.

Chegando à morada dos deuses olímpicos, Heraclés reconciliou-se com Hera e casou-se com Hebe, a deusa da juventude, ganhando a imortalidade.

O Hércules (v.) romano é uma réplica latina de Heraclés. Sófocles em sua tragédia *Traquínias*, e Eurípides no *Heraclés Furioso*, inspiraram-se em episódios da lenda de Heraclés.

Heráclidas (G. *Heraklêidai*). Em sentido estrito os filhos de Heraclés (v.), e em sentido amplo todos os descendentes do herói. São especialmente chamados de Heráclidas na mitologia grega os descendentes diretos de Heraclés e Dejanira (v.), conquistadores do Peloponeso. Em seguida à apoteose de Heraclés, seus filhos, privados da proteção paterna e temerosos do rancor de Euristeu (v.), partiram para Traquis, onde se puseram sob a proteção do rei Cêix (v.), amigo do herói. Euristeu, entretanto, quis que Cêix os expulsasse de Traquis, e Cêix, também receoso de Euristeu, mandou-os embora dizendo-se impossibilitado de oferecer-lhe um asilo seguro. Os Heráclidas reiniciaram sua viagem rumando para Atenas, onde Teseu (v.) prontificou-se a defendê-los. Euristeu declarou guerra a Teseu e marchou com um exército contra Atenas. Na batalha travada em seguida morreram os cinco filhos do rei atacante – Alexandre, Euríbio, Ifimêdon, Mêntor e Perimedes –, e o próprio Euristeu teve de fugir; Hilo (ou Iolau), um dos Heráclidas, perseguiu-o e matou-o nas proximidades das rochas Esquirônias (v. *Euristeu*). O preço da vitória dos Heráclidas e dos atenienses, seus protetores, foi o sacrifício de uma das filhas de

Heraclés, chamada Macária, que se prontificou a morrer quando o oráculo proclamou que os atenienses seriam os vencedores se sacrificassem uma virgem de família ilustre. Após a morte de Euristeu os Heráclidas rumaram para o Peloponeso, pátria de seu pai, à qual Heraclés sempre tentara regressar. Sob o comando de Hilo eles ocuparam sem maiores dificuldades todas as cidades peloponésias, dispostos a fixarem-se para sempre na região.

Um ano depois de sua chegada manifestou-se no Peloponeso uma pestilência, atribuída pelo oráculo à volta dos Heráclidas antes do tempo determinado pelo destino. Acatando o oráculo, eles voltaram à Ática, instalando-se na planície de Maratona e alimentando constantemente a esperança de retornar ao Peloponeso. Hilo, que era o filho mais velho de Heraclés e se casara com Iole, a concubina do herói, a pedido deste, foi então na qualidade de chefe dos Heráclidas consultar o oráculo de Delfos quanto ao retorno. A Pítia respondeu que seu desejo seria satisfeito depois da "terceira safra". À frente de seus irmãos Hilo avançou em direção ao istmo de Corinto, mas deparou com o exército de Êquemo (v.), rei de Tegéia, desafiou-o para um combate singular e foi morto por ele. Mais tarde seu neto Aristômaco voltou a Delfos para ouvir o oráculo; dessa vez a resposta foi que os deuses dariam a vitória aos Heráclidas se eles atacassem "pelo caminho estreito". Pensando que se tratasse do istmo, Aristômaco iniciou o ataque por aquela região e foi morto nessa segunda derrota dos Heráclidas. Muitos anos depois Têmeno (v.), o filho primogênito de Aristômaco, fez a mesma pergunta ao oráculo, que apenas repetiu as respostas anteriores. Têmeno replicou que seu pai e seu avô tinham sido derrotados e mortos seguindo as respostas do deus. Por intermédio da Pítia, Apolo disse-lhe que a culpa não fora sua, e sim deles, que não haviam interpretado corretamente os oráculos anteriores, e acrescentou que a "terceira safra" significava a terceira geração, e que o "caminho estreito" era o canal entre a costa da Grécia continental e a do Peloponeso.

Têmeno ficou satisfeito porque ele e seus irmãos constituíam a terceira geração a partir de Hilo, e começou a preparar uma frota na costa da Locris, na cidade de Náupacto, cujo nome em grego significa "construção de uma nau". Durante a estada de Têmeno em Náupacto com seu exército, seu filho primogênito, chamado Aristôdemo, pai dos gêmeos chamados Euristenes e Proclés, morreu fulminado por um raio. Um dia, enquanto o exército esperava a conclusão da frota, aproximou-se do acampamento um adivinho chamado Carno. Embora ele viesse com boas intenções os Heráclidas imaginaram que se tratava de um feiticeiro mandado pelos peloponésios para trazer-lhes má sorte. Hipotes (v.), um dos Heráclidas, filho de Filas e neto de Antíoco, feriu-o mortalmente com sua lança. Imediatamente formou-se uma tempestade que destroçou a frota, enquanto a falta de víveres provocava a dispersão do exército.

Em face daqueles desastres Têmeno procurou novamente o oráculo e ouviu da Pítia que sua causa fora a cólera divina, provocada pela morte do adivinho. A Pítia acrescentou que o assassino deveria ser banido durante dez anos, e que os Heráclidas teriam de levar como guia da expedição uma criatura de três olhos. Obedecendo ao deus, Têmeno baniu Hipotes. Pouco tempo depois apareceu no acampamento um homem cego de um olho montado a cavalo, e os Heráclidas o receberam como a "criatura de três olhos" mencionada pelo oráculo. Esse homem era Óxilo (v.), rei de Élis, expulso de sua cidade havia um ano por causa de um homicídio involuntário. Convidado pelos Heráclidas, Óxilo concordou em servir de guia se como recompensa recebesse de volta o reino de Élis. Os Heráclidas avançaram então contra os peloponésios e dessa vez saíram vitoriosos, matando seu rei, Tisámeno, filho de Orestes (vv.). Após a vitória os Heráclidas construíram um altar em honra de Zeus Paternal e dividiram o Peloponeso entre eles, à exceção de Élis, cujo trono restituíram a Óxilo, e da Arcádia, que continuou com Cípselo (v.), rei da região, que se mostrou amigo dos Heráclidas (ou, segundo outra versão da lenda, deu sua filha Merope em casamento a Cresfontes (vv.)).

Hercina (G. *Herkyna*). Ninfa de uma fonte situada na cidade de Lebádia, na Beócia. Ela teria sido companheira de Perséfone antes do rapto desta última por Hades (vv.) quando ambos brincavam despreocupadamente. Em certa ocasião uma gansa pertencente às duas companheiras fugiu e foi esconder-se em uma gruta, sob uma pedra. Perséfone saiu à procura da ave, e para segurá-la teve de levantar a pedra; no local surgiu uma fonte perene, chamada Hercina, onde se purificavam os freqüentadores do oráculo de Trofônio (v.), que ficava nas proximidades da gruta.

Hércules (L.). Forma alatinada do nome do herói grego Heraclés (v.), introduzido na Itália pelos colonos gregos instalados no sul do país antes da fundação de Roma. Entre os enxertos feitos pelos romanos na lenda grega está o episódio de Caco (v.), contado por Evandro (v.) na *Eneida* e inventado provavelmente para explicar a presença de um altar de Hércules no *Forum Boarium* em Roma. A exemplo dos gregos em relação a Heraclés, os romanos atribuíam "trabalhos" dificílimos a Hércules – por exemplo a construção de um dique entre o mar e o lago Lucrino na Campânia.

Hermafrodito (G. *Hermaphrôditos*). Filho de Hermes e de Afrodite (vv.), criado pelas ninfas nas florestas do monte Ida, na Frígia. Hermafrodito era extraordinariamente belo, e aos quinze anos saiu do Ida para conhecer o mundo. De passagem pela Cária ele chegou à beira de um lago maravilhoso, cuja ninfa, chamada Sálmacis como o lago, apaixonou-se perdidamente por ele. Sálmacis tentou atraí-lo, mas Hermafrodito mostrou-se indiferente; a ninfa não desistiu e continuou a segui-lo, surpreendendo-o num dia em que ele, atraído pela limpidez das águas do lago, despiu-se e mergulhou. Vendo-o em seu lago, Sálmacis foi até onde ele estava e o abraçou. Hermafrodito tentou inutilmente afastá-la, e ela suplicou aos deuses que fizessem de seus dois corpos um corpo único e inseparável. Os deuses ouviram-na e transformaram os dois numa nova criatura bissexual. Hermafrodito, por seu turno, obteve dos deuses que privasse da virilidade qualquer homem que se banhasse nas águas do lago Sálmacis.

Hermes (G. *Hermés*). Filho de Zeus (v.) e de Maia (v., (1)), nascido numa caverna do monte Cilene, na Arcádia. No mesmo dia de seu nascimento o deus demonstrou uma precocidade prodigiosa, indo até a Tessália, onde Apolo (v.), seu irmão, cuidava dos rebanhos de Ádmeto (v.). Apolo, distraído com seu amante Himeneu (v.), filho de Magnes, esqueceu por momentos os rebanhos, e Hermes roubou-lhe numerosas reses. Em seguida amarrou um ramo de árvore à cauda de cada rês para apagar os rastros, e depois de subornar um velho chamado Bato (v.) (a única testemunha do roubo) levou-as através da Grécia até Pilos. Lá Hermes sacrificou duas das reses roubadas e cortou-as em doze pedaços, um para cada um dos doze deuses do Olimpo. Após esconder as reses restantes ele voltou à caverna do monte Cilene. Em frente à caverna Hermes encontrou uma tartaruga, apanhou-a, abriu-a, tirou-lhe as vísceras e pôs na carapaça cordas feitas com as tripas das reses que matara, fazendo assim a primeira lira. Nesse ínterim Apolo, que procurava suas reses por toda parte, chegou afinal a Pilos, e por meio de Bato ficou sabendo onde estavam os animais roubados. Apolo subiu então ao monte Cilene e relatou a Maia a façanha do filho dela. Maia não acreditou e mostrou ao deus o recém-nascido de fraldas em seu berço, censurando Apolo por acusá-lo. Inconformado, Apolo chamou Zeus, que deu ordens à criança para devolver os animais roubados, indiferente aos seus protestos de inocência. Apolo, entretanto, viu no interior da caverna a lira nas mãos de Hermes e ouviu os sons que este tirava do instrumento por ele criado. Encantado, Apolo trocou os animais roubados pela lira. Além desse instrumento Hermes inventou a flauta; Apolo desejou também possuí-la, e ofereceu em troca o cajado de ouro que usava para cuidar dos rebanhos de Ádmeto. Não satisfeito, Hermes quis receber também de Apolo lições de arte da profecia. Este último aceitou a proposta, e o cajado de ouro passou a ser um dos atributos de Hermes (o caduceu).

Zeus, orgulhoso com o espírito inventivo e a atuação do filho mais novo, designou-o para ser o seu arauto e prestar o mesmo serviço a Hades e a Perséfone (vv.), rei e rainha do inferno. Na luta entre os deuses e os gigantes Hermes teve a idéia de usar o capacete de Hades, e aproveitando-se da invisibilidade que o mesmo proporcionava a quem o usava, matou o gigante Hipólito. Em outra luta – a dos deuses contra os Aloadas (v.) –, Hermes salvou Ares tirando-o do vaso de bronze onde os dois gigantes o puseram. Ele também salvou Zeus na luta contra Tífon (v.); para isso roubou os tendões do deus, arrancados por Tífon e deixados sob a guarda de Delfine, um monstro em forma de mulher da cintura para cima e de serpente da cintura para baixo.

Mas Hermes aparece nas lendas principalmente como mensageiro de Zeus e das divindades infernais. Entre outras missões nessa condição ele veio perguntar a Deucalião (v.) após o dilúvio, qual era o seu desejo, entregou a espada a Heraclés, o capacete de Hades e as sandálias atadas a Perseu, permitindo-lhe agir sem ser visto e voar, e a lira a Anfíon (vv.). Hermes ajudou Ulisses (v.) duas vezes durante o retorno do herói de Tróia para Ítaca (vv. *Ulisses* e *Circe*). Ele cuidou também de Heraclés na descida deste ao inferno.

Hermes era o protetor dos comerciantes e dos ladrões, e guiava os viajantes; por causa desta sua última atribuição havia nas encruzilhadas bustos seus sobre pilares baixos (as hermas), nos quais apareciam os órgãos sexuais do deus. Como Hermes Crióforo ("carregador de cordeiro") ele protegia os pastores. Uma de suas funções era levar as almas dos mortos ao inferno, e em seu desempenho Hermes recebia o epíteto de Psicopompo ("acompanhante das almas"). De seus numerosos casos amorosos, principalmente com ninfas, Hermes deixou muitos filhos, entre os quais se destacavam Autólico (v.), avô de Ulisses, famoso como o pai por causa de sua eficiência na arte de furtar; e Êurito, um dos Argonautas (vv.). Atribuía-se também a Hermes a paternidade de Pan, que o deus teria tido com Penélope (v.), numa versão da lenda que contraria a fama de fidelidade conjugal absoluta da mulher de Ulisses. Vv. também *Argos* e *Ió*.

Os romanos identificavam seu deus Mercúrio (v.) com Hermes.

Hermione (G.). Filha única de Helena e de Menelau (vv.). Numa das versões da lenda seu pai, antes de partir para Tróia, prometeu-a em casamento a Neoptólemo, filho de Aquiles (vv.), e celebrou as núpcias quando regressou à Lacedemônia após a queda de Tróia. Em outra versão, adotada pelos poetas trágicos, Menelau acertou o noivado de Hermione com Orestes (v.) antes de partir. Durante a guerra ele teria mudado de idéia e prometeu a filha a Neoptólemo, depois de Heleno (v.) revelar que a vitória dos gregos sobre os troianos dependia da participação do filho de Aquiles (v. *Neoptólemo*). Finda a guerra, Neoptólemo veio casar-se com Hermione, e Orestes teve de renunciar a ela (numa variante dessa versão da lenda Hermione já estaria casada com Orestes, mas mesmo assim Menelau a entregou a Neoptólemo). Hermione não teve filhos com Neoptólemo, e este resolveu ir perguntar ao oráculo de Delfos a causa da esterilidade de sua mulher. Durante essa viagem Orestes matou Neoptólemo, ou induziu os habitantes da cidade a matá-lo por ocasião de um tumulto. Após a morte de Neoptólemo Hermione casou-se com Orestes, e teve com ele um filho chamado Tisámeno (v.).

Hermocares (G. *Hermokhares*). Um rapaz ateniense que se apaixonou por Ctesila, uma moça originária da ilha de Cós, ao vê-la dançar junto ao altar de Apolo Pítio. Hermocares escreveu num pomo um juramento em que a moça, invocando Ártemis (v.), prometia casar-se com ele (v. *Acônito* para um estratagema idêntico). Ctesila apanhou o pomo e leu a frase em voz alta, ficando portanto comprometida com o rapaz. Constrangida, Ctesila apressou-se em lançar o pomo à distância. Inconformado, Hermocares dirigiu-se a Alcidamas, pai da moça, e a pediu em casamento. Alcidamas acolheu o pedido e jurou solenemente que ela seria esposa de Hermocares, tomando Apolo como testemunha. Passado algum tempo Alcidamas, esquecendo o juramento, acertou o noivado da filha com outro pretendente; no momento em que Citesila oferecia a Ártemis um sacrifício comemorativo do noivado, Hermocares apareceu no templo; Ártemis fez com que a moça, ao vê-lo, ficasse perdidamente apaixonada por ele, e com a cumplicidade de sua ama os dois fugiram e foram casar-se em Atenas. Ctesila teve um filho de Hermocares, mas morreu durante o parto, punida pelos deuses por causa do perjúrio de seu pai. Na hora dos funerais os presentes viram uma pomba voar do féretro de Ctesila, cujo corpo desapareceu misteriosamente. Um oráculo ordenou a Hermocares e aos habitantes de Cós que passassem a cultuar Afrodite Ctesila, pois a moça fora divinizada com esse nome.

Hero (G.). Uma moça da cidade de Sesto, amada por Leandro (v.) e causadora involuntária de sua morte. Leandro era um rapaz de Ábidos, e tornou-se amante de Hero, sacerdotisa de Afrodite (v.) em sua cidade natal, situada na margem do Helésponto oposta a Sesto. Leandro atravesssava o estreito todas as noites a nado, orientando-se por uma tocha que Hero acendia no topo de uma torre existente no local onde vivia. Certa noite a tocha apagou-se por causa de uma tempestade, e Leandro, desorientado por causa da escuridão do mar, não conseguiu chegar à outra margem, onde estava Hero. Depois de uma espera angustiosa, às primeiras horas do dia seguinte Hero viu o cadáver de Leandro jogado pelo mar ao pé da torre, e não resistindo ao desespero lançou-se do alto da mesma, perecendo ao lado do amante morto.

Herófila (G. *Herophile*). A segunda Sibila (v.), nascida antes da Guerra de Tróia (v.) em Marpesso, na Troas, filha de uma ninfa e de Teodoro, pastor no monte Ida. Em seu primeiro oráculo ela predisse que uma mulher criada em Esparta causaria a destruição de Tróia. Depois de proferir oráculos em Claros, Delos e Samos, ela chegou a Delfos, profetizando sentada numa pedra que levava sempre consigo. Herófila morreu em sua terra natal, onde ainda nos tempos históricos os habitantes mostravam o seu túmulo num bosque dedicado a Apolo Esminteu (v. *Apolo*).

Herse (G.). Uma das filhas de Cêcrops (v.) e irmã de Pândroso e de Áglauro. Herse cometeu uma indiscrição abrindo com suas irmãs a cesta na qual Atena lhes confiara Erictônio (vv.) recém-nascido. Punida com a loucura por Atena, Herse matou-se precipitando-se do alto do rochedo da Acrópole.

Segundo outra versão da lenda a culpa teria sido apenas de sua irmã Áglauro; Herse não chegou a ser castigada e foi amada por Hermes (v.), de quem teve um filho chamado Céfalo.

Hersília (L.). Uma das sabinas mais nobres entre as raptadas pelos romanos comandados por Rômulo. Por ocasião do rapto ela já era casada com Hostílio, um sabino morto durante a guerra travada entre os romanos e os sabinos. Hersília casou-se com um dos companheiros de Rômulo (v.) também chamado Hostílio, e teve com ele um filho, Hosto Hostílio, que veio a ser o pai de Tulo Hostílio. Durante a guerra entre os dois povos Hersília atuou destacadamente como mediadora entre os grupos em luta, contribuindo assim para a paz.

Em outra versão da lenda Hersília aparece como mulher de Rômulo, de quem teve uma filha – Prima – e um filho – Aólio –, mais tarde chamado Avílio. Em seguida à apoteose de Rômulo ela foi envolvida por uma chama vinda do céu e levada também para a morada dos deuses.

Hesione (G.). (1) Uma das Oceanides e mulher de Prometeu (v.).

(2) Filha de Laomêdon, rei de Tróia, e mulher de Telamon, de quem teve um filho chamado Teucro (vv.). Contava-se a propósito de seu casamento que, quando Laomêdon (v.) negou-se a pagar a Poseidon e a Apolo (vv.) o salário prometido pela construção das muralhas de Tróia, Poseidon, indignado, mandou contra a região um monstro marinho que devorava os habitantes. Respondendo a uma consulta, o oráculo revelou que a cólera do deus somente cessaria se fosse imolada ao monstro a própria filha do rei; os troianos prenderam Hesione a um rochedo, expondo-a assim ao monstro. Nessa ocasião chegou ao local Heraclés (v.), que se prontificou a matar o monstro se Laomêdon lhe desse suas éguas. Laomêdon concordou, mas depois de ver a filha salva recusou-se a cumprir a promessa. Heraclés, que no momento estava só, nada fez, mas decorrido algum tempo voltou a Tróia à frente de uma expedição e capturou-a. Telamon foi o primeiro atacante a galgar a muralha, e para recompensá-lo Heraclés deu-lhe Hesione em casamento.

(3) Mulher de Náuplio (v.) um dos pilotos da nau dos Argonautas (v.), e mãe de Nausimêdon, de Dias e de Palamedes (vv.).

Hespérides (G.). Ninfas do Poente, filhas de Nix (a Noite), ou de Atlas e de Hespéris, ou de Zeus e de Têmis, ou ainda de Forcis e de Cetó (vv.). As Hespérides geralmente são três – Aigle, Eritéia e Hesperarêtusa (respectivamente "Brilhante", "Vermelha" e "Arêtusa do Poente"); às vezes, entretanto, o nome da última é desdobrado em Hespéria e Arêtusa, e elas passam a ser quatro. Moravam nos confins do Ocidente, perto das Ilhas dos Bem-Aventurados (v. *Elísion*), às margens do Oceano (v.), ou, em outra versão da lenda, no sopé do monte Atlas (no norte da África). As Hespérides eram as guardiãs do jardim dos deuses, cenário de seus cantos em coro junto às fontes de onde jorrava a ambrosia; lá cresciam os pomos de ouro, presente de Gaia (a Terra) a Hera por ocasião de suas núpcias com Zeus (vv.); ajudava-as a zelar pelos pomos um dragão, filho de Forcis e de Cetó (portanto seu irmão numa das versões da lenda), ou de Tífon e de Êquidna (vv.). As Hespérides estão ligadas à lenda de Heraclés (v.), pois um dos trabalhos impostos por Euristeu (v.) ao herói foi a busca desses frutos prodigiosos (v. o décimo segundo trabalho no verbete *Heraclés*).

Em outra versão da lenda as Hespérides eram sete filhas de Atlas e de Hespéris, possuidoras de enormes rebanhos de carneiros (em grego *mela* significa "pomos" e "carneiros"). Búsiris (v.), rei do Egito, cujos domínios chegavam até as proximidades do local onde viviam as Hespérides, mandou alguns bandidos roubarem os rebanhos e raptar as suas guardiãs. Nessa ocasião Heraclés chegou à região, matou os bandidos, libertou as Hespérides e as restituiu a Atlas. Para recompensar o herói, Atlas entregou-lhe o que ele viera buscar (não se esclarece nessa versão da lenda se os pomos ou os rebanhos).

Héspero (G. *Hêsperos*). A divindade da estrela vespertina, filho ou irmão de Atlas (v.), que escalou pela primeira vez o monte Atlas para observar melhor as estrelas. No cume do monte Héspero foi envolvido por uma tormenta e desapareceu. Os habitantes da região, conhecedores de sua bondade, supuseram que ele se transformara numa estrela e passaram a chamar de Héspero o astro benfazejo que traz consigo a noite reparadora das fadigas. Héspero, que em lendas tardias é identificado com o astro Fósforo (o Lúcifer dos romanos), seria o pai de Hésperis, que se casou com Atlas e com ele se tornou mãe das Hespérides (v.).

Hestia (G.). Deusa da lareira e sua personificação, filha primogênita de Cronos e de Rea (vv.), e irmã de Zeus e de Hera (vv.). Conseguindo livrar-se das investidas amorosas de Poseidon e de Apolo (vv.), ela obteve de Zeus a preservação de sua virgindade para sempre. Zeus distinguiu-a com a honraria de ser cultuada nos templos de todos os deuses e nos lares de todos os mortais, e era a única divindade que nunca se afastava do monte Olimpo; lá, em sua imobilidade, Hestia era o centro da devoção divina e o símbolo do lar e da família, da mesma forma que as lareiras domésticas eram o centro religioso das casas dos homens. A Vesta dos romanos corresponde etimologicamente e em termos de culto à Hestia dos gregos.

Híades (G. *Hyades*). Uma constelação próxima às Plêiades (v.), que aparecia no início da primavera, coincidindo com a estação chuvosa (*hýein* em grego = chover). Dizia-se que essas estrelas tinham sido ninfas e eram filhas da oceanide Pleione (ou Aitra) e de Atlas (v.), ou de Melisseu (rei de Creta), ou de Erecteu, ou de Cadmo, ou finalmente de Hias (vv.). As Híades geralmente eram sete: Aisile (ou Faisile), Ambrosia, Coronis, Dione, Eudora, Faió e Polixó (algumas fontes mencionam apenas duas). Antes de se transformarem em estrelas as Híades tinham criado Dióniso (v.), sendo por isso chamadas Ninfas de Nisa (lugar para onde foi levado o deus após o seu nascimento). Temendo o rancor de Hera (v.), elas entregaram seu filho de criação a Inó e foram refugiar-se junto a Tetis (vv.), sua avó. Para resguardá-las da perseguição de Hera, Zeus transformou-as em constelação.

Em outra versão da lenda as Híades choraram inconsolavelmente a morte de seu irmão Hias e morreram de tristeza; numa terceira versão sua dor levou-as afinal ao suicídio; nas três versões elas se transformaram em constelação após a morte.

Híamo (G. *Hýamos*). Filho de Licoreu (v.), ou Lícoros. Casou-se com Melantéia, filha de Deucalião (v.), e teve dela uma filha chamada Melainis (ou Celainó), mãe de Delfos, herói epônimo da cidade do mesmo nome numa das versões relativas à fundação de Delfos. Híamo teria sido o fundador da cidade de Hia.

Hias (G. *Hyas*). Filho de Atlas e de Pleione, e irmão das Híades e das Plêiades (vv.). Durante uma caçada na Líbia, Hias foi morto por uma serpente (ou um javali, ou ainda por um leão, segundo as várias versões da lenda). Suas irmãs morreram de tristeza (ou se suicidaram), transformando-se em seguida numa constelação.

Hidra de Lerna (G.). Uma serpente monstruosa, filha de Tífon e de Êquidna, morta por Heraclés (vv.). O sangue do monstro serviu para Heraclés envenenar suas setas mortíferas, e numa fonte divergente constituiu o veneno fatal entregue por Nesso a Dejanira (v.) como se fosse um filtro de amor.

Hierá (G.). Uma troiana mais bela que Helena (v.); era casada com Télefo, de quem teve dois filhos chamados Tárcon e Tírseno. Por ocasião da primeira expedição dos gregos contra Tróia e de seu desembarque na Mísia, ela se opôs aos atacantes à frente das mulheres da região, mas foi morta por Nireu. Vv. *Aquiles* e *Télefo*.

Hiêrax (G.). (1) Um homem muito rico, habitante do território dos mariandinos, nas proximidades da Troas. Hiêrax cultuava fervorosamente Deméter (v.), que retribuía a sua devoção proporcionando-lhe colheitas abundantes. Quando a penúria de alimentos provocada por Poseidon atormentava os habitantes da Troas, os troianos recorreram a Hiêrax, que os salvou do aniquilamento fornecendo-lhes cereais em abundância. Poseidon, entretanto, castigou-o transformando-o em falcão (em grego *hiêrax* = falcão).

(2) Um tagarela que com sua indiscrição impediu Hermes de libertar Ió, guardada por Argos (vv.), obrigando o deus a matar este último.

Híeto (G. *Hýettos*). Um habitante de Argos, que matou Môluro, filho de Arisbas, ao encontrá-lo cometendo adultério com sua mulher. Em seguida ao homicídio Híeto abandonou Argos e foi asilar-se em Orcômeno, na corte do rei da região, cujo nome também era Orcômeno. Lá ele fundou uma cidade com o seu nome, em terras oferecidas pelo rei.

Higíeia (G. *Hygíeia*). A personificação da saúde, tida como uma das filhas de Asclépio (v.) e participante de seu cortejo.

Hílaira (G.). Uma das Leucipides (v.).

Hilas (G. *Hylas*). Um rapaz belíssimo, filho de Teiodamas, rei dos dríopes. Heraclés (v.) apaixonou-se por ele e depois de matar Teiodamas levou Hilas consigo, fazendo-o participar da expedição dos Argonautas (v.) em sua companhia. Durante uma escala da nau *Argó* na Mísia, Hilas foi incumbido de ir buscar água numa fonte afastada do porto. As ninfas locais, deslumbradas com sua beleza, raptaram-no para torná-lo imortal. Polifemo, outro companheiro de Heraclés, notou a falta de Hilas e o procurou durante muito tempo, mas em vão. Heraclés juntou-se a Polifemo na busca, e os Argonautas, depois de uma longa espera, partiram sem eles. Polifemo fundou no local a cidade de Cio, que mais tarde passou a chamar-se Prusa. Heraclés, imaginando que os mísios tivessem raptado Hilas, obrigou-os a irem procurá-lo deixando reféns com o herói. Até os tempos históricos os mísios realizavam anualmente uma festa solene, na qual os sacerdotes marchavam em direção a uma montanha próxima e gritavam três vezes chamando Hilas.

Hileu (G. *Hylaios*). Um dos centauros arcádios que tentaram raptar Atalante (v.). Hileu feriu Milânion, um dos pretendentes a Atalante, mas foi morto por esta com uma flecha. Em outra versão da lenda Hileu participou da luta entre os lapitas e os centauros, durante a qual foi morto por Teseu (v.). Numa variante dessa versão Heraclés matou-o após o combate junto à caverna de Folo (v.).

Hilo (G. *Hyllos*). Filho de Heraclés e de Dejanira (vv.). Seu nome devia-se a um rio da Lídia, afluente do Hermo, que se chamava Hilo por causa de um gigante homônimo, filho de Gaia (a Terra), cuja ossada apareceu após uma inundação. Em outra versão da lenda Hilo é mencionado como sendo filho de Heraclés e de Onfale (v.), ou de Heraclés e de Melita, ninfa da Feácia, com quem o herói se unira por ocasião de seu exílio nessa região após o assassínio de seus filhos. Nesta última versão Hilo levou consigo alguns feácios para a Ilíria, onde fundou uma colônia; mais tarde foi morto pelos ilírios, depois de ter dado o seu nome aos hileus do Épiro. Na versão em que Hilo aparece como filho de Dejanira seu nascimento ocorreu em Calidon, e já estava crescido quando Heraclés foi asilar-se na corte de Cêix. Ao morrer Heraclés pediu-lhe para casar-se com Iole (v.). Quando os Heráclidas, fugindo à perseguição de Euristeu (vv.), foram refugiar-se, na Ática, Hilo, na qualidade de filho mais velho de Heraclés, aparece como comandante dos mesmos. Depois de matar Euristeu, Hilos foi morar em Tebas, onde juntou-se a Alcmene (v.), sua avó. Posteriormente ele tentou levar os Heráclidas para o Peloponeso, pátria de Heraclés, porém pereceu num combate singular com Êquemo (v.), rei de Tegéia.

Hilonome (G. *Hylonome*). Uma centaura casada com o centauro Cílaro. Durante o combate entre os centauros e os lapitas nas núpcias de Pirítoo, Cílaro foi morto, e Hilonome, que não queria viver sem ele, arrancou a flecha do corpo do marido e matou-se com a mesma.

Himália (G.). Uma ninfa da ilha de Rodes, a quem Zeus se uniu transformado em chuva depois de vencer os Titãs (vv.). Dessa união nasceram três filhos – Cito, Crônio e Esparteu, que conseguiram sobreviver ao dilúvio havido em Rodes refugiando-se na montanha mais elevada da ilha.

Himeneu (G. *Hymênaios*). O deus condutor do cortejo nupcial, talvez originariamente a personificação do canto chamado himeneu. Nas várias versões da lenda Himeneu aparece ora como filho de uma Musa (Calíope, Clio ou Urânia) e de Apolo, ora como filho de Diôniso e de Afrodite, ou ainda como filho de Magnes, ou de Píero (vv.) (sem menção ao nome de sua mãe). Contava-se que Himeneu era um rapaz tão belo, que seus conterrâneos (os atenienses) chegaram a confundi-lo com uma moça. Apesar de pertencer a uma família humilde ele amava uma ateniense nobre, limitando-se a acompanhá-la de longe por não ter esperanças de poder unir-se a ela. Certa vez, quando algumas moças atenienses de famílias nobres foram a Elêusis para oferecer um sacrifício a Deméter (v.), um grupo de piratas atacou-as, levando-as todas, inclusive Himeneu, que estava com elas e foi confundido com as moças. Após uma longa viagem os piratas, vencidos pela fadiga, adormeceram numa praia deserta. Aproveitando o seu sono Himeneu atacou-os e os matou; em seguida, deixando as moças num lugar seguro, ele foi a Atenas e prometeu trazer de volta as vítimas do rapto se lhe fosse dada em casamento a sua amada. Os atenienses concordaram e as moças vieram juntar-se às suas famílias. Para comemorar o acontecimento passou-se a invocar em todos os casamentos o nome de Himeneu.

Em outra versão da lenda Himeneu era um músico excelente, que morreu quando cantava na festa nupcial de Diôniso e de Altaia (vv.). Para perpetuar-lhe a memória seu nome passou a ser invocado nos casamentos.

Numa terceira versão da lenda Himeneu perdeu a voz enquanto cantava durante a festa de núpcias de Diôniso e de Ariadne (v.). A partir de então, em cada casamento entoava-se o "canto de Himeneu". Nessa versão menciona-se que Héspero (v.) não resistiu à beleza de Himeneu e apaixonou-se por ele.

Finalmente, noutra versão Himeneu, sempre dotado de extraordinária beleza, morreu no dia de seu casamento, sendo depois ressuscitado por Asclépio (v.). Desde então o seu nome esteve ligado às festas de núpcias.

Hímero (G. *Hímeros*) (1) O desejo amoroso personificado; companheiro de Eros (v.) no cortejo de Afrodite (v.), Hímero convivia no Olimpo com as Musas e as Cárites (vv).

(2) Filho de Lacedêmon e de Esparta; violentou sua própria mãe Asine, e levado pelo remorso matou-se lançando-se no rio até então chamado Maraton, que passou a chamar-se Hímero. Mais tarde esse rio recebeu o nome de Eurotas.

Hipe (G. *Hippe*). Filha do Centauro Quíron (v.); seduzida por Éolo, ela implorou aos deuses que lhe concedessem ter o filho em segredo. Sua súplica foi ouvida e Hipe transformou-se numa constelação em forma de cavalo (em gregos *hippos* = cavalo).

Hiperbóreos (G. *Hyperbôreioi*). Povo mítico habitante do extremo norte do mundo. Por ocasião do nascimento de Apolo (v.), Zeus (v.), seu pai, deu-lhe ordens para dirigir-se a Delfos; Apolo, entretanto, voou com sua parelha de cisnes em direção à terra dos Hiperbóreos, onde ficou durante algum tempo. De lá o deus partiu afinal para Delfos, entrando triunfalmente na cidade. Quando os astros, depois de perfazerem uma revolução completa em dezenove anos, retornaram à posição inicial, Apolo voltou ao convívio dos Hiperbóreos, que podiam ouvi-lo novamente cantando seus hinos ao som da lira. De acordo com a lenda, Letó (v.) teria nascido na terra dos Hiperbóreos, e veio de lá para dar à luz Apolo e Ártemis (v.) em Delos, e os objetos sagrados do deus, venerados em Delos, eram de origem hiperbórea. Esses objetos sagrados teriam chegado a Delos envolvidos em palha de trigo, trazidos por duas moças hiperbóreas escoltadas por cinco rapazes da mesma origem. As moças, chamadas Hiperoque e Laodice, teriam morrido em Delos e passaram a receber honras divinas. Noutra versão da lenda os objetos sagrados teriam sido entregues pelos Hiperbóreos aos seus vizinhos, os citas, e passando de povo em povo em direção ao Ocidente chegaram à costa do mar Adriático. De lá eles passaram de cidade em cidade rumo ao sul, e entraram na Grécia pelo Épiro, em Dodona. Prosseguindo, eles chegaram a Caristo, na Eubéia, percorrendo a Grécia continental, sendo recebidos finalmente em Delfos depois de passarem de ilha em ilha.

Conhecia-se também uma tradição segundo a qual outras duas moças hiperbóreas vieram até Delos com Letó e Ilítia (v.), e estavam lá por ocasião do nascimento de Apolo e de Ártemis com oferendas para Ilítia, destinadas a assegurar um parto feliz.

O oráculo de Delfos também teria sido fundado por um hiperbóreo chamado Olen, o primeiro profeta de Apolo e introdutor dos versos hexâmetros nos oráculos.

Durante a tentativa dos gálatas de conquistar Delfos, apareceram para apavorar os atacantes os fantasmas armados de Hipéroco e Laódoco, dois heróis hiperbóreos cujos nomes eram as formas masculinas dos nomes de Hiperoque e Laodice (veja-se acima). Os Hiperbóreos aparecem também nas lendas de Heraclés e de Perseu (vv.). A partir da época clássica ocorrem nos autores gregos menções à terra dos Hiperbóreos como um lugar paradisíaco, onde havia duas colheitas por ano e os habitantes desfrutavam de uma existência longa e feliz, vivendo ao ar livre. No fim dessa vida eles morriam lançando-se ao mar do alto de penhascos, com a cabeça coroada de flores.

Hiperíon (G. *Hyperíon*). Um dos titãs, filho de Gaia (a Terra) e de Urano (o Céu) (vv.); casou-se com a mulher-titã Téia, sua irmã, e dessa união nasceram Hélios (o Sol), Selene (a Lua) e Eós (a Aurora) (vv.). O nome "Hiperíon" significa "aquele que vai por cima" (subentenda-se "da terra"), e às vezes é dado ao próprio Sol.

Hipermestra (G. *Hypermestra*), ou Hipermnestra. (1) Uma das Danaides (v.), a única que poupou seu marido (Linceu, v.), desobedecendo às ordens de seu pai. Levada a julgamento por seu ato de rebeldia, Hipermestra afastou-se de Argos com o marido, de quem teve um filho chamado Abas (v.).

(2) Filha de Téstio e de Eurítemis, e irmã de Altaia e de Leda (vv.).

(3) Filha de Téspio (ou Téstio) e mãe de Anfiarau (vv.).

Hipéroco (G. *Hypêrokhos*). (1) Defensor divino de Delfos contra os gálatas, juntamente com Laôdoco (v. *Hiperbóreos*).

(2) Pai de Enomau (v.).

Hipnos (G. *Hypnos*). O Sono personificado, filho de Nix (a Noite) ou de Astréia, e de Érebo, e irmão gêmeo de Tânatos (a Morte). A localização de sua morada variava conforme as fontes: o inferno, a ilha de Lemnos, e finalmente a terra dos cimérios, num estranho palácio onde tudo dormia. Desse palácio ele comandava os Sonhos, seus filhos em número incontável, entre os quais destacavam-se Morfeu, que tomava a forma de todas as criaturas, Ícelo (ou Fobétor, "o terrificante") e Fântaso, que imitava todos os corpos inanimados (terra, pedra, água, etc.). Hipnos apaixonou-se por Endimião (v.), e usando seus poderes fez com que o belo rapaz passasse a dormir com os olhos maravilhosos abertos para poder vê-los continuamente.

Hipó (G. *Hippó*). Uma moça de Leuctra, filha de Esquêdaso e irmã de Molpia. As duas irmãs foram violentadas pelos lacedemônios Frurarquidas e Partênio, e acabrunhadas com seu infortúnio enforcaram-se. Esquêdaso tentou convencer os habitantes da Lacedemônia a punir os culpados, mas vendo a inutilidade de seus esforços cometeu também o suicídio.

Hipocôon (G. *Hippocôon*). Um espartano, filho espúrio de Ôibalo com a ninfa Batia, e meio-irmão de Icário e Tíndaro (vv.). Mais idoso que estes dois, apesar de bastardo Hipocôon expulsou-os de sua cidade com a ajuda de seus doze filhos – os Hipocoonidas – e passou a ocupar o trono. O caráter violento do pai e dos filhos atraiu contra eles a cólera de Heraclés (v.), que os atacou e matou. Heraclés deu o trono de Esparta a Tíndaro, pois constava que Icário ajudara Hipocôon na usurpação do trono que por direito pertencia a Tíndaro como filho mais velho.

Hipocrene (G. *Hippokrene*). Uma fonte que surgiu do solo quando o cavalo prodigioso Pégaso (v.) bateu com um de seus cascos num rochedo existente no monte Helicon, perto do bosque consagrado às Musas (*Hippokrene* = "fonte do cavalo"). Dizia-se que a água dessa fonte inspirava os poetas e que as Musas vinham cantar e dançar junto à mesma. Havia em Trezena outra fonte com o mesmo nome, também originada por um golpe do casco de Pégaso.

Hipodâmia (G. *Hippodâmeia*). (1) Filha de Enomau (v.), rei de Pisa, em Élis, e da plêiade Esterope, ou da danaide Euritoe, ou ainda de Euarete, irmã de Lêucipo. A beleza extraordinária de Hipodâmia atraiu muitos pretendentes à sua mão, porém Enomau opunha-se ao casamento da filha. De acordo com uma das versões da lenda essa oposição devia-se a uma profecia no sentido de que ele seria morto por seu genro, e segundo outra fonte decorria de seu amor pela própria filha. Para afastar os pretendentes, Enomau anunciou que sua filha seria o prêmio a quem o vencesse numa corrida de carros. Cada pretendente deveria pôr a moça em seu carro, e Enomau em seu próprio carro tentaria alcançar o carro do pretendente, no percurso até o altar de Poseidon em Corinto. Sua intenção imaginando esse estratagema era tornar os carros dos pretendentes mais pesados ou distrair-lhes a atenção. Enomau sempre conseguia ultrapassá-los, pois os seus cavalos divinos eram extremamente velozes. Depois de cada vitória ele decapitava o pretendente vencido e pendurava-lhe a cabeça por cima da porta de seu palácio, para aterrorizar o próximo pretendente.

Quando chegou a vez de Pêlops (v.), Hipodâmia enamorou-se dele à primeira vista, cativada por sua beleza. A moça persuadiu Mírtilo, cocheiro de seu pai e apaixonado por ela, a enfraquecer o eixo do carro de Enomau, que se partiu durante a corrida e provocou um acidente em que morreu Enomau. A colaboração de Mírtilo teria sido obtida mediante a promessa de Pêlops de proporcionar-lhe uma noite com Hipodâmia (em outra versão da lenda a própria Hipodâmia teria feito a promessa). Posteriormente Mírtilo tentou violentar Hipodâmia, e Pêlops, tomando conhecimento do abuso, lançou-o ao mar. Antes de morrer Mírtilo amaldiçoou a família de Pêlops, dando origem aos terríveis infortúnios que atingiram os Pelópidas (vv. *Agamêmnon*, *Atreu* e *Tiestes*). Hipodâmia teve com Pêlops numerosos filhos, entre os quais se destacaram Atreu, Crísipo e Tiestes, e três filhas – Astidâmia, Lisidice e Nicipe (vv.).

Noutra versão da lenda Crísipo era enteado de Hipodâmia, e foi morto por Atreu e Tiestes a pedido de sua madrasta. Numa variante dessa versão, Atreu e Tiestes não quiseram matar Crísipo, e a própria Hipodâmia o assassinou, usando a espada de Laio (v.), então hospedado no palácio de Pêlops. Hipodâmia deixou a espada cravada no corpo de sua vítima, no intuito de provocar suspeitas contra Laio, mas Crísipo revelou a verdade antes de expirar. Expulsa de Élis por Pêlops, Hipodâmia foi refugiar-se em Midéia, na Argolis, onde morreu. Algum tempo depois Pêlops, obedecendo a um oráculo, levou os restos mortais de Hipodâmia para Olímpia.

(2) Filha de Ádrasto ou de Butes, e mulher de Pirítoo (vv.), causadora da luta entre os centauros e os lapitas.

(3) O nome verdadeiro de Briseís, filha de Brises (vv.).

Hipólita (G. *Hippolyte*). Rainha das amazonas (v.), filha de Ares e de Otrere. Hipólita foi até a Ática à frente de uma expedição contra Teseu (v.), e seria a mãe de Hipólito (v. o verbete seguinte). Um dos doze trabalhos de Heraclés (v.) foi trazer para Euristeu (v.) o cinto oferecido por Ares (v.) a Hipólita, que foi morta pelo herói naquela ocasião.

Hipólito (G. *Hippôlytos*). (1) Filho de Teseu (v.) com a amazona Hipólita, ou Antíope, ou Melanipe. Hipólito herdou de sua mãe o amor à caça, aos exercícios físicos e à vida solitária e pura, desprezando por isso Afrodite e venerando Ártemis (v.). Ofendida, Afrodite castigou-o induzindo Fedra, mulher de Teseu e sua madrasta, a apaixonar-se por ele (v. *Fedra*). Hipólito resistiu às tentativas de Fedra para seduzi-lo; esta, com receio de ser denunciada pelo enteado a Teseu, rasgou as próprias roupas e danificou a porta de seu quarto para dar a impressão de que Hipólito tentara violentá-la. Num assomo de cólera Teseu resolveu punir o filho, mas não quis matá-lo com as próprias mãos e pediu a Poseidon (v.), seu pai, que o exterminasse. O deus ouviu-lhe as súplicas e fez sair do mar um monstro que assustou os cavalos do carro em que Hipólito ia embora para Trezena; em sua carreira desabalada os cavalos causaram a morte do rapaz, arrastando-o pelo chão pedregoso. Ao tomar conhecimento do acidente fatal Fedra enforcou-se.

De acordo com uma das versões da lenda Asclépio, atendendo a um pedido de Ártemis, ressuscitou Hipólito e o levou para o santuário da deusa em Arícia (às margens do lago Nemi; v. *Diana*).

Os romanos identificavam Hipólito com Vírbio, o deus companheiro de Diana em Arícia.

Eurípides inspirou-se na lenda de Hipólito para escrever sua tragédia homônima.

(2) Um gigante que enfrentou Hermes (v.) na guerra entre os deuses e os gigantes (v. *Gigantes*).

Hipóloco (G. *Hippôlokhos*). (1) Filho de Belerofonte (v.) e de Filonoe (ou de Antícleia), e pai de Glauco (v.), comandante dos lícios que combateram em Tróia ao lado dos troianos.

(2) Filho do troiano Antênor e irmão de Acamas e de Glauco (vv.). Após a Guerra de Tróia ele e seus dois irmãos emigraram para Cirene.

Hipomêdon (G. *Hippomêdon*). Um dos Sete Chefes que lutaram contra os tebanos ao lado de Ádrasto (v.), de quem era sobrinho. Apesar de sua estatura gigantesca Hipomêdon foi morto por Ismário durante o ataque a Tebas. Polidoro, um dos Epígonos (v.) que conquistaram Tebas na geração seguinte sob o comando de Alcmêon (v.), era seu filho.

Hipomenes (G. *Hippomenes*). Filho de Megareu e de Merope, que insistiu em casar-se com Atalante (vv.). Esta, avessa ao casamento, obrigava os pretendentes à sua mão a enfrentá-la numa corrida e matava os vencidos. Quando chegou a sua vez de competir, Hipomenes teve a idéia de lançar à frente de Atalante, durante a corrida, três pomos de ouro que recebera de Afrodite (v.). Atalante atrasou-se enquanto apanhava os pomos, e a vitória coube a Hipomenes.

Hipotes (G. *Hippotes*). (1) Um dos Heráclidas (v.), descendente de um dos filhos de Heraclés (v.) chamado Antíoco, nascido da união do herói com Meda, filha de Filas (v.), rei dos dríopes. O pai de Hipotes, também chamado Filas, era filho de Antíoco. Durante a expedição dos Heráclidas contra o Peloponeso Hipotes, enquanto estava em Náupacto, matou um adivinho pensando que se tratasse de um espião, atraindo a cólera de Apolo (v.) contra os expedicionários. Hipotes, que tinha um filho chamado Aletes (v.), foi punido com o exílio por dez anos.

(2) Filho de Creonte, rei de Corinto, que acolheu Jáson e Medéia, expulsos de Iolco por Ácasto (vv.). Numa das variantes da lenda de Medéia e de Jáson, após o assassínio de Creonte e de sua filha por Medéia, Hipotes levou a criminosa a julgamento por um tribunal ateniense, que a absolveu.

Hipsicrêon (G. *Hypsikrêon*). Habitante da cidade de Míleto, que tinha um amigo chamado Promêdon. Nêaira, mulher de Hipsicrêon, apaixonou-se por Promêdon, e na primeira oportunidade em que se encontrou com ele confessou-lhe o seu amor. Alegando os laços de hospitalidade com Hipsicrêon, Promêdon não quis ouvi-la. Inconformada, Nêaira fechou-se no quarto de hóspedes com Promêdon e conseguiu que ele lhe satisfizesse os desejos. Na manhã seguinte Promêdon partiu acabrunhado para Naxo, mas Nêaira o acompanhou. Tomando conhecimento do fato, Hipsicrêon foi buscar sua mulher, mas ela refugiou-se no altar do Pritaneu de Naxo e negou-se a voltar para a companhia do marido. Os náxios aconselharam Hipocrêon a persuadir Nêaira, porém não lhe permitiram praticar qualquer violência contra ela. Diante da recusa da mulher e ofendido com a atitude dos náxios, Hipocrêon voltou a Míleto e convenceu os milésios a declarar-lhes guerra.

Hipsipile (G. *Hypsipyle*). Filha de Toas (rei de Lemnos) e de Mirrina, e neta, por via de seu pai, de Diôniso e de Ariadne (vv.). Em certa época as mulheres de Lemnos descuidaram-se do culto de Afrodite (v.), e a deusa puniu-as impregnando-as de um odor insuportável, que obrigou os homens a darem preferência às escravas e às estrangeiras. As mulheres da ilha vingaram-se matando todos os homens. A única exceção foi Hipsipile, que não quis matar seu pai e na noite fatídica o escondeu numa arca e a lançou ao mar, permitindo a Toas salvar-se. As mulheres consideraram-no morto, e na qualidade de filha do rei Hipsipile passou a ocupar o trono de Lemnos. Pouco tempo depois os Argonautas (v.) chegaram a Lemnos. Numa das versões da lenda as lêmnias os acolheram calorosamente; noutra versão lhes foram hostis durante o desembarque, mas mudaram de atitude quando os heróis manifestaram a intenção de unir-se a elas. Hipsipile juntou-se a Jáson, e dessa união nasceram dois filhos: Êueno (v.) e Toas (como o avô), ou

Nebrôfono. Após a partida dos Argonautas as mulheres de Lemnos descobriram que Hipsipile não tinha matado seu pai e resolveram exterminá-la por isso. A rainha, entretanto, conseguiu fugir protegida pelas sombras da noite, mas foi descoberta por piratas e vendida a Licurgo, rei de Neméia. Lá coube-lhe como escrava cuidar de Ofeltes, filho de Licurgo e de sua mulher Eurídice. Por ocasião de sua passagem pela cidade a caminho de Tebas os Sete Chefes (v.) perguntaram-lhe onde havia uma fonte; enquanto Hipsipile os orientava deixou Ofeltes só por alguns instantes e uma serpente enorme o engoliu. Licurgo e Eurídice, revoltados, quiseram matá-la, porém nesse momento chegaram a Neméia Euneu e Toas, filhos de Hipsipile, à procura de sua mãe. Anfiarau (v.), um dos Sete Chefes, levou-os à presença de sua mãe e intercedeu por ela junto a Eurídice, que afinal permitiu a sua partida com os filhos de volta a Lemnos.

Hirieu (G. *Hyrieus*). Filho de Poseidon e da Plêiade Alcione, e pai de Lico, de Nicteu e talvez de Oríon com a ninfa Clonia. Hirieu era rei da cidade de Hiria, na Beócia, da qual foi o fundador. No palácio de Hirieu havia um aposento especial construído por Agamedes e Trofônio, onde estavam guardados os tesouros do rei, causa da perdição dos construtores (v. *Agamedes*). Em outra lenda, mais recente, Hirieu aparece como um velho camponês que hospedou generosamente Zeus, Poseidon e Hermes (vv.) em sua cabana singela. Em retribuição à acolhida, os deuses lhe deram o direito de fazer um pedido; Hirieu manifestou o desejo de ter filhos, e eles lhe deram um, chamado Oríon (v.), engendrado com a urina dos três hóspedes divinos colhida no couro de um boi sacrificado pelo ancião em homenagem aos três deuses.

Hirnetó (G. *Hyrnethó*). Filha de Têmeno e mulher de Deifontes (vv).

Historis (G.). Filha do adivinho tebano Tirésias (v.), autora de um ardil que permitiu apressar o parto de Alcmene, quando esta ia dar Heraclés (v.) à luz apesar da oposição de Hera e Ilítia (vv.). Esta última sentou-se à porta da casa de Alcmene e cruzou as mãos, atitude essa que impedia o parto segundo as crenças populares antigas. Subitamente Historis abriu a porta gritando euforicamente que o filho de Alcmene nascera. Ilítia, indignada, descruzou as mãos, dando ensejo à finalização do parto em que nasceram os gêmeos Heraclés e Ificlés. O mesmo ardil é atribuído em outras fontes a Galintias (v.).

Homônoia (G.). A Concórdia personificada, em cuja honra havia um altar em Olímpia.

Em Roma, no sopé do Capitólio, existia um templo da Concórdia erigido por Camila para comemorar o pacto concluído entre os patrícios e os plebeus.

Honos (L.). A personificação da virtude, cultuada em vários templos de Roma.

Hopládamo (G. *Hoplâdamos*). Um dos gigantes protetores de Rea quando a deusa estava grávida de Zeus, para evitar os ataques de Cronos (vv.).

Horácio (L. *Horatius*). Um herói romano cultuado na floresta de Ársia. Durante um combate entre os romanos e os etruscos ouviu-se a sua voz perto da floresta. Suas palavras teriam levado os romanos à vitória.

Horas (G. *Hôrai*). As estações do ano, filhas de Zeus e de Têmis (vv.), geralmente em número de três – Primavera, Verão e Inverno –, participantes do séquito dos deuses.

Horcos (G.). O Juramento personificado, incumbido de zelar pelo respeito à palavra empenhada.

Hóstio (L. *Hostius*), ou Hosto Hostílio (*Hostus Hostilius*). Um latino oriundo de Medúlia (uma colônia de albanos no território sabino), que veio para Roma durante o reinado de Rômulo (v.). Por ocasião do rapto das Sabinas Hóstio uniu-se a Hersília (v.), e dessa união nasceu um filho que veio a ser o pai do rei Tulo Hostílio. A coragem de Hóstia revelou-se no combate de que resultou a captura de Fidenas, e lhe valeu a recompensa da primeira coroa de louros concedida pelos romanos. Durante o combate contra os sabinos Hóstia sobressaiu entre os romanos, e foi o primeiro a tombar na luta. Sua morte provocou um princípio de pânico nas hostes romanas, mas a intervenção de Júpiter *Stator* levou-as à vitória.

I

Íaco (G. *Íakkhos*). O deus condutor da procissão dos iniciados nos mistérios de Elêusis. Seu nome é uma reprodução do grito dos fiéis durante o cortejo, e esse grito pode ter sido a origem remota do próprio deus, ligado às divindades eleusínias. A semelhança entre seu nome e Baco, epíteto de Diôniso (vv.), levou à sua identificação com este último, inclusive no culto. Na versão da lenda em que Íaco aparece como filho de Diôniso, este se uniu à ninfa Aura na Frígia; dessa união nasceram dois filhos gêmeos, mas Aura devorou um deles. O segundo – Íaco – foi salvo da loucura materna por outra ninfa, também amada por Diôniso, e criado pelas Bacantes (v. *Mênades*) de Elêusis. Em outras versões Íaco aparece ora como filho de Deméter, ora de Perséfone (vv.), e até como marido da primeira. Na Itália Íaco identificou-se com Líber (v.).

Íaira (G.). (1) Uma dríade do monte Ida, na Frígia; Íaira se uniu a Alcânor e teve com ele dois filhos gêmeos – Pândaro e Bitias –, que vieram a ser companheiros de Enéias (v.)

(2) Uma nereida mencionada por Homero na *Ilíada*.

Ialebíon (G.), ou Alebíon. Filho de Poseidon e irmão de Dercino (vv.). Ialebíon e seu irmão viviam na Ligúria quando Heraclés (v.) passou por lá com os rebanhos tomados de Geríon (v.); os dois tentaram roubar os animais do herói, mas este os matou.

Iálemo (G. *Iálemos*). Filho de Apolo e de Calíope, e irmão de Himeneu e de Orfeu (vv.). Iálemo personifica o canto triste e as lamentações das criaturas. mortas em plena juventude, em contraste com os cantos nupciais alegres de Himeneu.

Iáliso (G. *Iálysos*). Herói epônimo da cidade homônima situada na ilha de Rodes, filho de Cêrcafo e de Cidipe. Iáliso teve com Dotis uma filha chamada Sime, que deu o nome a uma ilha situada entre Rodes e Cnido.

Iálmeno (G. *Iálmenos*). Filho de Ares e de Astioque, filha de Áctor (vv.). Iálmeno e seu irmão Ascálafo (v.) ocuparam juntos o trono de Orcômeno, na Beócia. Por ter sido um dos pretendentes à mão de Helena (v. *Guerra de Tróia*), Iálmeno participou da expedição contra Tróia com um contingente transportado em trinta naus, comandado conjuntamente por ele e por seu irmão. Após a queda de Tróia Iálmeno partiu de volta em suas naus, mas deteve-se na costa do Ponto Êuxino (o mar Negro), onde fundou com seus companheiros aqueus uma colônia ligada a Orcômeno. Iálmeno e Ascálafo aparecem também entre os Argonautas (v.).

Iambe (G.). Filha de Pan e da ninfa Eco (vv.). Quando Deméter passou por Elêusis em busca de Perséfone (vv.), Iambe, que era serviçal na casa de Celeu e de Metanira (vv.), acolheu calorosamente a deusa e aliviou-lhe a tristeza fazendo-a rir com seus gracejos. Em outra versão da lenda os gracejos que alegraram Deméter são ditos por Baubó (v.)

Íamo (G. *Íamos*). Um herói de Olímpia, em Élis, antepassado de origem divina da família sacerdotal dos Iamidas. Sua linhagem era a seguinte: Pitane, filha do deus do rio Eurotas, teve com Poseidon uma filha chamada Euadne, criada por Áipito, seu pai humano (vv.). Euadne entregou-se a Apolo (v.) e teve um filho do deus; acabrunhada com o seu procedimento, ela enjeitou o filho, porém duas serpentes o encontraram e o alimentaram com mel. Pouco tempo depois, encontrando o filho são e salvo por intercessão divina e deitado entre violetas, Euadne deu-lhe o nome de Íamo, que significa "menino das violetas". Mais tarde Áipito ouviu de Apolo em seu templo de Delfos que Íamo viria a ser um adivinho famoso e daria origem a uma família de adivinhos e sacerdotes que lhe perpetuariam o nome. Chegando à idade adulta Íamo foi até as margens do rio Alfeio e invocou Apolo, seu pai; o deus respondeu dizendo-lhe que seguisse a sua voz, e o levou até Olímpia. Depois de ensinar Íamo a entender os pássaros e a interpretar presságios, Apolo deu-lhe ordens para instalar-se lá e aguardar a vinda de Heraclés (v.) para fundar os Jogos Olímpicos naquele local.

Íaso (G. *Íasos* ou *Íasios*). (1) Rei de Argos, filho de Triopas ou de Argos, pai de Ió, uma das numerosas amantes de Zeus (vv.). Íaso partilhou o Peloponeso com seus irmãos Agênor e Pélasgo (vv.), ficando com a parte ocidental dessa região, inclusive Élis; a Pélasgo coube o leste, onde ele fundou Lárissa do Peloponeso; Agênor herdou a cavalaria de Triopas, e com ela expulsou os irmãos das partes que lhes couberam.

(2) Um habitante da Beócia, pai de Anfíon e rei de Orcômeno, casado com Perséfone, filha de Minias (vv.).

(3) Filho do rei Licurgo, pertencente à dinastia arcádia na condição de neto de Arcás, e pai de Atalante (vv.).

Icádio (G. *Ikádios*). Filho de Apolo (v.) e da ninfa Lícia; Icádio deu à região onde nasceu (a Lícia, na Ásia Menor), o nome de sua mãe, e fundou a cidade de Pátara e o oráculo de Apolo existente na mesma. De lá ele partiu para a Itália, mas sua nau soçobrou e o herói foi levado por um golfinho até o sopé do monte Parnasso, onde fundou a cidade de Delfos para perpetuar a memória do golfinho (em grego *delphis*) que lhe salvou a vida.

Em outra versão da lenda Icádio era irmão de Jápix (v.) e nasceu em Creta.

Icário (G. *Icários*). (1) Filho de Perieres ou de Ôibalo. Icário era irmão de Tíndaro e meio-irmão de Hipocôon (vv.), que seu pai teve com Batia, uma ninfa. Hipocôon expulsou da Lacedemônia Icário e Tíndaro, que se asilaram em Plêuron, na corte de Téstio, e lá ficaram até Heraclés (v.) chegar e matar Hipocôon. Em seguida Tíndaro regressou à Lacedemônia, cujo trono ocupou; Icário permaneceu na Acarnânia, onde casou-se com Policasta, filha de Ligeu, que lhe deu dois filhos chamados Alizeu e Leucádio, e uma filha – Penélope (v.).

Em outra versão da lenda Icário retornou à Lacedemônia com Tíndaro e casou-se com Períboia, uma náiade da qual teve Penélope e mais cinco filhos – Aletés, Damásipo, Imêusimo, Perileu e Toas. Diante do número de pretendentes à mão de Penélope, Icário promoveu entre eles uma corrida de carros cujo prêmio seria sua filha. Ulisses (v.) venceu a corrida e casou-se com Penélope. Numa variante dessa versão foi Tíndaro, pai de Helena e tio de Penélope, que arranjou esse casamento, para recompensar Ulisses pelo conselho que este lhe dera no sentido de comprometer os pretendentes, mediante juramento, a acatarem a decisão de Helena e defenderem o escolhido se alguém quisesse tomar-lhe a mulher. Consumado o casamento, Icário pediu a Ulisses que permanecesse com a mulher em sua corte, mas Ulisses não concordou, Em face da insistência de Icário, Ulisses pediu a Penélope que escolhesse entre ele e o pai. Em vez de responder, Penélope, movida pelo pudor, cobriu o rosto com o seu véu; o pai, percebendo que a filha escolhera o marido, deu-se por vencido e mandou erigir no local um santuário dedicado ao Pudor (*Aidós*).

(2) Um ateniense, pai de Erígone (v.), introdutor do cultivo da videira na Grécia, durante o reinado de Pandíon (v.) em Atenas.

Ícaro (G. *Íkaros*). (1) Filho de Dédalo e de Naucrate, uma escrava do rei Minos (vv.). Indignado com Dédalo por ter ensinado a Ariadne a maneira de Teseu (v.) sair do Labirinto depois de matar o Minotauro (v., e *Ariadne*), Minos prendeu Dédalo e Ícaro no Labirinto. O engenhoso Dédalo fabricou para si mesmo e para seu filho asas presas aos ombros com cera. Antes de ambos saírem voando, Dédalo recomendou ao filho que não subisse demais, porém este não lhe deu ouvidos e chegou muito perto do sol; a cera fundiu-se e Ícaro precipitou-se no mar em volta da ilha de Samos, que desde então passou a chamar-se mar Icário.

Numa variante dessa versão, Dédalo e Ícaro fugiram de Creta em dois barcos à vela, invenção de Dédalo. Ícaro, incapaz de dirigir o seu barco, provocou o naufrágio do mesmo e morreu afogado.

Noutra versão da lenda Dédalo matou Talo (v.), seu sobrinho e discípulo, e teve de fugir de Atenas, sua terra natal. Ícaro, também banido, saiu à procura do pai, mas sua nau soçobrou perto de Samos e o mar em torno da ilha recebeu o seu nome.

(2) Rei da Cária, cuja amante, chamada Teonoe (v.), era filha de Têstor e irmã de Calcas (vv.).

Ícelo (G. *Íkelos*). V. *Sonhos*.

Ida (G.). (1) Uma das filhas de Melisseu (v.), que juntamente com sua irmã Adrásteia amamentou Zeus (v.) recém-nascido em Creta. Ida é também o nome da montanha onde Zeus passou sua infância.

(2) Uma das filhas de Coribas, casada com Lícasto, rei de Creta, e mãe com este de Minos (vv.).

Idade de Ouro (G. e L.). Durante o reinado de Cronos (v.) sobre os demais deuses e sobre os homens, estes últimos levavam uma vida semelhante à dos deuses sob o império de justiça, isenta de guerras, de preocupações e de privações, colhendo sem maior esforço os frutos produzidos espontaneamente pela terra. Nessa Idade de Ouro não havia velhice para as criaturas humanas, que depois de uma longa vida em meio a festas incessantes, adormeciam suavemente para o sono eterno na hora marcada pelo destino. Quando essa "raça de ouro" desapareceu sob o reinado de Zeus (v.), alguns dos homens que a constituíam sobreviveram na terra como gênios benignos, divindades tutelares dos mortais e distribuidoras das riquezas.

Em Roma, Cronos foi identificado com Saturno (v.), e nessa Idade imperavam a justiça e a boa-fé; os deuses conviviam com os homens, as casas não tinham portas porque não havia roubos, e as criaturas humanas alimentavam-se dos frutos da terra, pois não se matavam animais. Saturno foi acolhido na Ausônia (antigo nome da Itália) pelo deus Jano (v.), na época o rei da região, que de bom grado partilhou o trono com o deus.

À Idade de Ouro seguiu-se a Idade de Prata, durante a qual os homens degeneraram, tornando-se maus e descuidados de seus deveres para com os deuses.

Depois veio a Idade de Bronze, em que tudo era feito desse metal e os homens passaram a matar-se uns aos outros. Sobreveio então a Idade Heróica, pouco melhor que as duas últimas; em seu decurso houve as guerras de Tebas e de Tróia. Finalmente iniciou-se a atual Idade de Ferro, a pior de todas.

Idaia (G.). (1) Uma ninfa que teve do deus do rio Escamandro um filho chamado Teucro (vv.), rei dos teucros, habitantes da região adjacente à Samotrácia, na costa da Ásia Menor.

(2) Filha de Dárdano (v.) e bisneta de (1), segunda mulher de Fineu (v.), rei da Trácia. Caluniando os filhos tidos por Fineu com Cleópatra, filha de Bóreas e sua primeira mulher, essa Idaia causou as desgraças que atingiram Fineu.

Idaio (G. *Idaios*). Filho de Dárdano e de Crisé (vv.), que além de Idaio tiveram outro filho chamado Dimas. Idaio instalou-se na costa da Frígia, no sopé da montanha que por causa dele passou a chamar-se Ida, e introduziu nessa região o culto de Cibele, a Mãe dos Deuses (v.).

Idas (G.). Filho de Afareu e de Arena (filha de Ôibalo), e irmão de Linceu e de Piso; os Diôscuros, as Leucipides (Febe e Hílaira) e Penélope (vv.) eram seus primos e primas. Idas e Linceu participaram da expedição dos Argonautas e da caçada ao javali de Calidon, e o primeiro raptou Marpessa, filha de Êueno (filho de Ares), levando-a consigo no carro alado com que Poseidon (vv.) o presenteou. Apesar da perseguição de Êueno, que se matou quando percebeu que não o alcançaria, Idas regressou a Messene, sua pátria. Apolo (v.), entretanto, também amava Marpessa, e tentou conquistá-la. Idas defendeu-a e ameaçou o deus. Zeus (v.) separou os dois rivais, e deu à moça o direito de escolher o seu preferido; Marpessa ficou com Idas.

Em outra versão da lenda, Idas obteve Marpessa por ter vencido uma competição constante de uma corrida de carros contra Êueno, que se fosse vencido daria a filha em casamento ao vencedor, e se vencesse mataria o competidor.

Mais tarde Idas e Linceu juntaram-se a Cástor e Pólux (v. *Diôscuros*) seus primos, numa expedição predatória à Arcádia, de onde os quatro voltaram com um rebanho numeroso. Idas, incumbido da partilha do rebanho roubado, matou um boi e o dividiu em quatro partes, determinando que quem comesse mais depressa a sua parte ficaria com a metade do gado, e que o segundo colocado ficaria com o resto. Em seguida ele devorou rapidamente sua parte e a parte do irmão, e se declarou dono de todo o rebanho. Os Diôscuros, revoltados, atacaram a Messênia, terra de Idas e de Linceu, tomando-lhes os bois e outros bens. Não satisfeitos, prepararam uma emboscada com o objetivo de eliminar seus primos, mas Linceu, graças ao seu olhar penetrante, viu Cástor escondido num velho tronco de carvalho e o mostrou a Idas, que o matou com sua lança. Pólux perseguiu-os e matou Linceu, mas Idas atingiu-o com uma pedra prostrando-o sem sentidos no chão. Nesse momento Zeus veio socorrer Pólux, seu filho, levando-o para o céu depois de matar Idas com um raio.

Em outra versão da lenda Cástor e Pólux raptaram Febe e Hílaira, filhas de Lêucipo, das quais Idas e Linceu estavam noivos. Linceu matou Cástor e foi morto por Pólux, e quando Idas ia matar este último Zeus salvou o seu filho. Idas é qualificado por Homero de o mais forte e mais valente entre todos os gregos.

Idiía (G. *Idyía*). Uma oceânide, segunda mulher de Aietes, rei da Cólquida, e mãe de Medéia (vv.). Em outra versão da lenda ela é a primeira mulher de Aietes e mãe de Ápsirto e de Medéia.

Ídmon (G.). Um adivinho participante da expedição dos Argonautas (v.), incumbido de interpretar os presságios relativos à mesma. Ídmon, tido como filho de Apolo (v.), nasceu da união de seu pai humano Abas, filho de Melâmpus (vv.), com Astéria ou Cirene. Seu nome significa "clarividente", e às vezes ele é confundido com Têstor (v.), filho de Apolo e de Laotoe (neste caso, Ídmon seria um epíteto de Têstor).

Numa das versões da lenda Ídmon, que previu sua própria morte mas insistiu em juntar-se aos Argonautas, foi abatido por um javali no território dos mariandinos durante uma escala da nau *Argó* naquela região. Em outra versão ele teria chegado à Cólquida.

Idomeneu (G. *Idomeneus*). Rei de Creta, filho de Deucalião e neto de Minos (vv.), e meio-irmão de Molo, filho de Deucalião e de uma concubina; Molo era pai de Meríon, sobrinho e companheiro de armas de Idomeneu. Ele figura entre os pretendentes à mão de Helena (v.) e teve de juntar-se à expedição dos gregos contra Tróia por força do compromisso de todos os pretendentes no sentido de respeitar a escolha de Helena e ajudar o marido em caso de ofensa. Idomeneu representava as cidades cretenses de Cnosso, Festa, Gôrtina, Lícasto, Licto e Ritíon, e participou destacadamente da guerra. Quando os gregos pensaram em resolver a querela entre eles e os troianos mediante um combate singular, Idomeneu foi um dos nove chefes que se apresentaram para enfrentar Heitor (v.). Ele salientou-se na defesa das naus e fez numerosas vítimas entre os troianos; no rol de seus antagonistas contavam-se Deífobo e Enéias (vv.). Durante os combates encarniçados em volta do cadáver de Pátroclo (v.), Idomeneu pretendeu atacar Heitor, mas fugiu e foi abrigar-se no acampamento grego quando o herói troiano, avançando em sua direção, abateu Côirano, auriga do carro de Meríon. Idomeneu foi um dos gregos introduzidos em Tróia no bojo do cavalo de madeira.

De regresso à pátria Idomeneu envolveu-se em acontecimentos violentos. Na viagem de volta a Creta, quando suas naus enfrentavam uma situação difícil em face de uma tempestade, o herói prometeu a Poseidon (v.) que se chegasse vivo ao destino sacrificaria a primeira pessoa que visse ao desembarcar em seu reino. O herói retornou a Creta são e salvo e deparou com seu filho (ou sua filha). Cumprindo a promessa Idomeneu sacrificou o ente querido. Pouco tempo depois manifestou-se em Creta uma pestilência, e o oráculo divulgou que o herói teria de ser banido para aplacar os deuses, encolerizados com o sacrifício. Idomeneu viajou então para o sul da Itália e fixou-se no território dos salentinos, onde construiu um templo dedicado a Atena (v.).

Em outra versão da lenda, Meda, mulher do herói, foi induzida por Náuplio (v.) a entregar-se a Leuco, filho de Talo (v., (1)) abandonado ao nascer mas salvo e criado por Idomeneu, que lhe confiou o reino quando partiu para a Guerra de Tróia. Mais tarde Leuco matou Meda e a filha que esta última tivera com Idomeneu, chamada Clistera, e ainda Íficlo e Lico, irmãos desta, usurpando em seguida o poder real. Chegando a Creta e tomando conhecimento desses fatos, Idomeneu cegou Leuco e recuperou o trono.

Numa variante dessa versão Leuco não entregou o trono a Idomeneu e forçou-o a exilar-se.

Idotéia (G. *Eidothea*). (1) irmã de Cadmo, segunda mulher do rei cego Fineu (vv.) em uma das versões da lenda deste último (em outras versões sua segunda mulher era Euritia ou Idaia).

(2) Filha de Proteu (v.); aconselhado por ela Menelau (v.) foi consultar Proteu no Egito. V. *Helena*.

(3) Filha de Êurito, rei da Cária, e mulher de Míleto, fundador da cidade homônima (vv.). Esta Idotéia foi mãe de Cauno e de Biblis (vv.).

Ifiânassa (G. *Iphiânassa*). (1) Filha de Preto, rei de Argos, enlouquecida juntamente com sua irmã Lisipe (ou Ifinoe) e curada por Melâmpus (v. *Pretides*).

(2) Mulher de Endimião e mãe de Étolo (vv.).

(3) Uma das filhas de Agamêmnon, confundida mais tarde com Ifigênia (vv.).

Ificlés (G. *Iphiklés*). Filho de Anfitrião e de Alcmene, e irmão gêmeo de Heraclés (vv.). Ificlés participou de alguns dos Trabalhos de seu irmão, e Creonte, rei de Tebas, para recompensá-lo por sua contribuição na luta contra os orcomênios juntamente com Heraclés, deu-lhe em casamento sua filha mais nova (Mêgara, a mais velha, coube a Heraclés). Para casar-se com a filha de Creonte, Ificlés abandonou sua primeira mulher, Automêdusa, com quem teve um filho chamado Iolau (v.). Quando Heraclés enlouqueceu e exterminou os filhos tidos com Mêgara, matou também dois filhos de Ificlés, que conseguiu salvar seu filho Iolau e a própria Mêgara. Além de acompanhar Heraclés enquanto este servia a Euristeu (v.), Ificlés participou com o herói da expedição a Tróia (v. *Heraclés*), e estava entre os caçadores do javali de Calidon. Ele perdeu a vida na guerra movida por Heraclés aos filhos de Hipocôon (v.) (em outra versão da lenda sua morte ocorreu durante a luta contra os Molionidas (v.)).

Íficlo (G. *Íphiklos*). (1) Filho de Fílaco, rei de Filacas na Tessália. Íficlo não conseguia ter filhos, e seu pai consultou o adivinho Melâmpus (v.) para saber como poderia curar o filho de sua impotência. Melâmpus sacrificou dois touros, cortou-os em pedaços e os deixou à vista dos abutres. Quando chegou um deles para saciar-se nos animais mortos, o adivinho ouviu das aves que tempos atrás Fílaco, quando estava castrando alguns carneiros, deixou seu cutelo ensangüentado perto de Íficlo ainda criança; o meninmo afastou-se horrorizado e Fílaco apanhou o cutelo e golpeou com ele um carvalho sagrado, deixando a arma presa à árvore. A casca cresceu em volta da lâmina e a recobriu. Melâmpus disse que se o cutelo fosse descoberto e se preparasse uma beberagem com a ferrugem que o recobria, e se Íficlo a bebesse durante dez dias seguidos, ficaria curado. O adivinho conseguiu achar o cutelo, fez a beberagem e deu-a a Íficlo, que no devido tempo gerou um filho chamado Podarces.

A velocidade de Íficlo, vencedor da prova de corrida durante os jogos fúnebres em homenagem a Pelias, era tão grande que ele podia correr sobre uma plantação de trigo sem atingir as espigas. Íficlo acompanhou seu sobrinho Jáson na expedição dos Argonautas (vv.).

(2) Chefe dos invasores dórios de Rodes, que pôs termo à dominação fenícia na ilha. Contava-se que os fenícios já haviam perdido praticamente todo o território ródio, e estavam confinados na cidadela de Iáliso, onde resistiam obstinadamente sob o comando de um príncipe fenício chamado Fálanto. Um oráculo revelara a Fálanto que enquanto os corvos fossem negros e não houvesse peixes na água da cisterna da cidadela, ele manteria a sua posição. Tomando conhecimento desse oráculo, Íficlo conseguiu persuadir a filha de Fálanto, chamada Dorcia, que se apaixonara por ele (noutra versão da lenda Ificlés subornou um dos comandados do príncipe fenício), a soltar na cidadela alguns corvos pintados de branco e a pôr alguns peixes na cisterna. Observando os corvos e os peixes, Fálanto perdeu as esperanças e rendeu-se com seus homens, pondo fim ao domínio fenício sobre Rodes.

(3) Filho de Téstio e irmão de Altaia (vv.), um dos participantes da caçada de Calidon (v. *Meleagro*) e da expedição dos Argonautas (v.).

(4) Filho de Idomeneu, rei de Creta, morto por Leuco na ausência do pai.

Ifidamas (G. *Iphidamas*). (1) Um dos filhos do troiano Antênor (v.) e de Teanó, filha do rei trácio Cisseu. Ifidamas casou-se com uma das filhas de Cisseu e pouco tempo depois partiu para a Guerra de Tróia (v.), sendo morto em combate por

Agamêmnon (v.). Côon, seu irmão mais novo, quis vingá-lo mas apenas conseguiu ferir levemente o comandante dos gregos, pois foi morto e tombou sobre o cadáver do irmão.

(2) Filho do rei Búsiris (v.), morto juntamente com seu pai por Heraclés (v.) diante do altar de Zeus (v.).

Ifigênia (G. *Iphigêneia*). Uma das filhas de Agamêmnon e de Clitemnestra. Encolerizada com Agamêmnon, que matara um cervo consagrado, Ártemis (v.) provocou uma calmaria prolongada que retinha em Áulis as naus gregas prontas para a expedição contra Tróia. Calcas, adivinho das forças gregas, revelou que o rancor da deusa somente seria aplacado se Agamêmnon lhe sacrificasse Ifigênia, sua filha. A princípio o rei relutou, porém os demais chefes gregos, tendo à frente Menelau e Ulisses (vv.), persuadiram-no a consumar o sacrifício. Pretextando que iria casá-la com Aquiles (v.), ele mandou Ifigênia vir de Micenas e deu ordens a Calcas para imolá-la no altar de Ártemis. Na hora do sacrifício a deusa comoveu-se, e em vez da virgem foi imolada uma corça. Em seguida Ártemis levou-a para Táuris (na atual Criméia), fazendo-a sua sacerdotisa. Nessa condição Ifigênia permaneceu em Táuris por muitos anos, sacrificando à deusa os estrangeiros chegados à região por causa de naufrágios. Um dia, no momento de imolar dois estrangeiros, ela reconheceu neles Orestes, seu irmão, e Pílades (vv.), amigo inseparável do primeiro, vindos a Táuris por ordem do oráculo de Delfos em busca da imagem de Ártemis, cuja guardiã era Ifigênia. Pondo a afeição de irmã acima dos deveres de sacerdotisa, ela entregou a imagem a Orestes e a Pílades, e partiu de volta à Grécia com os dois.

Durante a longa viagem os três pararam na cidade de Esmintíon, na Troas, onde havia um templo de Apolo (v.) cujo sacerdote era Crisés (v.). O sacerdote vivia lá com um neto, que sua filha Criseís (v.) tivera de Agamêmnon quando era sua concubina. Esse filho chamava-se também Crisés em homenagem ao avô, a quem deveria suceder como sacerdote de Apolo, que em Esmintíon era tido como seu pai. Por ocasião da chegada dos três fugitivos, perseguidos por Toas (v.), rei de Táuris, Crisés, o neto, deteve-os e ia entregá-los a Toas, mas seu avô lhe revelou em tempo que seu verdadeiro pai era Agamêmnon, pai também de Ifigênia e de Orestes. Crisés, o neto, matou então Toas e seguiu com seus meio-irmãos para Micenas. Ifigênia teria morrido em Mêgara, onde lhe foi dedicado um santuário.

Em outra versão da lenda ela teria recebido de Ártemis a imortalidade, ou vivia misteriosamente com Aquiles numa ilha em frente à foz do rio Istro (o atual Danúbio) – a "Ilha Branca" (v. *Leuce* (2)). Nesta última versão realizava-se tardiamente a união de Ifigênia com Aquiles, que servira de pretexto a Agamêmnon para levá-la a Áulis a fim de ser sacrificada.

Eurípides escreveu duas tragédias – *Ifigênia em Áulis* e *Ifigênia em Táuris* – com base na lenda desta heroína.

Ifimédia (G. *Iphimêdeia*). Filha de Tríops, casada com seu tio Aloeu, com quem teve uma filha – Pancrátis – e dois filhos – Efialtes e Oto –, gigantes conhecidos como Aloadas (vv.). Ifimédia era apaixonada por Poseidon (v.), e entrava freqüentemente no mar para molhar o ventre com sua água, até que o deus a engravidou de seus dois filhos, cujo pai humano era Aloeu.

Num dia em que Ifimédia e sua filha Pancrátis cultuavam Dióniso (v.) no monte Drio (na Acaia), ambas foram raptadas por dois piratas de Naxo, chamados Cassámeno e Esquelis (ou Hegétoro e Sícelo em outra fonte). Ambos apaixonaram-se por Pancrátis e se mataram numa luta terrível. Agassámeno, rei de Naxo, entregou Ifimédia a um de seus amigos e uniu-se a Pancrátis. Aloeu mandou Efialtes e Oto à procura das duas; os dois gigantes atacaram Naxo, expulsaram os seus habitantes e passaram a reinar na ilha.

Ífis (G. *Íphis*). (1) Um herói de Argos, filho de Alêctor e pai de Eteoclés (v.) e de Euadne, mulher de Capaneu (v.). Em outra versão da lenda Ífis era filho de Alêctor e irmão de Capaneu. Seus dois filhos e Capaneu perderam a vida tragicamente; Eteoclés morreu lutando diante de Tebas, e Euadne lançou-se na pira onde seu marido estava sendo consumido pelas chamas depois de ser atingido por um raio quando tentava escalar a muralha da cidade atacada.

As desventuras de Ífis foram um castigo pelo fato de ele haver sugerido a Polinices (v.) que subornasse Erifile (v.), mulher de Anfiarau, oferecendo-lhe o colar de Harmonia (vv.). Ífis morreu sem deixar descendentes e legou o trono a Estênelo (v.), filho de Capaneu.

(2) Outro argivo, um dos Argonautas (v.), cujo pai também se chamava Estênelo e era filho de Perseu, e irmão de Euristeu (vv.).

(3) Amante de Anaxarete (v.), uma moça de Chipre, transformada em pedra por Afrodite (v.).

(4) Filha de Ligdo e de Telêtusa, cretenses de Festo. Antes do nascimento do filho do casal, Ligdo deu ordens a Telêtusa para enjeitar a criança se fosse menina. Na hora do parto Ísis (v.) apareceu a Telêtusa e lhe disse para criar o nascituro, fosse ele menino ou menina. Telêtusa teve uma menina, e obedecendo à deusa resolveu disfarçá-la em menino para não ter de enjeitá-la, dando-lhe o nome ambíguo de Ífis e vestindo-a com roupas masculinas.

Quando Ífis cresceu, uma moça chamada Iante apaixonou-se pelo falso rapaz. Acertado o noivado, a mãe de Ífis adiava sempre o casamento, recorrendo a pretextos, mas um dia teve de marcar a data das núpcias. Desesperada, Telêtusa pediu a ajuda de Ísis, que transformou Ífis em rapaz. Graças à deusa os noivos afinal casaram-se. Veja-se *Galatéia* (2) para uma lenda semelhante.

(5) Uma das filhas de Téspio (v.), amada por Heraclés (v.).

(6) Uma cativa da ilha de Cira, amada por Pátroclo (v.).

Ífito (G. *Íphitos*). (1) Filho de Êurito (v.), rei de Ecália. Ífito herdou de seu pai um arco prodigioso, presente de Apolo (v.), e o ofereceu a Ulisses (v.), que matou com o mesmo os pretendentes à mão de Penélope (v.) por ocasião de seu retorno a Ítaca. Ulisses, por seu turno, deu a Ífito uma lança e uma espada, numa troca de presentes em Messene para consolidar os laços de hospitalidade entre os dois heróis. Em uma das versões da lenda Êurito foi morto por Apolo, com quem teve a pretensão de competir no manejo do arco e das flechas. Em outra versão Heraclés (v.) matou-o durante a captura de Ecália, juntamente com seus quatro filhos (entre os quais estava Ífito). Numa variante dessa versão Ífito teria apoiado Heraclés em sua pretensão de obter a mão de Iole (v.), por ter sido o vencedor de uma competição de habilidade no uso do arco e das flechas; graças a esse apoio Ífito foi poupado pelo herói.

Mais tarde, por ocasião de seu encontro com Ulisses em Messene, Ífito estava à procura das éguas (ou dos bois) roubadas por Heraclés, ou roubadas por Autólico (v.) e deixadas com Heraclés, que se recusou a entregá-las e o matou. Para expiar esse crime Heraclés foi vendido como escravo.

(2) Filho de Náubolo, príncipe da Fócis e pai de Estrófio e de Esquêdio, comandantes das tropas focídias na guerra contra Tróia. Esse Ífito era um dos Argonautas (v.).

(3) Rei de Élis, contemporâneo de Licurgo, o legislador de Esparta. Este Ífito restabeleceu os Jogos Olímpicos, instituídos por Heraclés (v.) mas interrompidos após a morte do rei Ôxilo (v.). Ífito foi a Delfos pedir ao oráculo a indicação de um remédio para os males que assolavam a Grécia – divergências políticas e epidemias. A resposta foi que esses males cessariam com o restabelecimento dos Jogos Olímpicos e a instauração em Esparta do culto de Heraclés, tido pelos espartanos como inimigo de sua pátria.

Iinge (G. *Íygx*). Filha de Pan e da ninfa Eco (vv.), que teria induzido Zeus a desejar Ió (vv.) oferecendo-lhe um filtro de amor. Hera (v.) castigou-a transformando-a numa estátua de pedra, ou num pássaro chamado íinx, usado pelos feiticeiros para encantamentos amorosos.

Ilha Branca (G.). V. *Leuce* (2).

Ilhas dos Bem-Aventurados (G.). V. *Elísion.*

Ilia (L.). Nome dado freqüentemente a Rea Sílvia (v.) ("Ilia" significava "mulher de Ílion", ou seja, "troiana"). Tida geralmente como filha de Enéias e de Lavínia, Ilia foi amada por Marte (v.) e teve com ele os gêmeos Rômulo e Remo (vv.). Amúlio (v.), rei de Alba, que a obrigara a ser vestal com o objetivo de impedir que ela tivesse filhos para contestar-lhe o poder, aprisionou-a segundo uma das versões de sua lenda, ou mandou lançá-la no rio Tibre segundo outra versão. O deus desse rio conseguiu divinizá-la e casou-se com ela.

Ilione (G.). Filha mais nova de Príamo e de Hécuba, e mulher de Polimestor (vv.).

Ilioneu (G. *Ilioneus*). (1) Filho mais novo de Anfíon e de Níobe (vv.).

(2) Um companheiro de Enéias (v.).

(3) Um velho troiano morto por Diomedes (v.) durante o saque de Tróia.

Ilírio (G. *Ilýrios*). Filho mais velho de Cadmo e de Harmonia (vv.), nascido durante a expedição do pai contra os ilírios, cujo território lhe deve o nome.

Ilítia (G. *Eilêithyia*). Divindade tutelar das parturientes, filha de Zeus e de Hera e irmã de Ares, de Hebe e de Hefesto (vv.). Muito apegada a Hera, Ilítia ajudava-a em suas perseguições às deusas ou às mortais amadas por Zeus, como quando tentou impedir os partos de Letó e de Alcmene (vv., e *Galintias*).

Ilo (G. *Ilos*). (1) Um dos quatro filhos de Dárdano (v.), da família real de Tróia.

(2) Um dos quatro filhos de Tros e de Calirroe (os outros três eram Assáraco, Cleópatra e Ganimedes (vv.)). Este Ilo casou-se com Eurídice, filha de Ádrasto (v.), e teve dela um filho chamado Laomêdon e uma filha – Temistó –, que se casou com Cápis e foi avô de Enéias (v.). Ilo, que foi o ancestre da Casa real de Tróia, partiu de Troas para a Frígia a fim de competir nos jogos organizados pelo rei da região. Vencedor da competição, Ilo ganhou como prêmio cinqüenta escravos e outras tantas escravas, todos jovens. Obedecendo a um oráculo o rei da Frigia deu-lhe também uma vaca malhada e o aconselhou a segui-la e fundar uma cidade no local em que ela se detivesse. O animal caminhou para o norte e parou na elevação chamada Colina de Ate (lugar em que caiu Ate (o Erro) quando Zeus o lançou do céu para a terra) (v. *Ate*). Lá Ilo fundou uma cidade à qual deu o nome de Ílion (a futura Tróia), situada na planície do rio Escamandro, nas vizinhanças de Dárdano, cidade fundada pelo rei homônimo no monte Ida (v. *Dárdano*).

Algum tempo depois Ilo pediu a Zeus que confirmasse com um indício o acerto da escolha do lugar onde fundara Ílion. Certo dia, ao sair de sua tenda ele encontrou o Paládio (v.), uma estátua que caíra do céu. Essa estátua media aproximadamente 1m50 de altura; tinha na mão direita uma lança e na mão esquerda uma roca e um fuso, e era uma imagem da deusa Atena (v.) (um dos epítetos dessa deusa era Palas, de onde o nome Paládio). Ilo mandou construir um grande templo na cidade recém-fundada para abrigar a estátua. Em outra versão da lenda a estátua caiu através do teto do templo durante a construção, ficando no lugar onde desde então permaneceu.

(3) Filho de Mêrmero, neto de Feres e bisneto de Jáson e de Medéia (vv.); era rei de Éfira, em Élis, e herdara de Medéia, sua antepassada, a arte de preparar venenos infalíveis. Contava-se que antes de partir

para a Guerra de Tróia Ulisses foi pedir-lhe um veneno capaz de tornar mais mortíferas as suas flechas, porém Ilo recusou-se a atendê-lo invocando as leis divinas.

Ímbraso (G. *Ímbrasos*). (1) Um rio da ilha de Samos, cujo deus era filho de Apolo (v.) e da ninfa Ocirroe.

(2) Um chefe trácio cujo filho Píroo é mencionado por Homero na *Ilíada*.

Ínaco (G. *Ínakhos*). Deus de um rio da Argolis. Antes de ser divinizado Ínaco era rei de Argos, casado com Melias, filha de Oceano (v.), de quem teve os filhos Egialeu e Foroneu. Nas lendas argivas ele teria vivido antes do aparecimento da raça humana, e seu filho Foroneu teria sido o primeiro homem. Em outras lendas Ínaco era contemporâneo de Erictônio e de Êumolpo (vv.), habitantes de Atenas e de Elêusis.

Contava-se também que após o dilúvio de Deucalião (v.) ele reuniu os homens sobreviventes e instalou-se com os mesmos na planície cortada pelo rio que passou a ter o seu nome para perpetuar a memória de seus benefícios. Juntamente com Céfiso e Asteríon (vv.), Ínaco foi o árbitro na disputa entre Hera e Poseidon (vv.) pela primazia na região. Diante de sua decisão favorável a Hera, Poseidon o amaldiçoou, secando o leito do rio Ínaco durante todo o verão. O primeiro templo de Hera teria sido erigido por Ínaco (ou por seu filho Foroneu segundo uma variante da lenda). Algumas fontes apresentam-no como pai de Ió (v.), cujas desventuras lhe trouxeram muitos sofrimentos e o revoltaram tanto que ele quis perseguir Zeus (v.), raptor de sua filha e causador de sua desgraça. Zeus mandou contra ele a fúria Tisifone (v.); atormentado incessantemente por ela, Ínaco lançou-se ao rio até então chamado Haliácmon, cujo nome passou a ser o seu após esse acontecimento.

Numa variante dessa versão da lenda Zeus o fulminou com seus raios, provocando a seca do Ínaco.

Íncubos (L.). Demônios nas crenças populares romanas, que vinham sentar-se à noite no peito das pessoas adormecidas para causar-lhes pesadelos, e às vezes uniam-se às mulheres enquanto elas dormiam. Os Íncubos apareciam com um chapéu em forma de cone, e em certas ocasiões o perdiam durante suas travessuras; quem achasse um desses chapéus passava a ter o poder de descobrir tesouros.

Indigetes (L.). Numerosas divindades cuja função se restringia à realização de um ato específico, e cuja existência se limitava à consumação desse ato. Entre essas divindades estavam Consévio (o deus da concepção), Abéona (a deusa que ensinava as crianças a andarem fora de casa), Adéona (que as trazia de volta à casa), Nênia (a deusa das lamentações fúnebres). Eram também Indigetes as divindades vinculadas a certos lugares: Clivícola às ladeiras, e Jano às portas.

Indos (G.). (1) Filho de Gaia (a Terra) e herói epônimo da Índia, morto por Zeus (v.). Indos uniu-se à ninfa Calauria, e dessa união nasceu o rio Ganges.

(2) Um indiano dotado de grande beleza, que violentou a filha do rei Oxialces, e para fugir à punição lançou-se ao rio Máusolo, que desde então passou a chamar-se Indo.

(3) Um rei da Cítia, a quem se atribuía a invenção do dinheiro.

Inó (G.). V. *Leucotéia.*

Ió (G.). Uma moça de Argos, sacerdotisa de Hera (v.) em sua terra. Em uma das versões de sua lenda Ió era filha de Íaso e de Leucane, e outra de Ínaco e de Melia (vv.). Zeus (v.) enamorou-se dela, seja por sua beleza, seja por causa de um filtro de amor preparado por Iinge (v.).

Contava-se a respeito de sua união com Zeus que ela foi instada em sonho a ir até as margens do lago de Lerna e entregar-se lá ao deus. Ió revelou o sonho ao seu pai, e este consultou os oráculos de Delfos e de Dodona, recebendo destes ordens para obedecer, pois do contrário ele e toda a sua família seriam fulminados pelos raios do deus. Zeus uniu-se a Ió, e para protegê-la do ciúme de Hera, sempre atenta às aventuras amorosas do marido, transformou-a numa novilha imaculadamente branca. Desconfiada, Hera pediu a Zeus que lhe oferecesse a novilha, e ele a consagrou à sua mulher. Hera pôs como guarda de Ió Argos (v.) com seus inúmeros olhos, dos quais a metade estava sempre vigilante. A partir de então começaram as desditas de Ió, levada para Micenas e de lá para a Eubéia.

Zeus continuou a encontrar-se com sua amante disfarçado em touro, e com pena dela incumbiu Hermes (v.) de livrá-la de Argos. Com o caduceu Hermes adormeceu os olhos abertos do guardião incansável, e em seguida o matou. Mas Hera não deixou Ió em paz, pois mandou contra ela um moscardo implacável, que passou a picá-la incessantemente nos flancos até deixá-la alucinada. Ió, sempre sob a forma de novilha, percorreu a costa do golfo Jônio (assim chamado por sua causa), atravessou o mar do mesmo nome no estreito existente entre a Europa e a Ásia e lhe deu o nome de Bósforo, que significa "Passagem da Vaca". A moça vagueou durante muito tempo, até chegar ao Egito, onde foi acolhida amavelmente e teve o filho gerado por Zeus, chamado Épafo (v.). A rancorosa Hera não desistiu, e mandou os Curetes (v.) seqüestrarem o filho de Ió, forçando-a retomar a sua caminhada angustiante, agora à procura do filho. Mais tarde Zeus matou os Curetes e Ió recuperou o filho na Síria, voltando com ele para o Egito, onde passou a receber honras divinas com o nome de Ísis (v.).

Iobates (G.). Rei da Lícia, que quando Preto (v.) foi expulso de Argos por Acrísio (v.), seu irmão gêmeo, o acolheu em seu palácio e lhe deu em casamento sua filha Ânteia, ou Esteneboia (vv.). Mais tarde Iobates preparou uma expedição para repor Preto no trono. Nesse ínterim Preto imaginou que Belerofonte (v.) tentara seduzir-lhe a mulher e o mandou a Iobates com uma mensagem pedindo-lhe para matá-lo. Iobates não quis eliminar diretamente o acusado, e para atender ao pedido de Preto submeteu Belerofonte a provas dificílimas, pensando que ele não sobreviveria às mesmas. Belerofonte, entretanto, passou facilmente pelas provas e casou-se com outra filha de Iobates, chamada Filonoe, ou Cassandra, ou Antícleia, ou Alcmene. Iobates morreu sem deixar filhos homens e designou Belerofonte para sucedê-lo no trono.

Iodama (G.). Filha de Itono e sacerdotisa de Atena Itônia na região de Coronéia, na Beócia. Zeus (v.) uniu-se a Iodama e dessa união nasceu uma filha chamada Tebe (v.), que se casou com Ôgigo (v.) por imposição do deus. Certa noite Atena apareceu-lhe com sua égide e a transformou em pedra. Foi-lhe erigido um altar no templo em que ela servia, no qual diariamente uma mulher gritava "Iodama está viva e pede fogo" enquanto cuidava do fogo sagrado.

Iolau (G. *Iôlaos*). Filho de Ificlés (v.) e de Automêdusa, e portanto sobrinho de Heraclés. Iolau acompanhou o tio em todos os seus "Trabalhos" (v. *Heraclés*), participou da expedição dos Argonautas (v.) e da caçada de Calidon (v. *Melêagro*), e foi o vencedor, com o carro de Heraclés, da corrida disputada nos primeiros Jogos Olímpicos quando Heraclés os instituiu. Além disso coube-lhe a vitória nos jogos fúnebres celebrados em honra de Pelias (v.). Iolau esteve presente à morte de Heraclés no monte Dita e à sua apoteose. Mais tarde ele ajudou os Heráclidas (v.) e os levou juntamente com alguns atenienses para Sardó (a atual Sardenha), onde morreu depois de fundar várias cidades, inclusive Ôlbia: Em outra versão de sua lenda Iolau viajou de Sardó para a Sicília, e lá fundou numerosos santuários onde se cultuava Heraclés após a sua divinização. Zeus e Hebe (vv.) restituíram a Iolau a juventude e a força por um dia para que ele, já velho (ou então depois de morto), pudesse vingar-se de Euristeu (v.) por sua perseguição implacável aos Heráclidas.

Iole (G.). Filha de Êurito (v.), rei da Ecália, oferecida como prêmio pelo pai numa competição de manejo do arco e das flechas, vencida por Heraclés (v.). Após a vitória Êurito negou-se a entregar Iole ao herói, temeroso de que ele tivesse um novo acesso de loucura e matasse os filhos que poderia vir a ter com sua filha. Heraclés atacou então a Ecália e a capturou, levando consigo a moça como sua concubina. Por causa de Iole Dejanira (v.), mulher de Heraclés, mandou ao herói uma túnica envenenada que lhe causou a morte.

Em seus últimos momentos Heraclés entregou Iole ao seu filho Hilo (v.). Em outra versão da lenda Iole quis resistir às investidas amorosas de Heraclés após a sua vitória, e tentou suicidar-se após a captura da Ecália, lançando-se do alto da muralha da cidade, mas suas longas vestes amorteceram a queda e ela saiu incólume dessa tentativa. Heraclés mandou-a a Dejanira, mas a juventude e a beleza de Iole despertaram-lhe um ciúme mórbido, e ela remeteu a Heraclés o manto envenenado.

Íon (G.). Herói epônimo dos jônios, filho de Xuto e de Creusa (vv.), e sobrinho de Éolo e de Doro, da raça de Deucalião (vv.). Xuto foi expulso da Tessália por seus irmãos Éolo e Dora, e passou a viver em Atenas, onde casou-se com Creusa. Em seguida à morte de Erecteu (v.), seu sogro, os atenienses o baniram da Ática e ele se instalou na costa norte do Peloponeso (a futura Acaia, chamada então de "Terra de Egíalo"). Após a morte de Xuto seus filhos se separaram, voltando Aqueu à Tessália, enquanto Íon foi para Egíalo, cujo rei – Selino – lhe deu em casamento Hélice, sua filha única, e o designou como seu sucessor. Morto Selino, Íon subiu ao trono e fundou uma cidade com o nome de sua mulher, e passou a chamar de jônios os habitantes de seu reino. Os atenienses, engajados na época em uma guerra contra os eleusínios, pediram ajuda a Íon e lhe deram o comando de suas forças. Íon morreu enquanto estava na Ática. Seus descendentes mantiveram-se no poder em Egíalo até a chegada dos descendentes de Aqueu, vindos da Tessália, que os expulsaram da região e deram à mesma o nome de Acaia.

Em outra versão da lenda Xuto, depois de casar-se com Creusa, filha de Erecteu, fundou quatro povoações – Maratona, Oinoe, Probalinto e Tricorinto –, conhecidas em conjunto como Tetrápolis. Aqueu, um dos filhos de Xuto, cometeu involuntariamente um crime e refugiou-se na Lacedemônia, cujos habitantes passaram a chamar-se aqueus. Íon, seu outro filho, derrotou os trácios comandados por Êumolpo (v.), e sua vitória levou os atenienses a proclamá-lo seu rei. Mais tarde os atenienses estabeleceram uma colônia em Egíalo e mudaram o nome da região para Jônia. Na época de suas expedições os Heráclidas (v.) expulsaram os colonos de lá e passaram a chamar a Jônia de Acaia.

Numa terceira versão da lenda o pai de Íon era Apolo (v.), e não Xuto. O deus uniu-se a Creusa numa gruta situada na acrópole de Atenas, e dessa união nasceu Íon. Creusa, esperando que Apolo viesse cuidar de seu filho, enjeitou-o logo após o nascimento, pondo-o numa cesta; Apolo mandou Hermes (v.) levar o recém-nascido para Delfos, e o menino foi entregue à sacerdotisa do deus para ser criado por ela. Algum tempo depois Erecteu, pai de Creusa, deu a filha em casamento a Xuto para demonstrar sua gratidão pela ajuda deste último na guerra contra os descendentes de Calcodonte (v., (1)). Como o casal não conseguia ter filhos, Xuto e Creusa foram a Delfos para consultar o oráculo, cuja resposta foi que Xuto deveria adotar como filho a primeira criança que encontrasse ao entrar no templo. Xuto viu então Íon, o filho de Creusa com Apolo, e quis adotá-lo, mas Creusa recusou-se de início a acolher o menino, que não reconheceu no primeiro momento; pouco depois, vendo a cesta onde pusera o recém-nascido, conservada pela sacerdotisa, ela percebeu que o menino era seu próprio filho.

Eurípides escreveu uma tragédia – *Íon* – seguindo a última versão desta lenda.

Íoxo (G. *Íoxos*). Neto de Teseu e filho de Melânipo (vv.) e de Perigune (filha do bandido Sinis (v.)). Quando Teseu matou Sinis, Perigune ocultou-se numa moita de pés de anis e de aipos, e prometeu às plantas que se a escondessem bem durante a luta em que seu pai se empenhava jamais as maltrataria. Por causa desse juramento Íoxo e seus descendentes consideravam sagrados os pés de anis e de aipo.

Irene (G. *Eirene*). A Paz personificada, filha de Zeus e de Temis (vv.).

Íris (G.). Filha de Taumas e de Electra, e irmã das Hárpias (vv.). Íris era o símbolo do arco-íris e das relações entre os deuses e os homens. Juntamente com Hermes (v.) Íris tinha a incumbência de transmitir as mensagens dos deuses, principalmente as de Zeus e de Hera (vv.), sendo que desta última ela aparece como serviçal. Em algumas fontes Íris era casada com Zéfiro e mãe de Eros (vv.) com ele.

Iro (G. *Iros*). (1) Filho de Áctor (v.), rei de Opus, e pai dos Argonautas (v.) Euritíon (v., (3)) e Euridamas. Para reparar a "morte involuntária de Euritíon, Peleu (v.) ofereceu a Iro alguns bois e carneiros, mas Iro não os aceitou. Aconselhado por um oráculo, Peleu deixou esses animais em liberdade; em seguida um lobo os atacou e devorou, porém um deus petrificou a fera. Na época histórica ainda existia a estátua desse lobo na fronteira da Locris com a Focis.

(2) Um mendigo glutão e beberrão, com quem Ulisses (v.) lutou para divertir os pretendentes à mão de Penélope (v.). Iro devia seu nome ao fato de transmitir recados dos habitantes de Ítaca (compare-se *Íris* acima).

Ísis (G.). Uma deusa egípcia cujo culto se disseminou no mundo grego (e mais tarde romano) a partir do início da era cristã. Para os egípcios Ísis era a mulher de Ôsiris e mãe de Horos, o deus-sol. Set, o rei das sombras, matou Ôsiris; durante a noite Ísis perambulava à procura do marido morto, lamentando-lhe o desaparecimento, até que Horos o vingou. Celebravam-se os mistérios de Ísis como mãe dos deuses e vencedora das trevas, e sua lenda foi associada à de Ió (v.) (talvez porque Ísis era representada sob a forma de uma vaca). Ela também foi identificada com Deméter (v.), e era a deusa das práticas mágicas.

Ismene (G.). (1) Filha de Édipo e de Jocasta, e portanto irmã de Antígona (vv.). Amada pelo tebano Teoclímeno, durante um encontro com o mesmo foi morta por Tideu (v.), instigado por Atena (v.).

(2) Filha de Ásopo e mãe de Íaso, na versão da lenda em que este último é filho de Argos (vv.).

Ísmeno (G. *Ísmenos*). (1) Um tebano também chamado Ismênio, filho de Apolo e da ninfa Melia (vv.). Suas duas filhas – Dirce e Estrófia – foram transformadas em fontes no território tebano.

(2) Deus do rio homônimo na Beócia, filho de Oceano e de Tetis, ou de Ásopo e de Metope (vv.).

(3) Filho primogênito de Anfíon e de Níobe, morto por Apolo com suas filhas, as Niobides (vv.). Antes de expirar este Ísmeno lançou-se ao rio que tomou o seu nome.

Ísquis (G. *Ískhys*). Um arcádio neto de Arcás (v.). Ísquis uniu-se a Coronis, filha de Flegias, quando ela já estava grávida de Asclépio (vv.), filho de Apolo (v.), e foi morto por isso juntamente com sua mulher. Em outra versão da lenda o amante de Coronis chamava-se Alcioneu, e não Ísquis.

Issa (G.). Uma moça de Lesbos, filha de Macareu, que deu o nome à cidade homônima, situada na ilha onde nasceu. Issa uniu-se a Hermes, ou a Apolo (vv.) (ou ainda a ambos), e teve um filho chamado Prílis (v.), um adivinho lésbio.

Istmiades (G. *Isthmiades*). Marido de Pelarge, filha de Potneu. Na época da suspensão do culto dos Cabiros (v.) durante a expedição dos Sete Chefes contra Tebas, Istmiades e sua mulher o restabeleceram na Beócia. Quando Pelarge morreu, o oráculo de Dodona ordenou aos beócios que lhe concedessem honras divinas para recompensá-la por sua devoção aos deuses.

Istro (G. *Istros*). Deus do rio homônimo (o atual Danúbio), filho de Oceano e de Tetis. Héloro e Acteu, seus filhos, combateram na Mísia no contingente comandado por Télefo (v.) por ocasião do desembarque do exército grego naquele território a caminho de Tróia.

Ítaco (G. *Íthakos*). Herói epônimo da ilha de Ítaca, filho de Pterelau e de Anfimede. Ítaco e seus dois irmãos Nérito e Políctor, deixaram a ilha de Côrcira (a atual Corfu) e foram fundar a cidade de Ítaca, na ilha homônima. Devia-se-lhes a descoberta e a consagração da fonte onde os habitantes vinham buscar água.

Ítalo (G. *Italôs*). Um arcádio que emigrou para o território dos brútios, no sul da Itália, do qual tornou-se rei. Ítalo demonstrou durante o seu reinado um elevado senso de justiça e grande sabedoria, dando leis aos seus súditos e levando-lhes a civilização, a ponto de tornar-se o herói epônimo da Itália (até então conhecida como Ausônia). Em outras versões da lenda Ítalo aparece como sendo originário de Côrcira, ou da Sicília, ou da Lucânia, ou da Ligúria, e seria filho de Satíria (filha de Minos), ou de Penélope com Telégono (vv.).

Ítilo (G. *Ítylos*). Filho de Aédon e de Zeto (vv.) na versão tebana da lenda do rouxinol. Aédon assassinou seu filho pensando que estava matando Amaleu, filho mais velho de Níobe (v.), sua cunhada, despeitada porque esta última era mãe de muitos filhos, e ela mesma só tinha dois (Ítilo e Neís).

Ítis (G. *Ítys*). Nome do filho de Procne na versão mais recente da lenda do rouxinol (em vez de Ítilo, v. acima). Nessa versão, que é ática, seu pai era Tereu, e não Zeto (vv.) como na lenda anterior. Tereu era rei da Trácia, casado com Procne, filha de Pandíon (vv.), rei de Atenas. Depois de morto, Ítis (cujo corpo despedaçado foi oferecido a Tereu, que o comeu sem saber que era de seu próprio filho), transformou-se em pássaro.

Noutra lenda a mãe de Ítis é Aédon (v.), e não Procne: Aédon metamorfoseou-se em rouxinol, e não se menciona em que se transformou Ítis. V. também *Filomela.*

Itome (G. *Ithome*). Ninfa da montanha homônima, na Messênia. Itome recebeu a incumbência de criar Zeus (v.) recém-nascido, juntamente com outra ninfa chamada Neda, e as duas banhavam habitualmente o deus menino na fonte Clepsidra, próxima à morada das ninfas. Havia no local um santuário de Zeus Itomas, onde o deus proferia oráculos. Para comemorar a passagem de Zeus por essa região, os habitantes levavam diariamente água da fonte Clepsidra para o santuário.

Ítono (G. *Ítonos*). Filho de Anfictíon e marido da ninfa Melanipe (vv.), da qual teve três filhos: Boioto, Cromia e Iodama. Às vezes Ítono é mencionado como o fundador do culto de Atena Itônia (v. *Iodama*).

Iustitia (L.) A Justiça personificada, equivalente a *Dike* e também a Astréia (vv.) na mitologia grega. Após a Idade de Ouro (v.) os crimes das criaturas humanas afugentaram *Iustitia*, que abandonou o convívio dos mortais e foi refugiar-se no céu, onde se transformou na constelação da Virgem.

Ixíon (G.). Filho de Perimene e de Flegias, e irmão de Coronis (vv.) e pai de Pirítoo, amigo de Teseu (vv.). Noutras versões da lenda o pai de Ixíon era Ares, ou Aêton, ou Antíon, ou Pisíon, e não Flegias. Ixíon era rei dos lapitas na Tessália, e pediu em casamento a Deioneu, outro rei da região, sua filha Dia, jurando que lhe daria muitos presentes. Consumado o casamento, Deioneu reclamou o cumprimento da promessa, mas em vez de darlhe os presentes Ixíon armou-lhe uma cilada e o lançou num fosso cheio de brasas. Com esse procedimento Ixíon tornou-se culpado de perjúrio e também de sacrilégio, no qual incorria quem matasse algum parente. Ninguém quis purificar Ixíon do crime abominável, mas Zeus (v.) apiedou-se dele e o purificou, curando-o assim da loucura subseqüente ao homicídio. Ixíon, entretanto, cometeu a ingratidão de cobiçar Hera (v.) tentando violentá-la. Zeus fez com uma nuvem um simulacro da deusa; Ixíon uniu-se ao simulacro e gerou um filho – Centauro –, pai dos centauros (v.) (ou segundo outra versão da lenda os próprios centauros). Esse novo sacrilégio levou Zeus a punir mais uma vez Ixíon, amarrando-o numa roda envolta em chamas, girando incessantemente, e o lançou assim nos ares. Ixíon, que provara pelas mãos de Zeus a ambrosia quando este último o purificou, adquirira assim a imortalidade, e por isso seu castigo seria eterno.

Em variantes dessa lenda Ixíon soma seu castigo no Tártaro (v.), ao lado dos criminosos mais cruéis.

J

Jacintides (G. *Hyakinthides*). Quatro moças imoladas em Atenas num sacrifício destinado à salvação da pátria. Numa das versões de sua lenda elas eram filhas do lacedemônio Jacinto, radicado em Atenas, e se chamavam Aigleís, Anteís, Litéia e Ortéia. Durante a guerra de Minos contra a Ática a região estava sendo assolada por uma pestilência e pela fome. Obedecendo a um oráculo, os atenienses imolaram as moças num sacrifício inútil, pois tiveram de aceitar as condições desumanas de Minos. Vv. *Androgeu*, Minos e *Teseu*. Em outra lenda as Jacintides aparecem como filhas de Erecteu (v.) e eram apenas duas – Pandora e Protogênia – e se ofereceram como vítimas para um sacrifício expiatório quando o exército de Elêusis, comandado por Êumolpo (v.), marchava contra Atenas; sua denominação de Jacintides devia-se à circunstância de o sacrifício ter-se realizado numa colina denominada Jacinto.

Jacinto (G. *Hyákinthos*). Filho de Amiclas e de Diomede, ou da ninfa Cleió e de Píero. Dotado de extraordinária beleza, Jacinto foi amado por Apolo e por Zéfiro (vv.), correspondendo ao amor do primeiro mas mostrando-se indiferente ao segundo. Um dia ele e Apolo entretinham-se competindo no lançamento de disco; Zéfiro, despeitado, desviou com seu sopro o disco lançado por Apolo, que atingiu e matou o rapaz. Apolo ficou desesperado, e para perpetuar a memória de seu amado fez com o sangue derramado por Jacinto uma flor, em cujas pétalas havia uma marca lembrando o grito de dor do deus (AI), ou a inicial (Y em grego) do nome da vítima. Em outra versão da lenda o disco teria sido desviado por Bóreas (v.), e não por Zéfiro.

Janisco (G. *Iâniscos*). (1) Um descendente do ateniense Clítias, cuja filha, chamada Fenó, casou-se com Lamêdon, rei de Sicíone, para satisfazer a vontade do pai. Mais tarde Ádrasto (v.), sucessor de Lamêdon, abdicou ao trono de Sicíone, e Janisco, que vivia na Ática, foi chamado a ocupá-lo.

(2) Um tessálio filho de Asclépio e irmão de Macáon e Podalírio (vv.).

Jano (L. *Ianus*). Um dos principais deuses romanos, e dos mais antigos, chamado "deus dos deuses" no hino dos sálios. Era o primeiro deus a ser mencionado nas preces, e o primeiro a receber a porção do sacrifício. Jano é mencionado como o guardião do universo, o abridor e fechador de todas as coisas, olhando para dentro e para fora da porta, e passou a ser o deus dos inícios – por exemplo, da primeira hora do dia e do primeiro mês do ano – *Ianuarius*. Jano era representado com duas faces (*bifrons*), uma voltada para a frente e a outra para trás, sugerindo vigilância constante ou simbolizando sua sabedoria, como conhecedor do passado e adivinho do futuro.

Segundo algumas fontes Jano era originário de Roma, da qual teria sido rei com Cameses, rei lendário de quem se conhece pouco mais que o nome. De acordo com outras fontes ele seria grego, vindo da Tessália e exilado em Roma, cujo rei, Cameses, acolheu-o amistosamente e partilhou o trono com ele. Jano fundou uma povoação no topo de uma colina que passou a chamar-se Janículo por sua causa. Ele teria vindo da Grécia com sua mulher, chamada Camise ou Camasene, e o casal teve dois filhos, um dos quais chamado Tíber, epônimo do rio Tibre. Após a morte de Cameses Jano passou a ser o único rei do Lácio, e durante essa fase de seu reinado recebeu cordialmente Saturno (v.), banido da Grécia por Júpiter (v.), seu filho (vv. *Cronos* e *Zeus*); desde então Jano reinava no Janículo, enquanto Saturno tinha seu trono em Satúrnia, uma povoação situada no topo do Capitólio.

O reinado de Jano correspondeu a uma Idade de Ouro (v.), e se caracterizou pela honestidade generalizada, pela paz, e pela abundância de todos os bens. Para vir da Tessália até a Itália Jano inventou e construiu uma nau; atribui-se-lhe também a invenção da moeda, e por isso as moedas romanas de bronze mais antigas tinham a efígie de Jano no verso e a proa de uma nau no reverso. Em algumas fontes Jano, e não Saturno, teria sido o introdutor da civilização entre os Aborígenes (v.), habitantes nativos do Lácio, que antes de sua chegada à Itália viviam como selvagens e desconheciam as leis, as cidades e até o cultivo da terra. Depois de morto Jano foi divinizado, e como deus salvou Roma do ataque dos sabinos.

Contava-se a propósito que após o rapto das sabinas por Rômulo e por seus companheiros, os sabinos, sob o comando de Tito Tácio (v.), cercaram a cidade recém-fundada, e durante certa noite Tarpéia (v.), filha do guardião do capitólio, entregou a cidade aos sabinos; estes subiram até o Capitólio e estavam prestes a expulsar os seus defensores quando Jano apareceu e os pôs em fuga fazendo surgir do solo uma fonte de água fervente que os deixou apavorados. Para comemorar a salvação milagrosa de Roma os habitantes da cidade resolveram deixar abertas as portas do templo de Jano em tempo de guerra, de maneira a permitir ao deus prestar socorro aos romanos quando fosse necessário. O templo de Jano era um pequeno santuário de bronze no Fórum, com portas abrindo para o lado leste e para o lado oeste, que mesmo nos tempos históricos só ficavam fechadas em tempo de paz, ou seja, raramente.

Jápeto (G. *Iápetos*). Um dos titãs, filho de Urano (o Céu) e de Gaia (a Terra), e irmão de Cronos (vv.), todos da geração divina mais antiga. Casou-se com Climene, uma das filhas de Oceano e de Tetis, e teve com ela quatro filhos: Atlas, Epimeteu, Menécio e Prometeu (vv.). Depois de derrotar Jápeto e os demais titãs que tinham conquistado o poder após a castração de Cronos, Zeus (v.) confinou-os no Tártaro (v.). Em outras versões da lenda sua mulher era Ásia (v.), também filha de Oceano, ou Asopis, filha de Ásopo e neta de Oceano, ou ainda Líbia, filha de Épafo (vv.).

Jápix (G. *Iápyx*). Herói epônimo dos japígios, um povo do sul da Itália. Jápix nasceu em Creta e era filho de Dédalo (ou de Licáon) (vv.) e de uma cretense; ele teria ido para a Sicília e de lá para o sul da Itália por ocasião da perseguição de seu pai por Minos (v.). Em outra versão da lenda Jápix teria sido o chefe dos cretenses que acompanharam Minos e tentaram voltar à pátria após a morte deste último na Sicília, mas foram parar na região de Taras (a atual Táranto) quando uma tempestade destroçou as suas naus.

Jarbas (L. *Iarbas*). Filho de Júpiter Amon (v. *Júpiter*) e de uma ninfa do território dos garamantes, na África, e rei dos gêtulos. Jarbas deu a Dido (v.) as terras onde ela fundou Cartago; apaixonado pela rainha e despeitado por ter sido preterido por

Enéias (v.) na preferência da mesma, Jarbas atacou Cartago após a morte de Dido e expulsou Ana, sua prima, da cidade recém-fundada.

Járdano (G. *Iárdanos* ou *Iardanas*). Pai de Onfale (v.) e rei da Líbia. Graças aos seus poderes mágicos ele levou o rei Camblites (ou Cambles), seu inimigo, a devorar sua própria mulher, inspirando-lhe uma fome insaciável.

Jasíon (G. *Iasíon*). Um samotrácio filho de Zeus e de Electra e irmão de Dárdano (vv.). Jasíon amava Deméter (v.), mas como esta não correspondia ao seu amor ele tentou violentá-la. Zeus, indignado com a audácia de Jasíon, matou-o com seus raios.

Em outra versão da lenda Deméter correspondeu ao amor de Jasíon (ou mesmo apaixonou-se primeiro por ele) e os dois se uniram; dessa união nasceu Pluto (v.), o deus da riqueza. Posteriormente Jasíon casou-se com Cibele (v.), de quem teve um filho chamado Coribas, epônimo dos Coribantes (companheiros da deusa e seus sacerdotes eunucos).

Jasó (G. *Iasó*). A personificação da Cura, filha de Asclépio (v.) e irmã de Higíeia (v.).

Jáson (G. *Iáson*). Filho de Áison (v.) e de Alcimede (filha de Fílaco), ou de Polimede (filha de Autólico), nascido em Iolco e descendente de Éolo (vv.). Áison, herdeiro legítimo do trono de Iolco, foi deposto por Pelias, seu meio-irmão, filho de Poseidon e de Tiró (vv.) (segundo outra versão da lenda, Áison pôs Pelias no trono como regente até a maioridade de seu filho).

Jáson foi criado pelo centauro Quíron (v.) no monte Pelíon, e ao chegar à idade adulta voltou a Iolco, vestindo uma pele de pantera, empunhando uma lança em cada mão e com um dos pés descalço. No momento de sua chegada à ágora da cidade, seu tio Pelias ia oferecer um sacrifício aos deuses; Pelias não reconheceu o sobrinho, mas como um oráculo o advertira para precaver-se contra um jovem calçando apenas uma sandália, ficou com medo daquele estranho de aparência exótica. Depois de passar cinco dias e cinco noites em casa de seu pai, Jáson apresentou-se a Pelias, e na qualidade de herdeiro legítimo pediu-lhe o trono. Querendo livrar-se dele, Pelias incumbiu-o de trazer-lhe primeiro o tosão do carneiro que levara Frixo (v.) pelos ares até a Cólquida. Esse tosão prodigioso, todo de ouro, fora dedicado a Ares por Aietes (vv.), e era guardado dia e noite por um dragão, de tal maneira que Pelias considerava impossível o desempenho da missão.

A primeira providência de Jáson foi pedir auxílio a Argos, filho de Frixo, incumbindo-o por sugestão de Atena (v.) de construir uma nau, que recebeu o nome de *Argó*, para levar o herói e seus companheiros de expedição à Cólquida (v. *Argonautas*). Contrariando a expectativa de Pelias, Jáson voltou da Cólquida com o Tosão de Ouro e casado com Medéia (v.), filha de Aietes, rei da Cólquida. A partir de então Jáson passou a reinar em Iolco, tendo de sua mulher dois ou três filhos, um deles chamado Médeio. Numa das versões da lenda Medéia, valendo-se de seus poderes de feiticeira, provocou a morte de Pelias, induzindo suas filhas, à exceção de Alceste, a fervê-lo num caldeirão a pretexto de rejuvenescê-lo. Esse crime seria uma vingança de Jáson pela usurpação do trono, ou pelo suicídio de Áison, compelido a matar-se por Pelias. Descoberto o homicídio, Jáson e Medéia tiveram de fugir de Iolco e foram para Corinto, onde puderam viver tranqüilamente durante dez anos.

Depois Jáson repudiou Medéia e ficou noivo da filha de Creonte, rei de Corinto (Glauce, ou em outras fontes Creusa); Medéia, aparentando resignação mas na realidade revoltada com o rompimento da promessa de fidelidade que Jáson lhe fizera, mandou de presente à noiva um vestido impregnado de um veneno terrível, que causou a morte de Glauce em meio a chamas devoradoras que também incendiaram o palácio real. Creonte morreu no incêndio, enquanto Medéia, depois de matar os filhos tidos de Jáson, fugiu pelos ares num carro prodigioso mandado por Hélios (o Sol).

Em seguida a esses acontecimentos Jáson regressou a Iolco; lá, ajudado pelos Diôscuros (v.) e por Peleu (v.), desavindo com Ácasto, detentor do trono na época, Jáson saqueou a cidade, depôs o rei e o substituiu no trono (em outra versão da lenda o novo rei foi Téssalo, filho de Jáson).

Jocasta (G. *Iocaste*). Também chamada Epicasta, mãe e mulher de Édipo (v.), filha de Meneceu (v.) e irmã de Creonte (v.) e de Hiponome. Jocasta casou-se em primeiras núpcias com Laio, e dessa união nasceu Édipo. Muitos anos depois, sem reconhecer o filho e sem ser reconhecida por ele, casou-se com Édipo, de quem teve duas filhas – Antígona e Ismene – e dois filhos – Eteoclés e Polinices. Ao tomar conhecimento do incesto Jocasta suicidou-se. Noutra versão da lenda, Jocasta matou-se mais tarde, ao ver seus filhos Eteoclés e Polinices mortos um pelo outro em frente a uma das portas de Tebas.

Jocasto (G. *Iôcastos*). Filho de Éolo e rei de um território no sul da Itália, onde fundou a cidade de Région (na atual Calábria) em uma das versões relativas à origem da cidade. Em outra versão Région teria sido fundada por alguns calcídios retirantes de sua pátria por causa da penúria que a assolava, e se estabeleceram perto do túmulo de Jocasto segundo as tradições de Calcis. A cidade teria sido fundada num local onde eles viram, de acordo com a indicação de um oráculo, uma videira subindo pelo tronco de um carvalho (a expressão oracular teria sido "uma fêmea abraçando um macho").

Júlia Luperca (L.). Uma virgem romana escolhida para ser imolada num sacrifício expiatório. No momento em que o sacerdote oficiante do sacrifício ergueu o cutelo para matá-la, uma águia apareceu e se lançou contra ele, arrancando-lhe das mãos o cutelo, que foi cair sobre uma novilha parada nas proximidades do templo. A novilha foi imolada e assim Júlia Luperca salvou-se.

Julo (L. *Iulus*). Ou Ascânio (v.), filho de Enéias (v.) e ancestre da família dos *Iulii*, à qual pretendiam pertencer Júlio César e Augusto (este último por adoção). Julo fundou a cidade de Alba, no Lácio, de que Roma foi inicialmente uma colônia. Em outra versão da lenda Julo distingue-se de Ascânio e seria seu filho, e por seu turno Ascânio seria filho de Enéias.

Juno (L.). Deusa romana identificada com Hera (v.). Na tradição romana ela pertencia à tríade cultuada originariamente no Quirinal e mais tarde no Capitólio, composta de Júpiter, Juno e Minerva. Os romanos cultuavam-na também sob o epíteto de Moneta, "a deusa que alerta", na cidadela (*Arx*), no Capitólio, atribuindo-lhe a salvação de Roma em 390 a.C., durante a invasão dos gauleses. Nessa ocasião os gansos criados em seu santuário deram o alerta, ensejando a Mânlio Capitolino (v.) a defesa da colina e a expulsão dos invasores.

Outro epíteto de Juno era Lucina (talvez "a que traz à luz"), quando a deusa era invocada para ajudar as mulheres em trabalho de parto; nessa condição ela recebia oferendas, cujos portadores não podiam apresentar em seu vestuário qualquer nó ou laço, sob pena de dificultar o parto. Juno, que originariamente simbolizava o ciclo lunar, era a protetora das mulheres em geral, e especialmente das esposas legítimas; nessa qualidade ela era cultuada numa festa chamada *Matronalia*, celebrada em março por ser o mês do aniversário do restabelecimento da paz entre os romanos e os sabinos, ou para comemorar o aniversário de Marte (v.), o deus da guerra, filho de Juno. Todas as mulheres tinham a sua Juno, uma espécie de anjo da guarda que as protegia e lhes dava identidade, à semelhança do *genius* de cada homem. V. *Hera.*

Júpiter (L.). Deus maior dos romanos, identificado com o Zeus (v.) dos gregos. Júpiter era a divindade da luz do dia, do céu, dos raios e trovões e de um modo geral dos fenômenos atmosféricos. Antes da preponderância romana o culto mais importante era prestado a *Jupiter Latial,* em seu santuário situado no topo do atual monte Cavo, elevação dominante na região dos lagos Albano e Nemi. Depois o deus passou a reinar em Roma, no Capitólio, que era consagrado a Júpiter Capitolino. Dizia-se que havia no Capitólio em épocas remotas um santuário de Júpiter Ferétrio, cuja construção se atribuía a Rômulo (v.), onde eram consagrados os *spolia opima* (as armas dos chefes inimigos mortos em combate singular pelos chefes romanos). Ainda no Capitólio cultuava-se *Jupiter Optimus Maximus,* num templo que embora fosse mais recente sobrepujou os outros. Esse templo teria sido construído originariamente no Quirinal, mas foi transferido para o Capitólio, passando a ser o templo da tríade capitolina (Júpiter, Juno e Minerva). Atribuía-se a Rômulo a edificação de outro templo de Júpiter, invocado neste caso sob o epíteto de *Stator.* Contava-se a propósito que durante a batalha travada entre os romanos comandados por Rômulo e os sabinos, estes, que lutavam para recuperar suas mulheres raptadas, levaram inicialmente alguma vantagem, repelindo os romanos ao longo do Fórum. Nessa ocasião Rômulo, alçando nas mãos as armas em direção ao céu, fez a Júpiter a promessa de dedicar-lhe um templo no lugar em que estava se o deus contivesse os sabinos. Em seguida à promessa o inimigo se deteve e foi repelido. Rômulo construiu então o templo de Júpiter *Stator* ("que detém") no sopé do monte Palatino (onde mais tarde seria construído o Arco de Tito).

Juramento (G.). V. *Horcos.*

Juturna (L.). Originariamente *Diuturna,* uma ninfa das fontes, venerada às margens do rio Numício, no Lácio; de lá seu culto foi levado para Roma, onde uma fonte então existente no Fórum, nas vizinhanças dos templos de Vesta e de Cástor e Pólux (v. *Vesta* e *Diôscuros*), passou a chamar-se "Bacia de Juturna". A ninfa, que seria irmã de Cástor e Pólux, tinha um templo no campo de Marte, onde era cultuada como uma divindade propiciadora de curas. Em época mais recente atribuía-se a Juturna a condição de filha do rei lendário Dauno e de irmã de Turno, o maior inimigo de Enéias (vv.). Depois de unir-se à ninfa, Júpiter concedeu-lhe o dom da imortalidade e a condição de padroeira das fontes e dos cursos d'água do Lácio. Em outra versão de sua lenda Juturna aparecia como mulher do deus Jano (v.) e mãe de Fons (ou Fonto) (v.).

Juventus (L.). Deusa da juventude, assimilada em parte a Hebe (v.), protetora principalmente dos adolescentes a partir do momento em que vestiam a toga viril e passavam a ser tratados como homens. Na *cella* de Minerva (v.) no templo da tríade capitolina (Júpiter, Juno e Minerva), havia uma capela dedicada a *Juventus,* anterior à introdução da tríade, atestando a antigüidade do culto dessa deusa.

K

Keres (G.). Filhas de Nix (a Noite) e de Tânatos (a Morte), espíritos perversos portadores de todos os males e causadores de todos os infortúnios, como as doenças, a velhice, a morte (principalmente no campo de batalha) e o desvario. Geralmente *Ker* significa a morte ou sua causa, mas às vezes pode ter o sentido de destino, sempre com uma conotação desfavorável.

Na *Ilíada* Zeus (v.) pesa na balança, diante dos demais deuses, as *Keres* de Aquiles e de Heitor (vv.) para saber qual dos dois heróis morreria no combate singular que iriam travar. Quando o prato onde estava a *Ker* de Heitor baixou em direção ao Hades, Apolo (vv.) abandonou imediatamente o herói troiano ao seu próprio destino.

A *Ker* pode ser também coletiva, e na mesma *Ilíada* há menção a uma delas para os gregos e outra para os troianos. Com o passar do tempo as *Keres* começaram a confundir-se com as Fúrias e as Moiras (vv.), e numa alusão de Platão elas poluíam tudo em que tocavam, lembrando as Hárpias (v.).

L

Lábdaco (G. *Lábdakos*). Filho de Polídoro e de Nicteís e neto de Cadmo pelo lado paterno e de Ctônio (vv.) pelo lado materno. Quando seu pai morreu Lábdaco tinha apenas um ano de idade, e seu avô Nicteu (v.) assumiu a regência do reino de Tebas; com a morte de Nicteu a regência passou para Lico (v.), irmão de Nicteu, e finalmente Lábdaco subiu ao trono. Durante seu reinado Lábdaco entrou em guerra contra Pandíon, rei de Atenas, que recebeu o auxílio de Tereu (v.), rei da Trácia. Lábdaco morreu despedaçado pelas Bacantes (v. *Mênades*) por ter-se oposto ao culto de Diôniso (v.), e foi sucedido no trono por Laio, pai de Édipo (vv.).

Labirinto (G.). V. *Dédalo.*

Lacedêmon (G. *Lakedáimon*). Filho de Taigete e de Zeus, casado com uma filha do rei Eurotas chamada Esparta (vv.). Com a morte do sogro Lacedêmon subiu ao trono, dando seu nome aos habitantes da região (os lacedemônios), e o nome de sua mulher à capital do reino (Esparta). Lacedêmon e Esparta tiveram um filho – Amiclas –, que sucedeu ao pai no trono, e uma filha – Eurídice – casada com Acrísio (vv.).

Em outra versão da lenda aparecem mais um filho e uma filha – Hímero e Asine. Hímero violentou sua irmã e amargurado pelo remorso lançou-se ao rio Maratona que a partir de então passou a chamar-se Hímero até receber o nome definitivo de Eurotas.

Lacestades (G.). Rei de Sicíone que partilhou o trono da cidade com Falces, filho de Têmeno (vv.), quando este último a capturou.

Lacínio (G. *Lakínios*). Herói epônimo do cabo Lacínion, no litoral da colônia grega de Crotona no sul da Itália. Em uma das versões da lenda Lacínio veio de Côrcira e se tornou rei da região, recebendo amistosamente Crôton quando este procurava um lugar para exilar-se.

Noutra versão ele era um banido, filho da ninfa Cirene (v.), e tentou roubar o gado de Heraclés quando o herói voltava de Eritia com os rebanhos de Geríon (vv.). Depois de matar Lacínio, Heraclés construiu um templo de Hera Lacínia no cabo Lacínion (numa variante dessa versão da lenda o templo teria sido edificado por Lacínio, para menosprezar Heraclés, vítima da perseguição constante da deusa).

Lácio (G. *Lákion*). Fundador da cidade de Faselis, na fronteira da Panfília com a Lícia. Lácio fundou a cidade seguindo instruções recebidas do oráculo de Delfos e pagou o preço das terras com peixes salgados (v. *Cilabras*).

Lácon (G.). Um dos filhos do rei Lápato, que ao morrer deixou o trono para Lácon e para seu irmão Acaio. Os dois irmãos partilharam o reino, dando os nomes de Lacônia e da Acaia às respectivas partes.

Ládon (G.). (1) Deus do rio homônimo situado na Arcádia, filho de Oceano e de Tetis (vv.). Ládon uniu-se a Estinfalis e dessa união nasceram duas filhas – Dafne e Metope –, esta última mulher do deus do rio Ásopo (v.).

Em outra versão da lenda a mãe de Dafne era Gaia (a Terra), e não Estinfalis.

(2) Um dragão filho de Forcis e de Cetó (vv.), guardião dos pomos de ouro no jardim das Hespérides (v. o décimo segundo trabalho de Heraclés no verbete referente ao herói). Este Ládon foi morto por Heraclés e transformado por Hera (v.) numa constelação.

Laerte (G. *Laertes*). Filho de Acrísio e de Calcomêdusa, e pai de Ulisses (vv.). Laerte casou-se com Antícleia, filha de Autólico (vv.). mas como antes desse casamento ela já se tinha unido a Sísifo (v.), às vezes Ulisses aparecia como filho de Sísifo, e não de Laerte. A ausência de Ulisses, empenhado na Guerra de Tróia, entristeceu profundamente Laerte, que passou a levar uma vida solitária no campo, acompanhado apenas por uma antiga serva, pelo marido desta, chamado Dólio, e pelos filhos do casal de servos.

De volta de Tróia Ulisses foi encontrá-lo em seu retiro, onde Atena (v.) o rejuvenesceu graças a um banho milagroso, e lhe restituiu as forças para combater ao lado do filho contra os pais dos pretendentes à mão de Penélope (v.), mortos por Ulisses. Nesse combate Laerte feriu Eupeites, pai de Antínoo (v.). Embora Ulisses seja mencionado geralmente como filho único, em algumas versões da lenda há alusões a uma filha de Laerte com Antícleia, chamada Climene.

Laêtusa (G. *Laêtousa*). Mulher de Linceu (v.), rei da Trácia incumbido por Tereu (v.) de custodiar Filomela, sua cunhada. Laêtusa revelou a Procne, mulher de Tereu (vv.) e sua amiga, o crime deste último, causando assim a vingança de Procne.

Laio (G. *Laios*). Filho de Lábdaco, rei de Tebas, bisneto de Cadmo e pai de Édipo (vv.). Quando Lábdaco morreu Laio ainda era criança, e Lico, irmão de Nicteu (vv.), assumiu a regência do reino. Mais tarde Anfíon e Zeto mataram Lico para vingar a sua mãe, Antíope (vv.), e ocuparam o trono de Tebas, levando Laio a fugir e refugiar-se junto a Pêlops (v.). Nessa ocasião Laio apaixonou-se por Crísipo (v.), filho de Pêlops, e o raptou, sendo então amaldiçoado por Pêlops.

Em outra versão da lenda Édipo e Laio apaixonaram-se ao mesmo tempo por Crísipo, ocasionando uma briga entre os dois; nessa disputa Édipo matou Laio, dando início a uma série de crimes decorrentes da maldição de Pêlops. Após a morte de Anfíon e Zeto, Laio foi chamado pelos tebanos a ocupar o trono de sua cidade. Numa das versões da lenda Laio casou-se com Jocasta, filha de Meneceu (vv.), e noutra casou-se com uma filha de Ecfas, chamada Eurícleia, que seria a mãe de Édipo (na última versão Édipo casou-se com Jocasta em segundas núpcias, não tendo havido portanto incesto (v. *Édipo*)). Na versão mais difundida da lenda Édipo assassinou Laio nas proximidades de Tebas, sem saber que se tratava de seu próprio pai, confirmando uma predição do oráculo de Delfos.

Lamêdon (G.). Rei de Sicione, filho de Corono e irmão de Côrax (vv.), e descendente de Aigialeu. Côrax faleceu sem deixar filhos, e o tessálio Epopeu (v.) o sucedeu no trono de Sicione. Mais tarde Epopeu foi ferido mortalmente num combate contra Nicteu por causa de Antíope (vv.). Por ocasião da morte de Epopeu Lamêdon subiu ao trono e deu sua filha Zeuxipe em casamento a Sicíon (v.), que o apoiou contra os aqueus. A mulher de Lamêdon, uma ateniense chamada Fenó, era filha do ateniense Clítio, e por isso o trono de Sicione veio a ser ocupado depois por Janisco, descendente de Clítio (vv.).

Lamia (G.). (1) Uma moça líbia, filha de Belo e de Líbia, amada por Zeus (vv.). Todos os filhos de Lamia com Zeus foram mortos por Hera (v.), ciumenta do marido, e a moça, desesperada, recolheu-se a uma caverna onde transformou-se num monstro que detestava as mães felizes e lhes devorava os filhos. Hera continuou a persegui-la, impedindo-a de dormir; Zeus, com pena dela, deu-lhe o dom de tirar os olhos quando quisesse, e assim adormecer, repondo-os quando acordava para continuar a perseguir as crianças.

(2) Um monstro habitante das montanhas próximas a Delfos.

(3) Outro monstro, também chamado Geló (v.).

(4) Filha de Poseidon. Unindo-se a Zeus (v.), esta Lamia tornou-se mãe da Sibila líbia.

Lamias (G.). Gênios maléficos femininos que atacavam os adolescentes e lhes sugavam o sangue. Provavelmente Lamias era uma denominação genérica de certos monstros femininos.

Lamo (G. *Lamos*). (1) Rei dos lestrigões, habitantes antropófagos da costa italiana na região de Formias.

(2) Filho de Heraclés e de Onfale (vv.), epônimo da cidade de Lamia.

Lampetia (G.). Uma das filhas de Hélios (o Sol) com a ninfa Nêaira, que juntamente com sua irmã Faêtusa guardava os rebanhos de seu pai na ilha de Trinacia (mais tarde chamada Sicília). As duas irmãs revelaram a Hélios que seus bois tinham sido devorados pelos companheiros de Ulisses (v.), castigados por isso.

(2) Mulher de Asclépio e mãe de Aiglé, de Íaso, de Panáceia e de Podalírio (vv.)

Lâmpeto (G. *Lâmpetos*). Herói da ilha de Lesbos, filho de Iro, morto juntamente com Icetáon e Hipsípilo, filhos de Lepêtimno mortos por Aquiles (v.) durante a captura de Mêtimna.

Lampo (G. *Lampos*). Filho do troiano Laomêdon, epônimo da cidade de Lampôneia, na Troas. Lampos era pai de Dôlops.

Lampsace (G.). Filha de Mândron, rei da cidade então chamada Pitíusa, no território dos bêbrices. Durante uma ausência do rei Mândron os colonos focídios por ele trazidos para Pitíusa estavam na iminência de ser atacados pelos habitantes nativos da cidade, descontentes com sua autoridade. Lampsace revelou-lhes a tempo a ameaça de massacre, dando ensejo aos colonos de matar os nativos, mas foi morta em meio à luta. Os vencedores concederam-lhe honras divinas e mudaram o nome da cidade para Lâmpsaco.

Laocoonte (G. *Laokôon*). (1) Filho de Antênor (ou de Capis), e sacerdote de Apolo Timbreu em Tróia. Laocoonte atraiu a cólera de Apolo (v.) unindo-se a Antíope, sua mulher, diante da estátua do deus, cometendo portanto um sacrilégio. Laocoonte e Antíope tiveram dois filhos – Êtron e Melântus (ou numa variante da lenda Antifas e Timbreu). No estágio final da Guerra de Tróia (v.) os gregos deram a impressão de que iriam reembarcar em suas naus, deixando na praia um enorme cavalo de madeira (v. *Cavalo de Tróia*) como uma oferenda a Atena (v.); nesse ínterim os troianos incumbiram Laocoonte de oferecer um sacrifício a Poseidon (v.), pedindolhe que provocasse tempestades na rota da frota grega e a destruísse. Quando Laocoonte se preparava para imolar ao deus um touro descomunal, surgiram do mar duas serpentes prodigiosas e atacaram seus filhos, matando-os juntamente com o pai, que tentava socorrê-los. Em seguida as serpentes foram enrolar-se mansamente junto à estátua de Atena (v.) existente no templo da deusa na cidadela. Ignorando que se tratava de uma vingança de Apolo pelo sacrilégio de Laocoonte e Antíope, e atribuindo o acontecimento à idéia de Laocoonte de atirar uma lança contra o "presente dos gregos", os troianos mandaram trazer o cavalo para o interior das muralhas a fim de consagrá-lo a Atena, causando a perda de Tróia.

(2) Filho de Portáon e de uma escrava, e companheiro de Meleagro na expedição dos Argonautas (vv.).

Laodamas (G.). FIlho de Eteoclés (v.) e um dos tebanos que lutou contra os Epígonos (v.), enfrentando-os na segunda expedição contra Tebas após haver subido ao trono da cidade em seguida à regência de Creonte (v., e *Alcmêon*). Numa das versões da lenda Laodamas perdeu a vida na batalha de Glissas depois de matar Aigialeu, filho de Ádrasto (vv.).

Noutra versão ele fugiu da batalha, aproveitando as sombras da noite, com uma parte do exército tebano, indo refugiar-se na Ilíria.

Laodâmia (G. *Laodâmeia*) (1) Filha de Ácasto e múlher de Protesilau (vv.). Este último partiu para Tróia pouco depois do casamento, e foi o primeiro combatente grego morto na guerra; ao saber da morte do marido, por quem estava apaixonada, Laodâmia implorou ardentemente aos deuses que restituíssem a vida a Protesilau e o deixassem com ela durante três horas. Protesilau fizera um pedido idêntico antes de morrer, e o casal uniu-se durante esse intervalo de tempo. Findo o encontro, Laodâmia suicidou-se nos braços do marido definitivamente perdido.

Em outra versão da lenda Laodâmia teria feito uma imagem do marido em cera e a abraçava freqüentemente longe das vistas de todos. Ácasto, entretanto, surpreendeu-a certa vez nessa atitude e lançou a imagem ao fogo; a viúva apaixonada precipitou-se nas chamas e se deixou consumir por elas.

(2) Filha de Belerofonte (v.) que se uniu a Zeus (v.) e teve dele um filho chamado Sarpedon (v.). Entretanto, numa tradição divergente mais difundida Sarpedon era filho de Zeus e de Europa (vv.). Esta Laodâmia morreu vitimada por uma flecha de Ártemis (vv.).

Laodice (G.). (1) A mais bela das filhas de Príamo e de Hécuba e mulher de Helicáon (vv.). Num desenvolvimento posterior da lenda Laodice, ainda adolescente, apaixonou-se por um dos filhos de Teseu, chamado Acamas (v.), quando este veio a Tróia na primeira embaixada mandada pelos gregos com a missão de reclamar a devolução de Helena (v.). Laodice teve com Acamas um filho chamado Múnito. Posteriormente, por ocasião da queda de Tróia, ela foi engolida pela terra quando fugia dos gregos vitoriosos.

(2) Filha de Ciniras, rei de Chipre, e mulher de Élato (v.)

(3) Filha do arcádio Agapênor (v.), fundador da cidade de Pafos, em Chipre, quando foi lançado à costa da ilha por ocasião do soçobro de sua nau de volta da Guerra de Tróia. Esta Laodice dedicou um templo a Afrodite (v.) Páfia em Tegéia.

(4) Filha de Agamêmnon e de Clitemnestra (v.), que aparece com o nome de Electra numa versão posterior da lenda, adotada pelos poetas trágicos.

Laôdoco (G. *Laôdocos*). Um dos três filhos de Apolo (v.) e de Ftia (os outros dois eram Doro e Polipoites). Laôdoco e seus irmãos reinavam no território dos Curetes (v.), na região norte do golfo de Corinto, e receberam amistosamente Étolo (v.) quando este foi expulso de Élis, onde era rei. Étolo mostrou-se extremamente ingrato, matando os três irmãos e apossando-se de seu reino.

Laomêdon (G.). Um dos reis mais antigos de Tróia, filho de Ilo e de Eurídice. Entre seus filhos destacaram-se Príamo (v.), conhecido inicialmente como Podarces, e Hesione (v.). Em algumas fontes Ganimedes (v.) aparece também como seu filho. Sua mulher chamava-se Estrimó (ou Estrímon, ou Leucipe, ou Placia, ou Roio, ou ainda Zeuxipe).

Laomêdon, sucessor de seu pai no trono de Tróia, incumbiu Poseidon e Apolo (vv.) de construírem a muralha da cidadela, ajudados por Éaco (v.). Faltando ao juramento feito, ele negou-se a pagar o salário combinado com os deuses, atraindo com esse perjúrio a maldição divina.

Mais tarde jurou recompensar Heraclés (v.) se este exterminasse o monstro marinho mandado por Poseidon para matar Hesione (v.). O herói eliminou o monstro e salvou a moça, porém Laomêdon descumpriu novamente o juramento, negando-se a dar-lhe os cavalos divinos que lhe prometera. No momento Heraclés nada fez por estar só, porém voltou depois à frente de uma expedição, durante a qual capturou Tróia auxiliado por Telamon (v.) e matou Laomêdon juntamente com seus filhos, à exceção de Príamo. Numa versão mais recente e elaborada da lenda, Heraclés mandou Telamon e Íficlo (v.) pedirem a Laomêdon sua filha Hesione e os cavalos prometidos. O rei, entretanto, prendeu os emissários de Heraclés e tentou exterminar os Argonautas (v.), que estavam na cidade com o herói a caminho da Cólquida. Príamo opôs-se à atitude de Laomêdon, aconselhando-o a ser leal com o herói e seus companheiros, mas os outros filhos de Laomêdon apoiaram o pai. Príamo conseguiu então fazer chegar duas espadas à prisão onde estavam Íficlo e Telamon, que com essas armas mataram os guardas e foram juntar-se aos Argonautas. Graças à bravura de Heraclés Tróia foi capturada e o herói matou seus inimigos, entregando o trono a Príamo e prosseguindo com os companheiros para a Cólquida em busca do Tosão de Ouro (v. *Frixo*). A sepultura de Laomêdon ficava em frente a uma das portas de Tróia, e um oráculo predisse que enquanto seu túmulo permanecesse intacto a cidade não seria capturada.

Laônito (G. *Laônytos*). Filho de Édipo e de Jocasta (vv.) em uma das várias versões da lenda de Édipo. Laônito e seu irmão Frástor pereceram na guerra entre os mínios comandados por Êrgino (v.) de um lado, e os tebanos do outro. Nessa versão Antígona, Ismene, Eteoclés e Polinices (vv.) seriam filhas e filhos de Édipo com outra mulher – Eurigânia –, com quem se casou em segundas núpcias.

Laonome (G.). (1) Irmã de Heraclés, filha de Alcmene e de Anfitrião (vv.) numa das versões da lenda do herói. Laonome casou-se com um Argonauta (v. *Argonautas*) chamado Êufemo ou Polífemo.

(2) Nome às vezes dado à mãe de Anfitrião (v.). Esta Laonome era filha de Guneu.

Lapitas (G. *Lapíthai*). Povo tessálio habitante dos montes Ossa, Pelíon e Pindo de onde havia expulsado os pélasgos, habitantes primitivos da região. Há menções a lapitas também oriundos de Cnido, de Élis, de Ôleno e de Rodes. Os lapitas pretendiam ser descendentes do deus do rio Peneio, na Tessália, e da ninfa Creusa (ou Fílira). Além de dois filhos – Andreu e Hipseu –, Peneio teve uma filha que, unindo-se a Apolo (v.), deu à luz Lapites, epônimo dos lapitas. Lapites era pai de Forbas, de Lesbos, de Perifas e de Triopas. Eram também lapitas Caineu, Corono, Élato e Ísquis (vv.). Os lapitas eram conhecidos principalmente por sua luta contra os centauros (v.). Eles enfrentaram também Heraclés (v.), que ajudara seu amigo Egímio numa guerra contra eles, e aparecem ainda na caçada de Calidon (v. *Meleâgro*). Na expedição dos Argonautas (v.) são mencionados entre outros os lapitas Asteríon, Caineu, Corono, Fálero, Leonteu, Polífemo e Polipoites (vv.).

Láquesis (G. *Lákhesis*). Uma das Moiras (v.).

Lara (L.). Uma ninfa do Lácio, cujo nome verdadeiro era Lala ("Tagarela"): Contava-se que Júpiter amava Juturna (vv.), mas esta fugia sempre às investidas do deus, que pediu a todas as ninfas para evitarem que Juturna se abrigasse nos rios durante sua perseguição. Todas as ninfas atenderam ao pedido, menos Lara, que revelou a Juturna o desejo do deus e contou à própria Juno (v.) as intenções do marido. Num assomo de cólera Júpiter arrancou-lhe a língua e ordenou a Mercúrio que levasse a tagarela para o inferno, onde passaria a ser a ninfa dos rios existentes no reino dos mortos. Enquanto conduzia Lara ao seu destino Mercúrio uniu-se a ela e dessa união nasceram dois gêmeos – os deuses Lares (v.).

Larência (L. *Larentia*). V. *Aca Larência.*

Lares (L.). Dois filhos gêmeos de Mercúrio e de Lara (vv.), deuses romanos incumbidos de cuidar das encruzilhadas e do lar doméstico. Suas atribuições eram semelhantes às do próprio Mercúrio, deus da prosperidade e das encruzilhadas. O *Lar Familiaris,* protetor de cada casa, era tido como pai do rei Sérvio Túlio (v.). Os Lares apareciam sob a forma de adolescentes, tendo nas mãos uma cornucópia.

Lárino (G. *Lárinos*). Um pastor do Épiro, presenteado com alguns bois por Heraclés (v.) quando o herói voltava do Ocidente trazendo os rebanhos de Geríon (v.). Segundo outra versão da lenda Lárino teria roubado os bois, que deram origem a uma raça bovina famosa, os "bois larinos".

Lárissa (G.). Heroína de Argos ou da Tessália, epônima da cidade tessália homônima e da cidadela de Argos. Lárissa seria a mãe de Pélasgo, que ela teria tido de Zeus ou de Poseidon, além de outros dois filhos – Aqueu e Ftio –, que emigraram da Argolis para a Tessália. Em outra versão da lenda Lárissa aparece como filha de Pélasgo, e não como sua mãe.

Larvae (L.). V. *Lêmures.*

Las (G.). Um herói da península do Taígeto, no Peloponeso. Os habitantes dessa península contavam que Las tinha sido morto por Aquiles ou por Pátroclo (vv.), quando um deles veio àquela região para pedir Helena (v.) em casamento a Tíndaro (v.).

Latino (L. *Latinus*). Rei dos Aborígenes (v.), os habitantes mais antigos da Itália, herói epônimo dos latinos. Numa versão helenizada de sua lenda, Latino era filho de Circe e de Ulisses (ou de Telêmaco (v.), e neste caso seria neto de Ulisses, e não seu filho) (vv.). Na versão latina primitiva ele era filho do deus local Fauno e da ninfa Marica (vv.), de Minturno. Com a disseminação da lenda de Hércules passou-se a contar que, quando Heraclés (vv.) voltou dos domínios de Geríon (v.), trouxe consigo uma moça da raça dos Hiperbóreos (v.), chamada Palantó, dada ao herói pelo pai como refém. De passagem pela Itália Heraclés casou-a, já grávida dele, com Fauno, rei dos Aborígenes. Palantó era considerada a heroína epônima do monte Palatino (ou de Palanteu, a cidade precursora de Roma fundada por Evandro (v.)). Pouco tempo depois ela deu à luz um filho chamado Latino, que veio a ser o rei da região.

Numa das variantes dessa lenda, por ocasião da chegada de Enéias (v.) à costa do Lácio, Latino recebeu-o amistosamente, e noutra opôs-se ao seu desembarque. Na primeira variante ele ofereceu aos troianos recém-chegados uma extensão considerável de terras e deu sua filha Lavínia em casamento a Enéias. Os troianos, entretanto, uma vez instalados começaram a realizar incursões predatórias contra os territórios limítrofes, a ponto de Latino ser obrigado a lutar contra eles, aliado a Turno, rei dos rútulos (v.). Turno e Latino morreram em combate e Enéias tornou-se rei depois de capturar Laurolavínia, a cidade principal dos Aborígenes. Estes e os troianos miscigenaram-se e deram origem ao povo chamado latino para perpetuar a memória do rei morto na luta.

Em outra versão da lenda Enéias começou a construir uma cidade logo após desembarcar com seus companheiros troianos, mas Latino, então em guerra contra os rútulos, veio enfrentar os recém-chegados comandando um exército poderoso. Antes de entrar em combate Latino recebeu um aviso dos deuses para aliar-se aos estrangeiros, enquanto Enéias era aconselhado por seus Penates (v.) a entrar em acordo com os latinos. Diante disso os dois lados resolveram aliar-se e os Aborígenes deram terras aos troianos, que em retribuição se juntaram aos latinos para lutar contra os rútulos. Além disso Enéias casou-se com Lavínia, e deu à sua cidade o nome de Lavínio. Esse casamento provocou uma guerra contra Turno, noivo de Lavínia; nessa versão ele seria um tirrênio, e não rútulo, e seria sobrinho de Amata, mulher de Latino. Turno e Latino morreram em combate, e Enéias, em sua condição de marido de Lavínia, subiu ao trono dos Aborígenes. Também nessa versão o povo resultante da união dos Aborígenes com os troianos passou a chamar-se latino. Numa das variantes dessa versão Latino desapareceu do campo de batalha e transformou-se no deus Júpiter Latino, cultuado até a época histórica pela Confederação Latina no cume do monte adjacente ao lago Nemi.

Latino Sílvio (L. *Latinus Silvius*). O quarto rei de Alba na sucessão de Ascânio. Latino Sílvio, que era filho de Enéias Sílvio, neto de Póstumo Sílvio e bisneto de Ascânio, ocupou o trono durante cinqüenta anos, e nesse período fundou diversas cidades da Confederação Latina.

Latona (L.). V. *Letó*.

Lauso (L. *Lausus*). Filho de Mezêncio e companheiro de Turno (vv.) na luta contra Enéias (v.), que o teria matado. Lauso aparece na crônica dos reis de Alba como sendo um dos filhos de Numítor e autor da morte de Amúlio (vv.).

Lavínia (L.). Filha do rei Latino e de Amata, a noiva de Turno (vv.). Por ocasião do desembarque de Enéias (v.) no Lácio, Latino deu-a em casamento ao herói troiano, que em homenagem à sua mulher deu à cidade recém-fundada o nome de Lavínio.

Em uma das versões da lenda nasceu desse casamento um filho chamado Ascânio, que noutra versão é apenas enteado de Lavínia (filho de Enéias, já grande quando os troianos chegaram ao Lácio). Algumas fontes mencionam um filho póstumo do herói com Lavínia, chamado Sílvio (v.). Ascânio abdicou ao trono da cidade de Lavínio em favor de Sílvio e foi fundar Alba, cujo trono também entregou a Sílvio quando morreu sem deixar filhos.

Na tradição romana que suprime os reis entre Enéias e Rômulo (v.), Lavínia teve uma filha chamada Emília (*Aemilia*), que veio a ser mãe de Rômulo. Numa lenda aberrante, de inspiração grega, Lavínia era filha de um sacerdote chamado Ânio; ela acompanhou Enéias como profetisa em sua viagem de Tróia para o Lácio, e morreu no local da fundação da cidade de Lavínio pelo herói.

Lêagro (G.). Um companheiro do heráclida (v. *Heráclidas*) Têmeno (v.). Instigado por este e ajudado por Erigeu, descendente de Diomedes (v.), Lêagro apoderou-se do Paládio (v.) guardado em Argos. Após um desentendimento com Têmeno, Lêagro ofereceu a estátua aos reis da Lacedemônia, que a aceitaram com satisfação por saberem que a cidade onde ela estivesse seria invencível. Os lacedemônios puseram o Paládio perto de sua capital, nas vizinhanças do santuário das Leucipides (v.). Obedecendo a instruções do oráculo de Delfos, que os incumbira da guarda do Paládio, os lacedemônios construíram no mesmo local um templo consagrado a Ulisses (v.), participante da expedição noturna que retirou sub-repticiamente a estátua de Tróia e a trouxe para o acampamento grego durante a guerra entre os gregos e os troianos.

Lêandro (G. *Lêandros*). V. *Heró*.

Lêarco (G. *Lêarkhos*). Filho de Inó e de Atamas (vv.). Quando Hera (v.) provocou a loucura de Atamas para puni-lo por haver cuidado secretamente de Diôniso (v.) recém-nascido, ele matou Lêarco com uma flecha pensando que se tratasse de um cervo. Em outra versão da lenda Atamas, tomando conhecimento do crime de Inó (v.) contra Frixo e Helé, filhos dele com Nefele (vv.), matou Lêarco pensando que estava alvejando a criminosa.

Lebêado (G. *Lebêados*). Filho de Licáon (v.). Juntamente com seu irmão Elêuter e ao contrário dos demais irmãos, Lebêado absteve-se de participar do crime de seu pai, que ofereceu a Zeus (v.) as carnes cozidas de uma criança a fim de pôr à prova a onisciência do deus. Depois desse ato abominável de seu pai e de seus irmãos, Lebêado e Elêuter fugiram para a Beócia, e lá fundaram as cidades de Lebádeia e Eleuteres.

Leda (G.). Filha de Téstio (v.), rei da Etólia, e de Eurítemis. Em outra versão da lenda Glauco, filho de Sísifo (vv.), chegou à Lacedemônia à procura de seus cavalos perdidos. Lá ele se uniu com Pantídia, que em seguida se casou com Téstio, já grávida, e deu à luz Leda, considerada por isso filha deste último. Quando Tíndaro, depois de ser expulso da Lacedemônia por Hipocôon (vv.) e seus filhos, procurou asilo na Etólia junto a Téstio, este o recebeu amistosamente e lhe deu sua filha Leda em casamento.

Por ocasião da volta de seu marido à Lacedemônia, reposto no trono por Heraclés (v.), Leda o acompanhou e lá o casal teve três filhas – Clitemnestra, Helena e Tímandra (vv.) – e dois filhos – Cástor e Pólux (os Diôscuros, v.). Numa variante da lenda aparece uma quarta filha, chamada Febe. Desses filhos, os Diôscuros, Clitemnestra e Helena teriam sido engendrados por Zeus (v.), que se unira a Leda metamorfoseado em cisne.

Contava-se também que Leda era filha de Zeus e de Nêmesis (v.), e não sua amante. Nêmesis, querendo fugir às investidas amorosas de Zeus, transformou-se numa gansa, mas Zeus metamorfoseou-se em cisne e a possuiu. Depois Nemesis pôs um ovo e o abandonou; um camponês encontrou-o e levou-o a Leda, que o guardou numa pequena arca. Quando Helena saiu do ovo, Leda, maravilhada com sua beleza, passou a dizer que ela era sua filha.

Na versão mais divulgada dessa lenda a própria Leda teria sido amada por Zeus transformado em cisne e teria posto dois ovos de onde saíram dois casais de filhos: Cástor e Helena, e Pólux e Clitemnestra (numa variante os quatro filhos nasceram de um único ovo).

Lêimon (G.). Quando Apolo e Ártemis resolveram vingar-se das pessoas que repeliram sua mãe Letó (vv.), grávida do par divino, dirigiram-se ao reino de Tegeates, no Peloponeso, onde foram recebidos amistosamente por Esquefro, filho do rei. Vendo Esquefro falar reservadamente com o deus, um de seus irmãos, chamado Lêimon, pensou que estava sendo caluniado e o matou num acesso de cólera. Ártemis, revoltada com o crime, atingiu Lêimon mortalmente com uma flecha. Tegeates e Maia, sua mulher, ao tomar conhecimento da presença de Apolo e Ártemis ofereceram-lhes sacrifícios propiciatórios, mas as divindades não se comoveram e castigaram a cidade, mandando a fome contra ela. Respondendo a uma consulta dos habitantes, o oráculo de Delfos proclamou que deveriam ser prestadas honras fúnebres a Esquefro. Instituiu-se então em Tegéia uma festa celebrada anualmente, durante a qual se imitava a perseguição de Lêimon pela sacerdotisa de Ártemis.

Leimone (G.). Filha de Hipomenes, um nobre ateniense. Percebendo que a filha perdera a virgindade antes de casar-se, seu pai enclausurou-a numa casa isolada com um cavalo; levado à loucura pela fome, o cavalo devorou a moça.

Leipefile (G. *Leipephile*). Filha de Iolau, sobrinho de Heraclés (vv.); casando-se com Files, um dos inúmeros filhos de Heraclés, Leipefile teve um filho chamado Hipotes (v.), duplamente descendente do herói.

Leito (G. *Leitos*). Um chefe tebano, filho de Alectríon (ou Alêctor) e comandante de um destacamento grego na Guerra de Tróia (v.). Leito matou o troiano Fílaco e foi ferido por Heitor (v.). Ele também aparece entre os Argonautas (v.).

Lêlex (G.). Herói epônimo dos lêlegos, primeiro rei autóctone da Lacônia, e pai de Bias, de Miles e de Policáon (vv.). Miles, seu filho primogênito, sucedeu-o no trono, e ao morrer passou a realeza para Eurotas, deus do rio homônimo. Policáon, o filho mais novo, casou-se com Messene filha de Triopas (vv.), rei de Argos, e obteve o trono da Messênia, à qual deu esse nome por causa de sua mulher.

Noutra lenda seus pais eram Poseidon e Líbia (vv.), e Lêlex teria vindo do Egito para ser o rei de Mêgara. Nessa versão ele teve um filho chamado Cléson, cujas filhas – Clesó e Taurôpolis – cuidaram do cadáver de Inó (v.) quando o mar o trouxe para as vizinhanças de Mêgara após o suicídio da heroína.

Lêmures (L.), ou *Larvae*. Espíritos maléficos dos mortos, que apareciam aos vivos em suas casas durante o festival chamado *Lemuria*, celebrado durante três dias no mês de maio. Os donos das casas exorcizavam-se atirando-lhes feijões pretos e repetindo nove vezes sem olhar para trás (para não verem os Lêmures) as palavras: "Resgato-me, a mim e aos meus, com estes feijões". Depois lavavam as mãos numa fonte e gritavam: "Ide embora, fantasmas de meus antepassados!"

Léo (G. *Leos*). Herói epônimo do demo ático de Leontis; era filho de Orfeu (v.) e pai de um rapaz chamado Clíanto e de três moças – Eubule, Plasiléia e Teope. Numa época em que a fome assolava Atenas, Léo ofereceu suas três filhas para serem imoladas como vítimas expiatórias em obediência ao oráculo de Delfos. Findo o flagelo graças ao sacrifício, os atenienses erigiram um santuário dedicado às três filhas de Leo no Cerâmico (subúrbio de Atenas onde havia um cemitério).

Leonteu (G. *Leonteus*). Chefe dos lapitas (v.), filho de Corono e neto de Caineu, e participante da Guerra de Tróia (v.) ao lado dos gregos em companhia de Polipoites, outro lapita, filho de Pirítoo (vv.). Leonteu aparece entre os pretendentes à mão de Helena (v.), e figura entre os gregos que entraram em Tróia no bojo do cavalo de madeira (v. *Cavalo de Tróia*). Finda a guerra Leonteu partiu de regresso à Grécia por terra com Calcas (v.), mas quando este morreu regressou a Tróia antes de voltar definitivamente à pátria.

Leôntico (G. *Leôntikos*). Um rapaz de Samos, na Trifília, que amava uma moça de sua cidade chamada Radine, e era correspondido em seu amor. Mas o pai de Radine prometeu-a em casamento ao tirano de Corinto, e quando ela partiu por mar a fim de casar-se com seu noivo, Leôntico seguiu-a por terra num carro. O tirano descobriu as relações amorosas dos dois e os matou, pondo os cadáveres num carro com a intenção de mandá-los de volta à sua terra. Na última hora ele arrependeu-se de sua crueldade e os sepultou num recinto que lhes consagrou.

Leontôfono (G. *Leontôphonos*). = "Matador de Leões". Filho de Ulisses (v.) com uma filha de Toas (v.), rei da Etólia. A união que resultou no nascimento de Leontôfono deveu-se à circunstância de os pais dos pretendentes à mão de Penélope (v.), inconformados com a morte dos filhos por Ulisses, terem submetido o incidente à arbitragem de Neoptólemo (v.), filho do herói com Penélope; Neoptólemo condenou o próprio pai ao exílio, e assim ele chegou à corte de Toas, onde se uniu à filha do rei.

Lepreu (G. *Lêpreos*). Filho de Cáucon e de Astidâmia (irmã de Augias (v.)). Lepreu aconselhou Augias a não pagar o salário prometido a Heraclés (v.) pela limpeza de seus estábulos, e ainda sugeriu que aprisionasse e agrilhoasse o herói. Quando Heraclés voltou para castigar Augias, quis punir também Lepreu, mas foi dissuadido por Astidâmia e concordou com uma competição entre os dois para verificar qual deles comia mais, bebia mais e lançava o disco mais longe. Vencido em todas as provas, Lepreu não se conformou e empunhou suas armas, sendo então vencido por Heraclés num combate singular.

Lesbo (G. *Lesbos*). Filho de Lapites (v.), que se exilou por ordem de um oráculo na ilha que por sua causa veio a chamar-se Lesbos; lá ele casou-se com Mêtimna, filha de Macareu (ou Mácar), rei da região, tornando-se o herói epônimo da ilha.

Lestrigões (G. *Laistrygones*). Depois de ser repelido por Éolo (v.), o deus dos ventos, Ulisses (v.) chegou com suas naus à terra dos lestrigões, gigantes antropófagos que devoravam os estrangeiros. Ancoradas as naus, Ulisses desembarcou e mandou dois companheiros seus observarem a região. Os dois nautas foram mortos por Antifates, rei da cidade; em seguida este e seus súditos marcharam para o porto, onde destruíram com pedras enormes todas as naus, à exceção da de Ulisses, que conseguiu safar-se. Acredita-se que o território dos lestrigões correspondia à região de Formías, no sul do Lácio.

Letais (G. *Lethaia*). Mulher de Ôleno (v.), tão vaidosa de sua beleza que pretendeu rivalizar com uma deusa. Querendo livrá-la do castigo divino, Ôleno dispôs-se a assumir a responsabilidade da ousadia sacrílega, mas ele e a mulher foram transformados em estátuas de pedra.

Lete (G. *Lethe*). A personificação do esquecimento, filha de Êris (a Discórdia), irmã de Hipnose de Tânatos (o Sono e a Morte) e mãe das Cárites (as Graças) de acordo com uma das versões da lenda. Lete deu o nome à Fonte do Esquecimento, cuja água os mortos bebiam quando chegavam ao inferno para olvidarem sua vida terrestre. Em Platão, ao contrário, as almas antes de se reencontrarem bebiam sua água, para apagarem da memória sua passagem pelo outro mundo. Havia nas imediações do oráculo de Trofônio (v.) em Lebádeia (na Beócia), duas fontes onde os consulentes deviam beber: a da Memória (Mnemosine, v.) e a do Esquecimento (Lete).

Letó (G.). Mãe de Apolo e de Ártemis (vv.), engendrados por Zeus (v.), deusa da geração divina mais antiga, filha do titã Coio e da titanide Febe, e irmã de Astéria e de Ortígia (vv.). Quando Letó estava grávida de Apolo e de Ártemis, Hera (v.), inconformada e ciumenta com a infidelidade do marido, determinou que nenhum lugar do mundo a acolhesse para dar seus filhos à luz. Letó viajou por toda a terra até que Ortígia, ilha deserta e nessa época ainda flutuante, acolheu-a para o parto. Querendo recompensar a ilha Zeus fixou-a no fundo do mar, e Ortígia passou a chamar-se Delos ("Brilhante"), por ter sido berço de Apolo, o deus da claridade.

Em outra versão da lenda, Hera jurara que o parto de Letó não ocorreria em lugar algum onde o sol brilhasse. Zeus obteve de Poseidon (v.) que cobrisse o céu da ilha de Delos com uma abóbada líquida formada pelas águas do mar, e ordenou a Bóreas (v.) que levasse Letó para lá. Todas as deusas, menos Hera e Ilítia (v.), juntaram-se a Letó, mas por causa da ausência dessas duas deusas passaram-se nove dias e nove noites sem que ocorresse o parto. As outras deusas mandaram então Íris (v.) levar um longo colar de ouro e âmbar a Ilítia que, conquistada pelo presente, fez nascerem Apolo e Ártemis.

Numa terceira versão da lenda Letó, para fugir à perseguição de Hera, transformou-se em loba e refugiou-se na terra dos Hiperbóreos (v.), explicando-se assim o epíteto "Licogenes" aplicado às vezes a Apolo, significando "nascido do lobo". Após o nascimento acidentado de seus filhos Letó teria ido para a Lícia ("terra dos lobos", origem de "Lecio", outro epíteto apolíneo).

Leucádio (G. *Leukádios*). Filho de Icário (v.) e de Policaste, e irmão de Penélope (v.) e de Alizeu. Seu pai fora expulso por Hipocôon (v.) da Lacedemônia, onde reinava juntamente com Tíndaro (v.), seu irmão, e quando Heraclés (v.) repôs Tíndaro no trono da Lacedemônia Icário permaneceu num pequeno território em que se instalara. Leucádio deu o nome a Leucás e Alizeu a Alizia.

Leucária (G.). Mulher do rei Ítalo e mãe de Áuson (vv.), herói epônimo da Ausônia (nome primitivo da Itália).

Em outra versão da lenda Leucária era mãe de Romo, epônimo de Roma, e filha do rei Latino (v.), e ter-se-ia casado com Enéias (v.), confundindo-se assim com Lavínia (v.).

Lêucaspis (G.). Um príncipe da região da Sicília conhecida em épocas remotas como Sicânia. Lêucaspis enfrentou Heraclés (v.) quando este atravessou a Sicília de volta dos domínios de Geríon (v.), e foi abatido pelo herói juntamente com numerosos companheiros; depois de morto ele passou a ser cultuado como um deus por seus compatriotas.

Leuce (G.). (1) = "Branca", uma ninfa nascida de Oceano e de Tetis, amada por Hades (vv.) e levada por ele para o inferno. Leuce, entretanto, não era imortal e expirou na hora marcada pelo destino; querendo imortalizá-la, Hades transformou-a num álamo branco plantado no Elísion (v.). As folhas com que Heraclés (v.) fez a coroa que usava quando voltou do inferno foram tiradas dessa árvore.

(2) A "Ilha Branca", no Ponto Euxino (o atual mar Negro), na foz do rio Istro (o atual Danúbio), para onde foi Aquiles (v.) após a morte; lá ele passou a viver uma existência de bem-aventurança entre outros heróis e heroínas.

Leucipe (G. *Leukippe*). (1) Mulher de Laomêdon e mãe de Príamo (vv.) numa das versões da lenda do rei de Tróia.

(2) Mulher do rei Téstio e mãe de Íficlo (vv.).

(3) Filha de Testor e irmã de Calcas e de Teonoe (vv.).

(4) Mãe de Euristeu (v.).

Leucipides (G. *Leukíppidai*). Nome pelo qual são conhecidas Febe e Hílaira, filhas de Lêucipo (1) (irmão de Afareu, de Icário e de Tíndaro (vv.)). Uma terceira filha de Lêucipo (v.), chamada Arsione (que teria sido amante de Apolo), não se incluía nessa denominação, restrita às duas primeiras por terem sido mulheres respectivamente de Pólux e de Cástor (os Dióscuros, v.), seus primos-irmãos na qualidade de filhos de Tíndaro. Dizia-se a propósito das Leucipides que elas seriam filhas de Apolo (v.), e Lêucipo seria apenas seu pai humano. Por ocasião da festa oferecida em Esparta pelos Dióscuros a Enéias e a Páris, quando estes visitaram Menelau com o objetivo de raptar Helena, Idas e Linceu, filhos de Afareu (vv.), embriagaram-se e acusaram Cástor e Pólux de se terem casado com Hílaira e Febe sem dar a Afareu o dote costumeiro. Os Dióscuros reagiram ao insulto e seguiu-se um combate em que morreram Idas e Linceu, de um lado, e do outro um dos Dióscuros.

Em outra versão da lenda as Leucipides eram noivas de Idas e de Linceu e foram raptadas por Cástor e Pólux.

Numa terceira versão os Diôscuros teriam raptado as Leucipides durante a festa do casamento delas com Idas e Linceu.

Lêucipo (G. *Lêukippos*). (1) Rei da Messênia, pai de Febe e de Hílaira (vv.) – as Leucipides (v. o verbete anterior), filho de Prieres (ou de Ôibalo) e de Gorgofone (filha de Perseu), e marido de Filodice (filha de Ínaco) (vv.). Lêucipo teve uma terceira filha, chamada Arsinoe, que numa das versões de sua lenda foi amante de Apolo (vv.); dessa união nasceu Asclépio (v., e *Coronis*).

(2) Filho de Xântio, descendente de Belerofonte (vv.), famoso por sua força sobre-humana e por sua bravura como guerreiro. Vítima da cólera de Afrodite (v.), Lêucipo apaixonou-se por sua própria irmã. A princípio ele resistiu aos seus ímpetos incestuosos, mas afinal deixou-se dominar pela paixão e pediu à sua mãe que o ajudasse a satisfazer o desejo irresistível, pois em caso contrário se suicidaria. Com a cumplicidade materna Lêucipo afinal tornou-se amante da irmã. Essas relações se prolongaram até que alguém as revelou ao noivo da moça; acompanhado pelo pai e por outras pessoas eminentes da cidade, o noivo dirigiu-se a Xântio e lhe revelou que a filha tinha um amante, omitindo porém que se tratava de Lêucipo. Num acesso de cólera Xântio jurou que iria punir o amante da filha quando o surpreendesse com ela. O acusador levou Xântio ao quarto da filha, e esta, ao ver o pai, escondeu-se precipitadamente, de tal maneira que Xântio não a reconheceu e a feriu com sua espada pensando que estava atingindo o amante. Ouvindo a moça gritar de dor, Lêucipo apareceu e avançou contra o agressor, matando-o sem saber que se tratava do pai da moça e seu próprio pai. Em conseqüência do homicídio, Lêucipo abandonou a região e foi para Creta, onde instalou uma colônia com um grupo de tessálios. Posteriormente, seus companheiros o expulsaram e ele voltou à Ásia Menor, fundando nas proximidades de Míleto a cidade chamada Cretináion.

(3) Filho de Enomau, rei de Pisa. Sua paixão por Dafne (v.) levou-o a disfarçar-se em moça, numa tentativa frustrada para unir-se à mulher amada.

(4) Filho de Turímaco, o rei de Sicione. Sua filha Calquínia teve de Poseidon um filho chamado Pêrato; não tendo filhos homens, este Lêucipo lhe passou o trono de Sicione ao morrer.

(5) Filho de Naxo, herói epônimo da ilha homônima. Este Lêucipo teve um filho chamado Esmêrdio, que veio a ser rei de Naxos.

Leuco (G. *Leucos*). Um cretense filho de Talo (v.), abandonado pelo pai ao nascer. Depois de achá-lo e de criá-lo como seu filho, Idomeneu (v.) confiou-lhe o reino e a família quando partiu para a Guerra de Tróia (v.), prometendo também dar-lhe em casamento sua filha Clisístera (v.). Leuco, entretanto, influenciado por Náuplio (v.), que desejava vingar-se de todos os chefes gregos por causa da morte de seu filho Palamedes (v.), seduziu Meda, mulher de Idomeneu, e a matou juntamente com os filhos dela e de Idomeneu. Em seguida Leuco usurpou o trono de Creta, obrigando Idomeneu a exilar-se por ocasião de seu retorno da guerra.

Lêucon (G.). Um dos filhos de Atamas (v.) com sua terceira mulher, chamada Temistó, filha de Hipseu (vv.). Seu filho Eritras foi o fundador da cidade de Eritras, na Beócia. Além desse filho Lêucon teve duas filhas: Euipe, mulher de Andreu, e Pisidice, mãe de Árgino (vv.).

Leucósia (G.). Uma das Sereias (v.), epônima de uma ilha situada em frente ao golfo de Pesto.

Leucotéia (G. *Leukothea*). (1) Nome dado a Inó, filha de Cadmo (vv.), depois de sua transformação em deusa marinha. Inó foi a segunda mulher de Atamas, casado anteriormente com Nefele (vv.), e se mostrou extremamente ciumenta em relação a Frixo e Helé (vv.), os dois filhos de Nefele com Atamas. Durante uma ausência prolongada de Inó Atamas, supondo-a morta, casou-se em terceiras núpcias com Temistó, que por seu turno passou a ter ciúmes dos filhos de Atamas com Inó e planejou matá-los.

Posteriormente, após a morte de sua irmã Semele (v.), Inó convenceu Atamas a acolher Diôniso (v.) recém-nascido, e a criá-lo juntamente com seus filhos Learco e Melicenes (vv.). Hera (v.), encolerizada com a salvação de Diôniso, filho do amor adúltero de Zeus (v.) por Semele, castigou Atamas e Inó privando-os da razão. Em sua loucura Inó lançou Melicertes, seu filho mais novo, num caldeirão com água fervente, e Atamas confundiu Learco com um cervo e matou-o golpeando-o com um venábulo. Vendo Melicertes morto Inó lançou-se ao mar com seu cadáver; as divindades marinhas, comovidas, metamorfosearam-na numa nereide e transformaram Melicertes no deus-menino Paláimon (v.).

Inó, agora chamada Leucotéia ("Deusa Branca"), e seu filho já com o nome de Paláimon, passaram a proteger os nautas em perigo. Leucotéia às vezes aparece com o nome de Leucotoe. V. *Melicertes* para outras versões de sua morte.

Na mitologia romana Leucotéia foi assimilada a *Mater Matula*, venerada num templo construído no *Forum Boarium*, nas proximidades do porto de Roma; Paláimon, identificado com Portuno (v.), deus dos portos, era cultuado num santuário situado nas imediações do mesmo local.

(2) Outra deusa marinha presente em lendas da ilha de Rodes (v. *Halia*).

Leucotoe (G. *Leucothoe*). Rival de Clítia, amante de Hélios (o Sol), transformada em heliotrópio (v. *Clítia*).

Líber (L.). Deus itálico, identificado com Diôniso (v.). A equivalente feminina de Líber chamava-se Líbera, associada a Ceres (v.) e assimilada a Ariadne após a divinização desta (v. *Ariadne*).

Libertas (L.) A liberdade personificada em Roma.

Líbia (G. *Libye*). Ninfa epônima da África do Norte, filha de Êpafo e neta por via deste de Ió e de Zeus (vv.). Líbia uniu-se a Poseidon (v.) e teve com ele dois filhos – Agênor e Belo (v.) –, heróis míticos respectivamente da Fenícia e do Egito. Em outras fontes Atlas, o tirano egípcio Búsiris, Fênix e Lêlex (vv.) também seriam filhos de Líbia e de Poseidon.

Libitina (L.) Deusa romana incumbida de velar pelo cumprimento dos deveres para com os mortos, cultuada num santuário situado no Aventino.

Licáon (G. *Lykáon*). (1) Herói arcádio filho de Pélasgo e da oceanide Melibéia (ou da ninfa Cilene) (vv.), sucessor de seu pai no trono da Arcádia. Licáon teve cinqüenta filhos de várias mulheres; numa versão de sua lenda ele era um rei piedoso e convivia com os deuses, mas seus filhos duvidavam desse relacionamento e quiseram verificar se os estranhos que às vezes visitavam seu pai eram realmente deuses. Com esse objetivo mataram uma criança e misturaram suas carnes com as do animal preparado para um banquete. Os deuses, horrorizados com aquela perversidade, provocaram uma tempestade durante a qual os assassinos morreram fulminados por raios.

Em outra versão, mais conhecida, nãosomente os filhos mas também o próprio Licáon eram ímpios. Um dia Zeus (v.) quis saber até que ponto ia a sua impiedade, e disfarçado em camponês apresentou-se ao rei pedindo-lhe que o acolhesse. Licáon recebeu-o, porém para saber se se tratava ou não de um deus mandou servir-lhe as carnes de uma criança (ou, de acordo com variantes da versão, de um refém, ou de seu próprio filho Nictino; ou de Arcás, seu neto, filho de Zeus e da ninfa Calistó (vv.)). Indignado, Zeus fulminou com seus raios Licáon e os filhos dele, à exceção de Nictino, salvo pela intervenção de Gaia (a Terra) e sucessor do pai no trono da Arcádia (numa variante desta versão Licáon transformou-se num lobo (*lykos* em grego)).

(2) Um dos filhos de Príamo com Laotoe (vv.). Aquiles (v.) aprisionou-o enquanto ele trabalhava no pomar do pai e o vendeu em Lemnas, mas Eetíon (v.) o resgatou e mandou-o de volta a Tróia. Poucos dias depois de seu retorno Licáon deparou com Aquiles no campo de batalha diante de Tróia, e apesar de sua oferta de resgate o herói matou-o.

(3) Filho de Ares e de Pirene, morto por Heraclés (vv.).

Licas (G. *Likhas*). O companheiro de Heraclés (v.) que seguiu o herói até pouco antes de sua morte na pira acesa no monte Oita. Após a vitória na guerra contra a Ecália Heraclés havia mandado Licas pedir a Dejanira (v.), sua mulher, um manto novo para vestir durante um sacrifício a Zeus. Licas contou a Dejanira nessa ocasião que seu marido estava apaixonado por Iole (v.), e ela, transtornada pelo ciúme, deu-lhe para levar a Heraclés um manto impregnado do sangue mortífero do centauro Nesso (v.). Quando o herói vestiu o manto envenenado e começou a sentir dores insuportáveis que o levaram à morte, segurou Licas por um das pés e o lançou a grande altura; caindo no mar, Licas transformou-se em pedra, dando origem a um grupo de ilhas que receberam o nome de Licades por sua causa.

Lícasto (G. *Lýkastos*). (1) Um herói cretense, marido de Ida (filha de Coribas) e pai de Minas (vv.) com ela. Na tradição que distingue dois Minas, Lícasto é filho do Minas mais antigo e de Itone, filha de Líctio (vv.).

(2) Filho de Ares (v.) e de Filonome, filha de Nictino que teve este Lícasto em segredo juntamente com outro filho – Parrásio (vv.). Após o parto Filonome enjeitou os dois filhos no monte Erímanto, com receio de seu pai. Lícasto e Parrásio foram criados por pastores e mais tarde tornaram-se reis da Arcádia.

(3) Um habitante de Creta amante de Eulimene (filha de Cídon, rei da ilha). Durante uma revolta contra Cídon, Eulimene foi sacrificada por sugestão de um oráculo. Antes do sacrifício este Lícasto, querendo salvar Eulimene, revelou a Cídon que ela estava grávida, mas o pai não se comoveu e até mostrou maior empenho em imolá-la. V. *Eulimene.*

Licímnio (G. *Likýmnios*). Filho de Electríon (um dos filhos de Perseu) (vv.) e de Media, uma escrava frígia. Durante a guerra dos táfios contra seu pai, Licímnio foi o único filho de Electríon salvo do massacre. Após a morte acidental de Electríon, causada por Anfitrião (v.), Licímnio seguiu com este último e com Alcmene (v.), sua meio-irmã, para o exílio em Tebas, onde casou-se com Perimede, irmã de Anfitríon. Dessa união nasceu Oino, que viria a ser morto pelos filhos de Hipocôon em Esparta, causando assim a expedição de Heraclés (v.) contra essa cidade. Além de Oino, Licímnio e Perimene tiveram Argeio e Melas (vv.), que participaram com Heraclés da guerra de Ecádia e morreram lutando.

Após a morte de Heraclés Licímnio juntou-se aos demais Heráclidas (v.), refugiando-se em Traquis, onde enfrentou Euristeu (v.), combatendo ao lado de Hilo (v.) na campanha malograda contra o Peloponeso.

Mais tarde os argivos convidaram Licímnio e Tlepólemo (v.), um dos filhos de Heraclés, para virem morar em Argos. Lá, durante uma briga Tlepólemo atingiu mortalmente Licímnio com uma bordoada (em uma variante da lenda a morte de Licímnio teria sido acidental).

Lício (G. *Lýkios*). Filho do babilônio Clêinis, metamorfoseado em corvo por haver sacrificado um asno sobre o altar de Apolo (v.), como se fazia entre os Hiperbóreos (v.), contra a vontade do deus. A partir de então os corvos, que eram brancos, passaram a ser negros.

Licó (G. *Lykó*). Filha de Díon (v.), rei da Lacedemônia, e uma das irmãs de Caria. Licó e suas irmãs receberam de Apolo (v.) o dom da profecia, mas Licó tentou opor-se aos amores de Caria com Diôniso e foi metamorfoseada em rochedo.

Lico (G. *Lykos*). (1) Neto da plêiade Alcione e de Poseidon, filho da ninfa Clonia e de Hirieu, e tio de Antíope (vv.). Em outra versão da lenda Lico e seu irmão Nicteu eram filhos de Ctônio (v.), um dos guerreiros chamados *Spártoi,* nascidos dos dentes do dragão morto por Cadmo (v.). Lico e Nicteu tiveram de fugir de sua pátria, a Eubéia, depois de matarem Flegias, filho de Ares e de Dotis (vv.); eles pararam em Íria, na Beócia, e depois prosseguiram para Tebas, onde foram acolhidos por Penteu (v.), rei da cidade, que entregou a Lico o comando do exército tebano. Após a morte de Penteu, esquartejado por Agave (v.), sua mãe, numa procissão de Bacantes (v. *Penteu*), Lico assumiu o poder. Noutra lenda Lico era o marido de Antíope (v.), porém a repudiou porque ela se tornou amante de Épafo (v.) e depois foi possuída por Zeus (v.). Lico casou-se então com Dirce (v.), que mandou agrilhoar Antíope (v.) movida pelo ciúme, pois imaginava que esta última ainda mantinha relações com seu primeiro marido. Zeus, entretanto, libertou Antíope dos grilhões, deixando-a fugir para o monte Citéron, onde ela teve dois filhos – Anfíon e Zetes. Mais tarde seus filhos puniram Lico e Dirce, matando o primeiro (ou de acordo com uma variante da lenda destituindo-o do trono).

(2) Filho de Celainó e de Poseidon (vv.), levado por seu pai para as Ilhas dos Bem-Aventurados (v. *Elísion*).

(3) Filho de Celainó e de Prometeu, e irmão de Quimaireu (vv.).

(4) Um dos télquines, os habitantes mais antigos da ilha de Rodes. Pressentindo o dilúvio na época de Deucalião (v.), este Lico fugiu com seus irmãos para a Lícia, onde instituiu o culto a Apolo Lício (v. *Apolo*).

(5) Um dos quatro filhos de Pandíon e irmão de Egeu (vv.). Quando os filhos de Pandíon retornaram a Atenas coube a este Lico uma parte da Ática, de onde Egeu o expulsou, forçando-o a refugiar-se na Messênia. Lico era um adivinho e sacerdote famoso.

(6) Rei dos mariandinos, habitantes da costa ocidental da Ásia Menor. Este Lico recebeu amistosamente os Argonautas (v.) de passagem por seu território, proporcionando funerais grandiosos a dois deles – Ídmon e Tífis – falecidos havia pouco tempo; além disso ele ofereceu o próprio filho Dáscilo para pilotar a nau *Argó*. Os Argonautas, por seu turno, eliminaram Âmico (v.), rei dos bêbrices, povo vizinho que hostilizava o território de Lico e matou seu irmão Otreu. De volta do território das amazonas Heraclés (v.) também ajudou Lico em sua guerra contra os bêbrices, matando Mígdon, irmão de Âmico, e dando a Lico parte do território dos bêbrices.

(7) Filho de Ares (v.) e rei da Líbia, que costumava sacrificar ao seu pai os estrangeiros de passagem por seu território. Quando Diomedes (v.) voltava da Guerra de Tróia (v.) foi parar na costa do reino deste Lico em conseqüência de um naufrágio; Lico o aprisionou e ia imolá-lo, mas Calirroe (v.), sua filha, apaixonou-se pelo prisioneiro e o libertou; Diomedes, entretanto, não correspondeu ao amor da moça, e fugiu enquanto ela se suicidava.

Licofron (G. *Lykophron*). Filho de Méstor. Obrigado a afastar-se da ilha de Citera, sua pátria, depois de cometer um homicídio, Licofron foi com Ájax (v.) filho de Telamon para a Guerra de Tróia (v.), onde Heitor o matou.

Licomedes (G. *Lykomedes*). Rei dos dólopes, habitantes da ilha de Ciro, por ocasião da Guerra de Tróia (v.). Tétis (v.), ao saber que Aquiles (v.), seu filho, morreria se participasse da guerra, tentou afastá-lo de seu destino ocultando-o na corte de Licomedes. O rei vestiu Aquiles com roupas femininas e o pôs entre suas filhas com o nome de Pirra. Aquiles apaixonou-se por uma das filhas de Licomedes, chamada Deidâmia, com quem teve um filho – Neoptólemo (v.) –, também chamado Pirro. Para a descoberta de Aquiles por Ulisses (v.) na corte de Licomedes, v. *Aquiles*. Contava-se também que Teseu (v.) se refugiou junto a Licomedes após o assassínio dos Palantidas (v.) (ou por causa da morte de Hipólito (v.)). Licomedes, receoso de que Teseu conquistasse a estima de seus súditos e lhe usurpasse o trono (ou não querendo devolver os bens que o herói lhe confiara), levou-o sorrateiramente a um despenhadeiro, de onde lançou-o ao mar.

Licopeu (G. *Lykopeus*). Filho de Ágrio e irmão de Celêutor, de Melânipo, de Ônquesto, de Prôtoo e de Tersites (vv.). Ele e seus irmãos juntaram-se à expedição contra Oineu (v.), conquistando Calidon, onde este último reinava. Algum tempo depois Licopeu foi morto por Diomedes (v.), vindo de Argos para vingar Oineu.

Em outra versão da lenda Licopeu foi morto juntamente com seu tio Alcatoo por Tideu (v.), que em conseqüência desse crime teve de fugir da Etólia para Argos.

Licoreu (G. *Lykoreus*). Filho de Apolo e da ninfa Corícia (vv.). Licoreu reinou na cidade chamada Licôreia, fundada por ele no cume do monte Parnasso. Licoreu teve um filho chamado Híamo (v.), cuja filha, chamada Celainó, concebeu de Apolo um filho que recebeu o nome de Delfo (vv.).

Licurgo (G. *Lykourgos*). (1) Rei da Trácia que expulsou Diôniso (v.) do seu território quando o deus chegou lá ainda criança com sua ama. Licurgo assustou de tal maneira o deus que ele se lançou ao mar, de onde Tétis, filha de Nereu (vv.), o retirou. Essa atitude do rei provocou a ira de Zeus (v.), que o cegou.

Noutra versão da lenda Diôniso, já adulto, quis atravessar a Trácia a caminho da Índia, mas Licurgo opôs-se à sua passagem e capturou as Bacantes (v. *Mênades*) e os sátiros (v.) que o acompanhavam, obrigando o deus a refugiar-se junto a Tétis. Pouco tempo depois as Bacantes e os sátiros livraram-se milagrosamente de seus grilhões.

Licurgo enlouqueceu, e confundindo seu filho Drias com uma videira golpeou-o com um machado e o matou. Consumado o assassínio do filho, Licurgo recuperou a razão; as terras de seu reino, entretanto, tornaram-se áridas, e um oráculo proclamou aos habitantes da região que elas só voltariam a ser férteis se Licurgo fosse esquartejado. Os habitantes obedeceram amarrando-o pelos pés e mãos a quatro cavalos, que saíram correndo e o desmembraram.

Em outra versão da lenda Licurgo pôs em dúvida a condição divina de Diôniso e o expulsou de seu reino. Em seguida o rei embriagou-se e tentou violentar a própria mãe. Arrependido, Licurgo quis arrancar as videiras da região, mas Diôniso fê-lo enlouquecer e nesse estado ele matou sua mãe e seu filho. Afinal Diôniso levou-o ao monte Rodope, onde o expôs às feras.

Numa terceira versão Licurgo era rei da parte da Trácia adjacente ao Helésponto. Querendo passar com seu séquito da Ásia para a Europa, Diôniso obteve a permissão de Licurgo mediante um compromisso. Confiando na palavra do rei as Bacantes atravessaram o Heléspонto, mas durante a noite Licurgo deu ordens aos seus soldados para matarem as Bacantes e o próprio deus. Um trácio chamado Cárops (v.) revelou a intenção de Licurgo a Diôniso, e este, temeroso, voltou para o lado asiático com o grosso de seu séquito. Licurgo atacou então as Bacantes e as exterminou, mas Diôniso retornou com seus inúmeros adeptos e aniquilou as tropas trácias. O deus capturou Licurgo, perfurou-lhe os olhos e o crucificou depois de aplicar-lhe todas as torturas imagináveis.

Numa versão tardia da lenda Licurgo quase foi morto por uma das Bacantes, chamada Ambrosia, que se metamorfoseou em videira para envolvê-lo e sufocá-lo; Hera, entretanto, salvou-o ameaçando a bacante com o gládio de Ares (v.).

(2) Filho de Aleu e de Nêaira e descendente de Zeus por via de Arcás (vv.). Por ocasião da morte de seu pai este Licurgo sucedeu-o no trono da Arcádia, e viveu até a extrema velhice.

(3) Rei de Neméia, chamado também Lico; era filho de Feres (ou de Prônax) (vv.), e teve com Anfíteia (ou Eurídice) um filho chamado Ofeltes (vv.), morto por uma serpente em decorrência de um descuido de sua ama, chamada Hipsipile (v.).

Lido (G. *Lydos*). Herói epônimo dos lídios, na Ásia Menor, filho de Átis e neto de Manes (v.). Lido reinava na Lídia antes do advento dos Heráclidas (v.), e seu irmão Tirreno (v.) era o herói epônimo dos tirrênios (nome mais antigo dos etruscos). Em uma das versões de sua lenda Lido era um dos Heráclidas (v.), descendente de Heraclés e de uma escrava de Onfale (vv.), que assumiu o poder após a dinastia de Manes.

Ligis (G. *Lígys*). Herói epônimo dos lígures, irmão de Alebíon (v.). Quando Heraclés (v.) atravessava o sul da Gália de volta dos domínios de Geríon (v.), Lígis atacou o herói à frente dos lígures para apoderar-se do rebanho que ele trazia. A certa altura da luta desigual Heraclés já não dispunha de flechas, e vendo-se envolvido pelos atacantes fez uma prece a Zeus (v.), seu pai. O deus provocou uma chuva de pedras, e usando-as como armas Heraclés forçou os lígures a fugirem.

Lileu (G. *Lílaios*). Pastor indiano que cultuava apenas uma divindade – Selene (a Lua). Revoltadas com Lileu, as demais divindades fizeram aparecer diante dele dois leões que o devoraram. Penalizada com a morte de seu devoto, Selene transformou-o numa montanha que para perpetuar-lhe a memória recebeu o nome de Lilêon.

Limos (G.). A personificação da fome, tida como filha de Êris (v.), ou seja a Discórdia.

Linceu (G. *Lygkeus*). (1) Filho de Egito (v.) e marido de Hipermestra (uma das Danaides, vv.), que o poupou do massacre em que pereceram todos os seus irmãos. Salvo por Hipermestra, Linceu refugiou-se numa colina perto de Argos e ficou à espera do sinal para retornar à cidade. Hipermestra acendeu uma tocha, como combinara, significando que já não havia perigo, e Linceu voltou são e salvo. Para perpetuar a memória desse incidente os argivos realizavam nessa colina uma festa cujos celebrantes portavam tochas (v. *Lirco*). Posteriormente Linceu reconciliou-se com Danaôs (v.), seu sogro, e o sucedeu no trono de Argos. De seu casamento com Hipermestra nasceu um filho chamado Abas, pai de Acrísio e de Preto (vv.). Em outra versão da lenda Linceu teria matado Danaôs e todas as Danaides.

(2) Filho de Afareu e irmão de Idas (vv.); participou da caçada de Calidon (v. *Melêagro*) e da expedição dos Argonautas (v.), na qual se destacou pela acuidade de sua visão, que lhe permitia enxergar através de superfícies opacas. Este Linceu aparece também lutando contra os Diôscuros por causa das Leucipides (vv.).

Linco (G. *Lygkos*). Rei da Cítia em cuja corte Triptólemo (v.) se deteve quando percorria o mundo cumprindo determinações de Deméter (v.) para divulgar o cultivo do trigo. Despeitado, Linco tentou matar Triptólemo; Deméter, todavia, salvou o seu enviado e transformou o rei num lince.

Lindo (G. *Lindos*). Herói epônimo da cidade de Lindo, na ilha de Rodes V. *Cêrcafo.*

Linfas (L. *Lymphae*). Divindades das fontes nas crenças populares latinas, assimiladas às vezes às ninfas. Acreditava-se que essas divindades tinham o poder de enlouquecer quem as visse.

Lino (G. *Linos*). (1) Filho de Apolo e de Psamate (filha de Crôtopo, rei de Argos) (vv.). Enjeitado ao nascer por sua mãe, Lino foi criado por pastores da região. Numa das versões da lenda Crôtopo, ao saber do parto da filha, açulou seus cães para devorarem o recém-nascido, e em outra versão da lenda os cães dos pastores o mataram acidentalmente. Quanto a Psamate, Crôtopo matou-a, e Apolo, indignado com seu procedimento, mandou Poiné (a personificação do castigo) (v.) devastar a região. Obedecendo a um oráculo os habitantes de Argos instituíram uma cerimônia durante a qual cantavam uma lamentação rememorando a desventura de Psamate e de Lino. No decurso da cerimônia sacrificavam-se os cães encontrados nas ruas ou no local da celebração.

(2) Filho de Anfímaco (ou de Hermes, ou de Ôiagro (vv.)) e de uma das Musas (Calíope, Terpsícore ou Urânia) (vv.). Numa versão tardia de sua lenda este Lino aparecia como irmão de Orfeu, ao qual às vezes era assimilado. Lino era um músico excepcional, a ponto de querer competir com Apolo; revoltado com essa pretensão, Apolo (v.) matou-o.

Contava-se em outra versão da lenda que Lino foi professor de música de Héraclés (v.), mas este último era rude e não progredia em seus estudos. Lino castigava-o freqüentemente, e um dia o herói, transtornado com as punições, matou-o com o plectro (lâmina pontiaguda usada para fazer soarem as cordas da lira), ou com uma enorme pedra.

Líparo (G. *Líparos*). Um dos filhos de Áuson (v.), herói epônimo da Ausônia, denominação mais antiga da Itália. Expulso de seus domínios pelos irmãos, Líparo partiu com alguns companheiros e desembarcou com eles numa ilha situada no litoral da Sicília, que por sua causa recebeu o nome de Lípara; lá ele fundou uma colônia. Mais tarde Éolo (v.) apareceu na ilha e foi bem recebido por Líparo, que lhe deu em casamento sua filha Ciana. Retribuindo a sua generosidade, Éolo ajudou-o a voltar à Ausônia. Líparo desembarcou na costa do golfo de Nápoles, sendo recebido pelos habitantes como seu rei. Depois de morto ele passou a receber honras divinas de seus súditos.

Lirco (G. *Lyrkos*). (1) Um belo rapaz filho de Foroneu, enviado com outros jovens por Ínaco à procura de Ió após o rapto desta por Zeus (vv.). Não encontrando Ió, e receoso de voltar à corte de Ínaco sem sua filha, Lirco estabeleceu-se em Cauno, onde Egíalo, rei da região, deu-lhe em casamento sua filha Heilebia (vv.), por quem ele se apaixonara. Lirco não conseguia ter filhos de Heilebia, e dirigiu-se a um oráculo para saber a causa dessa incapacidade e o que deveria fazer para assegurar a sua posteridade. A resposta do oráculo foi que ele teria um filho da primeira mulher a quem se unisse. Lirco apressou-se em voltar para Cauno, pensando que a referência do oráculo fosse à sua mulher, mas na viagem de regresso deteve-se em Bíbasto, onde reinava Estáfilo, filho de Dioniso (vv.). Aproveitando-se da embriaguez de Lirco durante um banquete, Estáfilo, conhecedor da resposta do oráculo e desejoso de ter um herdeiro para sucedê-lo no trono, aproximou o visitante de sua filha Hemitéia e os dois se uniram na mesma noite. Na manhã seguinte Lirco, refeito da embriaguez, percebeu o que acontecera durante a noite; depois de reprovar o procedimento de Estáfilo e dar a Hemitéia o seu cinto como um sinal pelo qual pudesse reconhecer o filho mais tarde, partiu para a sua terra.

Em Cauno o rei Egíalo ficou indignado com a aventura de Lirco e o exilou, provocando uma luta violenta entre seus partidários e os do genro. Heilebia apoiou o marido e ajudou-o a obter a vitória no confronto. Tempos depois Básilo, o filho de Lirco e de Hemitéia, veio para Cauno e sucedeu ao pai no trono da cidade.

(2) Filho de Linceu e neto de Egito (vv.); após a morte de seu pai este Lirco veio para a localidade de Lincéia, perto de Argos, cujo nome mudou para Lircéia.

Lisídice (G. *Lysidike*). Filha de Pêlops e mulher de Mêstor (vv.), com quem teve uma filha chamada Hipotoe. Noutra menção ela aparece como mulher de Alceu e mãe de Anfitrião (vv.). Numa terceira versão da lenda Lisídice era mãe de Alcmene e mulher de Electríon (vv.).

Lisipe (G. *Lysippe*). Uma das Pretides (v.), filhas de Preto, punidas pelos deuses com a loucura. Ela e suas irmãs foram curadas por Melâmpus (v.)

Litierses (G. *Lityerses*). Um frígio filho do rei Midas (v.), dedicado ao cultivo de suas terras. Litierses desafiava os estrangeiros de passagem por suas propriedades a competir com ele para ver quem ceifava mais depressa. Litierses era sempre o vencedor, e decapitava os vencidos. Contava-se que Dáfnis (v.) chegara até os domínios de Litierses, quando saiu pelo mundo à procura de Pimpléia, sua amante, raptada por piratas, e foi escravizado por Litierses. Heraclés (v.), diante disso, resolveu punir Litierses por manter o belo Dáfnis no cativeiro; Com esse objetivo ele aceitou o desafio habitual, e depois de adormecer Litierses com uma canção, cortou-lhe a cabeça. Dizia-se que os ceifeiros frígios trabalhavam cantando uma canção alusiva a Litierses, na qual o elogiavam como ceifeiro insuperável.

Locro (G. *Locros*). (1) Herói epônimo dos lócrios, filho de Fisco, neto de Étolo e bisneto de Anfictíon (vv.) (em outra versão da lenda este último era seu pai, e não bisavô). Lacro era rei dos lêlegos e mudou-lhes o nome para lócrios.

Contava-se a propósito de Locro que Zeus (v.) se apaixonara por uma moça belíssima chamada Cábia, filha de Opus, rei de Élis (v.); o deus raptou-a e possuiu-a no monte Mênalo. Quando Cábia engravidou Zeus entregou-a a Locro, que não tinha filhos, para ser sua mulher. Locro deu ao filho de Cábia e de Zeus o nome do avô materno – Opus – e criou-o como se fosse seu filho.

Em outra versão da lenda a mulher de Locro chamava-se Protogênia e era filha de Deucalião (v.); ela teve de Zeus um filho, Aêtlio, cujo pai mortal era Locro. Mais tarde Locro desentendeu-se com seu filho Opus e entregou-lhe o trono, partindo em seguida de Locris com alguns companheiros à procura de um território onde pudesse instalar-se. Respondendo a uma consulta dele o oráculo lhe disse para deter-se no local onde um cão de madeira o mordesse. Chegando aos contrafortes do monte Parnasso, Locro pisou num espinho de roseira brava ("espinho de cão" em grego) e ficou impossibilitado de caminhar durante muitos dias. Percebendo que o oráculo se consumara, ele instalou-se naquela região, à qual deu também o nome de Locris.

(2) Filho de Zeus e de Maira (filha de Preto, rei de Argos, e de Antéia) (vv.). Maira era uma das companheiras de Ártemis (v.), mas deixou-se possuir por Zeus

(v.) e foi morta com uma flecha pela deusa despeitada. Este Locro construiu Tebas juntamente com Anfíon e Zeto (vv.).

Lotis (G.) Uma ninfa amada por Príapo (v.), mas indiferente ao amor do deus. Lotis conseguiu fugir durante algum tempo às investidas amorosas de Príapo. Certa noite, enquanto ela dormia entre as Mênades, companheiras de Diôniso (vv.), Príapo, também participante do séquito de Diôniso, tentou possuí-la, mas o asno de Sileno (v.) começou a relinchar com tanto estardalhaço que todos os seguidores de Diôniso acordaram; Lotis livrou-se mais uma vez de Príapo, enquanto os presentes riam do sedutor mal-sucedido.

Lotófagos (G. *Lotophágoi*). Um povo visitado por Ulisses (v.) quando a nau deste, levada pela força do vento Norte, desviou-se de sua rota. Os lotófagos receberam amistosamente o herói e seus companheiros e lhes serviram o fruto do lótus, seu alimento básico, que provocava a perda da memória. Os companheiros de Ulisses comeram o lótus e já não queriam voltar para Ítaca, e o herói teve de forçá-los a reembarcar. Supõe-se que o território dos Lotófagos se situava no norte da África ou no sul da ilha de Chipre.

Lua (L.). Divindade romana muito antiga, também chamada "Lua de Saturno", à qual se ofereciam as armas tomadas do inimigo, que eram queimadas para expiar o sangue derramado nos combates.

Lúcifer (L.) Nome latino de Fósforo (v.).

Lucina (L.) V. *Juno.*

Luna (L.). A deusa romana que simbolizava a Lua, cultuada num templo situado no Aventino, em Roma. Luna foi logo assimilada a Diana (v.), cujo templo ficava nas proximidades do seu.

Lupercos (L. *Luperci*). Uma confraria de sacerdotes incumbidos do culto de Fauno-Luperco nas *Lupercalia,* festa celebrada anualmente no mês de fevereiro em Roma. Nessa festa os Lupercos faziam a volta do monte Palatino descalços, flagelando as mulheres que encontravam no caminho com correias feitas do couro de uma cabra recém-imolada. Nas crenças romanas esse ritual tornava as mulheres fecundas. A gruta do Lupercal, situada nos contrafortes do Palatino, era o santuário de Fauno-Luperco, e nela Rômulo e Remo teriam sido amamentados pela loba. Os romanos consideravam essa gruta o berço de sua cidade.

M

Macaireu (G. *Makhaireus*). Sacerdote do templo de Apolo (v.) em Delfos, que matou Neoptólemo (v.) depois de um protesto deste contra a prática dos sacerdotes de se apropriarem das carnes das vítimas sacrificadas aos deuses.

Macáon (G. *Makháon*). Filho de Asclépio (v.) e de Epione (ou de Arsinoe, ou de Coronis, ou de Lampetia, ou de Xante) e irmão de Podalírio (v.). Macáon era um dos pretendentes à mão de Helena (v.), e por isso participou da Guerra de Tróia (v. *Guerra de Tróia*). Ele reinava juntamente com Podalírio sobre as cidades tessálias de Itome, de Ecália e de Trica. Macáon e Podalírio eram os médicos das forças gregas na Guerra de Tróia, praticando a arte herdada de seu pai. No exercício dessa função Macáon curou inúmeros combatentes gregos, entre os quais se destaca Menelau (v.), ferido por Pândaro (v.) com uma flecha. O próprio Macáon foi atingido por uma flecha disparada por Páris (v.).

No estágio final da guerra ele conseguiu livrar Filoctetes (v.) de uma ferida até então incurável, causada por uma das flechas envenenadas de Heraclés (v.). Macáon figura entre os guerreiros introduzidos em Tróia no bojo do cavalo de madeira (v. *Cavalo de Tróia*), e foi morto por Pentesíleia (v.), uma das amazonas vindas em socorro dos troianos nos últimos dias da guerra (em outra versão da lenda, entretanto, sua morte foi obra de Eurípilo, filho de Télefo) (vv.). De seu casamento com Antícleia, filha de Dioclés, nasceram Gôrgaso e Nicômaco, e são ainda mencionados como seus filhos em algumas fontes Álcon, Alexânor, Polemocrates e Esfiro.

Mácar (G.). Também chamado Macareu, rei de Lesbos, filho de Crínaco e neto de Zeus (v.). Após o dilúvio na época de Deucalião (v.), Mácar veio para a ilha de Lesbos com um grupo de colonos jônios, e lá fundou uma colônia que prosperou consideravelmente, passando a dominar as ilhas vizinhas. Nessa época chegou à futura Lesbos com numerosos companheiros tessálios o filho de Lapites chamado Lesbo (vv.), obedecendo a uma injunção do oráculo de Delfos. Em Lesbos ele casou-se com Mêtimna, filha de Mácar, e os tessálios trazidos por Lesbo passaram a conviver harmoniosamente com os jônios vindos com Mácar.

Lesbo deu o seu nome à ilha, chamada até então Pelásgia (por causa dos pêlasgos, seus primeiros habitantes), ou Égira, ou Etiópia, ou Lásia, ou Macária (por causa de Mácar). Além de Mêtimna Mácar teve outra filha, chamada Mitilene, e ambas deram seus nomes a cidades da ilha de Lesbos.

Noutra versão da lenda Mácar aparecia como filho de Hélios (o Sol) e de Rodo (v. *Heliades*), e teria fugido de Rodes para Lesbos depois de assassinar seu irmão Tenages.

Numa terceira versão Mácar era filho de Éolo (v.), e uma de suas filhas – Ânfissa, amada por Apolo (v.) – teria dado o nome à cidade homônima na Locris.

Macareu (G. *Makareus*). (1) Sacerdote de Diôniso (v.) em Mitilene, castigado pelo deus por sua conduta sacrílega. Contava-se que um estrangeiro confiou grande quantidade de ouro ao deus, depositando-a em seu templo; Macareu apoderou-se do tesouro e matou o estrangeiro no interior do recinto sagrado, quando ele veio buscar os bens depositados. Pouco tempo depois seus dois filhos brincavam após a celebração de uma festa, imitando os gestos do pai durante um sacrifício que ele acabava de oficiar; empunhando o cutelo sagrado, o filho mais velho feriu seu irmão no pescoço, e indiferente aos gritos da vítima queimou-a no fogo ainda aceso sobre o altar. Alucinada, sua mãe o matou, e foi morta por Macareu com seu tirso, consumando-se assim o castigo divino.

(2) Filho de Éolo com sua própria irmã Canace (vv.). Após a divulgação dessa união incestuosa, Macareu suicidou-se.

Macária (G.). A única filha de Heraclés tida pelo herói com sua mulher Dejanira (vv.); foi ela quem apagou o fogo da pira onde seu pai morreu consumido pelas chamas no monte Oita. Em seguida ela partiu com seus irmãos para a Traquis, e de lá foi para Atenas. Em face da proclamação do oráculo no sentido de que os Heráclidas (v.) somente seriam vencedores se fosse imolada uma vítima humana, Macária ofereceu-se para o sacrifício, assegurando a vitória dos irmãos. Para perpetuar a memória da heroína deu-se o nome de Macária a uma fonte existente nas imediações de Maratona, na Ática.

Macêdon (G.). Herói epônimo da Macedônia, filho de Zeus e de Tiía (vv.), ou de Éolo, ou de Licáon, ou finalmente do deus Ôsiris (vv.), posto por este último no trono da Macedônia quando conquistou o mundo. Na versão em que Macêdon aparece como filho de Ôsiris, ele era irmão de Ânubis, e usava uma couraça de pele de lobo, além de mascarar-se com a cabeça desse animal, à semelhança de Ânubis.

Maceló (G. *Makelló*). Filha de Dâmon que com sua irmã Dexitéia (ou com sua mãe) acolheu em sua terra Apolo, Zeus e talvez Poseidon (vv.). Este último (ou Zeus) aniquilou os têlquinos (ou os flegeus; v. *Têlquinos*) para puni-los por terem envenenado a semente do trigo com a água do Estige (v.), mas poupou Maceló e Dexitéia. No local em que Maceló e Dexitéia receberam os deuses, um filho desta última e de Minos (v.), chamado Euxântio, fundou a cidade de Córeso ("Cidade das Moças").

Mácris (G.). Filha de Aristeu, que com seu pai recebeu de Hermes Diôniso (vv.) recém-nascido e o criou na Eubéia. Mais tarde Hera (v.), deusa soberana da Eubéia, expulsou o deus da ilha; Diôniso retirou-se para Córcira (a atual Corfu), então chamada Mácris, e lá se refugiou numa gruta, onde posteriormente Jáson e Medéia (vv.), se casaram.

Magnes (G.). Herói tessálio epônimo da região de Magnésia, filho de Éolo e de Enarete (vv.). Magnes uniu-se a uma náiade e teve com ela dois filhos – Díctis e Polidectes –, que aparecem na lenda de Perseu (v.). Em outras fontes o casal teve ainda quatro filhos: Alêctor, Einoeu, Eurínomo e Píero.

Em outra versão da lenda Magnes aparecia como filho de Zeus e de Tiía (vv.) (e portanto irmão de Macêdon (v.)), ou de Argos e de Perimele (vv.).

Maia (G.). (1) Filha de Atlas e de Pleione (ou Steropé) (vv.). Ela era uma ninfa do monte Cilene, na Arcádia, onde Zeus a possuiu e tornou-a mãe de Hermes (vv.).

(2) (L.) Deusa romana antiqüíssima, ligada a Vulcano (v.). Sob a influência helenística Maia assimilou-se à sua homônima grega (v. (1) acima), aparecendo como mãe de Mercúrio, equivalente romano de Hermes (vv.).

Máion (G.). (1) Um tebano filho de Hêmon, participante da guerra contra os Sete

Chefes (vv.), e comandante, juntamente com Licofontes, de uma emboscada malsucedida contra Tideu (v.). O único tebano que se salvou dessa tentativa malograda foi Máion, poupado por Tideu. Por ocasião da morte deste em frente a uma das portas de Tebas, Máion demonstrou seu reconhecimento sepultando-o condignamente.

(2) Epônimo da família do poeta Homero, que por isso recebia às vezes o epíteto de Meonides. Em alguns autores Homero seria filho de Máion e de Criteís (v.). Outras fontes apresentam este Máion como avô, e não pai de Homero, ou como pai adotivo do poeta, que nessa versão seria filho de um demônio.

Maira (G.). (1) Heroína arcádia filha de Atlas e mulher do rei Tegeates, epônimo da cidade de Tegéia. Entre os filhos de Maira e de Tegeates destacava-se Límon (v.).

(2) Nome da cadela do herói Icário (v.), introdutor da parreira na Ática, morto e esquartejado por seus conterrâneos embriagados. Com seus latidos esta Maira levou Erigane (v.), filha de Icário, até a sepultura de seu pai. Depois do suicídio de Erigone Maira permaneceu sobre o túmulo dela e morreu de tristeza, ou matou-se lançando-se na fonte chamada Ônigro. Comovido com a fidelidade da cadela, Diôniso (v.) transformou-a na constelação do Cão. Em outras fontes Maira aparece como uma cadela de Oríon (v.).

Mâmers Mamerco (L. *Mamers Mamercus*). Filho de Sílvia, mulher de Septímio Marcelo, e do deus Marte (v.), que deu ao menino uma lança à qual estava ligado o seu destino. Chegando à idade adulta Mâmers Mamerco apaixonou-se pela filha de um certo Tuscino, morto por Septímio, seu pai humano. Durante uma caçada Mâmers Mamerco matou um javali descomunal, e deu de presente à sua amada a cabeça do animal; os dois irmãos de sua mãe, chamados Cimbrates e Mutias, apoderaram-se do presente da irmã, e Mâmers Mamerco os matou. Para vingar os irmãos Sílvia queimou a lança dada por Marte, e Mâmers Mamerco morreu.

Mamúrio (L. *Mamurius*). Um operário osco incumbido pelo rei Numa de fazer onze escudos iguais ao escudo sagrado caído do céu como penhor da perenidade de Roma. Numa pôs então os doze escudos iguais sob a guarda dos sacerdotes Sálios (v.) no templo de Marte (v.) de maneira a evitar tentativas de roubo do escudo verdadeiro. Como única recompensa por seu trabalho Mamúrio pediu e obteve de Numa que os Sálios mencionassem o seu nome no canto entoado por eles durante a procissão anual dos escudos (*ancilia*), realizada solenemente no mês de março durante a festa chamada *Mamuralia*.

Mandilas (G. *Mandylas*). Um pastor de Dedona, que roubou o carneiro mais belo de outro pastor e o escondeu cuidadosamente no estábulo. O pastor roubado, depois de procurar inutilmente seu carneiro por toda parte, interrogou Zeus (v.), o deus de Dodona. Valendo-se pela primeira vez do carvalho sagrado para transmitir a sua voz, o deus lhe disse que o culpado era o pastor mais jovem da região, permitindo assim a identificação de Mandilas. O ladrão devolveu o carneiro, mas quis vingar-se do oráculo golpeando o carvalho com um machado. Quando Mandilas alçou o machado apareceu uma pomba e o dissuadiu de sua idéia.

Manes (L.). As almas dos mortos de conformidade com as crenças populares dos romanos. Esse nome era um eufemismo significando "os Benévolos", usado para propiciá-los (compare-se a circunstância de as Fúrias (v.) serem chamadas de Eumenides = "Benévolas"). Os Manes eram cultuados com oferendas de vinho, de mel e de leite; celebravam-se em seu louvor as festas chamadas *rosaria* (ou *violoria*), quando se enfeitavam as sepulturas com rosas (ou com violetas), e *parentalia*. Estas últimas teriam sido introduzidas na Itália por Enéias (v.) para homenagear Anquises (v.), seu pai. Contava-se a propósito das *Parentalia* que em determinado ano os romanos deixaram de celebrá-las na época própria, e os mortos vingaram-se saindo de suas sepulturas e espalhando-se por toda a cidade; somente após a realização da festa eles voltaram às tumbas, deixando os habitantes em paz. De acordo com essas crenças romanas os Manes seriam filhos da deusa Mânia, ou Mãe dos Manes.

Mania (G.). A loucura personificada, assimilada às Fúrias (v.) e a todos os gênios infernais, em parte divindades e em parte meras abstrações, manifestações da cólera divina como Ate (o Erro), Êris (a Discórdia) (vv.), etc.

Mantó (G.). (1) Filha de Tirésias (v.), dotada como seu pai do dom da profecia; seu nome lembra a adivinhação (*mânteia* em grego). Antes da captura de Tebas os Epígonos (v.) tinham prometido a Apolo (v.), se conquistassem a cidade, a parte mais bela dos despojos de guerra. Vitoriosos, eles escolheram Mantó como oferenda ao deus. A moça partiu então para Delfos guiando o pai cego, mas Tiresias morreu em Haliarto, no meio do caminho. Mantó permaneceu em Delfos praticando a arte da adivinhação como Sibila (v.), até o deus mandá-la para a Ásia Menor, onde ela fundou a cidade de Claro. Lá Mantó casou-se com Rácio, um cretense, com o qual teve um filho chamado Mopso, que veio a ser um adivinho famoso, rival de Calcas (vv.). Em outra fonte Mantó teria sido mulher de Alcmêon, tornando-se mãe de Anfíloco (vv.).

(2) Uma profetisa epônima da cidade de Mântua (vv. *Aucno* e *Biânor*).

Maraton (G. *Marathon*). Filho de Epopeu (v.), rei de Sicione. Expulso de sua terra natal pelo pai, Maraton refugiou-se na Ática, à qual deu as primeiras leis. Por ocasião da morte de Epopeu ele voltou a Sicione, passando a reinar sobre esta última cidade e também sobre Corinto. Seus filho Sicíon e Côrinto eram os epônimos das duas cidades. Maraton era o herói do demo ático de Maratona (v. *Márato* abaixo).

Márato (G. *Márathos*). Herói arcádio companheiro de Equêdemo na incursão dos Diôscuros (v.) contra a Ática. Márato ofereceu-se para ser sacrificado porque segundo um oráculo teria de haver uma vítima humana para garantir a vitória dos atacantes. Nessa versão da lenda o demo ático de Maratona deve-lhe o nome.

Mariandino (G. *Mariandynôs*). Rei e herói epônimo dos mariandinos, habitantes da Bitínia. O reino de Mariandino incluía também uma parte da Paflagônia e o território dos bébrices. Seu pai seria Fineu (v., (3)), ou Cimério, ou Frixo, ou então o próprio Zeus (v.), e sua mãe seria Idaia (vv.).

Marica (L.). Ninfa de Minturnas, no Lácio, mãe do rei Latino e mulher do deus Fauno (vv.). Marica seria Circe (v.) depois de divinizada, e era cultuada num bosque sagrado em sua terra natal.

Mármax (G.). Um dos pretendentes à mão de Hipodâmia (v.), morto por Enomau e sepultado juntamente com seus dois cavalos Erifas e Partenias.

Máron (G.). Sacerdote de Apolo (v.) na cidade trácia de Ísmaro, e filho de Euantes. Para demonstrar sua gratidão a Ulisses (v.), que o protegeu contra incursões predatórias dos gregos, Máron ofereceu-lhe um vinho muito forte e doce. Graças a esse vinho Ulisses conseguiu embriagar o cíclope Polifemo (v.) e fugir da caverna onde este o aprisionara com seus companheiros. Numa fonte tardia Máron era filho de Sileno e acompanhou Diôniso (vv.) em sua expedição à Índia. Nessa fonte ele aparece como um ancião cambaleante, sempre ébrio e cantando louvores a Diôniso.

Marpessa (G.). Filha de Êueno e de Demonice, e neta de Ares (vv.) da parte do pai. Marpessa era noiva de Idas quando foi raptada por Apolo (vv.). Seu noivo lutou contra o deus, e foi necessária a intervenção do próprio Zeus (v.) para separá-los. Coube a Marpessa a escolha definitiva entre Apolo e Idas; ela preferiu Idas, pois temia ser abandonada por Apolo quando perdesse o viço da juventude.

Marsias (G. *Marsyas*). Um sátiro filho de Olimpo (ou de Ôiagro) e de Híagnis. Na tradição ateniense a flauta foi inventada por Atena (v.), mas a deusa, vendo-se refletida nas águas de um riacho com as bochechas infladas enquanto a tocava, lançou-a à distância. Em outras fontes Hera e Afrodite (vv.), vendo Atena tocar, ridicularizaram-na por causa do aspecto de seu rosto; Atena olhou-se num riacho da Frígia, e achando-se realmente deformada, desfez-se da flauta e prometeu castigos terríveis a quem a apanhasse. Marsias recolheu-a, e alegre com a descoberta passou a tocá-la, deliciando-se a tal ponto com a música que desafiou Apolo (v.) a tocar em sua lira uma música melhor. O deus aceitou o desafio, porém estipulou que o vencedor poderia tratar o vencido como lhe aprouvesse. Apolo venceu a competição, pendurou Marsias num pinheiro e o esfolou. Cumpria-se assim a ameaça de Atena. Apolo, arrependido de sua crueldade, teria destruído a lira e transformado Marsias num rio.

Marte (L. *Mars*). Deus romano muito antigo, presente já na mitologia itálica, mas identificado depois com o Ares do panteão grego. A assimilação evidencia-se em episódios como os amores de Marte e Vênus, descritos por Lucrécio nos moldes da cena dos amores adúlteros de Ares e de Afrodite (vv.), em Homero, e na lenda em que Marte aparece como filho de Juno (v.), da mesma forma que Ares era filho de Hera (v.). Na Roma clássica Marte era o deus da guerra, a exemplo de Ares na Grécia. Os escudos sagrados (*ancilia*) eram carregados por seus sacerdotes – os Sálios (v. *Mamúrio*) – em volta da cidade no mês de março, dedicado ao deus, e seu altar situava-se no *Campus Martius*. Realizava-se uma grande corrida de parelhas de cavalos em outubro, e após a competição o cavalo do lado direito era-lhe sacrificado. Havia anualmente em Roma purificações de armas e de trombetas de guerra dedicadas a Marte. Na purificação qüinqüenal realizada simultaneamente com o censo dos cidadãos o povo desfilava em torno do altar de Marte situado no *Campus Martius*, e lhe eram oferecidos sacrifícios de porcos, carneiros e touros (*suovetaurilia*) para assegurar a vitória dos exércitos romanos na guerra.

Mater Matuta (L.). A deusa da claridade matutina, cultuada em Roma numa festa celebrada anualmente no dia das *Matralia* (11 de junho). Dessa festa, interdita às escravas, participavam todas as mulheres casadas apenas uma vez e cujo marido ainda estivesse vivo. De acordo com a lenda *Mater Matuta* seria uma réplica de Inó-Leucotéia (v. *Leucotéia*), que veio parar em Roma depois de sua transformação em deusa marinha após o suicídio de sua mãe. Por ocasião de sua chegada Mater Matuta viu as Bacantes (v. *Mênades*) executando o ritual dionisíaco no bosque sagrado de Estímula. Instigadas por Juno (ou seja Hera (v.), inimiga de Inó (v. *Leucotéia*) porque esta criou Diôniso (v.)), as Bacantes avançaram ameaçadoramente contra ela; Inó pediu socorro e foi ouvida por Hércules (v.), que se achava nas imediações e veio socorrê-la, deixando-a aos cuidados de Carmenta (v.); graças a esta última foi então instituído em Roma o culto de Inó-Leucotéia e de seu filho, que recebeu o nome de Portuno (v.). O templo de *Mater Matuta* situava-se no *Forum Boarium*, nas imediações do porto de Roma.

Meandro (G. *Máiandros*). Deus do rio homônimo na Ásia Menor, filho de Oceano e de Tetis (vv.). Sua filha Sâmia deu o nome à ilha de Samos, situada a pouca distância da foz do Meandro. Marsias (v.) era um de seus filhos.

Mecisteu (G. *Mekisteus*). Filho de Talau e de Lisímaca, e pai de Euríalo (vv.). Em outra fonte ele aparece entre os Sete Chefes (v.), e seu filho seria um das Epígonos (v.). Mecisteu, que era irmão de Ádrasto, foi morto diante de uma das portas de Tebas por Melânipo (vv.).

Medéia (G.). Filha de Aietes (v.), rei da Cólquida, e da oceanide Idíia. Na versão mais conhecida de sua lenda Medéia era neta de Hélios (o Sol) e sobrinha da feiticeira Circe (vv.). Em outra versão da lenda sua mãe era Hecate (v.), a padroeira de todas as feiticeiras, e Medéia aparecia como irmã de Circe (em vez de sua sobrinha). Quando Jáson (v.) desembarcou na praia de Iolco à frente dos Argonautas (v.) em busca do Tosão de Ouro (v. *Frixo*), Medéia apaixonou-se à primeira vista por ele e o fez jurar que seria seu marido se ela o ajudasse em sua missão. Jáson prometeu e Medéia levou-o até o templo onde estava o Tosão de Ouro, enquanto os Argonautas (v.) atacavam os soldados de Aietes obrigando-os a fugir. Obtido o Tosão, Medéia fugiu com Jáson e seus companheiros depois de trair o pai, levando como refém Ápsirto, seu próprio irmão e matando-o para dificultar a perseguição de Aietes (v. *Argonautas*).

Quando Medéia e Jáson passaram pela corte de Alcínoo (v.), rei dos feácios, este já havia recebido um pedido de Aietes para mandar-lhe a filha de volta se os Argonautas passassem por lá. Alcínoo prometeu atender ao pedido, mas somente se Medéia ainda fosse virgem. Areté, mulher do rei, ciente dessa condição, levou-a ao conhecimento de Medéia, e Jáson uniu-se a ela sem perda de tempo na caverna de Mácris (v.) para salvá-la.

Chegando a Iolco com Jáson, o primeiro cuidado de Medéia foi vingar-se de Pelias (v.), rei da região, que obrigou Jáson a ir à Cólquida com a missão de trazer de lá o Tosão de Ouro. Com esse objetivo ela convenceu as filhas do rei de que poderia rejuvenescer qualquer pessoa graças às suas feitiçarias, bastando para isso banhá-la em água fervente contendo algumas ervas mágicas. Numa demonstração às filhas de Pelias ela cortou um bode velho em pedaços e o pôs num caldeirão sobre o fogo; dentro de pouco tempo saiu do caldeirão um cabrito cheio de vida. Persuadidas assim por Medéia, as filhas de Pelias desmembraram o pai e puseram os pedaços num caldeirão preparado por Medéia; para decepção das filhas os pedaços não se rejuntaram, e Ácasto, filho de Pelias, expulsou de Iolco Jáson e Medéia, que foram viver em Corinto com seus filhos, cujo número varia conforme as fontes.

Passado algum tempo Creonte, rei da cidade, resolveu casar sua filha Creusa com Jáson. Creonte deu ordens a Medéia para abandonar imediatamente Corinto, mas ela pediu para permanecer mais um dia na cidade. Aproveitando o tempo concedido Medéia impregnou de venenos mortais um vestido e alguns adereços, e os mandou para a rival por seus filhos. Imediatamente após experimentá-los ela se viu envolvida por chamas misteriosas que a consumiram; seu pai veio socorrê-la, mas também morreu queimado, e todo o palácio foi destruído pelo fogo. Em seguida Medéia matou seus filhos no templo de Hera (v.) e fugiu para Atenas num carro puxado por cavalos alados, presente de Hélios, seu pai.

Em outra versão da lenda os filhos de Medéia teriam sido mortos pelos coríntios, e não por Medéia.

Em Atenas Medéia foi bem recebida por Egeu, mas tentou matar Teseu (vv.) quando este último chegou à cidade para ser reconhecido pelo pai, e teve de fugir para a Ásia, onde Medo, filho dela com Egeu, tornou-se o herói epônimo dos medos. Finalmente Medéia retornou à Cólquida, e depois de matar Perses (v.), que depusera Aietes, repôs o pai no trono.

Eurípides serviu-se da lenda de Medéia para escrever uma de suas tragédias mais belas, que tem o nome da heroína.

Médeio (G.). Filho de Jáson e de Medéia, criado pelo centauro Quíron (vv.).

Medo (G. *Medos*). Filho de Medéia com Egeu, ou com um rei asiático que se teria casado com ela após a sua fuga de Atenas (v. *Medéia*). Na versão da lenda em que Medo era filho de Egeu ele deixou Atenas em companhia de sua mãe, mas a nau que os transportava foi lançada por uma tempestade na costa do reino de Perses, seu tio-avô. Um oráculo havia aconselhado Perses a precaver-se contra um descendente de Aietes (v.); Medo, ciente dessa circunstância, ocultou sua identidade quando os soldados que o descobriram levaram-no à presença de Perses; apresentando-se ao rei, ele disse que era Hipotes, filho de Creonte, rei de Tebas, acrescentando que estava no encalço de Medéia para puni-la pela morte de Creusa e de Creonte (vv.). Perses não se convenceu de imediato e mandou prender Medo. Nesse ínterim seu reino foi assolado pela fome, e Medéia, surgindo diante de Perses num carro puxado por dragões, identificou-se como sacerdotisa de Ártemis (v.), vinda para livrar o país do flagelo. O rei, acreditando nela, disse-lhe que Hipotes, filho do rei de Tebas, estava lá. Medéia obteve do rei a libertação do falso Hipotes, e reconhecendo nele o próprio filho entregou-lhe dissimuladamente uma arma, com a qual Medo matou Perses. Morto o rei, Medo sucedeu-o no trono.

Mêdon (G.). (1) Filho natural de Oineu (v.) e de Rene, que assumiu o comando dos combatentes oriundos de Melibéia, de Metone, de Olízon e de Taumácia quando Filoctetes (v.) foi abandonado pelos gregos a caminho de Tróia na ilha de Lemnos por causa de sua ferida insuportavelmente malcheirosa. Mêdon foi morto por Enéias (v.) diante de Tróia.

(2) Arauto dos pretendentes à mão de Penélope (v.) em Ítaca, e ele mesmo um pretendente. Ao tomar conhecimento da trama dos demais pretendentes contra a vida de Telêmaco (v.) Mêdon revelou-a a Penélope, obtendo por isso o perdão de Ulisses (v.), que lhe poupou a vida por ocasião do extermínio dos pretendentes.

(3) Filho de Pílades e de Electra, e irmão de Estrófio (vv.).

Mêdusa (G.). V. *Gôrgonas.*

Méfitis (L.). Divindade cultuada em Roma e em outras cidades italianas, ligada às emanações sulfurosas comuns em certas partes da região. Como essas emanações, segundo as crenças populares, causavam pestilências e outras desgraças, Méfitis era venerada pelos romanos num templo situado no Esquilino, sendo considerada a deusa da peste.

Megacló (G.). Uma das filhas de Mácar (v.), rei de Lesbos. Desgostosa com o pai porque maltratava sua mãe, Megacló comprou sete moças (*môisai* no dialeto eólico, falado em Lesbos) da Mísia para serem suas serviçais, ensinando-as a cantar e a tocar a lira. Uma vez instruídas as moças passaram a tocar e a cantar para Mácar ouvir; influenciado pela música, ele transformou-se numa criatura afável e passou a ser gentil com a mulher que antes maltratava. Para testemunhar sua gratidão Megacló mandou erigir estátuas de bronze das moças e determinou que elas fossem cultuadas nos templos. Seria essa a origem das Musas num relato tardio conservado por Clemente de Alexandria.

Megapentes (G. *Megapenthes*). (1) Filho espúrio de Menelau (v.) com uma escrava chamada Pieris ou Tereís durante a ausência de Helena (v.). Menelau casou-o com uma espartana filha de Alêctor (v.). Os espartanos não admitiram Megapentes, um bastardo, à sucessão de Menelau, e o trono coube a Orestes (v.).

Em outra versão da lenda, enquanto Orestes estava sendo perseguido pelas Fúrias Megapentes e seu meio-irmão Nicóstrato (filho de Menelau e de Helena) expulsaram Helena de Esparta, obrigando-a a ir refugiar-se em Rodes em casa de Polixó (v. e *Helena*).

(2) Filho de Preto (v.) e sucessor de seu pai no trono de Tirinto.

Mêgara (G.). (1) Filha de Creonte (v.), rei de Tebas, dada por seu pai em casamento a Heraclés (v.) para demonstrar sua gratidão ao herói por haver derrotado os mínios de Orcômeno. Durante uma ausência de Heraclés, que fora ao inferno em busca do cão Cérbero por ordem de Euristeu (v.), Lico (v., (4)), vindo da Eubéia, destronou e matou Creonte, e estava a ponto de matar também Mêgara quando Heraclés regressou. O herói matou Lico, mas Hera (v.), sua perseguidora implacável, privou-o da razão; sob o efeito da loucura Heraclés matou os próprios filhos e Mêgara com suas flechas, e só não exterminou também Anfitrião (v.), seu pai humano, porque Atena interferiu e o mergulhou num sono profundo.

Em outra versão da lenda Mêgara não foi morta por Heraclés, que após o massacre dos próprios filhos a deu em casamento ao seu sobrinho Iolco. Numa terceira versão, após matar os filhos Heraclés fugiu para Tebas; um ano depois Ificlés e Licímnio (vv.) chamaram-no de volta, mas o herói não quis regressar. Em face da recusa, Ificlés e Licímnio foram buscá-lo acompanhados por Mêgara, e afinal todos se reencontraram em Tirinto.

Os tebanos cultuavam os filhos de Mêgara, e ainda na época histórica mostravam o seu túmulo. O número e o nome dos filhos de Mêgara e de Heraclés varia segundo as fontes: Creontiades, Deicôon e Terímaco numa delas, e noutra Aníceto, Aristôdemo, Clímeno, Gleno, Mecistôfono, Menebrontes, Onoites, Oxeu, Patroclés, Quersíbio e Toxôclito.

(2) Mãe de Ixíon (v.), morta por Forbas e Polímelo por ter repelido suas investidas amorosa. Ixíon vingou-lhe a morte.

Megareu (G. *Megareus*). (1) Herói epônimo da cidade de Mêgara, filho de Poseidon (v.) e de Enope. Em outras fontes ele aparece como filho de Egeu (v.) ou de Apolo (v.). Megareu casou-se com Merope, com a qual teve dois filhos: Tímalco, morto por Teseu durante a expedição dos Diôscuros (vv.) contra a Ática, e Êuipo, devorado pelo leão do Citéron. Para vingar a morte de Êuipo, Megareu prometeu a mão de sua filha Euaicme e seu trono a quem matasse o leão monstruoso. O autor dessa façanha foi Alcatoo (v.), que assim se tornou seu genro e sucessor.

Em outra fonte aparece um terceiro filho de Megareu e de Merope, chamado Hipomenes (v.), vencedor de Atalante (v.). Quando Minos sitiou a cidade de Nisa, onde reinava Niso (v.), este último pediu ajuda a Megareu, que atendeu ao apelo e morreu combatendo ao lado de seu aliado. Posteriormente Alcatoo, seu sucessor, deu o nome de Mêgara à cidade até então chamada Nisa, em homenagem a Megareu, seu sogro.

(2) Filho de Creonte (v.), sacrificado pelo próprio pai para salvar Tebas.

Megera (G. *Mêgaira*). V. *Fúrias.*

Meges (G.). Filho de Fileu e de Climene, um dos pretendentes à mão de Helena (vv.); nessa qualidade ele participou da Guerra de Tróia (v. *Guerra de Tróia*), comandando as tropas de Dulíquion e das ilhas Equinades. Meges matou em combate Ânficlo, Cresmo e Pedeu, e teria sido morto em Tróia.

Melâmpigo (G. *Melâmpygos*). V. *Cêrcopes.*

Melâmpus (G. *Melâmpous*). Um tessálio filho de Amitáon e de Idomene. Casado com uma das filhas de Preto (v.) ele teve com ela três filhos – Abas, Antifates e Mântio – e duas filhas chamadas Mantó e Pronoe (vv.). Em outra fonte a mulher de Melâmpus era Ifiânira, filha de Megapentes (v., (2)). A propósito de seus dons divinatórios contava-se que em certa ocasião ele, ainda criança, encontrou uma serpente morta e a incinerou piedosamente numa pira; os filhotes da serpente, criados por Melâmpus, purificaram-lhe os ouvidos com suas línguas, de tal maneira que a partir de então ele passou a entender a linguagem dos animais e especialmente a dos pássaros. Além de adivinho Melâmpus tinha o poder de purificar os doentes, livrando-os de seu males, e por isso era tido como médico, conhecedor das ervas medicinais e mágicas. Melâmpus e seu irmão Bias (v.) deixaram a Tessália, sua terra natal, e foram ao encontro de seu tio Neleu em Pilos, na Messênia. Chegando lá Bias pediu em casamento a filha de Neleu, chamada Peró, mas Neleu impôs como condição que ele trouxesse como presente de núpcias os rebanhos de Fílaco (v.); os rebanhos estavam em Filacas, na Tessália, guardados por um cão terrível, temido pelas feras e pelos homens. Percebendo a impossibilidade de apoderar-se deles sozinho, Bias pediu o auxílio de Melâmpus, que concordou em ajudá-lo mas o advertiu de que seria apanhado e só conseguiria realizar a proeza depois de passar um ano na prisão. Melâmpus partiu para Filacas e de acordo com sua previsão foi surpreendido em flagrante e preso num casebre. Passado quase um ano ele ouviu os cupins que roíam uma das vigas de madeira do teto de sua prisão perguntarem uns aos outros quanto tempo a viga levaria para partir-se. Um dos insetos afirmou que a madeira estava muito fraca e logo se partiria. Melâmpus pediu imediatamente que o transferissem para outra prisão, e pouco tempo depois de sua saída o teto desabou. Fílaco percebeu os dotes divinatórios extraordinários de Melâmpus, e como ele conseguiu curar a esterilidade de seu filho Íficlo (v.), ofereceu-lhe espontaneamente os rebanhos. Melâmpus levou-os em seguida para Pilos, e Neleu cumpriu a palavra dando sua filha em casamento a Bias.

Posteriormente Preto, rei de Argos, chamou Melâmpus para curar suas filhas que, acometidas de loucura, vagavam por todas as partes do Peloponeso supondo-se transformadas em vacas. Melâmpus pediu a Preto um terço de seu reino, prometendo curá-las, mas o rei recusou. A loucura de suas filhas recrudesceu, e Preto voltou a pedir a ajuda de Melâmpus, que dessa vez pediu um terço do reino para si mesmo e um terço para seu irmão Bias. Preto aceitou a proposta e Melâmpus, ajudado por jovens que não cessavam de gritar e dançar, conseguiu fazer as filhas do rei descerem de seu refúgio nas montanhas e as levou para Sicione. Lá ele as purificou com suas artes mágicas, e todas recuperaram a razão. Ifinoe, a mais nova, não resistiu à fadiga e morreu. Preto casou suas duas filhas restantes – Ifiânassa e Lisipe – com Bias e Melâmpus, dando a cada um deles um terço do reino de acordo com a promessa. Dessa maneira os filhos de Amitáon tornaram-se reis da Argolis.

Melâncraira (G. *Melâgkraira*). Cognome da Sibila (v.) de Cuma. Esse apelido, que significava "Cabeça Negra", provavelmente referia-se à obscuridade dos oráculos da Sibila e dos demais oráculos.

Melaneu (G. *Melaneus*). Filho de Apolo (v.), famoso por sua habilidade no manejo do arco. Com Ecália, sua mulher, Melaneu teve um filho chamado Êurito (v.), fundador de uma cidade na Messênia com o nome de sua mãe, num local oferecido por Perieres.

Noutra versão da lenda Melaneu era filho de Arcesilau e fundador de uma cidade chamada Melaneís, cujo nome foi mudado mais tarde para Eretria. Numa terceira versão Melaneu, que era rei dos dríopes e estendeu seu domínio ao Épiro depois de conquistar essa região além de Êurito teve uma filha chamada Ambrácia, epônima da cidade homônima.

Melanipe (G. *Melanippe*). (1) Filha de Éolo (filho de Hélen) e de Hipe. Melanipe uniu-se a Poseidon (v.), tendo com ele dois filhos – Éolo (como seu avô) e Boioto. Noutra versão da lenda Melanipe era uma ninfa, casada com Ítono, filho de Anfictíon (v.), com quem teve um filho chamado Boioto.

(2) Filha de Ares e irmã de Hipólita (rainha das amazonas (vv.)). Esta Melanipe foi capturada por Heraclés (v.) durante sua expedição ao território das amazonas, mas Hipólita a libertou em decorrência de um acordo. Rompido o acordo, travou-se um combate no qual Heraclés matou Hipólita, e Telamon, um dos companheiros de Heraclés, matou Melanipe.

Melânipo (G. *Melânippos*). (1) Um tebano filho de Ástaco (v. *Cadmo*), que participou da Guerra dos Sete Chefes contra Tebas (v.). Melânipo matou Mecisteu, irmão de Ádrasto, e feriu mortalmente Tideu, mas foi decapitado por Anfiarau (vv.), que depois levou a cabeça de sua vítima para onde estava Tideu moribundo. Este último, apesar de quase morto, tirou do crânio o cérebro de Melânipo e o comeu. Atena (v.), que pretendia imortalizar Tideu, ficou horrorizada e mudou de idéia diante desse ato hediondo, premeditado por Anfiarau. Este, conhecendo o temperamento brutal de Tideu levara-lhe a cabeça de Melânipo sabendo o que iria acontecer, e agiu dessa maneira por rancor, pois Tideu o induziu a participar da expedição, cujo resultado funesto ele previu.

(2) Filho de Ares (v.) e de Tritéia, filha do deus marinho Tritão (v.). Este Melânipo foi o fundador da cidade de Tritéia, na Acaia, cujo nome era uma homenagem à sua mãe.

(3) Filho de Ágrio, que com seus irmãos destronou Oineu (vv.), rei de Calidon.

(4) Filho de Teseu (v.) e de Perigunê, mencionado como um dos vencedores dos Jogos Nemeus na época da guerra dos Epígonos (v.).

Melântio (G. *Melânthios*). Um pastor de cabras em Ítaca, irmão de Melantó, serva de Penélope (v. o verbete seguinte, (1)), ambos traidores de sua senhora. Ao chegar a Ítaca e disfarçado em mendigo, Ulisses (v.) foi destratado por Melântio, que passara para o lado dos pretendentes à mão de Penélope (v.). Durante o massacre ele tentou levar armas aos pretendentes, mas não conseguiu. Os servos fiéis a Ulisses mutilaram-no e o lançaram aos cães, que o devoraram.

Melantó (G. *Melanthó*). (1) Serva de Penélope (v.), que traiu sua senhora passando para o lado dos pretendentes à mão da mesma, tornando-se amante de um deles (Eurímaco). Após o massacre dos pretendentes ela e as outras servas infiéis foram enforcadas. Melantó era irmã do pastor de cabras Melântio (v.).

(2) Filha de Deucalião (v.); amada por Poseidon (v.) metamorfoseado em golfinho ela teve um filho chamado Delfo, epônimo da cidade homônima. Em outras fontes a filha de Deucalião chamava-se Melântia e era avó de Delfo, e não sua mãe. Ela teria tido com Híamo ou com o deus do rio Céfiso (vv.) uma filha chamada Melainis ou Celainó; essa filha seria a mãe de Delfo (v.).

(3) Mulher de Críaso e mãe de Cleônia e de Forbas (vv.).

Melanto (G. *Mêlanthos*). Descendente de Neleu (rei da Messênia) e irmão de Codro (vv.). Expulso de Pilos, sua terra natal, pelos Heráclidas (v.), Melanto, seguindo o conselho de um oráculo, instalou-se na Ática e lá obteve os direitos de cidadania. Nessa época o rei da Ática era Timoites, descendente de Teseu (vv.), e os atenienses estavam em guerra contra os beócios pela posse da cidade de Oinoe. A luta prolongava-se indefinidamente, e os dois lados decidiram terminá-la mediante um combate singular. Timoites não se atreveu a enfrentar Xanto, rei de Tebas, e anunciou que entregaria o trono a quem derrotasse Xanto num duelo. Melanto ofereceu-se para lutar contra o rei, e quando ia começar o combate apareceu por trás de Xanto o vulto de um guerreiro protegido por uma égide negra ("melanaigis" em grego); sem saber que se tratava de um deus – Diôniso Melanaigis –, Melanto acusou Xanto de infringir o acordo recorrendo à ajuda de terceiros. Xanto virou-se para ver quem estava querendo ajudá-lo, e Melanto aproveitou a oportunidade para atingi-lo com um golpe de sua lança. Os atenienses foram aclamados como vitoriosos, e Melanto passou a ser o seu rei. Demonstrando sua gratidão a Diôniso (v.) os atenienses dedicaram um santuário para preservar a memória de sua ajuda.

Noutra versão de sua lenda Melanto, ao chegar a Delfos depois de ser expulso de Pilos, foi aconselhado pelo oráculo a instalar-se no local onde lhe dessem para comer uma cabeça e pés. Quando ele entrou em Elêusis foi recebido pelos sacerdotes, que lhe ofereceram os restos de uma vítima recém-sacrificada – uma cabeça e pés. Percebendo a consumação do oráculo Melanto fixou-se em Elêusis, tornando-se o epônimo de um dos demos áticos.

Melas (G.). Filho de Heraclés e de Onfale (vv.). À semelhança de Hegeleu (v.) Melas aparece como o introdutor da trombeta de guerra durante a expedição dos Heráclidas (v.) contra o Peloponeso.

Meleagrides (G.). Irmãs de Melêagro (v.). Seu número e seus nomes variam conforme as fontes, mas geralmente elas são quatro e se chamam Dejanira, Eurimede, Gorgé e Melanipe (vv.). Ártemis (v.), comovida com seu pranto interminável após a morte do irmão, transformou-as em aves (galinhas d'Angola, criadas como aves sagradas no templo de Ártemis na ilha de Lero). Acreditava-se que suas lágrimas se transformaram em gotas de âmbar.

Melêagro (G. *Melêagros*). Filho de Oineu, rei dos etólios de Calidon, ou de Ares e de Altaia (vv.). Por ocasião do nascimento de Melêagro as Moiras (v.) apareceram a Altaia, sua mãe, e lhe revelaram que a sorte do recém-nascido estava ligada à de um tição que ardia na lareira na hora do nascimento: Melêagro morreria no dia em que o tição se consumisse. Altaia correu para a lareira, apanhou o tição e depois de apagá-lo guardou-o num cofre cuidadosamente oculto.

Chegando à idade adulta Melêagro tomou a decisão de livrar sua terra natal do javali descomunal mandado por Ártemis (v.) para devastá-la. Com esse objetivo ele reuniu em Calidon um grupo de heróis, dos quais participaram os gregos mais famosos da época: Ádmeto da Tessália, Anceu e Cefeu, filhos de Licurgo, da Arcádia; Anfiarau, filho de Oiclés, de Argos; Atalante, uma caçadora filha de Coineu, da Arcádia; Cástor e Pólux (os Dióscuros), de Esparta; Drias (filho de Ares), Idas e Linceu, vindos de Messene; Êuipo, Eurípilo, Íficlo e Plêxipo, filhos de Téstio e tios de Melêagro, de Calidon; Euritíon, filho de Áctor, da Ftia; Jáson, filho de Áison, de Iolco; Ificlés, irmão gêmeo de Heraclés, de Tebas; Pirítoo, filho de Ixíon, vindo de Lárissa; Peleu e Telamon, filhos de Éaco, da Ftia; e Teseu, filho de Egeu, de Atenas (vv.).

No início da caçada Peleu matou acidentalmente Eurition com sua lança. O primeiro golpe no javali foi desferido pela caçadora Atalante, que o atingiu com uma flecha, e em seguida Anfiarau acertou outra flecha num de seus olhos. Melêagro acabou de matá-lo com um cutelo, fazendo jus aos despojos da fera. Ele os ofereceu a Atalante, mas os filhos de Téstio rebelaram-se contra a sua decisão, pois sendo tios de Melêagro eram os seus parentes mais próximos entre os caçadores. Num acesso de cólera Meleagro matou os seus tios, assegurando a Atalante a posse dos despojos.

Indignada com a assassínio de seus irmãos, Altaia, mãe de Meleagro, lançou no fogo o tição ao qual estava ligada a vida de seu filho, e Meleagro morreu. Logo após Altaia arrependeu-se e se enforcou, sendo seguida em seu gesto por Cleópatra, mulher de Meleagro.

Em outra versão da lenda, onde a guerra subseqüente à caçada se destaca mais que a própria caçada, Anteu, pai de Meleagro, em seguida a uma colheita abundante ofereceu um sacrifício a todos os deuses e deusas, mas esqueceu Ártemis (v.). Ressentida, a deusa mandou contra a região de Calidon um javali enorme, que passou a devastar os campos; Meleagro organizou a caçada ao monstro e o matou. Ártemis, entretanto, ainda dominada pelo rancor, provocou uma guerra entre os curetes e os etólios participantes da caçada, uns e outros considerando-se com direito exclusivo à pele e à cabeça do javali. O comandante dos etólios era Meleagro, e enquanto ele permaneceu nesse posto seus compatriotas levaram vantagem; durante um combate, todavia, Meleagro matou involuntariamente seus tios maternos, e sua mãe o amaldiçoou, invocando veementemente a cólera dos deuses infernais contra o filho. Receando as conseqüências da maldição materna, Meleagro afastou-se do campo de batalha e a sorte da guerra mudou. Os curetes forçaram os etólios a recuar até o interior das muralhas de Calidon e sitiaram a cidade. Meleagro manteve-se inabalável em sua decisão de permanecer afastado da luta, apesar das súplicas dos anciãos e dos sacerdotes, e das lágrimas de seu pai, de sua mãe, de seus irmãos e dos amigos. Quando os atacantes começaram a incendiar a cidade e já iniciavam o saque, Cleópatra, filha de Idas e de Marpessa (v., (2)), e mulher de Meleagro, procurou o marido e o alertou para a desgraça dos habitantes se a vitória coubesse aos curetes. Persuadido pelas palavras patéticas de Cleópatra o herói cedeu e voltou a vestir a armadura. O retorno de seu comandante reanimou os etólios, que dentro de pouco tempo derrotaram os atacantes em meio a combates terríveis, num dos quais Meleagro teria morrido.

Meles (G.). Rapaz ateniense amado por Timágoras, um estrangeiro residente em Atenas. Meles não correspondia a esse amor e se comprazia em humilhar Timágoras com seus companheiros, chegando a desafiá-lo a lançar-se do alto de um rochedo da acrópole para provar que realmente o amava. Timágoras saltou imediatamente, perdendo assim a vida. Desesperado em face da desgraça que provocara, Meles lançou-se também do alto do rochedo. Os atenienses construíram um altar a Anteros (v.) para perpetuar a memória do acontecimento funesto.

Melia (G.). (1) Filha de Oceano (v.), que se uniu a Apolo (v.) e teve dele dois filhos – Ismênio e Táinaro. Melia era cultuada no templo de Apolo Ismênio, situado nas imediações de Tebas, onde havia uma fonte com o seu nome.

(2) Outra filha de Oceano, casada com Ínaco. Dessa união nasceram dois filhos – Aigialeu e Foroneu.

Melias (G. *Melíai*). Ninfas dos freixos, árvores que teriam nascido do sangue derramado por Urano quando foi mutilado por Cronos (vv.). Para perpetuar as circunstâncias em que ocorreu o aparecimento das Melias, as lanças eram feitas da madeira dos freixos por elas habitados, caracterizada por sua cor de sangue. A raça de bronze – a terceira a habitar a terra e amante da guerra – nasceu também dos freixos (v. *Idade de Ouro*).

Melibéia (G. *Melíboia*). Uma moça que prometeu casar-se com um rapaz chamado Alexis, que ela amava e que correspondia ao seu amor. Os pais de Melibéia, entretanto, deram-na em casamento a outro pretendente, e Alexis, vencido pela amargura, foi para o exílio. No dia das bodas Melibéia, desejando morrer, lançou-se do alto de sua casa, mas nada lhe aconteceu e ela saiu correndo para o porto da cidade em que vivia. Lá ela embarcou numa nau cujas velas enfunaram-se por si mesmas e saiu pelo mar afora, levando-a para onde estava o seu amado. Ao chegar, Melibéia encontrou Alexis preparando-se para uma refeição com seus amigos. Os dois casaram-se e em sinal de gratidão aos deuses construíram na cidade de Éfeso, conhecida por seu culto a Ártemis (v.), um santuário dedicado à deusa, dando-lhe os epítetos de *Automate* porque a nau singrou o mar por si mesma, e *Epidíaita* porque Melibéia chegou na hora da refeição (esta é a significação da palavra grega *epidíaita*).

Melicertes (G.). Filho mais novo de Inó (v.), morto pela própria mãe quando esta, enlouquecida por Hera (v.), lançou-o num caldeirão de água fervente. Em seguida Inó suicidou-se, precipitando-se no mar com o cadáver do filho. Inó transformou-se na deusa marinha Leucotéia (v.), e Melicertes no deus-menino marinho chamado Paláimon (v., (1)).

Em outra versão da lenda Atamas (v.), pai de Melicertes, lançou-o num caldeirão de água fervente, de onde sua mãe o retirou para suicidar-se com ele. Numa terceira versão ela fugiu com o filho vivo e se afogou com ele.

Os Jogos Píticos eram celebrados em homenagem a Melicertes-Paláimon.

Contava-se a propósito que no lugar onde Inó se afogou, entre Mêgara e Corinto, o corpo de Melicertes foi levado por um golfinho até a costa. Sísifo (v.), irmão de Atamas e rei de Corinto, descobriu o cadáver e mandou sepultá-lo. Obedecendo a uma Nereide, Sísifo instituiu um culto em que Melicertes era venerado sob o nome de Paláimon, e fundou os Jogos Ístmicos em sua honra. Sua primeira celebração coincidiu com os jogos fúnebres dedicados ao morto.

Mêlissa (G.). (1) irmã de Amaltéia (v.), que alimentou Zeus (v.) recém-nascido no monte Ida em Creta, e como ela filha de Melisseu (v.).

(2) Sacerdotisa de Deméter (v.), iniciada já idosa pela deusa em seus mistérios. As vizinhas desta Mêlissa quiseram obrigá-la a revelar-lhes o que ela tinha visto durante a sua iniciação; Mêlissa nada disse, e as mulheres curiosas mataram-na. Deméter castigou-as provocando uma pestilência em sua cidade, e fez nascerem abelhas do cadáver de Mêlissa, cujo nome em grego significa "abelha".

Melisseu (G. *Melisseus*). (1) Rei de Creta na época do nascimento de Zeus (v.) e pai de Amaltéia e de Mêlissa (vv.), incumbidas por Rea (v.) de criar o deus recém-nascido, oculto por ela no monte Ida. Melisseu foi o primeiro homem a oferecer sacrifícios aos deuses, e sua filha Mêlissa foi a primeira sacerdotisa de Rea.

(2) Nome de um dos curetes (v.), demônios que dançavam ruidosamente em volta do berço de Zeus (v.), recém-nascido para evitar que Cronos (v.) ouvisse o seu choro.

(3) Rei do Quersoneso da Cária, que hospedou Triopas, filho de Hélios (o Sol) e o purificou do assassínio de seu irmão Tenages (vv.).

Mêlisso (G. *Mêlissos*). Um argivo que fugiu de Argos para Corinto por causa da tirania de Fêidon, rei de sua cidade. Mêlisso era o pai de Actáion, que Arquias, um dos Heráclidas (vv.), tentou raptar. Actáion morreu durante a tentativa, e Mêlisso matou-se amaldiçoando o assassino de seu filho enquanto invocava contra ele o castigo divino. Em seguida a penúria e várias epidemias passaram a assolar Corinto. Arquias indagou do oráculo a causa dessas calamidades, e a resposta foi que os deuses estavam castigando a cidade pelo assassínio de Actáion. Para livrar Corinto da maldição que lhe trouxera, Arquias partiu para o exílio e fundou a cidade de Siracusa, na Sicília.

Melite (G.). (1) Uma ninfa de Côrcira que se uniu a Heraclés (v.) durante o exílio do herói naquela região após o assassínio de seus filhos. Dessa união nasceu um filho chamado Hilo (v.).

(2) Filha de Menelau e de Helena (vv.) em fontes mais recentes de sua lenda.

Meliteu (G. *Meliteus*). Filho de Zeus e da ninfa Otreís. Sua mãe, com receio do ciúme de Hera (v.), abandonou-o num bosque logo após o nascimento. Zeus mandou as abelhas alimentarem o recém-nascido, e por meio de um oráculo deu ordens a um pastor chamado Fagro, filho da mesma Otreís e de Apolo (v.), para criar um recém-nascido que encontrasse sendo alimentado pelas abelhas. Fagro cuidou do menino e este tornou-se um herói fortíssimo, que subjugou os povos vizinhos e fundou a cidade de Melitéia, na Tessália.

Melpomene (G.). Uma das Musas (v.).

Memblíaro (G. *Memblíaros*). Um fenício, companheiro de Cadmo (v.) quando este partiu em busca de Europa (v.), sua irmã. Memblíaro ficou na ilha de Tera, onde fundou uma colônia. A ilha de Anafe, situada nas vizinhanças de Tera, passou a ser conhecida também pelo nome de Memblíaro, por causa do herói.

Mêmnon (G.). Filho de Eós (a Aurora) e de Titono, filho de Laomêdon e irmão de Príamo (vv.). Mêmnon, que foi criado pelas Hespérides (v.), era rei dos etíopes, e veio combater ao lado dos troianos à frente de um contingente de seus súditos na Guerra de Tróia (v.). Ele enfrentou em combate Ájax (v., (1)) em igualdade de condições, e matou Antíloco, filho de Nêstor (vv.), quando o primeiro veio em socorro do pai. Aquiles (v.) quis vingar a morte de Antíloco, seu amigo, e os dois heróis enfrentaram-se num combate singular. Eós e Têtis pediram a ajuda de Zeus (vv.) para seus respectivos filhos, mas Zeus pôs a sorte dos dois na balança do destino. O prato correspondente a Mêmnon baixou em direção ao Hades (v.), e a vitória coube a Aquiles. Eós conseguiu de Zeus a imortalidade para seu filho e transportou o cadáver para a Etiópia.

Dizia-se que as lágrimas de Eós transformaram-se nas gotas de orvalho que se vêem nos campos quando surge a Aurora (v.). Uma das estátuas colossais erigidas em Tebas do Egito por Amenotep III seria de Mêmnon, e se constatava que quando aparecia a Aurora a estátua produzia uma música melodiosa, saudação de Mêmnon à claridade trazida por sua mãe.

Meneceu (G. *Menoikeus*). (1) Filho de Ôclaso (neto de Penteu) e pai de Creonte e de Jocasta (vv., e *Édipo*).

(2) Neto de Meneceu (1) e filho de Creonte (v.). Por ocasião da expedição dos Sete Chefes contra Tebas (v.) o adivinho Tirésias (v.) disse que Tebas somente seria vitoriosa se fosse sacrificado Meneceu, filho do rei. Movido pelo amor paterno, mais forte que o dever para com a pátria, Creonte aconselhou o filho a fugir, sem explicar-lhe por quê. Meneceu descobriu o motivo do conselho do pai e prontificou-se a ser sacrificado.

Em outra versão da lenda Meneceu teria sido sacrificado pelo próprio pai ou devorado pela Esfinge (v.).

Eteoclés e Polinices (vv.) lutaram até a morte perto da sepultura de Meneceu, sobre a qual cresceu um pé de romãs, cujos frutos passaram a ser vermelhos como o sangue.

Menécio (G. *Menôitios*). (1) Um gigante filho de Jápeto e da oceanide Climene (ou de Ásia) (vv.), e irmão de Atlas, de Prometeu e de Epimeteu (vv.). Zeus (v.), indignado com sua arrogância e brutalidade, fulminou-o com seus raios e o lançou no Tártaro (v.).

(2) Filho de Áctor e de Egina, e pai de Pátroclo com Estenele, filha de Ácasto (vv.). Antes de casar-se com Áctor, Egina tinha-se unido a Zeus (v.), e dessa união nasceu um filho chamado Éaco, avô de Aquiles (vv.). Em outras fontes a mãe de Pátroclo era Periópis, filha de Feres, ou Polimela, filha de Peleu (vv.) (neste caso Pátroclo seria primo-irmão de Aquiles). Menécio vivia em Opus, e quando Pátroclo matou acidentalmente Clitônimo, um de seus companheiros, mandou-o para a corte de Peleu. Menécio aparece na lista dos Argonautas (v.), e teria sido o primeiro habitante de Opus a cultuar Heraclés (v.); uma de suas filhas, chamada Êucleia, teria tido um filho do herói. Êucleia era venerada sob o nome de Ártemis (v.) Êucleia pelos lócrios e pelos beócios.

Mênades (G. *Mainades*). As Mênades, cujo nome significa "Desvairadas", eram as Bacantes divinas do séquito de Diôniso (v.). As primeiras Mênades eram ninfas que criaram o deus. Dominadas por uma loucura mística inspirada por Diôniso, elas vagavam pelos campos, bebendo a água das fontes como se se tratasse de leite e mel. As Bacantes humanas seguiam fanaticamente o deus, imitando o comportamento frenético das Mênades divinas, e obedecendo cegamente a Diôniso, sob cuja influência iam até o extermínio dos incrédulos. Vv. *Orfeu* e *Penteu.*

Mênalo (G. *Máinalos*). Herói epônimo da montanha homônima situada na Arcádia, e também da cidade de Mênalon. A conselho de Mênalo seu pai, Licáon (v.) serviu a Zeus (v.) pedaços de uma criança como se fossem carne comum, para pôr à prova a onisciência do deus. Zeus castigou o filho e o pai, fulminando-os com seus raios. De acordo com outra fonte Mênalo era filho de Arcás, rei da Arcádia.

Menelau (G. *Menêlaos*). Filho de Atreu (rei de Micenas) e de Aerope, filha de Catreu, trazida de Creta para Micenas por Náuplio (vv.) depois de expulsa pelo pai por haver-se unido a um escravo. Menelau era irmão de Agamêmnon e marido de Helena (vv.). Numa versão mais recente da lenda ele e Agamêmnon seriam filhos de Plistenes (v.); Atreu seria seu avô, e não seu pai, mas os teria criado porque Plistenes morreu cedo.

Agamêmnon e Menelau, ainda jovens, foram mandados por Atreu à procura de Tiestes (v.), e encontrando-o em Delfos levaram-no para Micenas. Atreu o encarcerou e deu ordens a Egisto (v.) para matá-lo, mas este reconheceu Tiestes a tempo e matou Atreu em vez de seu pai. Agamêmnon e Menelau, expulsos de Micenas por Egisto, refugiaram-se em Esparta, onde Tíndaro (v.) os acolheu, dando suas filhas Clitemnestra (v.) e Helena em casamento respectivamente a Agamêmnon e a Menelau. Após a morte dos Diôscuros (v.), seus filhos, Tíndaro entregou o trono a Menelau, que por isso reinava em Esparta quando ocorreu o rapto de Helena por Páris (v.), causa da Guerra de Tróia (v.). Na versão mais antiga da lenda Menelau e Helena tiveram uma filha – Hermione (v.) –, e um filho chamado Nicôstrato; em versões mais recentes o casal teria tido mais quatro filhos – Aitiolau, Morráfio, Plistenes e Trônio – e uma filha – Melite. Na ausência de Helena Menelau teve com escravas outros dois filhos, chamados Megapentes e Xenôdamo.

Menelau e Helena viviam tranqüilamente em Esparta quando Páris chegou lá. Ele, que antes teria sido hóspede de Páris em Tróia, teve de ausentar-se durante a estada do visitante para ir aos funerais de seu avô Catreu (v.) em Creta, e coube a Helena entreter seu hóspede nesse ínterim. Quando Menelau voltou a Esparta Helena e Páris haviam fugido e ele convocou todos os chefes gregos que haviam jurado a Tíndaro prestar solidariedade ao marido escolhido por Helena se ele fosse ultrajado (v. *Guerra de Tróia*). Além dos chefes comprometidos pelo juramento juntaram-se à expedição organizada contra Tróia Agamêmnon, Aquiles, Nestor e Ulisses (vv.). Por causa do temperamento suave e cordato de Menelau, o escolhido para comandar os gregos foi seu irmão Agamêmnon.

Logo após o desembarque dos gregos, Menelau e Ulisses foram a Tróia como embaixadores para reclamar a devolução de Helena e dos tesouros levados por ela, numa tentativa para resolver pacificamente o problema. Os troianos, influenciados por Páris e seus amigos, mostraram-se hostis e quiseram matar Menelau, preferindo a guerra. De início houve um combate singular aceito pelos dois lados, e Menelau feriu Páris, mas Afrodite salvou-o envolvendo-o numa nuvem e levando-o consigo. Agamêmnon considerou os gregos vitoriosos de acordo com a combinação, mas os troianos tergiversaram e nesse ínterim Pândaro (v.), um troiano, atingiu levemente Menelau com uma flecha. Diante disso começou a guerra, que durou dez anos e terminou com a vitória dos gregos (vv. *Agamêmnon, Aquiles* e *Guerra de Tróia*).

Após a captura de Tróia, precipitada pela entrada na cidade de numerosos gregos pesadamente armados no bojo de um cavalo de madeira (v. *Cavalo de Tróia*), Menelau, que estava no cavalo, foi até a casa de Deífobo (v.), com quem Helena se casara após a morte de Páris, e o matou num combate singular violento. Morto Deífobo, Menelau segurou Helena pelos cabelos e a arrastou como prisioneira até as naus. Em outra versão da lenda Helena refugiou-se no altar da casa de Deífobo e Menelau avançou com a espada em punho para matá-la. Vendo-lhe os seios descobertos na agitação do momento, Menelau voltou a sentir o mesmo amor de antes por ela e os dois reconciliaram-se. Numa terceira versão a própria Helena chamou Menelau e Ulisses para entrarem na casa de Deífobo, depois de ter escondido todas as armas, dando a Menelau a oportunidade de matar Deífobo.

Depois da destruição de Tróia Menelau partiu de volta à Grécia com Helena. Quando suas naus chegaram às proximidades do cabo Meléia, no sul da Lacônia, uma tempestade arrastou-as até a ilha de Creta, onde a maioria delas foi destroçada de encontro à costa. Sua nau salvou-se e foi parar no Egito, onde Menelau e Helena passaram cinco anos. Partindo afinal do Egito, a nau de Menelau ficou retida por uma calmaria em frente à ilha de Faros, na foz do rio Nilo. Passados vinte dias nessa situação, e quando a fome já se fazia sentir, a deusa marinha Idotéia, filha de Proteu (vv.), apareceu a Menelau e o aconselhou a perguntar ao seu pai como poderia chegar ao destino. Obedecendo a instruções de Proteu, Menelau voltou ao Egito e lá ofereceu sacrifícios aos deuses; a partir de então sua viagem transcorreu sem maiores incidentes e ele chegou afinal a Esparta com Helena, depois de dezoito anos de ausência.

Em outra versão da lenda Menelau encontrou no Egito a verdadeira Helena, guardada por Proteu (nessa versão rei do Egito) desde a época em que ela foi parar lá com Páris após o rapto (v. *Helena*). Em vez de Helena Páris teria levado para Tróia um simulacro feito de nuvens com a aparência da bela mulher de Menelau. Nessa versão Helena fora levada à força, e a Guerra de Tróia, que custou tantas vidas, travou-se por causa de um simulacro. Quando Menelau, depois da guerra, chegou ao Egito com a falsa Helena, esta desvaneceu-se no ar e ele reencontrou sua verdadeira mulher.

Depois de viver longos anos ao lado de Helena, Menelau foi levado por Zeus para o Elísion (v.) na qualidade de seu genro (nessa versão da lenda Zeus foi o pai de Helena com Leda).

Em Esparta Menelau era cultuado como um deus, e ainda na época histórica os espartanos mostravam a casa onde ele viveu.

Menesteu (G. *Menestheus*). Filho de Peteu, da família dos Erecteidas. Durante a expedição dos Diôscuros (v.) contra a Ática, realizada na época da ida de Teseu (v.) ao inferno com Pirítoo (v.), Menesteu estava no exílio e Cástor e Pólux (v. *Diôscuros*) o levaram de volta a Atenas, pondo-o no trono da cidade. Após o regresso de Teseu Menesteu retirou-se para a ilha de Ciro. Na Guerra de Tróia (v.) ele aparece como chefe do contingente ateniense, e figura entre os guerreiros que entraram na cidade nos últimos dias da guerra no bojo do cavalo de madeira (v. *Cavalo de Tróia*). Após a queda de Tróia Menesteu foi para Melos, cujo trono ocupou depois da morte do rei Poliânax.

Menéstio (G. *Menêsthios*). Um dos chefes gregos em Tróia, subordinado a Aquiles (v.), seu tio. Menéstios era filho de Polidora e de Peleu (vv.). Em outra fonte Peleu era o pai humano de Menéstio, sendo Esperqueio, deus do rio do mesmo nome, seu pai divino.

Mênfis (G. Mêmphis). Filha de Nilo, deus do rio homônimo. Unindo-se a Épafo, Mênfis teve uma filha chamada Líbia (v.). A cidade egípcia de Mênfis devia-lhe o nome.

Menoites (G.). Pastor dos rebanhos de Hades (v.), na ilha de Erítia, que denunciou a Geríon a presença de Heraclés (vv.) para roubar seus rebanhos. Mais tarde, quando Heraclés desceu ao inferno para trazer de lá o cão Cérbero (v.), Menoites tentou inutilmente impedir o herói de roubar-lhe um boi; na ocasião Heraclés partiu-lhe algumas costelas e o teria matado se Perséfone (v.) não pedisse ao herói para poupá-lo.

Mêntor (G.). Filho de um habitante de Ítaca chamado Álcimo, e amigo íntimo de Ulisses (v.). Ao partir para Tróia este último incumbiu-o de cuidar de seus interesses, e Mêntor demonstrou que merecia a confiança do herói. Quando Atena (v.) queria mostrar-se a Ulisses na Guerra de Tróia (v.), apresentava-se sob a aparência de Mêntor.

Mercúrio (L. *Mercurius*). Deus romano assimilado ao Hermes (v.) dos gregos. À semelhança deste, Mercúrio protegia especialmente os viajantes e os comerciantes. Com a helenização da mitologia romana ele passou a ser o mensageiro de Júpiter (v.) e a servir-lhe de alcoviteiro em suas aventuras amorosas, a exemplo de Hermes. O templo mais antigo de Mercúrio em Roma situava-se nas proximidades do *Circus Maximus,* centro das atividades comerciais da cidade. Também por seus atributos Mercúrio se assemelhava a Hermes: as sandálias aladas, o chapéu de abas largas e o caduceu, além de uma bolsa usada para guardar dinheiro. Os Lares (v.), deuses das encruzilhadas, eram tidos como filhos de Mercúrio.

Meriones (G.). Um cretense filho de Molo, comandante juntamente com Idomeneu (vv.) do contingente de Creta que participou da guerra contra Tróia. Meriones era um dos pretendentes à mão de Helena, e por isso participou da guerra (v. *Guerra de Tróia*). Depois de matar numerosos troianos em vários combates ele foi ferido por Enéias, e participou da luta feroz em volta do cadáver de Pátroclo (v.), sendo um dos vencedores dos jogos fúnebres em honra deste último.

Após a captura de Tróia Meriones voltou para Cnosso com Idomeneu. Mais tarde ele teria ido para a Sicília, juntando-se aos colonos cretenses instalados lá, e ainda na época histórica era cultuado em Heráclea Minoa e Engíon, cidades fundadas por esses colonos.

Mérmero (G. *Mêrmeros*). Um dos filhos de Jáson e Medéia (vv.), morto juntamente com seu irmão Feres por sua mãe para vingar-se de Jáson, que a abandonara para casar-se com Creusa, filha de Creonte (vv.).

Noutra versão da lenda Mérmero e Feres foram mortos pelos coríntios por terem levado a Creusa presentes envenenados por Medéia, causadores da morte de Creusa e de Creonte. Numa terceira versão Mérmero viajou para Côrcira com seu pai, que se exilou lá depois de matar Pelias (v.), e foi morto por uma leoa durante uma caçada.

Mérope (G.). (1) Filha do rei Cípselo, da Arcádia, dada por seu pai em casamento ao Heráclida (v. *Heráclidas*) Cresfontes (vv.) para garantir a aliança com os Heráclidas e manter-se no trono. Na partilha do Peloponeso pelos Heráclidas coube a Cresfontes a Messênia, mas seus súditos o mataram durante um levante.

Na tradição conservada pelos poetas trágicos Cresfontes foi morto juntamente com seus dois filhos por Polifontes, um Heráclida, que se casou então com Mérope contra a vontade desta. Mérope conseguiu salvar Áipito (v.), seu terceiro filho, mandando-o para a Etólia, e mantinha secretamente contatos com ele por meio de um velho servo. O fato de Áipito estar vivo preocupava Polifontes, que receava vê-lo de volta para vingar-se, e para evitar que isso acontecesse ofereceu uma recompensa tentadora a quem o matasse. Chegando à idade adulta Áipito resolveu vingar seu pai e seus irmãos. Com essa intenção ele apresentou-se ao rei sob o nome de Telefontes, e pleiteou a recompensa, dizendo que matara Áipito. O rei quis verificar a veracidade da afirmação, e a fim de investigar pediu-lhe para ficar em seu palácio como hóspede durante alguns dias. Nesse ínterim o velho servo de Mérope veio anunciar-lhe que Áipito desaparecera pouco tempo antes sem deixar vestígios. Convencida de que o estrangeiro recém-chegado matara seu filho, ela entrou furtivamente no aposento onde dormia o falso Telefontes com a intenção de matá-lo. Quando ela já erguia o punhal para golpeá-lo, o velho servo, que reconhecera no suposto assassino o filho de Mérope, segurou-lhe o braço. Salvo da morte, Áipito combinou com sua mãe o meio de matar Polifontes. Mérope vestiu-se de roupas de luto, e passou a disfarçar a hostilidade até então demonstrada ao marido com provas de apreço, como se já não lhe restassem esperanças de rever o filho. O rei, satisfeito com esses acontecimentos, mandou preparar um sacrifício gratulatório, convidando o falso Telefontes para imolar a vítima, homenageando-o por havê-lo livrado da preocupação que lhe causava Áipito enquanto vivo. Chegando ao altar, Áipito, em vez de golpear a vítima destinada ao sacrifício, matou Polifontes. Consumada a vingança, Áipito subiu ao trono da Messênia antes ocupado por Polifontes.

(2) Uma plêiade (v. *Plêiades*), filha de Atlas e de Pleione, casada com Sísifo, rei de Corinto, e mãe com ele de um filho chamado Glauco (vv.). Como esta Mérope foi a única Plêiade a casar-se com um mortal, a estrela em que ela se transformou na constelação das Plêiades brilha menos que as correspondentes às suas irmãs.

Méssapo (G. *Mêssapos*). Herói beócio epônimo da montanha chamada Messapíon, situada na costa da Beócia. Méssapo emigrou para o sul da Itália, e lá deu o nome ao território dos messápios.

Messene (G.). Filha do rei de Argos chamado Triopas e neta de Forbas (vv.). Messene casou-se com Policáon, filho mais novo de Lêlex (vv.), rei da Lacedemônia. Miles, filho primogênito de Lêlex, herdou o trono, e Messene instigou o marido a conseguir um território em outra região onde pudesse ser o rei. À frente de soldados lacedemônios e argivos, Policáon conquistou a região à qual deu o nome de Messênia em homenagem à sua mulher. A capital do novo território passou a ser Andania, e lá Policáon adotou o culto de Deméter e de Perséfone (vv.), trazido de Elêusis por Cáucon (v., (2)). Os habitantes da Messênia prestavam honras divinas a Messene e a Policáon.

Mestra (G.). Filha de Eresícton, castigado por Deméter (vv.) com uma fome insaciável. Para alimentar o pai, Mestra vendiase como escrava, mas como recebera de Poseidon (v.), a quem se unira, o dom de transformar-se no que desejasse, ela conseguia fugir ao seu senhor e voltava para a casa do pai levando-lhe alimentos, vendendo-se novamente.

Meta (G.). Filha de Hoplés, epônimo de um dos demos áticos. Meta foi a primeira mulher de Egeu (v.), que não pôde ter filhos dela.

Métabo (L. *Metabus*). Rei dos volscos de Priverno, pai de Camila (v.), exilado com ela por seus súditos. Métabo seria o herói epônimo de Metaponto, na Magna Grécia (v. *Metaponto*).

Metanira (G. *Metâneira*). Mulher de Celeu (v.), rei de Elêusis. Quando Deméter procurava pelo mundo sua filha Perséfone (vv.), Metanira acolheu-a e admitiu-a como servente em seu palácio. Em outra fonte Metanira era casada com Hipotôon, herói ático filho de Poseidon e de Alope (vv.), epônimo do demo ático dos hipotoontidas.

Metaponto (G. *Metápontos*). Herói epônimo da cidade homônima situada na Magna Grécia. O nome etrusco de Metaponto seria Métabon, derivado de Métabo (v.). Metaponto seria o pai adotivo de Éolo (v., (1)) e de Boioto, mas em outras fontes aparece como filho de Sísifo (v.) e neto de Éolo (v., (1)). Ele teria recebido Arne, filha do primeiro Éolo, quando ela foi banida pelo pai por estar grávida. Por causa dela Éolo teria repudiado Síris, sua primeira mulher, que foi viver na cidade de Síris, próxima de Metaponto. Mais tarde Éolo (o mais novo) e seu irmão Boioto, filhos de Arne, mataram Síris induzidos por sua mãe e fugiram respectivamente para a Eólia e a Beócia, às quais deram os nomes.

Métimna (G. *Méthymna*). Filha de Mácar, mulher de Lepêtimno e mãe de Helicáon e de Hicetáon, mortos por Aquiles (vv.) quando este último capturou Lesbos. Métimna deu o nome à cidade homônima situada em Lesbos.

Metíoco (G. *Metíokhos*). Um rapaz oriundo da Frígia, apaixonado por uma moça chamada Partênope, que fizera voto de castidade. A moça retribuía o amor de Metíoco, mas, querendo fugir à quebra do voto, partiu para o exílio. A nau em que ela viajava levou-a para a Campânia, na Itália, e Partênope consagrou-se ao culto de Diôniso (v.). Nápoles deve-lhe seu nome mais antigo (Partênope).

Metíon (G.) Herói ático filho de Erecteu e de Praxitéia (vv.). Os filhos dele com Alcipe expulsaram o segundo Pandíon, filho do segundo Cêcrops (vv.) (e portanto primo de Metíon) do trono de Atenas e passaram a reinar em seu lugar. Em outra fonte Metíon era filho de Êupalmo e neto de Erecteu, em vez de seu filho. Nessa versão da lenda ele se uniu a Ifinoe e dessa união nasceu Dédalo (v.) (que em outra versão seria seu neto). Metíon seria pai de Sicione, chamado por Lamêdon (vv.) para sucedê-lo no trono da cidade de Sicione.

Métis (G.). Divindade da geração pré-olímpica, cujo nome significa Prudência, filha de Oceano e de Tetis (vv.). Métis teria sido a primeira mulher (ou amante) de Zeus (v.), e teria dado a Cronos (v.) a poção que o forçou vomitar todos os filhos que engolira. Mais tarde Métis engravidou e Gaia (a Terra) e Urano (o Céu) (vv.) revelaram a Zeus que o filho dele o destronaria. Aconselhado por Gaia, ou pela própria Métis, Zeus engoliu sua mulher e tornou-se pai de Atena (v.).

Mezêncio (L. *Mezentius*). Rei etrusco de Cere, que lutou contra Enéias (v.) nos primórdios de Roma. Depois de ser derrotado por Enéias e Latino, Turno (vv.) chamou Mezêncio para socorrê-lo, prometendo-lhe como recompensa toda a produção de vinho em seu território e no Lácio. Enéias fez a mesma promessa a Júpiter (v.), e o deus ouviu-lhe a prece dando-lhe a vitória, enquanto Mezêncio e Turno morriam em combate. Enéias desapareceu durante a batalha, levado pelos deuses, e seu filho Ascânio sucedeu-o no comando.

Em outra versão da lenda, após seu casamento com Lavínia (v.) e a fundação de Lavínio, Enéias teve de enfrentar juntamente com Latino os rútulos, comandados por Turno, sobrinho de Amata (v.). Após a morte de Turno e Latino no primeiro combate, os rútulos apelaram para Mezêncio e para os etruscos, que se sentiam ameaçados pela aparição de um reino poderoso na foz do rio Tibre, perto de suas fronteiras. Travou-se uma batalha encarniçada, mas apesar do desaparecimento misterioso de Enéias a situação dos contendores não se definiu, e Ascânio assumiu o comando numa hora difícil para os troianos vindos com Enéias e para os latinos. Ascânio chegou a pedir as condições para um armistício, e Mezêncio exigiu toda a produção de vinho do território latino. Ascânio fez uma promessa idêntica a Júpiter, e protegido pelas sombras da noite atacou o inimigo e levou a melhor. Em seguida à morte de Lauso (v.), filho de Mezêncio, o exército etrusco recuou desordenadamente; amargurado com a derrota, Mezêncio pediu um armistício, concedido por Ascânio; a partir de então Mezêncio passou a ser aliado dos latinos.

Numa terceira versão da lenda Mezêncio era rei de Cere, mas fora expulso de seus domínios pelos súditos por causa de sua conduta tirânica e refugiou-se na corte de Turno, ao lado do qual passou a combater com seu filho Lauso. Nessa versão somente Mezêncio aparecia como inimigo de Enéias, enquanto os etruscos que o haviam destronado eram aliados dos troianos e portanto dos romanos.

Midas (G.). Rei da Frígia, sobre o qual se contava a história seguinte. Certo dia Sileno (v.) perdeu-se e adormeceu nas montanhas da Frígia, longe de seus companheiros do cortejo de Diôniso (v.). Alguns camponeses o encontraram, e não o reconhecendo levaram-no agrilhoado à presença do rei Midas. Este, que era iniciado nos mistérios dionisíacos, reconheceu Sileno, livrou-o dos grilhões e em meio a grandes homenagens levou-o de volta a Diôniso. O deus agradeceu a Midas e para recompensá-lo prometeu realizar um desejo manifestado pelo rei. Midas pediu sem vacilar que tudo em que ele tocasse se transformasse em ouro. Diôniso concedeu-lhe o poder pedido e Midas voltou feliz para o seu reino. Chegando lá, resolveu pôr à prova a graça obtida do deus, e realmente tudo em que ele tocava se transformava em ouro. Mas a enorme alegria de Midas durou somente até a hora da refeição; quando ele pegou um pedaço de pão para levar à boca o pão transformou-se em ouro, e o mesmo aconteceu com o vinho que ele quis beber. Desesperado de fome e de sede, Midas implorou a Diôniso que lhe tirasse aquele dom funesto, e o deus atendeu-o mandando-o lavar as mãos e a cabeça nas nascentes do rio Páctolo. Isso feito, Midas viu-se livre do poder que pedira em má hora. A partir de então as areias do Páctolo passaram a conter ouro.

Em outra história parecida Midas foi visitar uma região remota de seu reino e perdeu-se num deserto onde não havia água sequer para beber. Apiedando-se dele, a terra fez brotar uma fonte, mas em vez de água saía dela ouro líquido. Midas suplicou a Diôniso que transformasse a fonte de ouro em fonte de água; o deus ouviu-lhe a prece e a fonte passou a ser conhecida como "Fonte de Midas".

Numa terceira história Midas certo dia encontrou Sileno adormecido e só, após beber vinho em demasia. Quando Sileno acordou Midas pediu-lhe lições de sapiência. Atendendo ao pedido ele contou-lhe que existiam em outro mundo dois reinos – Eusebés ("Reino Piedoso") e Máquimos ("Reino Belicoso"). Os habitantes de Eusebés eram felizes e morriam entre gargalhadas depois de uma longa vida, enquanto os de Máquimos já nasciam armados e passavam a vida combatendo. Os povos desses reinos eram muito ricos, a ponto de o ouro ser para eles o que o ferro é para os outros homens. Em certa ocasião esses povos sentiram curiosidade e quiseram visitar o nosso mundo, e atravessando o Oceano (v.) chegaram ao território dos Hiperbóreos (v.). Vendo as condições penosas em que eles viviam, apesar de serem considerados o povo mais feliz deste mundo, os visitantes desistiram da viagem e voltaram para os seus reinos.

Contava-se também que em certa ocasião Midas vagava pelos bosques do monte Tmolo quando o deus desse monte ia julgar a competição entre Marsias (ou Pan) e Apolo (vv.). Ouvindo o veredito favorável a Apolo, Midas, sem ser consultado, disse que o veredito era injusto. Num assomo de cólera Apolo fez nascerem em sua cabeça orelhas de asno. Midas tentou disfarçar as orelhas usando uma tiara, e somente seu cabeleireiro conhecia o segredo, pois fora ameaçado de morte se o revelasse. Não podendo mais permanecer em silêncio, o cabeleireiro cavou um buraco no solo e disse à terra que Midas tinha orelhas de asno. Os caniços existentes nas vizinhanças começaram a sussurrar o segredo das orelhas do rei, divulgando o fato por meio do vento.

Míeno (G. *Mýenos*). Epônimo da montanha homônima situada na Etólia, filho de Telêstor e de Alfesibéia (vv.). Caluniado por sua madrasta, que o acusou de querer possuí-la, Míeno ocultou-se na montanha, mas quando seu pai o perseguia com um grupo de servos, ele se precipitou num despenhadeiro e morreu.

Mígdon (G. *Mýgdon*). (1) Rei de uma região da Frígia situada às margens do rio Sangário. Durante um ataque das amazonas (v.) ao seu reino, Mígdon recebeu a ajuda de Príamo (v.). Em retribuição ao gesto do rei, Mígdon, que era o pai do herói Côroibo (v., (2)), veio juntar-se a ele na defesa de Tróia quando os gregos atacaram a cidade.

(2) Irmão de Âmico (v.), com quem partilhava o trono dos bêbrices. Este Mígdon foi vencido numa guerra contra Heraclés aliado a Lico (vv.); o herói fundou em seu reino a cidade de Heráclea do Ponto.

Miles (G. *Myles*). Herói lacônio, inventor do moinho de trigo; era filho de Lêlex, rei da Lacedemônia, e de Peridia, e irmão de Búmolco, de Policáon e de Terapne.

Míleto (G. *Míletos*). Fundador e herói epônimo da cidade homônima situada na Cária, na Ásia Menor, e filho de Apolo e de Deione (vv.). Expulso de Creta por Minos (v.), seu avô materno, ele foi para a Cária, onde fundou a cidade à qual deu o nome. De seu casamento com Ciane, filha do deus do rio Meandro, Míleto teve dois filhos – Bíblis e Cauno. Em outra fonte Míleto era filho de Acacalis (v.) com Apolo, e neto de Minos pelo lado materno. Por ocasião de seu nascimento sua mãe o enjeitou com receio de Minos. Uma loba o amamentou no bosque onde foi deixado, e pouco depois alguns pastores o recolheram.

Sem saber quem ele era, Minos, maravilhado com sua beleza quando chegou à adolescência, tentou violentá-lo. Seguindo um conselho de Sarpedon (v.), Míleto fugiu à noite e procurou refúgio na Cária, onde fundou a cidade à qual deu o seu nome. Lá ele casou-se com a filha do rei Êurito, chamada Idotéia, e teve com ela Bíblis e Cauno (vv.). Numa terceira fonte Míleto era filho de Aria (filha de Clêoco) e de Apolo (v.). Ao nascer ele foi enjeitado por Aria e recolhido por Clêoco, seu avô, que o criou. Perseguido por Minos, que atraído por sua beleza quis violentá-lo, Míleto viajou para a ilha de Samos, onde fundou uma cidade chamada Míleto e de lá foi para a Cária, fundando naquela região outra cidade também com o seu nome.

Mimas (G.). Um dos gigantes que lutaram contra os deuses olímpicos. Num dos combates Zeus (v.) o fulminou com seus raios, ou Hefesto matou-o com um projétil de metal incandescente.

Minerva (L.) Deusa romana assimilada à Atena (v.) dos gregos. Apesar de aparentemente não ser uma das deusas mais antigas dos latinos, Minerva, cultuada inicialmente na Etrúria e introduzida em Roma pelo rei Numa (v. *Numa Pompílio*) fazia parte da chamada tríade capitolina, composta por ela, por Júpiter e por Juno (vv.). Um de seus templos mais antigos, conhecido como de Minerva Cativa, foi construído no monte Célio, onde se teriam instalado os etruscos vindos em socorro de Rômulo (v.), comandados por Cele Vibena. Os atributos de Minerva eram idênticos aos de Atena, e ela era também a padroeira da atividade intelectual.

Miníades (G. *Minyades*). As três filhas do rei Minias, de Orcômeno, chamadas Alcitoe (ou Alcatoe), Arsipe e Leucipe. Durante uma festa de Diôniso (v.) elas, em vez de se juntarem ao culto do deus, ficaram em casa entregues aos seus afazeres normais, enquanto as mulheres de Orcômeno (ou de Tebas) vagavam pelas montanhas como Bacantes (v. *Mênades*). Querendo puni-las, Diôniso fez crescerem parreiras e hera em volta das cadeiras em que elas estavam sentadas, enquanto escorriam do teto vinho e leite. Apareceram luzes misteriosas nas salas do palácio, e ouviram-se sons de flautas e tamborins misturados com rugidos de feras. Apavoradas, as Miníades, num acesso de delírio místico, agarraram Hípaso, filho ainda pequeno de Leucipe, e o estraçalharam pensando que se tratasse de um pequeno cervo. Em seguida elas adornaram-se com coroas de hera e foram juntar-se às outras mulheres nas montanhas (ou se transformaram em morcegos numa variante da lenda).

Noutra versão da lenda Diôniso, antes de puni-las, apareceu-lhes disfarçado numa moça e censurou-as por seu alheamento. Elas zombaram do deus, que em seguida se transformou em touro, em leão e em pantera diante de seus olhares estarrecidos, enquanto o vinho e o leite escorriam das cadeiras onde elas estavam sentadas. Desse ponto em diante a história é idêntica à da versão anterior.

Minias (G. *Minyas*). Um herói oriundo de Orcômeno, na Beócia, epônimo dos mínios, nome dos habitantes de Orcômeno na época homérica. Minias ora aparece como filho de Poseidon (v.), ora como seu neto. No último caso seu pai era Crises, filho de Poseidon e de Crisogênia, filha de Halmo. De acordo com a lenda Minias era tão rico que foi o primeiro grego a necessitar de um recinto especial (*thêsauros* = "tesouro") para guardar seus bens. Unindo-se a Euriânassa, filha de Hiperfas, Minias teve numerosas filhas: Alcitoe (ou Alcatoe), Arsipe e Leucipe (as Miníades (v.), castigadas por Diôniso (v.), Cipárisso, Êlara (mãe de Títio (v.)), Araitírea (mãe de Flias com Diôniso), Climene (mulher de Fílaco e avó de Jáson (v.)) e Orcômeno (seu sucessor no trono).

Minos (G.). Rei de Creta três gerações antes da Guerra de Tróia (v.) segundo a tradição, filho de Zeus e de Europa, criado por Asteríon (ou Astério) (vv.), rei de Creta antes dele (v. *Europa*), que numa variante desta versão da lenda aparece como seu pai. Morto Asteríon, Minos subiu ao trono de Creta. Seus irmãos Radamanto e Sarpedon (vv.), que se julgavam com direito a partilhar o trono com ele, quiseram fazer valer suas pretensões; Minos alegou que os deuses lhe tinham dado o trono e lhe satisfariam todos os desejos. Para confirmar sua alegação ele ofereceu um sacrifício a Poseidon (v.) e lhe pediu para fazer surgir um touro do mar, prometendo ao deus imolar o animal em sua honra. O touro apareceu, mandado por Poseidon, e o direito exclusivo de Minos ao trono deixou de ser contestado. Minos, entretanto, não quis sacrificar o touro, e o mandou para seus rebanhos por se tratar de um animal magnífico, cuja raça era digna de ser preservada. Pasifae (v.), mulher de Minos, apaixonou-se por esse touro (v. *Minotauro*). Querendo vingar-se de Minos pelo descumprimento da promessa, Poseidon fez o touro ficar furioso, e o rei teve de pedir a Heraclés (v.) para matá-lo (ou o herói matou-o obedecendo a ordens de Euristeu (v.)). De sua mulher Pasifae (ou Crete, filha de Asteríon, segundo outra versão da lenda), Minos teve quatro filhos – Androgeu (ou Eurigies), Catreu, Deucalião e Glauco – e quatro filhas – Acacalis (ou Acale), Ariadne, Fedra e Xenodice (vv.). Além destes Minos teve vários filhos ilegítimos, entre os quais mencionam-se Crises, Eurimêdon, Filolau e Nefalíon com a ninfa Paria; e Euxântio com outra ninfa chamada Dexitéia.

Atribuíam-se a Minos numerosas aventuras amorosas, quer com moças, quer com rapazes. Quanto a estes, contava-se que teria sido Minos, e não Zeus (v.), o raptor de Ganimedes (v.). Ele teria também amado Teseu, que depois raptou sua filha Ariadne (vv.); Minos reconciliou-se mais tarde com Teseu e lhe teria dado em casamento outra filha sua – Fedra (veja-se também *Míleto*). Quanto aos seus amores femininos, citam-se Britômartis (v.), que preferiu matar-se a entregar-se a Minos; Peribéia, uma das virgens atenienses incluídas no primeiro grupo de sete moças enviadas como tributo após a morte de Androgeu (vv.); e Procris (v.), que o livrou com uma erva mágica de uma maldição de Pasifae, revoltada com a infidelidade do marido.

De acordo com a tradição Minos civilizou os cretenses e lhes deu ótimas leis, governando-os com bondade e justiça. A propósito de suas leis, contava-se que ele as recebia de Zeus, com o qual se encontrava de nove em nove anos numa caverna do monte Ida, em Creta. Seu irmão Radamanto (v.) também tinha fama de excelente legislador, cujas leis, segundo outra fonte, Minos apresentava como se fossem suas. A fama dos dois era tão grande que ambos aparecem como juízes das almas dos mortos no inferno, ajudados por Éaco (v.).

Minos teria sido um grande rei, cujos domínios se estendiam por todo o mar Egeu graças ao seu poderio marítimo, e mencionam-se expedições de suas incontáveis naus à Cária, na Ásia Menor, e até a Atenas. Esta última constituiu uma represália pela morte de seu filho Androgeu (v.). Após a vitória na expedição contra Atenas ele impôs aos atenienses um tributo anual de sete moças e sete rapazes, que eram entregues ao Minotauro (v.).

Minos chegou com suas naus até a Sicília, à procura de Dédalo (v.), que fugira de Creta e se colocara sob a proteção do rei siciliano Cócalo (v.). Nessa expedição Minos morreu num banho que lhe deram as filhas de Cócalo, orientadas por Dédalo. Os soldados cretenses sobreviventes fundaram na Sicília a cidade de Heráclea Minoa. Numa missão punitiva subseqüente contra a Sicília os cretenses foram derrotados e tiveram de reembarcar em suas naus, que foram levadas por uma tempestade à costa do território dos iapígios, onde fundaram uma colônia.

Posteriormente alguns deles abandonaram a Sicília por causa de uma cisão, e foram para a Macedônia, depois de ouvir de um oráculo que deveriam instalar-se no lugar onde lhes dessem terra e água como alimento. Quando esses cretenses chegaram à região chamada Batia, encontraram algumas crianças brincando de fazer pastéis de barro; as crianças perguntaram-lhes se queriam comer pastéis e os recém-chegados, percebendo a consumação do oráculo, pediram terras ao rei para se instalarem e lá ficaram.

Minotauro (G. *Minôtauros*). Monstro com corpo de homem e cabeça de touro, filho de Pasifae, mulher de Minos (v.) e de um touro mandado a Minos por Poseidon (v.); seu nome verdadeiro era Astério (ou Asteríon). Horrorizado com o monstro, Minos mandou o ateniense Dédalo (v.) construir um enorme palácio – o Labirinto –, um emaranhado de salas e corredores que somente Dédalo podia percorrer sem se perder, e lá encerrou o Minotauro. Anualmente (ou de três em três anos, ou de nove em nove anos, conforme as fontes), Minos entregava ao monstro sete moças e sete rapazes, tributo que impusera aos atenienses pela morte de seu filho Androgeu. Teseu apresentou-se voluntariamente para integrar o grupo de sete rapazes, e com a ajuda de Ariadne (v.), filha de Minos, conseguiu matar o Minotauro e sair do Labirinto. V. também *Tauro* (2) e (3).

Mírina (G. *Mýrina*). Nome divino de uma amazona chamada Batíeia, vitoriosa em muitas guerras no comando das tropas de sua nação. Sua primeira vitória foi contra os atlantes, habitantes de um território situado nos confins do Oceano (v.), berço dos deuses segundo a tradição (v. *Atlântida*). Nessa guerra ela exterminou todos os homens válidos da cidade de Cerne depois de capturá-la e arrasá-la, e levou com as tropas vitoriosas todas as mulheres e crianças; os demais atlantes capitularam e ela mandou construir uma nova cidade em substituição a Cerne, dando-lhe o nome de Mírina. Os atlantes pediram a sua ajuda na luta contra as Górgonas (v.), e Mírina levou-os à vitória depois de combates ferozes em que muitas amazonas foram mortas. As amazonas comandadas por Mírina realizaram uma expedição bem-sucedida contra a Líbia, chegando em seguida ao Egito na época do reinado de Horos, filho de Ísis (v.). Mírina concluiu um tratado de amizade com os egípcios e prosseguiu em seu avanço em direção à Arábia; depois de arrasar a Síria rumou para o norte, onde os cilícios se submeteram a ela. Continuando, a expedição das amazonas transpôs as montanhas do Tauro, atravessou a Frígia e chegou à região do rio Cáico, onde Mírina perdeu a vida, morta por Mopso, um trácio expulso de sua pátria pelo rei Licurgo (v., (1)).

Mirra (G.), ou Esmirna, v. *Adonis.*

Mírtilo (G. *Mýrtilos*). Filho de Hermes e de Faêtusa, e auriga de Enomau (vv.). Ele traiu seu senhor provocando um desastre graças ao qual Pêlops (v.) venceu Enomau numa corrida de carros, cujo prêmio seria o casamento com Hipodâmia (v.), filha de Enomau. Mírtilo teria traído Enomau levado pela paixão por Hipodâmia, ou atendendo a um pedido desta, ou subornado por Pêlops. Depois da vitória Pêlops matou-o lançando-o ao mar, seja porque Mírtilo teria tentado violentar Hipodâmia, seja para não pagar a importância prometida por sua traição. No momento em que ia ser morto Mírtilo amaldiçoou Pêlops e seus descendentes, dando origem aos trágicos acontecimentos sobrevindos à raça de Pêlops.

Mirtó (G. *Myrtó*). Filha de Menécio e irmã de Pátroclo (vv.). Unindo-se a Heraclés (v.) ela teve uma filha chamada Êucleia; esta última morreu virgem e recebeu honras divinas na Locris e na Beócia, tendo o seu nome associado ao de Ártemis (v.) no culto a esta deusa, às vezes chamada Ártemis Êucleia.

Miseno (G. *Mísenôs*). (1) Companheiro de Ulisses (v.) a quem um promontório homônimo situado na Campânia devia o nome.

(2) Companheiro de Heitor (v.); após a morte deste último, este Miseno passou a lutar ao lado de Enéias (v.) e o acompanhou em suas viagens depois da guerra. Quando as naus de Enéias chegaram à costa da Campânia Miseno, que era o cor-

neteiro da expedição, desafiou todos os deuses acreditando que venceria qualquer deles numa competição com seu instrumento. O deus marinho Tritão (v.), também um corneteiro exímio, venceu-o e o lançou ao mar; o cadáver veio ter à costa e foi sepultado no promontório que recebeu o seu nome.

Míscelo (G. *Mýskelos*). Um aqueu (ou argivo) fundador da cidade de Crôton, na Magna Grécia. Por meio do oráculo de Delfos, Apolo (v.) ordenou-lhe que fundasse a cidade, mas, chegando a Síbaris, já existente na época, ele voltou ao oráculo e perguntou se conviria fundar outra cidade na mesma região. O oráculo respondeu que ele não devia contrariar o deus, e Míscelo afinal obedeceu.

Em outra fonte a fundação de Crôton deveu-se a Heraclés (v.), que fora acolhido naquela região pelo herói Crôton quando voltava da expedição aos domínios de Gerion (vv.). Reconhecido a Crôton por sua hospitalidade, Heraclés prometeu-lhe que seria fundada um dia uma cidade com o seu nome. Com esta intenção Heraclés apareceu em sonho ao argivo Míscelo e lhe disse para ir fundar uma colônia na Magna Grécia. Nessa época, entretanto, as leis de Argos proibiam a emigração dos argivos, e Míscelo não levou avante a determinação recebida no sonho. Heraclés voltou a aparecer-lhe durante o sono e o ameaçou de castigos pavorosos. Míscelo decidiu-se então a desobedecer à lei, e foi por isso levado aos tribunais, onde todos os juízes puseram na urna seixos negros, sinal de condenação à morte. Míscelo implorou a Heraclés que o salvasse daquela situação em que ele o pusera, e miraculosamente todos os seixos ficaram brancos. Obtida assim a permissão, Míscelo partiu para fundar Crôton.

Mnêmon (G.). Contava-se que um oráculo previu que se Aquiles (v.) matasse um filho de Apolo (v.) morreria na Guerra de Tróia. Ciente desse oráculo, Têtis (v.), mãe de Aquiles, mandou com seu filho para Tróia um servidor fiel chamado Mnêmon, cujo nome significa "aquele que lembra". A missão de Mnêmon era advertir incessantemente Aquiles para que tivesse o cuidado de não matar qualquer filho de Apolo, já que não se sabia qual era especificamente o filho mencionado pelo oráculo. Apesar da presença de Mnêmon e da recomendação materna, Aquiles matou o herói Tenes, filho do deus e de Prôcleia, filha de Laomêdon (vv.), e desse momento em diante seu destino estava determinado. Indignado com Mnêmon por sua omissão, Aquiles matou-o com sua lança.

Mnemosine (G. *Mnemosyne*). A memória personificada, filha de Urano (o Céu) e de Gaia (a Terra) (vv.), e uma das seis Titanides (v.). Durante nove noites seguidas Zeus (v.) a possuiu na Pieria, e dessa união nasceram as nove Musas (v.). Havia defronte do oráculo de Trofônio (v.) uma "Fonte de Mnemosine" (v. *Lete*).

Mnesteu (G. e L. *Mnestheus*). Um dos companheiros de Enéias (v.), participante da competição náutica organizada pelo herói.

Módio Fabídio (L. *Modius Fabidius*). Segundo uma lenda de origem sabina, durante uma festa do deus sabino Quirino (v.) em Reate (a atual Rieti), ainda na época dos Aborígenes (v.), enquanto as moças da região dançavam para celebrar o deus uma delas, pertencente à nobreza local, afastou-se das outras e entrou no santuário de Quirino, atraída por ele. Ao sair do recinto sagrado a moça estava grávida e no devido tempo deu à luz um filho chamado Módio Fabídio, que se transformou precocemente num rapaz de elevada estatura e passou a salientar-se nas lides guerreiras. Mais tarde, querendo fundar uma cidade onde fosse o rei, Módio Fabídio reuniu numerosos companheiros e partiu de Reate, detendo-se no local da futura cidade.

Lá ele fundou Curas, dando-lhe esse nome porque *curis* no dialeto sabino significava "lança".

Moiras (G. *Môirai*). O destino personificado de cada criatura humana, dotada desde o nascimento de sua própria Moira, palavra que significa "quinhão". Essa abstração tornou-se com o tempo uma divindade, semelhante às *Keres* (v.), mas sem a crueldade e a violência destas últimas. As Moiras, inflexíveis como o destino, eram a encarnação de uma lei inexorável, à qual os próprios deuses estavam sujeitos. Nos poemas homéricos e em Hesíodos as Moiras, reduzidas a três no segundo poeta, eram Átropos, Clotó e Láquesis (vv.); elas evoluíram com o tempo para um conceito amplo, passando a determinar o destino de todas as criaturas humanas e de cada uma delas, e fixando desde o nascimento a duração da vida e seu curso mediante um fio que uma delas fiava, outra enrolava e a terceira cortava quando chegava a hora prefixada para a morte. Essas três Moiras são geralmente mencionadas como filhas de Zeus e de Têmis (vv.) e irmãs das Horas (v.), mas em outras fontes pertencem à geração pré-olímpica e aparecem como filhas de Nix (a Noite), à semelhança das *Keres*. Às vezes elas são associadas a Ilítia (v.), divindade que presidia os nascimentos, e às vezes fazem companhia a *Tykhe* (a Sorte, ou a Fortuna).

Os romanos identificavam suas Parcas (v.) com as Moiras dos gregos.

Molionidas (G. *Molionídai*). Dois irmãos gêmeos – Êurito e Ctêato (vv.) –, filhos de Poseidon como pai divino e de Áctor como pai humano (vv.), e de Molione, filha de Molo (v.). Os molionidas nasceram de um ovo de prata; às vezes são representados como uma única criatura monstruosa com duas cabeças e um só corpo, mas em geral aparecem separados e dotados de uma força extraordinária. Quando Augias (v.), irmão de Áctor, foi atacado por Heraclés (v.), chamou os molionidas para socorrê-lo; inicialmente eles conseguiram sobrepujar o herói, porém depois foram mortos. Êurito e Ctêato casaram-se com Teraifone e Teronice, filhas de Dexameno (v.), e tiveram com elas dois filhos chamados Anfímaco e Tálpio, comandantes dos epeios na guerra contra Tróia.

Molo (G. *Molos*). Um cretense, filho natural de Deucalião e pai de Meríon, companheiro inseparável de Idomeneu (vv.). Molo tentou violentar uma ninfa e foi decapitado. Algum tempo depois foi encontrado seu corpo sem a cabeça; deste então passou-se a celebrar em Creta uma festa na qual a imagem de um homem sem cabeça era levada em procissão, para perpetuar a memória desse fato.

Molorco (G. *Môlorkhos*). Um pastor que acolheu Heraclés (v.) quando o herói veio a Neméia para matar o leão monstruoso que assolava a região. Molorco foi a primeira pessoa a prestar honras divinas a Heraclés.

Molosso ou **Moloto** (G. *Molossôs* ou *Molotôs*). Filho de Neoptólemo e de Andrômaca (vv.), viúva de Heitor (v.) que se tornou cativa de Neoptólemo após a morte do marido. Molosso nasceu na Ftia, para onde Neoptólemo voltou após a destruição de Tróia, e tinha sido enjeitado ao nascer pela mãe sem o conhecimento do pai. Por ocasião de uma viagem a Delfos Neoptólemo o encontrou, reconheceu-o e o levou consigo, mas Hermione, mulher de Neoptólemo, que não conseguia ter filhos, ficou com ciúme de Molosso e passou a perseguir o menino e Andrômaca, sua mãe. Andrômaca conseguiu ocultá-lo durante algum tempo num santuário de Têtis, porém um dia Hermione o descobriu e ia matá-lo, quando apareceu Peleu (v.) e o salvou. Mais tarde Orestes (v.) matou Neoptólemo, e Têtis, querendo preservar o último descendente de Éaco (v.), mandou

Andrômaca levar Molosso para o Épiro. Chegando ao seu destino Andrômaca casou-se com Heleno (v.); este, ao morrer, legou o trono a Molosso, que deu o nome de molossos aos habitantes da região.

Molpadia (G.). (1) Uma das amazonas (v.) participantes do ataque à Ática. Com suas flechas ela matou Antíope (v.), outra amazona que, traindo sua raça, se casou com Teseu (v.); Molpadia foi morta por este último.

(2) Uma das irmãs de Párteno (v.), distinguida com honras divinas na cidade de Búbasto, no Quersoneso trácio.

Molpo (G. Molpos). Um flautista da ilha de Tênedo que testemunhou falsamente contra Tenes (v.), quando este último foi acusado por sua madrasta de tentar violentá-la. A partir desse acontecimento foi proibida a entrada de flautistas no santuário consagrado a Tenes. V. também *Cicno.*

Momo (G. *Momos*). O sarcasmo acrimonioso personificado, filho de Nix (a Noite) e irmão das Hespérides (vv.). Quando em certa época a Terra, prestes a sucumbir sob o peso de uma população excessiva porque os homens se reproduziam excessivamente e reinava a paz entre eles, pediu a Zeus (v.) que mandasse alguma calamidade para diminuir-lhes o número, Zeus provocou a guerra de Tebas; como isso não bastou, ocorreu-lhe a idéia de fulminar os homens com seus raios ou afogá-los num dilúvio. Nessa ocasião Momo sugeriu-lhe que fizesse o casamento de Têtis (v.) com um mortal; dessa união nasceria Aquiles (v.). Além disso Zeus deveria gerar uma filha com Leda; assim nasceu Helena, que provocaria a Guerra de Tróia (v.), onde morreram inúmeros homens (muitos deles eliminados por Aquiles), aliviando assim a Terra saturada de habitantes.

Moneta (L.). Epíteto de Juno (v.) cultuada no Capitólio em Roma, significando "a deusa que alerta". O epíteto resultou do alarme dos gansos sagrados na época da invasão dos gauleses em 390 a.C., quando essas aves, criadas junto ao santuário da deusa, alertaram os defensores da cidade com seu grasnado, impedindo a captura de Roma. O templo de Juno Moneta elevava-se no local onde existia a casa de Mânlio Capitolino (v.), o defensor do Capitólio, demolida após a condenação de Mânlio à morte sob a acusação de ser favorável à monarquia. Contava-se que durante a guerra contra Pirro os romanos recearam a escassez de dinheiro e pediram a manifestação de Juno a esse respeito. A deusa assegurou-lhes que não faltaria dinheiro se eles se comportassem de maneira justa na guerra. Para demonstrar sua gratidão a Juno pelo conselho, os romanos a partir de então passaram a cunhar o seu dinheiro no templo de Juno Moneta. Foi essa a origem da palavra "moeda".

Mopso (G. *Mopsos*). (1) Filho de Mantó e de Apolo (vv.). Seu pai humano era Rácio (v.), um argivo escolhido por Apolo para ser marido de Mantó. Numa das versões da lenda Mantó teria encontrado Rácio ao sair do templo de Delfos, e noutra ela teria partido de Claro sozinha e foi seqüestrada por piratas que a entregaram a Rácio, seu chefe. Mopso, a quem se atribuía a fundação da cidade de Colofon, era adivinho do oráculo de Apolo em Claro; nessa condição ele participou de uma competição com Calcas (filho de Tiresias) (vv.), outro adivinho famoso que voltava na ocasião da Guerra de Tróia. Mopso venceu facilmente Calcas, que se matou de desgosto. Depois da morte de Calcas Molpo passou a acompanhar Anfíloco, também adivinho e até então companheiro de Calcas. Mopso e Anfíloco foram os fundadores da cidade de Malo (v. *Anfíloco).*

(2) Um lapita filho de Âmpix e de Clóris. Foi um dos competidores nos jogos fúnebres em honra de Pelias (v.), e estava entre os caçadores de Calidon (v. *Meleagro*).

Mopso participou também da expedição dos Argonautas (v.) na qualidade de um de seus adivinhos (o outro era Ídmon), e morreu picado por uma serpente durante a passagem dos Argonautas pela Líbia. Este Mopso, confundido às vezes com o anterior (v. (1) acima), foi o herói epônimo da cidade de Mopsíon, situada na Tessália.

Morfeu (G. *Morpheus*). Um dos mil filhos de Hipnos (o Sono). Cabia-lhe aparecer sob a forma (em grego morphé = forma) de seres humanos e apresentar-se às pessoas adormecidas durante os sonhos destas. V. *Sonhos.*

Morges (G.). Sucessor do rei Ítalo (v.) em sua velhice; seu reino ficava na região compreendida entre Taras e Poseidonia (ou seja Táranto e Pesto), chamada na época Itália. Durante o seu reinado os habitantes dessa região, até então conhecidos como Ítalos, passaram a chamar-se morgetes. Em certa ocasião ele foi procurado por um exilado vindo de Roma, chamado Sícelo. Morges recebeu-o amistosamente e o instalou como rei em parte de seus domínios, cujos habitantes receberam então o nome de sícelos.

Moria (G.). Uma mulher lídia, cujo irmão, chamado Tilo, tocou por descuido numa serpente enquanto passeava pelas margens do rio Hermo. A serpente picou Tilo no rosto, matando-o instantaneamente. Moria via de longe a morte do irmão e pediu ajuda ao gigante Damasén (v.). O gigante arrancou do solo uma árvore e golpeou com ela a serpente, esmagando-a. A fêmea da serpente, vendo seu companheiro morto, encaminhou-se velozmente para um bosque situado nas proximidades e trouxe de lá em sua boca uma erva, pondo-a nas narinas da serpente morta. A serpente reanimou-se no mesmo instante e fugiu. Seguindo o exemplo da serpente, Moria apanhou a erva, chamada *pális,* e com ela restituiu a vida a Tilo.

Mormó (G.). Demônio com o qual se costumava amedrontar as crianças. Sua mordida, segundo a crença popular, deixava-as coxas; às vezes confundia-se Mormó com Geló ou com Lamia (vv.). V. também *Mormolice* a seguir.

Mormolice (G. *Mormolyke* = "*loba mormó*"). Demônio invocado para assustar as crianças, a exemplo de Mormó (v. acima). Mormolice era tida como ama do Aqueronte (v.).

Motone (G. *Mothone*). Filha de Oineu (v.). Contava-se a seu respeito que, finda a Guerra de Tróia, Diomedes (v.) trouxe seu avô Oineu para a Messênia; Oineu teve com uma moça da região uma filha, e lhe deu o nome de Motone. Em homenagem a esta ele mudou em seguida o nome da cidade de Pédaso para Motone.

Múcio Cévola (L. *Mucius Scaevola*). Rei lendário de Roma, que por ocasião do cerco da cidade pelo rei etrusco Lars Porsena penetrou no acampamento inimigo com a intenção de matar Porsena. Múcio apunhalou outra pessoa confundindo-a com o rei, e foi aprisionado pelos etruscos. Querendo demonstrar sua indiferença em face da morte a que estava condenado, ele introduziu a mão direita num braseiro preparado para um sacrifício, perdendo-a. O rei etrusco ficou de tal maneira impressionado que mandou libertar Múcio, daí em diante conhecido como Cévola (*Scaevola* = Canhoto).

Múlciber (L.). Um dos epítetos de Vulcano (v.), significando "Fundidor" (de metais).

Múnico (G. *Moúnikhos).* (1) Filho de Drias e seu sucessor como rei dos molossos (v. *Molosso*). Múnico era um adivinho extraordinário, famoso por seu espírito justiceiro, e teve com sua mulher Lalante três filhos – Alcandro, considerado um adivinho melhor que o pai, Fileu e Megalétor – e uma filha chamada Hiperipe. A exemplo do pai os filhos praticavam a virtude e eram amados pelos deuses por sua devoção. Certa noite um grupo de bandidos atacou a cidade, lançando Múnico e sua família do alto da muralha da cidade depois de incendiar-lhes a casa. Zeus não quis que aquelas pessoas tão piedosas morressem em tais circunstâncias e as transformou em pássaros.

(2) Herói epônimo de Muniquia, um dos portos do Pireu em Atenas. Este Múnico era filho de Panteuclés e teria sido rei da Ática. Ele recebeu generosamente em seu território os mínios expulsos de sua pátria pelos trácios e os instalou nas vizinhanças do porto, que os mínios passaram a chamar de Muniquia para demonstrar seu reconhecimento ao rei.

Múnito (G. *Moúnitos*). Filho de Laodice, considerada a filha mais bela de Príamo, e de Acamas, filho de Teseu (vv.) e um dos embaixadores mandados pelos gregos a Tróia para pleitear a devolução de Helena. Múnito foi entregue por Laodice a Aitra (v.), mãe de Teseu, reduzida à condição de escrava de Laodice. Finda a Guerra de Tróia Aitra, libertada pelos gregos vencedores, restituiu Múnito ao seu pai. Múnito morreu picado por uma serpente durante uma caçada na Tessália.

Musas (G. *Moúsai*). As nove filhas de Mnemosine e de Zeus, ou de Harmonia, ou de Urano (o Céu) e de Gaia (a Terra) (vv.). Além de inspirar os poetas e os literatos em geral, os músicos e os dançarinos, e mais tarde os astrônomos e os filósofos, elas também cantavam e dançavam nas festas dos deuses olímpicos, conduzidas pelo próprio Apolo (v.).

Ciosas de suas qualidades, as Musas castigavam as criaturas humanas presunçosas que pretendiam sobrepujá-las. Contava-se a propósito que o poeta trácio Tâmires (v.) se atreveu a competir com elas, e por isso foi punido com a perda da visão e da voz. As Sereias (v.) também as desafiaram, mas foram derrotadas como todos os demais competidores e perderam as asas, caindo no mar. As Musas eram cultuadas principalmente na Pieria (região situada na Trácia) e no monte Helicon (na Beócia), e por isso às vezes recebiam os epítetos de Piérides e de Helicônias. Havia, entretanto, santuários delas em toda a Grécia.

Somente na época romana elas ganharam atribuições específicas: Calíope era a musa da poesia épica, Clio da história, Euterpe da música das flautas, Erato da poesia lírica, Terpsícore da dança, Melpomene da tragédia, Talia da comédia, Polímnia dos hinos sagrados e Urânia da astronomia (essa distribuição varia conforme as fontes).

Em outras fontes as Piérides seriam nove filhas do rei Píero (v.), da Ematia (na Macedônia). Elas desafiaram as Musas para uma competição de canto no monte Helicon, mas foram vencidas e punidas, transformando-se em pássaros (v. *Piérides*). V. também *Megacló*.

Museu (G. *Musaios*). Filho de Antífemo (ou de Êumolpo) e de Selene (a Lua), e discípulo de Orfeu (v.) (ou seu amigo, ou mestre, ou filho, ou apenas contemporâneo, conforme as fontes). Museu teria sido criado pelas ninfas, e passava por discípulo de Lino (v.). Era considerado um músico exímio, a exemplo de Orfeu, de quem talvez fosse apenas uma duplicação, capaz como este último de curar os doentes com sua música. Ele seria também adivinho e se lhe atribui a introdução dos mistérios eleusínios na Ática.

Mutuno (L. *Mutunus* ou *Mutinus*). Divindade romana semelhante ao Príapo (v.) dos gregos. As matronas romanas em geral, e de um modo especial as moças recém-casadas, degradavam-se com as cerimônias lascivas que a tradição as obrigava a praticar diante da estátua do deus libertino.

N

Náiades (G.). Ninfas das águas, personificações da condição divina das fontes, dos rios e dos lagos onde viviam. As Náiades eram filhas do deus de seus rios, ou de Zeus, ou de Oceano (vv.), e embora fossem mortais sua vida era extremamente longa. Contava-se que essas ninfas tinham o dom de curar os doentes que bebessem as águas a elas consagradas ou se banhassem nelas (embora às vezes o banho fosse considerado um sacrilégio, punido pelas Náiades com doenças inexplicáveis). As Náiades tinham também o poder de enlouquecer quem as menosprezava, e quem conseguia vê-las ficava possesso. Vv. *Alfeio* e *Arêtusa.*

Nânaco (G. *Nânnakos*). Rei antiqüíssimo da Frígia, anterior ao dilúvio de Deucalião (v.). Nânaco previu o dilúvio e passou a fazer preces aos deuses com seus súditos para evitar a extinção de seu reino. Eram tantas as lágrimas e lamentações durante as preces que se tornou proverbial a expressão "lágrimas de Nânaco". Em outra versão da lenda um oráculo previu que quando Nânaco morresse seu povo se extingüiria com ele. Por ocasião de sua morte, aos trezentos anos de idade, seu povo passou a chorar incessantemente, e pouco tempo depois ocorreu o dilúvio, consumando-se assim a previsão do oráculo.

Nanas (G.). Rei dos pêlasgos da Tessália antes da Guerra de Tróia (v.), filho de Teutamidas. Durante o seu reinado os pêlasgos foram expulsos da Tessália por invasores gregos e atravessaram o mar Adriático. Desembarcando na Itália eles fundaram a cidade de Cortona, onde se instalaram. A partir de então esses pêlasgos passaram a chamar-se tirrênios (ou tirsênios).

Nano (G. *Nanos*). (1) Rei nativo de Massalia (a atual Marselha), cuja filha, chamada Peta, casou-se com Êuxeno, chefe dos imigrantes foceus fundadores da cidade.

Contava-se a propósito que Êuxeno (v.) chegou ao reino de Nano no dia em que Peta iria escolher o seu marido. A escolha pela moça fazia-se da maneira seguinte: após o jantar a futura noiva preparava um taça de vinho e a dava ao pretendente de sua predileção entre os presentes; Peta entregou a taça a Êuxeno, convidado por seu pai, e este, acreditando que se tratava de um desígnio divino, deu a filha em casamento ao estrangeiro. Êuxeno mudou o nome da noiva para Aristóxena e casou-se com ela; do casamento nasceu um filho chamado Prótis, epônimo do clã dos Protíadas, ainda existente na época histórica.

(2) O nome dado a Ulisses (v.) pelos tirrênios, cuja significação era "errante".

Naôs (G.). Bisneto de Êumolpo (v.) rei de Elêusis. Obedecendo a um oráculo, Naôs teria introduzido os mistérios de Deméter (v.) na Arcádia. Em outra fonte esses mistérios teriam sido instituídos naquela região pela própria Deméter.

Narciso (G. *Nárkissos*). Um belo rapaz indiferente ao amor, filho do deus do rio Céfiso e da ninfa Liríope. Por ocasião do nascimento de Narciso seus pais perguntaram ao adivinho Tirésias (v.) qual seria o destino do menino. A resposta foi que ele teria uma longa vida se não visse a própria face. Muitas moças e ninfas apaixonaram-se por Narciso quando ele chegou à idade adulta, mas o belo jovem não se interessou por nenhuma delas. A ninfa Eco (v.), uma das mais apaixonadas, não se conformando com a indiferença de Narciso afastou-se amargurada para um lugar deserto, onde definhou até que somente restaram dela os gemidos. As moças desprezadas pediram aos deuses para vingá-las. Nêmesis (v.) apiedou-se delas e induziu Narciso, depois de uma caçada num dia muito quente, a debruçar-se numa fonte para beber água. Nessa posição ele viu seu rosto refletido na água e se apaixonou por sua própria imagem. Descuidando-se de tudo mais ele permaneceu imóvel na contemplação ininterrupta de sua face refletida e assim morreu. No próprio Hades (v.) ele tentava ver nas águas do Estige as feições pelas quais se apaixonara.

No local de sua morte apareceu uma flor que recebeu seu nome, dotada também de uma beleza singular.

Em outra versão da lenda Narciso vivia em Tespias, nas imediações do monte Helicon. Um rapaz chamado Aminias apaixonou-se por ele, mas seu amor não foi correspondido. Desgostoso com a insistência de Aminias e querendo livrar-se dele, Narciso mandou-lhe de presente uma espada. Percebendo a intenção cruel de seu amado, Aminias suicidou-se com a espada defronte da casa de Narciso, implorando aos deuses em seus últimos instantes que o vingassem. Mais tarde, vendo seu rosto refletido na água de uma fonte, Narciso apaixonou-se por si mesmo, e no desespero de sua paixão impossível suicidou-se. No local de sua morte cresceu a flor que tem o seu nome, e os têspios passaram a cultuar Eros (v.) por seu poder irresistível.

Numa terceira versão da lenda Narciso tinha uma irmã gêmea belíssima e muito parecida com ele. Um dia a moça morreu e Narciso, que a amava profundamente, ficou inconsolável. Logo após, vendo o próprio rosto refletido na água de uma fonte, ele pensou que estava contemplando a irmã, e essa impressão aliviou-lhe a amargura. Apesar de saber que se tratava apenas de uma ilusão, ele passou a vir olhar-se assiduamente na água da fonte para suavizar sua tristeza imensa.

Náuplio (G. *Náuplios*). (1) Filho de Poseidon e de Amimone (vv.), uma das filhas de Danaôs (v.). Náuplio teve dois filhos: Damástor, avô de Díctis e de Polidectes (vv.), e Preto, avô de Náubolo e bisavô de Náuplio (2) (vv.). Em algumas fontes Palamedes (v.) aparece como sendo um dos filhos deste Náuplio, mas em outras era filho de Náuplio (2).

(2) Participante da expedição dos Argonautas (v.) na qualidade de piloto da nau *Argó* após a morte de Tífis (v.). Este Náuplio casou-se com Fílira, ou com Hesione, ou com Climene (filha de Catreu) (vv.). Desse casamento nasceram Nausimêdon, Ôiax e Palamedes (vv.). Náuplio era um navegante exímio, e prestou serviços a vários reis, ajudando-os a livrar-se de parentes indesejáveis (vv. *Aeropé, Augé* e *Télelo*).

Após a morte de seu filho Palamedes (v.) num incidente ocorrido no acampamento grego durante a Guerra de Tróia (v.), Náuplio resolveu vingar-se. Com esse objetivo ele procurou inicialmente em suas respectivas cidades todas as mulheres dos chefes gregos empenhados na Guerra de Tróia, saudosas de seus maridos ausentes, e tentou envolvê-las em aventuras amorosas extraconjugais. Ele conseguiu atingir o seu objetivo junto às mulheres de Agamêmnon, de Diomedes e de Idomeneu, ou seja Clitemnestra, Aigiale e Meda (vv.). Náuplio quis também levar Penélope (v.) ao adultério, mas não conseguiu vencer a fidelidade da mulher de Ulisses (v.). Prosseguindo em seu plano de vingança, quando as naus gregas em sua maior parte viajavam em comboio de volta à Grécia ele acendeu uma fogueira sobre os recifes chamados Giras ("Rochas em Círculo"). Imaginando que se tratasse de um porto, os gregos rumaram com suas naus em direção ao fogo e elas se destroçaram contra os recifes.

Nausícaa (G.). Filha de Alcínoo, rei dos feácios, e de Areté (vv.), inspirada por Atena (v.) para induzir os feácios a ajudarem Ulisses (v.) a voltar à pátria após um naufrágio.

Depois de partir da ilha de Ogígia, onde Calipso (v.) deteve o herói, a nau de Ulisses afundou durante uma tempestade e ele foi lançado nu e exausto de tanto nadar numa ilha desconhecida, onde adormeceu às margens de um rio. Enquanto ele dormia Atena provocou um sonho em Nausícaa, no qual suas amigas instavam-na a ir lavar logo as roupas da família no rio. Ao despertar, com a permissão dos pais ela partiu juntamente com as amigas e serviçais. Depois da lavagem das roupas ela e suas companheiras começaram a brincar com uma bola à beira do rio. A bola caiu no rio e elas deram um grito que acordou Ulisses; o herói cobriu sua nudez com ramos de árvores e veio ao encontro das moças. Todas as moças e serviçais afastaram-se, menos Nausícaa, que dirigiu a palavra ao herói. Ulisses perguntou-lhe se ela era alguma deusa ou ninfa. Nausícaa disse quem era e começou a ajudá-lo, oferecendo-lhe roupas e alimentos. Quando anoitecia ela voltou com o herói para a cidade, mostrando-lhe o caminho do palácio de Alcínoo.

Nausícaa sensibilizou-se com a desdita do herói e apreciou-lhe a beleza, demonstrando discretamente que gostaria de casar-se com ele; Ulisses, entretanto, revelou que sua mulher o esperava em Ítaca e preferiu partir, recebendo ajuda de Alcínoo para realizar o seu desejo.

Nausítoo (G. *Nausíthoos*). (1) Filho de Poseidon e de Peribéia, filha de Eurimêdon (vv.), este último rei de um povo de gigantes. Nausítoo era rei dos feácios quando estes ainda habitavam a Hiperia. Expulsos mais tarde de sua pátria pelos cíclopes (v.), os feácios, comandados por Nausítoo, instalaram-se na ilha de Esquéria (a atual Corfu). Nausítoo era avô de Areté, mulher de Alcínoo (vv.), e bisavô de Nausícaa (v. o verbete acima).

(2) Piloto da nau em que Teseu (v.) viajou para Creta a fim de enfrentar o Minotauro (v.). Teseu construiu uma capela em sua honra.

(3) Um dos filhos de Ulisses e de Calipso, ou de Ulisses e de Circe (vv.).

Nautes (G.). Ancião troiano que acompanhou Enéias (v.) em sua fuga para o Ocidente. Quando Enéias estava na Sicília Nautes aconselhou-o a não se deter na ilha e a prosseguir para o Lácio.

Em outra fonte Nautes teria recebido de Diomedes o Paládio (vv.), quando Diomedes, obedecendo a um oráculo, entregou a estátua divina aos troianos chefiados por Enéias.

Naxo (G. *Naxos*). Um cário filho de Polêmon, que se instalou na ilha de Dia com um grupo de colonos cários duas gerações antes de Teseu (v.). A partir de então a ilha passou a chamar-se Naxo.

Em outra fonte Naxo era filho de Endimião e de Selene, e numa terceira fonte seus pais eram Apolo e Acacalis (vv.).

Necessidade (G. *Anagke*). Personificação da inexorabilidade do destino, força suprema a que os próprios deuses estavam sujeitos, filha de Cronos (v.) e irmã da Justiça (*Dike*) (v. *Iustitia*). Áiter (o Éter), Caos e Érebo (vv.) eram seus filhos. Em Platão a Necessidade era a mãe das Moiras (v.). Mais tarde a Necessidade tornou-se uma divindade da morte, principalmente nas crenças populares.

Necessitas aparece também na mitologia romana, com as mesmas características da Necessidade grega.

Neda (G.). Uma ninfa, filha mais nova de Oceano, irmã de Estige e de Fílira (vv.). Contava-se a seu respeito que Rea, depois de dar Zeus (vv.) à luz numa montanha da Arcádia, quis banhar o recém-nascido e purificar-se mas os rios e as fontes estavam secos. Ansiosa, Rea fez uma prece a Gaia (a Terra) (v.) e bateu com seu cetro no solo. No mesmo instante a água começou a jorrar abundantemente de uma fonte, perto do local onde viria a existir mais tarde a cidade de Leprêion. Rea deu à fonte o nome de Neda, em homenagem à ninfa homônima.

Nefalião (G. *Nephalíon*). Filho de Minos e da ninfa Pária, e irmão de Crises, de Eurimêdon e de Filolau (vv.). Quando Heraclés (v.) passou pela ilha de Paros, onde moravam Nefalião e seus irmãos, em sua expedição ao território das amazonas, os quatro filhos de Minos mataram dois companheiros do herói. Revoltado, Heraclés matou-os.

Nefele (G. *Nephele*). Primeira mulher de Atamas e mãe de Frixo e de Helé (vv.).

Neleu (G. *Neleus*). (1) Filho de Tiró e de Poseidon, irmão gêmeo de Pelias e irmão por parte de mãe de Áison, de Amitáon e de Feres (filhos de Tiró e de Creteu) (vv.). Enjeitados ao nascer por sua mãe, Neleu e Pelias foram alimentados por uma égua mandada por Poseidon para cuidar deles, até serem recolhidos por mercadores de cavalos. Chegando à idade adulta, Neleu e Pelias reencontraram sua mãe, que sofria maus-tratos de Sideró, sua sogra. Os dois irmãos tentaram matar Sideró, mas não conseguiram na primeira investida porque ela se abrigou no templo de Hera (v.). Em seguida Pelias decidiu invadir o templo e matou-a junto ao altar da deusa. Mais tarde os dois brigaram pelo trono, e Neleu, vencido, exilou-se na Messênia, onde fundou a cidade de Pilos, e lá casou-se com Clóris, filha de Anfíon (filho do orcomênio Íaso) (vv.); dessa união nasceram uma filha chamada Peró e doze filhos – Alástor, Astério, Deímaco, Epilau, Euagoras, Euríbio, Eurimêdon, Frásio, Nêstor, Periclímeno, Piláon e Tauro. Em certa época Neleu recusou-se a purificar Héracles (v.) do assassínio de Ífito (v.), e o herói declarou-lhe guerra, organizando uma expedição contra ele. Nessa guerra morreram todos os filhos de Neleu, menos Nêstor (v.), que escapou da morte por estar ausente de Pilos.

Numa das versões da lenda Neleu foi morto por Heraclés juntamente com seus filhos, e noutra ele se salvou, morrendo mais tarde em Corinto. Vv. *Molionidas* e *Nêstor* para outras lutas das quais Neleu participou.

(2) Filho de Codro (rei de Atenas) (v.) e descendente de Neleu (1). Este Neleu teria sido o fundador de Míleto juntamente com um grupo de colonos iônios vindos da Ática sob o seu comando, e com numerosos messênios expulsos de sua pátria pelos Heráclidas (v.).

Nêmesis (G.). Uma das numerosas filhas de Nix (a Noite) (v.). Desejada por Zeus ela tentou fugir às suas investidas amorosas transformando-se sucessivamente em criaturas diferentes, até tomar a forma de uma gansa. Zeus, sempre perseguindo-a, metamorfoseou-se em cisne e afinal a possuiu. Mais tarde Nêmesis pôs um ovo, que alguns camponeses acharam e deram a Leda (v.). Desse ovo teriam nascido Helena e os Diôscuros (vv.).

Nêmesis era também a personificação da justiça divina, castigando inexoravelmente a presunção humana em suas demonstrações de demasia ou de arrogância. Sob este aspecto é significativo o seu epíteto "Adrásteia", que quer dizer "Inevitável". Em Ramnus, uma localidade da Ática situada nas proximidades de Maratona, existia um santuário célebre de Nêmesis, onde havia uma estátua da deusa feita de mármore pário famosa na antigüidade. Segundo Pausânias o mármore estava sendo trazido pelos persas quando atacaram a Ática, pois em sua arrogância contavam com a vitória sobre os gregos e pretendiam usá-lo para comemorar o aniquilamento de seus adversários. Depois da derrota dos persas Fídias, o famoso escultor ateniense, fez com o mármore trazido insolentemente por eles a estátua de Nêmesis que os punira dando a vitória aos gregos.

Outro exemplo da presunção humana castigada por Nêmesis é o de Creso, rei da Lídia, que se considerava o mais venturoso dos homens; levado por sua presunção desmedida, Creso atreveu-se a atacar Ciro, rei dos persas, e amargou uma derrota completa.

Neoptólemo (G. *Neoptôlemos*). Filho de Aquiles e de Deidâmia (vv.), concebido na época em que Aquiles, disfarçado em moça, foi mandado por sua mãe para juntar-se às filhas de Licomedes a fim de evitar sua participação na Guerra de Tróia (vv.). Neoptólemo nasceu após a partida de Aquiles para a guerra, e seu nome foi inicialmente Pirro, por causa do apelido de seu pai quando passava por moça (Pirra = "ruiva"). Após a morte de Aquiles o adivinho Heleno (v.) profetizou que para ganhar a guerra os gregos teriam de contar com a colaboração de Neoptólemo, e além disso deveriam dispor do arco e das flechas de Heraclés (v.). Inicialmente os gregos mandaram à procura de Neoptólemo em Ciro, como seus emissários, Diomedes, Fênix e Ulisses (vv.). Apesar da oposição de Licomedes (v.), que criara Neoptólemo, o jovem partiu com os emissários gregos sob a influência da índole guerreira de seu pai. A caminho de Tróia ele contribuiu decisivamente para convencer Filoctetes (v.), que fora abandonado doente na ilha de Lemno, a ir juntar-se aos gregos na luta contra Tróia levando consigo o arco e as flechas de Heraclés.

A presença de Neoptólemo na guerra foi marcada por uma série de atos de bravura em que ele matou numerosos troianos. Neoptólemo estava entre os gregos que entraram em Tróia no bojo do cavalo de madeira (v. *Cavalo de Tróia*) e apressaram a conquista da cidade. Nos combates finais a valentia de Neoptólemo voltou a sobressair, embora ele tenha cometido as barbaridades de lançar Astiânax (v.), filho órfão de Heitor (v.), do alto da muralha de Tróia, e de sacrificar Polixena, filha de Príamo (vv.), à memória de Aquiles. Entre os muitos despojos de guerra coube-lhe Andrômaca (v.), viúva de Heitor.

De volta à Grécia Neoptólemo casou-se com Hermione, filha de Menelau (vv.), e os dois foram viver na Ftiotis, terra de Peleu e de Aquiles. Hermione era estéril, e despeitada porque Andrômaca dera a Neoptólemo três filhos – Molosso, Pérgamo e Píelo (vv.) –, chamou para vingá-la Orestes (v.), seu primeiro noivo. Orestes matou Neoptólemo na Ftia.

Em outra versão da lenda Neoptólemo foi em certa época a Delfos consultar o oráculo para saber como poderia ter filhos com Hermione. Orestes provocou um tumulto durante o qual Neoptólemo foi morto; sua sepultura ficava na entrada do templo de Apolo (v.) Délfico, e lá ele passou a receber honras divinas.

Nereides (G.). Divindades marinhas, filhas de Nereu e de Dóris e netas de Oceano (vv.). As diversas fontes mencionam "setenta e cinco Nereides, entre as quais se destacam Têtis (mãe de Aquiles (vv.)), Anfitrite, mulher de Poseidon (vv.), e Orítia (v.). Todas elas eram belíssimas e viviam no palácio de seu pai, no fundo do mar, sentadas em tronos de ouro, cantando ou fiando, ou divertiam-se brincando na crista das ondas entre golfinhos e tritões.

Nereu (G. *Nereus*). Filho de Oceano e de Gaia (a Terra), e irmão de Cetó, de Euríbia, de Forcís e de Taumas (vv.). De sua união com Dóris, também filha de Oceano, nasceram as Nereides (v. o verbete anterior) e um filho chamado Nerites (v.). Nereu, chamado o "Velho do Mar", pertencia à geração dos deuses pré-olímpicos, que simbolizavam as forças primordiais do mundo. A exemplo de Proteu e de outras divindades marinhas, Nereu podia transformar-se em qualquer espécie de criatura, e era considerado pelos nautas um deus benfazejo, que aparecia com uma longa barba cavalgando um tritão e armado de um tridente (como Poseidon).

Nério (L.) Mulher de Marte (v.) nas tradições itálicas, personificação da bravura guerreira, a quem às vezes eram consagrados os despojos de guerra. Em outras fontes ela era assimilada a Minerva (v.), também uma deusa guerreira.

Nerites (G.). Um herói marinho filho de Nereu e de Dóris (vv.). Dotado de grande beleza, Nerites despertou uma paixão em Afrodite (v.) enquanto esta deusa ainda vivia no mar após a sua aparição. Quando ela subiu ao céu Nerites não quis acompanhá-la, embora Afrodite lhe tivesse dado asas para isso. Indignada, a deusa transformou-o numa concha, presa perpetuamente a um rochedo, e deu as asas antes oferecidas a Nerites a Eros (v.), que se dispôs a acompanhá-la.

Em outra versão de sua lenda Nerites foi amado por Poseidon (v.) e o seguia com uma velocidade tão grande que despertou a inveja de Hélios (o Sol); este, despeitado, transformou-o numa concha (*nerites* = concha em grego).

Nesso (G. *Nessos*). Um centauro filho de Ixíon e de Nefele (vv.). Na luta contra Heraclés e Folo (vv.) ele foi expulso de Foloé e passou a viver às margens do rio Êueno, servindo de barqueiro a quem quisesse atravessar o rio. Nesse local ele encontrou novamente Heraclés, que apareceu para cruzar o rio em companhia de Dejanira (v.). O herói cruzou o rio a nado, mas pediu a Nesso que atravessasse Dejanira. No percurso Nesso tentou violentá-la; Dejanira pediu socorro a Heraclés, que feriu mortalmente o centauro com uma flecha.

Antes de expirar, Nesso quis vingar-se do herói, e deu insidiosamente a Dejanira um veneno mortífero como se fosse um filtro de amor, dizendo-lhe que se o marido deixasse de amá-la ela lhe impregnasse a roupa com o líquido mágico que lhe entregou; esse líquido, posto na roupa de Heraclés, restauraria o seu amor por Dejanira. Na realidade o líquido era um veneno terrível, e quando Heraclés vestiu o manto impregnado com ele, o tecido aderiu à sua pele, queimando-o até a morte (vv. *Dejanira* e *Heraclés*).

Nêstor (G.). Filho de Neleu e de Clóris (v.), o único sobrevivente do massacre em que Heraclés (v.) matou os demais filhos de Neleu. Contava-se a propósito da longevidade de Nêstor que Clóris, sua mãe, era uma das Nióbides, filhas de Níobe e de Anfitrião (vv.). Seus irmãos e suas irmãs foram mortos por Apolo e Ártemis (vv.), mas Apolo, para penitenciar-se desse extermínio, deu a Nêstor uma vida tão longa quanto a soma dos anos que teriam vivido seus tios e tias se não tivessem sido mortos. Nêstor era rei de Pilos, na Messênia, e mesmo idoso ainda sobressaía no campo de batalha, além de ser famoso por sua sabedoria. Numa das versões de sua lenda Nêstor salvou-se da sanha assassina de Heraclés porque quando Neleu, seu pai, quis apoderar-se dos bois que o herói tomara de Geríon, somente ele entre todos os irmãos recusou-se a participar da tentativa. Para recompensá-lo Heraclés, além de poupar-lhe a vida, entregou-lhe o reino da Messênia. Em outra versão ele estava ausente em Gerênia, na Messênia, por ocasião do massacre.

Nêstor destacou-se na luta entre os pílios e os epeios, seus vizinhos, e num dos combates só não matou os Molionidas (v.) porque Poseidon (v.) os salvou encobrindo-os com uma nuvem. Ele participou também da guerra dos lapitas contra os centauros (vv.), da caçada de Calidon (v. *Meleagro*) e da expedição dos Argonautas (v.). Sua presença na Guerra de Tróia (v.) também foi marcante desde os preparativos na Grécia, onde acompanhou Menelau (v.) em suas viagens para arregimentar os heróis gregos. Nêstor partiu para Tróia à frente de um contingente embarcado em noventa naus, levando consigo seus filhos Antíloco e Trasimedes (vv.). A caminho de Tróia Nêstor esteve presente à captura de Tênedo junto a Aquiles (v.).

Em Tróia ele tentou reaproximar Agamêmnon (v.) e Aquiles, depois da querela que custou tantas vidas aos gregos. Num combate diante de Tróia Nêstor foi salvo por seu filho Antíloco quando esteve na iminência de ser morto por Mêmnon (v.). Antíloco perdeu a vida naquela ocasião, mas Aquiles vingou-o matando Memnon.

Finda a guerra Nêstor voltou para Pilos sem os incidentes que marcaram o retorno da maioria dos heróis gregos à pátria. Lá ele foi recebido por sua mulher (Eurídice ou Anaxíbia), e acolheu Telêmaco (v.), que viera pedir-lhe conselhos quando tentava localizar Ulisses (v.), seu pai, cuja demora impacientava Telêmaco, ameaçado pelos pretendentes à mão de Penélope (v.), sua mãe.

Netuno (L. *Neptunus*). Deus romano assimilado a Poseidon (v.), ligado à água em geral, e não somente ao mar. Sua festa, chamada *Neptunalia*, celebrava-se no auge do verão, e havia em Roma um santuário dedicado a ele entre o Aventino e o Palatino, no vale do *Circus Maximus*. O culto de Netuno era associado ao da deusa marinha chamada Salácia (v.), da mesma forma que o culto de Poseidon se relacionava com o de Anfitrite (v.)

Nicaia (G.). Uma náiade filha do rio Sangário e da deusa Cibele (v.). Indiferente ao amor, sua única preocupação era a caça, e quando Hino, um pastor frígio, tentou conquistá-la, ela o repeliu; diante da insistência de Hino, Nicaia o matou. Revoltado, Eros (v.) provocou uma violenta paixão em Diôniso (v.), que a vira banhando-se nua. Nicaia não cedeu às investidas amorosas do deus e o ameaçou também de morte se não a deixasse em paz. Diôniso transformou então em vinho a água da fonte onde a náiade costumava ir dessedentar-se, e vendo-a depois embriagada possuiu-a. Dessa união nasceu uma filha chamada Telete. A princípio Nicaia pensou em matar-se, mas afinal passou a entregar-se espontaneamente a Diôniso, do qual teve outros filhos (um deles chamado Sátiro (v.)). Ao regressar de sua expedição à Índia Diôniso fundou em homenagem à náiade a cidade de Nicaia.

Nicômaco (G. *Nikômakhos*). Filho de Macáon e de Anticleia, e neto de Asclépio (vv.). Após a morte de Dioclés, seu avô materno, Nicômaco e seu irmão Górgaso passaram a ocupar o trono de Feras, na Messênia, onde Ístmio, filho de Glauco (vv.), dedicou-lhes um santuário no qual ambos eram cultuados como heróis devotados à cura dos doentes.

Nicóstrata (G. e L.). Mãe de Evandro, chamada Carmenta (vv.) em Roma. Em outra fonte Nicóstrata era a mulher de Evandro, e não sua mãe.

Nicóstrato (G. *Nikôstratos*). Filho de Menelau com Helena (vv.), ou com uma escrava (neste caso ele seria irmão de Megapentes (v.)).

Nicteu (G. *Nykteus*). Filho de Hirieu e de Clônia, pai de Antíope (vv.) e irmão de Lico (v., (1)). Em outras fontes Nicteu e Lico são filhos de Ctônio, um dos homens nascidos dos dentes do dragão morto por Cadmo (v.). Depois de matarem Flegias (v.) os dois fugiram de Eubéia e foram para Tebas, onde se tornaram amigos do rei Penteu (v.). Quando Antíope, filha de Nicteu, fugiu para a corte de Epopeu (v.), rei de Sicione, Nicteu matou-se e incumbiu Lico de vingá-lo. Numa variante dessa versão da lenda Nicteu teria morrido em combate durante uma expedição contra Sicione com o objetivo de punir Epopeu pelo rapto de Antíope. Epopeu teria sido ferido no mesmo combate e morrido pouco tempo depois.

Nictimene (G. *Nyktimene*). Filha de Epopeu, rei de Lesbos, ou de Nicteu (v.). Depois de unir-se ao seu próprio pai Nictimene, acabrunhada, fugiu para os bosques; Atena (v.), com pena dela, transformou-a numa coruja. Dizia-se que essa era a razão de as corujas somente aparecerem à noite, para não serem vistas.

Níctimo (G. *Nyktimos*). O único filho de Licáon salvo da vingança de Zeus, graças às preces de Gaia (a Terra) (vv.). Níctimo sucedeu ao seu pai no trono da Arcádia, e deixou como sucessor Arcás (v.). O dilúvio de Deucalião (v.) ocorreu durante o seu reinado.

Nike (G.) a personificação da vitória, filha do titã Palas e de Estige (vv.), pertencente à raça divina pré-olímpica. Além dessa personificação, *Nike* era simplesmente um epíteto de Atena em Atenas. Em decorrência da aproximação dos nomes de Atena e de *Nike*, e de uma confusão entre o nome do titã Palas e o epíteto "Palas" de Atena, criou-se uma versão da lenda em que Pálans (o herói epônimo do monte Palatino em Roma) teria criado *Nike* e lhe consagrou um templo no topo do Palatino.

Nileu (G. *Neileus*). Rei do Egito, a quem o rio Nilo (v.), antes chamado Egito, deve seu nome. Os habitantes do Egito prestaram-lhe essa homenagem para demonstrar sua gratidão pelos grandes benefícios feitos ao país, principalmente a irrigação das terras, até então quase todas áridas, com a água do rio Nilo, tornando-as férteis.

Nilo (G. *Neilos*). O deus do rio Nilo nas tradições gregas, filho de Oceano e pai de Ménfis (vv.). Êpafo, filho de Ió (vv.), casou-se com Mênfis, e dessa união nasceu Líbia, mãe de Agênor e de Belo (vv.). Algumas fontes atribuem a Nilo os benefícios prestados ao Egito por Nileu (v. o verbete anterior).

Ninfas (G. *Nýmphai*). Divindades secundárias, com a aparência de mulheres jovens e belas, que personificavam as fontes, os rios, os lagos, as montanhas e as árvores; as ninfas das fontes, dos lagos e dos rios chamavam-se náiades (v.), as das montanhas chamavam-se orêades, e as das árvores dríades ou hamadríades (vv.). Embora dotadas de vida extremamente longa as ninfas não eram imortais, porém possuíam certos atributos divinos, como o da profecia. Eram tidas geralmente como filhas de Zeus (v.), mas às vezes apareciam como filhas de seus respectivos rios. Muitas delas são personagens de histórias amorosas, geralmente com divindades afins (Pan, Príapo, os Sátiros), e também com os deuses (Apolo, Dióniso, Hermes e o próprio Zeus (vv.)); enfim, algumas foram amadas por simples mortais (como Nicaia, ou Teledice, ou Aglaia (vv. *Nicaia*, Níobe (2) e Nireu (1)).

Nino (G. *Ninos*). Filho de Cronos (ou Belo, seu equivalente babilônio (vv.)). Nino aparece como o fundador lendário de Nínive e do império babilônio, e era considerado o inventor da arte militar e o primeiro organizador de grandes exércitos. Aliado a Arieu, rei dos árabes, ele dominou toda a Ásia, à exceção da Índia. Na conquista da Bactriana Nino recebeu a ajuda de Semíramis (v.), mulher de um de seus lugares-tenentes; mais tarde Nino casou-se com ela, que o sucedeu no trono após a sua morte. Em outra fonte Nino era neto de Alceu (filho de Heraclés e de Onfale) (vv.).

Níobe (G.) (1) Heroína de Tebas, filha de Tântalo e irmã de Pêlops (vv.). Níobe casou-se com Anfíon (v.) e teve com ele sete filhos (Agênor, Damasícton, Eupínito, Fédimo, Ísmeno, Sípilo e Tântalo) e sete filhas (Asticrátia, Astioque, Cleôdoxa, Etôdexa (ou Nêaira), Ftia, Ogígia e Pelópia). Em outras fontes esse número varia entre dois filhos e três filhas e dez filhos e dez filhas.

Orgulhosa de seus filhos, Níobe alardeava sua superioridade sobre Letó (v.), que só tinha um filho e uma filha (Apolo e Ártemis) (vv.). Indignada, Letó pediu a Apolo e a Ártemis que castigassem Níobe, e enquanto Ártemis matava-lhe as filhas Apolo fazia o mesmo com os filhos, salvando-se apenas um filho e uma filha. Transtornada pela dor e chorando incessantemente, Níobe fugiu para a casa de seu pai em Sípilo, na Ásia Menor, onde os deuses a transformaram num rochedo. Mesmo assim ela continuou a chorar. Ainda na época histórica mostrava-se na região de Sípilo a rocha em que Níobe se transformou, na qual havia uma fonte formada por suas lágrimas.

Em outra versão da lenda Níobe era filha de Assáon, que a deu em casamento a um assírio chamado Filoto. Após a morte deste último numa caçada Assáon apaixonou-se pela filha, mas Níobe resistiu; Assáon convidou seus vinte netos para um jantar, durante o qual provocou um incêndio no palácio em que todos pereceram. Levado pelo remorso Assáon matou-se, enquanto Níobe transformava-se em pedra ou se suicidava lançando-se do alto de um rochedo.

(2) Uma moça de Argos, filha de Foroneu e da ninfa Teledice (vv.), ou de Cerdó, ou de Peitó. Foroneu foi o primeiro homem e Níobe foi a primeira mulher; ela uniu-se a Zeus, e dessa união nasceram dois filhos – Argos e Pélasgo (vv.).

Nireu (G. *Nireus*). (1) Filho de Cáropo e da ninfa Aglaia (vv.), e rei da ilha de Sime. Dotado de extraordinária beleza, Nireu estava entre os pretendentes à mão de Helena (v.), participando por isso da Guerra de Tróia (v. *Guerra de Tróia*). Na luta entre Aquiles e Télefo (vv.), por ocasião da tentativa de desembarque dos gregos na Mísia, Nireu matou a mulher de Télefo, chamada Hierá, que combatia ao lado do marido. Mais tarde Nireu foi morto por Eurípilo (v.), filho de Télefo, numa batalha em frente a Tróia. Em outra versão de sua lenda ele sobreviveu à guerra e juntou-se a Troas em suas viagens depois da captura de Tróia.

(2) Habitante de Catana que por causa de um amor não-correspondido se lançou ao mar do alto do rochedo de Leucás. Salvo milagrosamente por pescadores que na mesma ocasião encontraram uma arca cheia de ouro, este Nireu achou-se com direito ao tesouro; Apolo (v.), entretanto, apareceu-lhe em sonho e lhe disse para dar-se por satisfeito com a vida, desistindo de riquezas alheias.

Niso (L. *Nsus*). Companheiro de Enéias, famoso por sua amizade com Euríalo (vv.); a vitória deste último nos jogos fúnebres em honra de Anquises (v.) deveu-se a Niso. Durante a guerra contra os rútulos, Niso e Euríalo realizaram uma incursão ao acampamento durante a noite e mataram Ramnes; na volta, perseguidos por cavalarianos rútulos, os dois tentaram refugiar-se num bosque, separando-se. Ao sair do esconderijo Niso percebeu que seu amigo tinha sido morto, e perdeu a vida tentando vingar-lhe a morte.

Niso (G. *Nisos*). Um dos filhos de Pandíon (v.) (o segundo rei de Atenas com esse nome). Niso nasceu em Mêgara durante o exílio de seu pai, banido de Atenas pelos filhos de Metíon (v.). Sua mãe era Pília, filha do rei de Mêgara. Quando Pandíon morreu Niso voltou com seus irmãos para conquistar a Ática; na partilha subseqüente coube-lhe a cidade de Mêgara. Uma filha de Niso chamada Ifinoe casou-se com Megareu, filho de Poseidon (vv.). Em outra fonte essa filha de Niso chamava-se Cila; apaixonada por Minos (v.), Cila traiu seu pai, que se transformou numa ave marinha.

Nix (G. *Nyx*). Personificação da Noite, filha de Caos. Nix engendrou Áiter (o Éter) e Hemera (o Dia), além de uma série de personificações divinizadas: Hipnos (o Sono), Ôneiros (o Sonho), Momo (o Sarcasmo acrimonioso), as *Keres,* as Moiras, Nêmesis, Apate (o Engano), Filotes (a Ternura), Geras (a Velhice), Êris (a Discórdia) e as Hespérides (vv.). Nix morava nos confins do Ocidente, além dos domínios de Atlas (v.). Êrebo (v.), a personificação das trevas subterrâneas, era seu irmão.

Nixes (L.). Três divindades que representavam nas crenças populares dos romanos as mulheres em trabalho de parto. Em suas estátuas existentes no Capitólio, em frente à cela de Minerva Capitolina, as Nixes apareciam acocoradas, como se estivessem esforçando-se por dar filhos à luz.

Noto (G. *Notos*). O deus do vento sul, filho de Eós (a Aurora) e de Cetreu, e irmão menos conhecido de Bóreas e de Zéfiro (vv.).

Numa Pompílio (L. *Numa Pompilius*). O segundo rei de Roma, de origem sabina, de acordo com as lendas referentes à fundação da cidade. Numa teria nascido no mesmo dia da fundação de Roma por Rômulo (v.); casou-se em primeiras núpcias com Tácia, filha do rei Tito Tácio (v.), e com Lucrécia depois de tornar-se rei. Profundamente religioso, ele instituiu a maior parte dos cultos e das práticas religiosas dos romanos; entre suas iniciativas mencionava-se a divinização de Rômulo sob o nome de Quirino (v.).

Numa teria sido influenciado pelo pitagorismo nascente na Magna Grécia, e segundo a tradição inspirava-se junto à ninfa Egéria (v.), que aparecia à noite na gruta das Camenas (v.) para dar-lhe conselhos. Numa, a quem se atribuía a invenção do calendário lunar e outras realizações úteis aos seus súditos, seria dotado de poderes miraculosos: ele teria conversado com o próprio Júpiter e obtido de Fauno e de Pico (vv.), depois de aprisioná-los, a revelação dos segredos sobre a maneira de proteger-se dos raios. Apareciam como seus filhos Calpo, Mamerco e Pino, ancestres de famílias romanas ilustres, e Pompília, casada com Mário, um sabino que acompanhou Numa a Roma e entrou com ele no Senado. O rei Anco Márcio era seu neto. Numa viveu até uma idade muito avançada e foi sepultado no Janículo, na margem direita do Tibre.

Ao lado de seu féretro foram enterrados em outro-ataúde os livros sagrados por ele escritos. Quatro séculos mais tarde uma chuva torrencial pôs à mostra os dois féretros; o de Numa estava vazio, e no outro estavam os livros sagrados, que foram queimados em seguida. O reinado de Numa, um longo período de paz, foi considerado pelas gerações posteriores uma verdadeira Idade de Ouro (v.).

Numítor (L.). Filho mais velho de Proco, rei de Alba, e sexto rei da dinastia iniciada por Enéias (v.). Amúlio (v.), seu irmão mais novo, usurpou o trono após a morte de Proco e desterrou Numítor; em seguida consagrou Rea Sílvia (v.), filha deste último, ao culto de Vesta (v.), que a obrigava a permanecer virgem. Rea Sílvia, entretanto, foi possuída por Marte (v.), e deu à luz os gêmeos Rômulo e Remo (vv.). Amúlio ordenou que os recém-nascidos fossem rejeitados nas margens do Tibre, mas as águas do rio levaram o cesto onde estavam Rômulo e Remo até o sopé do monte Palatino. Fáustulo (v.), um pastor da região, recolheu e criou os meninos no Palatino. Depois de crescidos os dois tornaram-se pastores, mas às vezes comportavam-se como salteadores.

Em certa ocasião Rômulo e Remo desentenderam-se com os pastores de Numítor no monte Aventino, e Remo foi preso e levado à presença de Amúlio. A altivez do prisioneiro deixou o rei perplexo, mas como Remo desconhecia sua origem não pôde dizer-lhe quem realmente era. Nesse ínterim Fáustulo revelou as circunstâncias em que nasceram os dois irmãos. Rômulo reuniu imediatamente um grupo de camponeses e saiu à sua frente para libertar Remo. No combate que se seguiu Rômulo matou Amúlio, ocupou o palácio e repôs Numítor no trono.

Em outra versão da lenda Numítor estava a par da gravidez de Rea Sílvia e substituiu os filhos recém-nascidos desta última por duas outras crianças. Rômulo e Remo foram entregues a Fáustulo no Palatino e criados pela mulher de Fáustulo, chamada Aca Larência (v.), uma prostituta apelidada de "Loba" como todas as suas companheiras de profissão na época. Depois de crescidos os gêmeos foram mandados para Gábios, onde se educaram. Quando os dois voltaram ao Palatino mais tarde para se juntarem a Fáustulo, de quem se consideravam filhos, Numítor simulou um incidente entre eles e seus senhores, e foi queixar-se a Amúlio de atos imaginários de banditismo de Rômulo e Remo que, juntamente com os camponeses da região, estariam roubando reses dos rebanhos. Amúlio chamou todos os envolvidos no suposto incidente a Alba, para tomar uma decisão quanto à queixa. Numítor aproveitou a oportunidade para, juntamente com Rômulo e Remo e seus companheiros, depor seu irmão usurpador e retomar o trono. Em seguida ele deu aos seus netos terras bastantes para fundarem uma cidade no local onde Fáustulo os criou. Essa cidade viria a ser Roma.

O

Oceanides (G.). Filhas de Oceano (v. a seguir) e de Tetis (v.). Entre as quarenta e quatro Oceanides mencionadas nas fontes destacavam-se Ásia, Calipso, Calirroe, Europa, Métis, Ocirroe, Estige e Urânia. Amadas por alguns deuses e por mortais, as Oceanides tiveram numerosos filhos com eles.

Oceano (G. *Okeanôs*). Filho de Urano (o Céu) e de Gaia (a Terra), marido de Tetis e pai com ela das Oceanides (vv.) e dos deuses dos rios. Na versão mais antiga da lenda Oceano era um rio imenso que circundava a terra, tido como o progenitor dos deuses e a origem da vida; dele nasceram todos os outros rios, inclusive o Estige e os demais rios do inferno. Suas nascentes situavam-se nos confins do Ocidente, onde Hélios (o Sol) se banhava e as estrelas repousavam; ele começava nas Colunas de Heraclés (o atual estreito de Gibraltar) e passava pelo Elísion e pelo Hades (vv.), marcando os limites da terra em todas as direções. Mais tarde, com o desenvolvimento dos conhecimentos geográficos, a denominação "Oceano" restringiu-se ao Oceano Atlântico.

Ocirroe (G. *Okyrroe*). (1) Uma das numerosas filhas de Oceano e de Tetis (vv.) (as Oceanides (v.)); amada por Hélios (o Sol); Ocirroe teve um filho chamado Fásis (v.). Vendo-a certa vez com um amante, Fásis matou-a, mas amargurado pelo remorso suicidou-se lançando-se no rio Arcturo, que desde então passou a chamar-se Fásis.

(2) Uma ninfa de Samos, filha da ninfa Quesias e do rio Ímbraso. Apolo (v.) apaixonou-se por esta Ocirroe e quis raptá-la quando ela viajava para Míleto. Ocirroe pediu proteção a um marinheiro chamado Pômpilo, amigo de seu pai. Pômpilo levou-a de volta a Samos, mas Apolo a esperava lá e depois de transformar a nau de Pômpilo num recife e o próprio Pômpilo num peixe, raptou Ocirroe.

(3) Filha de Quíron (v.) e da ninfa Cariclô. Dotada do dom divinatório, esta Ocirroe mostrou-se indiscreta, revelando ao seu pai e a Asclépio (v.) segredos dos deuses. Estes, para castigá-la, transformaram-na num cavalo.

Ocno (G. *Okhnos*). Um cordoeiro que tentava fazer no inferno uma corda, devorada incessantemente por uma fêmea de asno. Dizia-se a propósito dessa lenda que Ocno era um homem dedicado ao trabalho, mas casado com uma mulher perdulária.

Ocrísia (L.). Mãe do rei Sérvio Túlio (v.) e filha do rei de Cornículo. Trazida como escrava para Roma após a captura de sua cidade, ela passou a servir à família de Tarqüínio o antigo. Um dia ela viu nas cinzas da lareira um pênis, enquanto levava uma oferenda à divindade protetora da casa (v. *Lares*). Assustada, Ocrísia revelou a visão a Tânaquil, mulher de Tarqüínio, que a aconselhou a permanecer no recinto onde tivera a visão, vestindo trajes nupciais. Durante a noite apareceu uma divindade que se uniu a ela, e dessa união nasceu Sérvio Túlio. Em outra versão da lenda Ocrísia já estava grávida quando chegou a Roma e seria a mulher do rei de Cornículo e não sua filha.

Odisseu (G. *Odysseus*). V. *Ulisses*.

Ofeltes (G. *Opheltes*). Filho de Licurgo, rei de Neméia. Hipsipile (v.), incumbida de criar Ofeltes logo após o nascimento, apesar da advertência de um oráculo no sentido de não o pôr no chão enquanto ele não pudesse andar com seus próprios pés, deixou-o no solo por uns instantes para prestar uma informação a Anfiarau (v.), então a caminho de Tebas na expedição dos Sete Chefes contra a cidade (v.). Nesse momento uma serpente o atacou e matou. Anfiarau revelou aos companheiros que se tratava de um mau presságio e que a expedição terminaria em desastre e na morte dos chefes. Embora prevenidos os chefes resolveram prosseguir em sua marcha para Tebas, depois de instituir os Jogos Nemeus em honra de Ofeltes. Desde esse incidente Ofeltes passou a ser chamado Arquêmoro ("começo da consumação do destino").

Ofíon (G. *Ophíon*). (1) Rei dos titãs juntamente com sua auxiliar divina Eurinome, filha de Oceano (vv.), na época remota em que viviam Cronos e Rea (vv.). Após usurparem o poder, Cronos e Rea lançaram Ofíon e Eurinome no Tártaro (v.).

(2) Um dos gigantes antagonistas de Zeus (v.). Este Ofíon foi esmagado por Zeus debaixo de uma montanha.

Ogígia (G. *Ogýgia*). A ilha em que morava Calipso (v., e *Ulisses*).

Ôgigo (G. *Ógygos*). (1) Um habitante autóctone da Beócia, rei da região em épocas remotas. Seus súditos, chamados ectênios, foram os primeiros habitantes da Beócia, e viviam lá antes do dilúvio de Deucalião (v.). Ôgigo teve muitas filhas, e três delas foram epônimas das povoações tebanas chamadas Alalcomênia, Áulis e Telxínoia. Durante seu reinado ocorreu um primeiro dilúvio, que encobriu toda a Beócia. Uma das portas de Tebas recebeu o seu nome. Em outras fontes Ôgigo seria filho de Boioto, herói epônimo da Beócia, ou de Poseidon (vv.) e de Alistra.

(2) Pai do herói ático Elêusis.

(3) Rei dos titãs, morto por Zeus (v.) juntamente com seus súditos.

Ôiagro (G. *Ôiagros*). Deus do rio homônimo, pai de Orfeu (v.) e filho de Ares, ou de Píero, ou de Cárops (vv.) (na última hipótese ele seria rei da Trácia). Sua mulher teria sido uma das Musas (Calíope, mencionada pelos mitógrafos como mãe de Orfeu, ou Poliímnia, ou Clio) (vv.). Em fontes tardias Ôiagro seria o pai de Lino, de Marsias (vv.) e de Cimoton.

Ôiax (G.). Um dos três filhos de Náuplio e de Climene (filha de Catreu), e irmão de Palamedes e de Nausimêdon (vv.). Ôiax seguiu com Palamedes para a Guerra de Tróia, e quando este último foi morto pelos gregos mandou a notícia a Náuplio, escrevendo o relato do triste acontecimento num remo que depois lançou ao mar. Querendo vingar a morte de Palamedes, Ôiax persuadiu Clitemnestra a matar Agamêmnon (vv.).

Ôibalo (G. *Ôibalos*). (1) Rei de Esparta, descendente de Lacedêmon e de Lêlex (vv.) e filho de Cinortas.

(2) Um herói teleboiano, filho de Têlon e da ninfa Sebétis, filha do deus do rio Sêbeto, situado nas proximidades de Nápoles.

Oiclés (G.). Filho de Antifates ou de Mântio, e em ambos os casos neto de Melâmpus (vv.). Oicles casou-se com uma das filhas de Téspio, chamada Hipermnestra, e teve dela Anfiarau, Ifiânira e Políboia (vv.). Ele acompanhou Heraclés (v.) na expedição deste último contra Tróia, onde recebeu do herói a missão de defender as naus à frente de um pequeno contingente, mas foi morto num contra-ataque comandado por Laomêdon (v.).

Oileu (G. *Oileus*). Rei dos lócrios de Opus, pai de Ájax (2) (v.). Oileu era filho de Hodôidoco e de Laonome, e participou da expedição dos Argonautas (v.), tendo sido ferido por uma das penas das aves do lago Estínfalo. (v. *Heraclés* (sexto trabalho)). Além de Ájax, tido com sua mulher Eriópis, Oileu teve um filho ilegítimo chamado Mêdon (v.) com uma amante – Rene. Oileu teria sido casado também com Alcímaca, irmã de Telamon (v.).

Oineu (G. *Oineus*). Filho de Endimião (ou de Deucalião) e de Pronoe (vv.), presenteado por Diôniso (v.) com a primeira videira plantada na Grécia. Contava-se que um dos pastores dos rebanhos de Oineu, chamado Orista ou Estáfilo, observou que uma das cabras sob sua guarda se desgarrava freqüentemente dos outros animais para ir comer os frutos de uma planta até então desconhecida. O pastor resolveu colher esses frutos e espremeu-os para tirar-lhes o suco, misturando-o com um pouco da água do rio Aqueloo. Oineu provou esse líquido e deu-lhe um nome derivado do seu (*oinos* = vinho em grego).

Oineu reinava sobre toda a Etólia, e era irmão de Alcatoo, de Ágrio, de Leucopeu e de Esteropé. Casado em primeiras núpcias com Altaia (v.), filha de Téstio, ele teve três filhos (Clímeno, Melêagro e Tireu) e duas filhas (Dejanira e Gorgé); outras fontes acrescentam aos três filhos Ageleu, Fereu e Perifas, e às duas filhas Eurimede e Melanipe (v. *Meleagrides*). Após a morte de Altaia, que se suicidou depois de matar seu filho Melêagro (v.) transtornada pela cólera, Oineu, em seguida à sua vitória sobre Hipônoo (v.), casou-se com Peribéia, filha deste último (rei de Ôleno), que lhe coube como presa de guerra. Em outras fontes da lenda, Hipônoo ofereceu espontaneamente sua filha a Oineu porque ela fora seduzida por Hipóstrato (ou pelo deus Ares (v.) ou pelo próprio Oineu). Com Peribéia Oineu tornou-se pai de Tideu, pai de Diomedes (vv.).

Oineu foi a causa involuntária da calamidade mandada por Ártemis (v.) contra Calidon (um javali monstruoso), esquecendo-se de mencionar a deusa por ocasião dos sacrifícios realizados no fim da colheita de certo ano. Ele teria acolhido em sua corte Agamêmnon e Menelau (vv.) quando os dois, ainda jovens, foram expulsos de Micenas. Contava-se também a respeito de Oineu que Heraclés (v.) permaneceu muitos anos em sua casa, em Calidon, após a consumação de suas façanhas, e teve de sair de lá por ter cometido um homicídio involuntário, levando consigo Dejanira, filha de Oineu. Em sua velhice Oineu foi deposto por seus sobrinhos, filhos de Ágrio. Diomedes, seu neto, matou os filhos de Ágrio com a ajuda de Alcmeon (v.), e entregou o trono de Calidon a Andráimon, marido de Gorgé e portanto um dos genros de Oineu. Diomedes levou consigo Oineu, impossibilitado de defender seu reino por causa da velhice.

Em outra fonte dois filhos de Ágrio, que sobreviveram ao ataque de Diomedes, mataram Oineu durante sua viagem através da Arcádia.

Ôinoclo (G. *Ôinoklos*). Rei dos enianos, morto depois de levar seu povo até Cirra. O oráculo de Apolo (v.) proclamou que somente seu sacrifício poria termo à penúria que assolava o seu reino, e ele se submeteu voluntariamente à vontade divina.

Oinone (G.). Uma ninfa, filha do deus do rio Cêbren, amada por Páris (v.) quando ele deixou Tróia para viver no monte Ida. Os dois juntaram-se e tiveram um filho chamado Córito. Depois de ser juiz na disputa entre Afrodite, Atena e Hera (vv.) pelo prêmio da beleza, Páris resolveu abandonar Oinone para viver com Helena (v.), que

Afrodite lhe ofereceu para recompensá-lo por havê-la escolhido. Inspirada por seus dons proféticos, Oinone quis dissuadi-lo, prevendo as desgraças que adviriam dessa união, mas não convenceu Páris a desistir. Apesar disso, Oinone, profunda conhecedora de ervas medicinais, disse-lhe que se fosse ferido viesse à sua procura, pois somente ela poderia curá-lo (esse conhecimento lhe fora transmitido por Apolo (v.) em troca de sua virgindade). Páris, então, afastou-se de Oinone por causa de Helena, e alguns anos mais tarde, no estágio final da Guerra de Tróia (v.), foi ferido por Filoctetes (v.) com uma de suas flechas. Como ninguém conseguia curar o ferimento, Páris foi à procura de Oinone, mas ela, inconformada com o abandono, negou-se a tratá-lo. Oinone arrependeu-se pouco tempo depois e foi ao encontro de Páris, porém chegou tarde demais, porque ele já tinha morrido. Transtornada, ela se matou lançando-se na pira em que Páris estava sendo incinerado, ou enforcando-se.

Oinopíon (G.). Filho de Diôniso e de Ariadne, ou de Teseu e de Ariadne (vv.), e rei da ilha de Quio. Oinopíon, oriundo de Creta, ou de Lemno, ou de Naxo, introduziu o uso do vinho tinto em Quio. Ele tinha uma filha chamada Merope, que Oríon (vv.) pediu em casamento, mas como não queria separar-se dela embriagou o pretendente e o matou. Além de Merope, Oinopíon, cujo nome significa "bebedor de vinho", teve quatro filhos – Euantes, Máron, Estáfilo e Talo.

Ôinotro (G. *Ôinotros*). Filho de Licáon (v.) e de Cilene. Considerando-se prejudicado na partilha do Peloponeso com seus irmãos, Ôinotro partiu de sua terra com o irmão Peucétio (v.) para a Itália, onde Peucétio deu o nome ao povo homônimo e Ôinotro aos enótrios.

Ôiono (G. *Ôionos*). Filho de Licímnio, sobrinho de Alcmene e primo de Heraclés (vv.), de quem foi companheiro em sua expedição ao Peloponeso. Ôiono venceu a primeira corrida de curta distância nos Jogos Olímpicos, no ano de sua instituição por Heraclés, e foi morto por Hipocôon (v.) e seus filhos. Para vingar-lhe a morte Heraclés realizou sua expedição contra Esparta.

Olimpo (G. *Ôlympos*). (1) Nome de vários montes, situados na Cilícia, na Mísia, em Élis, na Arcádia e na fronteira da Tessália com a Macedônia. Este último era a morada dos deuses chamados "olímpicos" em geral, e especialmente de Zeus (v.). Mais tarde "Olimpo" passou a significar a morada celeste, desligada de qualquer localização precisa.

(2) Filho do herói Crés, epônimo da ilha de Creta. Incumbido por Cronos (v.) de cuidar de Zeus, Olimpo, em vez de cumprir a sua missão, aconselhou os gigantes a destronarem Zeus que num assomo de cólera o fulminou com um raio. Zeus, entretanto, arrependeu-se de matá-lo, e inscreveu seu próprio nome no túmulo de Olimpo em Creta.

(3) Um flautista célebre, filho e discípulo de Marsias (ou segundo uma fonte isolada, seu pai). Quando Marsias foi morto por Apolo (v.), este Olimpo lamentou-lhe a morte junto ao seu túmulo.

(4) O primeiro marido de Cibele (v.) na versão da lenda em que a deusa morava no Olimpo situado na Mísia (o segundo marido de Cibele chamava-se Iasíon (v.)).

Ôlinto (G. *Ôlynthos*). Herói epônimo da cidade homônima situada na Macedônia, filho do rei Estrímon e irmão de Brangas e de Reso (vv.) (ou em outra fonte filho de Heraclés (v.) e da ninfa Bolbe). Ôlinto foi morto por um leão quando caçava e Brangas enterrou-o no local do acidente.

Ôneiros (G.). Um demônio dos sonhos (*ôneiros* = sonho em grego), enviado pelos deuses para enganar os homens.

Onfale (G. *Omphale*). Rainha da Lídia, filha de Járdano ou Jardanes. Em outras fontes Onfale era filha ou viúva do rei Tmolo, cujo trono ela herdou. Onfale impôs a Heraclés (v.), então seu escravo, as tarefas ingentes de lutar contra os Cêrcopes, contra Sileu e contra os itões, que devastavam o território da rainha. Na guerra contra os itões o herói capturou e destruiu a cidade onde eles se abrigavam e levou a Onfale todos os habitantes como escravos. A rainha, admirada com as proezas de Heraclés, depois de tomar conhecimento de sua origem concedeu-lhe a liberdade e casou-se com ele. Dessa união nasceu um filho chamado Lâmon.

Em outra versão da lenda Onfale apaixonou-se por Heraclés desde que o viu e os dois passaram toda a duração do cativeiro do herói vivendo languidamente juntos. Onfale usava a pele de leão e o bordão de Heraclés, e este último, vestido luxuosamente à maneira lídia, fiava linho aos pés da rainha. Findo o período de escravidão Heraclés retornou à Grécia para enfrentar novas tarefas mais trabalhosas.

Ops (L.) Deusa romana da abundância, de origem sabina, auxiliar divina de Saturno, assimilada por isso a Rea (vv.) (da mesma forma que Saturno era identificado como Cronos (v.)). Ops teria sido introduzida em Roma por Tito Tácio (v.), juntamente com outras divindades sabinas.

Opus (G. *Opoús*). Herói epônimo dos lócrios opúntios, filho de Locro e de Protogênia (filha de Deucalião e de Pirra (vv.)), ou de Zeus (v.) e da filha de outro Opus, rei de Élis. Nesta última versão Zeus confiou Opus recém-nascido a Locro (v.), que o criou como seu filho por não ter descendentes.

Ôquimo (G. *Ôkhimos*). Um dos sete filhos de Hélios (o Sol) e da ninfa Rodos, chamados Heliadas (os outros eram Áctis, Cândalo, Cêrcafo, Mácar, Tenages e Triopas (vv.)). Ôquimo e seu irmão Cêrcafo permaneceram em Rodes, enquanto Áctis, Mácar e Triopas tiveram de fugir da ilha depois de matar Tenages. Na qualidade de primogênito Ôquimo tornou-se rei de Rodes e casou-se com a ninfa Hegetória, tendo com ela uma filha – Cidipe –, que se casou com Cêrcafo, seu tio. Cêrcafo sucedeu a Ôquimo no trono.

Em outra versão da lenda Ôquimo prometeu sua filha Cidipe em casamento a Ocrídion, cultuado depois de morto num santuário em sua terra. Ocrídion mandou um arauto buscar sua noiva, mas Cêrcafo, apaixonado pela sobrinha, arrebatou-a do arauto e fugiu com ela. Esse incidente explicava a proibição da entrada de arautos no santuário de Ocrídion. Cêrcafo voltou a Rodes nos últimos anos da vida de Ôquimo.

Orco (L. *Orcus*). O demônio da morte nas crenças populares romanas, confundido com o próprio inferno, a morada dos mortos, a exemplo de Hades (v.). Orco era uma divindade etrusca representada sob a forma de um gigante de barba longa. Com o tempo ele se assimilou a Plutão (v.), deus equivalente da mitologia grega, ou ao *Dis Pater* dos próprios romanos.

Orêiades (G.). Ninfas das montanhas. V. *Ninfas*.

Orestes (G.). Filho de Agamêmnon e de Clitemnestra (vv.). Contava-se a respeito da infância de Orestes que Télefo (v.), ferido por Aquiles (v.) com sua lança durante a expedição preparatória dos gregos à Mísia (antes da expedição contra Tróia), veio a Áulis à procura do herói, porque somente outro toque da lança de Aquiles poderia curar-lhe a ferida. Os gregos já estavam reunidos, prontos para a partida com destino a Tróia, e Télefo, suspeito de ser um espião, estava sendo perseguido para ser preso. Vendo o menino Orestes, Télefo agarrou-o e o ameaçou de morte se Aquiles não o curasse, e assim conseguiu o que desejava.

Por ocasião do regresso de Agamêmnon da Guerra de Tróia, quando Clitemnestra e Egisto (vv.) mataram o comandante recém-chegado, Orestes foi salvo da morte por sua irmã Electra (v.) e levado para a corte de Estrófio (v.), rei de Crisa, na Focis, onde Estrófio o criou juntamente com seu filho Pílades. Orestes e Pílades tornaram-se amigos inseparáveis. Quando Orestes chegou à maioridade Apolo (v.) deu-lhe ordens para matar Clitemnestra e Egisto, vingando-se assim dos assassinos de seu pai. Orestes chegou a Argos em companhia de Pílades e foi diretamente à tumba do pai, depondo sobre a mesma uma mecha de seus cabelos. Nesse momento apareceu Electra, sua irmã, que reconheceu Orestes graças aos seus cabelos. Após o reconhecimento os dois irmãos, ansiosos pela vingança, combinaram que Orestes se apresentaria como um viajante vindo da Focis, incumbido por Estrófio de anunciar a morte do filho de Agamêmnon. Clitemnestra, até então inquieta com a possibilidade de uma vingança de Orestes, não conteve sua alegria e mandou chamar Egisto, ausente do palácio na ocasião. Chegando apressadamente, ele foi morto por Orestes. Clitemnestra, ouvindo os gritos de Egisto, apareceu assustada e viu o amante estendido no solo sem vida; ao seu lado estava Orestes com o punhal ainda na mão erguida, pronto para golpeá-la também; ela lhe pediu clemência, mostrando-lhe os seios que o amamentaram, e Orestes vacilou, mas Pílades relembrou-lhe a ordem de Apolo e ele a matou.

No mesmo instante Orestes sentiu que ia enlouquecer, vendo aparecerem as Fúrias (v.) vingadoras dos crimes contra consangüíneos para persegui-lo implacavelmente. Obedecendo a Apolo ele foi para Delfos, onde o próprio deus o purificou do matricídio.

Das Fúrias, entretanto ele só se livrou após o julgamento em Atenas, no local onde mais tarde viria a existir o tribunal chamado Areópago. Em face de um empate nos sufrágios dos juízes, Atena, que presidia o julgamento, juntou os seus votos aos de absolvição. Após o veredito favorável Orestes perguntou a Apolo o que deveria fazer para livrar-se da loucura. A resposta foi que ele recuperaria o senso se fosse a Táuris em busca da estátua de Ártemis (v.). Submisso ao oráculo, Orestes viajou com Pílades, mas ao chegaram a Táuris ambos foram presos pelos habitantes da região, que costumavam sacrificar a Ártemis os estrangeiros de passagem por lá. Os dois foram levados à presença de Toas, rei da região, que os entregou a Ifigênia (v.), irmã de Orestes, transportada para Táuris por Ártemis quando ia ser imolada à deusa em Áulis, e agora sacerdotisa da própria deusa. Depois de interrogar os estrangeiros Ifigênia reconheceu o irmão, e Orestes revelou-lhe a razão de sua viagem. Ouvindo de Orestes que fora até lá por ordem de Apolo, Ifigênia tomou a decisão de ajudá-lo em sua missão e de voltar com ele. Ela convenceu Toas de que somente poderia sacrificar os estrangeiros depois de purificá-los e de purificar a imagem de Ártemis no mar. Ifigênia dirigiu-se então à praia, perto da nau em que Orestes e Pílades chegaram a Táuris, levando consigo os dois e a imagem. Depois de iludir os guardas ela embarcou com o irmão e com Pílades, tendo nas mãos a imagem.

Livrando-se da perseguição de Poseidon (v.) graças à intervenção de Atena (v.), os três chegaram à Ática, e lá consagraram a imagem no templo de Ártemis que mandaram erigir. De volta a Atenas Orestes, curado da loucura, viajou em busca de Hermione, filha de Menelau e de Helena (vv.), que apesar de lhe ter sido prometida em casamento acabara unindo-se a Neoptólemo, filho de Aquiles (vv.), por decisão de Menelau. Aproveitando-se da ausência de Neoptólemo, que tinha ido a Delfos consultar o oráculo para saber como sua mulher poderia ter filhos, Orestes raptou Hermione, e a conselho desta última matou Neoptólemo em Delfos. Orestes, que teve com Hermione um filho chamado Tisâmeno, passou a reinar em Argos como sucessor de Cilárabes, morto sem deixar filhos, e em Esparta, sucedendo a Menelau. Orestes morreu muito idoso, depois de reinar durante setenta anos.

Em Tegéia, onde se mostrava o seu túmulo, Orestes recebia honras divinas. Entretanto, de acordo com uma tradição romana divergente Orestes teria morrido em Arícia (a atual Ricci), na Itália, onde se cultuava Ártemis Táurica, e de lá seus ossos teriam sido levados para Roma, onde foram enterrados no templo de Saturno (v.).

Ésquilo escreveu duas tragédias – *Coéforas* e *Eumênides* – sobre a lenda de Orestes. Eurípides também aproveitou a lenda do herói em sua tragédia *Orestes*.

Oresteu (G. *Orestheus*). Rei de Etólia, filho de Deucalião (v.). Quando uma de suas cadelas pariu um pedaço de madeira, Oresteu enterrou-o e dele brotou uma videira viçosa, carregada de uvas extraordinariamente grandes. Oresteu deu então ao seu filho o nome de Fítio (derivado de um verbo que significa "crescer"). Fítio foi o pai do rei Oineu (v.).

Orfeu (G. *Orpheus*). Filho de Ôiagro e de Calíope (uma das nove Musas) (vv.), ou de Polímnia (outra Musa, ou ainda de Menipe, filha de Tâmiris (vv.)). Originário da Trácia, Orfeu nasceu nas vizinhanças do monte Olimpo, freqüentado pelas Musas, onde passeava cantando ao som de sua lira; ele era um excelente poeta, cantor e músico, sendo considerado o inventor da cítara. Atribuía-se também a Orfeu o aumento das cordas da lira de sete para nove.

Seu canto era tão melodioso que os homens mais brutais se tornavam afáveis ao ouvi-lo, e as feras o seguiam mansamente, e as árvores e plantas curvavam-se à sua passagem. Por causa de sua fraqueza física Orfeu participou da expedição dos Argonautas (v.) apenas marcando a cadência para os remadores, e não remando. Durante as tormentas ele amainava as vagas e tranqüilizava os tripulantes da nau *Argó* com o seu canto, e quando as Sereias (v.) começavam a cantar Orfeu livrava os remadores de seu fascínio entoando cantos mais agradáveis que os delas.

Orfeu é conhecido principalmente por sua viagem ao inferno em busca de sua mulher Eurídice, filha de Apolo (vv.), uma dríade (v.). Em certa ocasião Eurídice caminhava pelas margens de um rio na Trácia, quando apareceu Aristeu (v.) e tentou violentá-la. Na ânsia de livrar-se do atacante ela pisou numa serpente oculta na vegetação e morreu picada pela mesma. Transtornado, Orfeu desceu ao inferno à procura de sua querida Eurídice, e com seu canto e a música de sua lira inebriou os deuses e os monstros que guardavam a porta da morada dos mortos. Comovidos com a demonstração de amor de Orfeu, Hades e Perséfone (vv.) entregaram-lhe Eurídice, mas impuseram-lhe a condição de só olhar para a sua amada, que o seguiria, quando ambos já tivessem deixado o inferno. Orfeu concordou e começou a caminhar de volta ao mundo dos vivos, acompanhado a certa distância por Eurídice. Já nas proximidades da saída do inferno ocorreu a Orfeu a dúvida de que sua amada não o tivesse seguido, e olhou para trás. No mesmo instante Eurídice desapareceu, desta vez para sempre, e foram inúteis as tentativas do amante desesperado para voltar a vê-la.

As mulheres da Trácia ficaram despeitadas com a fidelidade de Orfeu à memória de Eurídice, e seu rancor aumentou com o procedimento dele. Com efeito, Orfeu passou a evitar o convívio feminino, preferindo a companhia de rapazes, a ponto de ser considerado o criador do homossexualismo com sua afeição por Calaís, filho de Bóreas (vv.).

Em outra versão da lenda o ressentimento feminino devia-se ao fato de Orfeu, de volta do inferno e com base no que observara lá, haver instituído os Mistérios, aos quais as mulheres não tinham acesso. Observando que os homens deixavam do lado de fora do recinto interdito todas as suas armas, certa noite as mulheres apoderaram-se delas e mataram Orfeu e seus adeptos mais fiéis.

Outra versão explicava o despeito das mulheres por uma maldição de Afrodite (v.). Contava-se, a propósito, que na disputa entre ela e Perséfone por Ádonis (v.), a deusa do amor teve de submeter-se à arbitragem de Calíope, mãe de Orfeu, em obediência a ordens de Zeus (v.). Calíope decidiu que cada uma das deusas passaria parte do ano com Ádonis. Contrariada com essa decisão, Afrodite, não podendo vingar-se de Calíope porque esta última apenas obedeceu a Zeus, inspirou nas mulheres trácias um amor desvairado por Orfeu; diante de sua indiferença elas o esquartejaram, lançando-lhe os pedaços no rio Hebro, que os levou para o mar. A cabeça e a lira de Orfeu foram parar na ilha de Lesbos, onde os habitantes lhe prestaram homenagens fúnebres junto ao túmulo que fizeram para receber seus restos mortais. Dizia-se que em certas ocasiões se ouvia o som da lira de Orfeu saindo desse túmulo, e por isso Lesbos era o centro principal da poesia lírica na Grécia.

Noutra versão da lenda Zeus teria fulminado Orfeu com um raio, indignado com suas revelações aos iniciados nos mistérios sobre os assuntos divinos. Os habitantes dos territórios contíguos à foz do rio Meles, na Ásia Menor, contavam que após o assassínio de Orfeu pelas mulheres trácias, a peste passou a assolar a região. O oráculo, consultado, proclamou que a calamidade era um castigo pela morte de Orfeu, e somente cessaria quando se achasse a cabeça do cantor e ele recebesse as honras fúnebres devidas. Tempos depois alguns pescadores encontraram na foz do Meles a cabeça recoberta de areia, ainda sangrando e cantando como se estivesse viva. Após a morte de Orfeu sua lira, levada para o céu, transformou-se numa constelação. Sua alma foi para o Elísion (v.), sempre cantando, agora para os bem-aventurados como ele.

Nos séculos VIII-VII a.C. criou-se na Grécia, em torno de tradições que remontariam a Orfeu e sua viagem ao inferno, um movimento religioso chamado orfismo, com uma cosmogonia e uma antropogonia próprias. A cosmogonia começava com Cronos (*Khronos*) – o Tempo –, símbolo da eternidade; dele nasceram Áiter (o Espaço), o Caos (a mistura desordenada de todos os elementos) e Érebo (as Trevas). Cronos formou um ovo no Áiter, do qual surgiu Fanes, criador e primeiro rei dos deuses. Com sua filha Nix (a Noite) Fanes gerou Urano (o Céu) e Gaia (a Terra); depois vieram Cronos (*Kronos*) e Zeus; este último era o princípio, o meio e o fim de tudo, porque engoliu Fanes e recriou tudo; Zeus teve com Deméter uma filha – Core/Perséfone – que por sua vez deu à luz Diôniso/Zagreu. Zeus quis passar o poder real ao deus recém-nascido, mas os titãs o atraíram com brinquedos, cortaram-no em pedaços e os engoliram. Atena conseguiu salvar-lhe o coração e o entregou a Zeus; do coração nasceu um novo Diôniso (v.). Zeus fulminou os titãs com seus raios, e de suas cinzas nasceram os homens. Por causa dessa origem os homens compartilham ao mesmo tempo da divindade e da maldade dos titãs.

Oríon (G.). Um caçador gigantesco, filho de Euríale e de Poseidon (ou de Hirieu) (vv.), ou filho de Gaia (a Terra). Oríon recebeu de Poseidon a capacidade de caminhar sobre as ondas, e era dotado de força e beleza extraordinárias. Ele casou-se em primeiras núpcias com Side que, orgulhosa de sua beleza, teve a pretensão de rivalizar com Hera (v.); esta, indignada, lançou-a no Tártaro (v.). Após a morte de Side Oríon foi para Quios, cujo rei, chamado Oinopíon (v.), pediu-lhe para livrar a ilha das feras que ameaçavam seus habitantes. Oríon apaixonou-se por Merope, filha de Oinopíon, mas este não aprovou o casamento. Um dia, depois de embriagar-se (ou ser embriagado por Oinopíon) Oríon quis violentar Merope, e Oinopíon cegou-o. Oríon viajou então para o lugar em que ficava a forja de Hefesto (v.); chegando lá pôs um menino nos ombros e pediu-lhe para virá-lo de frente para o sol nascente. Oríon recuperou a visão no mesmo instante e retornou para vingar-se de seu agressor, mas não conseguiu porque Hefesto construiu um refúgio subterrâneo para Oinopíon. Pouco tempo depois Eós (a Aurora) apaixonou-se por ele e o levou consigo para Delos. Lá Oríon tentou violentar Ártemis (v.), e a deusa mandou um escorpião picá-lo no calcanhar, matando-o. Ártemis, agradecida ao escorpião, transformou-o numa constelação, fazendo o mesmo com Oríon. No próprio firmamento a constelação de Escorpião está sempre no encalço da constelação de Oríon.

Orítia (G. *Orêithyia*). (1) Filha de Erecteu (v.), rei de Atenas, raptada por Bóreas (v.)

(2) Filha de Cêcrops (v.), que teve com Macêdon (v.) um filho chamado Europo, epônimo da cidade homônima na Macedônia.

Ôrnito (G. *Ôrnytos*). Comandante na Guerra de Tróia (v.) do contingente arcádio da cidade de Têutis (dava-se também o nome de Têutis a Ôrnito). Por causa da calmaria que retinha a frota grega em Áulis, Ôrnito quis retornar à sua pátria, mas Atena (v.), disfarçada em Melas, filho de Ops, apareceu-lhe e pediu-lhe que fosse para a guerra. Num assomo de cólera Ôrnito atacou a deusa e feriu-a na coxa, voltando em seguida para Têutis, onde Atena lhe apareceu novamente, ainda com a coxa sangrando. Logo após Ôrnito contraiu uma doença que o consumiu, e sua cidade foi atingida por uma escassez catastrófica de alimentos. Respondendo a uma consulta, o oráculo de Dodona proclamou que para se livrarem da calamidade os habitantes de Têutis teriam de erigir uma estátua de Atena com um ferimento na coxa, coberto com uma faixa de púrpura.

Orontes (G.). (1) Herói indiano, filho de Dídnaso e comandante de um dos contingentes do rei indiano Deriades por ocasião da expedição de Diôniso (v.) contra a Índia. Orontes, que era um guerreiro gigantesco e extremamente corajoso, foi ferido por Diôniso e por isso suicidou-se; seu corpo foi arrastado pelas águas de um rio que a partir de então recebeu o seu nome.

(2) Deus do rio Orontes, filho de Oceano e de Tetis. Apaixonado pela ninfa Melibéia, ele inundou os campos adjacentes até o aparecimento de Heraclés (v.), que o obrigou a voltar para o seu leito.

Ortôpolis (G. *Orthôpolis*). Filho de Plemneu, rei de Sicione. Até o nascimento de Ortôpolis nenhum dos filhos de Plemneu sobrevivera, morrendo todos logo após o nascimento. Deméter apiedou-se do rei, e disfarçada de estrangeira apareceu em seu palácio no momento do nascimento de Ortôpolis; pondo fim à maldição que pesava sobre os filhos de Plemneu, a deusa criou o menino, que viveu normalmente a sua vida. Ortôpolis teve uma filha chamada Crisorte, que foi amada por Apolo (v.), e lhe deu um filho chamado Corono (v.).

Ortro (G. *Orthros*). O cão de guarda de Geríon, morto por Heraclés (vv.) quando apoderou-se dos rebanhos de seu dono. Ortro, que às vezes aparecia com várias cabeças e corpo de serpente, era filho de Tífon e de Êquidna, e irmão de Cérbero (vv.), o cão que guardava a porta do inferno. Unindo-se à própria mãe, Ortro engendrou a Esfinge (v.).

Osínio (L. *Osinius*). Um príncipe de Clúsio, na Itália, participante do contingente mandado a Enéias (v.) por Tárcon (v.), rei dos etruscos, para ajudar o herói troiano na luta contra Turno (v.).

Ôsiris (G.). Deus egípcio, irmão e marido de Ísis (v.), conhecido e cultuado na Grécia e em Roma.

Oto (G. *Otos*). Um gigante irmão de Efialtes, e como este último filho de Poseidon e de Ifimédia (vv., e *Aloadas*).

Otreu (G. *Otreus*). Rei da Frígia, filho de Dimas e aliado de Príamo contra as amazonas (vv.). Quando Afrodite quis unir-se a Anquises (vv.), disse-lhe que era uma mortal e filha de Otreu.

Ôxilo (G. *Ôxylos*). (1) Filho de Hêmon (ou de Andráimon) e de Gorgé (irmã de Dejanira (vv.)). Ôxilo descendia de Étolo (v.), e era oriundo de Élis, no Peloponeso; compelido a deixar sua pátria, Étolo fundou para ser seu um reino ao norte do golfo de Corinto, no território dos Curetes (v.), que por causa dele passou a chamar-se Etólia. Depois de matar acidentalmente seu irmão Térmio, Ôxilo teve de abandonar sua terra natal e partiu para o exílio em Élis. Findo o ano de seu exílio, ele iniciou a viagem de volta à Etólia. Nessa ocasião os Heráclidas (v.), instruídos por um oráculo, aguardavam o momento de encontrar um guia com três olhos que os levaria ao Peloponeso. Ôxilo, que perdera um dos olhos por causa de um ferimento de flecha, apareceu diante deles montado a cavalo; os Heráclidas perceberam então que o oráculo se consumara, pois o único olho de Ôxilo e os do cavalo eram três. Eles pediram-lhe então que os levasse ao Peloponeso, território que Heraclés (v.) lhes prometera, e Ôxilo aceitou. Os Heráclidas conquistaram o Peloponeso, e Ôxilo pleiteou como recompensa por sua ajuda o reino de Élis, onde viveram seus antepassados. Para evitar que os Heráclidas se entusiasmassem com a excelência das terras de Élis e não quisessem abrir mão da região, ele os levou através da Arcádia.

Efetivada a partilha dos territórios conquistados, Ôxilo chegou até a fronteira de Élis com seus companheiros etólios. O rei Eleio, entretanto, opôs-se à entrada de Ôxilo, e como as forças opostas se equivaliam, os dois lados resolveram decidir a posse de Élis num combate singular. Os elidenses escolheram para representá-los um de seus homens mais valentes, chamado Dêgmeno, e os etólios foram representados por um fundibulário – Piraicmes. A vitória coube ao etólio, e Ôxilo subiu ao trono de seu ancestre Endimião; ele deixou os elidenses em suas terras, mas instalou entre eles colonos etólios, miscigenando os dois povos. Ôxilo mostrou-se um bom rei, mantendo os antigos cultos locais e embelezando a cidade. Entre suas iniciativas mencionava-se a proibição de empréstimos a juros em seu reino. Ele restabeleceu os Jogos Olímpicos fundados por Heraclés mas interrompidos depois, sendo às vezes considerado seu criador. Ao morrer Ôxilo foi sucedido no trono por Laias, seu filho mais novo, porque Étolo, seu filho primogênito, morrera ainda criança, sendo sepultado sob uma das portas da cidade porque um oráculo determinara que seu túmulo não ficasse nem na cidade nem fora dela.

(2) Filho de Ares e de Protogênia, neto de Calidon e bisneto de Étolo (vv.) (este último o herói epônimo dos etólios). V. também (1) acima.

(3) Filho de Oreio e marido de sua própria irmã Hamadrias, com quem teve as ninfas das árvores (Dríades, v.) chamadas Áigiro, Âmpelo, Bálano, Caria, Crania, Moréia, Peléia e Sice.

Oxínio (G. *Oxýnios*). Um dos filhos de Heitor (v.) numa versão anômala da lenda desse herói (o outro era Escamândrio, também chamado Astiânax (vv.)), deixado na Lídia em mãos amigas por Príamo (v.) após a queda de Tróia. Numa versão divergente da lenda de Enéias (v.), depois da destruição da cidade este último refugiou-se no alto do monte Ida e de lá passou a governar a região. Mais tarde Oxínio e Escamândrio regressaram para ocupar o trono do reino de Príamo, e só então Enéias partiu para o Ocidente.

Oxintes (G. *Oxyntes*). Rei de Atenas, filho de Demofon (v.) e portanto descendente de Teseu (v.). Sucedeu-o no trono inicialmente Afidias, seu filho primogênito, que pouco tempo depois foi deposto e morto por Timoites (v.), o filho mais moço.

P

Páctolo (G. *Paktolôs*). Deus do rio homônimo situado na Ásia Menor, filho de Zeus e de Leucotéia, pai de Euriânassa e segundo uma das fontes da lenda avô de Pêlops (vv.). Durante a celebração dos mistérios de Afrodite, Páctolo possuiu sem saber sua própria irmã, chamada Demodice. Quando percebeu o que fizera, ele matou-se lançando-se ao rio chamado na época Crisorroas, que a partir de então passou a chamar-se Páctolo. V. *Midas*.

Pafos (G. *Paphos*). (1) Uma ninfa da cidade homônima, que se uniu a Apolo e deu à luz Ciniras (vv., e *Pigmalião*).

(2) Filho de Céfalo e de Eós (a Aurora) (vv.).

Paian (G.). Deus dedicado à cura dos doentes, também chamado Paion, que cuidou de Hades quando este último foi ferido por Heraclés (vv.). Com o passar do tempo Paian foi assimilado a Apolo (v.), de quem se tornou um simples epíteto.

Páion (G.). (1) Herói epônimo da Paionia, filho de Endimião e irmão de Étolo, de Epeio e de Eurídice (vv.). Em outra fonte este Páion era filho de Poseidon e de Helé (vv.).

(2) Filho de Antíloco e neto de Nêstor (vv.). Por ocasião do retorno dos Heráclidas (v.) seus filhos foram expulsos da Messênia juntamente com os descendentes de Neleu, indo viver em Atenas. Este Páion deu o nome ao demo ateniense dos Paionidas.

Paládio (G. *Palládion*). Uma estátua divina dotada de propriedades miraculosas (uma espécie de talismã), tida como uma representação da deusa Palas (Atena) (vv.). O Paládio assegurava a preservação da cidade onde estivesse e fosse cultuado, e manteve Tróia invicta durante dez anos.

A respeito da origem da estátua contava-se que Atena, quando menina, foi criada pelo deus Tritão, que tinha uma filha chamada Palas (vv.). As duas meninas brincavam com armas, e em certa ocasião se desentenderam. Palas ia alvejar Atena com uma lança, mas Zeus (v.) protegeu sua filha interpondo-se entre as duas e colocando sua égide diante de Palas; esta se assustou e não pôde fugir ao golpe desferido contra ela por Atena, sendo ferida mortalmente. Arrependida, Atena fez uma estátua de sua companheira, cobrindo-a com a égide que a assustara, causando-lhe a morte; em seguida colocou-a junto a Zeus, no Olimpo, reverenciando-a como se se tratasse de uma divindade. A estátua permaneceu no Olimpo até o dia em que Zeus tentou violentar Electra (v., (2)), que se pôs sob a sua proteção. Frustrado, Zeus arremessou a estátua do alto do Olimpo, e ela foi parar na Troas, no mesmo local onde Ate (v.) caíra antes. Nessa ocasião Ilo (v.) estava fundando a cidade de Ílion, que mais tarde veio a chamar-se Tróia. A estátua caiu no templo de Atena, na época em construção, no lugar reservado ao culto da deusa, e passou a chamar-se Paládio; em sua mão direita havia uma lança, e na esquerda uma roca e um fuso.

Em outra versão da lenda o Paládio, feito do osso da espádua de Pêlops (v.), tinha sido levado de Esparta para Tróia por Páris (v.) quando ele raptou Helena (v.). Noutra versão o Paládio teria sido dado a Tros (v.), ancestre da raça troiana, por um feiticeiro chamado Ásio, herói epônimo da Ásia, ou teria sido entregue por Palas, rei da Arcádia, ao seu genro Dárdano (v.), que o levou para Tróia.

Contava-se que os troianos, para evitar o roubo do Paládio verdadeiro, do qual dependia a sobrevivência de Tróia, haviam mandado esculpir uma réplica da estátua, pondo-a no santuário e ocultando o Paládio divino no aposento onde se guardavam os tesouros do templo (compare-se com *Ancília*). Durante a Guerra de Tróia o adivinho troiano Heleno (v.), aprisionado no monte Ida por Ulisses (v.), revelara que por decreto do destino Tróia somente poderia ser capturada se o Paládio fosse levado para fora da cidade. Ulisses e Diomedes (v.) penetraram em Tróia protegidos pelas sombras da noite e o roubaram, levando-o para o acampamento grego.

Segundo outra versão da lenda o Paládio roubado era o falso, e o verdadeiro, que permaneceu entre os tesouros do templo de Atena, foi levado primeiro para o alto do monte Ida e mais tarde para a Itália. Esse Paládio, posto finalmente no templo de Vesta (v.) em Roma e cultuado pelas Vestais (v.), garantia a perenidade de Roma.

Numa das versões em que o Paládio único teria passado às mãos dos gregos, a estátua ficou com Diomedes, que a levou consigo para o sul da Itália e a entregou mais tarde a Enéias (v.), quando este último se instalou no Lácio. Noutra versão Agamêmnon (v.), a quem o Paládio fora entregue por Ulisses e Diomedes, tê-lo-ia trazido consigo para Argos (v. *Lêagro*).

Os atenienses também pretendiam ter o seu Paládio, e contavam que Demofon (v.), participante da Guerra de Tróia (v. *Guerra de Tróia*), recebeu-o de Diomedes. Agamêmnon, entretanto, queria a estátua, e Demofon confiou-a sem perda de tempo a Búziges (v.), que a levou secretamente para Atenas. No intuito de enganar Agamêmnon, Demofon mandou esculpir sem que ninguém soubesse uma reprodução da estátua e a pôs em sua tenda. Finda a guerra, Agamêmnon exigiu a entrega do Paládio; para melhor iludir o comandante dos gregos, Demofon resistiu durante muito tempo antes de entregar a imitação a Agamêmnon.

Paláimon (G.). (1) Nome do deus marinho em que se transformou Melicertes (v.), filho de Ió e de Atamas (vv.), quando sua mãe suicidou-se levando consigo para a morte o seu cadáver. Ió tornou-se a deusa marinha Leucotéia e o corpo do menino Melicertes foi transportado por um golfinho até o istmo de Corinto, onde Sísifo (v.) o recolheu, enterrou-o e construiu-lhe um altar nas proximidades de um pinheiro. Sísifo começou a reverenciá-lo como a um deus. Paláimon, que significa "lutador", passou a ser o protetor dos Jogos Ístmicos depois dos jogos fúnebres celebrados por Sísifo em sua honra.

O deus Portuno (v.) dos romanos era uma cópia de Paláimon.

(2) Um dos Argonautas (v.), filho de Étolo ou de Hefesto (vv.).

(3) Um dos inúmeros filhos de Heraclés (v.), que lutou contra o pai e por isso recebeu o nome de Paláimon (= "lutador").

Palamedes (G.). Um dos três filhos de Náuplio (v.) e de Climene, filha de Catreu (os outros eram Nausimêdon e Ôiax) (vv.). Palamedes foi discípulo do centauro Quíron, a exemplo de Ájax, de Aquiles e de Heraclés (vv.), e participou das expedições que antecederam a Guerra de Tróia (v.). Na época em que os chefes gregos se preparavam para a partida Ulisses (v.), embora se tivesse comprometido com os pretendentes à mão de Helena a juntar-se a Menelau a fim de vingar o rapto da bela filha de Tíndaro (v.), quis esquivar-se do cumprimento da promessa, fingindo-se de louco quando Menelau e Palamedes vieram buscá-lo em Ítaca. Para simular loucura Ulisses atrelou ao seu arado um boi e um asno e começou a semear sal na presença dos dois. Palamedes, entretanto, descobriu o embuste, e para comprová-lo pôs Telêmaco (v.), ainda menino, em frente ao arado; o falso demente conteve os animais a tempo e desistiu de sua encenação.

Ulisses, compelido assim a juntar-se à expedição, jamais perdoou Palamedes por havê-lo desmascarado. Durante a guerra, para vingar-se de Palamedes Ulisses obrigou um prisioneiro troiano a forjar uma mensagem supostamente vinda de Príamo (v.), na qual o rei de Tróia aludia a um oferecimento de Palamedes no sentido de trair os gregos. Depois Ulisses subornou um escravo para pôr certa quantidade de ouro sob o leito de Palamedes. A mensagem chegou às mãos de Agamêmnon (v.), que mandou prender Palamedes e o entregou ao julgamento dos gregos; revoltados, estes o apedrejaram até matá-lo.

Palamedes era famoso por sua sagacidade e por seu espírito inventivo; ele teria criado o alfabeto grego, também atribuído a Cadmo (v.), ou no mínimo algumas de suas letras. Palamedes seria ainda o inventor dos números, do dinheiro, do cálculo da duração dos meses baseado no movimento dos astros, dos jogos de dados e de ossinhos, e de damas, este último imaginado numa época de escassez de alimentos para distrair da fome os habitantes da região afetada, ou para ocupar o tempo dos gregos na Guerra de Tróia nos intervalos dos combates. Náuplio (v.), pai de Palamedes, inconformado com o castigo infligido ao seu filho, que se tornou um símbolo da punição injusta, vingou cruelmente a morte do mesmo.

Palante (L. *Palans*). Herói romano, um dos epônimos da colina do Palatino, filho de Hércules (v.) e de Dina (filha de Evandro (v.)). Palante morreu ainda moço e teria sido sepultado na colina a que deu o nome.

Palântidas (G. *Pallantídai*). Os cinqüenta filhos de Palas (6), netos de Pandíon (rei de Atenas), sobrinhos de Egeu e primos de Teseu (vv.). Como Teseu foi criado longe de Atenas, eles imaginaram durante muito tempo que Egeu não tinha filhos, e esperavam tornar-se conjuntamente reis de Atenas após a morte de Egeu. Afinal Teseu voltou de Trezena; seu pai o reconheceu, mas os Palantidas contestaram o direito de seu primo ao trono de Atenas. Os atenienses não lhes deram ouvidos, e quando Egeu proclamou Teseu rei da cidade eles entraram em luta contra o novo rei, porém foram vencidos e mortos. Teseu teve de exilar-se com sua mulher Fedra durante um ano em Trezena para purificar-se da morte dos Palântidas, ou, de acordo com outra versão da lenda, foi julgado e absolvido por um tribunal ateniense.

Palas (G. *Pallas*). (1) Epíteto da deusa Atena (v.), mencionada freqüentemente como Palas Atena. De acordo com uma lenda tardia, Palas teria sido uma deusa independente de Atena e era filha do deus Tritão (v.), gênio do lago Tritonis no norte da África. Atena teria sido criada juntamente com Palas e tê-la-ia matado num incidente entre as duas em que o próprio Zeus (v.) teve de intervir. Atena fez em sua honra uma estátua miraculosa chamada Paládio (v.).

(2) Um titã, filho de Crias e de Euríbia, e irmão de Perses e de Astreu (vv.). Palas uniu-se a Estige, filha primogênita de Oceano (vv.), e teve com ela Zelo e *Nike* (a Vitória), e Cratos (o Poder) e Bie (a Força) (vv.). Em outra versão da lenda ele era o pai de Eós (a Aurora), tida geralmente como filha do titã Hiperíon e da titanesa Téia (v. *Eós*).

(3) Um dos filhos de Licáon (v.), rei da Arcádia, herói epônimo da cidade arcádia

de Palantíon que aparece destacadamente na lenda referente aos primeiros tempos de Roma. Este Palas, mencionado às vezes como o pai de Evandro (v.), tinha uma filha chamada Crise, que se casou com Dárdano (v.), fundador da dinastia real de Tróia. Palas teria transmitido a Dárdano o culto de várias divindades arcádias e lhe teria entregado o Paládio (v.), que aparece destacadamente nas lendas troianas.

(4) Filho de Evandro (v.) e um dos epônimos do Palatino. Este Palas era um dos companheiros de Enéias (v.) na guerra contra Turno (v.), e foi morto por este último.

(5) Um gigante alado, pai da deusa Atena (v.) segundo algumas fontes divergentes, que tentou violentar a própria filha. Atena o matou e esfolou, passando a vestir-se com sua pele.

(6) Filho mais novo de Pandíon (v.), rei de Atenas. Este Palas opôs-se com seus cinqüenta filhos – os Palântidas (v.) – à ascensão de Teseu (v.) ao trono de Atenas por considerá-lo um usurpador; Teseu, entretanto, matou o pai e os filhos.

Palene (G. *Pallene*). (1) Filha de Síton (v.), rei do Quersoneso trácio, ou de Anquirroe (ou Anquinoe), filha de Nilo (v.), ou da ninfa Mendeís. Síton, que era filho de Ares ou de Poseidon (v.), tinha além de Palene outra filha chamada Roitéia. Síton recusava-se a dar Palene em casamento a qualquer de seus numerosos pretendentes, atraídos pela beleza singular da moça, e os obrigava a lutarem contra ele, matando-os graças à sua força descomunal. Quando ele sentiu que a idade o enfraquecia, resolveu afinal casar a filha e a ofereceu como prêmio a dois pretendentes – Clito e Drias (vv.) –, que a disputariam numa corrida de carros. Palene era apaixonada por Clito, e vivia em pranto sem ousar revelar sua paixão, até que seu velho preceptor conseguiu persuadi-la a contar-lhe a causa de seu sofrimento. O preceptor teve a idéia de subornar o auriga do carro de Drias por ocasião da corrida, e ele afrouxou um pino que fixava a roda ao eixo do carro. Drias morreu na competição mas Síton tomou conhecimento do ardil, e resolveu punir a filha com a morte, fazendo-a subir à pira em que seria incinerado o cadáver de Drias. Afrodite (v.) apiedou-se de Palene e apareceu para salvá-la (ou segundo outra versão da lenda provocou uma chuva torrencial que impediu a lenha da pira de inflamar-se). Os habitantes da cidade, percebendo a interferência divina, persuadiram o pai a perdoar a filha, que se casou com Clito. Para perpetuar a memória foi dado o nome de Palene a uma península do Quersoneso trácio.

(2) Uma das filhas de Alcioneu (v.), transformada em pássaro com suas irmãs.

Pales (L.). Gênio protetor dos rebanhos, cultuado em Roma ora como divindade masculina, ora feminina. Celebrava-se em sua honra a festa chamada *Parilia*, e nessa ocasião se acendiam grandes fogueiras de palha e de ramagens, por cima das quais saltavam os participantes.

Pálicos (G. *Palikoi*, L. *Palici*). Deuses gêmeos originários da Sicília, tidos como filhos de Zeus e de Talia (filha de Hefesto) (vv.), ou filhos de Hefesto e de Etna (v.). Durante sua gravidez Talia, receosa do ciúme de Hera (v.), escondeu-se no seio da terra, e no devido tempo nasceram do solo seus filhos gêmeos. Os Pálicos eram cultuados nas proximidades do atual lago de Naftia, perto de Leontíno, onde ocorriam fenômenos vulcânicos. Por causa do forte odor de enxofre que saía do lago, dizia-se que os pássaros quando o sobrevoavam morriam imediatamente, e as pessoas morriam três dias depois de passarem pela vizinhança. Os sicilianos juravam pelos Pálicos, deuses temíveis, escrevendo os juramentos numa plaqueta e lançando-a nas águas do lago. Se a plaqueta flutuasse o juramento era sincero, e se afundasse tratava-se de perjúrio; neste último caso os Pálicos cegavam quem jurara em falso.

Palinuro (G. *Palinouros*, L. *Palinurus*). O piloto de Enéias (v.) em sua fuga de Tróia. Quando as naus do herói partiram da Sicília em direção à Itália, Vênus (v.) prognosticou uma boa viagem a Enéias, seu filho, dizendo-lhe que somente um de seus homens morreria para assegurar a salvação dos demais. Durante a noite, no meio da viagem, Palinuro, enquanto contemplava as estrelas para orientar-se, foi lançado ao mar por um movimento brusco da nau em que estava, levando consigo o timão que segurava. Como todos dormiam, ninguém ouviu seus gritos. Mais tarde, em uma descida ao inferno levado pela Sibila de Cumas, Enéias viu Palinuro à margem do rio Estige entre os inúmeros mortos sem sepultura que Cáron (vv.) se recusava a transportar. Palinuro contou-lhe que após sua queda no mar passou três dias e três noites nadando antes de ir ter à costa da Itália; chegando à praia ele foi atacado e morto pelos bárbaros habitantes do local, que abandonaram o seu cadáver sem enterrá-lo. Palinuro pediu a Enéias que quando voltasse ao mundo dos vivos fosse até Vélia, na costa da Lucânia, ao sul do golfo de Pesto, e lhe prestasse as honras fúnebres devidas. A Sibila prometeu a Palinuro que ocorreriam prodígios celestes no local em que seu cadáver ficara insepulto, e que os habitantes da região purificariam seus ossos, sepultá-los-iam e cultuariam solenemente seu túmulo; além disso, o local receberia para sempre o nome de Palinuro (o atual cabo Palinuro).

Pan (G.). Deus dos rebanhos e dos pastores, mencionado geralmente como filho de Hermes (v.). Oriundo da Arcádia, mas cultuado em toda a Grécia, Pan mostrava-se como um demônio com a aparência de homem da cintura para cima e como bode da cintura para baixo, com chifres caprinos. Pan seria filho de Penélope (v.) com Hermes (ou com todos os pretendentes à sua mão), ou de Urano (o Céu) e Gaia (a Terra) (vv.), ou de Cronos e Rea, ou de Zeus e de Híbris, ou de Zeus e da ninfa Calisto, ou de Áiter com a ninfa Oinoe, ou do pastor Crátis com uma cabra (vv.). Finalmente ele seria filho de Hermes com a filha de Dríops (v.). Nesta última versão da lenda sua mãe teria ficado assustada com o filho monstruoso que dera à luz, mas Hermes envolveu o recém-nascido numa pele de lebre e o levou para o Olimpo. Lá ele foi recebido por todos os deuses, principalmente Diôniso (v.), em cujo cortejo Pan aparecia juntamente com os Sátiros e Sileno (vv.), aos quais se assemelhava. Os deuses ter-lhe-iam dado o nome Pan porque ele agradava a todos (*Pan* em grego = "tudo"). Numa das fontes da lenda Pan aparecia como irmão gêmeo de Arcás (v.), herói epônimo da Arcádia.

A atividade sexual de Pan, como a dos Sátiros, era incessante, seja com ninfas, seja com rapazes, e quando lhe faltavam parceiras ou parceiros ele satisfazia-se a si mesmo.

Os romanos identificavam geralmente Pan com o seu deus Fauno, e às vezes com Silvano (vv.).

Panáceia (G.). Deusa que simbolizava a cura de todos os males graças às ervas, filha de Asclépio e de Lampetia (filha de Hélios (o Sol) (vv.)). Panáceia tinha dois irmãos – Macáon e Podalírio – e duas irmãs – Iasó e Higíeia.

Pancrátis (G. *Pagkrátis*). Filha de Aloeu e de Ifimédia, e irmã dos Aloadas (vv.). Certa vez Pancrátis, quando cultuava Diôniso (v.), foi raptada com sua mãe durante a incursão dos trácios habitantes da ilha de Naxo (então chamada Estronguila), carentes de mulheres naquela época. Sícelo e Hegétoro, os chefes trácios mais importantes, empenharam-se num combate singular cujo vencedor ficaria com Pancrátis, cobiçada por sua beleza singular. Ambos morreram no embate, e Pancrátis coube então a Agassámeno, rei dos trácios. Em seguida os Aloadas efetuaram uma expedição punitiva contra Naxo, e libertaram sua irmã, que morreu pouco tempo depois.

Pandareu (G. *Pandáreos*). Quando Rea, temendo que Cronos engolisse Zeus (vv.) recém-nascido, ocultou-o numa caverna na ilha de Creta, providenciou uma cabra para amamentá-lo e um cão prodigioso para protegê-lo. Após a deposição de Cronos a cabra transformou-se numa constelação e o cão passou a guardar o santuário de Zeus em Creta. Pandareu, filho de Mêrops, apoderou-se do cão e levou-o para o monte Sípilo, na Lídia, entregando-o a Tântalo (v.) e partindo em seguida. Algum tempo depois Pandareu voltou para pedir a Tântalo o cão, porém Tântalo jurou que jamais o recebera. Zeus enterrou Tântalo debaixo do monte Sípilo para puni-lo pelo perjúrio, e transformou Pandareu num rochedo como castigo pelo roubo do cão.

Noutra versão da lenda o cão foi entregue a Tântalo e quem veio reclamá-lo em nome de Zeus foi Hermes (v.); Tântalo jurou-lhe que não tinha o cão, porém Hermes descobriu o animal e Zeus castigou Tântalo enterrando-o como na versão anterior.

Tomando conhecimento da punição de Tântalo, Pandareu, querendo fugir ao castigo, foi para Atenas e depois para a Sicília com Harmotoe, sua mulher, e suas filhas (Aédon, Cleótera e Merope, ou Camira e Clítia). Zeus, entretanto, matou-o juntamente com sua mulher, enquanto as filhas do casal foram levadas pelas Hárpias (v.).

Após a morte dos pais as filhas ficaram sós no mundo, sem ninguém para protegê-las, e os deuses apiedaram-se delas: Hera (v.) lhes deu sapiência e beleza, Afrodite (v.) passou a alimentá-las e Atena (v.) ensinou-lhes as artes manuais. Vendo-as preparadas para o casamento, Afrodite subiu por instantes ao Olimpo, a fim de pedir a Zeus que lhes desse maridos à altura de suas qualidades. Nesse curto lapso de tempo as Hárpias voltaram a apoderar-se das moças e as levaram para o inferno, onde as deixaram como escravas das Fúrias (v.).

Pândaro (G. *Pândaros*). Comandante do contingente mandado pelos lícios da Troas a Príamo (v.) para ajudá-lo na Guerra de Tróia (v.). Pândaro, que era filho de Licáon (v.), aprendeu com o próprio Apolo (v.) a arte de usar o arco e as flechas, e apesar dos conselhos do pai em contrário foi para a guerra. Durante a trégua entre os gregos e os troianos, quando se realizava o combate singular entre Menelau e Páris (vv.), Atena (v.), disfarçada no troiano Laódoco, instigou-o a disparar uma flecha contra Menelau (v.). Esse ato de hostilidade provocou o reinício da guerra, e pouco tempo depois Pândaro foi morto em combate por Diomedes (v.).

Pandíon (G.) (1) Filho de Erictônio e da náiade Praxitéia (vv.). Casando-se com Zeuxipe, irmã de Praxitéia, Pandíon teve com ela dois filhos, chamados Butes e Erecteu, e duas filhas – Filomela e Procne (vv.). Atribuía-se-lhe também um filho ilegítimo chamado Oineu (v.), epônimo de um dos demosáticos. Pandíon deu em casamento sua filha Procne a Tereu (v.), rei da Trácia, que em compensação se comprometeu a apoiá-lo em sua luta contra os tebanos de Lábdaco (v.).

Deméter e Diôniso (vv.) teriam vindo à Ática durante o seu reinado.

Por ocasião da morte de Pandíon, resultante das desventuras de suas filhas (v. *Filomela*), Butes e Erecteu partilharam o poder, cabendo ao primeiro as funções sacerdotais e ao segundo o trono.

(2) Outro rei de Atenas, bisneto de (1); este Pandíon era filho do segundo Cêcrops (v.) (filho de Erecteu e de Praxitéia), e de Metiádusa (filha de Eupálamo). Sucedendo a Cêcrops, Pandíon tornou-se o oitavo rei da Ática; em seu reinado (ou no de Demofon (v.)), Orestes (v.) veio a Atenas perseguido pelas Fúrias (v.), sendo purificado lá do assassínio de sua mãe. Pandíon foi destronado por seus sobrinhos, filhos de Metíon (v.), que se rebelaram contra ele. Pandíon fugiu para a corte de Pilas, rei de

Mêgara, que lhe deu sua filha Pila em casamento. Mais tarde Pilas foi obrigado a abandonar Mêgara, e o trono passou para Pandíon. Do casamento de Pandíon com Pila nasceram quatro filhos – Egeu, Lico, Niso e Palas (vv.).

(3) Filho de Fineu e de Cleópatra (vv.). Este Pandíon foi caluniado juntamente com seu irmão Pléxipo (vv.) por sua madrasta, e por isso seu pai o cegou.

Pandora (G.). (1) A primeira mulher, de acordo com uma lenda conservada por Hesíodos. Atena e Hefesto criaram-na por ordem de Zeus com a ajuda de todos os deuses, e cada um deles dotou-a de uma qualidade e de um adereço para adorná-la. Hermes (v.), entretanto, pôs em seu coração a mentira e a astúcia. Hefesto (v.) deu-lhe a aparência de uma deusa, e Zeus atribuiu-lhe a missão de castigar a raça humana, presenteada havia pouco tempo com o fogo divino por Prometeu (v.). Com ela começou a infelicidade dos homens. Zeus mandou-a a Epimeteu (v.); este, apesar do conselho de seu irmão Prometeu para que não aceitasse qualquer presente de Zeus, resolveu desposá-la, fascinado por sua beleza. Pandora trazia consigo um jarro contendo todos os males, fechado por um tampo que os impedia de sair de onde estavam; incapaz de conter a curiosidade, Pandora removeu o tampo e os males espalharam-se pelo mundo. Assustada, Pandora fechou o tampo, mas só ficou no jarro a esperança, que estava no fundo do mesmo.

Em outra versão da lenda o jarro continha todos os bens, que saíram do jarro e voltaram para junto dos deuses, menos a esperança.

(2) Uma das Jacintides (v.), filhas de Erecteu (v.).

Pandoro (G. *Pândoros*). Um dos filhos de Erecteu (v.) e de Praxitéia (v., (1)), considerado o fundador da cidade de Calcis, na Eubéia.

Pandroso (G. *Pândrosos*). Uma das três filhas de Cêcrops e de Áglauro (filha de Acteu) (vv.). As outras duas chamavam-se Áglauro (ou Ágraulo) e Herse (outra fonte acrescenta uma quarta filha – Fenice). Pandroso ousou abrir com suas irmãs o cesto em que Atena (v.) escondera Erictônio (v.) recém-nascido e foi punida com a morte. Pandroso, a quem se atribuía a instituição de Mistérios, teria descoberto a arte de fiar e era cultuada na acrópole de Atenas.

Pânfilo (G. *Pâmphylos*). Um dos filhos de Egímio (v.) e epônimo da tribo dórica dos panfílios. Pânfilo lutou ao lado dos Heráclidas (v.) contra Tisâmeno (v.) e casou-se com Orsóbia, filha de Deifontes.

Panfo (G. *Pamphos*). Poeta lendário autor de hinos religiosos cantados pelos atenienses, dedicados a Ártemis, a Deméter, a Eros, a Poseidon e às Cárites (vv.).

Pangaio (G. *Paggaios*). Herói trácio filho de Ares (v.) e de Critóbula. Depois de violentar a própria filha sem saber de quem se tratava, Pangaio suicidou-se com uma espada na montanha trácia que desde então tem o seu nome.

Panopeu (G. *Panopeus*). Filho de Foco e de Astéria (vv.), herói epônimo da cidade homônima situada na Focis. Panopeu tinha um irmão gêmeo chamado Criso, a quem odiava implacavelmente desde que ambos ainda estavam no ventre materno. Ele participou da guerra contra os táfios juntamente com Anfritrião (v.), e jurou por Atena e por Ares (v.) que não tocaria nos despojos de guerra. Faltando ao juramento, Panopeu foi punido na pessoa de Epeio (v.), seu filho, que apesar de sua coragem era um mau guerreiro.

Epeio participou da guerra contra os troianos, mas seu único feito foi a construção do cavalo de madeira (v. *Cavalo de Tróia*).

Pântoo (G. *Pânthoos*). Um dos anciãos troianos componentes do conselho de anciãos que colaborava com Príamo (v.). Casado com Frontis, Pântoo teve com ela três filhos: Êuforbo, Hiperênor e Polidamas. Pântoo era originário de Delfos, onde dedicava-se ao culto de Apolo (v.). Na época da ocupação de Tróia por Heraclés (v.), antes da guerra com os gregos, Príamo enviou representantes seus para consultarem o oráculo de Delfos, e na volta esses troianos trouxeram com eles Pântoo para estreitarem as relações com Delfos.

Em outra fonte um dos enviados de Príamo era um filho de Antênor, que se apaixonou por Pântoo, sacerdote de Apolo em Delfos, e o trouxe à força para Tróia. Querendo ser agradável a Pântoo, Príamo designou-o para ser sacerdote de Apolo em Tróia, onde ele se radicou e foi morto por ocasião da captura da cidade.

Paráibio (G. *Paráibios*). Habitante do Bósforo trácio, nas imediações do reino de Fineu (v.). Lá seu pai tornou-se culpado de sacrilégio ao abater um pinheiro consagrado às Hamadríades (v.), insensível às súplicas das mesmas para que poupasse a sua árvore. Essas ninfas, querendo puni-lo, amaldiçoaram-no e obtiveram dos deuses a sua condenação e a de seu filho à miséria. O rei Fineu, entretanto, revelou a Paráibio que para livrar-se dessa maldição teria de construir um altar dedicado às ninfas e oferecer nele sacrifícios expiatórios às Hamadríades. Isso feito, cessou o malefício, e Paráibio, grato ao rei, passou a ser um de seus servidores mais dedicados.

Páralo (G. *Páralos*). Herói ateniense inventor das naus de guerra. Em sua homenagem a nau usada pelos atenienses em missões oficiais tinha o nome do herói.

Parcas (L. *Parcae*). Divindades do destino em Roma, identificadas com as Moiras (v.) dos gregos e dotadas gradualmente de todos os seus atributos. Em sua origem as Parcas provavelmente eram demônios ligados ao nascimento, porém ganharam com o tempo as características mais abrangentes de seu modelo grego. Elas apareciam como fiandeiras, fixando a duração da vida humana. A exemplo das Moiras as Parcas eram três irmãs que determinavam o nascimento, o casamento e a morte das criaturas humanas. Seus nomes eram Nona, Décuma e Morta. Havia no Fórum romano estátuas das três Parcas, chamadas *Tria Fata* (os Três Destinos).

Páris (G.). Também chamado Alexandre, era o filho mais novo de Príamo e de Hécuba (vv.). Sua mãe, nas vésperas de dá-lo à luz, viu em sonho sair de suas entranhas uma tocha acesa que incendiava a cidade de Tróia. Príamo perguntou a Áisaco – seu filho com Arisbe, dotado de poderes divinatórios –, a significação do sonho; a resposta foi que o filho esperado seria a ruína de Tróia, e portanto seus pais deveriam exterminá-lo por ocasião do nascimento. Quando Páris nasceu Hécuba em vez de matá-lo mandou uma serva abandoná-lo no monte Ida. Alguns pastores da região acharam-no e resolveram criá-lo, dando-lhe o nome de Alexandre (*Alêxandros* = "homem protegido"), porque fora descoberto e salvo.

Em outra versão da lenda Páris foi entregue ao nascer por Príamo a um servidor chamado Agelau para ser abandonado, mas uma ursa veio alimentá-lo na montanha. Alguns dias depois Agelau voltou ao local, e encontrando o menino vivo resolveu levá-lo consigo.

Páris tornou-se um jovem forte e belo, que passou a proteger os rebanhos contra os ladrões de gado, e por isso recebeu o nome de Alexandre (*Alêxandros* também pode significar "homem que protege").

Numa terceira versão Príamo, interpretando mal um oráculo, em vez de matar Páris, seu filho, matou Múnipo, filho de Cita, sua irmã, imaginando que o sonho de Hécuba se referisse a Múnipo.

Páris, que todos consideravam morto desde o seu abandono quando recém-nascido, continuava a viver sua vida de pastor no monte Ida. Um dia apareceram lá alguns servos de Príamo em busca do touro preferido por ele. Ao saber que o animal iria ser o prêmio nos jogos fúnebres prestes a serem celebrados em memória do filho de Príamo supostamente morto – o próprio Páris –, ele seguiu para Tróia com os servos, disposto a participar dos jogos e trazer de volta o seu touro de estimação. Sem ser reconhecido, Páris venceu todas as provas competindo com seus irmãos. Um deles – Deífobo (v.) –, inconformado com as vitórias sucessivas, avançou contra Páris disposto a matá-lo com sua espada. Páris refugiou-se no altar de Zeus, onde Cassandra (v.), sua irmã, reconheceu-o graças aos seus dons divinatórios. Príamo, feliz por reencontrar o filho considerado morto, levou-o consigo para o palácio, reintegrando-o à família real.

Em outra versão da lenda Páris foi reconhecido por ter trazido as roupinhas que vestia quando foi abandonado no monte Ida. Após a vitória Páris voltou ao monte Ida.

Algum tempo depois, quando todos os deuses e deusas estavam reunidos para o casamento de Peleu e Tetis (vv.), Êris (a Discórdia) lançou um pomo de ouro (o "pomo da discórdia") entre as deusas, dizendo que ele deveria ser entregue à mais bela, a ser escolhida entre Atena, Hera e Afrodite (vv.). Ninguém se atrevia a decidir entre as três, e Zeus incumbiu Hermes (vv.) de conduzir as deusas competidoras até o monte Ida, onde Páris as julgaria. Vendo as divindades chegarem, Páris assustou-se e quis fugir; Hermes, entretanto, convenceu-o a ficar e a ser o árbitro entre as três deusas de acordo com as ordens de Zeus. Cada uma delas fez-lhe promessas de presentes e vantagens; Hera comprometeu-se a darlhe toda a Ásia para ser seu reino; Atena ofereceu-lhe a vitória em todos os combates e sapiência ímpar; Afrodite disse-lhe apenas que lhe entregaria Helena (v.) de Esparta, a mais bela de todas as mulheres, e inspiraria nela uma paixão ardente por ele; depois de ouvi-las Páris, que até então amava uma ninfa do monte Ida chamada Oinone (v.), não hesitou em declarar Afrodite a mais bela, seduzido pela promessa de ter Helena como sua mulher. Apesar das profecias de Cassandra e de Heleno quanto às conseqüências desastrosas de sua viagem, Páris partiu para Esparta em busca do prêmio cobiçado. Chegando ao destino Páris foi recebido pelos Diôscuros (v.), irmãos de Helena, que o acolheram cordialmente e o levaram à presença de Menelau. Este último recebeu amistosamente Páris e o apresentou a Helena, mas pouco depois teve de partir para Creta a fim de assistir aos funerais de Catreu (v. *Menelau*). Menelau recomendou à sua mulher que hospedasse condignamente Páris em sua ausência, enquanto ele quisesse permanecer em Esparta. Helena, inspirada por Afrodite, apaixonou-se instantaneamente por Páris, que lhe ofereceu numerosos presentes e a impressionou com o luxo oriental que ostentava. Impelida pela paixão, Helena decidiu partir durante a noite com ele, levando consigo os tesouros do marido e abandonando sua filha Hermione, então com nove anos de idade.

Veja-se *Helena* para a viagem de Páris e Helena até Tróia.

Chegando a Tróia, Páris e Helena foram recebidos calorosamente por Príamo e pela família real, indiferentes às profecias de Cassandra e de Heleno.

Páris desempenhou um papel apenas discreto na Guerra de Tróia, e a certa altura da luta os gregos e troianos combinaram uma trégua e concordaram em pôr fim, mediante um combate singular entre Páris e Menelau, à guerra que já custara incontáveis vidas. Menelau foi o vencedor, e Páris só não morreu porque Afrodite o envolveu numa nuvem espessa e o afastou do local. A guerra recomeçou e Heitor (v.), notando a ausência de Páris, foi buscá-lo nos aposentos de Helena, para onde Afrodite o conduzira, e o trouxe de volta ao campo de batalha. Páris matou Menéstio e feriu Diomedes, Eurípilo e Macáon (vv.), além de participar do ataque ao acampamento grego, onde matou Deíoco e Euquênor. Seu feito principal foi ferir mortalmente Aquiles no calcanhar – único ponto vulnerável do herói – com uma flecha guiada miraculosamente por Apolo (noutra versão da lenda foi o próprio deus, disfarçado em Páris, que atingiu Aquiles). Mais tarde uma flecha disparada por Filoctetes (v.) feriu Páris; os troianos levaram-no para longe do campo de batalha, e Páris pediu aos seus companheiros que obtivessem com a ninfa Oinone, sua amada no monte Ida antes do aparecimento de Helena em sua vida, um remédio que ela possuía contra o veneno que impregnava as flechas de Filoctetes. No primeiro momento Oinone não quis salvar o homem que a desprezara; em seguida arrependeu-se, porém já era tarde demais, pois Páris não resistiu e morreu.

Parnasso (G. *Parnassôs*). Filho de Poseidon (v.) e da ninfa Cleodora, e herói epônimo da montanha homônima, consagrada a Apolo e às Musas (vv.). Parnasso, cujo pai mortal chamava-se Cleôpompo, teria fundado o antigo oráculo de Pitó, consagrado depois a Apolo; atribuía-se-lhe também a descoberta da adivinhação pelo vôo dos pássaros.

Parrásio (G. *Parrhásios*). Herói arcádio filho de Licáon ou do próprio Zeus (vv.), e pai de Arcás (v.), epônimo da Arcádia. Contava-se a propósito de Parrásio que a ninfa Filonome, filha de Níctimo e de Arcádia (vv.), tivera dois filhos gêmeos de Ares (v.), e os teria enjeitado no monte Erímanto temerosa de seu pai. Uma loba amamentou os gêmeos, recolhidos depois por um pastor chamado Tílifo. Este lhes deu os nomes de Lícasto (v.) e de Parrásio, e os criou como se fossem seus filhos. Chegando à idade adulta os dois se apoderaram do trono da Arcádia.

Partênope (G. *Parthenope*). Uma das Sereias (v.), cujo número variava de duas a quatro de acordo com as fontes. Ela e suas irmãs (ou sua irmã), lançaram-se de uma elevação da ilha em que viviam ao mar, despeitadas porque Ulisses (v.) e seus companheiros resistiram ao seu canto fascinante; as ondas levaram o corpo de Partênope até o litoral do sul da Itália, no atual golfo de Nápoles, onde os habitantes lhe erigiram um monumento e deram seu nome à cidade que mais tarde viria a chamar-se Neápolis (a atual Nápoles).

Em outra versão de sua lenda Partênope era uma bela moça originária da Frígia, que se apaixonou por um rapaz chamado Metíoco (v.) mas não ousou romper o voto de castidade para unir-se a ele. Querendo castigar-se por causa de sua paixão, ela cortou os longos cabelos e se exilou na Campânia, onde se dedicou ao culto de Dîoniso. Despeitada, Afrodite (vv.) transformou-a numa sereia.

Partenopeu (G. *Parthenopaios*). Filho de Atalante (v.) e um dos Sete Chefes que entraram em guerra contra Tebas, ora tido como arcádio, ora como argivo. Na versão da lenda em que aparece como arcádio, Partenopeu era filho de Meleagro (v.) (ou de Melânion) com Atalante; na versão em que ele é argivo, seus pais eram Talau e Lisímaca (vv.), e Ádrasto (v.) era seu irmão. Partenopeu foi abandonado nas montanhas ao nascer, e quando chegou à idade adulta participou da expedição à Mísia, destacando-se por sua bravura. Na Mísia ele casou-se com a ninfa Climene, e teve com ela um filho chamado Tlesimenes. Desprezando os conselhos maternos, segundo os quais sua morte seria violenta, ele juntou-se mais tarde à expedição dos Sete Chefes (v.), e foi morto em frente a Tebas por Asfódico (ou Anfídico), ou por Drias, neto de Oríon (vv.).

Pártenos (G. *Parthenos*) significando em grego "virgem". (1) Filha de Estáfilo e de

Crisôtemis, e irmã de Roio e de Molpadia (vv.). Estáfilo incumbiu Molpadia e Pártenos de cuidarem de seu vinho, pouco depois da descoberta dessa bebida pelos homens. Apesar das recomendações do pai as duas irmãs adormeceram, e durante o seu sono alguns porcos, também sob sua guarda, entraram no celeiro onde estava guardado o vinho e quebraram os recipientes onde a bebida tinha sido posta. Quando as moças acordaram e viram o vinho derramado, temendo a cólera paterna fugiram para a costa e se lançaram ao mar do alto dos rochedos. Condoído, Apolo (v.) apanhou-as em plena queda e as levou para duas cidades do Quersoneso: Molpadia para Cástabo, onde ela passou a ser cultuada sob o nome de Hemitéia, e Pártenos para Búbasto, onde as habitantes lhe concederam honras divinas.

(2) Uma heroína transformada na constelação de Virgem. Numa das versões de sua lenda esta Pártenos era filha de Apolo e de Crisôtemis (vv.) e morreu jovem, tornando-se uma constelação por obra de seu pai. Em outra versão ela era filha de Zeus e de Têmis (vv.) e se confundia com *Dike* (v. *Iustitia*) (a Justiça), que vivera entre os homens na Idade de Ouro (v.). Numa terceira versão Pártenos era filha de Astreu e de Hemera (a Luz do Dia), ou de Deméter, ou de Téspia, esta última uma das filhas do deus do rio Ásopo e epônima da cidade de Tespias (na Beócia), ou finalmente de Icário (neste caso ela se confundia com Erígone) (vv.).

Pasifae (G. *Pasiphae*). Filha de Hélios (o Sol) e de Perseís, e mulher de Minos (v.). Perses e Aietes (rei da Colquis) eram seus irmãos, e a feiticeira Circe era sua irmã. Contava-se a seu respeito que Minos, quando aspirava ao trono da ilha de Creta, pedira a Poseidon (v.), enquanto lhe oferecia um sacrifício, que fizesse sair do mar um touro para demonstrar aprovação à sua pretensão de ser rei, prometendo sacrificar-lhe também o touro. Poseidon atendeu ao pedido de Minos, mas este não cumpriu a promessa. Querendo castigá-lo, Poseidon fez o touro ficar furioso e provocou em Pasifae uma paixão incontida pelo animal.

Em outras versões da lenda essa paixão foi um castigo de Afrodite (v.) porque Pasifae não prestava o culto devido à deusa, ou por vingança da mesma deusa pela ofensa de Hélios, pai de Pasifae, ao revelar a Hefesto (v.) seus amores adúlteros com Ares (v.). Sem saber como satisfazer o seu desejo irrefreável de unir-se ao touro, Pasifae pediu ajuda a Dédalo (v.); o artesão fez uma novilha oca de tal maneira perfeita que enganou o animal; Pasifae pôs-se no interior da imitação de novilha, e assim consumou-se o coito monstruoso. Dessa união nasceu o Minotauro (v.), um ser híbrido meio homem e meio touro. Posto a par do acontecimento Minos, revoltado com Dédalo, proibiu-o de sair de Creta, mas ele conseguiu fugir com a conivência de Pasifae.

Para a versão em que Dédalo foi aprisionado no Labirinto após a vitória de Teseu (v.) sobre o Minotauro, vv. *Dédalo, Minotauro* e *Teseu.*

Pasifae era muito ciumenta e tinha poderes mágicos à semelhança de sua irmã Circe e de sua sobrinha Medéia (vv.), filha de Aietes. Em face dos amores adúlteros de Minos ela o amaldiçoou, e todas as mulheres a quem ele se unia passaram a morrer, vítimas de serpentes que saíam do corpo de Minos. Procris (v.), entretanto, livrou-o dessa maldição.

Pássaros Estinfálios (G.). V. *Heraclés* (sexto trabalho).

Pátroclo (G. *Pátroklos*). O amigo predileto de Aquiles (v.) na poesia épica grega, filho de Menécio (v.) e de Estênela (filha de Ácasto), ou de Polimela (filha de Peleu; neste caso Aquiles e Pátroclo seriam parentes), ou então de Periópis (filha de Feres) (vv.). Pátroclo nasceu em Opus, na

Locris, mas teve de abandonar a terra natal por ter matado num assomo de cólera um companheiro de infância com quem brincava, chamado Clitônimo (ou Clisônimo), filho de Anfidamas. Pátroclo foi exilar-se na Tessália, onde o rei Peleu (v.) o acolheu; desde então ele tornou-se companheiro inseparável de Aquiles, filho de Peleu. Os dois amigos partiram juntos para a Guerra de Tróia (v.). Quando Aquiles, ressentido com Agamêmnon (v.), recusou-se a continuar combatendo, Pátroclo instou-o a voltar à luta, e não conseguindo demovê-lo de sua decisão pediu para permitir-lhe ajudar os gregos, cuja situação era crítica. Aquiles autorizou-o a usar sua própria armadura e a retornar à frente de batalha como seu substituto no comando dos mirmidões. Pátroclo matou inúmeros troianos, inclusive o auriga do carro de Heitor (v.), e levou o pânico às hostes inimigas. Apolo (v.) impediu-o de continuar a perseguir os troianos, e graças ao mesmo deus Heitor o matou.

Travou-se uma batalha encarniçada em torno do cadáver de Pátroclo, enquanto Antíloco, filho de Nêstor (vv.), foi comunicar a Aquiles a morte de seu amigo. Transtornado pela dor, o herói correu desarmado para o local onde os gregos e os troianos combatiam pela posse do cadáver de Pátroclo. Aquiles deu um grito tonitruante e os troianos, ouvindo-lhe a voz, abandonaram o cadáver e fugiram. Aquiles, que agora pensava apenas em vingar a morte do amigo, proporcionou-lhe funerais magníficos durante os quais foram sacrificados doze rapazes troianos aprisionados às margens do rio Escamandro. Em seguida realizaram-se jogos fúnebres em honra de Pátroclo, com a participação de todos os chefes gregos. Findos os jogos, Aquiles mandou erigir um monumento funerário no local onde Pátroclo foi incinerado. Mais tarde, quando Aquiles foi morto, os gregos juntaram suas cinzas às de Pátroclo.

De acordo com uma tradição divergente, Pátroclo foi levado para viver na Ilha Branca (v. *Leuce* (2)), situada na foz do Istro (o atual Danúbio), em companhia de Aquiles, de Ájax filho de Telamon, de Antíloco e de Helena (vv.), que se casara com Aquiles.

Pátron (G.). Herói acarnânio que acompanhou Enéias (v.) em suas viagens. Pátron participou dos jogos fúnebres em honra de Anquises (v.) e se instalou na Sicília, onde fundou a cidade de Alôntion.

Pax (L.). A paz divinizada, invocada freqüentemente durante as guerras civis em Roma no século I a.C. Augusto dedicou-lhe um altar para comemorar o restabelecimento da ordem, e posteriormente Vespasiano e Domiciano consagraram-lhe um templo no Fórum romano, dando-lhe o nome de Fórum da Paz.

Pégaso (G. *Pégasos*). Cavalo alado de origem divina, que surgiu nas nascentes do Oceano (v.) (ou seja, nos confins do Ocidente), no momento em que Mêdusa (v.) foi morta por Perseu (v. *Gôrgonas*). Em outra versão de sua lenda ele seria filho de Mêdusa e de Poseidon, e irmão de Crisáor (vv.), e numa terceira versão ele teria nascido da terra molhada pelo sangue de Mêdusa. Logo após o seu nascimento Pégaso voou para o Olimpo, onde se pôs a serviço de Zeus (v.) levando-lhe os raios.

Noutras versões Atena (ou Poseidon (v.)) teria dado Pégaso a Belerofonte (v.), ou o próprio Belerofonte o encontrou e apossou-se dele junto à fonte Pirene. Valendo-se de Pégaso Belerofonte matou a Quimera (v.) e venceu sozinho as amazonas. Após a morte de Belerofonte o cavalo alado voltou à morada dos deuses. Mais tarde, por ocasião do confronto entre as filhas de Píero (v. *Pierides*) e as Musas (v.), o monte Helicon, orgulhoso por ter sido o local do concurso, começou a crescer como se fosse chegar ao céu. Obedecendo a Poseidon, Pégaso bateu no monte com um de seus cascos, ordenando-lhe que voltasse à sua altitude antiga. O Helicon cumpriu a ordem, e no lugar atingido pelo casco de Pégaso surgiu uma fonte chamada Hipocrene ("Fonte do Cavalo"). Em Trezena havia outra fonte que teria surgido após a batida de um dos cascos de Pégaso no solo. Finalmente Pégaso transformou-se numa constelação.

Peirén (G.). (1) Filho de Glauco (rei de Corinto), morto involuntariamente por Belerofonte (v.). Por causa desse acidente Belerofonte teve de abandonar Corinto e ir para o exílio.

(2) Filho de Argos e de Euadne, e segundo algumas fontes pai de Ió (vv.). Este Peirén, também chamado Piras, teria sido amado por Zeus (v.).

Peirene (G.). Heroína epônima da fonte Peirene, situada em Corinto, filha do deus do rio Ásopo (v.). Amada por Poseidon (v.), Peirene teve dois filhos chamados Leques e Quencrias, heróis epônimos dos portos homônimos existentes em Corinto. Depois da morte acidental de Quencrias, provocada por Ártemis (v.), Peirene, desolada, chorou tanto que de suas lágrimas surgiu uma fonte que recebeu o seu nome.

Em outra versão da lenda Peirene teria sido dada a Sísifo (v.) pelo deus do rio Ásopo, para recompensá-lo pela revelação por Sísifo do nome do raptor de Egina (v.), filha de Ásopo.

Numa terceira versão da lenda Peirene era filha de Ôibalo (v.).

Peitó (G. *Peithó*). (1) A deusa da persuasão, uma das divindades menores do cortejo de Afrodite (v.). Às vezes ela aparecia como filha de Ate (o Erro) (v.), mas em algumas fontes seria filha de Prometeu e irmã de *Tykhe* (o Acaso) (vv.) e de Eunomia (a Boa Legislação).

(2) Filha de Oceano e de Tetis (vv.), casada com Argos (v., (1)).

Pélasgo (G. *Pelasgôs*). (1) Herói epônimo dos pélasgos, filho de Zeus e de Níobe (vv.) numa das versões da lenda. De sua união com a oceanide (v.) Melibéia, ou com a ninfa Cilene, ou com Dejanira (vv.), Pélasgo teve um filho chamado Licáon (v.), pai de cinqüenta filhos, epônimos da maioria das cidades arcádias, e uma filha – Calisto – que teve de Zeus o herói Arcás (vv.), epônimo de toda a Arcádia. Pélasgo teria nascido da terra arcádia; foi o primeiro rei da região, e ensinou seus habitantes a viver em casas e a conhecer as plantas benéficas e as maléficas.

Noutra versão da lenda Pélasgo seria filho de Triopas e de Sosis (ou Soís), e irmão de Agênor e de Íaso (vv.); ele descenderia de Foroneu na quinta geração e de Zeus e de Níobe (vv.) na quarta. Pélasgo acolheu em sua casa a deusa Deméter quando ela procurava Perséfone (vv.), sua filha, e construiu em sua honra o templo de Deméter Pelasgis. Sua filha, chamada Lárissa, deu o nome à cidadela de Argos (nessa versão Pélasgo era de origem argiva, e não arcádia).

(2) Filho de Lárissa e de Poseidon, e irmão de Aqueu e de Ftio (vv.). Este Pélasgo e seus irmãos, que aparecem numa lenda tessália, abandonaram o Peloponeso, onde nasceram, e ocuparam a Tessália, então chamada Hemônia, depois de expulsar da região seus habitantes primitivos, ainda selvagens. Os três irmãos dividiram o território da Tessália em três partes, dando a cada uma delas um nome derivado de cada um de seus ocupantes, constituindo assim a Pelasgiotis, a Acaia e a Ftiotis. Depois de cinco gerações os descendentes dos três irmãos conquistadores foram expulsos de seus respectivos territórios pelos curetes e pelos lélegos. Alguns desses pélasgos emigraram para a Itália depois de errarem por várias regiões da Grécia.

Peleu (G. *Peleus*). Rei da Ftia e da Tessália, filho de Éaco e de Endeís (filha de Círon), e pai de Aquiles (vv.). Peleu era irmão de Telamon e meio-irmão de Foco (filho de Éaco e da nereide Psamaté) (vv.)). Numa variante dessa lenda Telamon seria apenas amigo de Peleu, e não seu irmão. Peleu e Telamon, despeitados com a superioridade de Foco nos exercícios atléticos, resolveram matar seu meio-irmão, e fizeram um sorteio para decidir qual dos dois deveria assassiná-lo. A sorte indicou Telamon, que matou Foco atingindo-lhe a cabeça com um disco numa competição atlética (em outras fontes a morte de Foco foi acidental, ou o culpado pelo crime foi Peleu). Éaco descobriu o homicídio e expulsou seus dois filhos de Egina. Telamon foi para Salamina e Peleu dirigiu-se para a Ftia, na Tessália, onde reinava Euritíon, filho de Áctor (vv.); lá o rei purificou-o de seu crime, entregou-lhe a terça parte de seu reino e deu-lhe em casamento sua filha Antígona. Peleu teve com Antígona uma filha chamada Polidora, que se casou com Boro, filho de Perieres (vv.). Peleu participou da caçada ao javali de Calidon (v. *Meleagro*) juntamente com Euritíon, mas matou acidentalmente seu sogro durante a mesma e teve de voltar a exilar-se. Dessa vez ele foi para Iolco, onde Ácasto (v.), o rei, o purificou. Por ocasião de sua estada em Iolco, Astidâmia, mulher de Ácasto, apaixonou-se pelo exilado e manifestou o desejo de encontrá-lo a sós, mas Peleu esquivou-se. Para vingar-se, Astidâmia enviou uma mensagem a Antígona, mulher de Peleu, informando-a de que seu marido ia casar-se com Estérope, filha de Ácasto. Pensando que fosse verdade, Antígona, desesperada, suicidou-se. Em seguida Astidâmia caluniou Peleu dizendo a Ácasto que ele tentara violentá-la. Ácasto não quis matar Peleu, ao qual se ligou por vínculos sagrados quando o purificou do assassínio, e levou-o para uma caçada no monte Pelíon. Após um dia extenuante Peleu adormeceu no local da caçada, e Ácasto o abandonou lá depois de tirar-lhe a espada e escondê-la sob um monte de estrume para impedi-lo de defender-se. Peleu despertou cercado por centauros, e só não foi morto por eles porque o bom centauro Quíron (v.), sempre amigo dos homens, lhe devolveu a espada oculta por Ácasto (ou em outra versão da lenda porque Hefesto (v.) lhe entregou outra espada). Algum tempo depois Peleu, ajudado por Jáson e pelos Diôscuros (vv.), capturou a cidade de Iolco, matou Ácasto e cortou o corpo de Astidâmia em pedaços, jogando-os por onde passava.

Nessa ocasião Têtis, filha de Nereu (vv.), estava sendo disputada por Zeus e Poseidon (vv.), mas Têmis (ou Prometeu, numa variante da lenda) (vv.) advertiu os dois deuses de que o filho de Têtis estava destinado a ser mais poderoso que o pai. Zeus e Poseidon desistiram de seus propósitos e resolveram dar Têtis em casamento a um mortal. A escolha recaiu em Peleu, mas Têtis não aceitou pacificamente essas núpcias. Para fugir às investidas de Peleu, ela, que como deusa marinha podia transformar-se no que quisesse, tomou sucessivamente a aparência de água, de fogo, de vento, de pássaro, de árvore, de leão, de tigre, e de serpente. A conselho do centauro Quíron, Peleu segurou-a firmemente, e afinal ela voltou a ser a deusa e mulher. Os dois casaram-se no monte Pelíon, na presença das deusas e dos deuses e ao som de hinos cantados pelas Musas. Entre os inúmeros presentes recebidos por Peleu destacavam-se uma lança de freixo oferecida por Quíron, e dois cavalos imortais – Balio e Xanto – dados por Poseidon (v.), que Aquiles atrelou ao seu carro durante a Guerra de Tróia (v.).

Têtis teve muitos filhos de Peleu, mas de todos eles sobreviveu apenas Aquiles, salvo por Peleu, que o arrancou das mãos da mulher quando ela pretendia expô-lo ao fogo numa tentativa para torná-lo imortal (os demais filhos haviam perecido nesse ritual). Após a salvação de Aquiles, Têtis fugiu e nunca mais encontrou-se com o marido. Durante a ausência de Aquiles em Tróia, Peleu, já muito idoso, foi atacado e expulso da Ftia por Arcandro e Arquíteles, filhos de Ácasto; ele foi então viver na ilha de Cós, onde encontrou Neoptólemo, seu neto. Em Cós Peleu foi acolhido por Môlon, descendente de Abas (vv.), e lá morreu.

Em outra versão da lenda ele sobreviveu a Neoptólemo e tentou proteger Andrômaca (v.) contra a perseguição de Hermione (v., e *Molosso*).

Numa versão tardia da lenda Neoptólemo, antes de ser morto em Delfos por Orestes (v.), libertou Peleu da prisão em que os filhos de Ácasto o tinham posto e lhe devolveu o trono.

Peleu aparece ainda nas lendas referentes à caçada do javali de Calidon, à expedição dos Argonautas, à expedição de Heraclés contra Tróia e à guerra contra as amazonas (vv.).

Pelias (G.). Filho de Tiró e de Poseidon (com sua própria aparência ou disfarçado no deus do rio Enipeu) (vv.). Seu pai humano era Creteu (v.). Neleu era seu irmão gêmeo, e Áison (pai de Jáson), Amitáon e Feres (vv.) eram seus meio-irmãos. Tiró ocultou o nascimento dos gêmeos de Pelias e Neleu, que tivera de Poseidon, e os enjeitou. Um bando de cavalos passava no local onde os dois gêmeos tinham sido abandonados, e uma égua atingiu um dos recém-nascidos com um de seus cascos, deixando em seu rosto uma marca arroxeada (*pelíon* em grego). Os donos dos cavalos recolheram as criancinhas e deram à que fora atingida pelo casco da égua o nome de Pelias; a outra chamou-se Neleu.

Em outra versão da lenda os gêmeos foram amamentados por uma égua e depois recolhidos por um pastor; mais tarde Tiró, sua mãe, reconheceu-os por causa da arca em que eles haviam sido enjeitados. Pelias e Neleu livraram Tiró de Sideró, sua sogra cruel, que se refugiou junto ao altar de Hera (v.); Pelias penetrou no templo e a matou, cometendo um sacrilégio contra a deusa, que desde então passou a persegui-lo e afinal causou-lhe a morte.

Pelias e Neleu disputaram o trono de Iolco, na Tessália, e depois de expulsar o irmão, que se refugiou na Messenia, Pelias passou a reinar. Ele casou-se com Anaxíbia, filha de Bias (ou com Filômaca, filha de Anfíon, segundo outra fonte) (vv.), e teve com ela quatro filhas – Alceste, Hipotoe, Pisidice e Pelópia –, e um filho chamado Ácasto (vv.). Um dia Pelias preparava-se para oferecer um sacrifício a Poseidon (v.) numa praia, e convidou para a cerimônia grande número de seus súditos, inclusive Jáson (v.), seu sobrinho. Jáson vivia no campo e se pôs imediatamente a caminho para o sacrifício, mas perdeu uma de suas sandálias ao atravessar um rio e chegou ao local da cerimônia com um dos pés descalço. Anteriormente Pelias, já no trono de Iolco, ouvira do oráculo de Delfos que deveria precaver-se contra um homem com apenas um dos pés calçado. Vendo Jáson nessas condições, veio-lhe à mente o oráculo, e acercando-se do recém-chegado perguntou-lhe como ele agiria em relação a um homem que pretendesse usurpar o trono; Jáson respondeu-lhe sem hesitar que lhe imporia a missão de conquistar o Tosão de Ouro (v. *Frixo*). Em face das palavras de Jáson, Pelias, desejoso de livrar-se dele, mandou-o partir em busca do Tosão (vv. *Argonautas* e *Jáson*). Certo de que seu sobrinho não sobreviveria à missão, e portanto não lhe cobiçaria o trono, Pelias decidiu exterminar também Áison, seu meio-irmão, que diante da ameaça praticou o suicídio bebendo sangue de touro. Alcimede, mulher de Áison e mãe de Jáson, amaldiçoou Pelias e enforcou-se, deixando um filho ainda criança, que Pelias também matou. Para surpresa de Pelias, Jáson regressou a Iolco com o Tosão de Ouro poucos meses após a sua partida; apesar do desejo de vingar a morte de seus pais e do irmão, ele fingiu haver aceito os fatos e foi para Corinto. Lá Jáson combinou com Medéia (v.) a punição de Pelias. Medéia regressou sozinha a Iolco, e convenceu as filhas do rei de que seria capaz de restituir a juventude a Pelias, já idoso na época. Para persuadi-las ela cortou em pedaços um bode velho e o pôs num caldeirão com água fervente e ervas mágicas; dentro de pouco tempo saiu do caldeirão um cabrito cheio de vida. Vendo a transformação milagrosa, as filhas de Pelias despedaçaram o pai e puseram os pedaços para ferver; obedecendo às instruções de Medéia, uma feiticeira consumada. Pelias, entretanto, estava definitivamente morto, e suas filhas, transtornadas com seu crime, fugiram para a Arcádia, onde morreram. A única das filhas de Pelias que não participou do assassínio involuntário do pai foi Alceste (v.), movida por sua grande afeição filial.

Em outra versão da lenda elas foram consideradas inocentes e se casaram, pois tinham sido induzidas ao erro por Medéia ao consumar a vingança premeditada por Jáson. Ácasto, o único filho sobrevivente de Pelias, baniu Jáson e Medéia de Iolco e sepultou solenemente os restos mortais do pai. Na ocasião foram celebrados jogos fúnebres imponentes, de que participaram os maiores heróis da época lendária, entre os quais estavam Belerofonte, os Dióscuros, Heraclés, Iolau, Meleâgro, Peleu e Telamon (vv.).

Pelópia (G.) (1) Mãe de Egisto, concebido numa união incestuosa involuntária com Tiestes (vv.), seu próprio pai. Pelópia vivia na corte do rei Tésproto (v.), em Sicione, e depois de engravidada por Egisto casou-se com Atreu, servindo de instrumento para a consumação da vingança de Tiestes (vv.).

(2) Uma das filhas de Pelias (v.) e Anaxíbia. Unindo-se a Ares (v.), esta Pelópia teve um filho chamado Cicno (v.).

Pêlops (G.). Filho de Tântalo e de Clitia, ou de Euriânassa (vv.), ou de Euritemiste. Pêlops nasceu na Ásia Menor e emigrou para a Grécia em decorrência da guerra de Ilo (v.) contra Tântalo. Ele foi morto por seu pai e servido aos deuses depois de partido em pedaços e preparado para ser comido. A intenção de Tântalo ao cometer esse crime bárbaro foi pôr à prova a onisciência divina. Os deuses perceberam que se tratava de carne humana, e a única a comê-la foi Deméter (v.) que, imersa em sua tristeza por causa do desaparecimento de Perséfone (v,), devorou um ombro antes de identificar a carne. Penalizados, os deuses rejuntaram os pedaços de Pêlops e lhe restituíram a vida, pondo no lugar do ombro comido por Deméter outro de marfim.

Em seguida à sua ressurreição Pêlops foi amado por Poseidon (v.), que o reteve no céu como seu pajem. Pouco tempo depois, entretanto, Pêlops foi mandado de volta à terra porque, instruído pelo pai, roubara a ambrosia e o néctar dos deuses para dá-los aos mortais. Apesar disso Poseidon continuou a estimá-lo e lhe deu uma parelha de cavalos alados, ajudando-o a vencer Enomau na competição pela mão de Hipodâmia (vv.). De seu casamento com Hipodâmia nasceram três filhos – Atreu, Plistenes e Tiestes (vv.) –, aos quais algumas fontes acrescentam Crísipo (v.), que seria filho de Pêlops com a ninfa Axioque, e Piteu, e duas filhas – Astidâmia (mãe de Anfitríon em certas fontes) e Hipotoe (mãe de Táfio, herói epônimo da ilha de Tafo, cujo pai foi Poseidon) (vv.). Pêlops teria sido o fundador dos Jogos Olímpicos; após uma interrupção em sua realização Heraclés (v.) os restabeleceu para cultuar a memória de Pêlops. Durante a Guerra de Tróia (v.) o adivinho Heleno (v.) revelou que a cidade não seria capturada enquanto os ossos de Pêlops (ou um de seus ombros) não fossem trazidos para Tróia. Esses ossos vieram de Pisa para a Troas, e na volta dos gregos desapareceram num naufrágio, mas um pescador os recuperou.

Penates (L.) Divindades protetoras das casas em Roma juntamente com os Lares (v.). Havia também Penates protetores do próprio Estado romano, trazidos de Tróia para Roma por Enéias (v.). Inicialmente os Penates parecem ter sido simples abstrações; seu culto girava em torno das refeições das famílias, e uma parte dos alimentos era lançada à lareira para os deuses. Os magistrados romanos juravam pelos Penates e por Júpiter (v.) ao assumirem suas funções. Existia um santuário dos Penates do Estado ao lado da Via Sacra, perto do Fórum, e o imperador Augusto dedicou-lhes um altar em seu próprio palácio.

Peneio (G. *Peneiôs*). Deus do rio homônimo da Tessália, filho de Oceano e de Tetis (vv.) e ancestre da raça dos lapitas. Peneio casou-se com Creusa, e teve com ela os filhos Andreu e Hipseu e a filha Estilbe (vv.). Em outras fontes ele seria pai também de Cirene, de Dáfnis, de Ífis e de Menipe (vv.).

Peneleu (G. *Penêleos*). Herói beócio, um dos pretendentes à mão de Helena (v.), filho de Hipálcimo (ou Hípalmo). Peneleu, que também aparece entre os Argonautas (v.), era o comandante de um contingente beócio na guerra contra Tróia, durante a qual matou Dioneu e Lícon e foi morto por Polidamas (vv.). Os gregos prantearam a sua morte e lhe proporcionaram honras fúnebres excepcionais, inclusive uma sepultura individual.

Numa versão diferente da lenda Peneleu estava entre os gregos que foram introduzidos na cidade no bojo do cavalo de madeira (v. *Cavalo de Tróia*) e sobreviveu à captura de Tróia.

Penélope (G. *Penelôpeia*). Filha de Icário e da náiade Peribéia, ou de Dorodoque, ou de Asteródia, e sobrinha de Tíndaro (vv.). Penélope era mulher de Ulisses (v.), e ficou famosa pela fidelidade ao marido, posta à prova numa espera de vinte anos enquanto ele estava ausente na Guerra de Tróia e na longa viagem de volta à pátria. O casamento de Penélope com Ulisses teria resultado de gestões de Tíndaro, que interferiu junto a Icário para recompensar Ulisses por seu conselho judicioso a respeito dos pretendentes à mão de Helena (v.). Em outra versão da lenda Penélope foi o prêmio numa competição atlética em que a vitória coube a Ulisses (v. *Icário*).

Depois de sua tentativa malsucedida de não participar da expedição contra Tróia, Ulisses deixou sua mulher, o filho Telêmaco e sua casa em Ítaca aos cuidados de seu velho amigo Mêntor (v.) e partiu com os demais chefes gregos para a guerra. Diante do prolongamento da ausência de Ulisses, os jovens de famílias importantes das regiões vizinhas a Ítaca passaram a cortejar Penélope, pretextando que Ulisses não voltaria mais; esses pretendentes instalaram-se no palácio do herói, esbanjando os bens do marido ausente e pressionando a mulher a decidir-se por um deles. Querendo fugir à decisão, Penélope imaginou um ardil, dizendo aos pretendentes que quando acabasse de tecer a mortalha de Laerte, pai de Ulisses, faria a escolha. Nesse ínterim ela desfazia à noite o que tecia de dia, e assim o trabalho não avançava. Traída por uma das criadas, que revelou o ardil, Penélope já não tinha argumentos para resistir à pressão dos pretendentes quando finalmente Ulisses regressou a Ítaca. A princípio o herói disfarçou-se em mendigo para não ser reconhecido e poder vingar-se dos pretendentes. Durante o massacre destes últimos Ulisses foi reconhecido pela mulher, que teve assim a sua fidelidade recompensada.

Numa versão aberrante da lenda Penélope ter-se-ia entregue a todos os pretendentes (mais de cem), e desse adultério com todos eles teria concebido o deus Pan (v.). Banida por Ulisses, Penélope voltou para Esparta; de lá foi para Mantinéia, onde teria morrido e sido sepultada.

Pentesiléia (G. *Penthesíleia*). Uma amazona filha de Ares (v., e *Amazonas*) e de Otrere. Em seguida à morte de Heitor (v.), Pentesiléia chegou a Tróia à frente de um contingente de amazonas para ajudar Príamo (v.). Depois de demonstrar uma bravura invulgar na parte final da guerra ela foi atingida mortalmente por Aquiles (v.), que se apaixonou por sua bela vítima ao vê-la cair ferida. O sentimento de Aquiles provocou comentários desairosos de Tersites (v.), que foi morto em seguida pelo herói indignado.

Penteu (G. *Pentheus*). Rei de Tebas, descendente de Cadmo (v.) e filho de Equíon (um dos guerreiros nascidos do dragão – os *Spartoi*, v.) e de Agave (v.), filha de Cadmo. Contava-se a propósito de Penteu que Diôniso (v.), depois de conquistar a Ásia, voltou a Tebas, sua pátria, onde queria introduzir seu culto e punir as irmãs de Semele (v.), sua mãe, que a caluniaram; uma delas era Agave, mãe de Penteu. Chegando a Tebas, Diôniso provocou uma alucinação generalizada nas mulheres da cidade, que galgaram delirantes o monte Citéron vestidas de Bacantes e passaram a celebrar os mistérios do deus. Apesar dos conselhos de Cadmo e do adivinho Tirésias (v.), Penteu tentou impedir a introdução desse culto turbulento, acusando Diôniso de impostura e tentando agrilhoá-lo apesar dos prodígios feitos pelo deus em sua presença. Diôniso livrou-se dos grilhões e provocou o incêndio do palácio real, instando Penteu para ir a Citéron a fim de ver com seus próprios olhos as mulheres entregues freneticamente ao seu culto. Penteu resolveu então espionar as Bacantes (v. *Mênades*) disfarçado num pinheiro. Apesar do disfarce as mulheres perceberam sua presença, e tendo à frente a própria Agave arrancaram o pinheiro; quando o rei readquiriu a forma humana elas dilaceraram-lhe o corpo. Agave apoderou-se da cabeça de Penteu e a pôs na parte superior de um tirso, pensando em seu delírio que se tratasse da cabeça de um leão. Quando Agave chegou a Tebas com aquele troféu sinistro, Cadmo fê-la sair do delírio e só então ela percebeu que a cabeça posta no topo do tirso era a de Penteu, seu próprio filho.

Pêntilo (G. *Pênthilos*). Filho ilegítimo que Erigone, filha de Egisto, teve com Orestes (vv.). Pêntilo teria sido o fundador da cidade de Pentile, na ilha de Lesbos.

Pentos (G. *Penthos*). A personificação do pranto. Contava-se a propósito de Pentos que Zeus (v.) estava distribuindo às divindades suas atribuições; Pentos chegou quando todas elas já haviam sido distribuídas, mas insistiu em obter de Zeus uma prerrogativa qualquer. Perplexo, Zeus incumbiu-o de cuidar junto às criaturas humanas daquilo que elas têm de levar aos mortos: lágrimas e tristeza. Da mesma forma que as outras divindades gostavam de quem lhes concedia as homenagens devidas, Pentos apegava-se aos que choravam copiosamente os mortos e observavam um luto rigoroso. Pentos estava sempre perto dessas pessoas e lhes comunicava maior tristeza, pois elas se compraziam com o pranto.

Pepáreto (G. *Pepáretos*). Um dos quatro filhos de Ariadne com Diôniso (vv.). Seus três irmãos chamavam-se Oinopíon, Estáfilo e Toas (vv.). Pepáreto foi o epônimo da ilha homônima situada no mar Egeu, em frente à costa da Macedônia.

Pêrato (G. *Pêratos*). Filho de Calquínia com Poseidon (v.). Lêucipo (v.), pai de Calquínia e detentor do trono de Sicione antes de Pêrato, não tendo filhos homens para sucedê-lo entregou-lhe o reino em sua qualidade de neto. Pêrato teve um filho chamado Plêmnaio.

Pêrdix (G.). (1) Filha de Eupálamo, irmã de Dédalo e mãe de Pêrdix (2) (vv.). Desesperada com a morte do filho, Pêrdix suicidou-se, passando a receber honras divinas dos atenienses depois de morta.

(2) Filho de Pêrdix (1). Este Pêrdix era aprendiz de Dédalo (v.), seu tio, e em pouco tempo ultrapassou o mestre em inventividade. Dédalo, despeitado com o talento do sobrinho, lançou-o do alto da acrópole de Atenas e depois sepultou-lhe

o cadáver. O crime foi descoberto e Dédalo teve de submeter-se a julgamento pelos juízes do Areópago. Atribuía-se a Pêrdix a invenção da serra, imaginada por ele depois de observar os dentes das serpentes. Ele teria inventado também a roda dos oleiros. O nome originário de Pêrdix seria Talo (v.), ou Calo; mas Atena (v.), apiedando-se dele no momento em que seu tio o lançou do alto da Acrópole, transformou-o em perdiz (*pêrdix* em grego = perdiz).

Pérgamo (G. *Pêrgamos*). Herói epônimo da cidade homônima situada na Ásia Menor, filho de Neoptólemo e de Andrômaca (vv.) quando esta última vivia na Grécia após a Guerra de Tróia (v.). Chegando à idade adulta, Pérgamo viajou para a Ásia com sua mãe e num combate singular matou Areio (v.), rei da cidade até então chamada Teutrânia, substituindo-o no trono e dando o seu próprio nome à cidade.

Em outra versão da lenda Pérgamo foi socorrer Girno, filho de Eurípilo (v.), quando seus vizinhos o atacaram. Em reconhecimento à ajuda de Pérgamo, Girno deu a uma das cidades de seu reino o nome de seu aliado. Pérgamo era também outro nome da cidade de Tróia, e Andrômaca teria dado esse nome ao seu filho em memória da mesma.

Peribéia (G. *Períboia*). (1) Uma das virgens lócrias designadas pela sorte quando pela primeira vez foram mandadas a Ílion duas virgens para apaziguar a cólera de Atena (v.), indignada com Ájax, filho de Oileu (v. *Ájax* (2)) por causa de seu sacrilégio contra ela. Peribéia e sua companheira, chamada Cleópatra, serviam à deusa como escravas.

Essa oferenda à deusa foi feita durante um milênio.

(2) Filha de Hipônoo, mulher de Oineu e mãe de Tideu (vv.). Esta Peribéia foi seduzida por Hipóstrato, filho de Amarinceu, e Hipônoo mandou-a a Oineu para que ele a matasse. Oineu apaixonou-se por ela e em vez de tirar-lhe a vida desposou-a.

Em outra versão da lenda o sedutor de Peribéia foi o próprio Oineu, forçado em seguida por Hipônoo a casar-se com ela. Numa terceira versão Peribéia coube a Oineu como presa de guerra após o saque a Óleno.

(3) Mãe de Ájax (v., (1)), e mulher de Telamon (v.), filha de Alcatoo (v.), rei de Mêgara. Esta Peribéia teria sido uma das sete virgens atenienses mandadas por Egeu a Minos (vv.), em Creta, como tributo de Atenas. Minos apaixonou-se por ela, mas Teseu (v.), que a levara para Creta com suas companheiras, teria impedido Minos de unir-se a ela.

(4) Mulher de Políbo, rei de Corinto, que criou Édipo (vv.) após recebê-lo dos pastores que o encontraram abandonado.

(5) Filha do rei Eurimêdon (v.). Unindo-se a Poseidon (v.), esta Peribéia tornou-se mãe de Nausítoo (v.), o primeiro rei dos feácios.

(6) Uma náiade, mãe de Penélope com Icário (vv.).

Periclímeno (G. *Periklýmenos*). (1) Herói tebano filho de Poseidon e de Clóris (filha de Tirésias) (vv.). Na Guerra dos Sete Chefes contra Tebas (v.) ele defendeu a cidade e matou Partenopeu (v.) lançando contra ele um bloco de pedra do alto da muralha. Em seguida, enquanto perseguia os inimigos em fuga, ele atacou Anfiarau (v.), que só se salvou porque Zeus (v.) abriu com seus raios uma fenda no chão por onde ele desapareceu com seu carro.

(2) Filho de Neleu (v.) e um dos participantes da expedição dos Argonautas (v.). Poseidon (v.), pai de Neleu e seu avô, concedeu-lhe o dom de transformar-se no que desejasse, a exemplo de outras divindades marinhas. Por ocasião da expedição de Heraclés (v.) contra Pilos, sua terra natal, este Periclímeno metamorfoseou-se em abelha para poder atacar o herói; Heraclés, entretanto, avisado por Atena (v.), pôde descobri-lo a tempo e o matou. Numa variante da lenda Periclímeno ter-se-ia transfor-

mado em águia, e não em abelha, e morreu atingido por uma flecha de Heraclés.

Perieres (G.). (1) Herói messênio, filho de Éolo (v.), ancestre dos eólios da Messênia e rei de Andânia. Perieres casou-se com Gorgofone, filha de Perseu, e teve com ela Afareu e Lêucipo; aos quais outras fontes acrescentam Tíndaro e Icário (vv.). Em outras versões de sua lenda Perieres aparece como filho de Cinortas e é confundido com Ôibalo (vv.).

(2) Um tebano, auriga do carro de Meneceu (v.). Este Perieres matou Clímeno (v.), rei dos mínios, em Ônquesto, provocando a guerra entre os tebanos e os mínios.

Perifas (G. *Periphas*). (1) Rei antiqüíssimo da Ática, famoso por seu espírito justiceiro e por sua devoção a Apolo (v.). Os habitantes da Ática seguiam-no como a um deus, chegando ao extremo de dedicar-lhe um templo onde o cultuavam como Zeus (v.). Indignado, Zeus quis fulminar Perifas com seus raios e incendiar-lhe a casa, mas conteve-se a pedido de Apolo e contentou-se com transformá-lo em águia, enquanto metamorfoseava sua mulher em falcão.

(2) Um herói lapita, avô de Ixíon (v.); este Perifas casou-se com Astiágia, e teve oito filhos com ela.

Perifetes (G. *Periphetes*). Filho de Hefesto e de Antícleia (vv.). Por causa de uma deficiência de suas pernas ele caminhava apoiando-se num bordão de bronze, que usava também para atacar os viajantes com os quais cruzava nas estradas. Um dia Teseu (v.), de volta à Ática, foi interceptado por ele e o matou, passando a usar o seu bordão.

Perigune (G. *Perigoune*). Filha de Sínis (v.), um salteador morto por Teseu (v.). Depois de exterminá-lo o herói uniu-se a Perigune e teve com ela um filho chamado Melânipo (v.). Posteriormente Teseu deu-a em casamento a Deioneu, filho de Êurito (vv.).

Perimele (G.). Filha de Ádmeto e de Alceste (vv.), e irmã de Êumelo. Perimele uniu-se a Argos, filho de Frixo, e deu à luz um filho chamado Magnes (vv.).

(2) Filha de Hipodamas, amada pelo deus do rio Aqueloo (vv.), a quem se uniu. Indignado com essa união, que Aqueloo não coonestou com o casamento, Hipodamas lançou Perimele ao mar. Aqueloo, penalizado com sua desdita, pediu a Poseidon (v.) que a transformasse numa ilha. O deus ouviu-lhe o pedido e assim foi perpetuado o nome de Perimele.

Perístera (G.). Uma ninfa do cortejo de Afrodite (v.). Em certa ocasião Afrodite e Eros (v.), divertindo-se, competiram para ver qual dos dois colhia mais flores. Vendo Afrodite em desvantagem, Perístera passou a ajudá-la e proporcionou-lhe a vitória. Eros ficou desgostoso com a ninfa e transformou-a numa pomba, mas Afrodite fez dela sua ave de estimação para recompensá-la.

Peró (G.). Filha de Neleu e de Clóris (vv.). Atraídos por sua beleza, muitos pretendentes manifestaram a intenção de casar-se com ela, mas Neleu, desejoso de tê-la consigo, estipulou que só se casaria com Peró o pretendente que lhe trouxesse como presente de núpcias os rebanhos de Íficlo (v.). Bias, um dos pretendentes, ajudado por seu irmão Melânipo (vv.), conseguiu satisfazer a condição imposta por Neleu e casou-se com Peró, de quem era primo. O casal teve muitos filhos, porém algum tempo depois Bias abandonou Peró para casar-se com uma das filhas de Preto (v.), rei de Argos.

Perse (G.) (ou Perseís). Filha de Oceano e de Tetis (vv.) e mulher de Hélios (o Sol). De seu casamento com Hélios nasceram Aietes (rei da Cólquida), Circe (a feiticeira) e Pasifae (vv.).

Perséfone (G. *Persephone*). (1) Mulher de Hades (v.) e deusa do inferno. Na versão mais conhecida de sua lenda ela era filha de Zeus e de Deméter (vv.), mas em outra fonte teria nascido dos amores de Zeus com Estige (v.), ninfa de um dos rios infernais. Hades, seu tio, apaixonou-se por ela ao vê-la colhendo flores em companhia das ninfas da planície de Ena, na Sicília, e aproveitando a ausência de Deméter raptou-a com a ajuda de Zeus (v.). Deméter, transtornada com o desaparecimento da filha, saiu perambulando pela Grécia inteira à sua procura. Comovido com o desespero de Deméter, Zeus deu ordens a Hades algum tempo depois para devolver Perséfone à sua mãe, mas já era tarde; Perséfone, distraidamente ou tentada por Hades, já quebrara o jejum no inferno comendo um grão de romã, e por isso não podia mais sair de lá. Numa solução conciliatória Zeus, instado por Deméter, decidiu que ela passaria parte do ano no reino dos mortos com Hades, e a outra parte no mundo dos vivos com sua mãe (v. *Ascálafo*). Perséfone ter-se-ia apaixonado por Ádonis (v.), que para estar com ela também teve de dividir seu tempo entre o inferno e a terra.

Perséfone, identificada em Roma com Prosérpina (v.), aparecia com Deméter nos mistérios de Elêusis. Vejam-se também os verbetes *Heraclés*, *Orfeu*, *Pirítoo* e *Teseu* para a participação de Perséfone nas lendas desses heróis.

(2) Filha de Minias (v.) e mulher de Íaso (v., (2)).

Persépolis (G.). Filho de Ulisses e de Nausícaa (vv.) numa das versões da lenda do herói; em outra fonte ele seria filho de Telêmaco e de Policasta (filha de Nêstor) (vv.).

Perses (G.). Filho do titã Crio e de Euríbia, e irmão de Palas e de Astreu (vv.). Perses casou-se com Astéria, filha de Febe e de Coio, também titãs (vv.). Entre os filhos nascidos desse casamento estava Hecate (v.). Em outra versão da lenda Perses aparecia como filho de Hélios (o Sol) e de Perseís (v. *Perse*), sendo portanto irmão de Aietes (rei da Cólquida), da feiticeira Circe e de Pasifae (vv.).Perses era rei de Táuris antes de usurpar do irmão seu trono na Cólquida, mas foi morto por Medo (filho de Medéia (v.)), instigado por esta última, interessada em devolver a Aietes o seu reino usurpado. Numa terceira versão, em que se fundem de certo modo as duas primeiras, Perses era ao mesmo tempo irmão de Aietes e pai de Hecate (v.), nascida de sua união com uma concubina. Hecate ter-se-ia casado posteriormente com Aietes, seu tio, e seria a mãe de Circe e de Medéia.

Perseu (G. *Perseus*). Herói argivo filho de Zeus e de Danae (filha de Acrísio) e ascendente direto de Heraclés (vv.). Acrísio, avô de Perseu, ainda sem filhos, consultou um oráculo sobre seu futuro; a resposta foi que Danae, sua filha, teria um filho e este o mataria. Querendo impedir a consumação do oráculo, Acrísio mandou construir um aposento subterrâneo de bronze, onde confinou a filha. Entretanto, apesar das providências paternas o próprio Zeus, transformado em chuva de ouro, penetrou no aposento e engravidou Danae. Em outra versão da lenda ela foi seduzida por Preto (v.), irmão de Acrísio, e esse abuso teria exacerbado uma desavença entre os dois irmãos, que começou no ventre materno.

Danae, segregada com sua velha ama, deu à luz Perseu sem que ninguém percebesse; durante algum tempo ela conseguiu mantê-lo oculto, mas um dia o menino gritou enquanto brincava, e Acrísio ouviu-o. Incrédulo quanto à paternidade de Zeus, Acrísio matou a ama, considerando-a cúmplice na aventura amorosa de Danae, e lançou a filha e o neto no mar depois de encerrá-los numa arca de madeira. Impelida pelo vento, a arca foi parar numa praia da ilha de Sérifo. A mãe e seu filho foram achados vivos por um pescador chamado Díctis, que seria irmão de Polidectes (vv.), tirano da ilha. Díctis levou-os para sua casa e criou o menino, que ao chegar à juventude se distinguia por sua beleza e coragem. Nesse ínterim Polidectes apaixonou-se por Danae, mas Perseu conseguiu proteger sua mãe das investidas do tirano. Querendo afastá-lo de seu caminho, Polidectes incumbiu-o de uma missão que julgava impossível de ser cumprida: trazer-lhe a cabeça de Mêdusa, uma das Gôrgonas (v.).

Para desincumbir-se da missão Perseu recebeu a ajuda de Hermes e de Atena (vv.), que o aconselharam a ir antes de mais nada procurar Dinó, Eoió e Pefredó, as três Graias (vv.), filhas de Forcis (v.), que tinham para as três apenas um olho e um dente. Perseu tirou-lhes o dente e o olho e lhes disse que só os devolveria se elas lhe indicassem o caminho da morada das ninfas guardiãs das sandálias aladas, do saco mágico chamado *kíbisis* e do capacete de Hades (v.), este último capaz de tornar invisível quem o usasse. As Graias disseram a Perseu como poderia encontrar as ninfas, e estas lhe deram os objetos desejados. Hermes, por seu turno, ofereceu-lhe uma foice afiadíssima.

Em seguida Perseu dirigiu-se à morada das Gôrgonas – Euríale, Mêdusa e Estenó. Elas eram monstros voadores com asas de ouro e mãos de bronze, com o pescoço coberto de escamas de dragão e presas iguais às dos javalis. Além disso, seu olhar era a tal ponto penetrante que transformava em pedra todos os seres que elas contemplavam. Perseu, sabedor de que uma delas – Mêdusa – era mortal, e contando com a proteção dos deuses, elevou-se nos ares graças às sandálias aladas e colocou-se por atrás de Mêdusa. Atena, pare evitar que o herói fosse visto por Mêdusa, pôs o seu escudo por cima dele servindo-lhe de espelho, e assim Perseu decapitou-a com a foice oferecida por Hermes. Do pescoço de Mêdusa já decapitada surgiram Pégaso, um cavalo alado, e Crisáor (vv.), um gigante. Em seguida, Perseu pôs a cabeça de Mêdusa no saco mágico e partiu de volta. As duas irmãs de Mêdusa perseguiram o herói, mas não puderam alcançá-lo por causa do capacete de Hades que o tornava invisível.

Quando passava pela Etiópia na viagem de volta, Perseu viu Andrômeda (v.) presa a um rochedo, expiando a ofensa de sua mãe (Cassiopéia, v.) a Hera (ou às nereidas) (v.). Perseu apiedou-se da bela moça e apaixonou-se por ela, assegurando a Cefeu, pai de Andrômeda, que a salvaria se a recebesse como esposa. Cefeu prometeu-lhe a filha em casamento, e Perseu, valendo-se das mesmas armas usadas contra Mêdusa, matou o monstro marinho que vigiava Andrômeda e a entregou ao pai. Antes, porém, de ser prometida a Perseu, Andrômeda fora oferecida por Cefeu ao seu irmão Fineu (v.) para casar-se com ele, e este último, inconformado com a entrega da sobrinha a Perseu, passou a tramar a morte do herói. Perseu, entretanto, descobriu as más intenções de Fineu, e o matou mostrando-lhe a cabeça de Mêdusa, que o petrificou.

São e salvo, Perseu chegou enfim a Sérifo em companhia de Andrômeda. Em sua ausência Polidectes tentou violentar Danae, que se salvou refugiando-se junto a um altar em companhia de Díctis. Perseu saiu à procura de Polidectes e o encontrou reunido com amigos no palácio, onde graças à cabeça de Mêdusa transformou o tirano e seus amigos em estátuas de pedra. Em seguida ele foi ao encontro de Danae e de Díctis, entregando a este o trono da ilha. Depois Perseu deu as sandálias aladas, o saco mágico e o capacete de Hades a Hermes. O deus devolveu esses objetos às ninfas, e Atena pôs a cabeça de Mêdusa, fatal a quem a visse apesar de morta, no centro de seu escudo.

Pouco tempo depois Perseu partiu da ilha de Sérifo com Andrômeda de volta a Argos, sua terra natal. O herói quis rever Acrísio, mas seu avô, ainda receoso da previsão do oráculo de que seria morto por um filho de Danae, retirou-se para o território dos pêlasgos. Pouco tempo depois Teutamides, rei de Lárissa, celebrou nesse território jogos fúnebres solenes em honra de seu velho pai recém-falecido, e entre os espectadores estava Acrísio. Perseu veio participar dos jogos e ao lançar o disco numa das competições atléticas, atingiu casualmente seu avô, matando-o. O herói ficou transtornado ao saber que a vítima era Acrísio, e o sepultou em Lárissa depois de prestar-lhe as homenagens fúnebres devidas.

Após o assassinato involuntário do avô, Perseu não quis substituí-lo no trono de Argos, cedendo-o ao seu primo Megapentes, filho de Preto (vv.), que era rei de Tirinto e em compensação entregou o trono dessa cidade a Perseu.

Do casamento de Perseu com Andrômeda nasceram seis filhos – Alceu, Electríon, Heleio, Perses e Estênelo – e uma filha chamada Gorgofone. (vv.).

Numa versão romana da lenda a arca lançada ao mar por Acrísio com Danae e Perseu ainda criança foi parar na costa do Lácio. Pescadores da região recolheram a arca em suas redes e entregaram a mãe e o filho a Pilumno (v.), que se casou com Danae.

Peucétio (G. *Peukêtios*). Um dos filhos de Licáon (v.) que teria vindo da Arcádia para o sul da Itália, onde deu origem ao povo que tomou o seu nome.

Píaso (G. *Píasos*). Um rei tessálio que violentou sua própria filha, chamada Lárissa (v.). Esta última vingou-se do pai lançando-o num tonel de vinho, onde ele morreu afogado.

Pico (G. *Picus*). Rei antiqüíssimo do Lácio, cujos súditos eram os habitantes nativos da região, chamados aborígenes (v.). Pico seria o pai de Fauno e avô do rei Latino (vv.). Em algumas fontes ele seria pai também de Esterces, ou Estérculo, confundido com Saturno (v.), ou seu filho, apesar de sua humildade (*Sterces* e *Sterculus* lembram "esterco"). Pico era tido como ótimo adivinho, e teria sido metamorfoseado em pica-pau pela feiticeira Circe (v.) ao ver-se repelida por ele, fiel à sua mulher, chamada Pomona ou Canente, ninfa filha de Jano (vv.). O pica-pau tinha seu lugar nas crenças romanas, sendo consagrado a Marte (v.); era considerado um pássaro sagrado, importante nos augúrios, e dizia-se também que ele trouxe alimento para Rômulo e Remo (vv.) recém-nascidos.

Picumno (L. *Picumnus*). v. *Pilumno.*

Piérides (G.). Um dos epítetos das Musas (v.), derivado da região de Piéria na Trácia. As Piérides eram nove moças, filhas de Píero e de Euipe (vv.), que tiveram a pretensão de rivalizar com as Musas. Confiando na sonoridade de sua voz, elas foram até o monte Helicon, onde moravam as Musas, e as desafiaram para uma competição de canto em que foram vencidas. Para puni-las as Musas transformaram-nas em pássaros.

Numa das versões de sua lenda as Piérides tinham os mesmos nomes das Musas e seriam mães dos vários filhos atribuídos às Musas, pois estas últimas teriam conservado a virgindade. Na versão em que elas são diferentes das Musas seus nomes eram Acalântis, Cencris, Cissa, Clóris, Colimbas, Dracôntis, Iinge, Nessa e Pipó.

Píero (G. *Píeros*). (1) Epônimo da Piéria, geralmente considerado pai das Piérides (v. o verbete anterior). Píero era filho de Macêdon (v.), e era tido às vezes corno pai de Lino, ou de Ôiagro (e neste último caso avô de Orfeu) (vv.); ele foi o introdutor do culto das Musas na região à qual deu o nome.

(2) Filho de Magnes e de Melibéia (vv.). Afrodite (v.), indignada com a Musa Clio (v. *Musas*) por haver ridicularizado o amor da deusa pelo belo Ádonis, fê-la apaixonar-se por este Píero. Da união de Píero com Clio nasceu Jacinto (v.).

Pietas (L.). A personificação da piedade no sentido da devoção devida aos deuses pelos homens, aos pais pelos filhos, e aos homens uns pelos outros. Havia em Roma, no sopé do Capitólio, um templo dedicado a *Pietas.*

Pigmalião (G. *Pygmalíon*). (1) Rei de Chipre, apaixonado pela estátua de uma mulher, que em uma das versões da lenda ele mesmo esculpira. Arrebatado pela paixão, Pigmalião implorou a Afrodite (v.), durante uma festa da deusa, que lhe desse uma mulher parecida com a estátua. De volta à sua casa Pigmalião vendo que a estátua adquirira vida, casou-se com ela. Dessa união nasceu uma filha chamada Pafos, que veio a ser mãe de Ciniras (v.).

(2) (L.). Rei de Tiro, filho de Muto e irmão de Elissa. V. *Dido.*

Pigmeus (G. *Pygmaioi*). Um povo constituído de homúnculos, habitante do sul do Egito ou da Etiópia. Contava-se que nasceu entre os pigmeus um moça chamada Oinoe, belíssima porém extremamente arrogante e displicente em relação ao culto dos deuses, principalmente de Hera e de Ártemis (vv.). Essa moça casou-se com um pigmeu chamado Nicodamas, de quem teve um filho cujo nome era Mopso. Para celebrar o nascimento de Mopso todos os pigmeus ofereceram presentes aos pais da criança. Hera, entretanto, despeitada com o descaso de Oinoe em relação ao seu culto, transformou-a numa cegonha. Essa cegonha tentou levar consigo seu filho, que ficara com os pigmeus, mas estes a afastaram com seus gritos e a alvejaram com suas armas. Desde essa época as cegonhas passaram a odiar os pigmeus e estes a temê-las.

Pílades (G. *Pylades*). Primo e amigo inseparável de Orestes (v.); seus pais eram Estrófio e Anaxíbia, irmã de Agamêmnon (vv.). Pílades e Orestes encontraram-se quando este último foi confiado a Estrófio na ocasião em que Clitemnestra (v.), sua mãe, passou a viver com Egisto (v.) durante a ausência de Agamêmnon, empenhado na Guerra de Tróia (v.). Os dois primos cresceram juntos, e a convivência criou entre eles uma amizade que se tornou proverbial. Veja-se o verbete *Orestes* para os episódios vividos conjuntamente pelos dois amigos, principalmente na versão de suas aventuras apresentada pelos poetas trágicos. Pílades casou-se com Electra (v.), uma das irmãs de Orestes, e teve com ela dois filhos – Mêdon e Estrófio.

Pilaimenes (G. *Pylaimenes*). Um paflagônio aliado dos troianos na guerra contra os gregos; no decurso da guerra seu filho Harpalíon foi morto por Meríon, e o próprio Pilaimenes perdeu a vida atingido pela lança de Menelau ou de Aquiles (vv.). Pilaimenes está ligado a um cochilo de Homero, que registra sua morte no canto V da *Ilíada* (verso 580), e no canto XIII (verso 658) o mostra chorando a morte de seu filho Harpalíon.

Pilas (G. *Pylas*). Rei de Mêgara, filho de Cléson e neto de Lêlex (vv.). Sua filha Pilia casou-se com Pandíon, sucessor no trono de Atenas de Cêcrops, expulso da cidade pelos filhos de Metíon (vv.) revoltados contra ele. Posteriormente Pilas matou Bias (v.), seu tio paterno, e teve de exilar-se após entregar o trono a Pandíon. Pilas foi então com um grupo de lêlegos para o Peloponeso, onde fundou a cidade de Pilos, situada na Messênia. Expulso de lá por Neleu (v.), Pilas foi para Élis, onde fundou outra cidade também chamada Pilos.

Pilênor (G. *Pylênor*). Um centauro ferido por Heraclés durante seu combate contra Folo (vv.). Pilênor lavou seu ferimento infetado pelo sangue da Hidra de Lerna, que impregnava as flechas de Heraclés, no riacho chamado Ânigro, cujas águas desde então passaram a ser insalubres e exalavam um odor pútrido.

Pileu (G. *Pýlaios*). Filho de Leto, comandante juntamente com seu irmão Hipotoo (v.) de um contingente de pélasgos vindos de Lárissa para combater ao lado dos gregos na Guerra de Tróia (v.).

Pília (G. *Pylia*). Mulher de Pandíon e filha de Pilas (vv.), rei de Mêgara.

Pílio (G. *Pýlios*). Filho de Hefesto, que curou a ferida de Filoctetes (vv.) e aprendeu com ele o manejo do arco e das flechas.

Pilumno (L. *Pilumnus*). Deus romano protetor dos recém-nascidos; seu nome provém do pilão para triturar os cereais. Pilumno é mencionado às vezes juntamente com Picumno, cujo nome lembra o do deus Pico (v.), e seria avô de Turno e pai de Dauno (vv.).

Pindo (G. *Pindos*). Filho de Macêdon na genealogia em que este era filho de Licáon (vv.). Durante uma caçada Pindo encontrou uma serpente enorme, que não o atacou. Querendo demonstrar sua gratidão à serpente, Pindo vinha trazer-lhe com freqüência parte do produto de suas caçadas, e ela se afeiçoou ao jovem. Mais tarde, quando Pindo foi assassinado por seus irmãos, despeitados com suas boas qualidades, a serpente matou os criminosos e permaneceu ao lado do cadáver até a chegada dos parentes para sepultá-lo.

Piraicmes (G. *Pyraikhmes*). (1) Um dos dois comandantes do contingente de peônios que veio juntar-se a Príamo na Guerra de Tróia (v.). Ele matou em combate Eudoro, escudeiro de Pátroclo, e foi morto por Diomedes ou pelo próprio Pátroclo (vv.).

(2) Rei de Eubéia, que atacou a Beócia mas foi vencido por Heraclés (v.) e esquartejado por seus cavalos às margens de um riacho, que a partir dessa época passou a chamar-se Heráclei0. Dizia-se que os cavalos relinchavam depois de beber a água desse riacho.

(3) Um fundibulário cuja atuação proporcionou a Ôxilo (v., (1)) sua vitória sobre os elidenses.

Píramo (G. *Pýramos*) e Tisbe (G. *Thisbe*). Um rapaz e uma moça que se amavam intensamente e se uniram antes de casar-se. Tisbe ficou grávida e levada pelo desespero suicidou-se, enquanto Píramo, ao tomar conhecimento de seu ato, também se matou. Os deuses compadeceram-se dos dois amantes infelizes e transformaram Píramo no rio homônimo situado na Cilícia, e Tisbe numa fonte cujas águas fluíam para o rio.

Noutra versão da lenda, Píramo e Tisbe eram babilônios e não podiam casar-se por causa da oposição dos pais. Os dois, entretanto, viam-se secretamente através de uma fenda existente no muro que separava as suas casas. Certa noite eles marcaram um encontro nas proximidades do túmulo de Nino, fora da muralha da Babilônia, num lugar onde havia uma amoreira à beira de uma fonte. Tisbe foi a primeira a chegar, e logo depois apareceu uma leoa que vinha dessedentar-se na fonte. Tisbe correu com medo da fera mas deixou cair o seu véu; a leoa o apanhou com a boca ainda suja de sangue de sua última vítima e depois deixou-o manchado de sangue no chão, indo embora após beber água. Nesse momento Píramo chegou ao local, e vendo o véu manchado de sangue supôs que Tisbe fora devorada por alguma fera; desvairado, o rapaz matou-se com sua espada. Voltando ao lugar do encontro, Tisbe viu Píramo morto, e arrancando a espada do cadáver de seu amado, suicidou-se com a mesma. Desde então os frutos da amoreira tornaram-se vermelhos por causa do sangue derramado pelos amantes, cujas cinzas foram postas numa única urna.

Pirene (G. *Pyrene*). (1) Uma moça filha de Bêbrix, rei no tempo de Heraclés (v.) das populações nativas da região de Narbona. De passagem por essa região a caminho dos domínios de Geríon (v.), Heraclés (v.) embriagou-se e violentou Pirene, que depois deu à luz uma serpente. Apavorada, a moça fugiu para as montanhas, onde as feras a devoraram. Ao voltar da expedição Heraclés descobriu o cadáver da moça e o sepultou, prestando-lhe as honras fúnebres devidas. Para perpetuar a memória de Pirene o herói deu o nome de Pireneus às montanhas onde ela morreu.

(2) A mãe de Cicno, herói que lutou contra Heraclés e Diomedes (vv.). Este último era rei da Trácia.

Pireneu (G. *Pyreneus*). Rei de Daulis. Quando as Musas (v.) procuravam abrigar-se de uma tempestade, Pireneu convidou-as a entrarem em seu palácio e tentou violentá-las. As deusas elevaram-se em direção ao céu, e Pireneu, tentando persegui-las, precipitou-se sobre uns rochedos, perdendo a vida.

Pirgó (G. *Pyrgó*). (1) Mulher de Alcatoo (v.), rei de Mêgara; Alcatoo abandonou-a para casar-se em segundas núpcias com Euaicme, filha de Megareu (v.).

(2) Ama dos filhos de Príamo (v.). Já velha, esta Pirgó acompanhou Enéias (v.) em sua viagem de Tróia para o Ocidente após a captura da cidade pelos gregos. Instigada por Íris (v.), Pirgó aconselhou as mulheres troianas, cansadas de tanto viajar, a incendiarem as naus em que Enéias, seus companheiros e as próprias mulheres tinham partido de Tróia.

Piriflegêton (G. *Pyriphlegêthon*). Um dos rios do inferno. V. *Aqueronte*.

Pirítoo (G. *Peiríthoos*). Filho de Ixíon (ou de Zeus) e de Dia (vv.), da raça dos lapitas (v.). Por ocasião de seu casamento com Hipodâmia, filha de Anfitéia e de Ádrasto (vv.), Pirítoo convidou para a festa de núpcias os centauros (v.), a cuja raça pertencia Hipodâmia. Durante a festa os centauros, sob o efeito do vinho, tentaram violentar Hipodâmia e raptá-la juntamente com as outras mulheres presentes. Seguiu-se um combate violento entre os centauros e os lapitas, no decurso do qual foram mortos numerosos centauros. Teseu (v.), que participou da luta ao lado dos lapitas, tornou-se desde então amigo de Pirítoo. Pirítoo e Hipodâmia tiveram de seu casamento um filho chamado Polipoites.

Em outra versão da lenda a amizade entre Pirítoo e Teseu é explicada de maneira completamente diferente. Pirítoo, depois de ouvir falar das proezas de Teseu, resolveu pôr à prova sua valentia, roubando para isso os rebanhos do herói ateniense na região de Maratona. Quando os dois heróis se viram frente a frente, sentiram-se atraídos pela beleza um do outro; no momento em que o combate parecia iminente, Pirítoo ofereceu espontaneamente uma compensação a Teseu pelos animais roubados e se prontificou a ser seu escravo. Teseu, por seu turno, recusou a oferta e deu o incidente por encerrado. Os dois heróis sacramentaram sua amizade com um juramento, e desde então passaram a atuar juntos em suas façanhas.

Pirítoo e Teseu comprometeram-se de início a se ajudarem mutuamente na tentativa de se casarem com filhas de Zeus. Honrando o compromisso Pirítoo participou do rapto de Helena, filha de Zeus e de Leda, ainda adolescente (vv. *Helena* e *Teseu*); Teseu retribuiu-lhe o gesto acompanhando-o ao inferno quando Pirítoo foi raptar Perséfone, mulher de Hades e filha de Zeus e de Deméter (vv.). Os dois heróis conseguiram chegar ao inferno, mas não puderam voltar, ficando lá até a vinda de Heraclés (v.) ao reino dos mortos. Os esforços de Heraclés foram bem-sucedidos em relação a Teseu, que com sua ajuda pôde regressar ao mundo dos vivos, mas quando Heraclés tentou levar consigo Pirítoo, houve um terremoto e o herói tebano percebeu que os deuses não queriam o seu retorno para punir-lhe a ousadia; curvando-se à vontade divina, Heraclés deixou o inferno para sempre.

Em outra versão da lenda, de caráter racionalista, Teseu e Pirítoo teriam ido ao Épiro, cujo rei chamava-se Aidoneu (e não ao inferno, onde Hades reinava sobre os mortos); a mulher de Aidoneu chamava-se Perséfone, e o casal tinha uma filha chamada Core. Um cão, cujo nome era Cérbero, guardava o palácio desse rei. Pirítoo e Teseu alegaram que tinham vindo para pedir a mão de Core, pretendida por um deles, mas sua intenção era raptar Perséfone e Core. Aidoneu prometeu sua filha em casamento ao herói que conseguisse vencer Cérbero, o cão feroz que guardava o palácio real, porém percebendo o objetivo dos dois forasteiros mandou prendê-los. Pirítoo foi lançado a Cérbero, que o devorou num instante; Teseu, cuja culpa era menor, permaneceu na prisão até a chegada de Heraclés, que era amigo de Aidoneu e obteve a libertação do herói ateniense.

Pirra (G. *Pyrrha*). (1) Filha de Epimeteu e de Pandora, casada com Deucalião, filho de Prometeu (vv.). Após o dilúvio, que a deixou no cume do monte Parnasso com Deucalião, Pirra criou as mulheres lançando pedras por cima dos ombros, enquanto Deucalião criava os homens agindo de maneira idêntica.

(2) O nome falso de Aquiles (v.) quando foi mandado por Têtis (v.) para viver em Ciro com as filhas do rei Licomedes (v.) como se fosse uma moça.

Pírrico (G. *Pýrrhikos*). Criador de uma dança guerreira chamada pírrica, executada pelos dançarinos com lanças, escudos e tochas acesas nas mãos. Pírrico seria um dos Curetes (v.) de Creta que cuidaram de Zeus recém-nascido. Em outras fontes Pírrico seria originário da Lacônia, e não de Creta, e o criador da dança pírrica seria Pirro (v. o verbete seguinte), e não Pírrico.

Pirro (G. *Pyrrhos*). = "Ruivo", apelido de Neoptólemo, filho de Aquiles (vv.), por causa de seus cabelos ou porque o nome falso de Aquiles disfarçado em mulher entre as filhas do rei Licomedes (v.) em Ciro era Pirra (v., (2)). Pirro era o epônimo da cidade de Pírrico, situada na Lacônia, e às vezes se lhe atribuía a criação da dança pírrica (v. *Pírrico* acima).

Piseu (L. *Pisaeus*, G. *Pisaios*). Um etrusco habitante de Pisa, tido como inventor da trombeta de guerra e dos esporões das naus de combate.

Pisídice (G. *Peisidike*). (1) Filha do rei de Mêtimna, cidade da ilha de Lesbos. Durante o cerco de Metimna por Aquiles (v.), Pisídice viu o herói do alto da muralha e apaixonou-se por ele. Pisídice mandou secretamente um emissário a Aquiles com a promessa de entregar-lhe a cidade se o herói assumisse o compromisso de desposá-la. Aquiles concordou, mas depois de penetrar na cidade e ocupá-la graças à traição de Pisídice, ignorou a promessa e mandou matá-la.

(2) Num história que talvez seja apenas uma variante de (1), ou vice-versa, Pisídice era de Monênia, uma cidade da Troas. Durante o cerco de Monênia por Aquiles, no momento em que a cidade ia ser atacada Pisídice lançou do alto da muralha uma mensagem ao herói, dizendo-lhe que Monênia estava prestes a render-se porque já não havia água para os habitantes. Sem disparar sequer uma flecha, Aquiles apoderou-se da cidade.

Pisístrato (G. *Peisístratos*). Filho mais novo de Nêstor (v.). Pisístrato, que era da mesma idade de Telêmaco (filho de Ulisses) (vv.), deixou Pilos e foi para Esparta. De acordo com a tradição ele seria um antepassado do tirano homônimo de Atenas.

Piso (G. *Pisos*). (1) Herói filho de Perieres (v.), casado com uma arcádia chamada Olímpia, e epônimo da cidade de Pisa em Élis.

(2) Epônimo da cidade de Pisa, na Etrúria, rei dos celtas e filho de Apolo (v.) Hiperbóreo.

Pístor (L.) = "Padeiro", epíteto de Júpiter (v.), cuja origem seria a seguinte. Durante o cerco de Roma pelos gauleses, quando o trigo já começava a escassear na cidade e os romanos já temiam a fome, Júpiter apareceu em sonho aos defensores da cidade e os exortou a transformarem toda a farinha disponível em pães e os lançarem sobre os atacantes. Os romanos, embora pasmos com a exortação para eles absurda, obedeceram prontamente e jogaram os pães sobre os escudos e capacetes dos gauleses, que, perdendo a esperança de vencer pela fome os inimigos aparentemente tão bem abastecidos de trigo, desistiram do cerco. Em testemunho de sua gratidão, os romanos dedicaram um altar a Júpiter Pístor.

Pitaeu (G. *Pythaeus*). Filho de Apolo, oriundo de Delfos, fundador do templo dedicado a Apolo (v.) Pitaeu em Argos.

Pitane (G.) (1) Filha do deus do rio Eurotas, que se uniu a Poseidon (v.) e teve com ele uma filha chamada Euadne (v.); logo após o nascimento Pitane abandonou a filha, que foi recolhida por Áipito (v., (3)). Em outra fonte Pitane mandou entregar Euadne secretamente a Áipito, que a criou. Pitane seria a epônima da cidade homônima situada na Lacônia.

(2) Uma amazona (v. *Amazonas*) que teria fundado a cidade de Pitana na Mísia.

Piteu (G. *Pitheus*). Filho de Pêlops e de Hipodâmia e meio-irmão de Tiestes e de Atreu (vv.). Piteu foi o sucessor de Trezén (v.) no trono da cidade de mesmo nome, onde fundou o templo grego mais antigo, dedicado a Apolo (v.) Teário. Piteu era famoso por sua sabedoria e por seus dons divinatórios. Na qualidade de adivinho ele interpretou o oráculo que prometia a Egeu (v.) um filho excelente. Em seguida, embriagando Egeu ele levou-o a unir-se à sua filha Aitra. Dessa união nasceu Teseu (v.), que Piteu criou na qualidade de seu avô. O direito de Teseu ao trono de Trezena lhe adveio do fato de ser neto de Piteu, que também criou Hipólito (v.), filho de Teseu e da amazona (v. *Amazonas*) Melanipe (ou Antíope, ou Hipólita) (vv.).

Pítia (G. *Pýthia*). Um dos nomes da sacerdotisa de Apolo (v.) em seu templo em Delfos, incumbida de proferir os oráculos do deus sentada na trípode profética. V. *Sibila*.

Pitireu (G. *Pityreus*). Um dos descendentes de Íon (v.), e rei de Epídauro, no Peloponeso, na época do retorno dos Heráclidas (v.). Pitireu entregou espontaneamente seu reino ao Heráclida Deifontes (v.) e foi com seus súditos para Atenas.

Pítis (G. *Pítys*). Uma ninfa amada por Pan (v.). Em certa ocasião ela correu para fugir ao ardor amoroso do deus e foi transformada em pinheiro (*pítys* = pinheiro em grego). Talvez essa fosse a razão de Pan adornar geralmente sua cabeça com uma coroa de ramos de pinheiro.

Em outra versão da lenda Pítis era desejada por Pan e por Bóreas (v.), e se entregou primeiro a Pan; enciumado, Bóreas lançou-a do alto de um rochedo, e a terra, com pena da ninfa, transformou-a depois da morte num pinheiro. Dizia-se que a alma de Pítis gemia quando Bóreas agitava a folhagem dos pinheiros, e dava com prazer seus ramos para Pan coroar-se.

Píton (G. *Pýthon*). Um dragão que matava os animais e as pessoas que passavam pelas imediações de uma fonte situada no sopé do monte Parnasso, perto de Delfos. Quando Apolo (v.) decidiu fazer um santuário no local, matou Píton com suas flechas, pois esse dragão, na qualidade de filho de Gaia (a Terra), proferia oráculos e iria rivalizar com ele em Delfos. De acordo com a tradição um oráculo teria revelado que Píton seria morto por um filho de Letó (v.). Tomando conhecimento do oráculo Hera (v.), enciumada porque Letó fora engravidada por Zeus (v.), determinou que ela não poderia ter seus filhos em lugar algum iluminado pela luz do sol; Píton, insuflado pela deusa ciumenta, tentou matar Letó. Diante dessa ameaça Zeus pediu a Poseidon (v.) que a protegesse; Poseidon ocultou-a na ilha de Ortígia, que na época era submersa, e lá ela pôde dar à luz Apolo e Ártemis (v.), escondida do Sol e do rancor de Hera por uma abóbada formada pelas vagas. Com apenas três dias de vida Apolo matou Píton, e para perpetuar a memória dessa proeza instituiu os Jogos Píticos.

Plêiades (G.). Sete irmãs transformadas na constelação que tomou esse nome. As Plêiades eram filhas do gigante Atlas e de Pleione (vv.), e chamavam-se Alcione, Astérope, Celainó, Electra, Maia, Mérope e Taigete (vv.). Em outra fonte as Plêiades eram filhas de uma rainha das amazonas (v.), e teriam criado os coros de danças e festas noturnas, e seus nomes eram Cocimo, Gláucia, Lampadó, Maia, Partênia, Prótis e Estoníquia. Às vezes Calipso e Dione (vv.) aparecem entre as Plêiades. Todas elas haviam-se unido a deuses, menos Merope, que se casou com Sísifo (v.), e por isso era a estrela menos luminosa da constelação. A plêiade Celainó teve com Poseidon um filho chamado Nicteu (vv.); outra plêiade – Alcione – teve com o mesmo Poseidon os filhos Hiperes e Antas, fundadores da cidade de Trezena. De acordo com sua lenda, um dia as Plêiades estavam na Beócia com Pleione, sua mãe, quando o grande caçador Oríon (v.) as viu e se apaixonou por todas elas. Depois de serem perseguidas por Oríon durante muitos anos, elas foram metamorfoseadas em pombas, mas Zeus (v.), contristado com sua desventura, transformou-as numa constelação.

Em outra versão da lenda sua transformação decorreu da tristeza delas quando Atlas, seu pai, foi condenado por Zeus a sustentar o céu em seus ombros.

Numa terceira versão em que as Plêiades eram filhas de Hiás, elas e suas cinco irmãs chamadas Híades (v.) foram transformadas em constelações após a morte de seu pai, picado por uma serpente.

Contava-se ainda a propósito das Plêiades que no dia da queda de Tróia uma delas – Electra –, da mesma raça dos reis troianos, movida pela tristeza de ver a cidade conquistada separou-se de suas irmãs na constelação e transformou-se num cometa.

Pleione (G.). Mãe das Plêiades (v. o verbete anterior), filha de Oceano e de Tetis (vv.). Além das Plêiades ela teve outras filhas (duas a sete – geralmente cinco – conforme as fontes) chamadas Híades, e um filho – Hiás (vv.). Oríon apaixonou-se por Pleione e pelas Híades, e perseguiu-as por toda a Beócia durante cinco anos. Em seguida Pleione se metamorfoseou em estátua, enquanto suas filhas transformavam-se numa constelação.

Plemneu (G. *Plêmnaios*). Um dos reis de Sicione filho de Pérato e pai de Ortópolis (v.). Plemneu teria introduzido em Sicione o culto de Deméter (v.), a quem dedicou um templo.

Plêuron (G.). Filho de Étolo e de Pronoe e irmão de Calidon (vv.), e herói epônimo da cidade homônima situada na Etólia. Plêuron casou-se com Xantipa, filha do rei Doro, e teve com ela dois filhos – Calidon e Cures – ou, um filho – Agênor – e três filhas chamadas Laofonte, Esteropé, e Estratonice (vv.). Havia em Esparta um templo dedicado a Plêuron em sua condição de bisavô de Leda.

Pléxipo (G. *Pléxippos*). (1) Tio de Meleagro e irmão de Altaia (vv.), morto por Meleagro durante a caçada ao javali de Calidon (v. *Meleagro*).

(2) Filho de Fineu e de Cleópatra (vv.). Este Plêxipo, acusado falsamente de haver tentado violentar Idaia (v.), sua madrasta, teve os olhos perfurados por seu pai.

Plistenes (G. *Pleisthenes*). Filho de Pélops e de Hipodâmia e irmão de Atreu e de Tiestes (vv.). Em outra fonte Plistenes era filho de Atreu, e não seu irmão, e sua mãe seria Cleola, ou Aerope (que numa variante da lenda seria sua mulher). Às vezes Plistenes aparece como pai de Agamêmnon e de Menelau (vv.) e filho de Atreu (em vez de seu irmão), e para compatibilizar as duas versões há uma variante segundo a qual Plistenes teria morrido ainda moço e deixado os dois filhos para serem criados por Atreu, seu avô; por isso Agamêmnon e Menelau também são conhecidos como atridas.

Noutra versão Plistenes seria filho de Tiestes e irmão de Tântalo (vv.). Atreu, querendo vingar-se de Tiestes, seu irmão, matou Plistenes e Tântalo.

Finalmente, numa última versão da lenda Plistenes era filho de Atreu mas tinha sido criado por Tiestes, que o supunha seu filho. Para vingar-se de Atreu, Tiestes mandou Plistenes a Aireu com ordens para matá-lo, mas Atreu antecipou-se e matou Plistenes, sem saber que estava assassinando seu próprio filho.

Plutão (G. *Plouton*). Epíteto ritual de Hades (v.), rei do inferno.

Pluto (G. *Ploutos*). Deus da riqueza, filho de Deméter e de Iasíon (vv.). Inicialmente Pluto era apenas um dos participantes do séquito de Deméter e de Perséfone (v.), porém mais tarde passou a ser a personificação da riqueza; nessa condição ele aparecia às vezes como sendo cego, porque a riqueza favorece indistintamente as pessoas, sem levar em conta seus méritos.

Podalírio (G. *Podalêirios*). Filho de Asclépio e de Epione (ou de Lampetia), e irmão de Macáon (vv.). Podalírio e Macáon apareciam entre os pretendentes à mão de Helena, e por isso participaram da Guerra de Tróia (v.). Ambos aprenderam com seu pai a arte de curar e se destacaram na guerra tanto como guerreiros quanto como médicos. Finda a guerra, na qual morreu seu irmão Macáon, Podalírio partiu de Tróia em companhia de Anfíloco, de Calcas, de Leonteu e de Polipoites (vv.) e foi para Colofon. Após a morte de Calcas nessa cidade ele viajou para Delfos a fim de perguntar ao oráculo de Apolo (v.) para onde deveria ir. Em resposta o oráculo mandou-o estabelecer-se numa região onde se o céu caísse sobre a terra ele nada teria a temer. Essa região era o Quersoneso da Cária, cercado de montanhas elevadas por todos os lados, e Podalírio viajou para lá. A nau em que ele ia soçobrou e Podalírio foi levado pelas vagas à costa da Cária, onde um pastor de cabras o salvou e levou-o à presença do rei local, chamado Damaito. Por ocasião de sua chegada ao palácio real ele curou a filha do rei, chamada Sirne, que sofrera uma queda. Grato a Podalírio, o rei deu-lhe em casamento sua filha e lhe ofereceu parte de seu território, onde ele fundou uma cidade à qual deu o nome de Sirno em homenagem à sua mulher. Havia na Itália, nos contrafortes de um monte, um santuário consagrado a Podalírio; no cume do mesmo monte existia outro santuário, dedicado a Calcas, instituído por Podalírio. De acordo com a tradição, quem sacrificasse a um deles um carneiro negro e dormisse sobre sua pele, teria sonhos proféticos.

Podarces (G.). (1) Nome do rei Príamo (v.) antes de subir ao trono de Tróia.

(2) Um dos filhos de Íficlo, que foi com seu irmão Protesilau (vv.) para a Guerra de Tróia (v.); após a morte de Protesilau este Podarces assumiu o comando do contingente de tessálios de Filacas na guerra. Podarces matou em combate a amazona Clônia e foi morto por Pentesiléia (vv.), outra amazona. Os gregos distinguiram-no com honrarias excepcionais, inclusive uma sepultura individual em vez das valas comuns em que se enterravam geralmente os guerreiros mortos em combate.

Podarge (G.). Uma das Hárpias (v.). Unindo-se a Zéfiro (v.), um dos deuses dos ventos. Podarge deu à luz os cavalos Xanto e Balio, que puxavam o carro de Aquiles (vv.) na Guerra de Tróia (v.). Em outra fonte Podarge aparece como mãe dos cavalos de Diomedes (ou dos Diôscuros (vv.)), chamados Rogeu e Hárpago.

Podés (G.). Um troiano companheiro de Heitor (v.), morto por Menelau (v.) durante o combate em torno do cadáver de Pátroclo (v.).

Poias (G.). Filho de Táumaco, ou de Fílaco (v.); de sua união com Metone nasceu Filoctetes (v.). Poias participou da expedição dos Argonautas (v.), na qual aparece obscuramente, mas destacou-se na vitória sobre Talo (v.). Ele esteve presente aos últimos momentos de Heraclés (v.), e diante da recusa de todos os companheiros do herói acendeu a pira em que o mesmo quis ser incinerado; como recompensa Heraclés deu-lhe seu arco e suas flechas. Em outra versão da lenda esse papel coube a Filoctetes, e não a Poias.

Poimandro (G. *Pôimandros*). Um herói da Beócia, filho de Cairesilau e de Estratonice. Sua mulher chamava-se Tânagra e era filha de Éolo, ou do deus do rio Ásopo (vv.). Poimandro foi o fundador da cidade de Poimandria, que mais tarde passou a chamar-se Tânagra, na Beócia, e era o seu rei. Em face da decisão dos habitantes de Poimandria de não participarem da Guerra de Tróia (v.), Aquiles (v.) marchou contra a cidade, aprisionou Estratonice, mãe do rei, e matou um neto deste último. Poimandro conseguiu salvar-se e apressou-se em fortificar a cidade, até então desprovida de muralhas. Insultado durante as obras da muralha por um pedreiro chamado Polícrito, Poimandro arremessou um bloco de pedra contra ele, mas errou o alvo, atingindo e matando Lêucipo, seu próprio filho. Em decorrência desse acontecimento funesto Poimandro teve de deixar a Beócia, porém como a região estava cercada pelo inimigo ele foi obrigado a pedir um salvo-conduto. Aquiles concordou e mandou Poimandro à procura de Elefênor, em Clacis, que o purificou do crime. De volta à sua cidade Poimandro construiu um santuário dedicado a Aquiles.

Poiné (G., e L. *Poena*). A personificação do castigo, identificada às vezes com as Fúrias (v.), em cuja companhia vivia. Na mitologia romana tardia *Poena* aparece como a mãe das Fúrias, sendo uma das divindades infernais.

Pólibo (G. *Pôlybos*). (1) Rei de Sicione, filho de Hermes (v.) e de Ctonofila (filha de Sicione e Zeuxipe (vv.)). Pólibo deu sua filha Lisiânassa (ou Lisímaca) em casamento a Talau (v.), rei de Argos, e dessa união nasceram Ádrasto e Prônax (vv.) entre outros filhos. Quando Melâmpus (v.) matou Talau, Ádrasto foi acolhido por Pólibo, que por não ter filhos homens lhe deixou o trono ao morrer.

(2) Rei de Corinto, que criou Édipo (v.).

(3) Rei de Tebas, no Egito, que acolheu em sua corte Menelau e Helena (vv.).

Polibotes (G. *Polybotes*). Um dos gigantes que combateram contra os deuses. Poseidon (v.) perseguiu-o até a ilha de Cós, onde o matou esmagando-o sob uma parte da ilha que arrancou do lugar. Essa parte destacada passou a formar a ilhota chamada Nísiro.

Policáon (G. *Polycáon*). (1) Filho de Lêlex (v., rei da Lacônia), e de Peridéia, e marido de Messene. Em sua condição de filho mais novo, Policáon não podia nutrir esperanças de suceder ao pai no trono, e aconselhado por Messene resolveu conquistar um território onde fosse o rei. Com esse objetivo ele abandonou sua pátria em companhia de habitantes de Argos e da Lacedemônia, indo colonizar a região do Peloponeso à qual deu o nome de Messênia em homenagem à sua mulher e fundando a cidade de Andânia (v. *Messene*).

(2) Marido de Euaicme (filha de Ilo e de Iole) (vv.).

Policasta (G. *Polykaste*). (1) Filha de Nêstor que recebeu amistosamente Telêmaco, filho de Ulisses (vv.), quando o jovem veio a Pilos em busca de informações sobre o paradeiro do pai. Policasta ter-se-ia casado mais tarde com Telêmaco, dando-lhe um filho chamado Persépolis.

(2) Filha do acarnânio Ligeu, mulher de Icário e mãe de Penélope (vv.). Em outra fonte a mulher de Icário seria Peribéia, e não Policasta (v. *Peribéia*, (6)).

Polícrita (G. *Polykrite*). Uma heroína filha de Policlés, oriunda de Naxo e cultuada em sua terra natal. Durante uma guerra entre os habitantes de Eritréia, Polícrita caiu prisioneira de Diôgneto, comandante dos eritreus. Diôgneto apaixonou-se por Polícrita, que era irmã de Policlés, comandante dos náxios, e deixou-se dominar completamente por ela. Polícrita conseguiu persuadir Diôgneto, que passara a ser seu amante, a entregar aos náxios durante a noite o acampamento por ele comandado, e passou a informação ao seu irmão valendo-se de uma mensagem escondida num bolo. De posse da informação os náxios penetraram certa noite no acampamento e massacraram numerosos inimigos, levando os sobreviventes a negociarem a paz nas condições impostas por Policlés. De volta a Naxo, Polícrita foi acolhida com tanto entusiasmo e recebeu tantos presentes que morreu esmagada quando transpunha a porta da cidade. Antes, porém, ela obteve dos náxios que poupassem a vida de Diôgneto. Em outra fonte, entretanto, Diôgneto morreu em combate e foi sepultado ao lado de Polícrita no local onde ela perdeu a vida.

Políctor (G. *Polýktor*). Herói de Ítaca, filho de Ptereleu (v.) e de Anfimede, que com seus irmãos pôs a única fonte existente na região em condições de suprir de água os habitantes da ilha.

Polidamas (G. *Polydamas*). Herói troiano filho de Pântoo (v.) e de Frontis (ou Pronome), filha de Clítio (v.). Além de combatente valoroso Polidamas era um excelente conselheiro. Após a morte de Heitor (v.), ele sugeriu a entrega de Helena (v.) aos gregos. No campo de batalha Polidamas matou os gregos Mêcisto e Oto e feriu Peneleu.

Polídamna (G. *Polýdamna*). Mulher do rei egípcio Ton, que durante a estada de Helena (v.) no Egito a levou para a ilha de Faro, na foz do Nilo, a fim de protegê-la das investidas amorosas do rei. Além disso Polídamna deu a Helena ervas para resguardá-la das serpentes, abundantes na ilha.

Polidectes (G. *Polydektes*). Filho de Magnes (descendente de Éolo) (vv.) e de uma náiade, ou, em outra versão da lenda, filho de Perístenes (neto de Náuplio, v.) e de Androtéia, filha de Pericástor, Polidectes estabeleceu-se com seu irmão Díctis (v.) na ilha de Sêrifo, onde Díctis (ou o próprio Polidectes) acolheu Danae quando ela e seu filho Perseu (vv.) foram lançados à costa da ilha numa arca. Polidectes apaixonou-se por Danae, e para afastar Perseu, que ao chegar à maioridade queria proteger a mãe de suas investidas amorosas, mandou-o buscar a cabeça de Mêdusa (v. *Gôrgonas*). Após a partida de Perseu Polidectes tentou violentar Danae, que se refugiou junto a um altar sob a proteção de Díctis. De regresso da viagem Perseu transformou Polidectes numa estátua de pedra valendo-se da cabeça de Mêdusa.

Polideuces (G. *Polydeukes*). Vv. *Pólux* e *Diôscuros*.

Polídoro (G. *Polýdoros*). (1) Um herói filho de Cadmo e de Harmonia, casado com

Nicteís, filha de Nicteu (vv.); dessa união nasceu Lábdaco, avô de Édipo (vv.). Numa das versões da lenda Cadmo ter-lhe-ia entregue o poder em Tebas ao partir para a Ilíria. Noutra versão Cadmo teria passado o trono ao seu neto Penteu, filho de Agave (vv.). Nessa versão Polídoro teria acompanhado seu pai na viagem para a Ilíria. Numa terceira versão Penteu teria deposto Polidoro, herdeiro legítimo do trono, após a partida de Cadmo.

(2) Um dos numerosos filhos de Príamo e de Laotoe (vv.). Na época da Guerra de Tróia (v.) Príamo quis afastá-lo do campo de batalha por causa de sua pouca idade, mas ele atreveu-se a atacar Aquiles (v.), que o matou apesar da armadura de prata que o protegia.

Numa versão mais recente de sua lenda, na qual sua mãe era Hécuba (v.), e não Laotoe, Príamo mandou Polidoro a Polimêstor (v.), seu genro e rei da Trácia, para que cuidasse dele; juntamente com o filho Príamo enviou a Polimêstor grande quantidade de objetos preciosos para garantir a Polidoro uma existência compatível com sua condição de príncipe se os troianos fossem derrotados na guerra. Polimêstor, entretanto, cobiçando os bens ou forçado pelos chefes gregos, matou Polidoro. Seu cadáver, lançado ao mar, foi parar na costa da Troas, na hora em que uma criada de Hécuba preparava os funerais de Polixena, irmã de Polidoro, imolada sobre o túmulo de Aquiles após a captura de Tróia. O cadáver foi entregue a Hécuba, que o enterrou ao lado de Polixena com a permissão de Agamêmnon (v.).

Numa terceira versão da lenda, Polimêstor sepultou Polidoro em algum lugar da costa trácia. Na passagem de Enéias (v.) pela região quando ele e seus companheiros cortavam ramos de árvores que haviam crescido sobre o túmulo, para adornar o altar onde se realizava um sacrifício, começaram a cair gotas de sangue dos ramos; ouviu-se então uma voz revelando a Enéias que ele estava no local do túmulo de Polidoro, e que as árvores haviam nascido das lanças que o tinham atingido quando Polimêstor mandou matá-lo para roubar-lhe os tesouros. Prosseguindo, a voz exortou Enéias a desistir da idéia de fundar uma cidade naquele lugar poluído pelo sangue derramado. Em atenção à voz Enéias deixou a região depois de prestar as honras fúnebres devidas a Polidoro, seguindo para a Itália.

Numa quarta versão, Polimêstor teria entregue Polidoro a Ájax (v., (1)), que lhe invadira e devastara o reino. Os gregos quiseram dar Polidoro aos troianos em troca de Helena (v.), mas eles não aceitaram a proposta. Em face da recusa os gregos o mataram diante da muralha de Tróia, à vista dos habitantes da cidade, e entregaram o cadáver a Hécuba.

Numa última versão Polimêstor matou por engano seu filho Deípilo (v.) em vez de Polidoro. Tempos depois Polidoro vingou-se de Polimêstor.

Polifides (G. *Polypheides*). (1) Um adivinho filho de Mântio, descendente de Melâmpus (vv.), cujos poderes divinatórios tinham sido uma dádiva do próprio Apolo (v.). Após um desentendimento com seu pai, Polifides foi para Hiperásia, na Acaia, onde casou-se e teve um filho – Teoclímeno (v.) – e uma filha chamada Harmonide.

(2) Rei de Sicione antes da época da Guerra de Tróia (v.), que acolheu Agamêmnon e Menelau (vv.), ainda crianças, para livrá-los de Tiestes (v.), e depois os entregou a Oineu (v.), rei de Calidon.

Polifemo (G. *Polyphemos*). (1) O mais selvagem de todos os cíclopes, filho de Poseidon e da ninfa Toosa (vv.). Polifemo, um antropófago gigantesco dotado de um único olho no meio da testa, vivia como pastor de carneiros numa caverna quando Ulisses (v.) passou por seus domínios. O herói e mais doze de seus companheiros foram capturados por Polifemo e levados para a sua caverna, onde ele começou a devorar seus prisioneiros, depois de prometer "gentilmente" a Ulisses que o comeria em último lugar, em agradecimento por um vinho delicioso que o herói lhe oferecera. À noite, quando Polifemo dormia profundamente depois de abusar do vinho, Ulisses e seus companheiros sobreviventes aguçaram a extremidade de uma vara, levaram-na ao fogo e a cravaram no único olho do cíclope. Na manhã seguinte, quando o rebanho saía para pastar, Ulisses e seus companheiros amarraram-se sob o ventre dos carneiros e assim conseguiram sair da caverna, onde Polifemo, agora cego, tateava com as mãos o lombo dos animais pensando que assim impediria a fuga dos prisioneiros. Ulisses reembarcou em sua nau, e quando ela começou a mover-se gritou ao cíclope que seu nome era Ulisses e zombou dele. Lembrando-se da previsão de um oráculo no sentido de que Ulisses o cegaria, Polifemo, indignado por haver sido enganado quando o herói lhe disse que seu nome era "Ninguém", lançou contra a nau enormes pedras, que por pouco não a faziam soçobrar. O fato de Ulisses ter causado a cegueira de Polifemo provocou o ressentimento implacável de Poseidon (v.), pai do cíclope, contra o herói. V. *Ulisses* para detalhes da aventura do herói com o cíclope. Polifemo aparece em outra lenda posterior num episódio amoroso com Galatéia (v., (1)).

(2) Um lapita, filho de Poseidon (v.) e de Hipe; seu pai humano chamava-se Élato (v.). Este Polifemo casou-se com Laonome, irmã de Heraclés (vv.) numa das versões da lenda, e participou da luta entre os lapitas e os centauros (vv.). Ele também aparece na expedição dos Argonautas (v.), mas desembarcou na Mísia, onde fundou a cidade de Cio. Polifemo morreu na guerra dos lapitas contra os cálibes.

Polifonte (G. *Polyphonte*). Uma moça trácia, filha de Hipônoo e de Trassa (filha de Ares (v.)), desdenhosa dos prazeres oferecidos por Afrodite e companheira de Ártemis (vv.). Indignada com Polifonte, Afrodite inspirou-lhe uma paixão doentia por um urso, que a possuiu. Ártemis quis puni-la por causa dessa paixão hedionda, e açulou contra ela todas as feras da montanha. Polifonte correu apavorada e foi refugiar-se junto ao seu pai, onde deu à luz dois filhos – Ágrio e Ôrio.

Os dois meninos cresceram rapidamente e eram dotados da força extraordinária e da natureza feroz do pai. Destituídos de qualquer temor aos deuses e aos homens, eles costumavam atrair os forasteiros que passavam pela região para sua casa, onde os devoravam. Revoltado com a ferocidade de Ágrio e Ôrio, Zeus (v.) incumbiu Hermes (v.) de puni-los. Hermes pensou em decepar-lhes os pés e as mãos; mas Ares (v.), avô dos jovens, quis evitar o castigo e transformou Ágrio num abutre e Ôrio numa ave de rapina, depois de metamorfosear Polifonte numa ave noturna.

Polifontes (G. *Polyphontes*). (1) Filho de Autófono, comandante dos cinqüenta tebanos incumbidos de atacar Tideu (v.) durante a expedição dos Sete Chefes contra Tebas (v.). Os cinqüenta atacantes foram mortos por Tideu.

(2) Um heráclida (v. *Heráclidas*) que matou Cresfontes e se apoderou de seu reino e de Merope, sua mulher (vv.). Este Polifontes foi morto por Áipito (v.), filho de Cresfontes e de Merope.

Polígono (G. *Polýgonos*). Um dos filhos de Proteu (v.) e de Torone. Polígono e seu irmão Telégono (v.) eram dois salteadores que forçavam os viajantes a lutarem contra eles e os matavam; ambos foram exterminados por Heraclés (v.).

Poliído (G. *Polýeidos*). (1) Um famoso adivinho de Corinto, filho de Côirano. De seu casamento com Euridâmia, filha de Fileu, nasceram dois filhos – Clito e Euquênor (vv.). Poliído revelou a Euquênor que ele poderia escolher entre dois destinos: morrer de doença em sua pátria, ou tombar gloriosamente lutando no campo de batalha. Euquênor preferiu o segundo destino e seguiu com Clito na expedição comandada por Agamêmnon (v.) contra Tróia, onde foi morto por Páris. Antes da Guerra de Tróia (v.) Poliído foi a Mêgara para purificar Alcatoo (v.) do assassínio de seu filho Calípolis. Partiu dele o conselho a Belerofonte (v.) para ir à fonte Pirene e apoderar-se do cavalo Pégaso. Poliído curou ainda Teutras (v.), rei da Mísia, de sua loucura. Para a ressurreição de Glauco, filho de Miso, por Poliído, v. *Glauco* (5).

(2) Guerreiro troiano filho do adivinho Euridamas, morto por Diomedes (v.).

Polimede (G. *Polymede*). Filha de Autólico, mulher de Áison e mãe de Jáson (vv.). Quando Pelias (v.), meio-irmão de Áison, tomou a decisão de matá-lo, ela suicidou-se depois de amaldiçoar Pelias, que também matou um filho ainda criança de Polimede, chamado Prômaco, com o objetivo de exterminar a raça de Áison.

Poliímnia (G. *Polyymnia*). Uma das nove Musas, filhas de Zeus e de Mnemosine (vv.). Ela teria inventado a lira e instituído a agricultura, e neste último caso seria a mãe de Triptólemo, que tivera com um filho de Ares chamado Celeu (vv.) ou Quimárroos. Dependendo das fontes, Poliímnia era a musa da dança, da geometria ou da história. Ela aparece também como mãe de Orfeu, que teria tido de Ôiagro (vv.). Numa lenda mencionada por Platão, Poliímnia seria a mãe de Eros (v.), o Amor.

Polimela (G. *Polymela*). (1) Filha de Éolo (v.), um dos deuses dos ventos. Durante a estada de Ulisses na morada de Éolo ela tornou-se amante do herói. Quando Ulisses (v.) partiu ela não conseguiu dissimular sua tristeza, deixando seu pai tomar conhecimento do romance entre os dois. Étolo quis castigá-la, mas seu filho Diores, que era apaixonado pela irmã, obteve permissão do pai para casar-se com ela.

(2) Filha de Filas que, unindo-se a Hermes, concebeu Eudoro (vv.). Posteriormente esta Polimela casou-se com Equeles, descendente de Áctor (v.).

(3) Filha de Áctor, que se teria unido a Peleu antes do casamento deste com Têtis (vv.). Numa das fontes esta Polimela seria filha de Peleu, e não sua primeira mulher.

Polimêstor (G. *Polymêstor*). Rei da Trácia, casado com Ilione, filha de Príamo (vv.), incumbido por este último de cuidar de Polidoro (v.), seu filho, quando começou a Guerra de Tróia (v.). Para sua conduta indigna, vv. *Deipile*, *Hécuba* e *Polidoro*.

Pôlimno (G. *Pôlymnos*). Um camponês a quem Dioniso (v.) perguntou qual era o caminho que levava ao inferno em sua viagem ao mundo dos mortos. Pôlimno deu a informação pedida, mas exigiu uma recompensa aos deus, que prometeu dá-la quando estivesse de volta. Quando Dioniso regressou Pôlimno já tinha morrido, e o deus, para cumprir sua promessa, esculpiu um falo num galho de figueira e simulou masturbar-se sobre o túmulo para satisfazer a alma de Pôlimno. Essa lenda seria uma explicação para o papel desempenhado pelo falo no ritual dionisíaco.

Polinices (G. *Polyneikes*). Um dos filhos de Édipo (v.) (o outro era Eteoclés (v.)). Sua mãe era Jocasta (v.), ou Eurigâmia (a segunda mulher de Édipo numa das versões de sua lenda). A rivalidade entre os dois filhos de Édipo com vistas ao trono de Tebas provocou a Guerra dos Sete Chefes (v.) e a expedição posterior sob o comando de Alcmêon (v.), chamada expedição dos Epígonos (v.). A origem dessa rivalidade teria sido uma tripla maldição de Édipo, revoltado com os filhos porque quando ele cegou-se em seguida à descoberta de seu parricídio e incesto, eles em vez de se apiedarem dele passaram a insultá-lo. Édipo amaldiçoou-os, profetizando que não haveria paz entre eles nem durante sua vida nem na morte, que os dois dividiriam sua herança com armas na mão, e que afinal se matariam.

Em outra versão da lenda Édipo teria amaldiçoado os filhos porque eles não o defenderam quando Creonte (v.) o expulsou de Tebas. Como ambos se julgavam com direito ao trono de Tebas, concordaram em reinar alternando-se anualmente no exercício do poder. Eteoclés foi o primeiro a ocupar o trono, mas no final do primeiro ano negou-se a passá-lo ao irmão de conformidade com o compromisso assumido por ambos. Polinices, expulso de Tebas pelo irmão perjuro, foi viver em Argos levando consigo o colar de Harmonia (v.). Naquele tempo o rei de Argos era Ádrasto (v.), e Polinices chegou ao seu palácio numa noite tempestuosa, simultaneamente com Tideu, filho de Oineu (vv.), que fugira de Calidon. Os dois heróis duelaram-se no pátio do palácio e Ádrasto, atraído pelos gritos de ambos, apareceu para separá-los e lhes ofereceu suas duas filhas em casamento. Polinices casou-se então com Ágria, e obteve de Ádrasto a promessa de ajudá-lo a recuperar o trono. Estava assim plantada a semente da Guerra dos Sete Chefes contra Tebas. O adivinho Anfiarau (v.), prevendo o desfecho funesto da expedição, tentou dissuadir Ádrasto; diante desse obstáculo Polinices foi à procura de Ífis (v.), filho de Aléctor, para saber como poderia persuadir Anfiarau a juntar-se à expedição. Ífis revelou a Polinices que Anfiarau se comprometera com Erifile (v.), sua mulher, a concordar com todas as suas decisões. Mediante a oferta do colar de Harmonia a Erifile, Polinices conseguiu a intervenção dela junto a Anfiarau, e a expedição contra Tebas realizou-se. Num combate diante de Tebas Polinices foi ferido mortalmente por Eteoclés e matou-o antes de morrer. Assim se consumou a maldição de Édipo. V. *Antígona*.

Polipoites (G. *Polypoites*). (1) Filho de Pirítoo e de Hipodâmia, nascido no dia da expulsão dos centauros do monte Pelíon por seu pai (vv.). Polipoites figurava entre os pretendentes à mão de Helena (v.), e por isso participou da Guerra de Tróia (v.) como comandante de um contingente embarcado em cinqüenta naus. Ele matou em combate numerosos troianos, competiu nos jogos fúnebres em honra de Pátroclo (v.) e estava entre os heróis introduzidos em Tróia no bojo do cavalo de madeira (v. *Cavalo de Tróia*). Finda a guerra, Polipoites e seu amigo Leonteu (v.) acompanharam Calcas (v.) em sua viagem até Colofon.

(2) Filho de Apolo e de Ftia (vv.), morto juntamente com seus irmãos Doro e Laôdoco (vv.) por Étolo (v.).

(3) Filho de Ulisses (v.) e de Calídice, rainha dos tesprótios. Após a morte de Calídice e o retorno de Ulisses a Ítaca, ele sucedeu à sua mãe no trono.

Polites (G.). (1) Um dos filhos de Príamo e de Hécuba (vv.). Durante a Guerra de Tróia (v.) ele ajudou seu irmão Troilo a defender-se de Aquiles (vv.), e nos combates junto às naus gregas salvou Deífobo, também seu irmão, ferido por Meríon (vv.). Polites sobreviveu até a parte final da guerra, e foi morto na presença de seu pai por Neoptólemo junto ao altar do palácio durante a captura da cidade. Polites teve um filho chamado também Príamo, que competiu nos jogos fúnebres de Anquises.

(2) Companheiro de Ulisses (v.), transformado em animal pela feiticeira Circe (v.).

Polixena (G. *Polyxene*). A filha mais nova de Príamo e de Hécuba (vv.). Polixena estava junto a uma fonte aonde seu irmão Troilo (v.) levara seus cavalos para se dessedentarem, quando apareceu Aquiles (v.), que perseguia Troilo e o matou. Polixena conseguiu fugir depois de despertar sentimentos amorosos em Aquiles. Mais tarde ela teria ido com Príamo e Andrômaca reclamar de Aquiles o cadáver de Heitor (v.). O herói grego não se comoveu com as súplicas do pai e da mulher de seu inimigo, mas Polixena conseguiu sensibilizá-lo oferecendo-se para ser sua escrava. Para obter o amor de Polixena Aquiles teria prometido deixar os gregos entregues à sua própria sorte e regressar à Grécia, ou até traí-los e ir lutar ao lado dos troianos. A traição de Aquiles deveria consumar-se no templo de Apolo (v.) Timbreu, mas Páris (v.), escondido por trás da imagem do deus, matou Aquiles com uma flechada.

Em outra versão da lenda Polixena teria sido imolada sobre o túmulo de Aquiles, para apaziguar a alma do herói que aparecera a Neoptólemo e lhe ordenara o sacrifício.

Numa terceira versão ela foi ferida por Ulisses e Diomedes (vv.) durante a captura de Tróia e morreu, sendo sepultada por Neoptólemo.

Políxeno (G. *Polýxenos*). (1) Filho de Agastenes e neto de Augias (v.) Ele figurava entre os pretendentes à mão de Helena (v.) e por isso participou da Guerra de Tróia como chefe de um contingente de epeios (v. *Guerra de Tróia*). De volta à Grécia ele teve com sua mulher um filho ao qual deu o nome de Anfímaco em homenagem ao seu companheiro, filho de Ctêato (v.), morto diante de Tróia. Numa das versões de sua lenda Ulisses (v.) foi hospedar-se em casa de Políxeno após o extermínio dos pretendentes à mão de Penélope (v.) e a tentativa de vingança de seus pais.

(2) Um dos filhos de Jáson e de Medéia (vv.).

(3) Rei de Élis, em cujos domínios os táfios ocultaram os rebanhos roubados de Electríon, recuperados depois por Anfitrião (vv.).

Polixó (G. *Polyxó*). (1) Uma habitante da Lacônia, mulher do rei ródio Tlepólemo (v.), filho de Heraclés (v.), morto na Guerra de Tróia (v.). Para vingar a morte de seu marido e castigar Helena (v.), causadora da guerra em que Tlepólemo perdeu a vida, Polixó, ao saber de que Menelau (v.) e Helena, de volta de Tróia, pretendiam deter-se na ilha de Rodes, reuniu no porto local todos os ródios, armados de tochas e de pedras. Menelau quis evitar a ilha, mas os ventos levaram sua nau para lá; por precaução ele deixou Helena a bordo da nau e preparou a mais bela de suas servas com as roupas e adereços de sua mulher, desembarcando com ela. Quando a falsa Helena pôs os pés em terra os ródios massacraram-na, e considerando-se vingados deixaram Menelau partir incólume, levando consigo a bordo a verdadeira Helena.

Em outra versão da lenda, após a morte de Menelau e enquanto Orestes (v.) vagava sem destino perseguido pelas Fúrias (v.), Nicóstrato e Megapentes, enteados de Helena, expulsaram-na de Esparta. Helena foi procurar em Rodes Polixó, que ela imaginava ser ainda sua amiga e era sua compatriota; Polixó simulou uma acolhida hospitaleira, mas quando Helena se banhava disfarçou algumas de suas servas em Fúrias e as lançou contra sua hóspede. Desatinada, Helena suicidou-se.

(2) Mulher de Nicteu e mãe de Antíope (vv.).

(3) Ama da lêmnia Hipsipile (v.), que aconselhou sua senhora a acolher os Argonautas (v.) de passagem por Lemnos e a unir-se a eles juntamente com as demais mulheres da cidade.

Pôltis (G. *Pôltys*). Rei de Aino, na Trácia, filho de Poseidon e irmão de Sarpedon (vv.). Pôltis recebeu amistosamente Heraclés (v.) quando o herói voltava do território das amazonas (v.), mas Heraclés matou Sarpedon na praia. Durante a Guerra de Tróia (v.) os troianos mandaram embaixadores a Pôltis com valiosos presentes para pedir-lhe ajuda. Pôltis exigiu que Páris lhe entregasse Helena (vv.), prometendo em troca duas belas mulheres. A condição não foi aceita pelos troianos, que voltaram decepcionados de sua missão.

Pólux (G. *Polydeukes* e L. *Pollux*) (v. *Dióscuros*).

Pomona (L.). Ninfa romana guardiã das frutas, cultuada num bosque sagrado situado na estrada de Roma a Óstia, chamado Pomonal. Pomona era casada com o rei lendário Pico (v.), que por amor a ela não cedeu às investidas amorosas de Circe (v.); despeitada, Circe transformou-o num pássaro – o pica-pau. Em outra fonte seu marido era Vertumno (v.).

Pompo (L.). Uma das filhas do rei Numa Pompílio (cujo pai se chamava Pompílio Pompo), e ancestre da *gens Pomponia*.

Ponto (G. *Pontos*). A personificação do mar, filho de Gaia (a Terra) e de Áiter (vv.). Ponto uniu-se à sua própria mãe e teve com ela os filhos Forcis, Nereu e Taumas e as filhas Cetó e Euríbia (vv.). Em outra fonte Ponto seria também pai do gigante Briareu e de Acteu, Lico (vv.), Megalésio e Ôrmeno.

Porfiríon (G. *Porphyríon*). Um dos gigantes (v.) que se rebelaram contra os deuses, morto por Apolo (v.) com suas flechas. Numa das versões da lenda Porfiríon tentou violentar Hera e foi morto por Zeus e por Heraclés (vv.).

Poro (G. *Poros*). O "Imaginoso", filho de Métis (a Prudência) e pai de Eros (o Amor) com Penia (a Pobreza) (vv.).

Portáon (G. *Portháon*). Filho de Agênor e de Epicasta, e neto de Plêuron (epônimo da cidade homônima) (vv.). Portáon, que era rei de Plêuron e de Calidon, uniu-se a Eurite e teve com ela os filhos Ágrio, Alcatoo, Leucopeu, Melas e Oineu, e a filha Esteropé (vv.). Seu nome às vezes aparece como sendo Porteu ou Partáon.

Porteu (G. *Portheus*). Pai de Equíon (v., (3)), o primeiro grego a sair do bojo do cavalo de madeira em Tróia (v. *Cavalo de Tróia*) no estágio final da guerra.

Portuno (L. *Portunus*). Deus romano antiqüíssimo, originariamente a divindade das passagens e mais tarde um deus marinho guardião dos portos. Havia em Roma, no *Forum Boarium*, perto do porto da cidade, um templo dedicado a ele. Portuno foi confundido com o deus-menino Paláimon (v.), e por isso passou a ser considerado filho de *Mater Matuta*, identificada com Leucotéia (vv.), esta última a mãe de Paláimon.

Poseidon (G.) Um dos deuses olímpicos, filho de Cronos e de Rea (vv.) e rei dos mares. Poseidon teria sido criado pelos Telquines (v.), demônios da ilha de Rodes, e por Cêfira, filha de Oceano (v.). Chegando à idade adulta Poseidon apaixonou-se por Halia, irmã dos Telquines, e teve com ela seis filhos, além de uma filha chamada Rodos (v.), que deu o nome à ilha de Rodes.

Como deus do mar, das águas correntes e dos lagos, da mesma forma que Zeus (v.) era o deus do céu e da terra e Hades (v.) era o deus do inferno, Poseidon provocava as tempestades no mar, comandava as ondas, abalava com seu tridente os rochedos costeiros e fazia as fontes aparecerem. Os rios, entretanto, não lhe estavam sujeitos. Poseidon aliou-se a Hera e a Atena (vv.) numa conspiração cujo objetivo era agrilhoar Zeus, mas as ameaças do gigante Briareu levaram-no a mudar de idéia (v. *Egêon*).

Quando os mortais passaram a viver em cidades, os vários deuses disputavam o privilégio de serem patronos das mais importantes. Poseidon envolveu-se em duas dessas competições. A primeira foi com Atena e girava em torno de Atenas; Poseidon feriu o solo com seu tridente, e fez surgir uma nascente na Acrópole; em seguida Atena plantou uma oliveira no Pandrôsion, que os habitantes ainda mostravam no século II d.C.. Houve um impasse e Zeus nomeou árbitros, que decidiram a favor de Atena; Poseidon, contrariado, provocou uma inundação na planície de Elêusis. A segunda competição foi a respeito de Argos, onde Poseidon se defrontou com Hera (v.). Os árbitros chamados a interferir deram a vitória à deusa, e Poseidon, dominado pela cólera, amaldiçoou a Argolis e secou todas as fontes da região. Em seguida chegaram a Argos Danaôs e suas cinqüenta filhas – as Danaides – (vv.), e não conseguiram água para beber, mas uma delas, chamada Amimone, por quem Poseidon se apaixonou, dissipou o ressentimento do deus e a água voltou a jorrar das fontes. O domínio exclusivo de Poseidon era uma ilha misteriosa – a Atlântida (v.).

Poseidon trabalhou durante um ano, juntamente com Apolo (v.) e com o mortal Éaco (v.), na construção da muralha de Tróia. Finda a obra, Laomedon (v.) negou-se a pagar o salário prometido. Para vingar-se, Poseidon fez sair do mar um monstro que dizimou a população troiana; desde então esse deus mostrou-se um inimigo implacável dos troianos, principalmente na Guerra de Tróia (v.), na qual viria a proteger ostensivamente os gregos. Mas quando estes, acatando a sugestão de Nêstor, decidiram construir uma muralha para proteger o seu acampamento, Poseidon irritou-se na assembléia dos deuses, pois essa obra poderia obscurecer a glória de seu trabalho anterior. Zeus acalmou-o, porém o deus mesmo assim ameaçou destruir a muralha planejada pelos gregos. Ainda ressentido com estes últimos, ele se manteve durante algum tempo à margem da guerra, mas quando os gregos passaram a ser acuados pelos troianos o deus veio socorrê-los, até que todos os deuses receberam ordens de Zeus para se afastarem dos combates. Mais tarde, quando Enéias estava na iminência de ser morto por Aquiles (vv.), Poseidon cobriu os olhos de Aquiles com uma névoa, e levou Enéias, descendente de Anquises e não de Laomêdon por via de Príamo, para o acampamento dos troianos.

Poseidon amou incontáveis mulheres, das quais teve filhos em geral malfazejos. Com Toosa ele gerou o cíclope Polifemo (v.); unindo-se a Mêdusa ele teve o gigante Crisáor e o cavalo alado Pégaso (vv.); depois de amar Poseidon Ifimédia deu à luz os Aloadas (vv.), e Amimone tornou-se mãe de Náuplio depois de ser amada pelo deus (vv.). Aparecem ainda como seus filhos o malfeitor Círon (v.) (morto por Teseu (v.)), Cercíon, Lamo e Oríon (o caçador funesto (vv.)). Poseidon amou também Deméter (v.) e teve com ela, além de uma filha cujo nome não era permitido pronunciar, o cavalo Arêion, que serviu de montaria a Ádrasto (v.) durante a Guerra dos Sete Chefes contra Tebas (v.). A esposa convencional de Poseidon, entretanto, era a nereide Anfitrite (v.), de quem as fontes não mencionam filhos.

Potos (G. *Pothos*). O desejo amoroso personificado, participante do cortejo de Afrodite (v.), de quem seria filho juntamente com Eros (o Amor), e Hímeros, outra personificação do mesmo gênero.

Prax (G.). Neto de Pérgamo (filho de Neoptólemo), e portanto bisneto de Aquiles (vv.). Prax veio da Ilíria para o Peloponeso, e foi o epônimo da região de Pracias. Para perpetuar a memória de Aquiles ele erigiu um santuário à margem da estrada que ia de Esparta até a Arcádia.

Praxitéia (G. *Praxithea*). (1) Mulher de Erecteu (v) e filha de Frásimo e de Diogênia (filha do deus do rio Céfiso). Em outra fonte ela própria seria filha de Céfiso. Diante de um ataque dos trácios comandados por Êumolpo a Atenas, o oráculo de Delfos proclamou a necessidade do sacrifício da filha de Erecteu e de Praxitéia para salvar a cidade. Praxitéia concordou com o sacrifício para o bem de sua pátria.

(2) Uma ninfa que se casou com Erictônio e teve com ele um filho chamado Pandíon (vv.).

(3) Nome às vezes dado a Metanira, mulher de Celeu e mãe de Demofon e de Triptólemo (vv.). Em outra fonte esta Praxitéia seria a ama de Demofon.

Prêsbon (G.). Um orcomênio filho de Frixo e de Iôfassa, filha de Aietes (rei da Cólquida) (vv.). Casando-se com Buzigue, filha de Lico (vv.), Prêsbon teve um filho chamado Clímeno. Após a morte de Frixo, Prêsbon regressou a Orcômeno para reivindicar o trono de Atamas (v.), seu avô, que o havia entregue aos seus sobrinhos-netos (netos de Sísifo (v.)) porque não lhe restavam descendentes diretos do sexo masculino. Quando esses dois netos de Sísifo, chamados Corono e Haliartes (vv.), tomaram conhecimento da chegada de Prêsbon, receberam-no amistosamente e lhe entregaram o trono.

Pretides (G.). Filhas de Preto (v.) (rei de Tirinto ou de Argos) e de Esteneboia (v.). As Pretides eram três: Ifinoe, Ifiânassa e Lisipe (vv.). Chegando à idade de casar elas foram punidas por Hera (v.) com a loucura, por pretenderem ser mais belas que a deusa. Em outra fonte elas teriam zombado de Hera por acharem que o palácio de seu pai era mais suntuoso que o templo da deusa. Numa terceira fonte elas teriam despojado o manto da deusa de seus enfeites de ouro, passando a usá-los. Sob os efeitos da demência as Pretides pensaram que tinham sido transformadas em novilhas e fugiram para o campo, onde levavam uma vida errante. O adivinho Melâmpus (v.) apresentou-se ao pai delas e prometeu livrá-las da loucura em troca de um terço do território de Argos, mas Preto recusou a proposta. A loucura das moças recrudesceu e elas intensificaram suas andanças errantes por todo o Peloponeso. Diante disso Preto procurou Melâmpus, mas dessa vez ele pediu, além da terça parte de Argos para si mesmo, outra terça parte para seu irmão Bias (v.). Desesperado com a loucura das filhas, Preto cedeu às novas exigências do adivinho. Melâmpus escolheu então os rapazes mais fortes de Argos e saiu com eles em perseguição às moças, gritando e dançando freneticamente em seu encalço. Durante a perseguição Ifinoe morreu de cansaço, mas as outras duas recobraram a razão graças à purificação feita por Melâmpus com ervas postas nas águas que elas bebiam. Após o seu restabelecimento Ifiânassa e Lisipe casaram-se com Melâmpus e Bias. Em algumas fontes as Pretides seriam apenas as duas sobreviventes.

Preto (G. *Proitos*). Rei de Tirinto (ou de Argos), filho de Abas e de Aglaia e irmão gêmeo de Acrísio (vv.). Ainda no ventre de sua mãe Preto odiava Acrísio, e os dois gêmeos já brigavam antes de vir ao mundo. Chegando à idade adulta dividiram entre eles o território da Argolis, onde Abas reinava, ficando Acrísio com Argos e Preto com Tirinto. Como em tudo mais, houve divergência entre os irmãos e lutas entre seus partidários por causa da divisão. Numa das versões da lenda, o ódio recíproco recrudesceu entre eles porque Preto seduziu sua sobrinha Danae, filha de Acrísio; nessa versão Preto seria o pai de Perseu. V. *Danae.*

Noutra versão da lenda Acrísio disputou com Preto o domínio da Argolis e foi o vencedor, expulsando Preto de lá. Este último exilou-se na Lícia (na Ásia Menor), junto a Iobates (ou Anfiânax), rei da região (v.). Além de dar-lhe sua filha Esteneboia (v.) em casamento, Iobates proporcionou-lhe um exército constituído de lícios, e com essa ajuda Preto reconquistou seu reino. Mais tarde ocorreu a divisão da Argolis entre os dois irmãos.

Preto já ocupava o trono de Tirinto e se tinha casado quando Belerofonte (v.) veio exilar-se em sua corte para ser purificado de um homicídio involuntário que cometera. Esteneboia apaixonou-se por ele, e sentindo que seu amor não era correspondido caluniou Belerofonte junto ao marido dizendo que o exilado tentara conquistá-la: indignado, Preto mandou Belerofonte a Iobates, seu sogro, pedindo-lhe que o matasse. Preto teve com Esteneboia três filhas (ou duas), chamadas Pretides (v. o verbete anterior).

Enquanto suas filhas estavam loucas Preto teve de Esteneboia um filho chamado Megapentes, que o sucedeu no trono de Tirinto. Mais tarde, quando Perseu (v.) matou acidentalmente seu avô Acrísio, Megapentes permutou com ele o trono de Tirinto pelo de Argos, pois Perseu não queria herdar esse reino em seguida a um crime. Sob o reinado de Preto a cidadela de Tirinto foi fortificada, e dataria dessa época a muralha chamada ciclópica existente até hoje, para cuja construção Preto teria contado com a ajuda dos cíclopes (v.).

Preugenes (G.). Um aqueu filho de Agênor (v.), oriundo da região banhada pelo rio Eurotas, no Peloponeso. Preugenes teve dois filhos – Ateríon e Patreu. Após a chegada dos dórios ele partiu de sua terra natal com os filhos para a Acaia, e lá fundou uma cidade à qual deu o nome de Patras. Ele e seus filhos receberam mais tarde honras de heróis.

Príamo (G. *Príamos*). Filho mais novo de Laomêdon, rei de Tróia, e de Strimó, filha do deus do rio Escamandro, ou de Leucipe (vv.). Quando Heraclés (v.) capturou Tróia, Príamo, ainda criança, foi aprisionado juntamente com sua irmã Hesione pelo herói. Heraclés deu Hesione em casamento ao seu companheiro Telamon (v.) e ofereceu à noiva o presente de núpcias que ela desejasse. Hesione pediu-lhe seu irmão, cujo nome na época era Podarces. Heraclés concordou e entregou Príamo a Hesione mediante um preço simbólico, razão pela qual Podarces passou a chamar-se Príamo, que significa "vendido" em grego (v. *Hesione*). Heraclés entregou a Príamo – o único filho sobrevivente de Laomêdon – todo o território troiano, ao qual Príamo incorporou dentro de pouco tempo toda a região adjacente e as ilhas da costa da Ásia Menor. A primeira mulher de Príamo foi uma filha de Mêrops chamada Arisbe, que lhe deu um filho – Áisaco (vv.). Príamo repudiou-a mais tarde e a entregou a Hirteu, casando-se então com Hécuba (v.). De sua segunda mulher Príamo teve numerosos filhos e filhas, sendo os dois primeiros Heitor e Páris (vv.); a estes seguiram-se as filhas Cassandra, Creusa, Laodice e Polixena; depois destas nasceram os filhos Ântifo, Deífobo, Heleno, Hipônoo, Pâmon, Polidoro, Polites e Troilo (cujo pai divino seria Apolo (v.)). Além destes, Príamo teve com concubinas mais trinta e seis filhos e filhas, elevando-se o total a cinqüenta. Na época da Guerra de Tróia (v.) Príamo já era muito idoso para participar de combates, limitando-se a presidir as reuniões dos chefes guerreiros. Príamo, que era um rei bom e simples, mostrou-se generoso e cavalheiresco em relação a Helena (v.), atribuindo ao destino o seu rapto por Páris, causa da guerra que aniquilaria sua pátria. Esse fatalismo sobressai na extraordinária resignação de Príamo diante da morte de praticamente todos os seus filhos, um a um, principalmente do fim trágico de Heitor, o bravo comandante dos troianos, e da humilhação de ter de suplicar a Aquiles, autor da morte e mutilação de seu filho à vista dos troianos e dele próprio, a devolução de seu cadáver mediante o pagamento de um resgate. Quando, após a captura da cidade, os gregos penetraram no palácio real, Príamo quis empunhar suas armas para defender a família, então reduzida a Hécuba e ao filho Polites, ainda jovem, mas sua mulher o conteve e o levou para o último aposento do palácio, perto de um altar onde os três se refugiaram suplicando a proteção dos deuses. Do altar o velho rei viu Neoptólemo (v.) matar Polites; em seguida Neoptólemo segurou Príamo pelos cabelos brancos e arrastou-o para fora da cidade até o túmulo de Aquiles (v.), onde o matou. Em outra fonte Neoptólemo arrastou-o para longe do altar e o degolou, deixando-lhe o cadáver insepulto.

Príapo (G. *Príapos*). Filho de Diôniso e de Afrodite (vv.), venerado especialmente em Lampsaco, na Ásia Menor. Sua característica principal era o pênis exageradamente grande e sempre erecto, e sua função era guardar pomares em geral, vinhedos e jardins, desviando os malefícios dos olhares invejosos. Príapo era um símbolo da fecundidade, e nessa condição participava do cortejo de Diôniso em companhia dos Sátiros e de Sileno (vv.), aos quais se assemelhava. Inclusive por aparecer freqüentemente junto a um asno, como Sileno.

Numa versão diferente da lenda Príapo era filho de Zeus (v.) e de Afrodite. Quando essa deusa veio da terra dos etíopes para o Olimpo após o seu nascimento, todos os deuses ficaram estupefatos com a sua beleza; Zeus apaixonou-se por ela e a possuiu, engravidando-a. Nas vésperas do parto o rancor de Hera diante da infidelidade do marido levou-a apertar o ventre de Afrodite, e por isso Príapo teria nascido com o pênis descomunal. Vendo-o, Afrodite decidiu abandonar o filho nas montanhas para evitar o sarcasmo dos demais deuses e deusas. Alguns pastores acharam o recém-nascido e o criaram, passando a cultuá-lo como símbolo da virilidade. Numa variante dessa versão o pai de Príapo era Ádonis (v.).

Contava-se que durante uma celebração dionisíaca Príapo viu a ninfa Lotis e apaixonou-se por ela; durante a noite ele tentou aproximar-se do lugar onde ela dormia, mas quando já estava perto da ninfa o asno de Sileno começou a relinchar, acordando Lotis e as Bacantes (v. *Mênades*). Príapo desistiu de seus propósitos, e passou a aparecer ao lado de um asno.

Na tradição romana Príapo quis possuir Vesta (v.), e quando ia violentá-la um asno começou a relinchar, despertando a deusa e livrando-a assim do impetuoso admirador. Desde então os romanos adotaram a prática de coroar um asno com flores no dia da festa da Vesta, em vez de sacrificá-lo a Príapo como faziam antes.

Prílis (G. *Prýlis*). Um adivinho lésbio, filho de Hermes (v.) e da ninfa Issa (v., (1)). Quando os gregos passaram por Lesbos na expedição contra Tróia, Prílis revelou a Agamêmnon (v.) que a cidade só seria conquistada por um cavalo de madeira (v. *Cavalo de Tróia*).

Procas (L.). Rei de Alba, sucessor de Aventino no trono. Era pai de dois filhos – Amúlio e Numítor (vv.).

Proclés (G.). Filho do heráclida Aristódemo (v.) e de Argia, e irmão gêmeo de Eurístenes. Proclés casou-se com Latria, e Eurístenes com Anáxandra, filhas do heráclida Têrsandro (v.), rei de Cleonas. Proclés e Latria tiveram um filho chamado Soos, pai de Eurípon e antepassado de Licurgo, o famoso legislador de Esparta.

Procne (G.). Filha de Pandíon, rei de Atenas, e irmã de Filomela (vv.). Grato a Tereu, filho de Ares (vv.), cuja ajuda lhe permitiu derrotar o tebano Lábdaco (v.) quando este atacou Atenas numa disputa relativa à fronteira entre as duas regiões, Pandíon deu-lhe Procne em casamento. Dessa união nasceu um filho chamado Ítis (v.). Mais tarde Tereu apaixonou-se por sua cunhada Filomela e a violentou, cortando-lhe depois a língua para evitar que ela o denunciasse. Filomela conseguiu bordar num estofo as cenas da violência de Tereu contra ela e mostrou-o à sua irmã, que resolveu castigá-lo. Com esse objetivo ela matou seu filho Ítis e o cozinhou, servindo a sua carne a Tereu. Quando este último percebeu que se tratava da carne de seu próprio filho, armou-se com um machado e saiu em perseguição a Procne e Filomela. Quando as duas sentiram que seriam alcançadas, imploraram aos deuses que as salvassem, e eles, comovidos, transformaram-nas em pássaros. V. *Filomela*.

Prôcris (G.). Filha de Erecteu ou de Cêcrops (vv.), reis de Atenas, e mulher de Céfalo, filho de Dêion (vv.). Céfalo amava Prôcris, mas duvidava de sua fidelidade e quis pô-la à prova. Para isso simulou uma viagem e devidamente disfarçado foi visitá-la, oferecendo-lhe presentes preciosos se ela se entregasse a ele. A princípio Prôcris resistiu, mas acabou cedendo à tentação. Céfalo tirou então o disfarce e Prôcris, acabrunhada, fugiu para as montanhas. Movido pelo remorso, o marido foi procurá-la, e os dois se reconciliaram. Durante algum tempo o casal viveu em paz, mas depois Prôcris, por seu turno, passou a ter ciúmes de Céfalo. Vendo o marido ir freqüentemente à caça, ela imaginou que as ninfas o estivessem tentando, e interrogou um serviçal que costumava acompanhá-lo; o serviçal contou-lhe que depois das caçadas Céfalo parava e invocava uma certa "Aura", pedindo-lhe que viesse refrescar-lhe o ardor. Decidida a descobrir os supostos amores adúlteros do marido, Prôcris seguiu-o um dia a certa distância quando ele saiu para caçar. Ouvindo ruídos provenientes de uma moita, Céfalo atirou sua lança infalível naquela direção pensando que se tratava de uma fera. A arma atingiu Prôcris ferindo-a mortalmente, mas antes de expirar ela compreendeu que a "Aura" por ele invocada era apenas o vento.

Em outra versão da lenda Prôcris traiu seu marido com Ptelêon após receber deste um presente valioso; Céfalo descobriu a infidelidade de sua mulher, que fugiu para Creta, onde Minos (v.) apaixonou-se por ela e tentou seduzi-la. Pasifae (v.), mulher de Minos, o amaldiçoou, e a partir de então todas as vezes que ele se unia a outras mulheres elas morriam picadas por insetos ou serpentes que saíam de seu corpo. Para livrá-lo da maldição Prôcris deu-lhe uma erva mágica, pedindo-lhe como recompensa dois presentes: um cão que jamais deixava fugir a caça, e uma lança que sempre atingia o alvo. Algum tempo depois, sempre receosa de Pasifae, Prôcris retornou a Atenas e se reconciliou com Céfalo, oferecendo-lhe os presentes recebidos de Minos. A partir de então Prôcris passou a ter ciúmes do marido, e por isso envolveu-se nos acontecimentos funestos mencionados na parte final da versão anterior da lenda. V. *Céfalo.*

Procrustes (G. *Prokroustes*). Apelido do bandido chamado Damastes ou Polipêmon, que assaltava os viajantes na estrada entre Mêgara e Atenas. Procrustes obrigava os viajantes altos a deitarem-se num leito menor que eles, e os baixos num leito maior, cortando as pernas dos primeiros e puxando violentamente os pés dos segundos para ajustá-los às camas. Procrustes foi morto por Teseu (v.).

Próculo (L. *Proculus*). Júlio Próculo era um nobre albano a quem Rômulo apareceu depois de sua apoteose para manifestar o desejo de ser cultuado sob o nome de Quirino, num templo que deveria ser construído no Quirinal, em Roma.

Prômaco (G. *Prômakhos*). (1) Um cretense de Cnosso, que amava apaixonadamente um belo rapaz chamado Leucocamas. Seu amado, entretanto, impunha-lhe missões dificílimas para que ele provasse o seu amor. Prômaco desincumbia-se dessas tarefas uma após a outra, porém Leucocamas, em vez de dar-se por satisfeito, atribuía-lhe outras ainda mais penosas. Afinal, após conseguir com a maior dificuldade executar diante de Leucocamas a última missão por ele imaginada – apoderar-se de um capacete misterioso sobre o qual não há maiores detalhes nas fontes –, Prômaco entregou o capacete a outro rapaz menos exigente. Despeitado, Leucocamas matou-se com sua própria espada.

(2) Filho de Áison (v.) e de Alcimede (ou Perimede), morto ainda menino por Pelias (v.).

Prometeu (G. *Prometheus*). Filho do titã Jápeto (irmão de Cronos), e portanto primo de Zeus (vv.). Sua mãe aparece em algumas fontes como sendo Ásia, filha de Oceano, e em outra Climene (vv.), também oceanide. Prometeu ("aquele que pensa antes") era irmão de Epimeteu (v.) ("aquele que pensa depois"), de Atlas e de Menécio, e casou-se com Celainó ou com Climene (vv.), com quem teve os filhos Deucalião, Lico e Quimereu, aos quais outras fontes acrescentam outros dois filhos – Etneu e Hélen – e uma filha chamada Tebe (vv.). Prometeu criou o primeiro homem usando o barro, e foi um grande benfeitor da raça humana. Quando Zeus oprimiu os homens e os privou do fogo, Prometeu roubou para eles o fogo do céu, ou da forja de Hefesto (v.), e lhes ensinou várias artes. Querendo favorecê-los, ele valeu-se de um ardil para induzir Zeus a escolher as porções menos desejáveis das vítimas dos sacrifícios aos deuses, deixando assim a parte melhor da carne para os homens. Indignado, Zeus mandou Hefesto fazer uma mulher também de barro, à qual Atena (v.) deu vida com um sopro; os outros deuses dotaram-na de todos os encantos, e por isso ela recebeu o nome de Pandora ("todos os dons"), mas Hermes (v.) ensinou-lhe a mentira e a astúcia. Essa criatura foi mandada não a Prometeu, que previu os transtornos que ela traria aos homens, e sim ao seu irmão Epimeteu, que a aceitou açodadamente.

Pandora trouxe consigo um jarro do qual, quando aberto, saíram todos os males e problemas que desde então afligem a humanidade; no fundo do jarro ficou apenas a esperança para suavizar a condição humana. Em outra versão da lenda o jarro continha todos os bens, que voltaram para junto dos deuses quando foi aberto; como na versão anterior restou somente a esperança, que estava no fundo do jarro, fechado muito tarde por Pandora.

Prometeu conhecia também o segredo ligado ao casamento de Têtis (v.), porém recusava-se obstinadamente a revelá-lo. Zeus puniu-lhe a rebeldia mandando Hefesto acorrentá-lo a um rochedo inacessível no monte Cáucaso, onde uma águia, filha de Tífon e de Êquidna (vv.), vinha devorar-lhe diariamente o fígado; mas, como Prometeu era imortal, sua víscera refazia-se à noite. Essa tortura prolongou-se por tempos imemoriais, até que Prometeu foi libertado por Heraclés (v.) ou, segundo outra versão da lenda, resignou-se e revelou a Zeus o segredo de Têtis.

Numa variante dessa lenda Prometeu obteve a imortalidade graças ao centauro Quíron (v.), que quando ele estava preso ao rochedo foi ferido por uma flecha de Heraclés (v.). Transtornado com as dores incessantes causadas pelo ferimento, Quíron desejou a morte, porém como era imortal procurou alguém disposto a receber sua imortalidade; Prometeu aceitou-a e tornou-se imortal em seu lugar.

Provavelmente Prometeu era em sua origem um deus do fogo, superado ao longo do tempo por Hefesto, o deus que o acorrentou ao rochedo.

Ésquilo escreveu sobre a lenda de Prometeu a tragédia *Prometeu Acorrentado.*

Prômeto (G. *Prômethos*). Filho de Codro (v.) e rei de Colofon juntamente com seu irmão Damasícton. Sem querer, Prômeto matou Damasícton e teve de exilar-se em Naxo, onde morreu. Um filho de Damasícton levou mais tarde as cinzas de Prômeto para Colofon.

Promne (G.). Mulher do arcádio Búfago, que acolheu Ificlés, filho de Heraclés, quando os Molionidas (vv.) o feriram, e cuidou dele em Feneu.

Prônax (G.) Um dos filhos de Talau (filho de Bias), e irmão de Ádrasto e de Erifile (vv.). Sua filha Anfitéia casou-se com Ádrasto, de quem teve um filho chamado Licurgo, pai de Ofeltes (vv.). Prônax teria sido morto por Anfiarau (v.), e os Jogos Píticos ter-se-iam originado dos jogos fúnebres celebrados em sua honra.

Prono (G. *Pronos*). Pai de um tirano da Cefalênia, a quem as virgens tinham de ser levadas antes de se casarem. Essa exigência odiosa prolongou-se até o dia em que Antênor se disfarçou de mulher e conseguiu chegar ao leito do tirano, onde o matou com um punhal que levava escondido na roupa. Depois desse feito Antênor ocupou o trono da Cefalênia em vez de Prono.

Propoitides (G.). Moças oriundas de Amatus, na ilha de Chipre, onde Afrodite (v.) era especialmente venerada. Elas atreveram-se a negar a divindade da deusa, e esta, para puni-las, inspirou-lhes desejos sexuais incontidos, de tal maneira que foram as primeiras mulheres a prostituir-se. As Propoitides transformaram-se finalmente em estátuas de pedra.

Proquita (G. *Prokhyta*). Uma troiana, prima ou ama de Enéias (v.), morta na costa de Neápolis (a atual Nápoles) e sepultada na ilha chamada a partir dessa época de Proquita.

Prosérpina (L.). Deusa do inferno na mitologia romana, assimilada à Perséfone grega. Originariamente Prosérpina estava ligada às atividades agrícolas e era a deusa da germinação, mas após a identificação com a deusa grega perdeu essa característica. Seu culto foi introduzido oficialmente em Roma no século III a.C., juntamente com o de *Dis Pater* (v.), assimilado a Hades (v.), marido de Perséfone.

Prôsimna (G. *Prôsymna*). Uma das filhas do deus do rio Asteríon, na Argolis, epônima da cidade homônima. Ela e suas duas irmãs Acraia e Eubéia foram amas de Hera (v.).

Protesilau (G. *Protesílaos*). Herói da cidade tessália de Filaca, filho de Íficlo (ou de Áctor) (v.) e de Astioqué. Protesilau era um dos pretendentes à mão de Helena (v.); e como tal participou da Guerra de Tróia (v.) comandando um contingente transportado em quarenta naus. Na primeira expedição a Tróia, anterior à guerra, quando os gregos aportaram na Mísia Protesilau tirou o escudo de Télefo (v.), dando assim a Aquiles (v.) a oportunidade de feri-lo mortalmente. Ele foi o primeiro grego morto pelos troianos na guerra, atingido por Heitor (v.) no momento de desembarcar de sua nau. Protesilau tinha embarcado para a guerra logo após o seu casamento com Laodâmia (v. (1)), que o amava apaixonadamente, e não houve tempo para a união dos dois. Ao receber a notícia da morte do marido Laodâmia suplicou aos deuses que o deixassem voltar à sua companhia ainda que fosse por um curto período de tempo. Findo esse curto período de amor, Protesilau retornou ao Hades (v.) e Laodâmia suicidou-se.

Proteu (G. *Proteus*). Deus marinho conhecedor de muitos segredos; ele permanecia geralmente nas proximidades da foz do rio Nilo, na ilha de Faros, onde guardava os rebanhos de focas e de outros animais marinhos pertencentes a Poseidon (v.). Proteu, chamado "o velho do mar", além de ter o dom da profecia era capaz de transformar-se no que quisesse; ele usava esse poder principalmente para livrar-se de quem viesse fazer-lhe perguntas, mas quem tivesse paciência de esgotar o seu repertório de metamorfoses conseguia ouvir-lhe as respostas. Acatando o conselho da deusa marinha Idotéia (v.), filha de Proteu, Menelau (v.) foi à sua presença para interrogá-lo sobre a maneira de livrar sua nau de uma calmaria que o punha em situação insustentável; depois de transformar-se em leão, em pantera, em javali, em serpente, em água e em árvore, ele voltou à sua forma divina e ensinou Menelau a vencer a dificuldade.

Em outra versão de sua lenda Proteu era rei do Egito na época da Guerra de Tróia, e não um deus marinho. Ele reinava em Mênfis quando a nau em que Páris levava Helena (vv.) para Tróia depois de raptá-la foi lançada por uma tempestade à costa do

Egito. O casal foi interrogado pelo rei Proteu, que decidiu reter em sua corte Helena com os tesouros do marido trazidos de Esparta, enquanto deixava Páris prosseguir sozinho em sua viagem para Tróia. Pouco tempo depois os gregos desembarcaram na Troas e mandaram emissários a Tróia para exigir a devolução de Helena. Príamo, rei dos troianos, disse-lhes que ela não estava em Tróia, pois ficara no Egito, na corte de Proteu. Os gregos não acreditaram nas palavras do rei e a luta começou.

Com o término da guerra os gregos verificaram que Helena não estava realmente lá, e que a luta em que tantos deles morreram fora em vão; de lá eles navegaram para o Egito ao encontro de Proteu, que entregou espontaneamente Helena a Menelau. Nessa versão aberrante da lenda de Helena, a mulher de Proteu chamava-se Psamate (v. (1)).

Protogênia (G.). (1) Filha de Deucalião e de Pirra (vv.), que se uniu a Zeus e teve dois filhos dele, chamados Aêtlio e Opus (vv.). Seu nome significava "primogênita".

(2) Uma das Jacintides (v.).

(3) Filha de Calidon e de Eolis; unindo-se a Ares ela deu à luz Ôxilo (vv.).

Prôtoo (G. *Prôthoos*). (1) Um tessálio filho de Tentrêdon e comandante do contingente dos magnésios transportado em quatro naus para participar da guerra contra Tróia (v. *Guerra de Tróia*). Por ocasião da volta dos gregos Prôtoo morreu num naufrágio em frente ao cabo Afareu; muitos de seus companheiros sobreviveram ao desastre e chegaram a Creta. De lá eles foram para a Magnésia, onde se estabeleceram às margens do rio Meandro (na Ásia Menor).

(2) Um dos filhos de Ágrio (v.).

Psamate (G. *Psamathe*). (1) Uma nereide que se uniu a Éaco e lhe deu um filho chamado Foco (vv.). De início ela quis evitar as investidas amorosas de Éaco, transformando-se em vários animais, inclusive numa foca. Éaco, entretanto, insistiu e conseguiu possuí-la. Quando Telamon e Peleu (vv.) mataram seu filho Foco, Psamate mandou contra os rebanhos do último um lobo monstruoso que os dizimou. Posteriormente Psamate abandonou Éaco e casou-se com Proteu (v.), rei do Egito.

(2) Uma argiva filha de Crôtopo (v.). Unindo-se a Apolo (v.) ela teve do deus um filho chamado Lino (v.), que enjeitou com receio de seu pai. Quando Crôtopo tomou conhecimento da existência desse filho de Psamate, mandou enterrá-la viva. Para punir o crime de Crôtopo Apolo mandou contra a Argolis o monstro Poiné (v.).

Psilo (G. *Psyllos*). Filho de Anfítemis e de uma ninfa, e rei dos habitantes da Cirenaica chamados psilos, famosos como encantadores de serpentes. No comando de uma frota líbia Psilo quis vingar-se do vento sul, cujo sopro quente destruíra suas colheitas, mas uma tempestade destroçou as suas naus nas proximidades da ilha de Éolo (v.), um dos deuses dos ventos.

Psiqué (G. *Psykhé*). Uma moça cuja beleza extraordinária provocou o despeito de Afrodite (v.). A deusa ordenou a Eros (o Amor) que induzisse Psiqué a apaixonar-se por um monstro, mas o próprio Eros, vencido pelo encanto da moça, tornou-se seu amante, e depois de proibi-la de tentar ver-lhe o rosto levou-a a um palácio onde somente a visitava na escuridão da noite. As irmãs de Psiqué, enciumadas com a felicidade dela, disseram-lhe que seu amante não queria ser visto porque era um monstro, que afinal a devoraria. A intriga das irmãs exacerbou a curiosidade de Psiqué, e certa noite ela apanhou uma lâmpada e contemplou Eros adormecido. Perturbada diante da visão da beleza do amante, Psiqué deixou cair sobre Eros uma gota do óleo da lâmpada, despertando-o. Em face dessa desobediência o deus abandonou Psiqué e ela, movida pela saudade, passou a procurar o amante por todo o mundo. Afrodite, ainda despeitada, impôs-lhe várias tarefas sobre-humanas. A primeira delas foi separar na escuridão da noite os grãos de várias espécies de cereais de um monte enorme, porém as formigas apiedaram-se de Psiqué e acorreram em número incontável para realizar a tarefa por ela. Assim, por um meio ou por outro, todas as tarefas foram executadas. Na última, que consistia em trazer do inferno o escrínio de beleza usado por Perséfone (v.), Psiqué já havia praticamente realizado a proeza, quando, vencida novamente pela curiosidade, abriu o escrínio; este continha não a beleza, e sim um sono irresistível que a dominou. Zeus (v.), entretanto, instado por Eros, consentiu finalmente em seu casamento com o amante divino. Psiqué saiu do sono em que caíra e subiu ao céu com Eros.

Psófis (G. *Psóphis*). Filha de Êrix, rei dos sícanos. De passagem pela Sicília Heraclés (v.) uniu-se a ela, mas depois entregou-a a Licortas, seu anfitrião em Fegia. Nessa região ela deu à luz Equêfron e Prômaco, filhos de Heraclés, que em homenagem à sua mãe fundaram a cidade de Psófis, na Arcádia.

Em outras versões da lenda a cidade de Psófis devia o nome a um filho de Licáon, ou a um descendente de Níctimo na terceira geração, ou a uma filha de Xanto (filho de Erímanto) (vv.).

Pterelau (G. *Pterêlaos*). Filho de Táfio, ou de Poseidon e de Hipotoe, ou de Teleboas, e pai de outro Táfio e de Teleboas (vv.). Durante o reinado de Electríon (v.) em Micenas os filhos de Pterelau vieram reclamar dele o reino que pertenceu ao seu bisavô Mestor. Repelidos por Electríon, os dois roubaram o rebanho do rei, mas foram desafiados pelos filhos de Electríon para um combate em que todos os participantes perderam a vida, mortos uns pelos outros. Electríon decidiu então realizar uma expedição contra Pterelau em Táfos, mas morreu antes de pôr em prática seu plano; Anfitrião, atendendo a Alcmene (vv.), por quem era apaixonado, marchou contra Pterelau à frente das tropas reunidas por Electríon. Entretanto um oráculo anunciara que enquanto Pterelau estivesse vivo ninguém poderia capturar Tafos, e graças a um fio de cabelo de ouro que Poseidon, seu pai, pusera em sua cabeça, seria impossível matar Pterelau. Mas sua filha Comaitó (v., (2)), apaixonada por Anfitrião, arrancou o cabelo miraculoso de Pterelau, ensejando a sua morte em combate. Morto Pterelau, sua pátria foi vencida.

Q

Quelidon (G. *Khelidon*). Irmã de Aédon e filha de Pandareu (vv.). Juntamente com seu irmão ela foi transformada em pássaro ("Quelidon" significa andorinha, e "Aédon" rouxinol).

Queres (G.). V. *Keres*.

Quimera (G. *Khímaira*). (1) Um animal monstruoso, em forma de serpente da cintura para baixo, de cabra da cintura até o pescoço e com a cabeça, de um leão (ou com duas cabeças, sendo uma de cabra e outra de leão), que expelia chamas pela boca (ou pelas bocas). Quimera era filha de Tífon e de Êquidna (vv.), e foi criada em Pátera por Amisodares, rei da Cária. Durante o reinado de Iobates a Lícia estava sendo devastada por esse monstro, e o rei mandou Belerofonte (v.) exterminá-lo. Montado no cavalo alado Pégaso (v.), o herói pôs um bloco de chumbo na ponta de sua lança; as chamas exaladas pela Quimera fundiram o chumbo, que caiu sobre ela e a matou.

(2) Uma ninfa siciliana apaixonada por Dáfnis (v.).

Quione (G. *Khione*). (1) Filha de Bóreas (v.), um dos deuses dos ventos, e de Orítia (v.). Unindo-se a Poseidon ela teve um filho chamado Êumolpo (vv.), lançando-o ao mar logo após o nascimento. Êumolpo foi salvo por seu pai.

(2) Filha do rei Dedalíon (v.), amada ao mesmo tempo por Apolo e por Hermes (vv.). Desses amores nasceram Autólico e Filâmon (vv.).

(3) Mãe do deus Príapo (v.).

Quirino (L. *Quirinus*). Deus romano antiqüíssimo, de origem sabina, o terceiro da tríade de que faziam parte além dele Júpiter e Marte (vv.). Quirino era uma divindade guerreira protetora do interior da cidade de Roma, sediada no monte Quirinal. Seu filho Módio Fabídio (v.) foi o fundador da cidade de Cures. Após a aparição de Rômulo a Próculo (vv.) os romanos assimilaram Rômulo a Quirino e dedicaram um templo a Rômulo Quirino. Na mesma ocasião sua mulher, até então chamada Hersília, recebeu o nome de *Hora Quirini* (v. *Hersília*).

Quíron (G. *Khêiron*). Um centauro (v. *Centauros*) famoso por seu discernimento e pela amplitude de seus conhecimentos, filho de Cronos e de Fílira (vv.), uma oceanide. Seu físico (metade homem e metade cavalo) devia-se à circunstância de Cronos ter-se unido a Fílira metamorfoseado em cavalo para engendrá-lo. Quíron, que era imortal, morava numa gruta situada no sopé do monte Pelíon, na Tessália, e se distinguia dos demais centauros por sua benevolência para com os homens. Ele tinha uma afeição especial por Peleu e o protegeu em suas aventuras na corte de Acasto (vv.), além de defendê-lo da brutalidade dos outros centauros. Peleu correspondeu à sua afeição confiando-lhe a criação de seu filho Aquiles (v.). Além de Aquiles Quíron educou, entre outros, Asclépio e Jáson (vv.), e o próprio Apolo (v.) ouviu suas lições, que versavam sobre música, ética, medicina, caça e guerra. Quando Heraclés (v.) massacrou os centauros, Quíron, que lutou ao lado do herói, foi ferido casualmente por uma de suas flechas envenenadas (v. *Filoctetes*). Quíron recolheu-se à sua gruta, e as dores causadas pelo ferimento incurável eram tão fortes que ele queria morrer, mas não podia por ser imortal. Na ocasião Prometeu (v.), que estava acorrentado a um rochedo no monte Cáucaso, trocou sua condição de mortal pela imortalidade do centauro, que assim se livrou do sofrimento graças à morte.

R

Rácio (G. *Rhákios*). Um cretense filho de Lebes, que emigrou para Colofon, na Ásia Menor. Lá ele casou-se com Mantó (v.) que obedecendo a Apolo (v.) abandonara Tebas após a captura da cidade pelos Epígonos (v.). Dessa união nasceu um filho chamado Mopso (v.), que veio a ser um adivinho famoso. Além de Mopso o casal teve uma filha – Panfília –, heroína epônima da região homônima.

Radamanto (G. *Rhadámanthys*). Herói cretense filho de Zeus e de Europa, e irmão de Minos e de Sarpedon (vv.); Radamanto foi adotado juntamente com seus dois irmãos por Asteríon (v.), rei de Creta, a quem Zeus dera Europa em casamento. Em outra versão da lenda Radamanto era filho de Hefesto, filho de Talo (v.), que por sua vez era filho de Crés (v.), epônimo de Creta. Radamanto, famoso por sua sapiência e por seu espírito de justiça, teria sido o autor do primeiro código de leis de Creta, no qual se inspirou a legislação de outras cidades gregas. Sua fama era tão grande que ele foi chamado para ser juiz dos mortos no inferno ao lado de seu irmão Minos e de Éaco (v.), também filho de Zeus.

De acordo com uma tradição divergente Radamanto teria fugido de Creta e ido para a Beócia, onde casou-se com Alcmene (v.). Ele teria também viajado numa nau dos feácios para visitar Tício (v.), filho de Gaia (a Terra), até uma região muito além de Eubéia. Há menção na lenda a dois filhos de Radamanto: Gôrtis (herói epônimo da cidade cretense de Gôrtina) e Êritro (fundador de Eritras, na Beócia.

Ramnes (L.) Áugure do exército dos rútulos, subordinado a Turno (v.). Ramnes foi morto por Niso (v.) enquanto dormia. Uma das tribos primitivas de Roma tinha o seu nome.

Raro (G. *Raros*). Filho de Crânao e pai de Triptólemo com uma filha de Anfictíon (vv.). Em outra fonte Raro era avô de Triptólemo, e não seu pai. Raro teria hospedado Deméter (v.) quando a deusa procurava sua filha Perséfone (v.) pelo mundo. Querendo recompensá-lo pela hospitalidade recebida, Deméter ensinara a Triptólemo a arte de cultivar o trigo. Raro teria dado o nome à planície chamada Raria, perto de Elêusis, onde teria sido cultivado o trigo pela primeira vez.

Ratumena (L.). Um etrusco a respeito do qual se contava que Tarquínio o Soberbo, antes de sua expulsão, havia encomendado a artesãos de Veios um carro de argila para ser posto no alto do tempo de Júpiter (v.) Capitolino, em construção na época. Enquanto o carro de argila estava sendo cozido no forno, em vez de secar cresceu de tal maneira que foi necessário demolir o forno para retirá-lo de lá. Diante daquele prodígio os adivinhos prognosticaram a grandeza do povo possuidor do carro. Os veios tomaram então a decisão de não entregar o carro aos romanos, alegando que

Tarquínio não era mais rei quando a obra ficou pronta, e que ela pertencia a Tarquínio, e não aos romanos. Mais tarde, por ocasião dos jogos celebrados em Veios, Ratumena obteve o prêmio na corrida como condutor de um carro; após a vitória seus cavalos desembestaram e o levaram sem parar até Roma, onde entraram pela porta chamada desde então Porta Ratumena. Depois de transpor a porta os cavalos detiveram-se abruptamente, lançando Ratumena fora do carro numa queda que lhe causou a morte. Em seguida os cavalos retomaram a corrida e só se detiveram em frente à imagem de Júpiter Tonitruante, como se homenageassem o deus por sua vitória na corrida. Os veios, apavorados, apressaram-se em entregar aos romanos o carro de argila feito por seus artesãos, que passou a ser o penhor da grandeza de Roma.

Rea (G. *Rhea*). Uma das titanides (v.), filha de Urano (o Céu) e de Gaia (a Terra), e mulher de Cronos (vv.), com o qual governava o mundo. Desse casamento nasceram Deméter, Hades, Hera, Hestia, Poseidon e Zeus (vv.). Advertido por um oráculo de Urano e de Gaia de que um de seus filhos o destronaria, Cronos engolia todos os filhos logo após o seu nascimento. Rea, querendo salvar Zeus, seu filho mais novo, ocultou-o e deu a Cronos em vez do recém-nascido uma pedra envolvida em fraldas, que o deus engoliu. Mais tarde Rea foi assimilada a Cibele (v.), a Mãe dos Deuses.

Réa Sílvia (L. *Rea Sylvia*). Mãe de Rômulo e de Remo (vv.), também chamada Ilia (v.). Em algumas fontes Réa Sílvia aparecia como filha de Enéias (v.), e em outras era apenas descendente distante do herói, pois nestas últimas ela era filha de Numítor, rei de Alba (v.). Réa Sílvia uniu-se ocultamente a Marte (v.), ou a um amante ocasional, ou a Amúlio (v.), seu tio, que destronou Numítor. Quando a gravidez tornou-se evidente Amúlio mandou prender Réa Sílvia, que foi salva da morte por sua prima Anto, filha de Amúlio. Logo após o parto ela teria sido morta por Amúlio, ou morreu em decorrência de castigos sofridos.

Em outra versão da lenda Réa Sílvia foi libertada por seus filhos, que antes puniram Amúlio. Na primeira versão, em seguida ao assassínio Amúlio mandou lançá-la no rio Tibre, mas o deus do rio apareceu para ressuscitá-la e acolhê-la, e casou-se com ela (numa variante da lenda ela teria sido salva e se casou com o deus do rio Ânio, afluente do Tibre).

Remo (L. *Remus*). Irmão gêmeo de Rômulo (v.).

Reso (G. *Rhesos*). Herói trácio aliado aos troianos na Guerra de Tróia (v.), filho de Eioneu (ou do deus do rio Estrímon) e da Musa Clio (ou de Calíope, ou de Euterpe, ou de Terpsícore), e irmão de Brangas e de Ôlinto (vv.). Reso, famoso por seus cavalos imaculadamente brancos e velozes como o vento, chegou a Tróia para ajudar os troianos no décimo ano da guerra, e foi morto por Ulisses e por Diomedes (vv.) durante a noite do primeiro dia de sua atuação no campo de batalha. Os dois heróis gregos chegaram ao acampamento troiano protegidos pelas trevas noturnas e surpreenderam Reso dormindo depois de um dia de árduos combates, nos quais se distinguiu por sua bravura; depois de matá-lo Ulisses e Diomedes voltaram sãos e salvos ao acampamento grego, trazendo com eles os cavalos de sua vítima.

Numa das versões da lenda Reso soubera por um oráculo que se bebesse a água do rio Escamandro e levasse seus cavalos para bebê-la, se tornaria invencível e conquistaria o acampamento dos gregos. Para evitar a consumação do oráculo, Hera e Atena inspiraram em Ulisses e Diomedes a idéia de matar Reso antes de ele beber a água do Escamandro e de dá-la aos seus cavalos. Por isso os heróis gregos o eliminaram logo. Eurípides inspirou-se na lenda de Reso em sua tragédia homônima.

Rítia (G. *Rhytia*). Mãe dos nove coribantes (v.) da Samotrácia, tidos por ela depois de unir-se a Apolo (v.).

Robigo (L. *Robigo* e *Robigus*, a primeira uma mulher e o segundo um homem). Um casal de gêmeos ligados ao cultivo do trigo, responsáveis pela praga desse cereal chamada "ferrugem". Os romanos celebravam anualmente em abril uma festa dedicada a eles, e lhes consagraram um bosque no norte da cidade, perto da ponte Mílvio.

Rode (G. *Rhode*). Uma das filhas de Poseidon e de Anfitrite (vv.), casada com Hélios (o Sol). Rode era irmã de Tritão (v.), mas noutra fonte aparece como sendo filha do deus do rio Ásopo (v.).

Rodo (G. *Rhodos*). Mulher de Hélios (o Sol) e epônima da ilha de Rodes. Em algumas fontes Rodo é filha de Afrodite, e em outras é filha de Poseidon e de Halia (vv.). De sua união com Hélios nasceram sete filhos chamados Heliadas (v.); dois deles foram reis de Rodes – Óquimo e Cêrcafo (vv.), cujos filhos partilharam o poder sobre Rodes após a morte do pai. Talvez Rodo se confunda com Rode (v. acima).

Rodope (G. *Rhodope*). (1) Uma moça de Éfeso, escolhida por Ártemis (v.) para ser sua companheira de caçadas por haver-lhe jurado que permaneceria virgem. Despeitada, Afrodite (v.) fê-la apaixonar-se por um caçador chamado Eutínico. Os dois encontraram-se numa montanha e se amaram, e Ártemis, para puni-la pelo perjúrio, transformou-a numa fonte chamada Estige, que jorrou na gruta onde ela foi deflorada. Nessa fonte punha-se à prova a virgindade das moças da região; elas escreviam o juramento de que eram virgens numa tabuinha e a amarravam ao pescoço, descendo depois à fonte; a água da fonte, que normalmente chegava apenas aos joelhos das moças, se elas já não fossem virgens subia-lhes até o pescoço, encobrindo a tabuinha onde estava escrito o juramento falso.

(2) Filha do deus do rio Estrímon, casada com Hemo (v.) e sua parceira no trono da Trácia.

Rodópis (G. *Rhodópis*). Uma moça grega belíssima, que morava no Egito. Certa vez ela descalçou-se para banhar-se numa fonte, e uma águia levou em suas garras uma de suas sandálias, deixando-a cair mais adiante aos pés do rei Psamético, cujo trono ficava em Mênfis. Admirado com a delicadeza da sandália, ele ordenou uma busca por todo o Egito para descobrir a moça que a usava. Rodópis foi localizada e Psamético casou-se com ela.

Roico (G. *Rhoikos*). (1) Um herói que vendo um carvalho prestes a cair, deu ordens aos seus servos para o escorarem, salvando assim a vida da dríades cuja existência estava presa à árvore. Querendo demonstrar a sua gratidão, as dríades da região disseram a Roico que lhe dariam qualquer recompensa, à sua escolha. Roico quis possuí-las e elas consentiram, mas não admitiam que ele lhes fosse infiel e escolheram uma abelha para levar-lhe suas mensagens. Em certa ocasião a abelha veio à procura de Roico com um recado de uma das dríades, porém ele, que estava absorto jogando xadrez, repeliu o inseto. Este, ofendido, picou-o nos olhos e o cegou.

(2) Um dos centauros (v.) mortos por Atalante (v.).

Roio (G. *Rhoio*). Filha de Estáfilo e irmã de Hemitéia (vv.). Quando Lirco (v.) passou por sua terra em busca de Ió (v.), Roio apaixonou-se por ele e competiu com sua irmã para tornar-se amante do recém-chegado; depois ela foi possuída por Zeus (v.), que a engravidou, e Estáfilo, imaginando que sua filha se entregara a um simples mortal, e não a um deus, encerrou-a numa arca e lançou-a ao mar. A arca foi parar em Delos (ou segundo outra fonte na Eubéia), onde

Roio deu à luz um filho chamado Anio (v.). Em seguida ela casou-se com Zárex, um mortal, de quem teve outros filhos. Numa fonte tardia Roio aparece como amante de Áison e mãe de Jáson (vv.).

Roito (G. *Rhoitos*). (1) Um dos gigantes que lutaram contra os deuses, morto por Diôniso (v., e *Gigantes*).

(2) Um centauro participante do combate entre os centauros e os lapitas (vv.) por ocasião das núpcias de Pirítoo (v.).

(3) Um dos companheiros de Fineu, morto por Perseu durante a festa de núpcias do herói e de Andrômeda (vv.).

Rome (G. *Rhome*, L. *Roma*). Heroína epônima da cidade de Roma. Era uma cativa troiana trazida por Enéias e Ulisses (vv.) numa versão anômala de suas lendas, quando esses heróis chegaram às margens do rio Tibre depois de passar pela Ilíria. Ela e as demais cativas atearam fogo às naus, pondo fim às suas viagens intermináveis em companhia dos dois heróis. Os imigrantes instalaram-se no monte Palatino, e a cidade que se originou da rebelião de Rome à frente das outras cativas cresceu tanto que lhe deram como homenagem o nome de Roma.

Noutra versão da lenda Rome era filha de Ascânio e portanto neta de Enéias. Após a conquista pelos imigrantes troianos da região onde viria a existir Roma, Rome fundou um templo de Fides (v.) no Palatino, e por isso foi dado à cidade o nome de Roma. Noutra fonte dessa versão Rome aparecia como mulher de Ascânio e não sua filha. Conhecem-se ainda menções a Rome como mulher de Enéias e filha de Télefo (v.), e portanto neta de Heraclés (v.), e finalmente como filha de Telêmaco e irmã de Latino (vv.).

Na tradição puramente romana Rome era filha do rei Evandro (v.) ou do rei Ítalo e de Leucária (vv.), ou era uma adivinha que sugeriu a Evandro a fundação de Palanteu, o germe da cidade de Roma.

Rômis (G. e L.). Rei antiqüíssimo dos latinos que expulsou do Lácio os imigrantes etruscos vindos da Lícia através da Tessália e fundador de Roma noutra versão anômala pertinente à origem da cidade.

Romo (G. *Rhomos* e L. *Romus*). Fundador de Roma em versões aberrantes relativas às origens da cidade. Romo seria filho de Imatíon, mandado de Tróia por Diomedes, ou filho de Enéias (vv.). Numa variante dessa versão Romo aparecia como neto de Enéias e filho de Ascânio. Às vezes Romo é mencionado como filho de Ulisses e de Circe (vv.). Dois filhos de Romo, chamados Antias e Ardeas foram heróis epônimos das cidades de Ântio e de Ardea. Numa última variante da lenda Romo era filho de Roma, filha de Latino (v.), e seria então irmão de Rômulo e de Telégono. Romo seria a forma grega de *Remus* (Remo).

Rômulo (L. *Romulus*) e Remo (L. *Remus*). Quando Numítor (v.,) rei de Alba, foi deposto por seu irmão mais novo, chamado Amúlio (v.), este, para evitar a vingança de um descendente do primeiro, fez de Réa Sílvia, filha de Numítor (vv.), uma vestal, obrigando-a a prestar o juramento de virgindade por toda a vida (v. *Vestais*). Apesar do voto de castidade Réa Sílvia foi amada por Marte (v.) e teve dele dois filhos gêmeos – Rômulo e Remo. Amúlio ordenou a prisão de Réa Sílvia e mandou lançar os recém-nascidos no Tibre. As águas do rio levaram o cesto em que os gêmeos tinham sido postos para a margem do mesmo, nas proximidades do *Ficus Ruminalis* (v. *Rumina*), e nesse local eles foram amamentados por uma loba e protegidos por um pica-pau (ambos consagrados a Marte). Pouco tempo depois Fáustulo (v.), pastor dos rebanhos reais, descobriu-os e os levou consigo, criando-os com a ajuda de sua mulher Aca Larência (v.) como se fossem filhos do casal. Rômulo e Remo cresceram rapidamente e se tornaram extremamente fortes e valentes, passando a comandar os jovens da região em incursões de rapinagem pelos arredores. Numa dessas aventuras Remo foi capturado e levado à presença de Numítor; Rômulo veio socorrê-lo e descobriu-se que ambos eram filhos do próprio Numítor. Num ataque a Amúlio, Rômulo e Remo mataram-no e repuseram Numítor no trono; em seguida eles fundaram uma povoação no monte Palatino, germe da futura Roma. Rômulo cercou-a com uma muralha, e ele ou seu companheiro Céler matou Remo ao vê-lo saltar por cima da mesma. Rômulo passou a acolher no Capitólio todos os fugitivos, e proporcionou-lhes esposas raptando as mulheres dos sabinos durante uma festa para a qual as convidara. Após um reinado longo e feliz Rômulo desapareceu misteriosamente durante uma tempestade e transformou-se no deus Quirino (v.). *Romulus* significa "romana" segundo Virgílio, e *Remus* talvez fosse a forma latina do nome grego Roma (v.), citado por autores gregos que trataram da história romana.

Numa versão divergente da lenda Rômulo e Remo seriam filhos de Enéias e de Dexitéia (filha de Forbas) (vv.), e teriam chegado à Itália ainda crianças. Noutra versão Rômulo e Remo aparecem como filhos de Rome (v.) (*Rhome* em grego significa "força") e de Latino (v.), e neto de Telêmaco (v.). Numa terceira versão sua mãe, que seria filha de Lavínia (v.) e Enéias, chamava-se Emília.

Rôpalo (G. *Rhôpalos*). Filho de Festo e rei de Sicione depois de Zêuxipo (vv.), quando este último foi exilar-se em Creta após tomar conhecimento de um oráculo. Sucedeu-o no trono seu filho Hipólito, deposto mais tarde por um exército micênio que, sob o comando de Agamêmnon (v.), atacou Sicione e a entregou aos micênios. Em outra fonte Rôpalo era filho de Heraclés (v.) e pai de Festo.

Roxane (G. *Rhoxane*). Filha de Cerdias, violentada por Medo (v.) (filho de Artaxerxes, rei dos persas). Receoso do castigo Medo lançou-se ao rio até então chamado Xarandas, e a partir dessa época conhecido como Medo. Mais tarde esse rio recebeu o nome de Eufrates.

Rumina (L.). Deusa romana que protegia as mães no período de amamentação. Rumina era cultuada num santuário no sopé do monte Palatino, onde existia o *Ficus Ruminalis,* uma figueira sob a qual Rômulo e Remo (vv.) teriam sido amamentados por uma loba.

S

Sabázio (G. *Sabázios*). Deus frígio adotado pelos gregos e venerado em cultos orgiásticos, assimilado freqüentemente a Diôniso (v.) na tradição grega, onde aparecia como um Diôniso mais antigo, filho de Zeus e de Perséfone (vv.). Para gerar Sabázio Zeus uniu-se a Perséfone disfarçado em serpente, animal consagrado ao deus e presente em seus mistérios. O próprio Sabázio possuiu sob a forma de serpente uma de suas sacerdotisas na Ásia Menor e teve filhos com ela.

Sabo (G. *Sabos* e L. *Sabus*). Um dos lacedemônios que se estabeleceram na região de Reate (atualmente Rieti), dos quais descenderiam os Sabinos. Em outra fonte Sabo era filho do deus romano Sanco e herói epônimo dos sabinos.

Ságaris ou **Sângaris** (G. *Sággaris*). Filho de Midas, ou de Mígdon (vv.), e de Alexirroe, epônimo do rio Sangário, situado na Ásia Menor. Despeitada com Ságaris, que não a venerava, Cibele (v.) fê-lo enlouquecer e o lançou ao rio até então chamado Xerabates e daí em diante denominado Sangário.

Sagarítis (G.). Uma dríades por quem Átis (v.) apaixonou-se depois de jurar castidade a Cibele (v.). Indignada, a deusa matou Sagarítis abatendo a árvore à qual sua vida estava vinculada. Além disso Cibele fez Átis enlouquecer, e em seu desvario ele castrou-se.

Salácia (L.). Divindade romana do mar, ligada a Netuno (v.). Salácia era a personificação da água salgada.

Salambô (G.). Nome dado na Babilônia a Afrodite (v.), quando ela chorava a morte de Ádonis (v.).

Salamis (G.). Uma das muitas filhas do deus do rio Ásopo (v.). Raptada por Poseidon (v.). Salamis uniu-se a ele na ilha à qual deu o nome, no litoral da Ática. Dessa união nasceu um filho chamado Cicreu.

Sálio (G. *Sálios* e L. *Salius*). Um habitante da Samotrácia ou de Mantinéia (na Arcádia) ou de Tegéia, companheiro de Enéias (v.). Sálio seria o criador da dança marcial dos sálios, componentes da congregação sacerdotal romana.

Salmoneu (G. *Salmoneus*). Filho de Éolo e de Enarete (v.). Da Tessália, onde viveu até a juventude, ele emigrou com um grupo de compatriotas para Élis, onde fundou a cidade de Salmone, da qual se proclamou rei. Salmoneu casou-se primeiro com Alcídice, filha de Aleu, de quem teve uma filha cujo nome era Tiró (v.). Sua segunda mulher, chamada Sideró (v.), não lhe deu filhos e foi uma madrasta cruel para Tiró.

Levado por seu orgulho ilimitado Salmoneu, querendo imitar os trovões de Zeus (v.), construiu uma estrada pavimentada de bronze e passava por ela com um carro dotado de rodas de ferro, arrastando correntes de ferro presas à parte traseira do carro; além disso ele lançava para um lado e para o outro tochas acesas, como se fossem relâmpagos. Revoltado com esse atrevimento, Zeus fulminou-o com seus raios e aniquilou seus súditos juntamente com sua cidade.

Salus (L.). A personificação romana da saúde e de um modo geral da conservação, cultuada num templo construído no Quirinal. Com o decurso do tempo *Salus* identificou-se com a deusa grega da saúde, chamada Higíeia (v.).

Sâmon (G.). Herói epônimo da ilha de Samotrácia, filho de Hermes (v.) e da ninfa Rene, de Cilene. Sâmon emigrou da Arcádia, sua pátria, para a Samotrácia, antes pertencente à Trácia.

Sanape (G.). Uma amazona (v.) epônima da cidade de Sinope, na costa do Ponto Euxino (o atual mar Negro). Ela escapou do massacre durante a expedição de Heraclés (v.) contra as amazonas e fugiu para a Paflagônia, onde casou-se com o rei da região. Seu nome, que significava "ébria" no dialeto paflagônio, devia-se ao seu exagero no uso do vinho.

Sanco (L. *Sancus*). Deus antiqüíssimo cultuado em Roma, também chamado Semo Sanco, identificado com *Dius Fidius* (v.). Seu culto foi introduzido em Roma pelos sabinos, e Sanco é mencionado às vezes como pai do herói Sabo (v.), epônimo do povo sabino. Uma das atribuições de Sanco seria zelar pelo cumprimento dos juramentos.

Sangário (G. *Saggários*). Deus do rio homônimo situado na Ásia Menor (v. *Ságaris*), filho de Oceano e de Tetis (v.). Em algumas fontes ele é mencionado como pai de Hecabe, cuja mãe seria nesse caso Metope (vv.), ou a ninfa Eunoe, ou a náiade Euágora. Sangário teve um filho chamado Alfeu, nascido na Frígia, que ensinava Atena a tocar flauta, mas Zeus (v.) o fulminou com seus raios porque tentou violentar sua aluna divina. Sangário era pai também de Naná (v.), e desempenhou um papel importante em sua lenda (v. *Ágdistis* e *Átis*).

Sáon (G.). Um habitante da Beócia que, indo consultar o oráculo de Delfos a propósito de uma seca que assolava sua terra, recebeu da Pítia ordens para interrogar o oráculo de Trofônio (v.). Chegando a Lebádeia, cidade onde segundo lhe disseram ficava situado o oráculo, não encontrou uma pessoa sequer que lhe desse informações sobre a localização do mesmo. Sáon passou a seguir as abelhas e graças a elas conseguiu encontrar uma gruta, onde Trofônio proferiu o oráculo e lhe deu instruções para a instituição de um culto em sua honra.

Sardó (G.). Mulher de Tirreno, que emigrou da Lídia, na Ásia Menor, para a Itália. Ainda na Lídia Sardó deu o nome à cidade de Sardes, e na Itália tornou-se a epônima da ilha de Sardó (a atual Sardenha). V. *Sardo* abaixo para outro epônimo da ilha de Sardó.

Sardo (G. *Sardos*). Filho de Máceris (nome dado pelos egípcios e pelos líbios a Heraclés (v.)). No comando de um exército composto de líbios, Sardo desembarcou na ilha então chamada Ícnussa, cujo nome passou a ser Sardó (v. acima *Sardó* para outra origem do nome da ilha).

Sáron (G.). Rei antiqüíssimo de Trezena, sucessor de Áltepo no trono da cidade. Durante seu reinado Sáron dedicou a Ártemis (v.) um templo tão suntuoso que o golfo de Trezena passou a ser chamado de Febe ("Brilhante").

Um dia Sáron perseguia uma corça durante uma caçada e o animal, tentando escapar, entrou no mar. Na esperança de apanhá-la, Sáron nadou em seu encalço durante tanto tempo que morreu de exaustão. As ondas levaram seu cadáver para um lugar próximo ao templo por ele construído, e o golfo a partir de então teve o nome mudado para Sarônico.

Sarpedon (G.). (1) Filho de Zeus e de Europa (vv.), criado juntamente com seus irmãos Minos e Radamanto por Astério (vv.), que se tinha casado com Europa. Mais tarde Sarpedon desentendeu-se com Minos por causa do trono de Creta, ou porque ambos desejavam o mesmo rapaz – Míleto. Sarpedon levou a pior e se afastou de Creta, indo para a Ásia Menor. Lá ele se instalou na região onde mais tarde veio a existir a cidade de Míleto, fundada por ele ou por seu amado, que saiu de Creta em sua companhia.

(2) Comandante de um contingente lício que combateu ao lado dos troianos na Guerra de Tróia (v.). Depois de distinguir-se no ataque ao acampamento dos gregos e na defesa da muralha de Tróia, Sarpedon foi morto por Pátroclo. Os gregos e os troianos travaram um combate violento em torno de seu cadáver. Às vezes este Sarpedon é identificado com (1), o filho de Zeus e de Europa, e nesse caso seria filho de Zeus e de Laodâmia (filha de Belerofonte) (v.). Em outra fonte, que tenta compatibilizar a cronologia e a genealogia de (1) e (2), Sarpedon (1) teve na Lícia um filho chamado Êuandro, que se casou com uma filha de Belerofonte chamada Deidâmia (ou Laodâmia); desse casamento nasceu Sarpedon (2), neto de (1), participante da Guerra de Tróia.

(3) Um gigante filho de Poseidon, morto por Heraclés (v.) na Trácia.

Sátiros (G. *Sátyroi*). Gênios da natureza, também chamados Silenos, participantes do séquito de Diôniso (v.). Os sátiros eram representados com a parte inferior do corpo igual à de um cavalo (ou de um bode) e a parte superior igual à de um homem. Em ambos os casos eles ostentavam uma cauda longa e volumosa como a de um cavalo, e um membro viril descomunal e permanentemente erecto. Quando não estavam perseguindo as mênades e as ninfas, vítimas preferidas de seu insaciável apetite sexual, eles se divertiam dançando no campo e bebendo com Diôniso. Aos poucos seu aspecto bestial foi-se atenuando e seus membros inferiores tornaram-se humanos, mas sua cauda sobreviveu como característica de sua animalidade.

Saturno (L. *Saturnus*). Um antiqüíssimo deus itálico da agricultura, identificado mais tarde com o Cronos (v.) dos gregos. Saturno teria vindo da Grécia para a Itália em épocas remotas, quando Zeus (v.) o destronou e lançou-o do alto do Olimpo à terra. Ele instalou-se na colina do Capitólio, no local onde viria a existir Roma, fundando uma povoação fortificada chamada Satúrnia e introduzindo a agricultura na região. Saturno teria sido rei de Roma, e seu reinado foi tido como a Idade de Ouro (v.). Celebravam-se durante três dias em dezembro as *Saturnalia*, festas licenciosas durante as quais desapareciam as diferenças entre as classes sociais (para relembrar a Idade de Ouro), e os escravos mandavam em seus senhores.

Sauro (G. *Sauros*). Um malfeitor que vivia nas proximidades de Élis e roubava os bens dos viajantes em trânsito até ser morto por Heraclés (v.).

Selene (G.). A lua personificada, filha de Hiperíon e de Téia, ou de Hélios (o Sol) (vv.). Ela percorria o céu num carro de prata puxado por dois cavalos imaculadamente brancos; sua beleza atraía muitos amantes, entre os quais o próprio Zeus (v.), com quem teve uma filha chamada Pandia. Outro amante de Selene foi Pan (v.), que a presenteou com um rebanho de bois brancos. Sua aventura amorosa mais conhecida foi com Endimião (v.), com o qual teve cinqüenta filhas.

Sêlino (G. *Sêlinos*). Filho de Poseidon (v.) e rei de Aigiália (nome antigo de Acaia). Para evitar uma guerra contra Íon (v.), Sêlino deu-lhe em casamento sua filha Hélice e o escolheu para seu sucessor no trono.

Semele (G.). Filha de Cadmo e de Harmonia e mãe de Diôniso com Zeus (v.). Hera (v.), eternamente ciumenta de Zeus, aconselhou-a a pedir ao seu amante divino que lhe aparecesse em todo o seu esplendor. Zeus não pôde recusar-lhe o pedido porque antes de possuí-la lhe prometera tudo que ela quisesse, e surgiu diante dela empunhando seus raios flamejantes. Semele morreu queimada, mas Zeus tirou de seu ventre o filho que havia gerado nela e o pôs em sua coxa. No devido tempo nasceu Diôniso, que quando foi divinizado graças às suas façanhas desceu ao inferno e trouxe de lá sua mãe; em seguida ele a levou para o céu, onde Semele recebeu o nome de Tione (v.).

Numa variante de sua lenda Semele teria dado Diôniso à luz normalmente em Tebas, mas Cadmo, seu pai, encerrou-a numa arca com o recém-nascido e a lançou no mar. As vagas levaram a arca até a costa de Lacedemônia, onde Semele já chegou morta. Os lacedemônios a sepultaram e criaram Diôniso.

Semíramis (G.). Filha da deusa síria Derceto. Abandonada ao nascer, ela foi alimentada por pombas e depois recolhida por pastores, que a criaram. Semíramis casou-se primeiro com Ones, conselheiro do rei, e depois com Nino, rei da Síria, epônimo da cidade de Nínive. Após a morte deste último ela subiu ao trono e reinou por longos anos, destacando-se em guerras de conquista e construindo Babilônia. Após a morte Semíramis transformou-se numa pomba, e desde então essa ave passou a ser sagrada.

Serápis ou ***Sarápis*** (G.). Deus imaginado e introduzido no Egito por Ptolomeu I, um dos sucessores de Alexandre o Grande, numa tentativa para conciliar as divergências religiosas entre os egípcios e os gregos de Alexandria. Serápis era uma mistura do deus egípcio Ôsiris (v.) com Zeus, Hades e Asclépio, e seria o governante do universo. Apesar de não ter sido aceito pelos egípcios Serápis passou a ser o deus grego de Alexandria, e era cultuado no Serapêion, um templo monumental naquela cidade.

Sereias (G. *Seirenes*). Demônios marinhos em parte mulheres e em parte pássaros, filhas do deus do rio Aqueloo com a musa Melpomene, ou com a musa Terpsícore, ou com Esteropé (filha de Portáon e de Eurite), ou ainda filhas do deus marinho Forcis (vv.). Numa fonte tardia elas teriam nascido do sangue derramado por Aqueloo quando foi ferido por Heraclés (v.). Seu número varia conforme as fontes; em uma fonte elas seriam duas – Aglaofeme e Telxiêpia –; em outra fonte seriam três – Aglaope, Pisinoe e Telxiêpia, ou Leucósia, Lígia e Partenope –, e numa terceira fonte aparecem quatro Sereias – Molpe, Raidne, Telés e Telxiope. As Sereias, que além de cantar também tocavam a lira e a flauta, viviam numa ilha do Mediterrâneo (talvez em frente à península de Sorrento), e atraíam com seu canto mavioso os nautas que passavam pelas proximidades; elas provocavam a destruição das naus contra os rochedos, e em seguida devoravam os náufragos.

Os Argonautas (v.) escaparam ao desastre graças ao canto melodioso de Orfeu (v.), mais belo que o das Sereias; o único a ceder ao fascínio foi Butes (v.), que se lançou ao mar em direção a elas, mas foi salvo por Afrodite (v.).

Ulisses (v.), de passagem pela região onde elas moravam, seguindo instruções da feiticeira Circe (v.) deu ordens a todos os seus companheiros para obstruírem os ouvidos com cera de abelhas e para o amarrarem no mastro da nau, proibindo-os de o soltarem, ainda que ele suplicasse. Ouvindo-as, o herói sentiu-se atraído irresistivelmente pelo seu canto, mas as amarras o imobilizaram e todos se salvaram. Desesperadas com seu fracasso, as Sereias lançaram-se ao mar e morreram. Em fontes tardias as Sereias eram divindades que cantavam para as almas dos mortos eleitos pelos deuses para morarem na ilha dos Bem-Aventurados (v. *Elísion*).

Seresto (L. *Serestus*). Companheiro de Enéias (v.) e comandante de uma das naus dos troianos, cuja nau desgarrou durante a tempestade mas voltou a reunir-se às demais em Cartago; lá Seresto preparou secretamente as naus para partirem quando Enéias decidiu abandonar Dido. Ele defendeu o acampamento dos troianos na foz do rio Tibre durante a ausência de Enéias, e combateu ao seu lado para livrar os troianos do cerco das tropas de Turno (v.).

Sergesto (L. *Sergestus*). Outro companheiro de Enéias (v. acima) e também comandante de uma das naus troianas, presente aos eventos mencionados no verbete anterior.

Sérvio Túlio (L. *Servius Tullius*). Sérvio Túlio o Antigo, pai de Sérvio Túlio, era rei de Cornículo, e quando Tarquínio Prisco e os romanos conquistaram sua cidade e o mataram, seu filho ainda estava no ventre materno. Esse filho nasceu em Roma, onde sua mãe servia a Tarquínio como cativa. Um dia, durante o sono do menino, apareceu uma chama em volta de sua cabeça, e a rainha Tânaquil não permitiu que os servos, assustados, a apagassem. No momento em que ele acordou a chama extinguiu-se, e Tânaquil viu no acontecimento miraculoso o prenúncio de um futuro glorioso para Sérvio. Ela e Tarquínio passaram a criá-lo como se fosse seu filho, e quando Sérvio chegou à idade adulta Tarquínio deu-lhe sua filha em casamento, demonstrando inequivocamente a partir de então a intenção de fazê-lo seu sucessor. Por ocasião do assassinato de Tarquínio pelos filhos de Anco, Tânaquil entregou sem qualquer oposição o trono a Sérvio, que em seguida obteve o referendo popular à sua condição de sexto rei de Roma.

Em uma variante da lenda Sérvio Túlio seria filho do deus Lar da casa de Tarquínio Prisco, que apareceu a uma escrava da casa deste último sob a forma de um falo de cinza saído da lareira e a engravidou. V. *Lares*.

Setaia (G.). Uma das cativas troianas que durante a viagem com destino à Grécia foram parar com as naus de seus senhores na costa sul da Itália, perto do local onde mais tarde viria a existir a cidade de Síbaris. Setaia incitou suas companheiras a queimarem as naus para evitar sua chegada à Grécia, onde as troianas iriam servir como escravas das mulheres dos vencedores. As naus foram destruídas e os gregos puniram as cativas crucificando-as num lugar que veio a chamar-se Setáion. vv. *Áitila* e *Rome*.

Há duas versões desse episódio nas quais em vez de Setaia as incitadoras das rebeliões foram Astioque numa delas e Medesicasta noutra, ambas filhas de Laomêdon (v.).

Sete Chefes contra Tebas (G.). Vv. *Ádrasto* e *Anfiarau*.

Síbaris (G. *Sýbaris*). (1) Pai de uma moça chamada Alia, amada por um monstro num bosque consagrado a Ártemis (v.). Dessa união originou-se a raça dos Ofiogenes ("Filhos da Serpente"), habitantes da região de Párion, no Helésponto, que curavam as picadas de serpentes com sortilégios. Contava-se que o ancestre dos Ofiogenes era uma serpente transformada em homem.

(2) Monstro feminino da Focis, conhecido também como Lamia (vv. *Alcioneu* (2) e *Lamia*). No local da morte desse monstro surgiu uma fonte que se chamou Síbaris, nome dado à cidade famosa no sul da Itália pelos imigrantes lócrios que a fundaram.

(3) Um troiano companheiro de Enéias, morto por Turno (vv.).

Sibila (G. *Sibylla*). Um dos nomes da sacerdotisa incumbida de proferir os oráculos de Apolo (v. *Pítia*). A primeira Sibila teria sido uma moça com esse nome, filha de Dárdano (v.), um troiano, e de Nesó, filha de Teucro (v.). Dotada de poderes proféticos, ela tornou-se a tal ponto famosa como adivinha que todas as profetisas passaram a ter esse nome.

Em outras fontes a Sibila mais antiga teria sido uma filha de Zeus e de Lamia (filha de Poseidon) (vv.), que proferia oráculos na Líbia e lá recebeu esse nome. Seguiu-se a esta uma moça chamada Herófila (v.), originária de Marpesso, na Troas, filha de uma ninfa e de um mortal; ela viveu antes da Guerra de Tróia (v.) e profetizou a destruição da cidade por causa de uma mulher espartana (Helena, v.). Essa Sibila passou quase toda a sua vida na ilha de Samos, mas também esteve em Delos, em Delfos e em Claro. Em Delos conservava-se um hino de sua autoria composto em honra de Apolo (v.), de quem ela se dizia filha e ao mesmo tempo esposa. Herófila levava sempre consigo uma pedra, na qual subia para fazer suas profecias; ela morreu em Troas, mas a pedra que lhe servia de pedestal ficou em Delfos, onde ainda podia ser vista na época de Pausânias.

A mais conhecida de todas as sibilas gregas era a de Entras (na Lídia), filha de uma ninfa e do mortal Teodoro, nascida numa gruta do monte Córico. Imediatamente após o seu nascimento ela atingiu a estatura de uma pessoa adulta e começou a profetizar em versos. Ainda muito jovem ela foi consagrada pelos pais ao culto de Apolo no templo do deus, apesar de sua relutância. Sua vida foi extremamente longa (nove vidas de criaturas humanas, cada uma de cento e dez anos), e de acordo com sua própria predição teria morrido atingida por uma flecha de Apolo. Em algumas fontes a Sibila de Cumas, na Campânia, famosa nas lendas romanas, seria a mesma Sibila de Erítras.

O nome da Sibila italiana varia conforme as fontes: Amálteia, Demófila ou a própria Herófila. Apolo concedeu-lhe o privilégio de viver tantos anos quantos fossem os grãos de areia que ela pudesse apanhar com uma de suas mãos, desde que jamais voltasse a Erítras; por isso ela se radicou em Cumas, onde proferia seus oráculos numa gruta. Os eritreus, entretanto, mandaram-lhe uma carta em cujo selo havia terra de Erítras, e vendo esse vestígio de sua pátria ela morreu. Em outra versão da lenda ela teria pedido uma vida muito longa a Apolo que a amava e prometeu satisfazer o primeiro desejo manifestado por ela, em troca de sua virgindade. A Sibila, porém, esqueceu de pedir também a preservação de sua juventude, e a cada ano que passava se tornava mais velha e seca, e diminuía de tamanho. Em certa época ela já parecia uma cigarra, e foi posta numa gaiola no templo de Apolo em Cumas, como se fosse um pássaro. Contava-se que as crianças lhe perguntavam qual era o seu maior desejo e sua resposta era "Quero morrer". Em uma das fontes a Sibila de Cumas guiou Enéias (v.) em sua descida ao inferno.

De acordo com as tradições romanas essa Sibila foi a Roma durante o reinado de Tarquínio o Soberbo, e quis vender ao rei nove livros contendo oráculos, mas Tarquínio recusou. A cada recusa do rei, que achava o preço exorbitante, ela queimava três livros, e depois de duas recusas Tarquínio comprou afinal os três livros restantes, guardando-os no templo de Júpiter Capitolino (v.). Depois da venda Sibila desapareceu misteriosamente. Esses livros, chamados sibilinos, influenciaram fortemente a religião, o culto e a própria maneira de viver dos romanos, e eram consultados nas época de calamidades ou de acontecimentos prodigiosos; eles continham prescrições relativas ao culto dos deuses e aos sacrifícios.

Sícano (G. *Sikanôs*). Herói epônimo dos sícanos, um dos povos habitantes da Sicília, filho de Briareu e irmão de Etna (vv.).

Sícelo (G. *Sikelôs*). Epônimo e rei dos sícelos (ou sículos), povo que emigrara do sul da Itália para a Sicília e confinou os sícanos (v. o verbete acima) na região ocidental da ilha. Sícelo seria um romano, e quando foi expulso de sua cidade asilou-se na corte do rei Morges (v.), sucessor do rei Ítalo (v.) no trono. Sícelo, tido em certas fontes como filho de Ítalo ou de Poseidon (v.), recebeu de Morges parte de seu reino, cujos habitantes adotaram o seu nome.

Siceu (G. *Sykeus*). Um dos titãs, que salvou Gaia (a Terra), sua mãe, quando Zeus (v.) a perseguia com seus raios. Siceu fez crescer uma figueira à sombra da qual Gaia se abrigou. *Sykea* em grego significa "figueira", e acreditava-se que os raios não caíam sobre essa árvore.

Sícino (G. *Síkinnos*). Um cretense, ou bárbaro, tido como o inventor da *síkinnis*, dança característica dos sátiros. Em outra fonte essa dança teria sido inventada por uma ninfa originária da Frígia chamada Sícinis, participante do cortejo da deusa Cibele, e não por Sícino.

Sicíon (G. *Sikýon*). O segundo fundador e epônimo da cidade peloponésia do mesmo nome (Sicione), fundada inicialmente por Aigialeu, um rei autóctone cujos descendentes diretos conservaram-se no poder até o advento de Lamêdon (v.). Sicíon era filho de Mêton e neto de Erecteu, rei de Atenas, ou filho de Maraton e irmão de Côrinto (vv.). O rei Lamêdon pediu ajuda a Sicíon contra Arcandro e Arquíteles, seus inimigos argivos, e para demonstrar seu reconhecimento deu-lhe em casamento depois da vitória sua filha Zeuxipe, com quem Sicíon teve uma filha chamada Ctonófila.

Side (G.). (1) Mulher de Oríon, que teve a pretensão de rivalizar em beleza com Hera (vv.) e por isso foi lançada pela deusa no inferno.

(2) Mulher de Belo e mãe de Egito e de Danaôs (vv.); ela seria a epônima da cidade fenícia de Sídon.

(3) Uma das filhas de Danaôs, epônima da localidade homônima situada no Peloponeso.

(4) Uma moça que se suicidou junto à sepultura de sua mãe para livrar-se das investidas amorosas do próprio pai. Os deuses fizeram surgir do sangue de Side uma romãzeira e transformaram seu pai num milhafre, ave que segundo a crença popular jamais pousa nessa árvore. Side em grego = romã.

Sideró (G.). A segunda mulher de Salmoneu, madrasta de Tiró (v.). Sideró, cujo nome lembra *síderos* ("ferro" em grego), era uma mulher ríspida e inflexível e maltratava barbaramente sua enteada. Um dos dois filhos de Tiró, chamado Pelias (v.) revoltado com sua maldade matou-a num santuário de Hera (v.).

Sileno (G. *Seilenôs* ou *Silenôs*) Nome dos sátiros (v.) de um modo geral depois de velhos, e nome também do sátiro que criou Diôniso (v.). Sileno era filho de Pan (ou de Hermes) (vv.) e de uma ninfa, ou nasceu das gotas do sangue de Urano (v.) quando este último foi castrado por Cronos (v.). Ele era notável por sua sapiência, mas relutava em transmiti-la às criaturas humanas, a tal ponto que o rei Midas (v.) teve de prendê-lo para beneficiar-se de seus conselhos. Sileno uniu-se a uma ninfa dos freixos e teve com ela o centauro Folo (v.). Em outra fonte ele seria também o pai de Apolo Nômio, deus pastoril dos arcádios.

Sileu (G. *Syleus*). Um vinhateiro que obrigava as pessoas que passavam por perto de suas terras a trabalhar em seus vinhedos e depois as matava. Heraclés (v.) apareceu em sua propriedade como se quisesse trabalhar, mas em vez disso arrancou as videiras e depredou tudo que via à sua frente, matando em seguida o perverso dono dos vinhedos.

Sileu tinha um irmão chamado Dícaio ("Justo" em grego), completamente diferente dele. Depois de exterminar Sileu, Heraclés hospedou-se em casa de Dícaio, que morava nas imediações. Lá o herói conheceu Dícaia filha de Sileu, criada pelo tio; e Heraclés e Dícaia apaixonaram-se à primeira vista e se casaram. Passado algum tempo, o herói viajou, prometendo voltar um dia; a moça, porém, não resistindo à ausência de seu amado, morreu de tristeza. No próprio dia da morte Heraclés voltou, e vendo o cadáver de sua mulher sobre a pira onde ia ser incinerado quis subir à mesma para ser consumido pelo fogo juntamente com ela. O desespero do herói era tão grande que somente após muita luta os presentes à cerimônia fúnebre conseguiram afastá-lo da pira.

De acordo com uma versão discrepante da lenda de Heraclés, ele teria sido vendido como escravo a Sileu, e não a Onfale (v.), para expiar a morte de Ífito (v.).

Silo (G. *Sillos*). Filho de Trasimedes, e por via deste neto de Nêstor, e pai de Alcmêon (que não deve ser confundido com o filho de Anfiarau (vv.)). Durante a invasão do Peloponeso pelos Heráclidas (v.) Silo refugiou-se na Ática, onde seu filho foi o ancestre da importante família ateniense dos Alcmeônidas.

Silvano (L. *Silvanus*). Divindade romana protetora dos bosques, confundida freqüentemente com Fauno e assimilada a Pan (v.) por influência da mitologia grega. Seu culto relacionava-se com o de Hércules e o dos Lares (vv.). Contava-se a respeito de Silvano que na época da deposição dos Tarquínios se travou um combate a tal ponto renhido que não parecia possível definir o vencedor. Quando a noite caiu ouviu-se uma voz sobre-humana apregoar que a vitória coubera aos romanos, porquanto os etruscos tinham perdido um homem a mais que os seus adversários. Em face desse prodígio os etruscos, desalentados, deram-se por vencidos e fugiram do campo de batalha. Feita a contagem dos mortos os romanos verificaram que a voz misteriosa dissera a verdade e era de Silvano.

Sílvio (L. *Silvius*). Filho de Enéias e de Lavínia (vv.), e irmão de Ascânio (v.) por parte de pai. Para evitar desentendimentos com ele, Ascânio entregou-lhe o trono da cidade de Lavínio e foi fundar Alba. Depois de reinar sobre Alba ao longo de trinta e oito anos, Ascânio entregou também o trono de Alba a Sílvio, que o ocupou até morrer e deixou ao seu filho Enéias (assim chamado em homenagem ao avô).

Em outras fontes Sílvio era filho de Ascânio (nesta genealogia filho de Enéias e de Lavínia), ou de Enéias e de Sílvia, mulher de Latino (v.) em primeiras núpcias e de Enéias após a morte de seu primeiro marido.

Sime (G. *Syme*). Filha de Iáliso (v.) e de Dotis. Sime foi raptada por Glauco, filho de Antêdon e de Halcione. Seu raptor conquistou depois a ilha até então chamada Metapontis ou Aigle, situada entre as ilhas de Rodes e de Cnido, e lhe deu o nome de Sime em homenagem à sua mulher. Sime teve com Poseidon um filho chamado Ctônio (vv.).

Simôeis (G.). Deus de um rio na planície de Tróia, filho de Oceano e de Tetis (vv.). Simôeis foi chamado pelo deus do rio Escamandro (v.) para ajudá-lo a conter Aquiles (v.), que estava poluindo suas águas com o sangue e os cadáveres dos troianos por ele exterminados. Simôeis teve duas filhas: Astioque, mulher de Erictônio e mãe de Tros, e Hieromneme, mulher de Assáraco e mãe de Cápis (vv.).

Sínis (G.). Um gigante filho de Poseidon (v.), dotado de uma força extraordinária, um dos malfeitores mortos por Teseu (v.) no istmo de Corinto durante a viagem de volta do herói a Atenas. Seu apelido era "Vergador de Pinheiros", porque costumava vergar dois pinheiros e prender entre eles os viajantes que resolvia matar; soltando depois as árvores, estas voltavam bruscamente à posição normal, esquartejando assim as suas vítimas.

Em outra versão desse suplício Sínis obrigava os viajantes assaltados a vergar um pinheiro juntamente com ele; depois soltava a árvore, que ao voltar à posição normal lançava à distância a vítima, que caía violentamente no chão e morria. Sínis tinha uma filha chamada Perigune (v.); após a morte do pai ela se uniu a Teseu, tendo com ele um filho chamado Melânipo (v.).

Por seu turno Melânipo teve um filho – Ioxo –, cujos descendentes reverenciavam os aspargos porque Perigune se escondera num campo onde se cultivava essa planta enquanto Teseu matava seu pai, salvando-se assim de também ser morta.

Sínon (G.). Um grego participante da expedição contra Tróia, filho de Ésimo e irmão de Antícleia, mãe de Ulisses (vv.). Ele foi o espião deixado pelos gregos em Tróia quando fingiram desistir do cerco da cidade e partir de volta à pátria com toda a sua frota. Com efeito, os gregos, desesperançados de capturar Tróia pela força, tiveram a idéia de incumbir Epeio (v.) de construir um enorme cavalo de madeira, capaz de conter em seu bojo grande número de combatentes armados. Para convencer os troianos a introduzir o cavalo de madeira (v. *Cavalo de Tróia*) na cidade, os gregos partiram com sua frota e foram ancorá-la secretamente por trás da ilha de Tênedo. Somente Sínon ficou no acampamento grego, e pouco tempo depois foi aprisionado por pastores troianos. Estes levaram-no agrilhoado à presença de Príamo (v.), que resolveu interrogá-la apesar de o povo querer matá-lo.

Sínon, repetindo a história inventada pelos gregos, identificou-se como vítima da perseguição de Ulisses (v.), dizendo que fugira para não ser sacrificado aos deuses e fora capturado pelos pastores. Os troianos perguntaram-lhe por que os gregos haviam deixado na praia um cavalo de madeira tão grande. Sempre repetindo a história inventada pelos gregos, Sínon disse que o cavalo era uma oferenda a Palas Atena (v. *Atena*) como expiação pelo crime cometido por Ulisses ao roubar o Paládio (v.) da cidadela de Tróia. Em face da revelação simulada de Sínon os troianos resolveram introduzir o cavalo na cidade, e por causa de seu tamanho tiveram de demolir parte da muralha. Durante a noite Sínon, que fora libertado pelos troianos, abriu os flancos do cavalo e deixou saírem do bojo do mesmo os numerosos soldados que massacraram os troianos adormecidos. Em seguida ele acendeu uma fogueira para dar à frota o aviso de que deveria regressar para completar a captura da cidade.

Sinope (G.). Uma das filhas do deus do rio Ásopo (v.), ou de Ares e de Egina (vv.), heroína epônima da cidade homônima situada na costa asiática do Ponto Euxino (o atual mar Negro). Sinope foi raptada por Apolo (v.) e levada por ele para a Ásia Menor, onde deu à luz um filho chamado Siro (v.), epônimo da Síria. Contava-se que Zeus (v.) se apaixonou por ela e prometeu mediante juramento que lhe satisfaria qualquer desejo. Sinope rogou-lhe que respeitasse a sua virgindade; Zeus, preso pelo juramento, poupou-a e lhe ofereceu a região de Sinope. Em seguida ela agiu de maneira idêntica com Apolo (v.) e com o deus do rio Halis.

Sipretes (G. *Siproites*). Um cretense transformado em mulher por Ártemis (v.) porque a viu despida enquanto se banhava numa fonte.

Siqueu (L. *Sychaeus,* G. *Sykhaios* ou *Sygkhaios*). Príncipe fenício marido da rainha Dido (v.). Na língua fenícia seu nome era Sicarbas. Siqueu foi morto durante uma caçada ou um sacrifício por Pigmalião (v.), irmão de Dido e rei de Tiro, desejoso de apoderar-se de seus bens. Pigmalião deixou o cadáver insepulto e evitou durante algum tempo que o homicídio chegasse ao conhecimento de Dido; depois Siqueu apareceu em sonho à mulher e revelou-lhe a intenção de Pigmalião. Na mesma ocasião Siqueu disse a Dido onde seu ouro estava oculto, aconselhando-a a apanhá-lo e fugir. Dido agiu de acordo com a sugestão do fantasma do marido e viajou para o norte da África, onde fundou Cartago. Dido construiu no centro de seu palácio em Cartago um santuário dedicado a Siqueu, e cultuou-lhe fielmente a memória até a chegada de Enéias (v.), a quem se entregou compelida pela vontade de Vênus.

Em outra fonte Siqueu aparecia como marido de Ana, irmã de Dido, e não da própria Dido.

Siringe (G. *Sýrigx*). Uma dríade arcádia amada por Pan (v.). Perseguida pelo deus, Siringe transformou-se numa cana à margem do rio Ládon no momento em que ia ser alcançada. Observando que o vento provocava gemidos ao soprar entre as canas, Pan uniu com cera de abelha pedaços de cana de tamanhos diferentes; quando soprados, esses pedaços de cana produziam sons harmoniosos, constituindo um instrumento musical ao qual o deus deu o nome de Siringe para perpetuar a memória da dríade.

Pan teria deixado a siringe numa gruta existente nas proximidades de Éfeso. Nessa gruta punha-se à prova a virgindade das moças do local. Levadas ao interior da gruta, se elas eram puras saía da gruta um som melodioso produzido pela siringe, e as virgens deixavam o local coroadas com ramagem de pinheiro; se já haviam perdido a virgindade, ouviam-se gritos lúgubres vindos do interior da gruta e elas nunca mais apareciam.

Síris (G.). Epônima da cidade homônima no golfo de Taras, filha de Morges, antigo rei itálico. Em outra fonte ela era uma nereide e foi a primeira mulher do rei Metáponto (v.), que a abandonou para casar-se com Arne, filha de Éolo (v.). Arne mandou seus filhos Boioto e Éolo (o mais moço (vv.)) matarem Síris.

Siro (G. *Syros*). Herói epônimo dos sírios, filho de Sinope (v.) (filha de Ásopo (vv.)) e de Apolo (v.), ou de Teléfassa e de Agênor (v.).

Sísifo (G. *Sísyphos*). Filho de Éolo, casado com Merope (uma das Plêiades) e descendente de Deucalião (v.). Sísifo foi o fundador de Éfira, que mais tarde veio a chamar-se Corinto; ele sucedeu no trono a Côrinto, rei da cidade, e teria sido o seu vingador (v. *Côrinto*).

Em outra versão da lenda Sísifo teria recebido o trono de Medéia (v.) quando ela teve de sair apressadamente da cidade.

Quando Autólico (v.) roubou-lhe os rebanhos, Sísifo, que era considerado o mais astucioso dos homens, foi procurá-los e conseguiu provar que os animais lhe pertenciam mostrando seu nome, que gravara no casco de cada rês. No mesmo dia dessa proeza casavam-se Antícleia, filha de Autólico, e Laerte (vv.); durante a noite Sísifo conseguiu unir-se a Antícleia, e dessa união nasceu Ulisses (v.), que herdou a astúcia do pai.

Mais tarde, depois de raptar Egina, filha do deus do rio Ásopo, Zeus (v.) passou por Corinto e Sísifo o viu com a moça; quando Ásopo chegou lá à procura da filha, Sísifo prontificou-se a revelar o nome do raptor se Ásopo fizesse surgir uma nascente em Acrocôrinto, a cidadela de Corinto. Atendido em sua pretensão, Sísifo denunciou Zeus, incorrendo assim na cólera do deus.

Numa das versões da lenda Zeus o fulminou em seguida e lhe impôs no inferno o castigo de ter de rolar até o alto de uma colina uma grande pedra, que ao chegar ao topo rolava novamente para baixo; essa tarefa recomeçava incessantemente, numa punição eterna.

Noutra versão da lenda Zeus, revoltado com a denúncia, ordenou a Tânatos (v,) que o matasse; Sísifo, usando sua astúcia, acorrentou Tânatos (v.) de tal maneira que ninguém mais morria. O próprio Zeus teve de compelir Sísifo a libertar Tânatos, que, novamente em sua função de pôr termo à vida das criaturas humanas, matou sem demora Sísifo. Este, antes de morrer, combinou com sua mulher que não lhe prestasse as honras fúnebres devidas; vendo-o chegar ao inferno, Hades (v.) perguntou-lhe a razão de sua chegada em condições irregulares; Sísifo acusou sua mulher de impiedade e pediu permissão ao deus para castigá-la e obrigá-la a cumprir os seus deveres para com o marido morto. De volta à terra Sísifo não retornou ao inferno e viveu até a extrema velhice. Quando ele morreu definitivamente Hades impôs-lhe o castigo eterno descrito na primeira versão da lenda. Atribuía-se às vezes a Sísifo a instituição dos Jogos Ístmicos, celebrados no istmo de Corinto em honra de seu sobrinho Melicertes (v.).

Síton (G. *Síthon*). Rei da Trácia, filho de Ares (ou de Poseidon) (vv.) e da ninfa Ossa, e epônimo da península de Sitônia no Quersoneso. Síton casou-se com Anquinoe (ou Anquirroe), filha de Nilo (v.), com quem teve duas filhas – Palene e Retéia (v. *Palene*). Numa fonte tardia Diôniso (v.) ter-se-ia apaixonado por Palene e teria matado Síton com seu tirso para casar-se com ela.

Sôfax (G. *Sôphax*). Filho de Tinge (mulher de Anteu) e de Heraclés (vv.). Este último, para possuí-la, matou-lhe antes o marido. Sôfax, que veio a ser rei da Mauretânia, teve um filho chamado Diódoro, que acrescentou vários territórios contíguos ao reino recebido de seu pai, e fundou a dinastia real da Mauretânia.

Sol (L.). Divindade sabina introduzida em Roma simultaneamente com a Lua por Tito Tácio (v.), o primeiro rei sabino. A família romana dos Aurélios pretendia descender desse deus, de cujo culto era incumbida. V. *Hélios* para as lendas gregas relativas ao Sol.

Solôeis (G.). Um rapaz ateniense que acompanhou Teseu em sua expedição contra as amazonas (v.) juntamente com seus irmãos Euneu e Toloas. Na viagem de volta Teseu trazia em sua nau a amazona Antíope (v.), por quem Solôeis apaixonou-se. Um amigo seu, a quem ele confidenciara a paixão, levou uma mensagem dele a Antíope; a amazona não deu atenção a Solôeis, e este, desesperado, lançou-se a um rio durante uma escala da nau e morreu afogado. Ao tomar conhecimento do suicídio de seu companheiro, Teseu ficou transtornado; nessa ocasião ele lembrou-se de um oráculo da Pítia, no qual esta lhe ordenara que quando sentisse um desgosto profundo durante uma viagem por terras estrangeiras, fundasse uma cidade e deixasse nela alguns de seus companheiros. Tendo em mente a ordem do oráculo, Teseu fundou na Bitínia uma cidade que chamou de Pitópolis, em honra de Apolo (v.) Pítio, deixando lá os dois irmãos de Solôeis e outro ateniense chamado Hermas. Na mesma ocasião Teseu deu o nome de Solôeis a um rio situado nas imediações da cidade recém-fundada.

Sonhos (G. *Ôneiroi*). Filhos de Nix (a Noite), que para aparecerem aos mortais saíam de sua morada por duas portas: uma de marfim, por onde passavam os sonhos verídicos, e outra de chifre por onde passavam os sonhos enganosos. Vv. *Hipnos* e *Ôneiros*.

Sono (G.) V. *Hipnos.*

Sópatro (G. *Sópatros*). Um estrangeiro que vivia em Atenas em época remota, quando as criaturas humanas alimentavam-se apenas de frutas, grãos e legumes e ainda não costumavam oferecer aos deuses sacrifícios cruentos. Sópatro possuía uma propriedade em Atenas, e em certa ocasião, quando realizava um sacrifício incruento aos deuses, apareceu um touro que comeu as ervas e grãos por ele postos no altar. Indignado, Sópatro matou o animal com um machado; em seguida, pensando que cometera uma impiedade, partiu para Creta, onde foi viver. Em sua ausência a fome passou a grassar em Atenas; os habitantes da cidade quiseram saber dos deuses a causa da calamidade, e a resposta foi que somente Sópatro seria capaz de remediar o mal e que o culpado teria de ser punido. Os atenienses saíram à procura de Sópatro e foram encontrá-lo em Creta, ainda acabrunhado pelo remorso. Sem saber o que fazer diante da pergunta dos enviados, ele pediu que Atenas lhe concedesse a cidadania. Os atenienses concordaram, e Sópatro voltou com eles. Sua primeira idéia foi partilhar a própria culpa com todos os atenienses, e para isso os reuniu, dando-lhes instruções no sentido de trazerem um touro igual ao que ele matara; depois de o animal ser purificado pelas moças da cidade, Sópatro purificou um cutelo afiado pelos demais atenienses e matou o touro; em seguida o animal foi cortado em pedaços pelos presentes, de tal maneira que todos passaram a ser culpados pela morte da vítima. Além disso a carne foi dividida igualmente por todos. Sópatro sugeriu então a instalação de um tribunal para julgar e definir a culpa; depois de muitos debates ela foi imputada ao cutelo, e o tribunal aplicou-lhe a pena de ser lançado ao mar. Isso feito, a calamidade cessou.

Sorano (L. *Soranus*). Deus cultuado no alto do monte Soracte, perto de Roma, Sorano, confundido às vezes com *Dis Pater* (v.), assimilava-se também a Apolo (v.), talvez porque o culto de Apolo Lício estava ligado aos lobos, da mesma forma que o de Sorano.

Spartoi (G.). Os homens nascidos dos dentes do dragão morto por Cadmo (v.) no local em que viria a existir a cidade de Tebas, e semeados pelo mesmo Cadmo em obediência a Atena ou a Ares (v.). Os *Spartoi* surgiram do solo já armados, começando imediatamente a lutar entre eles, e somente cinco escaparam à morte: Ctônio, Equíon, Hiperênor, Pêloro e Udaio. Cadmo acolheu-os na cidade e construiu com sua ajuda a cidadela de Tebas, chamada Cadméia. *Spartoi* significa "Homens Semeados".

Sumano (L. *Sumanus*). Deus romano introduzido na cidade pelo sabino Tito Tácio (v.), assimilado a Júpiter (v.) em sua prerrogativa de deus dos relâmpagos noturnos. Contava-se a propósito de Sumano que uma estátua dele existente no topo de um templo de Júpiter teve sua cabeça separada do corpo por um raio e lançada ao rio Tibre. Os romanos viram nesse prodígio uma indicação de que Sumano queria ter um templo exclusivamente seu. Esse templo foi construído no *Circus Maximus* e consagrado a Sumano pouco tempo depois.

T

Tácio (L.). V. *Tito Tácio.*

Táfio (G. *Táphios*). Filho de Poseidon e de Hipotoe, da mesma raça de Perseu (vv.). Táfio, pai de um filho chamado Pterelau (v.), foi o herói epônimo da ilha de Tafo.

Tages (L.). Um menino nascido de um montículo de terra num campo que estava sendo lavrado por um camponês com seu arado. Tages, tido como filho do *Genius Jovialis,* era dotado de dons divinatórios extraordinários e distinguiu-se por sua sabedoria incomum. Ele predisse o futuro aos camponeses que acorreram para vê-lo no local de seu nascimento, e lhes ensinou as regras para a adivinhação pelas vísceras das vítimas dos sacrifícios; pouco tempo depois Tages morreu após uma curta vida. Suas palavras constituíam a base dos livros etruscos referentes à adivinhação.

Taigete (G. *Taygete*). Uma das Plêiades, filha de Atlas e de Pleione (vv.). Depois de fazê-la desmaiar Zeus (v.) a possuiu, e dessa união nasceu um filho chamado Lacedêmon (v.); acabrunhada, Taigete escondeu-se no monte situado na Lacônia que por sua causa recebeu o nome de Taígeto.

Em outra versão da lenda Ártemis (v.) metamorfoseou-a numa corça para protegê-la das investidas amorosas de Zeus. Voltando mais tarde à sua forma primitiva, Taigete, para demonstrar sua gratidão a Ártemis, ofereceu-lhe uma corça de chifres de ouro, capturada posteriormente por Heraclés durante um de seus trabalhos (v. *Heraclés*).

Talau (G. *Talaôs*). Filho de Bias e de Peró, e rei da parte de Argos entregue ao seu pai por Preto (vv.). Talau teve com Lisímaca (ou Lisiânassa) vários filhos, entre os quais se destacou Ádrasto (v.).

Talássio (L. *Talassius*). Um dos companheiros de Rômulo (v.). Por ocasião do rapto das sabinas coube-lhe uma mulher extraordinariamente bela; para impedir que alguém a tomasse de seu senhor, os pastores de seus rebanhos gritavam constantemente: "Ela é de Talássio!" (em latim *Talassio*). Talássio foi muito feliz em seu casamento, e esse grito, considerado de bom augúrio, passou a ser repetido nas cerimônias nupciais.

Em outra fonte a origem desse grito seria a circunstância de os sabinos terem pactuado com os romanos, após o rapto das sabinas, que eles não poderiam impor às sabinas outro trabalho manual além da fiação de lã (*talasia* em grego). Essa advertência transformou-se num grito ritual durante as festas de casamento em Roma.

Talia (G. *Thalia* ou *Thaleia*). (1) Uma das Musas (v.), que se uniu a Apolo e teve dele os Coribantes (vv.). Talia também teria sido amante de Dáfnis (v.). Como Musa, Talia presidia a comédia.

(2) Uma das Cárites, filha de Zeus e de Eurinome (vv.). Esta Talia presidia o coro de suas irmãs.

(3) Uma das Nereides, filha de Nereu e de Dóris (vv.).

Talo (G. *Talos*). (1) Filho de Crés (v.), herói epônimo da ilha de Creta e pai de Hefesto (v.), que por seu turno seria o pai de Radamanto (v.). Em outras versões de sua lenda ele teria sido o último remanescente da Idade de Bronze, na Terra (v. *Idade de Ouro*) ou era um robô fabricado por Dédalo (v.), arquiteto do rei Minos (v.), ou por Hefesto, que o dera de presente a Minos.

Talo foi escolhido para ser o guardião de Creta por Minos, ou pelo próprio Zeus (v.), e percorria a ilha três vezes por dia como seu vigilante infatigável, impedindo a entrada de estrangeiros ou a saída de habitantes de Creta sem a permissão de Minos. Para desincumbir-se de sua missão Talo usava como armas pedras enormes, que arremessava contra quem tentava burlar a sua vigilância. Quando Talo alcançava os transgressores, aquecia seu corpo de metal no fogo e os abraçava, queimando-os até matá-los. O único ponto vulnerável de Talo era uma veia em uma de suas pernas. Na passagem dos Argonautas (v.) por Creta, Medéia conseguiu com seus sortilégios romper essa veia, provocando a morte do vigilante até então invicto.

Numa variante da lenda Poias, pai de Filoctetes (vv.) e um dos Argonautas, seccionou com uma flecha a veia de Talo, que teria deixado um filho chamado Leuco. (v. *Idomeneu*).

(2) Um ateniense sobrinho de Dédalo (v.), morto por este último, despeitado porque Talo o excedia em habilidade.

Tálpio (G. *Thálpios*). Um epeio de Élis, filho de Êurito (v.) e de Teraifone; juntamente com seu irmão Antímaco, Tálpio comandava os quatro contingentes de sua terra natal na guerra contra Tróia (v. *Guerra de Tróia*). Os dois irmãos descendiam de Áctor, filho de Forbas (vv.). Tálpio aparece entre os pretendentes à mão de Helena (v.) e estava entre os gregos que entraram em Tróia no bojo do cavalo de madeira (v. *Cavalo de Tróia*). O túmulo dos dois heróis ainda podia ser visto em Élis no tempo de Pausânias.

Taltíbio (G. *Talthýbios*). Arauto de Agamêmnon (v.) na Guerra de Tróia (v.), juntamente com Euribates (v.). Nessa qualidade ele antes da guerra já recebera a incumbência de acompanhar Ifigênia (v.) a Áulis para sacrificá-la, e durante a guerra foi buscar Briseís na tenda de Aquiles (vv.) para entregá-la a Agamêmnon. Além disso ele foi como embaixador ao encontro de Macáon e participou da embaixada a Ciniras (vv.). Havia em Esparta um santuário dedicado a Taltíbio.

Tâmiris (G. *Thâmyris*). Filho do músico Filâmon (v.) e da ninfa Argiope, ou de Aétlio e de Erato (ou Melpomene) (vv.), ambas musas. Tâmiris era dotado de grande beleza, além de cantar e de tocar a lira com perfeição, tendo sido professor de lira do próprio Lino (v.). Ele teria querido rivalizar com as Musas (v.), mas foi vencido; as deusas cegaram-no e o privaram de seus dons musicais para castigar sua pretensão, que o levou a propor, na hipótese de sair vitorioso, o prêmio de possuir sucessivamente todas as Musas. Tâmiris aparecia em uma das fontes da lenda como professor de Homero, e lhe eram atribuídos poemas intitulados *Cosmogonia, Teogonia* e *Titanomaquia.*

Tânais (G.). Deus do rio homônimo, filho de Oceano e de Tetis (vv.), ou de Beroso e da amazona (v. *Amazonas*) Lisipe. Tânais cultuava apenas Ares (v.) entre todos os deuses, e desprezava as mulheres; Afrodite, despeitada, puniu-o inspirando-lhe um amor irresistível por sua própria mãe. Desesperado, Tânais preferiu matar-se lançando-se ao rio até então conhecido como Amazônio, que passou a chamar-se Tânais (o atual Don).

Tânatos (G. *Thânatos*). Gênio masculino que personificava a morte, irmão de Hipnos (o Sono) e filho como ele de Nix (a Noite) (vv.).

Tântalo (G. *Tântalos*). (1) Filho de Zeus e de Plutó (filha de Cronos ou de Atlas) (vv.), que reinava sobre a Frígia e a Lídia do alto do monte Sípilo. Tântalo, que era imensamente rico e participava das festas dos deuses, casou-se com a plêiade Dione (vv.), filha de Atlas. Em outra versão de sua lenda sua mulher era Euriânassa, filha do deus do rio Páctolo, ou Clítia, filha de Anfidamas e de Esteropé (vv.) (também uma plêiade). Entre seus filhos destacavam-se Pêlops e Níobe (vv.), e dele descendiam, por via de Pêlops, Atreu e Tiestes, e na geração seguinte Agamêmnon e Menelau (vv.), todos chamados tantálidas.

Tântalo teria cometido um perjúrio para não entregar a Hermes o cão de Zeus (vv.), que Pandareu (v.) lhe confiara; Zeus castigou-o pondo-o sob o monte Sípilo e depois lançando-o no inferno. Alguns mitógrafos mencionam sua expulsão da Ásia Menor por Ilo (v.), fundador da primeira Tróia, em seguida às provações de sua filha Níobe. Tântalo teria sido também o raptor de Ganimedes (v.).

Contava-se de Tântalo que os deuses o convidavam para seus banquetes; orgulhoso com essa distinção, ele passou a contar aos homens os segredos divinos de que tomava conhecimento nessas ocasiões. Para castigá-lo os deuses o puseram no inferno sob uma pedra enorme, eternamente na iminência de cair sobre ele e esmagá-lo. Em outra fonte seu suplício seria a sede e a fome eternas, em meio à água que lhe chegava até o pescoço sem que ele pudesse bebê-la, e tendo sobre a cabeça ramos carregados de frutas que lhe fugiam das mãos quando ele tentava alcançá-las.

Noutra fonte a razão de seu suplício seria o roubo do néctar e da ambrosia durante os banquetes dos deuses, para depois oferecer esses alimentos divinos aos mortais. Numa terceira fonte ele teria incorrido na ira dos deuses por haver imolado seu filho e oferecido as carnes aos mesmos, preparadas como se fossem uma iguaria.

(2) Filho de Tiestes ou de Brotéias, ambos filhos de Tântalo (1) (v.). Este Tântalo teria sido morto por Atreu (v.), indignado com Tiestes (v.), e oferecido em pedaços a este último durante um banquete.

Noutra fonte ele aparecia como primeiro marido de Clitemnestra, morto por Agamêmnon (v.), seu primo.

(3) Um dos filhos de Níobe e de Anfíon (vv.).

Taras (G.). Herói epônimo da cidade homônima (a atual Táranto) no sul da Itália. Taras era filho de Poseidon (v.) e de uma ninfa chamada Sátira ou Satíria, tida como filha de Minos (v.). V. *Fálanto* para outra lenda a propósito da fundação de Taras.

Taráxipo (G. *Taráxippos*). (1) Um demônio que assustava os cavalos no hipódromo de Olímpia durante as corridas de carros disputadas perto de um altar existente no local (*Taráxippos* em grego significa "Assusta-Cavalo"). Esse demônio seria a alma penada de Ísqueno (v.), um herói sacrificado para pôr fim à fome que assolou a região em certa época; noutras fontes a alma penada seria de Olênio, auriga famoso de Olímpia, ou de Damêon, filho de Fliús (v.), participante da expedição de Heraclés contra Augias (vv.), morto com seu cavalo por Ctêato (v.) (nesta última versão o dono e o cavalo teriam sido sepultados nas proximidades do altar junto ao qual o demônio aparecia). Contava-se ainda que Taráxipo seria na realidade Alcatoo, filho de Portáon (vv.), morto por Enomau (v.) quando competia para conquistar a mão de Hipodâmia (v.). Dizia-se também que Pêlops (v.) enterrou no local um talismã ganho de um egípcio; graças a esse ardil Pêlops assustou os cavalos de Enomau e venceu a corrida, casando-se com Hipodâmia. Finalmente dizia-se que o cadáver de

Pêlops teria sido sepultado no hipódromo de Olímpia e sua alma perturbava as corridas, da mesma forma que ele prejudicou em vida seu futuro sogro.

(2) A alma do herói Glauco (v.), filho de Sísifo (v.), morto e devorado por seus cavalos.

Tárcon (L. *Tarchon*, G. *Tárkhon*). Herói etrusco a quem se atribuía a fundação das cidades de Tarquínios (ao norte de Roma), de Mântua e de Cortona, além de outras menos importantes. Tárcon é mencionado às vezes como sendo irmão de Tirreno (ou Tirseno) e filho de Télefo (vv.), e teria sido o chefe dos imigrantes etruscos em sua viagem desde a Lídia até a Itália. De acordo com a tradição ele teria nascido com os cabelos brancos, indicativos de um destino brilhante, e comandou o contingente etrusco que lutou ao lado de Evandro (v.). Veja-se também o verbete *Caco*.

Tarpéia (L.). Heroína romana epônima do Capitólio (*Mons Tarpeius*), especialmente da rocha Tarpéia, de cujo topo eram lançados alguns criminosos. Tarpéia era filha de Tarpeio, a quem durante a guerra subseqüente ao rapto das sabinas Rômulo (v.) confiara a defesa do Capitólio. Quando Tito Tácio (v.), rei dos sabinos, acampou com suas tropas no sopé do Capitólio, Tarpéia o viu e apaixonou-se por ele. Valendo-se de uma serva ela mandou dizer a Tito Tácio que lhe entregaria a cidadela se ele a recebesse como esposa. Tito Tácio fingiu concordar, e Tarpéia deixou-o entrar no Capitólio à frente de seus soldados. Conquistada a cidadela, o rei sabino, em vez de desposá-la, mandou esmagá-la sob o peso dos escudos de seus soldados para puni-la pela traição.

Noutra versão da lenda Tarpéia teria pedido a Tito Tácio como recompensa pela traição o que ele e seus soldados levavam no pulso esquerdo, querendo significar as pulseiras de ouro usadas pelos sabinos. Tito Tácio, no entanto, simulou entender que ela se referia aos escudos e mandou matá-la sob o peso dos mesmos. De acordo com uma terceira versão os sabinos mataram Tarpéia para evitar que sua vitória fosse atribuída à traição. Em outras fontes Tarpéia teria simulado a traição para despojar os sabinos de seus escudos, deixando-os desprotegidos na cidadela, onde os romanos poderiam então matá-los. Tito Tácio, entretanto, tomou conhecimento do plano por meio de um traidor que participava das negociações, e quando ela pediu os escudos mandou massacrá-la sob os mesmos.

Numa das numerosas versões da lenda o episódio teria ocorrido durante a invasão dos gauleses, e não na guerra contra os sabinos.

Tarquécio (L. *Tarchetius*). Rei de Alba, em cuja casa apareceu um dia um falo saindo do solo. Tarquécio interrogou a deusa Têtis (v.) para saber o que deveria fazer; a resposta foi que uma moça deveria unir-se a esse falo, e que o filho oriundo dessa união teria um destino glorioso. Tarquécio, obedecendo à deusa, deu ordem a uma de suas filhas para unir-se ao falo. Envergonhada, a moça mandou uma serva em seu lugar; Tarquécio, tomando conhecimento do fato, quis matar a filha e a serva, mas a deusa Vesta (v.) apareceu-lhe em sonho e dissuadiu-o de cometer a violência. Tarquécio, entretanto, amarrou-as a bancos de fiandeiras e prometeu libertá-las quando terminassem um trabalho que lhes impôs. As duas trabalhavam durante o dia, mas à noite, enquanto dormiam, outras servas mandadas por Tarquécio desmanchavam a obra do dia. No devido tempo a serva que se unira ao falo teve dois gêmeos. Iludindo Tarquécio, que pretendia matar os recém-nascidos, sua mãe os entregou a um homem chamado Terácio, que os abandonou à margem do rio, onde uma loba os amamentou. Os dois meninos sobreviveram, e quando chegaram à idade adulta destronaram e mataram Tarquécio.

Tártaro (G. *Tártaros*). Região situada nas profundezas extremas do mundo, abaixo do próprio inferno. Lá Urano (v.) confinou seus primeiros filhos – os cíclopes Arges, Brontés e Esteropés, tidos de Gaia (a Terra); Gaia, todavia, lançou os titãs (v.) contra Urano, seu pai, para salvá-los; na luta subseqüente a vitória coube aos titãs, e Cronos, o mais novo deles, libertou os cíclopes, prendendo-os porém logo depois. Mais tarde Zeus (v.) restituiu-lhes definitivamente a liberdade e os recebeu como seus aliados na luta contra os titãs e os gigantes (v.). Os titãs derrotados foram lançados no Tártaro por Zeus, a quem se haviam aliado seus irmãos Hades e Poseidon (vv.), e lá ficaram para todo o sempre sob a guarda dos gigantes Briareu, Coto e Gies (vv.), chamados Hecatônqueires (v.) ("Centímanos"). Mais tarde foram confinados no Tártaro os Aloadas e Salmoneu (vv.); o próprio Apolo (v.), quando matou os Cíclopes com suas flechas, escapou ao mesmo destino a duras penas, sendo salvo pelas súplicas de sua mãe Letó (v.), que obteve de Zeus a suavização da pena para a condenação do filho a servir durante um ano a um mortal em vez de ser lançado ao Tártaro. Com o passar do tempo o Tártaro assimilou-se ao inferno como o mundo subterrâneo, onde eram supliciados os piores criminosos. Tártaro aparecia também personificado nas teogonias mais antigas, e constituía um dos elementos primordiais do mundo juntamente com o Caos, com Eros e com Gaia (a Terra) (vv.). De sua união com Gaia nasceram vários monstros, entre os quais sobressaíam Êquidna e Tífon (vv.); Tânatos (v.), o gênio da morte, às vezes aparecia também como filho de Tártaro.

Taso (G. *Thasos*). Herói epônimo da ilha homônima, originário da Fenícia, filho de Agênor e irmão de Cadmo (vv.), ou aparentado a Europa por via de Cílix ou de Fênix (vv.). Taso juntou-se a Cadmo, a Telêfassa (v.) e aos outros irmãos de Europa durante a busca a esta última, e foi parar na ilha à qual deu o seu nome.

Taumas (G. *Thaumas*). Filho de Ponto (o Mar) e de Gaia (a Terra), e irmão de Cetó, de Euríbia, de Forcis e de Nereu (vv.), fazendo portanto parte das divindades marinhas mais antigas. De sua união com Electra, filha de Oceano, nasceram as Hárpias e Íris (v.).

Tauro (G. *Tauros*). (1) Um príncipe de Cnosso, na ilha de Creta, fundador da cidade cretense de Gôrtina e pai de Minos (v.). Tauro comandou uma expedição vitoriosa contra Tiro, na Fenícia, de onde trouxe entre os prisioneiros Europa, filha do rei.

(2) Comandante do exército do rei Minos, famoso por sua crueldade. Contava-se a propósito dele que os sete rapazes e as sete moças mandadas por Atenas como tributo ao rei Minos (v.), em vez de serem sacrificadas pelo rei eram entregues como prêmio ao vencedor dos jogos fúnebres celebrados em honra de Androgeu (v.). O primeiro vencedor desses jogos foi este Tauro, que tratou cruelmente os jovens atenienses obtidos na competição. Para vingar-se dele Teseu (v.) teria vindo a Creta, onde matou Tauro, que por sua perversidade teria dado origem à lenda do Minotauro (v.).

(3) Um rapaz extremamente belo, habitante da ilha de Creta. Pasífae (v), mulher de Minos, impelida por uma paixão irresistível entregou-se a ele numa época em que Minos estava impotente. Vendo-a grávida e sabendo que o filho não era seu, Minos primeiro pensou em matá-la, mas depois conteve-se e mandou que abandonassem a criança nas montanhas logo após o parto. Depois de grande o menino passou a ser chamado de Minotauro por ser muito parecido com este Tauro e não queria obedecer aos pastores que o tinham recolhido nas montanhas. Minos mandou então prendê-lo, mas ele se refugiou numa

gruta de difícil acesso, frustrando assim os esforços de seus perseguidores. Os habitantes da região habituaram-se a levar-lhe alimentos, e sua ferocidade chegou a tal ponto que Minos mandava criminosos à sua procura, sabendo que Minotauro os mataria. Um dia Minos incumbiu Teseu (v.), recém-chegado a Creta, de prendê-lo e trazê-lo à sua presença, certo de que ele seria morto como tantos outros. Teseu, entretanto, exterminou afinal Minotauro, valendo-se de uma espada que recebera de Ariadne, filha de Minos (v. *Ariadne*).

Teanó (G. *Theanó*). (1) Filha de Cisseu, rei da Trácia, e de Telecléia (filha de Ilo), e mulher do troiano Antênor (vv.). Além de seus sete filhos com Antênor, Teanó, que era sacerdotisa de Atena (v.) em Tróia, criou como se fosse dela um filho de Antênor com outra mulher chamada Pêdaio. Quando Menelau e Ulisses (vv.) chegaram a Tróia como embaixadores dos gregos antes do início da guerra, Teanó recebeu-os fidalgamente em sua casa como hóspedes do marido, sendo por isso poupada juntamente com Antênor e seus filhos por ocasião da captura da cidade dez anos depois. Liberados pelos gregos para deixarem a Troas, Teanó, Antênor e seus filhos partiram para a Ilíria. Numa fonte tardia Teanó teria traído os troianos com a cumplicidade de Antênor (v.), e teria entregue o Paládio (v.) aos gregos.

(2) Mulher de Metáponto (v.), rei da Icária. Ameaçada de repúdio pelo marido porque não tinha filhos, ela conseguiu com um pastor dois gêmeos recém-nascidos e enjeitados pela mãe, que apresentou ao rei como sendo seus. Mais tarde esta Teanó teve dois filhos também gêmeos e tentou desfazer-se dos primeiros, que eram filhos de Poseidon com Melanipe (v.). Teanó deu ordens aos seus filhos legítimos já adultos para matarem os outros, mas estes últimos saíram vencedores na luta travada entre os quatro; em seguida eles revelaram a Metáponto a impostura e o plano criminoso de sua mulher. O rei repudiou Teanó e casou-se em seguida com Melanipe.

Tebe (G. *Thebe*). (1) Filha de Adramis, herói epônimo de Adramite, que prometeu dá-la em casamento a quem o vencesse numa corrida. Heraclés (v.), de passagem naquela época pela região, triunfou na competição e casou-se com Tebe, fundando em homenagem à sua mulher a cidade de Tebe na Cilícia. Numa genealogia discrepante essa Tebe seria filha de Cílix (v.), irmão de Cadmo, de Taso e de Europa.

(2) Filha de Prometeu (v.) e de uma ninfa, ligada à cidade de Tebas na Beócia.

(3) Filha do deus do rio Ásopo e de Metope (v.), também ligada a Tebas na Beócia.

(4) Filha de Zeus e de Iodama, descendente de Deucalião (v.).

(5) Filha de Nilo (v.) epônima de Tebas no Egito.

Têcmessa (G.). Filha de Teleutas, rei da Frígia, raptada por Ájax (v., (1)) por ocasião de uma expedição dos gregos contra a sua cidade. Na qualidade de escrava do herói ela viveu com ele durante o cerco de Tróia e lhe deu um filho chamado Eurisaces (v.).

Têctamo (G. *Têktamos*). Um descendente de Hélen e de Deucalião (v.), que invadiu a ilha de Creta à frente de um contingente de pélasgos e de eólios e dominou toda a ilha. Em Creta ele casou-se com uma filha de Creteu e teve com ele um filho chamado Astério (vv.).

Tegeates (G.). Filho do herói arcádio Licáon (v.) e fundador da cidade de Tegéia. De seu casamento com Maira (v.), filha de Atlas (v.), nasceram vários filhos, entre os quais se destacou Lêimon (v.). De acordo com as tradições arcádias, Tegeates e Maira seriam também os pais de Catreu, de Cídon e de Gôrtis, que teriam emigrado para Creta e fundado as cidades de Catre, Cidônia e Gôrtina (v. *Catreu* e *Cídon*).

Téia (G. *Theia*). Uma das titanides, filha de Urano (o Céu) e de Gaia (a Terra) (vv.), pertencente à geração divina pré-olímpica. Téia, que significa "Divina", uniu-se a Hiperíon (v.) e teve dele um filho – Hélios (o Sol) – e duas filhas – Eós (a Aurora) e Selene (a Lua).

Teias (G. *Theias*). Filho de Belo, rei da Babilônia, e pai de Ádonis (v.) numa das versões da lenda deste último. Casando-se com a ninfa Orítia (v.), Teias teve com ela uma filha chamada Mirra (ou Esmirna) (v.).

Teiodamas (G. *Theiodamas*). Um herói do território dos dríopes ou da ilha de Chipre, tido como pai de Hilo (v.) e mencionado nas aventuras de Heraclés (v.).

Telamon (G.) Pai do Ájax mais famoso (v., (1)) e filho de Éaco e de Endeís (filha de Cicreu) (vv.). Telamon era irmão de Peleu (v.) e de Alcímaca; esta última casou-se com Oileu (v.), e dessa união nasceu o Ájax menos famoso (v., (2)).

Em outra versão da lenda Telamon era filho de Acteu e de Glauce (v.), filha de Cicreu, rei de Salamina. Depois de matar seu meio-irmão Zoco, Telamon exilou-se juntamente com Peleu, que foi para a Tessália, enquanto o próprio Telamon foi viver em Salamina. Numa das versões da lenda ele casou-se com Glauce, filha do rei Cicreu, e quando este morreu sem deixar filhos homens herdou o trono. Após a morte de Glauce, Telamon casou-se em segundas núpcias com Peribéia (ou Eribéia), filha de Alcatoo (v.), rei de Mêgara; desse casamento nasceu Ájax.

Na conquista de Tróia por ocasião da expedição de Heraclés (v.), Telamon foi o primeiro combatente a penetrar na cidade, provocando o despeito do herói; para livrar-se da cólera de Heraclés, Telamon disse que chegou antes dele para erigir um altar a Heraclés Vencedor. Em seguida Heraclés deu-lhe em casamento Hesione, filha de Laomêdon (vv.), com a qual Telamon teve um filho chamado Teucro (v.).

Em outra versão desse episódio Telamon recebeu na partilha dos despojos de guerra uma cativa chamada Tejanira; o herói uniu-se a ela e a engravidou, mas antes do parto a cativa fugiu para Míleto. Lá ela foi acolhida pelo rei Aríon, e deu à luz Trâmbelo (ou Estrâmbelo), morto mais tarde por Aquiles (v.).

Telamon participou também da caçada de Calidon (v. *Meleâgro*) e da expedição dos Argonautas (v.), remando na nau *Argó* ao lado de Heraclés, de quem era o companheiro favorito. Ele sobreviveu à Guerra de Tróia (v.), da qual participaram seus filhos Ájax e Teucro. Quando este último regressou vivo da guerra, durante a qual o seu outro filho suicidou-se, Telamon expulsou-o de sua casa.

Teleboas (G.). Herói epônimo dos teleboios, conquistador da ilha de Leucás. Teleboas ora aparece como filho de Pterelau (v.), ora como seu pai.

Telédamo (G. *Telêdamos*). (1) Um dos filhos gêmeos de Agamêmnon com Cassandra (vv.), morto ainda menino juntamente com seu irmão Pêlops e sepultado em Micenas.

(2) Um dos filhos de Ulisses com Calipso (v.), talvez uma variante do nome Telégono (v.).

Teléfassa (G. *Telêphassa*). Mulher de Agênor e mãe de Cadmo, de Cílix, de Fênix e de Europa (vv.). Teléfassa acompanhou seus três filhos na busca de Europa quando esta foi raptada por Zeus (v.); extenuada por suas viagens sem fim, ela morreu na Trácia, onde foi sepultada por Cadmo.

Télefo (G. *Têlephos*). Filho de Heraclés e de Augé (vv.) (filha de Aleu, rei de Tegéia), o mais parecido com o pai entre todos os seus filhos incontáveis. Logo após o nascimento de Télefo, Augé foi lançada por Aleu ao mar com o filho dentro de uma arca, levada pelas ondas até a Mísia (ou, numa variante dessa versão, Aleu mandou sua filha a Náuplio (v., (2)), que em vez de lançá-la ao mar como foi determinado pelo rei, a entregou a mercadores de escravos; estes, por seu turno, venderam-na ao rei Teutras, em cuja corte Télefo foi criado).

Noutra versão da lenda Augé, grávida de Télefo, foi entregue por Aleu a Náuplio para ser lançada ao mar. A caminho Augé deu à luz Télefo no monte Partenîon e abandonou o filho no local. Augé prosseguiu em sua viagem e foi vendida por Náuplio a um mercador de escravos, que a levou ao rei Teutras. Nos primeiros dias de vida Télefo foi amamentado por uma corça; em seguida um pastor dos rebanhos do rei Côrito o encontrou e o entregou ao seu senhor, que passou a criar o menino como se fosse seu filho. Chegando à idade adulta Télefo, durante uma viagem a Tegéia, na Arcádia, matou acidentalmente e sem saber de quem se tratava dois irmãos de sua mãe chamados Hipotoo e Pereu, consumando-se assim a predição de um antigo oráculo.

Expulso da Arcádia, Télefo foi a Delfos consultar o oráculo para saber como poderia encontrar sua mãe; a resposta foi que ele deveria ir à Mísia sem nada dizer a ninguém durante o percurso e até ser purificado por Teutras, rei da região. Télefo chegou à Mísia acompanhado por Partenopeu (v.), no momento em que Idas (v.), um dos Argonautas (v.), tentava usurpar o trono de Teutras. O rei pediu ajuda a Télefo e ao seu companheiro, prometendo que se fosse vitorioso daria em casamento a Télefo Augé, que desde sua chegada à Mísia passou a ser considerada por Teutras sua filha adotiva. Télefo assegurou a vitória de Teutras, e realizou-se o casamento combinado. Augé, entretanto, continuava fiel a Heraclés, pai de seu filho perdido, e não queria ser a mulher de um simples mortal. Na noite de núpcias, quando Augé se preparava para matar Télefo com uma espada que levara para o leito nupcial, uma serpente enorme, mandada pelos deuses, interpôs-se entre os dois. Diante do prodígio a mãe e o filho se reconheceram e voltaram juntos para a Arcádia.

Numa variante dessa versão, depois de ser reconhecido por Augé Télefo permaneceu na Mísia, onde passou a ser tratado como filho por Teutras, que lhe deu sua filha Argíope em casamento e o designou herdeiro do trono. Nessa ocasião os gregos, em sua primeira expedição a Tróia, desembarcaram por equívoco na Mísia, pensando que estavam na Troas. Télefo enfrentou os recém-chegados e matou alguns, mas ao ver Aquiles (v.) tentou fugir; o herói conseguiu alcançá-lo e feriu-o na coxa com sua lança, e após essas escaramuças os gregos reembarcaram em suas naus. De volta à pátria eles começaram a organizar outra expedição, agora mais numerosa, e estavam reunidos em Áulis sem saber ainda como poderiam chegar à Troas. Nesse ínterim Télefo consultou o oráculo de Apolo para saber como poderia curar a ferida na coxa, até então aberta apesar de decorridos alguns anos. Diante da resposta do deus no sentido de que a ferida somente seria curada por quem a causou, Télefo partiu da Mísia para Áulis, vestido como um mendigo, e prometeu aos gregos mostrar-lhes o caminho de Troas se Aquiles lhe curasse a ferida. Aquiles concordou e pôs um pouco de ferrugem de sua lança no ferimento de Télefo, deixando-o curado. Fiel à promessa, Télefo guiou os gregos até Tróia. Dois filhos de Télefo – Tárcon e Tirreno (ou Tirseno) (vv.) – teriam emigrado para a Etrúria após a queda de Tróia, e Rome (v.), uma das heroínas tidas como epônimas de Roma, seria também sua filha e ter-se-ia unido a Enéias (v.).

Telégono (G. *Telêgonos*). Filho de Ulisses e de Circe (ou de Ulisses e de Calipso) (vv.). Ao atingir a idade adulta Telégono ficou sabendo por intermédio de sua mãe quem era o seu pai, e viajou para Ítaca à sua procura. Sua primeira façanha após chegar à ilha foi atacar um dos rebanhos de Ulisses, e na luta então travada ele feriu mortalmente o pai. Após a morte do herói, descobrindo que matara o próprio pai Telégono levou o cadáver de Ulisses para a ilha de Circe, acompanhado por Penélope (v.), com a qual casou-se em seguida; mais tarde Circe mandou o casal para a ilha dos Bem-Aventurados (v.). Telégono e Penélope teriam tido um filho chamado Ítalo (v.), herói epônimo da Itália.

Telêmaco (G. *Telêmakhos*). Filho único de Ulisses com Penélope (vv.), nascido pouco tempo antes da partida de seu pai para a Guerra de Tróia (v.). Telêmaco foi criado por Mêntor, bom e velho amigo de Ulisses, na ausência deste último, e viveu tranqüilamente até a época em que os pretendentes à mão de Penélope começaram a importuná-la insistentemente por uma definição. Considerando-se suficientemente amadurecido e sentindo-se revoltado com a desfaçatez dos pretendentes, Telêmaco, com o objetivo de obter notícias do pai, partiu ao encontro de Nêstor (v.) em Pilos e de Menelau (v.) em Espana; nesta última cidade ele ficou sabendo afinal que Ulisses ainda estava longe de Ítaca, retido na ilha de Ogígia pela ninfa Calipso (v.). Desalentado, Telêmaco voltou a Ítaca, mas pouco tempo depois Ulisses chegou à ilha, disfarçado em forasteiro. Eumeu, o fiel guardador de porcos de Ulisses, trouxe-o ao encontro do pai, e os dois combinaram e executaram o massacre dos pretendentes. Depois do massacre, quando Ulisses teve de abandonar Ítaca após a condenação por Neoptólemo (v.) no julgamento imposto pelos pais dos pretendentes mortos, Telêmaco acompanhou-o, sucedendo-o no trono após a sua morte.

Em outra versão da lenda, depois de ouvir de um oráculo que deveria ter cuidado com seu filho Ulisses baniu-o para Côrcira (a atual Corfu). A referência do oráculo, entretanto, era a Telégono (v.), filho de Ulisses com Circe (v.), que matou acidentalmente o pai. Em seguida Telêmaco passou a reinar em Ítaca.

Télemo (G. *Têlemos*). Um adivinho famoso, habitante do território dos cíclopes (v.), autor da previsão de que Ulisses cegaria Polífemo (vv.).

Têlfusa (G. *Têlphousa*). Ninfa de uma fonte situada entre as cidades de Alalcome e Haliarto, na Beócia. Quando Apolo (v.), de volta do território dos hiperbóreos (v.), quis instalar um santuário no local por causa da amenidade do clima, Têlfusa, receosa de ser suplantada pelo deus na devoção dos habitantes da região, sugeriu-lhe que fosse para Delfos. Lá ele teve de enfrentar numa luta terrível o monstro Píton (v.). Após a vitória, percebendo o ardil da ninfa Apolo voltou à fonte de Têlfusa, e puniu a ninfa ocultando a nascente sob um penhasco.

Tellus (L.). A personificação romana da Terra como fonte de alimento para todas as criaturas, cultuada às vezes como *Terra Mater*. *Tellus* era confundida ora com Gaia (v.), a deusa grega, ora com Ceres (v.), equivalente à Deméter dos gregos, e a princípio formava um par com o gênio masculino Telumo.

Telquines (G. *Telkhines*). Demônios da ilha de Rodes, filhos de Ponto (o Mar) e de Gaia (a Terra), e irmãos de Halia (v.) (que se uniu a Poseidon (v.)). Os Telquines, juntamente com Cafeira (v.), participaram da tarefa de cuidar de Poseidon em sua infância por incumbência de Rea; à semelhança dos Curetes que cuidaram de Zeus-menino (v. *Zeus*). Atribuía-se aos Telquines a idéia de fazer estátuas dos deuses. Eles tinham também poderes mágicos (fazer chover, por exemplo), e podiam tomar qualquer forma que lhes aprouvesse. Contava-se a seu respeito que eles previram o dilúvio e abandonaram a ilha de Rodes, tomando rumos diferentes. Um deles, chamado Lico, foi para a Lícia, onde construiu às margens do rio Xanto o templo de Apolo (v.) Lício. Os Telquines apareciam como seres anfíbios, com a parte inferior do corpo em forma de peixe ou de serpente, ou palmípedes. Seu simples olhar provocava malefícios terríveis; eles teriam regado a terra de Rodes com a água do rio Estige (v.) para torná-la estéril, atraindo por isso contra si mesmos a cólera dos deuses. Nessa ocasião Apolo matou-os com suas flechas, ou Zeus lançou-os no fundo do mar depois de fulminá-los com seus raios.

Telquis (G. *Telkhis*). Rei de Sicione, filho de Europa e pai de Ápis (vv.). Em outra fonte Telquis e Telxíon eram dois heróis que livraram sua pátria da tirania de Ápis, matando-o. V. *Telxíon* em seguida.

Telxíon (G.). O quinto rei de Sicione, descendente de Aigialeu. Juntamente com Telquis ele matou Ápis (vv.), tirano de sua terra.

Têmeno (G. *Têmenos*). (1) Um dos Heráclidas (v.), filho de Aristômaco e bisneto de Hilo (filho de Heraclés e de Dejanira) (vv.). Em outra versão de sua lenda Têmeno era filho de Cleodeu, que na versão anterior aparece como seu avô, e neto de Hilo. Para os detalhes da expedição dos Heráclidas, da qual resultou a conquista do Peloponeso graças a Têmeno e ao seu irmão Cresfontes (v.), v. *Heráclidas.*

Finda a expedição vitoriosa, coube na partilha a Têmeno a cidade de Argos, conquistada por ele depois de incumbir Ergieu, descendente de Diomedes (v.), de tirar de Argos o Paládio (v.), trazido por seu antepassado para a cidade. Posteriormente o Paládio foi levado para Esparta. Contra a vontade de seus filhos Agelau, Arquelau, Calias e Eurípilo, Têmeno deu sua filha Hirnetó em casamento ao heráclida Deifontes (v.). Seus filhos atacaram-no e o feriram mortalmente às margens de um rio onde ele se banhava, mas antes de expirar Têmeno deserdou-os e deixou o trono a Deifontes.

(2) Um habitante de Estínfalo, no Peloponeso, filho de Pélasgo. Esse Têmeno, que criou Hera (v.), consagrou à deusa três templos: um a Hera Menina, outro a Hera Esposa (após o casamento com Zeus (v.)), e o terceiro a Hera Solitária, em seguida a uma desavença e separação temporária do casal divino.

(3) Um dos dois filhos de Fegeu, autor da morte de Alcmêon juntamente com seu irmão Axíon (v.). Em outra fonte os filhos de Fegeu chamavam-se Agênor e Prônoo.

Têmis (G. *Thêmis*). Filha de Urano (o Céu) e de Gaia (a Terra) e irmã das titanides (vv.). Têmis, na qualidade de deusa das leis eternas, era a segunda das esposas divinas de Zeus (v.) (a primeira chamava-se Métis (v.)). Desse casamento nasceram as três Horas, as três Moiras, a virgem Astréia (a justiça personificada) (vv.), e as ninfas do rio Erídano que ensinaram a Heraclés (v.) o caminho para a terra das Hespérides (v.) (tidas também como filhas de Têmis em algumas fontes). Numa tradição isolada Têmis aparece como mãe de Prometeu (v.). Têmis aparece às vezes, como conselheira de Zeus, e teria partido dela o conselho ao deus para proteger-se com a Égide (*Aigis*), a pele da cabra Amálteia (v.), a fim de vencer a luta contra os gigantes. Dizia-se a respeito de Têmis que ela teve a idéia de provocar a Guerra de Tróia para livrar a Terra do excesso de população. Atribuía-se-lhe também a invenção dos oráculos e das leis; ela teria ensinado a Apolo (v.) a arte da adivinhação, e era venerada num santuário pítico anterior ao do deus em Delfos.

Temistó (G. *Themistó*). Filha de Hipseu (filho do deus do rio tessálio Peneio) e de Creusa (vv.). Casada com Atamas (v.), Temistó teve quatro filhos: Erítrio, Lêucon, Ptoo e Scoineu (vv.).

Têmon (G.). Na época de sua expulsão de Pelasgiótis pelos lapitas, os enianos, cansados de perambular pela Grécia resolveram instalar-se às margens do rio Ínaco, na Acarnânia, mas tiveram de enfrentar a resistência dos habitantes do local – os inaquianos – e dos aqueus. Um oráculo revelara aos inaquianos que seu território lhes seria tomado se eles cedessem qualquer porção de sua terra, por menor que fosse; outro oráculo, por seu turno, prometera aos enianos que se os habitantes originários lhes oferecessem uma porção, embora ínfima, de seu território, eles passariam a dominar toda a região. Um dia Têmon, um nobre eniano, disfarçou-se em mendigo e foi até a corte de Hipéroco (v.), rei dos inaquianos, um homem extremamente violento. Hipéroco humilhou Têmon, e para afastá-lo de si lançou-lhe um punhado de terra em vez de pão; Têmon apanhou a terra e guardou-a em sua sacola de mendigo. Os habitantes mais idosos da região lembraram-se do antigo oráculo e alertaram o rei para o seu gesto impensado, sugerindo-lhe que impedisse o mendigo de afastar-se dali com o punhado de terra. Têmon fugiu imediatamente, prometendo um sacrifício de muitos bois a Apolo (v.) se o deus o ajudasse naquela emergência. Apolo ouviu-lhe a súplica e deixou-o afastar-se são e salvo de seus perseguidores. Depois de algum tempo Fêmio, rei dos enianos, empenhou-se num combate singular com Hipéroco, rei dos inaquianos, e o matou com uma pedra ensejando a conquista da região. Em decorrência desse acontecimento os enianos passaram a cultuar as pedras, e durante todos os sacrifícios ofereciam aos descendentes de Têmon a melhor porção das vítimas à qual davam o nome de "porção do mendigo".

Tênero (G. *Têneros*). Rei de Tebas, na Beócia, filho de Apolo e da ninfa Melia e irmão de Ismeno (vv.) (epônimo do rio homônimo). Tênero era um adivinho famoso e sacerdote do templo de Apolo Ptolo.

Tenes (G.). Herói da ilha de Tênedo, situada em frente à costa troiana, filho de Apolo (ou de Cicno) e de Prôcleia (filha de Laomêdon) e irmão de Hemitéia (vv.). Após a morte de Prôcleia Cicno casou-se em segundas núpcias com Filonome, e esta acusou Tenes diante de Cicno de querer violentá-la. Acreditando na calúnia, Cicno mandou encerrar Tenes e Hemitéia numa arca e lançá-la ao mar. Guiada pelos deuses, a arca foi parar na ilha até então chamada Leucofris, que a partir desse acontecimento passou a chamar-se Tênedo; ao mesmo tempo os habitantes da ilha proclamaram Tenes seu rei.

Mais tarde Cicno descobriu a calúnia de Filonome e quis reaproximar-se do filho. Tenes, entretanto, repeliu o pai, que estava a bordo de uma nau amarrada à praia por uma corda, e para significar que o rompimento era definitivo cortou a corda da nau. Na época da passagem dos gregos por Tênedo a caminho de Tróia, Tenes opôs-se ao seu desembarque e os atacou, porém foi morto por Aquiles (v.).

Numa variante deste último episódio, Tenes perdeu a vida diante de Aquiles quando tentava proteger sua irmã Hemitéia das investidas amorosas do herói. A morte de Tenes por Aquiles estava ligada ao destino deste último. Com efeito, Têtis prevenira seu filho de que se ele matasse um filho de Apolo (v.) não se salvaria da morte na Guerra de Tróia (v. *Têtis*).

Teoclímeno (G. *Theoklýmenos*). (1) Um adivinho filho de Polifides e descendente de Melâmpus (v.), outro adivinho e mágico famoso. Originário de Argos, Teoclímeno teve de deixar a sua terra natal em decorrência de um homicídio e foi refugiar-se em Pilo. Lá ele encontrou Telêmaco (v.) e o acompanhou a Ítaca, onde interpretou um presságio observado no vôo de um pássaro no momento do desembarque de ambos. Teoclímeno revelou também aos pretendentes à mão de Penélope (v.) o fim trágico que lhes estava reservado.

(2) Filho de Proteu e de Psamate (vv.), sucessor de seu pai no trono do Egito. Esse rei cruel, que sacrificava todos os gregos de

passagem pelo Egito, tentou seduzir Helena (v.), então refugiada em sua corte; enganado por Helena, Teoclímeno quis matar sua irmã Teonoe, acusando-a de ser cúmplice de Helena em seu ardil para livrar-se dele, e só não consumou a violência porque os Diôscuros (v.), irmãos de Helena, intervieram a favor de Teonoe.

Teofane (G. *Theophane*). Uma moça trácia dotada de grande beleza, filha de Bisaltes, rei da Trácia. Antecipando-se aos numerosos pretendentes à mão de Teofane, Poseidon (v.) apaixonado por ela, raptou-a e levou-a consigo para uma ilha desconhecida; os pretendentes, entretanto, descobriram o seu paradeiro e foram à sua procura. Para enganá-los Poseidon transformou Teofane numa ovelha maravilhosa e os habitantes da ilha em carneiros. Chegando à ilha e vendo apenas aqueles animais, os pretendentes passaram a comê-los, mas foram transformados em lobos por Poseidon. O próprio deus metamorfoseou-se em carneiro e uniu-se a Teofane; dessa união nasceu o carneiro do Tosão de Ouro, que mais tarde transportaria Frixo e Helé (vv.) para a Cólquida.

Teonoe (G. *Theonoe*). Filha de Proteu (v.) e irmã de Teoclímeno (v., (2)). Dotada de poderes divinatórios, Teonoe ajudou Helena (v.) a escapar do Egito, atraindo sobre si mesma a cólera do irmão; graças à intervenção dos Diôscuros, irmãos de Helena (vv.), Teonoe afinal conseguiu salvar-se.

Teras (G. *Theras*). Filho de Autesíon e herói epônimo da ilha de Teras. Autesíon foi morar em Esparta, onde sua filha Augia se casara com o heráclida (v. *Heráclidas*) Aristódemo (v.), de quem teve dois filhos: Eurístenes e Proclés. Aristódemo morreu deixando os filhos ainda crianças, e coube a Teras a incumbência de ser o tutor dos mesmos na qualidade de regente. Quando Eurístenes e Proclés chegaram à idade adulta Teras deixou Esparta para não ser governado por eles, e emigrou com alguns mínios descendentes dos Argonautas (v.) para a ilha até então chamada Caliste, cujo nome passou a ser Tera.

Tereu (G. *Tereus*). Filho de Ares e rei da Trácia, personagem da lenda de Filomela e Procne (vv.).

Têrmero (G. *Têrmeros*). Um pirata lêlego que assolava a costa da Lícia, da Cária e da ilha de Cós, e herói epônimo da cidade de Têrmera, situada na Cária. Têrmero figurava entre os malfeitores mortos por Heraclés (v.).

Término (L. *Terminus*). Antigo deus romano que marcava os limites das propriedades agrícolas, cujo santuário ficava no interior do templo de Júpiter (v.). Término era uma das divindades ligadas à agricultura introduzidas na religião romana pelo sabino Tito Tácio (v.).

Contava-se a propósito de Término que durante a construção do templo de Júpiter *Optimus Maximus,* no alto do Capitólio, as diversas divindades cujos santuários situavam-se no local concordaram em ceder seus lugares ao deus maior. A única exceção foi Término, que não quis partir, forçando os construtores a deixarem o seu santuário no interior do templo.

Teró (G. *Theró*). Uma descendente de Ificlés, o irmão gêmeo de Heraclés (v.). Depois de unir-se a Apolo (v.) ela deu à luz Cáiron, herói epônimo da cidade de Cairônea, na Beócia.

Terpsícore (G. *Terpsikhore*). Uma das nove Musas, filha de Zeus e de Mnemosine (vv.) como suas irmãs. Ela seria a mãe das Sereias (v.), nascidas de sua união com o deus do rio Aqueloo (v.). Terpsícore aparecia também como a mãe de Lino e de Reso (vv.), e era a musa especialmente da dança.

Térsandro (G. *Thêrsandros*). (1) Filho de Polinices (v.) e de Argia, participante da guerra dos Epígonos (v.) contra Tebas. Foi ele quem deu o manto de Harmonia a Erifile (vv.) para induzi-la a convencer Alcmêon (v.), seu filho, a juntar-se à expedição. Após a captura de Tebas, Térsandro assumiu o poder, e chamou de volta a Tebas os habitantes que a tinham abandonado quando a cidade estava sendo arrasada. De seu casamento com Demônassa, filha de Anfiarau (v.), nasceu um filho chamado Tisâmeno (v.). Térsandro juntou-se à primeira expedição a Tróia, e foi morto por Télefo (v.) nos combates travados na Mísia durante um desembarque frustrado. Numa versão tardia de sua lenda Térsandro teria participado da própria Guerra de Tróia (v.), e aparecia como um dos gregos que penetraram na cidade no bojo do cavalo de madeira (v. *Cavalo de Tróia*).

(2) Filho de Sísifo e de Merope, e pai de Haliarto e Corono (vv.), epônimos das cidades de Haliarto e de Coronéia, situadas na Beócia.

Tersites (G. *Thersites*). Um etólio filho de Ágrio e neto de Portáon e de Eurite. Juntamente com seus irmãos Celêutor, Licopeu, Melânipo, Ônquesto e Prótoo ele despojou do trono de Calidon seu tio Oineu (v.), já velho e incapaz de defender-se.

Tersistes aparece na *Ilíada* como o mais covarde e feio dos gregos empenhados na Guerra de Tróia; foi o primeiro a aceitar a proposta de Agamêmnon (v.) quando o chefe dos gregos quis pôr à prova seus comandados sugerindo o levantamento do cerco de Tróia, e estava entre os instigadores de uma sedição iminente entre os gregos. Passado o perigo, Ulisses (v.) castigou-o exemplarmente, enquanto os soldados escarneciam do companheiro covarde. A frouxidão de Tersites evidenciou-se também na caçada ao javali de Calidon (v. *Meleâgro*), quando ele fugiu ao ver o animal. Sua morte, na Guerra de Tróia (v.), resultou de sua baixeza de caráter, que o levou a arrancar os olhos da vítima com a ponta da lança e a zombar de Aquiles (v.) quando o herói, depois de matar Pentesíleia (v.), a bela amazona, chorou ao contemplar-lhe o cadáver. Revoltado, Aquiles esmurrou-o até vê-lo morto.

Teseu (G. *Theseus*). O pai e a mãe humanos de Teseu eram Egeu e Aitra (vv.). Contava-se a propósito de seu nascimento que Egeu, preocupado por não ter tido filhos com suas várias mulheres, foi a Delfos e lá ouviu do oráculo de Apolo (v.) a recomendação obscura de não abrir o odre de vinho antes de chegar a Atenas. Não conseguindo compreender o oráculo, Egeu foi consultar o rei de Trezena, chamado Piteu (vv.), um dos filhos de Pêlops (v.). Percebendo a significação do oráculo, Piteu embriagou Egeu e levou-o à noite para deitar-se com sua filha Aitra. Os dois amaram-se, e dessa união nasceu um menino que viria a ser Teseu. Na genealogia divina Teseu era filho do próprio Poseidon (v.), que antes da união de Aitra com Egeu a possuíra graças a um ardil de Atena (v.) (a deusa teria sugerido à virgem que fosse oferecer um sacrifício numa ilha próxima, onde Poseidon a engravidou). Sendo assim, o filho que Egeu julgava ser dele era na realidade filho do deus. Teseu viveu seus primeiros anos em Trezena, sob os cuidados de Piteu, seu avô materno. Com receio de seus sobrinhos – os Palantidas (v.) –, Egeu não quis levá-lo ainda criança para Atenas, chegando lá sem o filho. Antes de partir, entretanto, Egeu ocultou um par de sandálias e uma espada debaixo de um rochedo, recomendando a Aitra que somente revelasse o segredo ao filho quando ele tivesse força bastante para remover o rochedo e usar os objetos ocultos sob o mesmo. Quando isso acontecesse o menino, calçando as sandálias e portando a espada, deveria partir à procura do pai em segredo, para não despertar suspeitas dos Palantidas. Teseu foi educado por um certo Conidas, a quem os atenienses ainda na época histórica sacrificavam um carneiro na festa celebrada em honra do herói.

Ao atingir a adolescência Teseu era tão forte e valente que sua mãe julgou chegada a hora de revelar-lhe os segredos relacionados com seu nascimento, levando-o até o rochedo sob o qual Egeu ocultara havia muitos anos sua espada e suas sandálias. Na primeira tentativa ele deslocou o rochedo, apanhou os objetos até então ocultos e resolveu viajar para Atenas a fim de ser reconhecido pelo pai. Seguindo instruções de Egeu, Aitra, no intuito de preservar seu filho de perigos, suplicou-lhe que viajasse pela estrada costeira existente entre Trezena e a Ática. Reiterando as recomendações maternas Piteu descreveu para o neto os perigos que o esperava se fosse pela estrada interior, ao longo do istmo de Corinto. A periculosidade dessa estrada decorria do fato de Heraclés (v.), na ocasião, estar na Lídia na condição de escravo de Onfale (v.); aproveitando a ausência do herói, todos os monstros e malfeitores, antes temerosos de Heraclés, recomeçaram a atacar livremente os viajantes. Teseu, com inveja da fama de Heraclés (de quem era a réplica nas tradições atenienses), tomou a decisão de emulá-lo e seguiu pela rota perigosa.

Durante a viagem ele exterminou primeiro Perifetes (v.) em Epídauro, apoderando-se de seu bordão; em seguida matou Sinis (v.), que esquartejava os viajantes amarrando-os a dois pinheiros vergados e soltando depois os pinheiros; depois massacrou a monstruosa porca de Cromíon, que já matara muitos homens; a vítima seguinte foi o bandido Círon (v.), morto junto às rochas cirônias; continuando em sua marcha Teseu exterminou Cercíon (v.) em Elêusis, e por último pôs fim às crueldades de Procrustes (v., também chamado Damastes), tirando-lhe a vida.

Após essas proezas Teseu chegou às margens do rio Céfiso, e lá foi acolhido amistosamente por alguns habitantes da região, que se prontificaram a purificá-lo das mortes havidas ao longo do percurso. Cumprido esse ritual, Teseu entrou em Atenas, na época às voltas com sérias dificuldades. O rei Egeu fora dominado pelos sortilégios de Medéia (v.), seduzido pela promessa de curar-se da esterilidade. As notícias dos feitos de Teseu, já chegadas à cidade, asseguraram-lhe uma recepção festiva. Graças às suas artes mágicas Medéia identificou-o prontamente, porém Egeu, sem saber ainda quem ele era, teve medo do matador de monstros e malfeitores festejado pela população. Medéia nada lhe disse a respeito da identidade do recém-chegado, e lhe sugeriu que o convidasse para um jantar durante o qual o herói seria envenenado. Teseu aceitou o convite e durante o banquete desembainhou a espada para cortar a carne; reconhecendo a arma, Egeu jogou fora o veneno preparado para matá-lo e o apresentou como seu filho aos cidadãos presentes. Percebendo a malícia de Medéia, Egeu expulsou-a da cidade depois de repudiá-la.

Numa variante dessa versão da lenda Medéia, em vez de pensar em envenenar Teseu, sugeriu a Egeu que o mandasse enfrentar um touro enorme que estava devastando a região de Maratona. O monstro seria o touro de Creta, trazido da ilha por Heraclés para o Peloponeso, de onde fugiu. Teseu dominou o touro e o agrilhoou, sacrificando-o em seguida a Apolo (v.) Delfínio. Quando Teseu empunhou a espada para iniciar o sacrifício, Egeu reconheceu a arma que deixara sob o rochedo em Trezena, e assim identificou o filho. Reconhecido pelo pai, Teseu teve de enfrentar seus cinqüenta primos – os Palantidas (v.) –, que até a sua chegada se consideravam os sucessores de Egeu no trono de Atenas. Decepcionados com o aparecimento do filho do rei, os Palantidas começaram a tramar a morte do herdeiro legítimo de Egeu, mas um arauto chamado Léo revelou seus planos a Teseu; este os atacou imediatamente, massacrando alguns deles e forçando os demais a fugirem.

Pouco tempo depois chegou a época do envio, pela terceira vez, das sete virgens e dos sete rapazes atenienses como tributo anual a Minos (v.), rei de Creta, pela morte de seu filho Androgeu (v.). Essa imposição bárbara levou os atenienses a se queixarem de Egeu, e para acalmá-los o próprio Teseu ofereceu-se para ser enviado a Creta como um dos sete rapazes. Na hora da partida Egeu entregou a Teseu uma vela branca e outra negra para a nau; a negra seria usada na ida, e também na volta se o herói não regressasse; se ele vencesse o Minotauro (v.) e voltasse, a nau retornaria com a vela branca.

Chegando a Creta, Teseu, os outros rapazes e as virgens foram levados para o Labirinto (v.), onde morava o Minotauro. Durante o percurso das vítimas Ariadne (v.), filha do rei Minos, viu Teseu e apaixonou-se por ele, dando-lhe uma meada de cordel para permitir-lhe encontrar o caminho por onde poderia sair do Labirinto e salvar-se; Ariadne, entretanto, impôs-lhe como condição de sua ajuda que a levasse consigo na volta para Atenas. Depois de matar o Minotauro com um murro, Teseu danificou as naus cretenses para impedi-las de seguir a sua nau, e embarcou com os demais rapazes, com as virgens e com Ariadne, cumprindo assim sua promessa.

Na viagem de volta Teseu ancorou a sua nau na ilha de Naxo à noite e desembarcou com Ariadne. Quando a moça adormeceu ele a deixou na ilha e reembarcou, abandonando-a. Ao despertar na manhã seguinte Ariadne viu a nau já distante.

Numa das versões da lenda Teseu obedeceu a ordens de Diôniso (v.), que tinha visto a moça e se apaixonara por ela; numa segunda versão Diôniso a raptou à noite, e numa terceira versão Teseu deixou-a porque amava Aiglé, filha de Panopeu (v.); noutra versão o herói abandonou Ariadne compelido por Atena ou por Hermes (v.).

Finalmente, contava-se que a nau de Teseu, depois de sair de Creta, foi levada por uma tempestade até a ilha de Chipre. Teseu desembarcou com Ariadne, já grávida, e teve de voltar à nau para tomar alguma providência, mas uma ventania arrastou a embarcação para o alto-mar, separando os dois amantes contra a vontade de ambos. As mulheres de Chipre, comovidas com a desdita da moça, passaram a cuidar dela, trazendo-lhe cartas escritas por elas como se fossem de Teseu; mais tarde Ariadne morreu durante o parto. Depois de algum tempo Teseu voltou a Chipre, e informado da morte de Ariadne instituiu um sacrifício em sua homenagem, prosseguindo então em sua viagem de volta a Atenas.

Quando a nau se aproximou da costa ática Teseu, ainda amargurado com a perda de Ariadne, esqueceu de substituir a vela negra da nau pela branca, para significar a sua volta, a de todos os rapazes e das virgens sãos e salvos. Vendo de longe a vela negra e pressentindo a morte do filho, Egeu precipitou-se no mar, que desde então passou a chamar-se Egeu, ou lançou-se do alto da acrópole, de onde perscrutava o horizonte.

Morto Egeu, Teseu subiu ao trono e reuniu numa única cidade – Atenas – os habitantes esparsos nos campos (o *synoikismôs*); depois dividiu-os em três classes – os nobres, os artesãos e os agricultores. Atribuía-se a Teseu a construção da *Boulé* – o Senado –, do Pritaneu (a sede do governo) e de outros edifícios; ele teria também instituído as festas chamadas Panatenéias, para comemorar a unidade política por ele instaurada. Além disso Teseu conquistou a cidade de Mêgara e a incorporou ao Estado recém-criado.

Teseu, que havia acolhido Édipo (v.) na Ática (no povoado de Colono) após sua expulsão de Tebas, recebeu também Ádrasto (v.) em Atenas durante a expedição dos Sete Chefes (v.) contra Tebas e proporcionou sepultura condigna aos heróis mortos em combate diante da cidade. Durante o reinado de Teseu a Ática enfrentou uma invasão das amazonas (v.), que pretendiam vingar-se do rei por ter participado da expedição de Heraclés (v.) contra o território delas e por ter trazido para Atenas Antíope (v.), uma amazona, como sua cativa. As valentes guerreiras acamparam diante da cidade e a batalha final travou-se no sopé da Acrópole (na Pnix). Após um sucesso inicial as amazonas foram vencidas e tiveram de aceitar um tratado de paz com Teseu. Em outra versão da lenda as amazonas teriam atacado a Ática porque Teseu repudiara Antíope para casar-se com Fedra (v.). Antíope, que teve com Teseu um filho chamado Hipólito (v.), organizou de volta à sua pátria uma expedição para vingar-se do repúdio (numa variante dessa versão Teseu casou-se com Fedra depois da morte de Antíope).

O herói tessálio Pirítoo (v.) desempenhou um papel importante na lenda de Teseu. Contava-se a respeito da origem da amizade entre os dois heróis que Pirítoo, depois de ouvir falar nas façanhas de Teseu, quis pôr à prova a bravura do mesmo, e para isso resolveu atacar os seus rebanhos na região de Maratona. Teseu saiu em defesa de seus animais, e quando os dois se defrontaram apaixonaram-se um pelo outro. Pirítoo prontificou-se a indenizar Teseu pelos bois roubados e ofereceu-se para ser seu escravo. Teseu não aceitou a oferta e disse que já esquecera o passado. Em seguida os heróis juraram ser amigos para sempre. Depois de participarem juntos da luta entre os centauros e os lapitas (v.) ao lado dos últimos, os dois amigos decidiram que só se casariam com filhas de Zeus (v.), pois ambos eram filhos de dois deuses poderosíssimos – Pirítoo de Zeus, e Teseu de Poseidon (v.) –, o primeiro passou a pretender a mão de Perséfone, e o segundo a de Helena (v.). Os dois, sempre juntos, resolveram começar por Helena. Com esse objetivo foram para Esparta e raptaram-na enquanto a bela adolescente estava no santuário de Ártemis (v.). Como Helena ainda não chegara à idade núbil, Teseu levou-a para Áfidna, onde a entregou secretamente a Aitra, mãe dele, incumbindo-a de protegê-la até a época do casamento. De lá os dois partiram para o Hades (v.) em busca de Perséfone. Na ausência do herói, Cástor e Pólux (os Diôscuros) (vv.), irmãos de Helena, invadiram a Ática comandando um contingente de lacedemônios e de arcádios. Inicialmente Cástor e Pólux foram informados de que sua irmã não estava em Atenas e ninguém conhecia o seu paradeiro. Nesse ínterim um ateniense chamado Acádemo (v.), conhecedor do esconderijo de Helena, revelou o local onde ela estava oculta. Os dois irmãos atacaram Áfidna, ocuparam-na e libertaram sua irmã, levando Aitra como prisioneira; em seguida entregaram o trono de Atenas a um bisneto de Erecteu chamado Menesteu (vv.), que passou a governar com o apoio dos atenienses descontentes com as reformas políticas de Teseu, principalmente os membros da nobreza. Nesse ínterim Teseu e Pirítoo haviam sido aparentemente bem recebidos no inferno por Hades (v.), que os convidou a participarem de um banquete; finda a festa, os dois não puderam levantar-se, pois estavam firmemente presos aos respectivos assentos por obra de seu anfitrião. Quando Heraclés desceu ao inferno em busca do cão Cérbero (v.), quis libertar os dois amigos, mas só pôde levar de volta Teseu; Pirítoo ficou preso para sempre no lugar onde estava.

De volta a Atenas graças a Heraclés, Teseu não conseguiu recuperar o trono, e depois de mandar secretamente seus filhos Acamas e Demofon (vv.) para a Eubéia, aos cuidados de Elefênor, filho de Calcodon (vv.), abandonou Atenas maldizendo a sua cidade. Numa das versões da lenda ele teria ido refugiar-se na ilha de Creta, onde vivia Deucalião (v.), seu cunhado, porém uma tempestade levou a sua nau para a ilha de Ciro.

Noutra versão Teseu foi diretamente para Ciro, onde o rei Licomedes (v.) fingiu recebê-lo amistosamente mas pouco tempo depois lançou-o num precipício a pretexto de mostrar-lhe a paisagem, causando-lhe a morte.

Numa terceira versão da lenda sua morte em Ciro foi acidental.

Menesteu reinou em Atenas até morrer, e após o seu passamento os dois filhos de Teseu, que lutaram ao lado dos gregos na Guerra de Tróia (v.), recuperaram o trono da cidade.

Contava-se que durante a batalha de Maratona, onde os persas sofreram uma derrota desastrosa já na época histórica, os soldados atenienses viram um herói de estatura descomunal à sua frente e perceberam que se tratava de Teseu. Finda a guerra, o oráculo de Delfos mandou os atenienses recolherem os restos mortais do herói e o sepultarem condignamente em sua cidade. Para cumprir a ordem o general ateniense Címon conquistou com suas tropas a ilha de Ciro, onde viu uma águia pousada num montículo de terra em forma de sepultura, arranhando o solo com suas garras; Címon, inspirado por alguma divindade, mandou escavar o montículo e encontrou um ataúde com o esqueleto de um homem cuja estatura correspondia à do herói visto na batalha; além dos ossos havia no ataúde uma lança de bronze e uma espada. Címon levou para Atenas em sua nau os restos mortais e as armas do herói; os atenienses os receberam com procissões e sacrifícios esplêndidos e os puseram num mausoléu condigno. O local passou a ser um abrigo para os escravos foragidos e para os pobres ameaçados pelos ricos, pois Teseu enquanto vivo fora o defensor de uns e de outros.

Téspio (G. *Thêspios*). Herói epônimo da cidade beócia de Tespias, filho do rei ático Erecteu (v.). Téspio, que abandonou a Ática para fundar um reino seu na Beócia, teve cinqüenta filhas (as Tespíades) com Megamede (ou com ela e várias concubinas). Foi ele quem purificou Heraclés (v.) quando o herói, num acesso de loucura, matou os filhos que tivera com Mêgara (v.). Durante a caçada ao leão do Citéron, Heraclés hospedou-se em casa de Téspio e se uniu a todas as suas filhas, uma por noite. Isso aconteceu porque Téspio queria ter netos do herói famoso, que de tão cansado não percebia a mudança de sua companheira de leito a cada noite e imaginava estar unindo-se sempre à mesma (em variantes da lenda Heraclés teria possuído as cinqüenta moças em sete noites, ou até numa única noite). A filha primogênita e a mais nova tiveram gêmeos, e as demais tiveram cada uma um filho do herói. A maior parte deles foi levada por Iolau (v.), sobrinho de Heraclés, para a ilha de Sardó (a atual Sardenha), onde participou da colonização do local; sete deles ficaram em Tespias e dois voltaram a Tebas. Os filhos das Tespíades radicados em Sardó escaparam à morte adormecendo para sempre.

Tésproto (G. *Thesprotôs*). Um dos filhos de Licáon (v.), que abandonou a Arcádia para instalar-se no Épiro, na região chamada "Terra dos Tésprotos" desde a sua chegada.

Téssalo (G. *Thessalôs*) (1) Um habitante da Terra dos Tésprotos (v. acima), que conquistou a Tessália e passou a reinar sobre a região, cujo nome em algumas fontes derivaria do seu. Este Téssalo era filho de Graico, em certas fontes o fundador da cidade de Tessalônica.

(2) Filho de Heraclés e de Calcíope (ou de Antíoque) (vv.), rei da ilha de Cós, cujos filhos Ântifo e Fídipo lutaram na Guerra de Tróia (v.). Finda a guerra, Ântipo e Fídipo viajaram para a região que passou a chamar-se Tessália.

(3) Filho de Jáson e de Medéia (v.), que escapou à fúria assassina de sua mãe e fugiu de Corinto. Este Téssalo foi para Iolco, e lá sucedeu a Ácasto, filho de Pelias (vv.), no trono da região. Em algumas fontes o nome da Tessália deve-se a ele.

Téstio (G. *Thêstios*). Herói etólio, rei de Plêuron, tido geralmente como neto de Agênor, por seu turno filho de Plêuron (vv.). Sua mãe ora aparece como sendo Deidâmia (filha de Perieres), ora como Eurítemis, ora como Laofonte (filha de Plêuron). Entre seus numerosos filhos mencionam-se Êuipo, Eurípilo, Íficlo e Pléxipo (os Testíadas, tios de Meleâgro, mortos na caçada de Calidon); Altaia (mãe de Meleâgro), Hipermnestra e Leda (vv.) eram suas filhas.

Têstor (G. *Thêstor*). Filho de Apolo (v.) (de quem foi sacerdote) e de Laotoe, e pai do adivinho Calcas e de duas filhas – Leucipe e Teonoe (vv.).

Tetis (G. *Tethys*). Filha de Urano (o Céu) e de Gaia (a Terra), e uma das titanides, divindades antiqüíssimas. Tetis casou-se com Oceano (v.), seu irmão, e teve com ele mais de três mil filhos – todos os deuses dos rios do mundo. Ela cuidou de Hera por incumbência de Rea durante a luta entre Cronos e Zeus (vv.). Para manifestar seu reconhecimento Hera reconciliou Tetis e Oceano quando os dois se desentenderam. Tetis morava nos confins do Ocidente, além do território das Hespérides (v.), na região em que Hélios (o Sol) repousava todas as noites após sua viagem pelo céu durante o dia.

Têtis (G. *Thêtis*). A mais famosa das Nereides, filha de Nereu e de Dóris, criada por Hera (vv.). Zeus e Poseidon (vv.) quiseram unir-se a ela, mas como um oráculo de Têmis predisse que se Têtis tivesse um filho este seria mais poderoso que seu pai, os dois deuses desistiram e resolveram casá-la com um mortal. O centauro Quíron (v.), informado da intenção dos deuses, exortou Peleu (v.) a casar-se com Têtis. Dotada como todas as divindades marinhas do poder de transformar-se no que quisesse, Têtis esquivou-se o quanto pôde de seu pretendente, mas afinal Peleu conseguiu vencer sua resistência e casou-se com ela. Dessa união nasceu Aquiles (v.), e Têtis, que desejava ter casado com um deus, tentou por todos os meios possíveis tornar seu filho imortal, de tal maneira que sua insistência provocou o rompimento entre ela e o marido. Quando Aquiles completou nove anos o adivinho Calcas (v.) profetizou que a captura de Tróia dependeria da presença do herói entre os combatentes gregos. Têtis, ciente de que seu filho morreria na guerra, levou-o para a corte do rei Licomedes (v.) em Ciro, e deixou-o entre as filhas do rei como se fosse uma moça. Mas Aquiles não pôde fugir ao destino e mais tarde partiu para a guerra, depois de ouvir de sua mãe todos os conselhos capazes de protegê-lo e de receber dela armas feitas por Hefesto (v.). Ao longo da guerra Têtis esteve sempre atenta ao filho e esforçou-se por convencê-lo a não matar Heitor (v.), pois se o fizesse morreria em seguida. Aquiles não a ouviu, pois queria de qualquer maneira vingar a morte de seu amigo Pátroclo (v.), e perdeu a vida deixando um filho – Neoptólemo –, que tivera com Deidâmia, filha do rei Licomedes. Após a morte de Aquiles o afeto de Têtis voltou-se para o seu neto Neoptólemo, cuja vida salvou sugerindo-lhe que se detivesse na ilha de Tênedo em vez de voltar diretamente à Grécia.

Teucro (G. *Teukros*). (1) Um cretense do monte Ida que emigrou para Troas com seu pai Escamandro. Antes da partida os dois consultaram o oráculo e ouviram dele a ordem para se instalarem no *lugar* em que fossem atacados pelos "filhos da terra". Certa noite, enquanto estavam acampados na Troas, o couro de seus escudos e as cordas de seus arcos foram roídos pelos ratos. Percebendo que o oráculo se consumava, Teucro e seu pai fundaram no local do acontecimento um templo dedicado a Apolo (v.) Esminteu ("Apolo dos Ratos") e lá ficaram.

Em outra versão de sua lenda, resultante talvez da existência de um monte Ida também na Troas, Teucro era filho do deus do rio frígio Escamandro e da ninfa Idaia, habitante do Ida da Troas. Em ambas as versões Teucro, que aparecia como ancestre da família real troiana, acolheu Dárdano (v.) e deu-lhe em casamento sua filha Batíeia (ou Arisbe). Desse casamento nasceram vários filhos, entre os quais destacou-se Erictônio, pai de Tros (vv.).

(2) Filho de Telamon e de Hesione (filha de Laomêdon e irmã de Príamo (vv.)), oriundo de Salamina, na Ática. Este Teucro, considerado o melhor archeiro do exército grego, participou com Ájax (v., (1)), seu meio-irmão, da expedição contra Tróia, apesar de ser sobrinho de Príamo (v.). Famoso por sua bravura, ele matou inúmeros troianos e por pouco atingiu Heitor (v.), que o feriu e só não o matou por causa da interferência de Ájax. Por ocasião do suicídio deste último, Teucro encontrava-se na Mísia, numa incursão predatória, mas regressou a tempo de impedir os ultrajes de Agamêmnon e de Menelau (v.) ao cadáver de seu meio-irmão. Teucro estava entre os combatentes que entraram em Tróia no bojo do cavalo de madeira (v. *Cavalo de Tróia*).

Finda a guerra ele voltou a Salamina, mas foi mal recebido por Telamon, que o mandou para o exílio depois de acusá-lo de não ter protegido devidamente Ájax e de não ter vingado a sua morte. Teucro viajou primeiro para a Síria, cujo rei, Belo (v.), estava na ocasião empenhado na conquista da ilha de Chipre. Belo instalou Teucro na ilha, onde ele fundou Salamis pensando em sua terra natal, juntamente com vários prisioneiros de guerra troianos que constituíram parte da população da nova cidade. Teucro casou-se lá com Euné, filha do rei Cipro epônimo da ilha, e teve com ela uma filha chamada Astéria.

Em outra versão da lenda ele passou a viver pacatamente na ilha, casando-se com Euné, filha do rei Ciniras (v.). Dessa união nasceram numerosos filhos, entre os quais um chamado Ájax, fundador da cidade de Olbe, na Cilícia.

De acordo com algumas fontes Teucro permaneceu em Chipre até morrer; segundo outras ele tentou voltar à sua terra natal, aonde chegou no momento em que Telamon acabava de ser deposto e se exilara em Egina. Teucro reconciliou-se com o pai e o reconduziu ao trono.

Numa variante dessa versão ele teria viajado para Salamina, na Ática, após receber a notícia da morte de Telamon, mas foi impedido de desembarcar por seu sobrinho Eurisaces (v.). Em face dessa dificuldade ele prosseguiu em sua nau até o território dos iberos (a atual Espanha), onde fundou uma cidade no local onde viria a existir Nova Cartago (a atual Cartagena). Teucro teria passado também pela cidade de Gades.

Têutamo (G. *Têutamos*). Rei da Assíria na época da Guerra de Tróia, também chamado Teutanes, que, atendendo a um apelo de Príamo (v.), lhe mandou um contingente de dez mil etíopes habitantes da região de Susa e duzentos carros de guerra. O comandante dessas forças era Mêmnon, filho de Títono (vv.).

Têutaro (G. *Têutaros*). Um pastor cita incumbido de cuidar dos rebanhos de Anfitrião (v.); ele era um archeiro exímio e ensinou sua arte a Heraclés (v.) ainda adolescente, oferecendo-lhe também seu próprio arco e suas flechas.

Teutras (G. *Teuthras*). (1) Rei da Mísia, cujos domínios iam até a foz do rio Caico. Em certa ocasião Teutras exterminou nas montanhas de seu reino um javali que suplicava com voz humana para não ser morto e se refugiara inutilmente no santuário de Ártemis (v.) Ortósia. Querendo punir Teutras a deusa tirou-lhe o senso e fê-lo adoecer de lepra. Lisipe, mãe de Teutras, conseguiu abrandar a cólera de Ártemis com a ajuda de um adivinho chamado Poliído (v.), e Teutras livrou-se de seus males. A montanha onde ele incorreu na cólera de Ártemis passou a chamar-se Teutrânia.

Quando Augé foi vendida por Náuplio (vv.), Teutras acolheu-a em seu reino. Algumas fontes acrescentam que os dois se casaram e ele adotou Télefo, filho de Augé, como seu próprio filho. Por ocasião da morte de Teutras, que não tinha descendentes, Télefo sucedeu-o no trono.

(2) Um grego morto por Heitor durante a Guerra de Tróia (v.).

Tiberino (L. *Tiberinus*). (1) Rei de Alba, descendente de Enéias (v.), morto em combate perto do rio até então chamado Álbula e daí em diante denominado Tibre. Tiberino aparecia também como deus do rio Tibre.

(2) Herói epônimo do rio Tibre, filho de Jano (v.) e de Camasene, ninfa do Lácio. Este Tiberino era de origem divina e aparentado com Enéias.

Tiburno (L. *Tiburnus*). Ou Tiburto, herói epônimo da cidade latina de Tíbur (a atual Tívoli). Em algumas fontes ele era um dos três filhos do herói tebano Anfiarau (v.), fundadores de colônias na Itália, para onde vieram após a morte de seu pai.

Tideu (G. *Tydeus*). Herói etólio, filho de Oineu e de Peribéia (filha de Hipônoo), e pai de Diomedes (v.). Oineu teria seduzido Peribéia e antes de casar-se com ela entregou-a aos servos incumbidos da criação de seus porcos, entre os quais cresceu Tideu.

Em outra versão da lenda Oineu, obedecendo a uma ordem de Zeus (v.), possuiu sua própria filha Gorgé, e dessa união incestuosa teria nascido Tideu. Chegando à idade adulta Tideu demonstrou seu temperamento violento matando Alcatoo, irmão de Oineu, ou segundo outra fonte massacrando Antíoco, Eumenes, Euríalo, Feneu, Hiperlau, Estenelau, Estêrnops e Xântipo, filhos de Melas (vv.), envolvidos numa conspiração contra Oineu, ou ainda exterminando seu próprio irmão Olenias. Em conseqüência do crime ele teve de abandonar a Etólia, e depois de errar por várias regiões da Grécia chegou à corte de Ádrasto (v.), na mesma época em que Polinices (v.) se exilou junto a este último. Ádrasto purificou Tideu de seu crime e, relembrando um antigo oráculo, deu-lhe em casamento sua filha Deipile (v.), enquanto casava Polinices com Augia, outra de suas filhas, prometendo ainda a ambos que os reconduziria aos respectivos tronos. Foi este o motivo da participação de Tideu na expedição dos Sete Chefes (v.), destinada a restituir a Polinices o trono de Tebas. Tideu foi mandado a Tebas como embaixador, mas Eteoclés não quis recebê-lo. Indignado, Tideu desafiou os tebanos para combates singulares, vencendo-os sucessivamente. No momento de sua partida cinqüenta tebanos surpreenderam-no numa emboscada, mas Tideu exterminou todos eles, à exceção de Máion (v., (1)).

Na batalha final diante das sete portas de Tebas Melânipo (v.) feriu mortalmente Tideu, mas este, apesar da gravidade de seu ferimento, matou seu adversário. Atena (v.), deusa protetora de Tideu, convenceu Zeus a dar-lhe a imortalidade. Anfiarau, entretanto, ainda indignado com Tideu por seu papel decisivo na organização da expedição em que iria perder a vida, e querendo impedir a deusa de imortalizar seu inimigo, decepou a cabeça do cadáver de Melânipo e a levou a Tideu moribundo; este, embora quase morto, partiu o crânio de seu inimigo e devorou-lhe o cérebro. Horrorizada com essa crueldade, Atena mudou de idéia e afastou-se do campo de batalha. Máion, grato a Tideu por haver-lhe poupado a vida, sepultou-lhe piedosamente o cadáver.

Em outra versão da lenda o cadáver de Tideu foi levado pelos atenienses adeptos de Teseu (v.) para a Ática e sepultado em Elêusis.

Tiestes (G. *Thyestes*). Filho de Pêlops e de Hipodâmia, e irmão gêmeo de Atreu (v.). Persuadidos por sua mãe, Tiestes e Atreu mataram quando ainda eram adolescentes seu meio-irmão Crísipo (v.). Em seguida ao homicídio eles fugiram e foram ao encontro de Estenelo (v.), conseguindo subir ao trono de Micenas. Tiestes tornou-se depois amante de Aerope (v.), então mulher de seu irmão. Querendo vingar-se, Atreu matou os três filhos que Tiestes tivera de uma concubina e preparou suas carnes para serem comidas, oferecendo-as ao seu irmão gêmeo durante um repasto. Depois de seu irmão ter-se servido da "iguaria" Atreu mostrou-lhe as cabeças e os braços de seus filhos mortos.

Após aquele crime monstruoso, que fez o próprio sol recuar horrorizado em seu curso, Tiestes foi para a corte do rei Tésproto (v.), e de lá foi para Sicione, ao encontro de sua filha Pelópia, pois um oráculo revelara que somente um filho nascido de sua união incestuosa com ela poderia vingar-se de Atreu. Esse filho, chamado Egisto (v.), matou realmente Atreu e restituiu a Tiestes o trono de onde o irmão o expulsara.

Tífis (G. *Típhys*). O primeiro piloto da nau *Argó* (v. *Argonautas*), nascido em Sifas, na Beócia, e filho de Hagnias. Tífis era excelente na arte de navegar, que aprendeu com a própria Atena (v.), mas não aparece nos numerosos combates travados pelos Argonautas durante a sua expedição. Vítima de uma doença mortal na terra dos mariandinos (no Ponto Euxino, o atual mar Negro), Tífis foi substituído no timão da *Argó* por Anqueu.

Tífon (G. *Týphon*), ou Tifoeu (G. *Typhoeus*). Um monstro terrível, filho mais novo de Gaia (a Terra) e de Tártaro (vv.). Acabrunhada com a derrota dos gigantes (v.), Gaia foi queixar-se a Hera (v.), caluniando Zeus (v.). Hera pediu vingança a Cronos (v.), e este entregou-lhe dois ovos recobertos por seu sêmen; a deusa enterrou os ovos, e deles saiu Tífon, cuja força bastava para destronar o próprio Zeus. Tífon era um ser híbrido, meio homem e meio monstro, a criatura mais alta e forte da terra, a tal ponto que sua cabeça alcançava as estrelas. Quando ele abria os braços, suas mãos, que em vez de dedos tinham cem cabeças de dragões, tocavam simultaneamente o Oriente e o Ocidente.

Confiante em sua força descomunal, com os olhos flamejantes e o corpo rodeado de serpentes da cintura para baixo, Tífon atacou o céu e somente Zeus e Atena (v.) o enfrentaram, enquanto os demais deuses fugiam apavorados para o Egito. Zeus alvejou-o de longe com seus raios, e depois golpeou-o com sua foice divina, mas apenas feriu o gigante, que reagiu e tomou a foice das mãos de Zeus. Com ela Tífon cortou os tendões dos braços e das pernas do deus e arrastou-o inerme até a Cilícia; lá ele o encerrou na gruta chamada Corícia ocultando-lhe os tendões numa pele de urso e deixando-os sob a guarda de Delfine (v., (1)), uma fêmea de dragão.

Burlando a vigilância de Delfine, Hermes e Pan (v.) roubaram os tendões e os repuseram no corpo de Zeus, que recuperou imediatamente as forças e voltou ao céu. Em seguida, após uma longa perseguição com seus raios Zeus esmagou Tífon sob o monte Etna quando ele atravessava o mar da Sicília. As chamas do Etna seriam o vômito do monstro ou os restos dos raios usados por Zeus para fulminá-lo.

De sua união com Équidna, filha de Crisáor e de Calirroe (vv.), nasceram três monstros: a Hidra de Lerna, a Quimera e o cão Ortro (vv.).

Tiía (G. *Thyía*). Uma ninfa de Delfos, filha do deus do rio Céfiso (v.), um dos habitantes mais antigos da região. Possuída por Apolo (v.), essa ninfa teve um filho chamado Delfo, epônimo da cidade. Além de Apolo, Poseidon também tê-la-ia amado.

Tiía foi a primeira celebrante dos mistérios dionisíacos (v. *Diôniso*) nas encostas do monte Parnasso, e por isso as Mênades (v.) às vezes eram chamadas de Tíades.

Em outra versão da lenda ela aparece como filha de Deucalião, e se teria unido a Zeus (v.), de quem teve dois filhos – Magnes e Macêdon (vv.) –, epônimos da Magnésia (na Tessália) e da Macedônia.

Tímalco (G. *Tímalkos*). Filho primogênito de Megareu (v.), rei de Mêgara. Quando os Diôscuros (v.) atravessaram Mêgara em busca de sua irmã Helena (v.), raptada por Teseu (v.), Tímalco juntou-se a eles e participou do combate pela posse de Áfidna, sendo morto na ocasião por Teseu.

Tímandra (G.). Filha de Leda e de Tíndaro e mãe de Evandro com Êuquemo (vv.). Sua negligência em relação ao culto de Afrodite (v.) provocou o ressentimento da deusa, que a puniu com a loucura. Nesse estado ela foi raptada e levada para Dulíquion por Fileu (v.).

Timoites (G.). Filho de Laomêdon e irmão de Príamo (vv.). Em outra fonte ele aparece como marido de Cila (v.), irmã de Príamo, e portanto cunhado deste último em vez de seu irmão. Interpretando erroneamente um oráculo, Príamo mandou matar Cila. Inconformado com essa crueldade, Timoites passou a odiar Príamo, e para vingar-se dele colaborou com os gregos na introdução do cavalo de madeira (v. *Cavalo de Tróia*) na cidade.

Tindáridas (G. *Tyndarídai*). Nome dado às vezes a Cástor e a Pólux (os Diôscuros, v.), filhos de Tíndaro (v.), rei de Esparta, e de Leda (v.).

Tíndaro (G. *Tindáreos*). Filho de Ôibalo, ou de Perieres, ou de Cinortas (vv.) e da náiade Batia, ou de Gorgofone (filha de Perseu (v.)). Tíndaro era pai dos Diôscuros, de Clitemnestra, de Filonoe, de Helena e de Tímandra (vv.), e irmão (ou meio-irmão) de Afareu, de Icário e de Lêucipo (vv.). Por ocasião da morte de Ôibalo, Hipocôon (v.) expulsou seus irmãos de Esparta e subiu ao trono da cidade. Icário e Tíndaro fugiram de lá para a corte do rei Téstio (v.), onde Tíndaro casou-se com Leda (v.), filha do rei.

Depois de vencer Hipocôon e seus filhos, Heraclés (vv.) entregou o trono de Esparta a Tíndaro, o herdeiro legítimo.

Em outra versão da lenda Hipocôon e Icário uniram-se para expulsar Tíndaro de Esparta e reinar em conjunto na cidade. Após a espoliação Tíndaro foi para Pelene, na Acaia, ou para a Messênia, onde vivia seu meio-irmão Afareu.

Quando Atreu (vv.) morreu, seus filhos Agamêmnon e Menelau (vv.) foram mandados por sua ama para a corte de Polifides em Sicione. Por seu turno Polifides entregou-os a Oineu (vv.), rei de Calidon. Na época de seu retorno Tíndaro trouxe consigo de Calidon para Esparta os dois meninos e acabou de criá-los em seu palácio, onde eles conheceram Clitemnestra e Helena (vv. *Helena e Icário* para as circunstâncias relacionadas com o casamento de Helena).

Após a divinização de Pólux e a ida de Cástor para o inferno (v. *Diôscuros*), Tíndaro entregou o trono de Esparta ao seu genro Menelau; Tíndaro sobreviveu ao rapto de Helena, e durante a Guerra de Tróia (v.) deu sua neta Hermione em casamento a Orestes (vv.). Depois de morto Tíndaro passou a ser cultuado como herói em Esparta.

Tinge (G. *Tigge*). Mulher do gigante Anteu, morto por Heraclés (vv.). Após a morte de Anteu o herói possuiu Tinge e teve com ela um filho chamado Sôfax (v.), fundador da cidade de Tíngis (a atual Tânger), dando-lhe este nome em homenagem à sua mãe.

Tione (G. *Thyone*). Nome dado em algumas fontes à mãe de Diôniso (v.), geralmente chamada Semele. Este último seria o nome da mãe de Diôniso enquanto mortal, e Tione o nome "divino" de Semele após a apoteose do filho, quando Diôniso a tirou do inferno e a levou para o convívio dos imortais.

Tirésias (G. *Teiresias*). Adivinho célebre do ciclo tebano, filho de Eueres e da ninfa Caricló e pertencente à raça dos *Spartoi* (vv.). Passeando um dia no monte Cilene (ou no Citéron), Tirésias viu duas serpentes copulando e separou-as, ferindo uma delas, e no mesmo instante foi transformado em mulher. Sete anos depois ele retornou ao mesmo local e viu novamente as serpentes copulando; Tirésias separou-as, como da primeira vez, e voltou imediatamente a ser homem. Essa aventura deu-lhe tal celebridade que certa vez Hera e Zeus (vv.) estavam discutindo para decidir se o prazer maior no ato sexual era o do homem ou o da mulher, e lembrando-se da experiência ímpar de Tirésias resolveram consultá-lo. Tirésias respondeu sem hesitar que o prazer da mulher era muitas vezes maior que o do homem. Indignada com ele por haver revelado um dos segredos do sexo feminino, Hera castigou-o com a cegueira, mas em compensação Zeus deu-lhe o dom da profecia e uma vida tão longa quanto a de sete gerações humanas.

Em outra fonte Tirésias havia sido punido com a cegueira por Atena (v.) pelo sacrilégio de tê-la visto nua. Atendendo a um apelo de Caricló, Atena tê-lo-ia dotado do poder profético para suavizar o castigo.

Tirésias era para o ciclo tebano a contrapartida de Calcas como adivinho do ciclo troiano, aparecendo destacadamente nas principais lendas tebanas, especialmente na de Édipo (v.) e seus filhos. Na lenda de Édipo ele revelou os crimes cometidos inconscientemente pelo herói infeliz contra seu pai e sua mãe, e sugeriu a Creonte (v.) que o expulsasse da cidade. Por ocasião da expedição dos Sete Chefes (v.) contra Tebas, Tirésias previu que a cidade somente seria salva se Meneceu (v.), filho de Creonte, fosse sacrificado a Ares (v.) para aplacar-lhe a cólera, e na expedição dos Epígonos (v.) aconselhou os tebanos a concluírem um armistício com os atacantes e a se retirarem secretamente da cidade à noite para não serem massacrados.

Tirésias teve uma filha, a profetisa Mantó, que veio a ser mãe do adivinho Mopso (vv.).

Sua morte ocorreu durante a retirada que pôs fim à expedição dos Epígonos (v.); quando seguia os tebanos na fuga penosa para evitar a derrota no campo de batalha, Tirésias parou com os demais fugitivos junto à fonte Télfussa e bebeu sofregamente sua água excessivamente fria, morrendo pouco depois.

Em outra versão da lenda ele teria ficado na cidade com Mantó, sua filha. Os vencedores aprisionaram o pai e a filha e os mandaram a Delfos para serem consagrados lá a Apolo (v.). Tirésias, já muito idoso, não resistiu à viagem e morreu de exaustão.

Tiró (G. *Tyró*). Filha de Salmoneu e de Alcídice, criada por Creteu, seu tio (irmão de Salmoneu) (vv.). Tiró apaixonou-se pelo deus do rio Enipeu, e costumava ir lamentar-se às margens do rio por causa de sua paixão. Um dia Poseidon saiu da água sob a aparência de Enipeu e a possuiu; dessa união nasceram dois filhos gêmeos – Neleu e Pelias – (vv.), dados à luz em segredo. Esses filhos, chegando à idade adulta, livraram Tiró dos maus-tratos de sua madrasta, chamada Sideró (v.), matando-a. Tiró casou-se então com Creteu e teve com ele três filhos: Áison, Amitáon e Feres (vv.).

Numa versão divergente da lenda, Sísifo ouviu de um oráculo que poderia vingar-se de seu irmão Salmoneu, por quem sentia um ódio profundo, se tivesse um filho com sua sobrinha Tiró. Sísifo possuiu-a e teve com ela dois filhos gêmeos, mas quando Tiró ficou sabendo por que Sísifo se uniu a ela, matou-os.

Tirreno (G. *Tyrrhenôs*) ou Tirseno (*Tyrsenôs*). Herói epônimo dos tirrênios (chamados etruscos pelos romanos), irmão de Lido (epônimo dos lídios) e filho de Átis (v.) e de Calitéia, ou filho de Heraclés e de Orifale (vv.), ou ainda filho de Télefo e de Hierá (v. *Télefo*). Fugindo de uma penúria calamitosa de alimentos na Lídia, Tirreno teria emigrado para a Itália central, dando assim origem à raça etrusca. Em outra fonte ele teria vindo para a Itália em seguida à queda de Tróia.

Tirro (L. *Tyrrhus*). Chefe dos pastores do rei latino e comandante dos camponeses latinos no levante para vingar a corça sagrada morta por Ascânio (v.) ainda menino. Posteriormente, após a morte de Enéias (v.), Lavínia (v.), receosa de seu enteado, refugiou-se em casa de Tirro para dar à luz seu filho Sílvio (v.).

Tisámeno (G. *Tisamenôs*). (1) Filho de Orestes e de Hermione (vv.), sucessor de seu pai no trono de Esparta até ser morto pelos Heráclidas (v.) quando estes atacaram o seu reino.

Em outra versão da lenda Tisámeno foi expulso de Esparta e de Argos pelos Heráclidas, levando consigo seus súditos por concessão especial dos conquistadores. Ele e seus companheiros de exílio foram para o norte do Peloponeso, onde pediram acolhida aos iônios, senhores da região. Os iônios, com receio de serem dominados mais tarde por Tisámeno e seus súditos, negaram-se a recebê-los e os atacaram. Travou-se então uma batalha encarniçada, na qual o próprio Tisámeno foi morto; seus súditos, entretanto, mesmo privados do bravo comandante, venceram os iônios e os cercaram na cidade de Helice, onde eles se haviam refugiado após a derrota. Premidos por um longo cerco, os iônios conseguiram persuadir os atacantes a permitirem a sua retirada para a Ática, e foram acolhidos pelos atenienses. Depois de proporcionarem funerais condignos a Tisámeno, seus companheiros dominaram a região, cujo nome passou a ser Acaia. Tisámeno deixou cinco filhos – Cometes, Daimenes, Leontomenes, Spárton e Télis –, que partilharam o trono da Acaia.

Cometes, o primogênito, após reinar por algum tempo, foi para a Ásia Menor, e lá fundou uma colônia.

(2) Um descendente de Édipo (v.) na terceira geração, filho de Têrsandro (v.) e de Demônassa. Seu pai foi morto por Télefo durante o desembarque dos gregos na Mísia na expedição anterior à Guerra de Tróia (v.). Como este Tisámeno ainda era muito jovem por ocasião da guerra, o contingente tebano foi chefiado por Peneleu (v.), que vingou a morte de Têrsandro matando Eurípilo, filho de Télefo (vv.). Chegando à idade adulta, Tisámeno subiu ao trono de Tebas. O sucessor de Tisámeno no trono foi Damasícton, neto de Peneleu, porque Autesíon, herdeiro presuntivo do trono, perseguido pelas Fúrias (vv.) de Laio (v.) e de Édipo, teve de exilar-se no Peloponeso, onde se juntou aos Heráclidas (v.).

Tisifone (G. *Teisiphone*). Uma das três Fúrias (as Erinies; v. *Fúrias*); seu nome significa "Vingadora do Assassínio". Apaixonada por um belo rapaz chamado Citéron, ela o matou, mandando uma das serpentes que constituíam sua cabeleira picá-lo.

Titanides (G.). Seis filhas de Urano (o Céu) e de Gaia (a Terra), chamadas Febe, Mnemosine, Rea, Téia ou Tia, Têmis e Tetis (vv.). Unindo-se aos titãs, seus irmãos, elas tiveram numerosos filhos e filhas, mencionados nos respectivos verbetes.

Titãs (G. *Titanes*). Seis filhos de Urano (o Céu) e de Gaia (a Terra), chamados Coio, Crio, Cronos, Hiperíon, Jápeto e Oceano (em outras fontes são mencionados também Atlas e Hélios (o Sol) (vv.)). De Cronos, o mais novo dos titãs, originou-se a geração dos deuses Olímpicos (v. *Doze Deuses*). Os titãs tinham seis irmãs – as Titanides (v. acima) –, com as quais se uniram e tiveram numerosos filhos e filhas.

Após a mutilação de Urano (v.) por Cronos, os titãs, reagindo à sua expulsão do céu por Urano, assenhorearam-se do poder sob o comando de Cronos, à exceção de Oceano, que não participou da revolta. Mais tarde Zeus (v.) destronou Cronos, numa luta chamada Titanomaquia que elevou os deuses olímpicos ao poder. Além da ajuda dos demais deuses olímpicos, Zeus contou com o auxílio decisivo dos gigantes Hecatônqueires (v.), ressentidos com a derrota que os titãs lhes impuseram, e de Prometeu e da oceanide Estige (vv.).

Títio (G. *Tytiôs*). Um gigante filho de Zeus (v.) e de Êlara (filha de Orcômeno ou de Minias (vv.)). Quando Êlara ficou grávida Zeus, receoso da ciumenta Hera (v.), ocultou-a nas profundezas da terra, de onde saiu logo após o parto o gigante Títio. Por ocasião do nascimento de Ártemis e de Apolo (vv.), Hera, despeitada com Letó (v.), sua rival na preferência de Zeus, mandou Títio contra ela depois de incitá-lo a violentá-la. Zeus, entretanto, fulminou o gigante com um raio e o precipitou no inferno, onde duas águias (ou duas serpentes) devoravam-lhe continuamente o fígado, que se refazia quando a lua crescia em suas fases.

Em outra fonte Títio, que era cultuado numa gruta situada na Eubéia, foi morto por Apolo e por Ártemis com suas flechas; o corpo do gigante, ao cair no solo, estendeu-se por nove hectares.

Tito Tácio (L. *Titus Tatius*). O segundo rei de Roma, originário da cidade de Curas, em território sabino, onde ocupava o trono antes de ser chamado para chefiar os sabinos, ansiosos por vingarem o rapto de suas mulheres e por conter a ameaça representada pelos romanos. Após a luta (v. *Tarpéia*) e a reconciliação dos dois povos por obra das mulheres sabinas tendo à frente Hercília, os romanos e os sabinos concordaram em constituir um único povo, governado conjuntamente por Rômulo (v.) e por Tito Tácio.

Decorridos cinco anos, alguns parentes e compatriotas de Tito Tácio desentenderam-se com embaixadores laurentes a caminho de Roma e os mataram depois de tentar roubá-los. Rômulo esforçou-se por punir esse crime, mas Tito Tácio conseguiu salvar seus parentes. Inconformados, os amigos das vítimas atacaram e mataram Tito Tácio durante um sacrifício celebrado conjuntamente pelos dois reis em Lavínio. Rômulo louvou os assassinos pelo ato de justiça e os escoltou até Roma, para onde levou o cadáver de Tito Tácio, que foi sepultado solenemente no monte Aventino.

Titono (G. *Tithonôs*). Filho de Laomêdon (v.), rei de Tróia, e de Estrimó, filha do deus do rio Escamandro, ou do ateniense Céfalo e de Eós (a Aurora) (vv.). Na primeira genealogia, em que Titono é irmão de Príamo (v.), Eós apaixonou-se perdidamente pelo belo rapaz, e da união dos dois nasceram dois filhos – Ematíon e Mêmnon (vv.). O amor de Eós levou-a a pedir a Zeus (v.) a imortalidade para Titono, mas ela esqueceu de pedir também a eterna juventude para o seu amado, que ia envelhecendo naturalmente enquanto Eós permanecia a mesma. Com o passar do tempo ele definhou de tal maneira que voltou a ter o tamanho de uma cigarra. Finalmente Eós transformou-o nesse inseto.

Tlepólemo (G. *Tlepôlemos*). Filho de Heraclés e de Astioque (filha de Filo, rei dos tesprótios, ou de Áctor, rei de Feras) (vv.), concebido quando Heraclés uniu-se à moça durante a expedição que resultou na captura de Efira pelo herói e por seus companheiros de Calidon. Após a morte de Heraclés os Heráclidas (v.) tentaram em várias oportunidades voltar ao Peloponeso, mas foram repelidos; diante do insucesso repetido, eles tiveram de retornar à Ática.

Nesse ínterim Tlepólemo, um dos Heráclidas, e seu tio-avô Licímnio (v.), meio-irmão de Alcmene (v.), juntamente com os filhos de Licímnio conseguiram dos argivos permissão para se instalarem na região de Argos. Lá, durante uma discussão, Tlepólemo teria matado seu tio-avô com uma bordoada (em outra versão da lenda a morte teria sido acidental), e os parentes de Licímnio forçaram o assassino a afastar-se de Argos. Tlepólemo levou consigo Polixó (v.), sua mulher, e foi para a ilha de Rodes, onde fundou as cidades de Câmiro, Iáliso e Lindo.

Na qualidade de pretendentes à mão de Helena (v.) Tlepólemo participou da Guerra de Tróia (v.) à frente de contingente embarcado em nove naus, deixando o governo de Rodes nas mãos de Polixó. Durante a guerra ele foi morto por Sarpedon, ensejando a vingança de sua mulher contra Helena, causadora da guerra. Finda a guerra, os companheiros de Tlepólemo passaram pela ilha de Creta e foram parar na Ibéria (a atual Espanha).

Tmolo (G. *Tmolos*). Filho de Ares (v.) e de Teogone; rei da Lídia. Por ter violentado uma companheira de Ártemis (v.), chamada Arripe, ele atraiu a cólera da deusa que, indignada com o seu procedimento, fez aparecer diante dele um touro monstruoso que o matou. Teoclímeno, seu filho, sepultou-o numa montanha que a partir de então passou a chamar-se Tmolo.

Toas (G. *Thoas*). (1) Filho de Diôniso (ou de Teseu) e de Ariadne (vv.). Casando-se com Mirina, cujo nome foi dado à cidade lêmnia onde era rei, Toas teve uma filha chamada Hipsipile (v.). Na época do massacre de toda a população masculina de Lemnos pelas mulheres da ilha em conseqüência de uma maldição de Afrodite (v.), Hipsipile poupou Toas, o único sobrevivente. Hipsipile entregou-lhe a espada com que ia matá-lo e o ocultou à noite no templo de Diôniso (v.). Na madrugada seguinte ela o levou para a praia no carro cerimonial do deus, vestido como se fosse o próprio Diôniso, a pretexto de purificá-lo dos sangrentos acontecimentos na noite anterior. Toas salvou-se embarcando para Táuris, e quando as mulheres lêmnias tomaram conhecimento de sua fuga venderam Hipsipile como escrava.

(2) Neto de (1) e filho de Hipsipile e de Jáson (vv.). Este Toas era irmão gêmeo de Euneu (v.), e participou com ele da libertação de sua mãe quando Hipsipile foi escravizada pelo rei Licurgo (v.).

(3) Filho de Andráimon e de Gorgé, e comandante do contingente etólio na guerra contra Tróia (v. *Guerra de Tróia*). Este Toas estaria entre os guerreiros gregos introduzidos em Tróia no bojo do cavalo de madeira (v. *Cavalo de Tróia*), e foi o autor do disfarce de Ulisses (v.) para torná-lo irreconhecível durante uma missão de espionagem a Tróia. De volta da guerra ele foi para a Etólia, onde acolheu Ulisses quando o herói foi expulso de Ítaca por Neoptólemo (v.); lá Ulisses ter-se-ia casado com uma filha de Toas, tendo com ela um filho chamado Leontôfono.

(4) Um coríntio filho de Ornitíon e neto de Sísifo (v.) e irmão de Foco (v.), herói epônimo da Focis; quando Foco emigrou este Toas permaneceu em Corinto, cujo trono ocupou após a morte de seu pai. Seu filho Damofon sucedeu-o no poder real e reinou até a vinda dos Heráclidas (v.).

(5) Rei de Táuris na época em que Ifigênia (v.) se tornou sacerdotisa de Ártemis naquela região. Quando Orestes e Pílades (vv.) chegaram a Táuris e encontraram Ifigênia, o rei Toas quis que ela os sacrificasse, como fazia com todos os estrangeiros de passagem por lá; os dois, entretanto, fugiram com Ifigênia, levando a estátua da deusa que tinham vindo buscar. Toas saiu em sua perseguição, morrendo nessa tentativa frustrada de capturá-los. Este Toas talvez fosse o mesmo de (1) acima.

(6) Filho de Icário e irmão de Penélope (v.).

Ton (G. *Thon*). Rei do Egito na época da passagem de Helena (v.) pelo país. Polídamna, sua mulher, ofereceu a Helena uma poção mágica destinada a fazê-la esquecer as mágoas.

Tôosa (G. *Thôosa*). Filha de Forcis, amada por Poseidon (v.). De sua união com o deus nasceu o cíclope Polifemo (v.).

Tosão de Ouro (G.). V. *Argonautas* e *Frixo*.

Toxeu (G. *Toxeus*). (1) Um dos filhos de Êurito (v.), rei de Ecália, morto juntamente com seus irmãos por Heraclés (v.).

(2) Um dos filhos de Oineu, rei de Calidon, e de Altaia (v.), morto por seu próprio pai.

Trabalhos de Hércules (G.). V. *Heraclés*.

Trâmbelo (G.). Filho de Telamon (v.) e de Teanira, uma cativa troiana, criada em Míleto pelo rei Aríon (v.), que acolhera sua mãe quando esta fugia de seu senhor. Trâmbelo apaixonou-se por uma moça chamada Apriate, mas não foi correspondido e matou-a lançando-a ao mar. Pouco tempo depois Aquiles (v.), de volta de uma expedição predatória, entrou em combate com ele e o matou. Impressionado com a bravura de Trâmbelo na luta, Aquiles quis saber quem era ele; informado de que sua vítima era filho de Telamon, e portanto seu parente, o herói o sepultou numa praia, proporcionando-lhe funerais condignos.

Trasimedes (G. *Thrasymedes*). Um dos filhos de Nêstor, participante com seu pai e seu irmão Antíloco (v.) da Guerra de Tróia (v.) do lado dos gregos. Trasimedes, que viera para a guerra no comando de um contingente transportado em quinze naus, estava entre os guerreiros introduzidos em Tróia no bojo do cavalo de madeira (v. *Cavalo de Tróia*), e após a captura da cidade voltou a Pilos, sua terra natal, onde recebeu amistosamente Telemaco (v.). Ainda na época histórica podia-se ver o seu túmulo nas imediações de Pilos.

Trezén (G. *Troizén*). Herói epônimo da cidade homônima situada no golfo Sarônico, filho de Pêlops e de Hipodâmia e irmão de Piteu (v.). Trezén e Piteu foram para a cidade que passaria a ter o nome do primeiro na época em que seu rei era Aécio, e os três partilharam o poder. Os dois filhos de Trezén, chamados Anáflisto e Esfeto, emigraram para a Ática, dando seus nomes a dois demos áticos.

Trias (G. *Thríai*). Três irmãs profetisas, filhas de Zeus (v.) e de ninfas do monte Parnasso, que teriam criado Apolo (v.) e depois se dedicaram ao seu culto. Atribuía-se às Trias a invenção da adivinhação mediante o uso de seixos.

Triptólemo (G. *Triptôlemos*). O principal herói de Elêusis, filho do herói epônimo de sua cidade (v. *Elêusis*), ou de Oceano e de Gaia (vv.), ou de Disaules e de Baubó, ou de Celeu e de Metanira (vv.). Nesta última genealogia ele aparece como irmão de Demofon (v.). Para recompensar a hospitalidade recebida dos pais de Triptólemo em Elêusis durante a busca angustiosa a Perséfone, Deméter (v.) ofereceu a Triptólemo um carro puxado por dragões e deu-lhe a missão de percorrer o mundo no mesmo, divulgando o cultivo do trigo. Quando Triptólemo passou por Patras, Antéias, filho de Êumelo, quis atrelar os dragões ao carro para semear o trigo enquanto Triptólemo dormia, porém caiu do carro e morreu. Para perpetuar-lhe a memória Triptólemo e Êumelo fundaram a cidade de Antéia.

Um dos dragões do carro de Triptólemo foi morto no território dos getas por Carnabon (v.), rei desse povo, mas Deméter deu-lhe outro no mesmo instante.

Triptólemo, a quem se devia a criação das Tesmoforias (festas de Deméter celebradas solenemente em Atenas), aparece em algumas fontes como juiz dos mortos no inferno, juntamente com Éaco, Minos e Radamanto (vv.).

Atribuía-se a Triptólemo a paternidade de Côiron e de Crôcon (v.).

Tritão (G. *Tríton*). Deus marinho semelhante a Forcis, a Glauco, a Nereu (vv.) e outros, filho de Poseidon e de Anfitrite (vv.). Tritão tinha uma preferência especial pelo lago Tritonis, na Líbia, embora freqüentasse todos os mares. Uma de suas filhas, chamada Palas (v.), era companheira de folguedos de Atena (v.), que a matou involuntariamente. Tritéia, sua outra filha, era sacerdotisa de Atena; amada por Ares (v.), ela teve do deus um filho chamado Mênipo.

Contava-se a propósito de Tritão que durante uma festa de Diôniso (v.) em Tânagra, na Beócia, as mulheres quiseram banhar-se num lago, e enquanto nadavam no mesmo foram atacadas por Tritão. Ouvindo os apelos de suas devotas, Diôniso veio socorrê-las e afugentou Tritão.

Ainda em relação a Tritão dizia-se que ele praticava violências constantes à beira de seu lago; um dia apareceu um cântaro de vinho junto ao lago, e Tritão, atraído pelo odor da bebida, sorveu-a toda; ele adormeceu em seguida, e as vítimas de suas violências aproveitaram a oportunidade para vingar-se.

Tritão é mencionado também na lenda dos Argonautas (v.), aos quais apareceu com as feições de Eurípilo (v., (4)), e lhes revelou a rota a seguir para a continuação de sua viagem.

Tritões (G. *Trítones*). Divindades marinhas masculinas componentes do cortejo de Posesidon (v.), homens da cintura para cima e peixes da cintura para baixo; eles apareciam soprando búzios grandes, como se fossem trompas, e às vezes portavam tridentes.

Trofônio (G. *Trophônios*). Herói da cidade de Lebádeia, na Beócia. Em algumas fontes Trofônio era filho do próprio Apolo (v.) e de Epicasta, e noutras seu pai era Érgino (v.). Dizia-se também que ele foi amamentado por Deméter (v.), e era famoso como arquiteto. Atribuíam-se a ele e ao seu enteado Agamedes (v.) várias edificações célebres, entre as quais citavam-se a casa de Anfitrião (v.) em Tebas, um dos templos de Apolo em Delfos, o templo de Poseidon em Mantinéia, e a casa dos tesouros do rei Hirieu na Híria. Numa das versões de sua lenda Trofônio morreu juntamente com Agamedes por causa de sua astúcia. Ao construir a casa para os tesouros de Hirieu, Agamedes e Trofônio deixaram uma pedra solta, encaixada na parede que dava para a rua, de tal maneira que a removiam durante a noite para roubar as riquezas do rei. Hirieu preparou uma armadilha na qual Agamedes caiu; querendo evitar que o companheiro o delatasse, Trofônio decapitou-o, mas a terra abriu-se sob seus pés e o engoliu (para uma história semelhante a propósito do faraó Rampsinito, veja-se Herôdotos, *História*, II, 121).

Noutra versão da lenda Apolo recompensou Trofônio pela construção de seu templo pondo fim à sua vida, pois a morte era o melhor prêmio que os deuses podiam dar às criaturas humanas.

Havia em Lebádeia, na Beócia, um oráculo famoso onde Trofônio profetizava.

Troilo (G. *Troilos*). O filho mais novo de Príamo e de Hécuba (v.), tido em outras fontes como filho de Apolo (v.), e não de Príamo. De acordo com um oráculo Tróia não seria capturada se Troilo completasse vinte anos, mas foi morto por Aquiles (v.) pouco tempo antes de chegar a essa idade, logo após a instalação dos gregos em seu acampamento diante de Tróia.

Numa das versões de sua lenda Aquiles matou Troilo quando este último levava a uma fonte durante a noite os cavalos para se dessedentarem, ou o aprisionou e sacrificou.

Noutra versão Aquiles tê-lo-ia visto junto à fonte e se apaixonou por ele. Troilo correu e foi refugiar-se no templo de Apolo (v.) Timbreu, de onde o herói tentou tirá-lo; não conseguindo atingir o seu objetivo, Aquiles matou-o com sua lança no próprio recinto sagrado.

Trôquilo (G. *Trokhilos*). Um habitante de Argos, filho de Ió e inventor dos carros, ou pelo menos dos usados no culto de Hera (v.) argiva. Vítima de perseguição em sua cidade, Trôquilo emigrou para a Ática, onde casou-se com uma eleusínia. Depois de morto ele foi metamorfoseado na constelação do Cocheiro.

Tros (G.). Herói epônimo dos troianos e da região de Tróia, filho de Erictônio e de Astioque (filha do deus do rio Simóis) (vv.). Casando-se com Calirroe, filha do deus do rio Escamandro (vv.), Tros teve com ela uma filha chamada Cleópatra, e três filhos – Assáraco, Ganimedes e Ilo (v.).

Turno (L. *Turnus*). Filho do rei Dáulio e da ninfa Venília, e rei dos rútulos na época da chegada de Enéias (v.) à Itália. Após o casamento de Lavínia, filha de Latino (vv.), com Enéias, Turno aliou-se a Latino atendendo a um pedido dele para ajudá-lo a defender-se das incursões predatórias dos troianos recém-chegados. Latino foi morto na primeira batalha, e Turno fugiu para ir juntar-se ao rei Mezêncio (v.) em Cere (a atual Cerveteri). Depois de obter a ajuda de Mezêncio Turno atacou novamente Enéias, sendo morto em combate.

Noutra versão da lenda, Latino e Enéias eram aliados e tiveram de enfrentar um ataque dos rútulos comandados por Turno. Durante a batalha Turno e Latino foram mortos.

Na versão adotada por Virgílio na *Eneida*, Turno aparece como irmão de Juturno e noivo de Lavínia, que Amata, mãe desta última, lhe prometera em casamento. O ódio de Turno por Enéias era devido mais ao fato de Latino haver prometido a mão de Lavínia ao herói troiano que a motivos patrióticos. Turno desencadeou a guerra contra os troianos à revelia de Latino e se mostrou inimigo feroz de Enéias, reunindo contra este último e seus companheiros todos os povos vizinhos; apesar de sua bravura, Turno foi morto por Enéias num combate singular.

Tykhe (G.). V. *Acaso*.

U

Ucalêgon (G. *Oukalêgon*) (1) Um dos troianos mais idosos amigos de Príamo (v.), e membro do Conselho dos Anciãos de Tróia. Sua casa, vizinha à de Príamo, ficou reduzida a cinzas na noite da queda da cidade.

(2) Um tebano, pai da Esfinge (v.).

Ulisses (G. *Odysseus*). Filho de Laerte (ou de Sísifo) e de Antícleia (vv.), nascido na ilha de Ítaca, situada no mar Jônio. Ulisses teria sido discípulo do centauro Quíron (v.), à semelhança de Aquiles (v.) e de outros heróis gregos, e nessa época foi ferido no joelho durante uma caçada a javalis no monte Parnasso. Essa ferida deixou uma cicatriz permanente, graças à qual foi possível o seu reconhecimento por ocasião de sua volta de Tróia. Em sua juventude Ulisses viajou à Lacedemônia; lá ele foi hóspede de Ífito (v.), que lhe ofereceu como penhor de hospitalidade o arco de Êurito (v.); Ulisses serviu-se mais tarde desse arco para matar os pretendentes à mão de Penélope (v.), sua mulher.

Chegando à idade adulta Ulisses recebeu de seu pai o trono de Ítaca, e logo depois pensou em casar-se com Helena, a filha de Tíndaro (v.) cobiçada por todos os gregos ilustres da época. Entretando, o número excessivo de pretendentes levou-o a cortejar Penélope, filha de Icário (v.) e prima de Helena. Querendo ainda assim ser agradável a Tíndaro, Ulisses sugeriu-lhe um estratagema com o objetivo de poupar-lhe aborrecimentos em face de tantos pretendentes à sua filha: Tíndaro deveria obter de cada um deles o juramento de acatar a escolha de Helena e de apoiar o escolhido no caso de alguém querer arrebatar-lhe a mulher. Esse juramento uniu os chefes gregos em torno de Menelau (v.), o preferido de Helena, quando Páris (v.) raptou-lhe a mulher. Grato a Ulisses pela idéia, Tíndaro ajudou-o junto ao seu irmão Icário em sua pretensão de casar-se com Penélope (em outra versão da lenda Ulisses ter-se-ia casado com Penélope por haver vencido uma corrida de carros cujo prêmio era a sua mão). Do casamento de Ulisses com Penélope nasceu um filho chamado Telêmaco.

Quando Páris raptou Helena, e Menelau pediu a ajuda dos pretendentes preteridos com base no juramento, Ulisses relutou em juntar-se aos demais chefes gregos, e teria até simulado loucura para esquivar-se da expedição contra Tróia. Palamedes (v.) descobriu o ardil de Ulisses, e este resignou-se a partir para a guerra, disposto a vingar-se de Palamedes. Durante os preparativos para a expedição Ulisses foi incumbido de descobrir o paradeiro de Aquiles (v.), pois o destino determinara que a vitória dos gregos na guerra dependia de sua presença. Ulisses encontrou-o na ilha de Ciro, e disfarçado em vendedor de artigos femininos conseguiu chegar aos aposentos das mulheres no palácio do rei Licomedes, onde Aquiles estava como se fosse uma moça, convivendo com as filhas do rei. Entre as roupas e adereços femininos Ulisses introduziu ardilosamente algumas armas, e quando a "moça" em que Aquiles se disfarçava escolheu precipitadamente uma das armas, Ulisses o identificou e levou-o consigo para juntar-se aos chefes gregos.

Antes da partida da expedição, quando a calmaria provocada por Ártemis (v.) retinha as naus no porto, Ulisses imaginou o pretexto do casamento de Ifigênia (v.) com Aquiles para fazê-la vir a Áulis, onde seria sacrificada por Agamêmnon (v.), seu pai.

Na guerra propriamente dita Ulisses comandava um contingente transportado em doze naus, e fazia parte do conselho dos chefes que deliberavam sobre os assuntos mais importantes. Durante o cerco de Tróia Agamêmnon recorria a ele sempre que uma missão dependia de capacidade de persuasão e de astúcia; ele participou da embaixada a Aquiles, quando Agamêmnon quis reconciliar-se com o herói, negociou um armistício com os troianos, combinou o combate singular entre Menelau e Páris (v.), e persuadiu os gregos a permanecerem na Troas; ele estava entre os emissários enviados a Ânio (v.) para convencê-lo a mandar suas filhas ao acampamento grego na Troas com a missão de assegurar o suprimento de víveres, viajou em busca de Neoptólemo (v.), de cuja presença dependia a vitória final dos gregos, e com este último esteve na ilha de Lemnos para persuadir Filoctetes (v.) a juntar-se aos gregos no período final da luta entre os gregos e os troianos. Entre os feitos de Ulisses na guerra incluíam-se também as atividades de espionagem. Com esse objetivo ele efetuou juntamente com Diomedes (v.) uma incursão noturna ao acampamento dos troianos, durante a qual os dois mataram Dôlon e Reso (vv.) e roubaram os cavalos deste último. Ulisses também teria levado de Tróia para o acampamento grego o Paládio (v.), estátua miraculosa que enquanto estivesse na cidade impediria a sua captura. Atribuíam-se-lhe ainda as intrigas causadoras da morte de Palamedes e o plano para a construção do cavalo de madeira, cuja introdução em Tróia com numerosos soldados em seu bojo precipitou a captura da cidade e portanto o fim da guerra. Ulisses comandou o destacamento oculto no cavalo, e foi o primeiro a sair do bojo do "presente" dos gregos (v. *Cavalo de Tróia*).

Mas, além de persuasivo e astucioso Ulisses era ainda um guerreiro valente, autor da morte de numerosos troianos no campo de batalha. Ulisses disputou com Ájax (v., (1)) as armas de Aquiles após a morte deste último, e sua vitória levou Ájax à loucura e ao suicídio. Ele foi o responsável pela morte cruel de Astiânax, filho de Heitor (vv.), e pelo sacrifício de Polixena (v.) sobre o túmulo de Aquiles.

Finda a guerra, Ulisses iniciou sua viagem de volta a Ítaca, repleta de peripécias, que constituem o assunto da *Odisséia* de Homero. Ele partiu seguindo de perto as naus de Agamêmnon, mas um temporal separou os dois chefes gregos pouco tempo depois; Ulisses foi parar no território dos cícones, situado na costa da Trácia, e lá capturou a cidade de Ísmaro, depois de alguns combates em que morreram vários de seus companheiros. Ulisses exterminou todos os habitantes, à exceção de Máron (v.), sacerdote de Apolo (v.). Querendo testemunhar sua gratidão, Máron ofereceu-lhe alguns odres de vinho doce e forte, graças ao qual Ulisses embriagou os cíclopes (v.). Dentro de pouco tempo os cícones do interior contra-atacaram, e Ulisses teve de reembarcar em suas naus e seguir viagem. Ventos desfavoráveis levaram o herói e seus companheiros à terra dos lotófagos (provavelmente no norte da África), cujos habitantes o receberam hospitaleiramente. Os companheiros de Ulisses gostaram tanto do lótus, alimento básico da região, que esqueceram a sua pátria, e tiveram de ser levados à força de volta às naus.

De lá as naus rumaram para a terra dos cíclopes (v.) – a Sicília. Ulisses desembarcou com alguns de seus companheiros numa missão de reconhecimento, e entrou com eles numa caverna, levando alguns odres do vinho que ganhara de Máron, com a intenção de presentear os habitantes. Na caverna havia leite e queijos, e apesar da pressa dos companheiros de voltar às naus Ulisses resolveu demorar-se lá. Nesse ínterim chegou o cíclope Polifemo (v.). senhor da caverna, que prendeu os intrusos na mesma. Polifemo começou a devorar os companheiros de Ulisses, e o herói teve a idéia de oferecer-lhe vinho. O cíclope, que nunca bebera, embriagou-se e perguntou a Ulisses quem ele era; Ulisses respondeu que seu nome era "Ninguém". Mostrando-se agradecido pelo vinho, Polifemo prometeu generosamente ao herói que o devoraria em último lugar. Depois de beber mais uma taça o cíclope adormeceu, e Ulisses furou seu único olho com um venábulo que pusera no fogo. Polifemo gritou pedindo socorro aos outros cíclopes, mas quando estes perguntaram de fora da caverna quem o estava atacando, a resposta foi "ninguém". Imaginando que Polifemo estivesse louco os outros cíclopes afastaram-se e Ulisses e seus companheiros conseguiram sair da caverna amarrando-se no ventre dos carneiros dos cíclopes. O mal feito por Ulisses a Polifemo causou o rancor daí por diante demonstrado por Poseidon (v.), pai do cíclope, contra o herói durante o restante de sua viagem de volta.

Salvos do cíclope, Ulisses e seus companheiros reembarcaram e chegaram à ilha de Éolo, senhor dos ventos, que recebeu cordialmente o herói e lhe deu um odre onde estavam presos todos os ventos desfavoráveis, capazes de impedir a conclusão da viagem de regresso. Quando já estavam à vista as fogueiras acesas pelos habitantes de Ítaca, Ulisses adormeceu e seus companheiros, imaginando que o odre continha ouro, resolveram abri-lo. Soltos, os ventos desfavoráveis formaram uma tempestade, e as naus, arrastadas pelos ventos, passaram a navegar na direção oposta. Recomeçou então a viagem errática de Ulisses, que foi parar novamente na ilha de Éolo. O herói implorou-lhe ventos favoráveis, mas Éolo respondeu que os deuses estavam contra ele e portanto não poderia ajudá-lo novamente. Desalentado, Ulisses deixou-se levar pelos ventos e chegou à terra dos lestrigões, provavelmente na costa da Campânia, nas imediações de Formias ou Gaeta. Os primeiros nautas a desembarcar encontraram-se com a filha de Antifates, rei da região, que os levou à presença do pai. Antifates devorou imediatamente um deles e os outros fugiram apavorados, enquanto o rei e seus súditos tentavam alcançá-los. Os lestrigões destruíram a pedradas todas as naus, menos a de Ulisses, e mataram seus tripulantes. A duras penas Ulisses conseguiu cortar as amarras de sua nau e partiu. O herói continuou a rumar para o norte, agora com apenas uma nau, e dentro de pouco tempo chegou a Aia (no promontório do monte Circeu, no Lácio), a ilha da feiticeira Circe (v.).

Durante a estada em Aia Ulisses uniu-se a Circe, e teve com ela um filho chamado Telégono (v.) (em outra fonte há uma alusão a outro filho chamado Nausítoo). Ulisses estava ansioso por saber como poderia voltar à pátria, e Circe o aconselhou a ir consultar a alma do adivinho Tirésias no Hades (v.). O adivinho revelou-lhe que ele voltaria a Ítaca sozinho e num barco alheio; o herói vingar-se-ia dos pretendentes à mão de sua mulher, e mais tarde partiria com um remo no ombro em busca de um povo ignorante da arte de navegar. Junto a esse povo ele teria de oferecer um sacrifício a Poseidon para aplacar-lhe finalmente o rancor, e morreria muito idoso e feliz longe do mar. Durante sua descida ao Hades nessa ocasião Ulisses encontrou-se com a alma de Antícleia, sua mãe, e as almas de vários heróis mortos na Guerra de Tróia, inclusive Agamêmnon, e Aquiles. Depois Ulisses voltou para a casa de Circe e partiu em sua única nau.

Na viagem ele passou pela ilha das Sereias (v.) e teve de enfrentar os Recifes Errantes e o estreito entre Caríbdis e Cila (v.), onde alguns de seus companheiros foram devorados por esta última. Afinal o herói chegou à ilha de Trinácia, onde pastavam os bois imaculadamente brancos de Hélios (o Sol). Lá uma calmaria deteve a nau e começou a faltar víveres; apesar da proibição de Ulisses os marinheiros famintos mataram alguns dos bois sagrados, e Hélios pediu a Zeus que vingasse esse sacrilégio. Atendendo ao pedido de Hélios, Zeus provocou uma tormenta logo após o reinício da viagem, e a nau afundou causando a morte de todos os marinheiros; Ulisses, que não provara a carne dos bois, salvou-se abraçado a um mastro e foi levado pelas ondas até Ogígia, a ilha de Calipso (v.), situada provavelmente nas proximidades das Colunas de Heraclés (o atual estreito de Gibraltar).

Durante muitos anos Calipso reteve Ulisses em sua ilha, mas afinal Atena (v.) intercedeu junto a Zeus e este mandou ordens a Calipso, por intermédio de Hermes (v.), para deixá-lo prosseguir. Calipso havia prometido a imortalidade a Ulisses se ele permanecesse para sempre em sua ilha, porém o herói ansiava por voltar à sua Ítaca, onde o esperava Penélope; diante da ordem de Zeus, Calipso proporcionou a Ulisses uma balsa, e ele partiu em direção ao leste. Poseidon, sempre rancoroso, provocou novamente uma tempestade que destruiu a balsa, e o herói conseguiu salvar-se com muita dificuldade agarrado a um dos pedaços de madeira da balsa, indo dar à praia da ilha de Esquéria, habitada pelos feácios (talvez a atual ilha de Corfu).

Extenuado, Ulisses adormeceu às margens de um rio, onde foi acordado na manhã seguinte pelos gritos alegres das companheiras de Nausícaa (v.), filha de Alcínoo (v.), rei da ilha. Nausícaa ensinou-lhe o caminho do palácio do rei, onde Alcínoo e Areté, sua mulher, receberam-no amistosamente. Ulisses contou-lhes detalhadamente suas aventuras intermináveis, e esquivando-se ao casamento com Nausícaa pediu uma nau para voltar à pátria. Alcínoo pôs uma nau à sua disposição e ele embarcou, chegando afinal a Ítaca após uma ausência de vinte anos.

Passado todo esse tempo, ninguém reconheceu Ulisses. Penélope esperou-o pacientemente, mantendo-se fiel a ele apesar da insistência insolente dos cento e oito pretendentes à sua mão, que não saíam do palácio e dilapidavam os bens do marido ausente. Para contemporizar, Penélope imaginou um ardil, prometendo uma resposta quando terminasse de tecer a mortalha de Laerte, o velho pai de Ulisses; desfazendo à noite o que fazia de dia, ela adiava indefinidamente a decisão. Em vez de dirigir-se diretamente ao palácio Ulisses foi antes à casa de Eumeu (v.), chefe dos guardadores de porcos, o mais fiel de seus servidores. O herói encontrou Telêmaco, seu filho, em companhia de Eumeu, e identificou-se; em seguida ele marchou para o palácio em companhia do filho, disfarçado em mendigo estrangeiro. Somente seu velho cão Argos o reconheceu, morrendo em seguida de emoção ao rever o dono depois de tanto tempo. Chegando ao palácio Ulisses pediu alimento aos pretendentes, que o humilharam, enquanto Iro, um mendigo que vivia dos restos das festas dos pretendentes, desafiava o seu competidor recém-chegado. O herói abateu Iro com um único murro em meio aos insultos dos pretendentes, a cuja frente estava Antínoo (v.). Penélope manifestou então o desejo de ver o mendigo estrangeiro, ansiosa por possíveis notícias de Ulisses, mas este não quis vê-la no momento. Ao anoitecer o herói mandou Telêmaco ocultar num aposento distante todas as armas existentes no palácio, e então foi à presença de Penélope, limitando-se a dar-lhe vagas esperanças quanto ao regresso do marido, que ela não reconheceu sob o seu disfarce de mendigo. Penélope revelou que sonhara com a volta próxima de Ulisses, mas já desanimada com a demora manifestou a intenção de organizar no dia seguinte uma competição entre os pretendentes e de casar-se com o vencedor. A competição consistiria em dar aos pretendentes o arco de Ulisses, e quem demonstrasse maior habilidade em seu manejo casaria com Penélope. Na manhã seguinte houve a competição, que Ulisses aprovara e que consistia em fazer uma flecha passar por numerosas argolas de pendurar machados dispostas umas em seguida às outras em profundidade. Nenhum dos pretendentes conseguiu sequer distender o arco; Ulisses tomou-o em suas mãos, e na primeira tentativa disparou a flecha e a fez passar pelas argolas. Os serviçais fiéis de Ulisses fecharam então as portas do palácio; Telêmaco foi buscar as armas e deu início ao massacre dos pretendentes, dos quais não escapou um sequer. Depois de mandar enforcar as serviçais que se entregaram aos pretendentes durante sua ausência e o pastor de cabras Melântio, que colaborava com os mesmos, Ulisses apresentou-se a Penélope como seu marido.

Mais tarde os pais dos pretendentes massacrados apareceram em Ítaca armados, dispostos a vingar-lhes a morte, mas graças à intervenção de Atena (v.) disfarçada no idoso Mêntor (v.), não houve o confronto e voltou a reinar a paz na ilha.

Nesse ponto finda a versão homérica do retorno de Ulisses. Em outras fontes o herói, após o massacre dos pretendentes, ofereceu sacrifícios aos deuses infernais e ao adivinho Tirésias, e partiu para o Épiro com destino à terra dos tesprótios (o povo ignorante da arte de navegar a que se referira Tirésias). Lá ele seguiu as instruções de Tirésias durante sua descida ao Hades, perfazendo sacrifícios a Poseidon. Instado por Calídice (v.), rainha da Tesprótia, Ulisses uniu-se a ela; dessa união nasceu um filho chamado Polipoites. Ulisses e Calídice passaram a reinar conjuntamente. Após a morte de Calídice ele entregou o trono a Polipoites e voltou a Ítaca, onde encontrou já crescido seu segundo filho com Penélope, chamado Poliportes (provavelmente uma confusão com Polipoites).

Nesse ínterim Telégono, filho de Ulisses com Circe, informado por esta de que seu pai era Ulisses, viajou para Ítaca à sua procura. Chegando à ilha, ele e seus acompanhantes passaram a atacar os rebanhos; Ulisses veio ajudar os pastores a se defenderem e foi morto por Telégono. Depois de saber que matara o próprio pai Telégono ficou desolado e levou Penélope e o cadáver de Ulisses para a ilha de Circe.

Noutra versão da parte final da lenda Ulisses, em face da revolta dos pais dos pretendentes, submeteu-se ao julgamento de Neoptólemo (v.), filho de Aquiles, então rei do Épiro. Neoptólemo condenou Ulisses ao exílio e ele partiu para a Etólia, cujo rei era Toas (v.), filho de Andráimon. Na Etólia ele casou-se com uma filha de Toas, com quem teve um filho chamado Leontófono. O herói teria morrido na Etólia extremamente velho.

Há também referências a aventuras de Ulisses na Itália após o seu retorno a Ítaca. Ele ter-se-ia encontrado com Enéias (v.) e os dois se reconciliaram. O herói teria fundado trinta cidades na Tirrênia (designação mais antiga da Etrúria), onde seu nome seria Nano (v.), e teria morrido na mesma região numa cidade chamada Gortínia.

Urânia (G. *Ourania*). Uma das Musas, associada principalmente à astronomia. V. *Musas*.

Urano (G. *Ouranôs*). O céu personificado, filho de Gaia (a Terra), ou de Áiter (vv.). Na teogonia órfica Urano e Gaia eram irmãos, filhos de Nix (a Noite) (v.), e em outra genealogia Urano era o marido de Gaia, com a qual teve numerosos filhos, entre os quais estavam os seis Titãs e as seis Titanides, os três Cíclopes e os três gigantes Hecatônqueires (vv.). Gaia, desgostosa de tanto procriar, pediu aos seus filhos proteção contra a insaciabilidade amorosa de Urano. O único a concordar com seu pedido foi Cronos (v.) (o filho mais novo), que, armado com uma foice afiadíssima, preparou uma emboscada contra o pai, castrou-o e lançou-lhe os testículos no mar. A mutilação teria ocorrido no cabo Drêpanon, cujo nome derivaria da foice de Cronos (*Drêpanon* em grego = foice). Noutras fontes o local teria sido a ilha de Côrcira (a atual Corfu), que se chamou sucessivamente Drêpanon, Feácia e Esquéria; essa ilha, cuja forma lembra uma foice, seria a própria foice de Cronos lançada no mar, e os feácios, seus habitantes, teriam nascido do sangue de Urano.

Numa terceira versão a mutilação teria ocorrido na Sicília, cuja fertilidade seria uma conseqüência do sangue divino derramado sobre o seu solo.

Numa versão divergente da lenda, de fundo racionalista, Urano aparecia como o primeiro rei dos atlântios, habitantes de um território extremamente fértil situado nos confins do Ocidente, nas margens do Oceano (v.), reverentes para com os deuses, que teriam nascido entre eles, e generosos para com os povos vizinhos. Eles viviam isolados uns dos outros, e Urano reuniu-os numa cidade amuralhada, ensinando-lhes o uso dos frutos cultivados e a maneira de guardá-los, além de outras instituições úteis. Sendo um observador atento dos astros, Urano previa muitos fenômenos ocorrentes no mundo e introduziu o calendário com base no movimento do sol e da lua, instruindo os atlântios a respeito das estações que se sucediam ano após ano. Esses homens, até então ignorantes do movimento eterno dos astros e maravilhados com o acerto das previsões de Urano, imaginaram que ele fosse um deus, e depois de sua morte passaram a tributar-lhe honras divinas, dando o seu nome ao próprio céu. Nessa versão Urano teve quarenta e cinco filhos, dos quais dezoito com Titaia (mais tarde chamada Gaia); esses dezoito filhos ficaram conhecidos como Titãs por causa do primeiro nome de sua mãe. Além desses filhos ele teve duas filhas, chamadas Basíleia ("Rainha"), mais tarde conhecida como "Grande Mãe" (Cibele) e Rea, cognominada Pandora (vv.). Basíleia foi a sucessora de Urano no trono, e casou-se com seu irmão Hiperíon (v.), do qual teve os filhos Hélios (o Sol), Selene (a Lua), Atlas e Cronos, aos quais às vezes acrescentavam-se Oceano e Tetis (vv.).

Atribuíam-se a Urano e a Gaia duas profecias: a de que o reinado de Cronos terminaria quando ele fosse vencido por seus próprios filhos, e a de que Zeus (v.) deveria precaver-se contra a criança que teria de Métis (v.). Receoso dessa profecia, Zeus engoliu Métis quando ela estava grávida de Atena.

V

Valéria Luperca (L.). Uma virgem condenada a ser sacrificada em obediência a um oráculo, depois de a cidade de Falério livrar-se em certa época de uma epidemia que lhe exterminava os habitantes. Quando Valéria ia matar-se com uma espada junto ao altar, apareceu subitamente uma águia, tirou-lhe das mãos com as garras a espada e soltou no local um pequeno bastão perto do martelo usado no ritual dos sacrifícios; em seguida a águia afastou-se, deixando a espada cair sobre uma novilha que pastava num campo próximo. Valéria, interpretando acertadamente os sinais da ave, sacrificou a novilha e passou a tocar os doentes com o martelo, curando-os no mesmo instante.

Vedióvis ou **Vejóvis** (L.). Deus romano cultuado em santuários situados no Capitólio e na Ilha Tiberina, confundido mais tarde com Apolo (v.). Vedióvis era uma divindade caracteristicamente infernal, ligada aos pântanos e aos fenômenos vulcânicos.

Vênus (L.). Divindade latina antiqüíssima, cultuada num santuário perto de Árdea, construído antes da fundação de Roma. A partir do século II d.C. Vênus aparece totalmente assimilada à Afrodite (v.) dos gregos, quer em seus atributos, quer em suas lendas. A *gens* Júlia considerava-se descendente de Vênus por intermédio de Enéias (v.).

Vertumno (L. *Vertumnus*), ou Vortumno. Deus provavelmente originário da Etrúria, associado à idéia de transformação, capaz de metamorfosear-se em tudo que quisesse. Esse deus, do qual havia uma imagem na entrada do Fórum romano, aparece em algumas fontes como marido da ninfa Pomona (v.), divindade ligada, como ele, ao eterno retorno das estações do ano e à fecundidade da terra.

Vesta (L.). Deusa romana antiqüíssima, guardiã do fogo na lareira doméstica. A exemplo da Hestia (v.) dos gregos, da qual é uma réplica, Vesta era uma das doze divindades romanas mais importantes. Seu culto estava a cargo do *Pontifex Maximus*, acolitado pelas vestais, e teria sido introduzido em Roma pelo rei Numa (ou, menos provavelmente, por Rômulo (vv.)). Na festa das *Vestalia*, celebrada em meados de junho, coroavam-se de flores os asnos, animais consagrados a Vesta, que nesse dia não trabalhavam.

Uma lenda tardia explicava a presença desses animais na festa porque Vesta, a deusa casta por excelência, teria sido protegida por um asno contra as investidas amorosas de Príapo (v.).

Vírbio (L. *Virbius*). Demônio associado ao culto de Diana (v.) no bosque sagrado de Nemi, na Arícia. A proibição do acesso de cavalos a esse bosque pode ter inspirado a lenda segundo a qual Vírbio seria uma reencarnação de Hipólito (v.), filho de Teseu (v.), morto por seus cavalos, ressuscitado por Asclépio a pedido de Ártemis (vv.) e levado por esta deusa para a Itália.

Violência (G.). V. *Bia.*

Vitória (G.). V. *Nike.*

Volturno (L. *Volturnus*). Antiga divindade romana, pai da ninfa Juturna (v.). Essa paternidade era atribuída em outra fonte ao deus do rio do mesmo nome situado na Campânia.

Vulcano (L. *Vulcanus*). Divindade introduzida em Roma por Tito Tácio, ou por Rômulo (vv.); atribuía-se a este último a construção de seu primeiro santuário na cidade. Vulcano, que foi assimilado ao deus Hefesto (v.) dos gregos, aparece às vezes como pai de Caco ou de Céculo (vv.), ou ainda do rei lendário Sérvio Túlio (v.).

X

Xanto e Balio (G. *Xanthos* e *Balios*). Cavalos imortais de Aquiles (v.), nascidos da união de Zéfiro (v.) com a Hárpia (v.) Podargé. Xanto era dotado de voz humana, e profetizou a morte de Aquiles.

Xuto (G. *Xoutos*). Filho de Hélen e da ninfa Orseís, e irmão de Éolo e de Doro (vv.). Casou-se com Creusa, filha de Erecteu, e teve com ela um filho chamado Íon, que deu o nome à raça iônia (vv.).

Z

Zácinto (G. *Zákynthos*). Herói epônimo da ilha homônima (a atual Zante), no mar Jônio. Zácinto ora aparece como filho de Dárdano (v.), ora como um arcádio vindo de Psófis.

Zagreu (G. *Zagreus*). Ou Diôniso Zagreu. Filho de Zeus e de Perséfone (vv.), chamado "primeiro Diôniso" nos mistérios órficos. Para gerá-lo Zeus uniu-se a Perséfone sob a forma de uma serpente, com a intenção de deixá-lo como seu sucessor reinando no mundo. Com receio do ciúme de Hera (v.), Zeus entregou Zagreu recém-nascido a Apolo e aos Curetes (vv.), que o criaram no monte Parnasso. Hera, entretanto, conseguiu descobrir o seu esconderijo e incumbiu os titãs (v.) de irem buscá-lo. Zagreu quis fugir metamorfoseando-se num touro e noutras criaturas, porém os titãs cortaram-no em pedaços e o devoraram; salvaram-se dele apenas o coração, tirado por Palas (v.) dos titãs, e alguns pedaços insignificantes recolhidos e enterrados por Apolo perto do tripé do templo de Delfos. Perseverando em sua intenção, Zeus mandou Semele (v.) engolir o coração do menino, fazendo-o conceber o "segundo Diôniso" (v. *Diôniso*).

Em outra versão da lenda Deméter conseguiu reunir os pedaços esparsos de Zagreu e lhe devolveu a vida, e numa terceira versão o próprio Zeus engoliu o coração do menino antes de engendrar Diôniso com Semele (v. *Íaco*). Numa das fontes da lenda Zagreu aparece como um Zeus infernal, semelhante a Hades (v.).

Zéfiro (G. *Zêphyros*). A personificação do vento Oeste, pai de Xanto e de Balio (v.) (os cavalos divinos de Aquiles (vv.)) com a Hárpia Podargé. Às vezes Zéfiro aparece como sendo o marido de Íris (v.).

Zelo (G. *Zelos*). A personificação do zelo ou da emulação, filho de Oceano e de Estige (vv.), e irmão de *Nike* (a Vitória), de Bia (a Violência) e de outras personificações.

Zeto (G. *Zethos*). Filho de Zeus e de Antíope (vv.), e irmão gêmeo de Anfíon (v.).

Zeus (G.). O deus maior da mitologia grega. Ele é especialmente o deus da luz, do céu e dos raios, mas assimila-se de um modo geral ao céu com seus fenômenos, na tríade em que Apolo se identifica com o sol e Poseidon (vv.) com o mar. Zeus era o filho mais novo do titã Cronos e de Rea (vv.), e um dos doze deuses olímpicos (v. *Doze Deuses*).

Advertido por um oráculo de que um de seus filhos o destronaria, Cronos quis impedir a consumação da ameaça, passando a devorar seus filhos e suas filhas imediatamente após o nascimento dos mesmos. Quando deu à luz o seu sexto filho, Rea imaginou um ardil para salvá-lo da sanha paterna: ela o teve à noite, ocultamente, e na manhã seguinte entregou a Cronos uma pedra do tamanho de um recém-nascido envolta em fraldas. Cronos engoliu a pedra tomando-a por seu filho, e Zeus salvou-se, assegurando a consumação do destino.

De acordo com a versão mais difundida de sua lenda, Zeus nasceu na ilha de Creta, no monte Egêon (ou no monte Dicte, ou no monte Ida). Em outra versão ele nasceu na Arcádia, mas teria sido criado em Creta, onde Rea o deixou aos cuidados dos Curetes e das ninfas (vv.). Lá sua ama-de-leite foi a cabra chamada Amálteia (v.), que numa variante da lenda era uma ninfa. A pele dessa cabra depois de morta serviu de proteção a Zeus sob o nome de égide (derivado de *aigis* numa referência à cabra – *áix* em grego); a égide foi usada pela primeira vez no combate do deus contra os titãs. No mesmo local as abelhas alimentaram Zeus-menino com seu mel (v. *Melissa*).

Chegando à idade adulta Zeus resolveu conquistar o poder até então exercido por Cronos; com esse objetivo ele consultou Métis (v., a Prudência), de quem recebeu uma droga mágica que fez Cronos vomitar os filhos de Rea (irmãos de Zeus), engolidos antes deste último. De volta à vida seus irmãos e irmãs o ajudaram a atacar Cronos e os titãs (v.), vencidos após um combate feroz e expulsos do céu. Contribuíram decisivamente para a vitória de Zeus e dos demais deuses olímpicos os Cíclopes e os gigantes Hecatônqueires (vv.), libertados por Zeus do Tártaro (v.) a conselho de Gaia (a Terra).

Após a vitória os deuses sortearam entre eles os poderes sobre o universo, cabendo a Hades o inferno, a Poseidon o mar (vv.) e a Zeus o céu e a preeminência sobre os demais deuses e sobre todo o universo. Mas Gaia (a Terra), irritada ao ver os titãs, seus filhos, confinados no Tártaro, incitou os gigantes contra os deuses olímpicos, que sob o comando de Zeus tiveram de empenhar-se em nova luta, da qual saíram afinal vitoriosos (v. *Gigantes*).

A última tentativa de revolta enfrentada por Zeus foi a de Tífon, contra o qual ele travou o combate mais difícil. Durante a luta Zeus teve seus tendões (ou músculos) arrancados, mas finalmente obteve a vitória graças a um ardil de Hermes e Pan (vv., e *Tífon*). Estabelecido firmemente no poder, Zeus quis casar-se com Métis, filha de Oceano (vv.), que fora sua conselheira no início da luta pela supremacia do universo. Métis a princípio esquivou-se das investidas amorosas de Zeus, metamorfoseando-se várias vezes, mas afinal cedeu e uniu-se ao deus vitorioso. Gaia, entretanto, profetizou que se Métis tivesse uma filha dele essa filha conceberia um filho que o destronaria. Temeroso, Zeus engoliu Métis já grávida: na hora do parto Prometeu (v.) (ou numa variante da lenda Hefesto (v.)) abriu o crânio de Zeus com um machado e de lá saiu a deusa Atena, já adulta e armada.

A mulher seguinte de Zeus foi Têmis (v.), uma das Titanides (v.); dessa união nasceram primeiro as Horas, chamadas *Dike* (a Justiça), Irene (a Paz) e Eunomia (a Boa Legislação ou a Ordem); depois nasceram as Moiras (v.), cuja função era impor inexoravelmente o destino aos homens e aos próprios deuses, para que prevalecesse a ordem no universo. Depois Zeus uniu-se a Dione (v.), outra Titanide, e teve com ela Afrodite (v.).

Dando seqüência aos seus casamentos divinos, Zeus juntou-se a Eurínome (v.), filha de Oceano, que teve as Cárites (Graças): Aglaia, Eufrosine e Talia. Com Mnemosine (v.) (a Memória), também Titanide, Zeus veio a ser pai das Musas (v.). De seu casamento com Letó, nasceram Apolo e Ártemis (vv.), e com sua irmã Deméter Zeus teve Perséfone (vv.). O casamento seguinte de Zeus foi com Hera (v.), sua irmã. Dessa união chamada "sagrada" porque teve um caráter definitivo, nasceram Ares, Ilítia e Hebe (vv.).

Além desses casamentos divinos Zeus teve incontáveis uniões com mulheres mortais, das quais nasceram inúmeros heróis. Praticamente todas as famílias lendárias importantes ostentavam laços de parentesco com Zeus por intermédio de belas moças possuídas por ele, às vezes sob os disfarces mais estranhos para fugir ao ciúme implacável de Hera. Os Heráclidas (v.) descendiam duplamente dele, primeiro graças à união de Zeus com Alcmene (v.), e depois por via de sua união com Danae; Tântalo, ancestre de Agamêmnon e de Menelau (vv.), era filho de Zeus com Plutó (v.); Aquiles e Ájax (filho de Telamon) (vv.) descendiam de Zeus por via da ninfa Egina (vv.); os cretenses consideravam-se ligados a ele por intermédio de Europa (v.), que teve de Zeus os filhos Minos, Radamanto e Sarpedon (vv.); a raça de Cadmo provinha de Zeus por via de Ió (v.); Argos (v.), herói epônimo dos argivos, e Pélasgo, epônimo do povo homônimo, eram filhos de Zeus e de Níobe argiva (vv.); os arcádios ostentavam entre seus ancestres Arcás, filho de Zeus e da ninfa Calisto (vv.); os lacedemônios orgulhavam-se das uniões de Zeus com Leda (dessa união nasceram os Diôscuros e Helena (vv.)), e de Zeus com Taigete, uma das Plêiades (desta nasceu Lacedêmon (vv.), herói epônimo desse povo). Finalmente, os próprios troianos sentiam-se ligados a Zeus por intermédio de Dárdano, nascido dos amores do deus com a plêiade Electra (vv.). Em suas aventuras amorosas Zeus não se limitou às mulheres; veja-se *Ganimedes* para o rapto do belo troiano pelo deus insaciável, cujo ardor amoroso foi herdado por seu descendente Heraclés (v.).

Em Roma Zeus foi identificado com Júpiter (v.).

Zeuxipe (G. *Zeuxippe*). (1) Mulher de Pandíon (v.) (rei da Ática). Esta Zeuxipe era mãe de Butes, de Erecteu, de Filomela e de Procne (vv.).

(2) Filha de Lamêdon, rei de Sicione, e mulher de Sicíon (vv.), este último o epônimo da cidade homônima.

(3) Filha de Hipocôon e mulher de Antifates (filho de Melâmpus), com quem teve dois filhos – Anfalces e Oiclés (v.).

Apêndice

A indefinição da linha divisória entre o lendário e o real, principalmente nas fontes da mitologia romana, pode ser demonstrada claramente mediante a simples menção a um fragmento conservado por Aulo Gélio, em suas *Noites Áticas,* da obra *Maravilhas do Egito* do historiador grego Apíon (século I d.C.). Conta Apíon que em certa ocasião se oferecia ao povo no Circo Máximo, em Roma, uma luta de grandes proporções entre pessoas condenadas à morte e animais selvagens. Havia no Circo nesse dia muitos felinos notáveis por seu tamanho, aspecto e ferocidade. Chamava especialmente a atenção dos espectadores um leão enorme, cujos rugidos eram apavorantes. Entre os condenados a lutar contra as feras estava o escravo de um procônsul, chamado Ândroclo (ou Androclés). Vendo Ândroclo a certa distância, o leão mais feroz, que antes avançava agressivamente em sua direção, diminuiu repentinamente a velocidade como se estivesse perplexo, e aproximou-se do escravo lenta e docilmente, dando a impressão de reconhecê-lo. Então, balançando a cauda alegremente, à maneira dos cães amigos, o enorme leão chegou mais perto de Ândroclo, que estava totalmente dominado pelo medo e com os olhos fechados, e lambeu-lhe suavemente os pés e as mãos. Recebendo aquelas manifestações de carinho da fera terrificante, Ândroclo readquiriu a coragem e aos poucos abriu os olhos para contemplar o leão. A partir desse momento o homem e a fera passaram a trocar gestos e movimentos amistosos.

Diante desse espetáculo inesperado, os romanos presentes prorromperam unanimimente em aplausos ensurdecedores; Gaio César chamou Ândroclo para perto dele e lhe perguntou por que o mais feroz dos leões o poupou, e somente a ele.

Ândroclo respondeu-lhe que em certa época seu senhor governava a África na qualidade de procônsul, e era muito cruel com ele; não resistindo aos castigos que lhe eram impostos, Ândroclo fugiu e passou a perambular sem destino por lugares distantes e desertos, tentando fugir aos soldados que certamente viriam procurá-lo a mando de seu senhor. Um dia, quando o sol a pino o maltratava, encontrando uma caverna remota e difícil de achar entrou nela para abrigar-se. Passado algum tempo aquele mesmo leão enorme chegou à entrada da caverna mancando de uma das patas, que sangrava, revelando o sofrimento da fera. À primeira vista Ândroclo ficou apavorado com o leão que avançava lentamente, mas quando a fera chegou ao interior da caverna que parecia ser o seu abrigo e o viu trêmulo a pouca distância, aproximou-se mansamente dele e levantou a pata para mostrar-lhe o ferimento, como se pedisse ajuda. Ândroclo tirou um grande espinho que penetrara na planta de uma de suas patas e espremeu o pus acumulado na ferida, estancando também o sangue que corria da pata. A esta altura ele já não sentia o mínimo medo da fera. O leão, aliviado com o tratamento da ferida, pôs a pata na mão do benfeitor, como se lhe agradecesse, e foi dormir.

Durante três dias e três noites Ândroclo e o leão viveram juntos na caverna, partilhando o mesmo alimento – sempre a melhor carne dos animais caçados pela fera, que ela deixava para o benfeitor. No quarto dia Ândroclo, entediado com aquela vida, abandonou a caverna enquanto o leão saía para caçar. Depois de caminhar durante alguns dias ele foi descoberto por soldados e entregue ao seu senhor, que o levou preso para Roma. Lá Ândroclo foi condenado à morte e forçado a enfrentar as feras no Circo Máximo. Ele acrescentou que o leão, que também devia ter sido capturado depois de sua saída da caverna, estava agora retribuindo sua conduta caridosa quando lhe curou a pata ferida.

Ândroclo foi perdoado a pedido de todos os espectadores, e recebeu o leão de presente. A notícia do acontecimento circulou pela cidade, e desde então Ândroclo costumava caminhar pelas ruas com o leão preso por uma simples coleira; os transeuntes davam dinheiro a Ândroclo e lançavam flores sobre o leão, e todas as pessoas que os encontravam diziam: "Eis um leão amigo do homem, e eis um homem que foi o médico de um leão". (Fragmento nº 5 no volume III, página 510, dos "Fragmenta Historicorum Graecorum" de C. Müller; Paris, Didot, reimpressão de 1923.).